Janice Hadlow

Miss Bennet

GOLDMANN

Janice Hadlow

Miss Bennet

Roman

Aus dem Englischen
von Britta Evert und Claudia Franz

GOLDMANN

Die englische Originalausgabe erschien 2020
unter dem Titel »The Other Bennet Sister« bei Mantle,
an imprint of Pan Macmillan, London.

6. Auflage
Deutsche Erstveröffentlichung Januar 2023

Umschlaggestaltung: UNO Werbeagentur, München
Umschlagmotiv: © Jeff Cottenden
Redaktion: Susanne Bartel
LS · Herstellung: ik
Satz: KCFG – Medienagentur, Neuss
Druck und Bindung: CPI books GmbH, Leck
Printed in the EU
ISBN: 978-3-442-49312-8

www.goldmann-verlag.de

Für Martin, Alexander und Louis,
meine drei hell leuchtenden Sterne.

TEIL 1

Kapitel 1

Es ist eine traurige Tatsache, dass eine junge Frau, die unglücklicherweise ohne die geringsten Aussichten auf die Welt kommt, gut daran tut, wenigstens als Schönheit geboren zu werden. Arm und hübsch zu sein ist schon schlimm genug; aber bettelarm und unansehnlich zweifellos ein hartes Schicksal.

Vier der fünf Schwestern der Familie Bennet aus Meryton in Hertfordshire verfügten über ein hinreichend gutes Aussehen, um in ihren beschränkten Umgangskreisen als schön zu gelten. Jane, die Älteste, war absolut umwerfend, wobei der Reiz ihres Gesichts und ihres Körpers durch ihre Bescheidenheit noch unterstrichen wurde. Elizabeth, die Zweitgeborene, konnte mit Witz und Lebhaftigkeit gewisse Mängel ihrer äußeren Erscheinung wettmachen, während sich bei Catherine und Lydia, den beiden Jüngsten, zur Frische der Jugend die Lust am Lachen und Flirten gesellte, was den jungen Männern mit ähnlich lauten und leichtfertigen Neigungen nicht verborgen blieb. Nur Mary, die mittlere Tochter, besaß weder Schönheit noch Witz oder Charme. Doch ihre Schwestern überstrahlten ihre Unscheinbarkeit, ja, schienen ihre Existenz gänzlich auszulöschen, und so galt die Familie Bennet, als alle Töchter dem Kindesalter entwachsen waren, als eine der besten der Gegend.

Dabei wussten alle, dass die Mädchen um ihre Aussichten weit weniger zu beneiden waren als um ihre Schönheit. Auf den ersten

Blick wirkten die Bennets durchaus vermögend. Sie waren die angesehensten Einwohner des Dörfchens Longbourn, und ihr ansprechendes, wenn auch nicht beeindruckendes Haus machte durch seinen Komfort wett, was ihm an äußerer Pracht fehlte. Man hatte Servierpersonal für die Tafel, eine Köchin und einen Gärtner; und obwohl Mr Bennets Besitz nicht unbegrenzt war, so reichte er doch aus, um seinen Ruf als wohlhabender Gentleman zu sichern. Nur wenige der Familien, mit denen die Bennets verkehrten, waren reich oder vornehm genug, um guten Gewissens auf sie herabschauen zu können, und so betrachtete man sie, zumindest in der Öffentlichkeit, als hochrespektable Zierde der Gesellschaft von Hertfordshire.

Auf dem Land kann eine Familie ihre Verhältnisse allerdings kaum geheim halten, und so war gemeinhin bekannt, dass der augenscheinliche Wohlstand der Bennets auf wackeligen Füßen stand. Ihr Anwesen konnte laut Erbvertrag nur auf einen männlichen Nachkommen übergehen; zeugten die Bennets keinen Sohn, würde der Besitz irgendwann in die Hände von Mr Bennets Neffen fallen. Zunächst war das kein Anlass zur Sorge gewesen. Da sich der Nachwuchs in Longbourn mit vielversprechender Regelmäßigkeit einstellte, sollte es nur eine Frage der Zeit sein, bis der langersehnte Mr Bennet junior seinen überfälligen Einzug in die Welt halten würde. Als aber die Töchterschar auf fünf angewachsen war und sich herausstellte, dass keine weiteren Kinder folgen würden, warf der Erbvertrag einen dunklen Schatten auf das Familienglück. Wenn Mr Bennet starb, würden seine Frau und seine Töchter mit nichts als zu vier Prozent verzinsten fünftausend Pfund dastehen und sich in die demütigende Abhängigkeit von der keineswegs gesicherten Barmherzigkeit eines fernen Cousins begeben müssen. Ihre Freunde hatten durchaus Mitleid mit der Familie, aber das hinderte sie nicht daran, neugierig der Entwicklungen zu harren. Denn was könnte verlockender sein, als höchstpersönlich miterleben zu dürfen, wie sich das Hab und Gut einer Familie in nichts auflöste?

Mr Bennet tat seinen Nachbarn nicht den Gefallen, sich seinen etwaigen Missmut anmerken zu lassen. Vor den Augen der Welt blieb er ganz der Alte: distanziert, spöttisch und offenbar gleichgültig gegenüber einer Tatsache, die zu ändern ohnehin nicht in seiner Macht stand. Seiner Familie gegenüber verlor er ebenfalls kein Wort über mögliche Sorgen. Nur in den langen Stunden, die er in der Bibliothek verbrachte, mochte er sich mit der Frage herumschlagen, wie die Katastrophe abzuwenden wäre.

Seine Frau hingegen kannte solche Zurückhaltung nicht. Mrs Bennet dachte an kaum etwas anderes als an die Not, die sie und ihre Töchter im Falle von Mr Bennets Ableben erwartete, und so hörte man sie oft über den vertrackten Erbvertrag klagen, daheim und auch außer Haus. Ihre Nerven seien einer solchen Misere nicht gewachsen, erklärte sie. Wie jemand auf die Idee kommen könne, ihren Töchtern das Anwesen zu rauben, sei ihr unbegreiflich; wenn man nichts unternehme, würden sie alle in den Ruin getrieben. Wenn auch nicht gerade mit Intelligenz und Fantasie ausgestattet, verfügte Mrs Bennet doch über eine beachtliche Energie und Beharrlichkeit, die sie gänzlich daran verschwendete, das Verhängnis abzuwenden. Bald war sie der Überzeugung, dass es nur eine Lösung gäbe: Ihre Töchter mussten heiraten, und zwar so schnell und so vorteilhaft wie nur möglich. Wenn der Vater ihre Zukunft nicht sichern konnte, dann musste es eben ein Ehemann tun.

Ihre Töchter mit Männern mit respektablem Auskommen verheiratet zu wissen würde Mrs Bennet eine Last von den Schultern nehmen; sie sich aber an der Seite von Ehemännern mit immensem Einkommen und substanziellem Besitz vorzustellen war für sie eine Quelle der Freude, die auch bei regelmäßiger Erwägung nicht versiegte. Nichts machte sie glücklicher, als sich ihre Töchter als Herrinnen von eleganten Häusern und sanft wogenden Parklandschaften auszumalen, wo sie das verhasste Wort Erbvertrag nie wieder zu Ohren bekämen. Natürlich war ihr bewusst, dass wohlhabende Junggesellen schwer zu finden und noch schwerer zu binden waren, besonders von Mädchen mit bescheidener Mitgift. Aber das konnte sie nicht schrecken. Ihre Töchter hatten einen Vorzug, der sie über alle Schwierigkeiten triumphieren lassen würde: Sie waren schön. Ihr Aussehen würde die begehrenswertesten Männer anlocken, ihren Blick blenden, ihr Herz gewinnen und die Einflüsterungen des kalten, geschäftsmäßigen Verstands ausschalten.

Ihre eigenen Erfahrungen bestärkten sie in dieser Ansicht, denn vor ungefähr fünfundzwanzig Jahren war es Mrs Bennets jugendliche Schönheit gewesen, die einen vernarrten Mr Bennet vor den Altar getrieben hatte, allen Hindernissen zum Trotz. Sobald er ihr hübsches Gesicht erblickt hatte, war es nicht mehr wichtig gewesen, dass ihr Vater nur Provinzanwalt in Meryton war und ihr Bruder in der Cheapside wohnte, wo er auf seine Lagerhäuser blickte. Mr Bennet war wild entschlossen gewesen, sie zu heiraten, und hatte es wider jeden besseren Rat auch getan. Alles in allem war Mrs Bennet mit dem Ergebnis zufrieden. Natürlich war Mr Bennet ein komischer Kauz, der sie häufiger mit Spott überschüttete, als sie für angebracht hielt. Aber als Herrin von Longbourn herrschte sie über ein Anwesen, das groß genug war, um ihre Eitelkeit zu befriedigen; und die gesellschaftliche Stellung ihres Ehemanns gewährte ihr das Vergnügen, sich bei jeder denkbaren Gelegenheit über ihre weniger glücklichen Bekannten zu erheben. Für Mr Bennet war der Vorteil dieser Ehe schon weniger klar. Dass er sich nicht gefragt hatte, ob er am

Charakter seiner Angetrauten ebenso viel Gefallen finden würde wie an ihrem Äußeren, hatte ernsthafte Konsequenzen. Mrs Bennets Oberflächlichkeit und ihre beschränkten Interessen schlossen eine gleichberechtigte Partnerschaft von vornherein aus. Gefährtin oder Freundin konnte diese Frau ihm nicht sein, und er hatte schnell begriffen, dass ihre Schönheit nicht ausreichte, um ihn glücklich zu machen.

Gott sei Dank war Mrs Bennet keine nachdenkliche Person; dass Mr Bennet die Kriterien seiner Brautwahl bedauerte, bemerkte sie jedenfalls nicht. Dementsprechend blieben auch ihre Vorurteile unangetastet. An Frauen schätzte sie keine Eigenschaft außer ihrer Schönheit. Witz und Verstand, Freundlichkeit und Heiterkeit zählten für sie nicht.

Mit vieren ihrer Töchter konnte Mrs Bennet in dieser Hinsicht vollkommen zufrieden sein. Mit Jane verband sie die größten Hoffnungen, da das Mädchen, wie sie Mr Bennet gegenüber immer wieder betonte, nicht grundlos mit einer so überwältigenden Schönheit geboren worden sein konnte. Drei weitere Schwestern, die nicht ganz so reich damit gesegnet sein mochten, stachen Mrs Bennets Meinung zufolge dennoch immer noch so stark hervor, dass sie überall Aufmerksamkeit erregten. Nur eine ihrer Töchter war eine Enttäuschung. Mary hatte den Fehler begangen, weder das Aussehen noch den Charme der anderen weiblichen Familienmitglieder zu erben. Diese Sünde war in Mrs Bennets Augen unverzeihlich, wie Mary schon früh begriff.

Kapitel 2

Mary konnte sich nicht erinnern, wann genau sie herausgefunden hatte, dass sie unansehnlich war. Vermutlich hatte sie es noch nicht bemerkt, als sie als kleines Mädchen mit Jane und Elizabeth gespielt und sich beim Herumtollen im Garten ihr Kleid mit Grasflecken beschmutzt hatte oder als sie sich alle vor dem Kamin im Kinderzimmer gedrängt und die Füße gewärmt hatten. Vermutlich hatte sie es auch noch nicht gewusst, als Mrs Hill, die Haushälterin ihrer Mutter, ihr morgens das Gesicht gewaschen und eine saubere Schürze über das Kleid gezogen hatte. Ganz sicher hatte sie es nicht gewusst, als sie und ihre älteren Schwestern an den Backtagen in die Küche gerannt waren, um sich eine warme Brotrinde zu erbetteln und diese dann draußen im Garten zu essen, kichernd, als könnten sie nie wieder aufhören. Damals, dachte sie, damals war sie glücklich gewesen. Aber im Alter von sieben oder acht Jahren kam ihr allmählich der Verdacht, dass irgendetwas nicht stimmte. Ihre Mutter musterte sie oft mit einem Blick, mit dem sie Jane oder Lizzy nie ansah, in ihm lag etwas zwischen Ärger und Verwunderung. Richtig einordnen konnte Mary ihn nicht, aber sie bemerkte ihn immer häufiger. Gefolgt von einer Aufforderung.

»Komm mal her, mein Kind, und lass dich anschauen.«

Mary erhob sich daraufhin von ihrem Stuhl und ging durch den Salon zu Mrs Bennet hinüber, verunsichert von ihrem bohrenden Blick. Dann wurden die Bänder in ihrem Haar zurechtgezupft, die Schärpe neu gebunden und an ihrem Kleid gezogen, mal in diese, mal in jene Richtung. Aber was auch immer Mrs Bennet störte, keiner ihrer Eingriffe bewirkte ein zufriedenstellendes Ergebnis. Dann schürzte sie die Lippen, wandte missmutig den Blick ab und scheuchte ihre Tochter schließlich wortlos an ihren Platz zurück. Mary wusste bald, dass sie für ihre Mutter eine Enttäuschung war, wenn auch zunächst nicht, wieso.

Da sie ein kluges Kind war, begriff sie allerdings schnell, was all diese Seufzer und finsteren Blicke und abfälligen Gesten zu bedeuten hatten. Ebenso wenig entging ihr, dass sich Mrs Bennet für ihr Äußeres nie so begeisterte wie für das ihrer älteren Schwestern.

»Jane ist ein wahrer Engel«, verkündete ihre Mutter oft, wenn sie ihre Älteste mit unverhohlenem Stolz betrachtete. »Schon ihr Anblick ist eine Wonne.«

Jane senkte dann immer den Kopf, weil sie in ihrer Bescheidenheit bei jedem Kompliment errötete. Den Blick ihrer Schwester Elizabeth mied sie, da diese sie stets zum Lachen bringen wollte, wenn sich Mrs Bennet zu solchen Lobeshymnen verstieg. Elizabeths Auftreten war nicht in gleichem Maße nach dem Geschmack ihrer Mutter, da ihre dunklen Augen und das strahlende Lächeln zu viel über ihren lebhaften Charakter verrieten. Sie hatte eine zu spöttische Meinung der Welt gegenüber, um als wahre Schönheit zu gelten. Nichtsdestotrotz entgingen Mrs Bennets scharfem Auge Lizzys Reize nicht. Sooft sie ihre zweite Tochter auch für ihre vorwitzigen Kommentare und ihren unabhängigen Geist tadelte, an ihrem Äußeren hatte sie nie etwas auszusetzen.

Mary hegte die Hoffnung, dass Mrs Bennet eines Tages ähnlich anerkennende Worte für sie finden würde. Wenn sie ein bestimmtes Alter erreicht hätte, würde das schon passieren, dachte sie. Aber selbst wenn sie besondere Aufmerksamkeit auf ihr Äußeres verwendete und darauf achtete, dass ihre Strümpfe gerade saßen, ihr Gesicht gewaschen und ihr Haar ordentlich gekämmt war, blieb ihre Mutter stumm. Monat um Monat wartete Mary auf den Moment, in dem Mrs Bennet etwas an ihr bemerkenswert finden würde. Vielleicht wären ihre Augen hübsch oder ihre Haltung anmutig; vielleicht wäre auch ihr Haar das Schönste an ihr. Mary war gleichgültig, was Mrs Bennet an ihr gefallen würde, Hauptsache, sie könnte sich endlich wie ihre Schwestern im Glanz der mütterlichen Anerkennung sonnen.

Mary war zehn, als ihr endlich klar wurde, dass sie vergeblich wartete. Es geschah an einem warmen Nachmittag, als Mrs Bennet mit ihrer Schwester Mrs Phillips Tee trank. Jane und Lizzy hatten sich sofort verdrückt, als sie ihre Tante kommen hörten. Nun hockte Mary auf dem Sofa, wickelte sich eine Haarsträhne um den Finger und wünschte sich verzweifelt fort. Weder ihre Mutter noch ihre Tante beachteten sie. Die Unterhaltung plätscherte dahin und widmete sich solchen Fragen wie etwa, ob wohl der Koch von Lady Lucas kündigen würde – und das ausgerechnet vor der Einmachsaison! – und ob die Frau des Pfarrers noch diese Woche niederkommen würde. Erst als Mrs Phillips die Stimme senkte und den Kopf vorbeugte, um eine besonders delikate Klatschgeschichte loszuwerden, wurde sich Mrs Bennet plötzlich der Anwesenheit ihrer Tochter bewusst.

»Mary, geh doch in die Küche und hol noch etwas Zucker. Nimm das Schälchen mit. Sofort, bitte!«

Froh über diese Befreiung erledigte Mary ihre Aufgabe so langsam wie möglich, trödelte im Flur und fuhr mit den Füßen über die Bodenfliesen, um zu sehen, wie viel Staub von ihnen aufwirbelte. An der Tür zum Salon blieb sie stehen, um sich das Kleid glatt zu streichen, als sie plötzlich in dem Gemurmel ihren Namen vernahm. Ihr war klar, dass sie schnell den Raum betreten sollte – Mrs Hill hatte ihr oft erklärt, dass man beim Lauschen selten etwas Gutes über sich zu hören bekam –, trotzdem blieb sie wie angewurzelt stehen.

»Ich finde, Mary sieht heute besser aus«, stellte Mrs Phillips soeben fest.

Mrs Bennet schnaubte. »Nett von dir, das zu sagen, Schwesterherz, aber ich kann dir leider nicht zustimmen. Für ein so junges Mädchen hat sie wirklich keinerlei Reiz. Ganz anders als Jane und Lizzy, deren Äußeres nie unkommentiert bleibt.«

»Die beiden sind in der Tat sehr hübsch«, stimmte Mrs Phillips ihr pflichtschuldig zu. »Und ich bezweifle, dass Mary je so bewundert werden wird wie sie. Dennoch, meine liebe Schwester, frage ich mich schon, ob du sie nicht zu streng beurteilst. Vielleicht bekommt ihr der Vergleich nicht. Wenn Jane und Lizzy nur etwas weniger schön wären, könntest du Mary vielleicht auch schätzen.«

»Ich wünschte von ganzem Herzen, du hättest recht, aber ich fürchte, das hat nichts mit Vergleichen zu tun. Mary ist einfach reizlos, Punkt. Ich mache Mr Bennets Seite dafür verantwortlich. Wir Gardiners konnten uns schon immer eines bemerkenswerten Aussehens rühmen.«

Mrs Phillips schenkte sich Tee nach und hielt nach dem Zuckerschälchen Ausschau. »Mir tut das Mädchen furchtbar leid. Es dürfte nicht leicht sein, das einzige hässliche Entlein unter so vielen Schwänen zu sein.«

»In der Tat, für mich ist Mary wirklich eine große Enttäuschung und ruiniert meine Nerven. Andererseits geht es mir immer gleich besser, wenn ich meine anderen Töchter betrachte. Wo bleibt sie nur mit dem Zucker?«

Mary trat in den Raum, den Blick zu Boden gerichtet. Ihre

Finger krampften sich um das Zuckerschälchen, als sie es auf den Tisch stellte. Ihre Tante lächelte sie an, während Mrs Bennet sie nicht weiter beachtete, als sie sich wieder zurückzog. Ihr Herz klopfte wild in ihrer Brust; die Worte ihrer Mutter hatten sie getroffen wie ein Schlag. Jetzt wusste sie also Bescheid, dachte sie, als sie die Treppe hochstieg. Sie war reizlos – wie eine gekochte Kartoffel, eine Bahn ungebleichter Baumwolle oder ein weißer Teller. In ihrem Zimmer zog sie sich den Stuhl vor den Ankleidetisch und ging mit dem Gesicht ganz nah an den Spiegel heran. Das Glas war alt und fleckig, aber das Spiegelbild war doch hinreichend klar, sodass Mary sich gut erkennen konnte. Ein zartes Gesicht schaute sie an, rund und blass. Genau, dachte sie, wie ein weißer Teller. Ihre grauen Augen unter den hellen Brauen waren weder groß und blau wie die von Jane noch dunkel und klug wie die von Lizzy. Ihre Gesichtszüge waren ebenmäßig, aber nicht besonders. Ihr Mund war schmal, die Lippen dünn. Etwas Ängstliches lag in ihrer Miene, fand Mary; sie schien nicht jeden Moment in Gelächter ausbrechen zu wollen wie Lizzy. Und ihr Haar war hellbraun, nicht goldschimmernd wie Janes. Nichts an ihr, schloss sie, erregte Aufmerksamkeit oder würde jemandem Vergnügen beim Betrachten bereiten. Ihre Mutter hatte recht: Sie hatte weder Reiz noch Glanz. In der Hoffnung, vielleicht doch noch etwas Besonderes zu entdecken, sah sie erneut in den Spiegel. Als sie nichts fand, nahm sie das große Tuch, das über der Stuhllehne hing, und drapierte es sorgfältig über den Spiegel. Eine einzelne Träne rann über ihr Gesicht, aber sie machte sich nicht die Mühe, sie wegzuwischen.

Jane und Lizzy erzählte sie nichts von dem, was sie gehört hatte. Vermutlich wussten sie es ohnehin. Ihr selbst kam ihre Reizlosigkeit nun so offensichtlich vor, dass es ein Rätsel war, wieso sie sie nicht eher bemerkt hatte. Sie erwartete auch kein

Mitleid von ihren Schwestern. Die beiden würden nicht nachvollziehen können, wie sie fühlte. Wie sollten sie auch? Ihre Schönheit war ein Teil von ihnen wie ihre Arme und Beine, und so würden sie in deren Schutz in die Zukunft springen und tanzen. Sie selbst hingegen würde stumpf vor sich hin trotten, freudlos einen Fuß vor den anderen setzen, ohne jede Anmut. Von Mrs Bennet hatte sie gelernt, dass man ohne Schönheit kein wahres, dauerhaftes Glück erlangen konnte, und nie wäre sie auf die Idee gekommen, diesen Glaubenssatz zu hinterfragen.

Mary war immer ein schüchternes, unsicheres Mädchen gewesen, aber jetzt dachte sie an kaum mehr etwas anderes als den schlechten Eindruck, den sie hinterlassen musste. Die überschwängliche Begeisterung, mit der sie einst mit ihren Schwestern herumgetollt war, war verflogen. Wenn Jane und Lizzy durch den Garten tobten, lächelten alle und fanden sie zauberhaft; wenn sie selbst das tat, dachte Mary, musste sie einen albernen Anblick bieten. Ernsthaftigkeit schien ihr der einzige Weg zu sein, um als unansehnliches Mädchen nicht Ziel der Verachtung oder des Mitleids der Mitmenschen zu werden. Und mit der Zeit ging ihr diese Einstellung derart in Fleisch und Blut über, dass sie sie für ihre wahre Natur hielt – so war sie eben, ein ernstes, einsames, plumpes Wesen.

Traurig musste sie mit ansehen, wie sich Jane und Lizzy immer weiter von ihr entfernten. Abgeschreckt von ihrem Missmut gaben sie jeden Versuch auf, sie in irgendetwas einzubeziehen. Mary überraschte das nicht. Natürlich blieben sie lieber unter sich, wie konnte es anders sein? Bald waren sie eine eingeschworene Gemeinschaft, zusammengeschweißt durch Vertraulichkeiten und geflüsterte Bemerkungen. Mary konnte sich kaum noch erinnern, dass es je eine Zeit gegeben hatte, in der im Herzen ihrer Schwestern Platz für sie gewesen wäre. Janes Verlust trug sie mit stoischer Gelassenheit; bei aller Sanftmut hatte Mary sie immer als unnahbar empfunden. Aber die Kluft, die sich zwischen ihr und Lizzy aufgetan hatte, schmerzte sie. Erst die Entfremdung machte ihr klar, wie sehr sie Lizzy liebte und in ihrer fröhlichen Gesellschaft auflebte. Niemand konnte einen mit so charmanter Leichtigkeit zum Lachen bringen, auch über sich selbst. Eine Weile hoffte Mary, dass sich Lizzy ihrer vielleicht erbarmen würde – dass sie den Grund ihrer Traurigkeit erkennen und ihr die Hand reichen würde, um sie aus dem Morast ihres alles verschlingenden Elends zu ziehen. Doch obwohl Lizzy sie manchmal verwirrt, manchmal sogar bedauernd anschaute, tat sie nie etwas, um ihre Anwesenheit in Marys Nähe zu verlängern. Und nach einiger Zeit war ihre ehemals so enge Beziehung nichts als eine Erinnerung.

Als sich ihre älteren Schwestern von ihr entfernten, fragte sich Mary, ob sie nicht unter den jüngeren eine Freundin finden könnte. Sie beobachtete sie mit Argusaugen, wollte wissen, ob auch sie Janes oder Lizzys Schönheit hatten. Nie hätte sie zugegeben, worauf sie hoffte. Es kam ihr grausam vor, sich zu wünschen, ein pummeliges Kleinkind möge sich nicht in ein hübsches Mädchen verwandeln, aber sie konnte nicht anders. Würde Kitty oder Lydia die mütterlichen Erwartungen ebenfalls nicht erfüllen, würde Mary sich vielleicht nicht mehr so allein fühlen. Zwei unscheinbare Schwestern würden sich bestimmt verstehen. Aber es dauerte nicht lange, bis sich herausstellte, dass sich ihre Hoffnung nicht erfüllte. Schon als die Kleinen ihre ersten richtigen Kleider bekamen, erkannte selbst Mary, dass sie nicht in ihre, sondern in Janes und Elizabeths Fußstapfen treten würden.

»Was für hübsche kleine Dinger«, verkündete ihre Mutter zufrieden. »Kein Vergleich mit Jane, aber trotzdem. Vier Schönheiten von fünfen ist ein höchst respektables Ergebnis.«

Als Kitty und Lydia älter wurden, musste Mary einsehen, dass ihre beiden jüngeren Schwestern sie genauso wenig brauchten wie die älteren. Hätte es nur Kitty gegeben, hätte diese sich vielleicht erweichen lassen. Sie war ein sanftes, nachgiebiges Mädchen und wollte es jedem recht machen. Bestimmt hätte Mary sie auf ihre Seite ziehen können. Aber die jüngste Tochter der Bennets war entschlossen, das nicht geschehen zu lassen. Schon als Kind war Lydia eigensinnig, kühn und stur; und sobald sie beschlossen hatte, Kitty für sich allein zu wollen, hatte Mary keine Chance. Innerhalb kürzester Zeit stand Kitty ganz unter Lydias Bann, fügte sich ihren Launen und plapperte ihr gehorsam alles nach. Im Alter von vierzehn Jahren hatte Mary keine einzige Freundin oder Vertraute mehr. Auch ihre Mutter und ihr Vater brachten ihr keine besondere Zuneigung entgegen. Inmitten einer großen Familie war sie mutterseelenallein.

Kapitel 3

Die Freude, die Mrs Bennet über die Schönheit ihrer anderen vier Töchter empfand, konnte sie über die Unzulänglichkeiten der fünften nicht hinwegtrösten. Mit jedem Jahr, das verging, wuchs ihr Unmut über Marys Erscheinung, und sie hatte weder die Selbstbeherrschung noch die Lust, den Verdruss zu verhehlen, der von deren zahlreichen Mängeln erregt wurde. Doch nichts trieb sie so sehr zur Verzweiflung wie Marys Haar. Jeden Abend bestand sie darauf, dass es auf Lockenpapier gewickelt wurde, und jeden Morgen, wenn Mrs Hill das Haar gebürstet hatte, war es so glatt und fein wie eh und je, was Mrs Bennet unweigerlich als persönlichen Affront empfand.

»Ich glaube, du machst das absichtlich, Mary, um mich zu ärgern.«

»Bestimmt nicht, Mama. Ich hätte ja gern Locken, wenn es denn ginge. Vielleicht könnten wir die Haare ja aus dem Gesicht kämmen, dann würde es nicht so auffallen, dass sie so glatt sind?«

Mrs Bennet runzelte die Stirn. »Vielleicht solltest du besser eine Haube tragen wie eine verheiratete Matrone. Sie würde eine Menge deiner äußerlichen Sünden verbergen.«

Mit diesen Worten marschierte sie entrüstet davon und überließ es Mrs Hill, mit ihren Kämmen und Bürsten das Unmögliche zu vollbringen.

Am liebsten hätte sich Mary unsichtbar gemacht. Es wäre besser, gar keine Aufmerksamkeit auf sich zu ziehen, als ständig Grund eines solchen Missmuts zu sein. Sie tat alles, um sich in Luft aufzulösen, wählte Kleider in den unauffälligsten Farben und legte keinerlei Wert auf einen eigenen Stil. Wenn Mrs Hill, der sie sichtlich leidtat, sie zu fröhlicheren Farben und schmeichelhafteren Schnitten überreden wollte, lehnte sie ab – sie hatte nichts anderes verdient als unauffälliges Grau und Beige. Absolut überzeugt davon, ein hoffnungsloser Fall zu sein, beteiligte sie sich nicht an den Gesprächen über Hüte, Schuhe und Stoffe, die ab einem gewissen Alter so viel von Kittys und Lydias Zeit in Anspruch nahmen. Lydia war genauso scharfzüngig und gnadenlos wie ihre Mutter, sodass Mary den Spott fürchtete, der sich zweifellos über sie ergießen würde, sollte sie sich unbedarft in diese Gespräche einmischen. Wenn sie mit ihren Schwestern nach Meryton ging, wo sie in dem kleinen Modegeschäft des Ortes ihr Taschengeld ausgeben wollten, blieb sie als Einzige auf der Straße stehen. Was wollte sie schon mit einem neuen Spitzenkragen, bunten Bändern oder einem Strohhut? So ein Zierrat war nichts für Mädchen wie sie.

Unruhig und allein suchte Mary nach anderen Beschäftigungen, aber eine große Auswahl hatte sie nicht. Fürs Zeichnen hatte sie kein Talent, und Handarbeiten langweilten sie. Malen konnte sie auch nicht, und Karten spielte sie nicht gern. Mit der Musik war das schon anders. Wenn sie am Klavier saß, war Mary fast glücklich und vergaß für den Moment ihre Unzulänglichkeiten. Alle Schwestern spielten Klavier, da Mrs Bennet darin ein hübsches Talent für ein Mädchen sah und sogar eine Lehrerin engagiert hatte. Die vornehme, leidgeplagte Miss Allen kam jeden Mittwochnachmittag und gab den Schwestern Unterricht, einer nach der anderen. Mary zählte jedes Mal begierig die Minuten, bis Lizzy fertig war und sie selbst ihren Platz an der Tastatur einnehmen konnte. Anfangs war sie so klein gewesen, dass sie auf einem Kissen sitzen musste, um die Tasten zu berühren. Sie hatte auf diesem wackeligen Thron gehockt und die Fingerchen ausgestreckt, um ihre Tonleitern und Arpeggien zu spielen. Von Beginn an hatte sie es geliebt, begeistert von den Klängen, die sie hervorbrachte, und davon, dass sich die Melodien von Woche zu Woche schöner anhörten. Als sie schließlich begriff, dass sie unansehnlich war und sich schämen sollte, gab sie vieles auf, was sie zuvor geliebt hatte, blieb aber der Musik treu. Sie spielte selbst dann noch weiter, als ihre Schwestern den Klavierunterricht aufgaben, sobald Mrs Bennet es erlaubte. Bald traktierten nur noch Mary und Lizzy regelmäßig das Familieninstrument.

Etwas hatte sich allerdings doch verändert. Am Anfang war die Musik eine Belohnung gewesen, eine Flucht aus dem Alltag, der Mary sonst nicht viel zu bieten hatte. Doch als sie ins Jugendalter eintrat, sah sie nicht mehr nur einen vergnüglichen Zeitvertreib darin. Allmählich war sie zu der Einsicht gelangt, dass das Aussehen nichts zählte, wenn man am Instrument saß. Am Klavier konnte die blasseste Frau selbst die schönste überstrahlen, wenn sie nur über die nötige Strebsamkeit und Beharrlichkeit verfügte. Obwohl sie sich ihrer vielen Mängel bewusst war, zweifelte Mary nicht an ihrer Hingabe und Ausdauer. Warum sollte sie ihren Ehrgeiz nicht auf das Klavierspiel verwenden? Gut war sie schon, und mit der nötigen Anstrengung könnte sie bestimmt noch besser werden. Die Aussicht, ein Talent zu besitzen, das sie von der Masse abhob, hatte etwas Erregendes, und der anstrengende Weg dorthin schreckte sie nicht. Beflissen zog sie sich in den Salon zurück, wo sich außer zum Tee nie jemand aufhielt, und übte ihre Stücke, immer und immer wieder. Ihr zähes Ringen um Perfektion wurde schnell belohnt, da sie sich in jeder Hinsicht deutlich verbesserte. Miss Allen äußerte sich hochzufrieden und prophezeite weitere erhebliche Fortschritte, wenn sie auch in Zukunft regelmäßig und hart üben würde.

Mary war Lob nicht gewohnt, und so reichte dieser winzige Krümel an Ermunterung, um sie in ihrer Entschlossenheit zu bestärken und für viele einsame Stunden an das Klavier zu fesseln. Meistens störte es sie nicht, allein mit ihren Übungen zu sein, aber manchmal überkam sie unvermittelt eine unerklärliche Traurigkeit. Es dauerte eine Weile, bis sie begriff, dass sie sich nach der Begeisterung von einst zurücksehnte. Die gnadenlose Disziplin, die sie sich abverlangte, hatte ihr viel von der Freude genommen, mit der sie sich früher ans Klavier gesetzt hatte. Jetzt war das Musizieren einfach eine Aufgabe wie jede andere auch.

Für gewöhnlich konnte Mary sich davon überzeugen, dass es dennoch die Anstrengung wert war; es ging weniger darum, ihr Glück zu suchen, als darum, ihre Fertigkeiten zu schulen. Aber es gab auch Zeiten, in denen sie Zweifel befielen, ob sie nicht zu viel aufgegeben hatte. Dann brach sich, sosehr sie sie auch unterdrücken wollte, die Sehnsucht nach schierer Freude und Ablenkung Bahn. Als Mary eines Morgens zum Salon ging, ihre Noten unter dem Arm, hörte sie Lizzys Klavierspiel. Ihren Stil hätte sie jederzeit wiedererkannt – schnell, draufgängerisch und so bezaubernd, dass man unweigerlich stehen blieb, um zu lauschen. Die paar Fehler, die ihr unterliefen, taten dem Vergnügen keinen Abbruch. Leise schlüpfte Mary in den Raum und sah, wie ihre Schwester das Stück mit zurückgeworfenem Kopf beendete und noch eine Verzierung hinzufügte, aus purem Vergnügen. Voller Bewunderung für die Energie, mit der Elizabeth das Stück interpretiert hatte, setzte sich Mary.

»Das war sehr gut, Lizzy«, sagte sie. »Kaum falsche Noten. Wenn du richtig üben würdest, könntest du das Stück vielleicht perfekt spielen.«

Mit leicht gerötetem Gesicht von der Anstrengung schob Elizabeth den Klavierhocker zurück, als wollte sie unterstreichen, dass sie getan hatte, was sie tun wollte, und keinen Ton mehr spielen würde.

»Das würde nicht zu mir passen. Ich glaube nicht, dass ich die nötige Geduld habe, um auch nur irgendetwas perfekt zu tun. Sobald etwas mühsam wird, stürze ich mich auf etwas Neues.«

»Aber möchtest du deine Begabung denn nicht pflegen? Es ist doch eine Schande, sie so brachliegen zu lassen.«

»Ob sie brachliegt, wenn ich mich daran erfreue, weiß ich gar nicht.« Lizzys Finger spielten eine Tonleiter. »Manchmal frage ich mich, ob du das Musizieren nicht mehr genießen würdest, wenn du etwas weniger ehrgeizig wärst.«

»Aber wie soll ich denn ohne Ehrgeiz korrekt spielen?«

»Vielleicht«, erwiderte Lizzy, »sind Korrektheit und Ehrgeiz nicht der einzige Schlüssel zum Erfolg.«

Das war genau der Gedanke, der auch Mary manchmal umtrieb, aber das konnte sie unmöglich zugeben. »Ich mag nicht glauben, dass man ohne Anstrengungen etwas Bewundernswertes zustande bringen kann.«

»Mag sein«, antwortete Lizzy. »Und doch würde ich persönlich lieber einem Stück lauschen, das mit Freude und Elan gespielt wird, als einem mit wohl dressierter Perfektion.«

»Ich hege Zweifel, ob du wirklich gern einer fehlerhaften Melodie lauschen würdest«, erwiderte Mary. »Da kann die Person, die sie spielt, noch so begeistert sein.«

Elizabeth nahm ihre Noten und stand auf. »Möglich. Aber mal ernsthaft, meiner Meinung nach ist es eine große Schande, der Musik jegliche Freude auszutreiben. Da scheinen mir ein paar falsche Noten weniger ins Gewicht zu fallen.« Im Hinausgehen berührte sie sanft Marys Schulter.

Mary setzte sich und griff zu ihren Noten, konnte sich aber nicht konzentrieren. Elizabeths Worte hatten sie aufgewühlt. Es war keine große Überraschung, dass Lizzy harter Arbeit nichts abgewinnen konnte. Ihr fiel einfach alles zu, und selbst wenn sie sich nicht bemühte, machte ihr Charme alles wieder wett, auch am Klavier. Mary knallte ihre Noten auf den Ständer. Bei ihr war das anders. Sie dehnte kurz die Finger und begann dann mit ihren Tonleitern.

Kapitel 4

Wenn das Üben sie ermüdet hatte, zog Mary sich für gewöhnlich in ihr Zimmer zurück, um zu lesen. Dort standen in einem kleinen Regal die gut ein Dutzend Bücher, die sie besaß. Sie waren ihr dermaßen vertraut, dass sie ganze Passagen auswendig kannte; trotzdem gefiel es ihr, sie immer wieder aufzuschlagen und die vertrauten Worte zu lesen. Sie konnte sich nicht erinnern, jemals in Büchern nicht Trost und Zuflucht gefunden zu haben. Manchmal hatte sie sogar das Gefühl, sich noch daran erinnern zu können, wie sie zum ersten Mal von der großen Freude am Lesen gepackt worden war. Sie hatte sich vor dem Kamin im Kinderzimmer zusammengekauert, als die schwarzen Linien, die Lizzy ihr so geduldig aufgemalt hatte, plötzlich kein zufälliges Gekritzel mehr darstellten, sondern sich in Buchstaben verwandelten: A für Apfel und K für Katze.

Nach dieser Entdeckung gab es kein Halten mehr. Sie verschlang alles, und Kinderreime und Märchen lösten die Bilderbücher ab. *The History of Little Goody Two-Shoes* hatte sie schnell durch, und auch mit *The Story of the Robins* hielt sie sich nicht lange auf. Damals las sie zusammen mit Jane und Elizabeth; zu dritt saßen sie im Kinderzimmer in geselliger Stille vereint, jede in ihr eigenes Buch vertieft. Als Mary dann älter und unglücklicher wurde und ihre Schwestern sich von ihr entfernten, waren Bücher weniger etwas sie Verbindendes als Marys Trost für diesen

Verlust. Wenn Jane und Elizabeth in ihrer Gegenwart flüsterten oder ihr die Zimmertür vor der Nase zuschlugen, flüchtete sie sich in ihre Bücher und fand dort Ablenkung von der bedrückenden Einsamkeit.

Sie las so viel, dass bald nicht nur ihr eigenes Regal nichts mehr hergab. Auch die spärlichen Bestände des Zimmers in Longbourn, in dem die Schwestern unterrichtet wurden, hatte sie schnell gelesen, von den Atlanten bis zu den Hauswirtschaftsratgebern. Je mehr sie las, desto größer wurde ihr Hunger nach neuer Lektüre. Sie griff nach allem, was sie im Haus fand. Eine Weile beschäftigten sie die Romane, die Mrs Bennet sich bei der Wanderbücherei auslieh; aber die wunderschönen bedrohten Heldinnen, ihre gut aussehenden ehrenwerten Helden und die verschlungenen Handlungen, die sie Schritt um Schritt zu den unglaubwürdigsten glücklichen Ausgängen führten, waren nicht nach ihrem Geschmack. In ihren Augen war das dummes Zeug. In der Überzeugung, sich wohl eher für Fakten als für Fiktion zu interessieren, studierte sie blinzelnd Mr Bennets Zeitungen mit den winzigen schwarzen Buchstaben, entzifferte mühsam die unbekannten Namen und Orte, die dort erwähnt wurden, bis sie die Blätter mit brennenden Augen wieder fortlegte. Sie las die landwirtschaftlichen Zeitschriften, die Mr Bennet abonnierte, und betrachtete verständnislos die Bilder von Dreschmaschinen und die Diagramme zum Fruchtwechsel. Sie stibitzte die vom Dienstpersonal ins Haus gebrachten Broschüren mit den Horrorgeschichten über entsetzliche Verbrechen und Beichten von Sterbenden und sah sich die barbarischen Zeichnungen von gehängten Männern und ermordeten Frauen an, bis Mrs Hill die Hefte schließlich entdeckte und wütend in die Küche trug. Manchmal stieß Mary auch auf seriöse Werke, die Mr Bennet irgendwo liegen gelassen hatte; dann betrachtete sie sie mit großer Neugierde, hätte es aber niemals gewagt, sie aufzuschlagen. Die Bücher ihres Vaters waren heilig und durften von niemandem als ihm selbst gelesen werden.

Mary war achtzehn, als ihr aufging, dass sie so planlos nicht weitermachen durfte. Sie sehnte sich danach, ihre geistigen Fähigkeiten zu vervollkommnen, so wie sie es mit ihren musikalischen getan hatte. Aber ihr war bewusst, dass dazu zwei Dinge vonnöten waren: Zum einen brauchte sie ein bedeutend umfassenderes Angebot an Lektüre, zum anderen einen Lehrer. Für das Klavierspiel hatte sie Miss Allen, warum also sollte sie für ihre geistigen Interessen nicht ähnliche Unterstützung erhalten? Sicher ließe sich eine zuverlässige, gebildete Person finden, die ihre Lektüreauswahl lenken und ihre Bemühung unterstützen könnte. Wäre sie ein Junge gewesen, hätte sie einen Hauslehrer bekommen, aber bei einem Mädchen war das undenkbar. Es bestand auch keinerlei Aussicht, dass man sie auf ein Internat schicken würde, da einer von Mrs Bennets Glaubensgrundsätzen war, dass das Essen dort unverdaulich und dem Teint abträglich war. Für Marys Problem gab es demnach nur eine Lösung, nämlich die Einstellung einer Gouvernante. Aber es dauerte Monate, bis sie den Mut aufbrachte, ihre Mutter darum zu bitten.

Sie näherte sich dem Thema sehr behutsam, da sie Mrs Bennets Meinung zu Gouvernanten kannte. Ihre Mutter bildete sich sogar etwas darauf ein, nie eine solche Person beschäftigt zu haben. Eine ganze Reihe von Lehrern war über die Jahre die Auffahrt von Longbourn hochmarschiert, um Dinge zu unterrichten, die der Erziehung ihrer Töchter den letzten Schliff geben sollten. So hatten Mary und ihre Schwestern lückenhafte Kenntnisse im Französischen erworben, sich ein wenig im Malen versucht und vor allem Tanzen gelernt. Was aber die allgemeine Bildung betraf, so betrachtete Mrs Bennet sich selbst als Vorbild für das, was es zu wissen galt, und wurde darin von einer beachtlichen Anzahl an Ratgebern unterstützt. Sie hatte ihren Töchtern beigebracht, wie man ein Haushaltsbuch anlegte, einen Haushalt führte und einen ordentlichen Saum nähte. Alle lasen sie gut genug und wussten hinreichend viel über Geschichte und Geographie, um in Gesellschaft keine lächerliche Figur abzugeben. Alles andere war nicht nur überflüssig, sondern vermutlich sogar schädlich. Mrs Bennet hatte nie beobachten können, dass Wissen etwas war, das Männer an einer Frau reizte, daher hatte sie nicht die Absicht, den Mängeln ihrer Töchter noch den Ruf vermeintlicher Klugheit hinzuzufügen. Das alles war Mary durchaus bewusst, aber ihre Sehnsucht nach geistiger Bildung war größer als ihre Angst. Und so trug sie ihren Wunsch eines Nachmittags, als sie mit ihrer Mutter und ihren Schwestern beim Tee saß, so kühn und so ruhig wie nur möglich vor. Mrs Bennet reagierte, wie von Mary erwartet, äußerst verblüfft.

»Eine Gouvernante? Was um Gottes willen meinst du damit? Was willst du in deinem Alter mit einer Gouvernante anfangen?«

»Ich würde mich gerne weiterbilden, Mama. Ich möchte andere Bücher lesen und meinen Verstand entwickeln.«

»Ich kann mir nicht vorstellen, was du glaubst, noch alles lernen zu müssen!«, rief Mrs Bennet. »Dein Kopf ist doch so schon mit lauter überflüssigen Dingen vollgestopft. Vermutlich gibt es kein Land auf der Welt, dessen Hauptstadt und dessen größte Flüsse du nicht nennen kannst. Was soll eine Gouvernante dir da noch beibringen?«

»Sie könnte meine Lektüre in eine sinnvolle Richtung lenken, mir Bücher zu lesen geben, die meinen Verstand fordern.« Mary spürte, wie die Begeisterung sie erfasste. »Sie könnte uns jüngeren Mädchen zur Seite stehen. Ich bin mir sicher, dass wir von einem anregenden Unterricht profitieren würden.«

Lydia, die normalerweise nicht beachtete, was Mary von sich

gab, fuhr entsetzt hoch. »Der Himmel möge mich davor bewahren! Mein Verstand ist bereits hinreichend gefordert, vielen Dank. Das Letzte, was wir brauchen, ist eine griesgrämige arme Jungfer, die schniefend im Wohnzimmer hockt, das Predigtbüchlein in der einen und den Schnupftabak in der anderen Hand.« An Kitty gewandt hielt sie sich eine imaginäre Prise Schnupftabak unter die Nase, schnupfte und verdrehte stöhnend die Augen.

Kitty prustete so los, dass sie Kuchenkrümel über den Tisch spuckte.

»Etwas Schrecklicheres kann ich mir gar nicht vorstellen«, verkündete Lydia. »Und Kitty sieht das sicherlich genauso.«

»Das wäre grauenhaft, besonders das mit dem Schnupftabak«, bestätigte Kitty artig. »Bitte, Mama, tun Sie das nicht. Wir sind doch glücklich, wie es ist.«

»Ich bin mir sicher, dass wir jemanden finden können, der uns allen gefällt«, beharrte Mary. »Eine gebildete Frau ohne abstoßende Gewohnheiten. Sie muss ja auch nur ein paarmal in der Woche kommen.«

»Das wäre immer noch viel zu häufig«, sagte Lydia. »Vermutlich wird sie gar nicht kommen, oder, Mama?«

Mary ignorierte sie und warf ihrer Mutter einen eindringlichen Blick zu. »Wirklich, Mama, denken Sie doch an den vorteilhaften Einfluss auf unseren Geist.«

Aber es war zwecklos. Mrs Bennet hatte ihre Entscheidung längst getroffen. »Das reicht jetzt, Mary. Niemand außer dir will eine Gouvernante, und ich weigere mich, die Kosten zu tragen, wenn nur du davon profitierst. Wenn du mehr lernen willst, ist das deine Angelegenheit. In Mr Bennets Bibliothek gibt es Bücher zuhauf, du kannst dich dort wie Lizzy nach Herzenslust bedienen. Das ist alles, was ich dazu zu sagen habe.«

Lydia, der ein Stein vom Herzen fiel, nahm sich noch ein Stück

Kuchen. Mary war bewusst, dass sie geschlagen war. Aber als sie so dasaß und in ihren kalten Tee starrte, wurde ihr allmählich klar, was ihre Mutter gesagt hatte. Nie wäre sie auf den Gedanken gekommen, dass es ihr erlaubt sein könnte, die Bibliothek ihres Vaters zu betreten. Sie sah oft hinein, wenn sie daran vorbeiging; der helle, luftige Raum mit den Schiebefenstern auf den Garten hinaus war ein Sinnbild gelehrter Ruhe. Aber seine eigentliche Anziehungskraft bestand in den Wänden voller Bücher, ein unwiderstehlicher Anblick für eine ausgehungerte Leserin. Mr Bennet verbrachte dort den Großteil seiner Tage in abweisendem Schweigen. Eindringlinge, wie er seine Familie gern wissen ließ, wollte er dort nicht sehen.

»Da ich mich nicht darüber beklage, dass die Dummheit jeden anderen Winkel dieses Hauses durchdringt«, pflegte er zu sagen, »halte ich es für keinen allzu vermessenen Wunsch, sie wenigstens aus einem einzigen Raum fernzuhalten.«

Weder Kitty noch Lydia, für die die Bücherregale keinerlei Verlockung darstellten, fühlten sich durch diese Bemerkung angesprochen. Auch Mrs Bennet war nicht im Mindesten neugierig, wie ihr Mann seine Zeit in der Bibliothek verbrachte. Einzig Elizabeth schlüpfte gelegentlich hinein und lieh sich mit der ihr eigenen Unbeschwertheit ein Buch. Aber Lizzy war auch Mr Bennets Liebling, und sein sonst so spöttischer Blick ruhte oft mit einer Wärme und Bewunderung auf ihr, die er für seine jüngeren Töchter nicht aufbrachte. Für Mary war es undenkbar, dass er ähnlich auf sie reagieren könnte. Mr Bennet würdigte sie kaum je eines Blickes, ihre Existenz schien ihm vollkommen gleichgültig zu sein. Hätte ihre Mutter es nicht vorgeschlagen, wäre sie nie auf die Idee gekommen, die Bibliothek zu betreten; aber nun war die Freude über die Aussicht, sich frei zwischen all den Büchern bewegen zu können, stärker als ihre Angst vor Zurückweisung.

Sie wartete auf einen Moment, in dem ihr Vater in nicht allzu gereizter Verfassung war, nahm all ihren Mut zusammen, trat dann im Flur an ihn heran und fragte ihn – äußerst zaghaft –, ob sie wie Lizzy Zutritt zur Bibliothek habe.

Einen Moment lang dachte er über seine Antwort nach.

»Du kannst in meiner Bibliothek Zuflucht suchen, wenn du dir etwas davon versprichst. Aber sei noch einmal daran erinnert, dass sie kein Ort für Geschwätz ist. Die Ruhe des Geistes soll nicht durch sinnlose Fragen gestört werden. Und jedes Buch, das aus dem Regal gezogen wird, muss an dieselbe Stelle zurückgestellt werden. Diese Regeln sind unumstößlich. Denkst du, du kannst dich daran halten?«

»Ja, Sir, auf jeden Fall.«

»Dann habe ich nichts dagegen. Morgen kannst du in die Bibliothek kommen.«

Kapitel 5

Am nächsten Vormittag beeilte sich Mary mit ihren häuslichen Pflichten und wartete nur darauf, den wachsamen Augen ihrer Mutter entkommen zu können. Ihre Stickarbeiten schienen noch mehr Zeit zu verschlingen als sonst, der Faden rutschte ständig aus der Nadelöse; und zu allem Überfluss bestand Mrs Bennet auch noch darauf, dass zwei schiefe Säume wieder aufgetrennt und neu genäht werden mussten. Aber schließlich stand Mary doch vor der Tür zur Bibliothek, sammelte sich und trat ein. Im Innern blieb ihr vor Begeisterung die Luft weg. Mr Bennet saß an seinem Platz hinter dem Schreibtisch und nahm ihre Anwesenheit nur kurz zur Kenntnis, bevor er sich wieder seiner Arbeit zuwandte. Als sie sich umsah, war Mary gleichermaßen freudig aufgeregt und besorgt. Sie hatte gedacht, leicht fündig zu werden, aber als sie nun im Sonnenlicht mit den schimmernden Staubkörnchen stand, wurde ihr bewusst, dass sie keine Ahnung hatte, was sie suchte. Sie ging näher an ein Regal heran und beugte sich vor, um die Titel zu entziffern. Als sie vorsichtig ein Buch herauszog, fielen prompt vom Ende der Reihe zwei zu Boden. Der Knall, der die Stille zerriss, war ohrenbetäubend. Mr Bennet sah auf. In ihrer Panik schnappte sich Mary die beiden Bücher, die direkt vor ihrer Nase standen, stellte die anderen zurück und eilte hinaus. Im Flur blieb sie stehen, die beiden Bände an die Brust gedrückt. So hatte sie sich ihr erstes Mal in der Bibliothek nicht vorgestellt gehabt.

Als sie sich etwas beruhigt hatte, trug sie ihre Beute in ihr Zimmer und setzte sich, um sie in Augenschein zu nehmen. Der erste Band war eine Geschichte Englands. Mary war sich nicht sicher, ob sie sich darüber freuen sollte, aber als sie noch einmal genauer hinsah, stellte sie fest, dass das Buch von einer Frau geschrieben worden war. Das war eine Überraschung. Sie hatte gewusst, dass Frauen Kinderbücher schrieben, manchmal sogar Romane. Aber nie hätte sie gedacht, dass sie auch ernst zu nehmende Bücher über Geschichte verfassten. Neugierig ging sie zu ihrem kleinen Schreibtisch, schaffte ein wenig Platz und legte das Buch vor sich. Sie würde Mrs Catharine Macaulay die Gelegenheit geben, sie zu fesseln.

Mary war noch auf ihrem Zimmer, als Mrs Hill sie zum Dinner nach unten schickte.

»Ihre Mutter ruft bereits seit zehn Minuten nach Ihnen. Sie ist nicht gerade bester Stimmung.«

Geistesabwesend blickte Mary auf, legte das Buch beiseite und stieg dann langsam die Treppe hinunter. Während des Essens sagte sie kaum ein Wort, war immer noch mit dem Gelesenen beschäftigt. Die Lektüre war nicht so leicht wie ihre bisherige, aber dadurch ließ sie sich nicht entmutigen. Im Gegenteil, sie spürte, wie ihr Verstand sein ungenutztes Potential entfaltete und Neugier in ihr entfachte.

Vierzehn Tage brauchte Mary, um Mrs Macaulays ersten Band zu lesen. Als sie in Mr Bennets Bibliothek zurückkehrte, hielt sie nach anderen von Frauen geschriebenen Geschichtsbüchern Ausschau. Da sie keins entdeckte, war sie sonderbar enttäuscht. Ihre Hand zögerte für einen Moment vor den historischen Bänden von Mr Humes, aber sie zog keinen aus dem Regal. Nein, sie würde mit Mrs Macaulay weitermachen, bevor sie sich jemand anderem zuwandte. Schon von dem Gedanken begeistert, dass eine Frau genug Wissen und Gelehrsamkeit erworben hatte, um so etwas zustande zu bringen, nahm sie zwei weitere Bücher der Autorin aus dem Regal. In den nächsten Wochen verschlang sie sie förmlich. Sie stand früh auf, um sie schon vor dem Frühstück zu studieren, und kehrte spät am Abend zu ihrer Lektüre zurück, wenn der Rest des Hauses bereits schlief. Sie bedauerte jede einzelne Minute, die sie nicht mit ihr verbringen durfte, weil ihre Mutter sie zu lauter angeblich notwendigen Tätigkeiten zwang, und brachte nervös die Stunden am Esstisch oder mit sinnlosen Handarbeiten hinter sich.

Mrs Bennet bemerkte ihre Geistesabwesenheit und war nicht erfreut. »Nie bist du da, wenn man dich braucht. Und wenn man dich findet, machst du nicht das, was man dir sagt.«

Mary entschuldigte sich und schwor, sich zu bessern, aber sie wusste, dass es sich um ein leeres Versprechen handelte. Ihr Leben fand mittlerweile fast ausschließlich zwischen den Seiten ihrer Bücher statt. Die Ereignisse des Bürgerkriegs, wie Mrs Macaulay sie erklärte, die Geschichten von Charles I. und Oliver Cromwell, waren für sie wirklicher geworden als die eintönigen Tage in Longbourn. Die Bücher waren ihr Fels in der Brandung, und nicht einmal die lautstarken Unmutsäußerungen ihrer Mutter konnten sie davon trennen. Vielmehr wuchs ihr geistiger Hunger mit jedem Buch, das sie las, und in der Folge stattete sie ihrem Vater immer regelmäßiger immer längere Besuche in der Bibliothek ab.

Sie durchstöberte Mr Bennets Bücherregale nun mit größerem Selbstbewusstsein und wagte sich sogar über die historischen, ihr mittlerweile vertrauten Titel hinaus. Neugierig musterte sie philosophische und theologische Werke. Sollte sie sich mit einem von ihnen beschäftigen? Sie flößten ihr mehr Ehrfurcht ein als ihre historischen Pendants. Und wenn sie den Mut hätte, mit welchem Autor sollte sie beginnen? Sie wünschte sich verzweifelt einen Ratschlag und sah oft sehnsüchtig zu ihrem Vater hinüber, in der Hoffnung, er würde sie bemerken und ihr seine Hilfe anbieten. Aber er zeigte keinerlei Interesse an ihrer Buchauswahl und erkundigte sich nie, was sie las und ob es ihr gefiel. Unter gesenkten Lidern sah sie zu ihm hinüber und fragte sich, wie er reagieren würde, sollte sie ihn ansprechen. Aber letztlich fehlte ihr der Mut zu handeln. Sie wusste ja nicht einmal, wie sie beginnen, geschweige denn fortfahren hätte sollen, wenn er seinen kühlen, spöttischen Blick auf sie richtete. Also machte sie weiter wie bisher und verließ sich auf nichts weiter als ihr eigenes Urteil.

Aus Wochen wurden Monate, und Mary las wie besessen. Jane und Lizzy registrierten es mit nachsichtiger Belustigung, erleichtert, sie beschäftigt zu wissen, obwohl sie nicht sicher waren, was sie von ihrer neuen Leidenschaft halten sollten. In der Achtung ihrer jüngeren Schwestern war Mary hingegen noch weiter gesunken. Ständig tuschelten und lachten sie, wenn sie sie bei ihren Studien antrafen, und Lydia hatte schnell gelernt, sie perfekt zu imitieren, mit gebeugtem Rücken, die Nase tief in einem der schweren Bände vergraben. Mary konnte das nicht schrecken. Sie spürte, dass sie Fortschritte machte, und hatte nicht die Absicht, sich durch Spott oder Scham von ihrer Lektüre abbringen zu lassen. Irgendwann fasste sie endlich den Mut, mit einer der kürzeren philosophischen Schriften zu beginnen, und war fasziniert von dem, was sie entdeckte. Die großen moralischen Fragen, die behandelt wurden, zogen sie in ihren Bann, und die abstrakten Argumente gefielen ihr. Im Vergleich mit diesen erhabenen Themen schien ihr privates Unglück unbedeutend, was ihr ein kühles Behagen einflößte. Was sie las, regte sie an und tröstete sie zugleich – und das bestärkte sie in ihrem Tun. Lernen war für sie nicht anders, als Klavier zu üben. Der Verstand konnte dazu gebracht werden, einem zu Diensten zu sein, so wie auch Fingerfertigkeit und Technik erworben werden konnten. Alles, was es dazu brauchte, waren Disziplin und die Bereitschaft zu harter Arbeit. Doch bald musste Mary schmerzlich erfahren, dass es Hindernisse gab, die nicht einmal ihr eiserner Wille überwinden konnte; nicht alle Eigenschaften ihres Selbst konnten ihren Wünschen unterworfen werden.

Schon eine Weile hegte sie den Verdacht, dass ihre Sehkraft zu wünschen übrig ließ, was sie sich stets geweigert hatte anzuerkennen. Klein gedruckte Werke waren schon immer eine Herausforderung gewesen, aber nun konnte sie – vielleicht aufgrund der vielen mit dem Studium verbrachten Stunden – auch die anderen fast nicht mehr lesen. Der Text verschwamm vor ihren Augen, die Wörter waren kaum noch zu entziffern. Sie kniff die Augen zusammen, um schärfer zu sehen, aber das machte kaum einen Unterschied. Sie wanderte durch den Raum, hielt das Buch dabei ins Licht oder sich dicht vor die Nase, aber nichts half. In der grellen Sommersonne im Garten konnte sie vielleicht ein, zwei Seiten lesen, wenn die Sonne in ihrem Rücken stand und die Schrift nicht zu klein war; aber im Haus und in den nunmehr wieder längeren Nächten hatte sie Mühe, überhaupt noch etwas zu erkennen.

An ihrem Schreibtisch stellte sie eines Abends fest, dass sie kaum noch eine Zeile in ihrem Buch lesen konnte. Sie zündete eine Kerze an, dann noch eine weitere und stellte sie so nah neben den Band, wie sie es verantworten konnte, aber es machte keinen Unterschied. Sie war so wütend, dass sie am liebsten getobt hätte. Es war eine himmelschreiende Ungerechtigkeit, dass ihr just in dem Moment, in dem sie etwas gefunden hatte, das ihrem Leben Sinn verlieh, dieser Schatz schon wieder genommen werden sollte. Wenn sie nicht lesen konnte, was blieb ihr dann noch? Vorsichtig und mit einer Ruhe, die sie nicht empfand, klappte sie das Buch zu und legte sich aufs Bett, um darüber nachzudenken.

Zwei Tage lang versuchte Mary, ohne Bücher zu leben. Sie spielte Klavier, spazierte durch den Garten, pflückte Blumen fürs Wohnzimmer und gab vor zu nähen. Am Nachmittag des zweiten Tags wusste sie, dass eine solche Existenz für sie unerträglich war. Wenn sie nicht verrückt werden wollte, musste sie ihre Mutter fragen, ob sie einen Brillenmacher konsultieren durfte. Das war kein leichtes Unterfangen. Mary war klar, dass diese Bitte Mrs Bennet noch stärker empören würde als der Wunsch nach einer Gouvernante, denn was könnte ihren ohnehin schon so geringen Reizen abträglicher sein als eine Brille mit schwerem Metallgestell? Aber Mary hatte keine Wahl. Da die Alternative undenkbar war, musste sie die Frage stellen. Alles, was sie tun konnte, war, sie an ihre Mutter zu richten, wenn diese nicht allzu mürrischer Stimmung war, und so mutig wie möglich an ihr keineswegs sicheres Mitleid zu appellieren.

Also trat Mary eines Nachmittags in der Speisekammer an ihre Mutter heran, als diese kontrollierte, ob von dem im vergangenen Herbst eingemachten Obst auch nichts verdorben war. Sie untersuchte die Gläser mit Pflaumen, Aprikosen und Reneklođen, und da sie diese Aufgabe liebte, war sie durchaus heiter – bis Mary den Grund ihres Kommens vortrug. In diesem Moment löste sich ihre gute Laune in nichts auf.

»Ich kann kaum glauben, dass du das ernst meinst. Wenn das ein Witz sein soll, Mary, dann ist es ein ziemlich schlechter.«

»Das ist kein Witz, Mama, das versichere ich Ihnen. Ich kann kaum noch lesen. Ich bitte Sie inständig, meine Augen untersuchen lassen zu dürfen.«

»Und inwiefern sollte das helfen?«

»Wenn der Okulist der Ansicht ist, eine Brille könnte Abhilfe schaffen, könnte er mir eine anfertigen. Dann wäre ich wieder in der Lage zu lesen.«

»Eine Brille, ausgerechnet! Und du wärst wirklich gewillt, dich zu erniedrigen, indem du sie trägst?«

»Wenn ich dann wieder lesen könnte, würde ich liebend gern eine Brille tragen.«

Mrs Bennet, die soeben ein großes Glas Aprikosen aus dem Regal genommen hatte, stellte es etwas zu heftig auf den Tisch. Zum Glück zerbrach es nicht, aber der Knall ließ Mary zusammenzucken.

»Kein Mann wird dich dann anschauen«, verkündete ihre Mutter, »und die Frauen werden nur noch Mitleid für dich empfinden.«

»Beides werde ich hoffentlich ertragen, wenn es denn sein muss.«

Mrs Bennet war sprachlos, unfähig, sich einen solchen Verstoß gegen alles, was ihr lieb und teuer war, auch nur vorzustellen.

»Wenn Sie sich nicht in der Lage sehen, mir zu helfen, dann bezahle ich die Konsultation eben selbst«, fuhr Mary fort. »Ich habe ein wenig Taschengeld gespart und werde dem Brillenmacher höchstpersönlich schreiben, damit er herkommt.«

Ihre Mutter wischte sich die Hände an der Schürze ab. »Es scheint, als hätte ich keine Wahl. Lass den Brillenmacher also in Gottes Namen kommen. Aber das gefällt mir alles gar nicht, Mary. Es ist allein deine Schuld, dass ich jetzt mit den Nerven am Ende bin.« Sie marschierte zur Tür und war so aufgebracht, dass sie das Glas ungeprüft auf dem Tisch stehen ließ. »Aber bilde dir ja nicht ein, dass ich diesen Mann empfange. Das wäre wirklich zu viel für mein Nervenkostüm. Mrs Hill soll sich um ihn kümmern.«

Mary blieb allein im Raum zurück. Ihre Hände zitterten, als sie das Glas mit den Aprikosen nahm und ins Regal zurückstellte. Noch nie hatte sie ihrer Mutter so offen die Stirn geboten. Sie ließ sich schwer auf einen Stuhl sinken. Aber sie hatte ihr Ziel erreicht. Ein Brillenmacher würde ihre Augen untersuchen. Blieb nur zu hoffen, dass es bald geschah.

Kapitel 6

Eine Woche später wurde Mr Sparrow, ein groß gewachsener Mann in einem zimtfarbenen Mantel, in Longbourn vorstellig. Er hatte eine riesige Mappe mit bedruckten Tafeln und eine steife Ledertasche dabei, außerdem seinen Sohn John, einen großen, schweigsamen achtzehnjährigen Jungen.

»Ich hoffe, Sie stören sich nicht an seiner Gegenwart, Miss. Er lernt meine Profession, und ich nehme ihn nach Möglichkeit mit, damit er gleich die praktische Seite des Berufs kennenlernt.«

Mary war verunsichert. Sie hatte nicht damit gerechnet, bei der Prozedur einen Zuschauer zu haben. Der junge Mr Sparrow sah allerdings höflich und respektvoll aus, daher nickte sie nur als Antwort. Mrs Hill geleitete sie in das kühle Wohnzimmer, wo man kein einladendes Kaminfeuer entzündet hatte, und stellte sich an die Wand, um dem Geschehen beizuwohnen.

»Wenn Sie sich bitte auf diesen Stuhl setzen würden, Miss, so gerade wie möglich. Kopf hoch, den Blick geradeaus gerichtet. Genau, das machen Sie sehr gut.«

Mr Sparrow gab seinem Sohn ein Zeichen, woraufhin der seinem Vater die Tasche brachte und sie mit einer langsamen, ehrfürchtigen Geste öffnete. Im Innern lagen sauber aufgereiht zahlreiche Brillen, alle mit Etiketten versehen, die ordentlich beschriftet waren.

»Also, Miss«, erläuterte Mr Sparrow, »jede dieser Brillen verfügt über andere Gläser. Ich bitte Sie, sie alle einmal aufzusetzen. John gibt Ihnen dann eine Tafel zu lesen, und Sie sagen mir, was Sie sehen. Anschließend versuchen wir es mit der nächsten Brille, und Sie sagen mir, ob Sie die Buchstaben auf der Tafel deutlicher oder weniger deutlich erkennen. So werden wir vorgehen, bis wir die richtige Brille für Sie gefunden haben.«

Marys Angst nahm zu, als sie das kalte Metallgestell auf der Nase spürte, aber Mr Sparrows leise Stimme beruhigte sie, und schon bald war ihr Interesse an dieser gewissenhaften Methode erwacht. Als sie durch die erste Brille blickte, war sie so darüber erstaunt, nur verzerrte Buchstaben auf der Tafel zu sehen, dass sie jede Schüchternheit vergaß.

»Sir, ich sehe gar nichts!«, rief sie. »Nur Flecken und Schemen. Was hat das zu bedeuten?«

»Dass wir die Antwort auf unser Problem noch nicht gefunden haben. Aber dieser Hinweis sollte uns in die richtige Richtung führen.«

Er reichte ihr eine andere Brille, und dieses Mal hatte Mary den Eindruck, dass die Buchstaben ein wenig schärfer wurden. Immer wieder versuchten sie es, mal mit leichten Verbesserungen, mal mit leichten Verschlechterungen. Unbewusst war sie derart von dem Vorgehen fasziniert, dass sich ihre Unsicherheit zur Gänze verflüchtigte. Plötzlich fühlte sie sich weniger wie Mr Sparrows Kundin, sondern vielmehr wie seine Verbündete, die ihm half, eine Lösung für sein Problem zu finden. Irgendwann setzte er ihr ein Exemplar auf die Nase, und sie musste förmlich nach Luft schnappen; mit einem Mal trat jeder Buchstabe auf der Tafel scharf umrissen hervor.

»Oh, Mr Sparrow, ich sehe alles auf der Tafel so klar und deutlich wie nur möglich! Jeden Buchstaben, jede Zahl!«

»Ah, dann ist das wohl Ihre Brille«, sagte Mr Sparrow lachend.

»Es ist immer eine Freude, wenn die Reaktion so entschieden ausfällt. Derart kleine Objekte«, sagte er, als er sich herüberbeugte und die Gläser aus dem Gestell nahm, »werden einen gewaltigen Unterschied in Ihrem Leben machen, wenn sie mit entsprechendem Geschick hergestellt werden, da bin ich mir sicher.«

»Das ist höchst bemerkenswert, Sir. Können Sie mir erklären, wie das funktioniert?«

»Vielleicht darf John das übernehmen? Dann kann ich auch gleich sehen, wie viel von meinen Lehren in seinem Hirn hängen geblieben ist. John, wenn ich bitten dürfte?«

Der junge Mann wirkte zunächst schüchtern und zögerlich, aber er verstand sein Handwerk und gewann allmählich an Selbstvertrauen, als er die sanfte Wölbung der Gläser beschrieb, ihre alles verändernde Wirkung auf das einzelne Auge und die Sorgfalt, mit der sie geschliffen werden mussten, wenn sie eine Sehschwäche korrigieren sollten.

»Ich lerne das selbst und würde mich freuen – würde mich vielmehr sehr geehrt fühlen –, wenn ich dazu beitragen dürfte, die Gläser für Sie anzufertigen.« Er fing ihren Blick auf und sah dann schnell auf seine Füße, als hätte er zu viel gesagt.

Sein Vater klopfte ihm stolz auf den Arm. »Wir werden zusammen daran arbeiten und ein hervorragendes Ergebnis zuwege bringen. Ich wage zu behaupten, Miss, dass Sie äußerst zufrieden sein werden.«

Mary schaute beiseite, nicht daran gewöhnt, im Mittelpunkt der Aufmerksamkeit zu stehen. Andererseits war ihr die Situation nicht unangenehm. Man konnte unmöglich Anstoß an diesen ruhigen, gewissenhaften Männern nehmen, die sich einzig auf die Herausforderungen ihres Berufs konzentrierten. Als sie ihnen das kleine Gestell zurückgab, schenkte sie ihnen ein Lächeln. Mrs Hill gesellte sich zu ihnen, und für einen Moment standen sie alle beisammen, glücklich mit dem Resultat ihrer Bemühungen. Dann hörte Mary die Schritte ihrer Mutter im Flur, und ihre Miene erstarrte.

»Also, Mr Sparrow!«, rief Mrs Bennet, als sie den Raum betrat. »Was haben Sie mir zu sagen?«

Der Brillenmacher versuchte, ihr seine Meinung zu Marys Sehkraft zu vermitteln, aber Mrs Bennet winkte ungeduldig ab.

»Schön und gut, Sir, aber können wir zum Punkt kommen? Wollen Sie mir sagen, dass meine Tochter eine Brille tragen soll?«

»Ja, gnädige Frau, ich denke schon. Ich glaube nicht, dass sie ohne noch irgendwelche Feinarbeiten verrichten kann. Für alle Tätigkeiten, die eine klare Sicht erfordern, wird eine Brille unabdingbar sein.«

»Aber sie muss sie nicht außer Haus aufsetzen, oder? In der Öffentlichkeit oder an Orten, wo Leute sie zu Gesicht bekommen, kann sie doch bestimmt darauf verzichten.«

»Das muss die junge Dame selbst beurteilen. Ich bin mir allerdings sicher, dass sie großen Nutzen daraus ziehen wird, wenn sie in jeder Situation scharf sehen kann, ob nun in der Öffentlichkeit oder daheim.«

Mrs Bennet runzelte die Stirn. »Danke, Mr Sparrow. Sie können Mr Bennet schreiben, der Sie dann von unserer Entscheidung in Kenntnis setzen wird. Guten Morgen.«

Sie gab Mrs Hill ein Zeichen, damit sie die Sparrows hinausbegleitete. Mary sah ihnen hinterher und bedauerte, dass sie ihnen nicht gebührlich danken konnte. Sobald sie fort waren, wandte sich ihre Mutter zutiefst empört an sie.

»Was für ärgerliche Nachrichten, Mary. Das entspricht absolut nicht dem, worauf ich gehofft hatte.«

Mary schwieg. Sie hatte nicht die Absicht, ihre Mutter noch stärker zu verstimmen.

»Wir sollten sofort deinen Vater aufsuchen. Lass uns hören, was er dazu zu sagen hat.«

Schweigend gingen sie zum Wohnzimmer. Mrs Bennet riss die Tür auf, und Mary musste zu ihrem Entsetzen feststellen, dass die ganze Familie dort versammelt war. Sie hatte sich der Hoffnung hingegeben, nicht der Peinlichkeit ausgesetzt zu sein, ihren Fall vor aller Augen diskutiert zu sehen. Aber das war offenbar unmöglich. Mit einem lauten Seufzer ließ sich Mrs Bennet nieder. Jane und Lizzy sahen von ihren Büchern auf, und Kitty und Lydia lösten ihre Aufmerksamkeit von den Handschuhen, die sie eben noch begutachtet hatten. Nur ihr Vater reagierte nicht, sondern las demonstrativ in seiner Zeitung weiter. Schließlich konnte Mrs Bennet nicht länger an sich halten.

»Mr Bennet, ich habe Ihnen etwas mitzuteilen. Es handelt sich um wahrhaft missliche Nachrichten. Würden Sie gern wissen, welcher Art diese sind?«

Mr Bennet ließ die Zeitung sinken und warf seiner Frau einen gelassenen Blick zu. »Wie auch immer meine Wünsche in dieser Angelegenheit lauten, ich bin mir sicher, Sie werden mir die Nachrichten ohnehin mitteilen.«

»Mary braucht eine Brille. Der Okulist behauptet, ohne Brille könne sie nichts sehen. Nun, Mr Bennet?« Sie sah sich um, als hätte sie eine höchst beunruhigende Neuigkeit verkündet.

Elizabeth ergriff als Erste das Wort. »Es ist doch gut zu wissen, wie Mary geholfen werden kann, Mama. Wenn sie eine Brille braucht, sollte sie dann nicht eine bekommen? Es muss doch schwer für sie sein, nicht gut zu sehen.«

Mrs Bennet stieß einen leisen Schrei aus. »Wirklich, Lizzy, was meinst du damit? Das wäre doch entsetzlich! Brillen sind etwas für Tattergreise, nicht für achtzehnjährige Mädchen. Ich weigere mich anzuerkennen, dass sie eine braucht. In meiner Familie hat es noch nie ein solches Leiden gegeben. Die Sehkraft von uns Gardiners ist hervorragend.«

»Aber, Mama«, fuhr Elizabeth fort, »Sie selbst müssen selten wirklich scharf sehen und lesen außerdem so wenig, dass Sie gar nicht wissen können, ob Sie eine Brille brauchen oder nicht.«

»Wie kannst du so etwas sagen! Niemand hat mehr Freude an Büchern als ich. ›Sie lesen so wenig‹, unerhört!«

»Sie vergessen, meine Liebe, dass auch ich eine Brille trage«, mischte Mr Bennet sich ein. »Und ich betrachte mich nur ungern als Tattergreis. Außerdem gebe ich gern zu, dass ich mich ohne Brille wohl kaum meinen Studien widmen könnte.«

»Sie wollen mich wohl auf den Arm nehmen, Mr Bennet. Sie wissen doch genau, dass ich recht habe. Männer tragen natürlich Brillen, selbst junge, vor allem Anwälte oder Priester. Und niemand wird schlecht über sie reden. Mit einer jungen Frau verhält es sich jedoch ganz anders. Was, denken Sie, werden die Leute wohl sagen, wenn sie Mary mit einer Brille sehen. Wer wird sie dann noch heiraten?«

Mr Bennet wirkte nachdenklich. »Vielleicht wird einer dieser bebrillten Männer, von denen Sie soeben sprachen, ihr einen Antrag machen, einer, dem der Hohn der Nachbarn gleichgültig ist. Die Brille könnte sogar das sein, was die beiden zusammenführt.«

»Sie gefallen sich wohl darin, sich über die Angelegenheit lustig zu machen, aber das ist kein Spaß. Der Okulist sagt, sie braucht eine Brille zum Lesen. Aber warum, wenn die Frage erlaubt ist, muss sie überhaupt so viel lesen?«

Elizabeth wollte etwas sagen, doch ihr Vater hob die Hand.

»Wenn Mary nicht lesen kann, was bleibt ihr dann? Sie zeichnet nicht gern, und ihre Nähkünste sind, wie Sie selbst oft beklagen, äußerst dürftig. Ich kenne mich mit diesen Dingen nicht aus, aber ich könnte mir vorstellen, dass sie mit der Nadel nicht geschickter wird, wenn sie nicht einmal den Faden sieht. Immerhin könnte sie vielleicht helfen, den Garten umzugraben, wenn der Winterkohl eingebracht ist?«

So ging es munter weiter, über den Kopf der schweigenden Mary hinweg. Niemand erwartete von ihr einen Beitrag, also konzentrierte sie sich ganz auf Elizabeths wohlwollende Worte. Es war lange her, dass sie Lizzy mit solcher Sorge um sie hatte reden hören. Von ihrer jüngsten Schwester hingegen konnte sie kein Mitleid erwarten, das war ihr klar.

»Ich glaube, ich wäre lieber blind, als mir ein derart hässliches Ding auf die Nase zu setzen!«, rief Lydia. »Auf Bücher zu verzichten ist doch ein geringes Opfer, wenn man damit einem so grässlichen Schicksal entgehen kann.«

Mr Bennet warf Lydia einen missbilligenden Blick zu. »Bemerkungen wie diese haben dir den Ruf eingetragen, eines der eitelsten und, wenn ich mir das herausnehmen darf, dümmsten Mädchen der Gegend zu sein.«

»Solange ich nicht als das hässlichste gelte, soll es mir recht sein, Papa.«

Mrs Hill brachte gerade rechtzeitig eine Kanne mit frischem Kaffee, um Lydias störrischen Kommentar zu hören. Lydia hielt ihr erwartungsvoll ihre Tasse hin, aber Mrs Hill übersah sie geflissentlich und bot stattdessen Mr Bennet Kaffee an, der am weitesten von ihr entfernt saß.

»Danke, Lydia«, verkündete er, als die Haushälterin ihm nachschenkte. »Nichts hätte mir deutlicher vor Augen führen können, wie in diesem Fall die richtige Entscheidung lautet. Ich werde niemandem im Wege stehen, wenn er versucht, der allgemeinen Dummheit in diesem Hause etwas entgegenzusetzen. Mary, wenn du lesen möchtest, werde ich alles Nötige tun, um dir deinen Wunsch zu erfüllen. Du sollst deine Brille haben.«

Mrs Bennet schien widersprechen zu wollen, aber ihr Ehemann hatte genug.

»Nein, meine Liebe, das reicht. Ich möchte mit diesem Thema nicht länger behelligt werden. Bis zum Dinner werde ich mich in die Bibliothek zurückziehen.«

Mary blieb noch einen Moment sitzen und gab sich alle Mühe, sich ihre Erleichterung und Genugtuung nicht anmerken zu lassen. Sie konnte sich nicht erinnern, je zufriedener gewesen zu sein. Ihre Mutter würdigte sie keines Blickes, als sie schließlich aufstand, aber das war ihr egal. Mit fast federndem Gang verließ sie das Wohnzimmer.

Einige Wochen später schrieb Mr Sparrow, die Brille sei fertig, man freue sich darauf, sie Miss Bennet zu einem ihr genehmen Zeitpunkt überreichen zu dürfen. Marys Mutter, die der Ansicht war, alles in ihrer Macht Stehende getan zu haben, um diese gewaltige Schmach abzuwenden, verweigerte bei der Gelegenheit erneut ihre Anwesenheit. Sie schickte wieder Mrs Hill und beauftragte sie, mögliche weitere Katastrophen zu verhindern. Sobald sich die kleine Gruppe versammelt und Mary Platz genommen hatte, den Rücken kerzengerade an der Lehne, bat Mr Sparrow seinen Sohn, die Ledertasche zu öffnen. Der junge Mann zog eine in ein weiches Tuch gewickelte Brille hervor und reichte sie Mary mit einer würdevollen Geste.

Mary setzte sie auf, nahm ein Buch vom Tisch, schlug es auf und stieß einen Laut des Entzückens aus. »Mrs Hill, ich kann alles wunderbar erkennen!«

Die Haushälterin verschränkte die Arme vor der Brust und musterte sie nachdenklich. »Das freut mich zu hören. Allerdings bin ich mir nicht sicher, was Ihre Mutter dazu sagen wird.«

Sofort war Marys Freude verflogen. Sie nahm die Brille ab und legte sie sich in den Schoß. Einen Moment lang hatte sie ganz vergessen, was für einen Preis sie für die wiedergewonnene Sicht der Welt zahlte. Sie konnte Lydias Spott förmlich hören: Mochte sie die Dinge auch klarer sehen, die Brille war ihrem Aussehen noch abträglicher.

»O Gott, nicht doch.« Zu ihrem Erstaunen kam John Sparrow auf sie zu und nahm ihr die Brille aus dem Schoß. »Lassen Sie sich nicht entmutigen. Es ist etwas Wunderbares, gut sehen zu können, dann muss man nicht blinzeln und das Gesicht verziehen.« Entschieden polierte er die Brille mit dem weichen Tuch. »Außerdem steht Ihnen die Brille sehr gut. Wenn Sie lächeln … sehen Sie wunderbar aus.« Er reichte ihr die Brille mit einem leichten Nicken zurück und gesellte sich dann wieder zu seinem Vater.

»John hat absolut recht«, sagte Mr Sparrow, »in beiden Punkten. Und sobald Sie die Brille eine Weile getragen haben, wird sie niemand mehr bemerken, glauben Sie mir.«

Mary bezweifelte, dass ihre Mutter das auch so sehen würde, aber sie brachte es nicht übers Herz, diesem freundlichen, wohlmeinenden Mann zu widersprechen.

»Danke, Mr Sparrow, das hoffe ich. Sie wird mir sicher ausgezeichnete Dienste leisten. Ich werde sie mit größter Freude tragen.«

Sie nahm die Brille in die Hand und trat in den Flur. Als sie die Tür schloss, hatte sie das Gefühl, dass John Sparrows Blick ihr gefolgt war; bei genauerem Nachdenken war ihr allerdings klar, dass sie sich irren musste. Eine Weile blieb sie noch stehen und lauschte, als Mrs Hill sich erkundigte, wie und wann man die Sparrows entlohnen solle. Dann riss sie sich zusammen und eilte davon. Sie wollte ihre Brille am letzten Band von Mrs Macaulays Werk erproben.

Kapitel 7

Mehrere Male im Jahr fand im Gemeindesaal von Meryton ein öffentlicher Ball statt. Wer etwas auf sich hielt, gab vor, dieses schlichte Vergnügen zu verachten – die Räumlichkeiten waren zu klein, die Musik zu laut, die Speisen zu einfach –, aber niemand hätte es sich entgehen lassen. Dem ersten Ball der Saison fieberte man stets mit größter Aufregung entgegen, und das umso mehr, als über das genaue Datum immer erst im letzten Moment entschieden wurde. Wenn die Bäume ihre Blätter abwarfen und die Abende dunkler wurden, stiegen die Erwartungen, besonders die der Jüngeren, die sich nach einer Gelegenheit zum Tanzen sehnten, aber wochenlang nicht in Erfahrung bringen konnten, wann das Ereignis stattfinden würde. Natürlich war es Lydia, die bei einem ihrer flirt- und klatschsüchtigen Ausflüge in die Stadt unzweifelhafte Beweise für das festgelegte Datum in Erfahrung brachte und diese triumphierend in Longbourn verkündete. Kaum hatte sie die Vorhalle betreten, Kitty im Schlepptau, eilte sie zu Mrs Bennet.

»Der Ball findet am ersten Samstag des nächsten Monats statt! Das habe ich von Mr Thompson höchstpersönlich erfahren. Ich schlenderte am Gemeindesaal vorbei und stand plötzlich vor ihm, also habe ich mich erkundigt. Er sagte, dass er soeben die Musiker engagiert habe und außer mir noch niemand davon wisse.«

Sie setzte sich auf einen Stuhl, den Hut noch auf dem Kopf, da sie ihr Wissen unbedingt hatte loswerden wollen. »Die Speisen sind bestellt, der Saal und die anderen Räume müssen noch gefegt und die Böden abgeschliffen werden, damit sich niemand die Knöchel bricht. Morgen wird es in der Zeitung stehen.«

Mrs Bennet, die fast ebenso begeistert war wie ihre Tochter, klatschte in die Hände. »Großartig, Lydia, wie klug du bist. Haben Sie das gehört, Mr Bennet? Der Ball in Meryton ist für Samstag in drei Wochen angesetzt.«

»Ach, wirklich? Da ich selbst nicht daran teilnehmen werde, hält sich meine Begeisterung in Grenzen. Aber gegen ein harmloses Vergnügen habe ich nichts einzuwenden. Wirst du hingehen, Lizzy?«

»Vielleicht, wenn Jane mitkommt«, antwortete Elizabeth. »Ich bin mir noch nicht sicher.«

Lydia sah sie fassungslos an. »Noch nicht sicher? Lizzy, wie kannst du nur so langweilig sein? Ich bin mir sicher, ich würde sterben, wenn ich nicht hinginge. Vor Überdruss würde ich Selbstmord begehen.«

»Dann wirst du dich wohl zusammenreißen müssen«, sagte Mr Bennet ruhig, »da ich noch nicht entschieden habe, ob du an dem Ball teilnehmen darfst. Jane und Lizzy sollen ruhig hingehen. Sie waren schon dort, und ich hege keinerlei Befürchtungen, was ihr Benehmen betrifft. Mary kann auch daran teilnehmen, wenn sie mag – sie ist alt genug, und ich vertraue ihr hinreichend. Bei dir und Kitty sieht das schon anders aus.«

Mary, die mit einem Buch auf den Knien in der Ecke saß, hätte niemals erwartet, dass ihr Name in Zusammenhang mit einem Ball fallen würde. Sie konnte kaum glauben, dass ihr Vater sie gelobt hatte – ein mageres Lob, zugegeben, aber ihr wurde ganz warm vor Stolz.

Kitty und Lydia stießen lautes Protestgeheul aus.

»Das können Sie nicht so meinen!«, rief Lydia. »Sie wollen mich im Ernst daran hindern, zu dem Ball zu gehen?«

»Wirklich, Mr Bennet«, ergriff seine Frau das Wort. »Ich bin mir sicher, dass weder Lydia noch Kitty etwas tun würden, das uns Anlass zur Schande geben könnte.«

»Ich wünschte, ich könnte Ihre Zuversicht teilen«, erwiderte er. »Keine der beiden kann als diskret oder bescheiden bezeichnet werden. Und Lydia ist ziemlich eigensinnig.«

Lydia sprang auf, Tränen in den Augen. »Papa, das ist nicht nett von Ihnen. Sie müssen mich gehen lassen! Sie müssen einfach!«

Mary hütete sich für gewöhnlich davor, sich in die Angelegenheiten ihrer jüngsten Schwester einzumischen. Doch das Kompliment ihres Vaters ermutigte sie dazu, seine Haltung zu unterstützen. »Die ersten Male einer jungen Dame in der Gesellschaft können gar nicht sorgfältig genug geplant werden. Es gibt zu viele Fallstricke und Versuchungen, wenn sie nicht über die Urteilskraft oder Erfahrung verfügt, um Letzteren zu widerstehen.«

Lydia, die immer noch ihren Hut trug, löste nun langsam das Band und zog eine Nadel nach der anderen heraus. »Ist das so?«, fragte sie kalt. »Nun, du magst das rechte Alter haben, um in die Gesellschaft eingeführt zu werden, aber Fallstricke und Versuchungen hast du nicht zu befürchten. Mit deiner Brille kann dir nichts passieren, das versichere ich dir.«

Mit diesen Worten knallte sie den Hut hin und rannte aus dem Raum, gefolgt von Kitty und ihrer Mutter, die sie wortreich zu trösten versuchte – ihr Vater scherze nur, sie kenne ihn doch, er werde sich schon noch eines Besseren besinnen, da sei sie sich sicher.

»Das passiert, wenn man in einen Bienenstock sticht«, sagte

Mr Bennet trocken zu Mary. »Man muss damit rechnen, selbst gestochen zu werden.«

Mary erhob sich so würdevoll wie möglich und ging nach oben in ihr Zimmer. Dort setzte sie sich an ihren Ankleidetisch und holte die Brille aus der Tasche. Sorgfältig positionierte sie sie auf ihrer Nase und musterte aufmerksam ihr Spiegelbild. Sie drehte den Kopf hin und her und betrachtete sich von allen Seiten, gar nicht erst um ein Lächeln bemüht. Ihre Augen füllten sich mit Tränen. Lydia hatte recht. Das dunkle Metallgestell wirkte schwer in ihrem zarten Gesicht, und die Gläser verliehen ihrem Blick etwas Eulenhaftes. Man konnte beim besten Willen nicht behaupten, dass ihr Aussehen dadurch an Reiz gewann.

Dort saß sie immer noch, als ungefähr zwanzig Minuten später Mrs Hill an die Tür klopfte. Sie hatte sauberes Bettzeug dabei, aber Mary wusste, dass dies nicht der Grund ihres Kommens war.

»Ich habe gehört, was zwischen Ihnen und Miss Lydia vorgefallen ist.«

Mary schwieg und wandte den Blick nicht vom Spiegel ab.

»Sie hat eine scharfe Zunge, wenn man sie reizt«, sagte Mrs Hill. »Aber das wissen Sie ja.«

Sie legte die Bettwäsche ab, zog sich einen Stuhl heran und setzte sich so nah wie möglich neben Mary. »Ich hoffe, Sie nehmen sich das nicht allzu sehr zu Herzen«, sagte sie leise. »Aus Lydia haben Ärger und Mutwillen gesprochen. Aber dadurch werden ihre Worte nicht wahrer.«

»Ach ja?«, erwiderte Mary. »Ich habe mich eben lange im Spiegel betrachtet und kann ihr nicht widersprechen.«

»Ehrlich gesagt würde auch ich nicht behaupten, dass Ihnen die Brille zum Vorteil gereicht«, gestand Mrs Hill. »Aber Sie müssen sie ja nicht immer tragen. Und ohne sehen Sie genauso gut aus wie die meisten jungen Frauen.«

Mary sah sie stirnrunzelnd an.

»Ich weiß, dass Sie mir nicht glauben, aber es stimmt. Ihre Haut ist rein, und Ihre Figur ist genau richtig, weder zu dünn noch zu dick. Ihre Augen sind durchaus ansehnlich, wenn sie nicht hinter der Brille verschwinden, und Ihr Haar ist von einem hübschen Hellbraun, auch wenn es sich partout nicht locken will.«

»Sie sind sehr nett, Mrs Hill, aber Sie müssen mir nicht schmeicheln. Der Spiegel lügt nicht.«

»Mag sein. Doch um die Wahrheit zu sagen, glaube ich nicht, dass Sie das überhaupt beurteilen können, Miss. Sie orientieren sich stets an ihren Schwestern, und zwischen Orchideen sieht eine Narzisse eben gewöhnlich aus. Aber wenn man die Orchideen wegstellt, hat sie ihren ganz eigenen Reiz.«

»In der Tat, sie ist groß, dünn und gelb.« Mary lächelte matt. »Wenn Sie mir zu verstehen geben wollen, dass ich dem Vergleich mit meinen Schwestern nicht standhalte, dann ist mir das bereits seit vielen Jahren bewusst.«

»Vielleicht wären Sie glücklicher, wenn Sie weniger Zeit mit Ihren Schwestern verbringen würden. Wenn Sie Freundinnen hätten, die durch andere Dinge als durch ihr Aussehen auffallen.«

»Lizzy wird nicht nur für ihr Aussehen, sondern auch für ihren Verstand bewundert.«

»Das stimmt«, gab Mrs Hill zu. »Sie hat das große Glück, in beidem herauszuragen. Aber würden Sie sich gelegentlich unter die Leute mischen, würden auch Sie sehen, wie selten eine junge Frau derart reich gesegnet ist. Die meisten Menschen sind viel gewöhnlicher.«

»Ich glaube nicht, dass mir der Sinn nach Gesellschaft steht. Ich habe mein Klavier und meine Bücher.«

»Das scheint mir für jemanden Ihres Alters etwas dürftig.

Kommen Sie schon, was ist mit dem Ball in Meryton? Ich hoffe sehr, dass Sie hingehen. Wenn sogar Miss Lydia daran teilnimmt, wüsste ich nicht, was Sie daran hindern sollte.«

»Unser Vater hat sich zu dieser Frage noch nicht geäußert«, begann Mary, aber Mrs Hills Miene ließ erkennen, dass sie nicht davon ausging, dass Mr Bennet seinen Widerstand lange gegen den vereinten Ansturm seiner jüngsten Tochter und seiner Ehefrau aufrechterhalten konnte. »Und ich habe auch noch keine Entscheidung getroffen«, fuhr sie fort. »Ich bin mir nicht sicher, ob ich mich dort amüsieren würde.«

»Aber warum denn nicht? Es mag kein rauschendes Fest sein, aber es gibt Musik und Tanz, und alle sind bester Stimmung. Sie waren doch noch nie auf einem Ball, sind Sie nicht neugierig?«

»Das weiß ich nicht. Darüber muss ich noch einmal nachdenken.«

»Wenn Sie sich bald entscheiden, könnten Sie sich noch ein neues Kleid schneidern lassen. Wir könnten zusammen in die Stadt gehen und einen schönen Musselin für etwas Hübsches aussuchen, nichts übertrieben Auffälliges. Ich könnte Ihnen auch das Haar frisieren – nicht so, wie Ihre Mutter es wünscht, sondern nach Ihrem Geschmack. Was meinen Sie?«

»Ich weiß nicht. Vielleicht habe ich auch ein bisschen Angst … Was, wenn niemand mit mir tanzen will?«

»Dann essen Sie Unmengen von Eis und lachen über so viel Dummheit! Warum schlafen Sie nicht eine Nacht darüber? Es ist ein trauriger Anblick, wenn ein so junges Mädchen wie Sie sich derart den Vergnügungen und der Gesellschaft verweigert.«

Als Mrs Hill fort war, legte sich Mary auf ihr Bett, starrte an die Decke und dachte über das Gehörte nach. Mrs Hills Begeisterung hatte ihre Neugierde tatsächlich geweckt; plötzlich schwankte sie, ob sie nicht doch zu dem Ball gehen sollte. Vielleicht wäre es aufregend, im kalten Herbstdunkel das Haus zu verlassen, sich mit ihren Schwestern in die gemietete Kutsche zu quetschen und über die holprige Straße nach Meryton zu fahren. Sie hatte den Gemeindesaal noch nie am Abend gesehen, hell erleuchtet und mit Papiergirlanden und den ersten Stechpalmenzweigen des Jahres geschmückt. Vielleicht würde es ihr ja gefallen, dem Orchester zu lauschen, wenn es die alten Melodien und fröhlichen Tänze spielte, und die freudig aufgeregten Menschen zu beobachten. In der Tat, warum sollte sie nicht hingehen? Es handelte sich schließlich nur um eine ländliche Tanzveranstaltung. Andere Mädchen ihres Alters waren auch schon dort gewesen und schwärmten jetzt noch davon, und nicht alle waren Schönheiten. Und hieß es nicht – auch wenn sie gerade nicht wusste, wer das gesagt hatte –, dass es jedenfalls nie schaden konnte, bestimmte Erfahrungen zu machen? Nach einer halben Stunde war sie fast zu der Auffassung gekommen, dass es ihre Pflicht war, an dem Ball teilzunehmen. Und wenn sie es tat, musste sie sich dann nicht ein passendes Kleid zulegen? Wenn man sich in die Gesellschaft begab, war es nur recht und billig, sich an die Gepflogenheiten zu halten. Zum ersten Mal, seit sie sich erinnern konnte, gab Mary sich Fantasien von schönen Stoffen und eleganten Kleidern hin, von Farben, Schnitten und Verzierungen. Mrs Hill hatte recht, dachte sie kurz vor dem Einschlafen. Es wäre dumm, sich eine solche Gelegenheit entgehen zu lassen. Sie würde einen Zipfel vom Leben erhaschen, und vor allem würde sie sich so adrett, klug und angenehm präsentieren, wie es ihr nur möglich war. Ausnahmsweise einmal könnte sie versuchen, sich so zu amüsieren, wie sie es sonst nur bei anderen beobachtete.

Beim Frühstück am nächsten Tag ließ Lydias triumphales Gehabe keinen Zweifel daran aufkommen, zu wessen Gunsten Mr

Bennets Entscheidung ausgefallen war. Marys Schwester konnte ihre Begeisterung kaum zügeln, was sie allerdings nicht daran hinderte, etliche noch warme Brötchen mit Butter in sich hineinzustopfen.

»Danke, Papa, tausend Dank. Ich werde Sie immer und ewig lieben.«

Mrs Bennet strahlte ihre Lieblingstochter an, aber ihr Ehemann wirkte ernst.

»Deine Dankbarkeit gibt mir noch stärker zu denken als dein albernes Theater. Ich bin mir keineswegs sicher, dass es klug war, dir nachzugeben.«

Mr Bennet hatte eine ausgeprägte Urteilskraft, es gab nur wenige Situationen, in denen er nicht wusste, was angemessen war. Gleichzeitig scheute er vor lästigen Mühen zurück. Es fiel ihm wesentlich leichter, sich über seine Töchter lustig zu machen, als Einfluss auf ihr Verhalten zu nehmen. Nur für Lizzy brachte er so etwas wie Respekt auf, was vielleicht der Grund dafür war, dass einzig sie ihm zu widersprechen wagte.

»Warum haben Sie es dann getan?«, fragte diese. »Ein bisschen Standfestigkeit in dieser Angelegenheit hätte Lydia lehren können, dass man auf der Welt nicht alles bekommt, nur weil man ein albernes Theater veranstaltet.«

»Wirklich, Lizzy!«, rief Mrs Bennet. »Du klingst schon wie Mary! Was geht dich das überhaupt an? Ich bin es doch, die sich um Lydia und Kitty kümmern und darauf achten wird, dass sie sich anständig benehmen.«

Mr Bennet legte sein Messer hin und blickte sich mit giftiger Genugtuung am Tisch um. »Ihr habt es gehört, meine Lieben. Eure Mutter wird mit der ihr eigenen Würde dafür sorgen, dass weder Dummheit noch Selbstsucht obsiegen. Es besteht also kein Grund zur Sorge.«

Mary sah, wie Elizabeth Janes Blick auffing, und in dem kurzen Blickwechsel der beiden lag ein ganzes Bündel an Gefühlen – Angst, Bedauern, Schmerz. Ihre jüngeren Schwestern bemerkten nichts davon. Lydia hatte schnell ihre übliche Selbstsicherheit wiedererlangt und bediente sich ungeniert an Tee und Keksen.

»Kitty muss auch mitkommen«, verlangte sie. »Wenn ich hingehe, wäre es eine himmelschreiende Ungerechtigkeit, wenn es ihr verwehrt würde.«

Kitty nickte vehement, da sie den Mund voll hatte.

Aber bevor sie eine entsprechende Bitte vortragen konnte, beschloss Mary, ihre eigene Entscheidung kundzutun.

»Ich möchte auch hingehen, Papa, wenn Sie nichts dagegen haben.«

»Du willst zu dem Ball gehen?«, rief Lydia aufrichtig überrascht. »Wieso das denn?«

»Ich denke, es ist an der Zeit, dass ich etwas von der Welt sehe.« Mary war entschlossen, nicht mehr dazu zu sagen. Sie hatte nicht die Absicht, sich von Lydia aufziehen zu lassen, indem sie ihr die Gründe darlegte, die zu ihrer Entscheidung geführt hatten. Und niemals würde sie zugeben, dass sie sich sogar ein bisschen auf den Ball freute.

»Natürlich kannst du hingehen«, sagte Mr Bennet unwirsch. »Soll doch jeder hingehen, der will, solange ich nichts mehr davon hören muss. Aber, Mrs Bennet, nehmen Sie bitte zur Kenntnis, dass es sinnlos wäre, mich um Geld für neue Kleider zu bitten. Vielleicht werde ich ein wenig Zierrat zugestehen, Bänder und Federn zum Beispiel, aber darin erschöpft sich meine Großzügigkeit auch schon. Sie werden kein Geld für Kleider, Stolen und Schuhe zum Fenster hinauswerfen.«

Lydia, Kitty und ihre Mutter schauten ihn entsetzt an, aber Mr Bennet blieb eisern.

»Kein Wort mehr. Ich habe schon mehr Zugeständnisse gemacht, als es meiner Überzeugung entspricht.«

»Ich habe ein bisschen Taschengeld gespart«, sagte Mary nachdenklich. »Es ist sicher genug für ein neues Kleid.«

Lydia blitzte sie über den Tisch hinweg an. »Herrgott, du bist wirklich eine überhebliche Kuh!«

»Mag sein«, sagte Mary ganz ruhig, »aber wenigstens werde ich die Genugtuung haben, eine Kuh in neuem Kleid zu sein.«

Später am Tag statteten Mary und Mrs Hill dem Stoffladen in Meryton einen Besuch ab und fanden einen gemusterten Musselin in blassem Creme – Weiß sei zu hart für Marys Teint, erklärte Mrs Hill –, durchzogen von zarten Goldfäden. Mary war der Ansicht, nie etwas Schöneres gesehen zu haben, und strich sanft über das feine Gewebe. Als es verpackt war, weigerte sie sich, Mrs Hill das riesige Paket zu überlassen; sie trug es höchstpersönlich nach Hause, gleichermaßen stolz und auch ein wenig ängstlich, da sie einen so gewaltigen Schritt unternommen hatte.

In ihrem Zimmer besprach sie mit Mrs Hill, wie der Stoff verarbeitet werden sollte. Ihre Schwestern konnte sie nicht um Rat fragen. Jane und Elizabeth gegenüber fehlte ihr das Selbstbewusstsein, und für ein Gespräch mit ihren jüngeren Schwestern war es ohnehin zu spät; die beiden würden nur lachen über ihren unbeholfenen Versuch, einen eigenen Stil zu finden. Außerdem teilte Mary nicht Lydias Vorliebe für Rüschen und Volants, die an ihr nur falsch wirken würden. Am wohlsten würde sie sich vermutlich in einem schlichten Kleid fühlen, das keinerlei Aufsehen erregte. Ein schlichtes Kleid wäre vielleicht der beste Schmuck für ein schlichtes Mädchen, dachte sie.

Zehn Tage später war das Kleid fertig. Der Schneider brachte es, als schon der Abend dämmerte, und übergab es wie verabredet Mrs Hill – Mary wollte auf keinen Fall, dass ihre Schwestern das Kleid vor ihr zu sehen bekämen. Atemlos vor Aufregung eilte sie auf ihr Zimmer, die Haushälterin dicht auf den Fersen. Dort angelangt zündete sie eine Kerze an, während Mrs Hill die Tür abschloss. Nervös zog sie an den Bändern des Pakets, konnte es aber schnell öffnen. Dann hielt Mary das Kleid hoch. Es floss über ihre Arme, und die Goldfäden reflektierten das Kerzenlicht. Luftig und zart wie eine Wolke war es, ganz anders als die beigen und grauen Baumwollkleider, die sie sonst trug. Ja, es war schlicht, ohne Verzierungen, die das Auge des Betrachters ablenken würden, aber in dieser Einfachheit lag auch eine klare Eleganz.

»Es ist wirklich schön geworden«, sagte Mrs Hill. »Wunderschön sogar.«

Mary hielt sich das Kleid an und betrachtete sich im Spiegel. »Aber ist es nicht zu fein für mich? Werde ich nicht lächerlich darin aussehen? Was meinen Sie?«

»Nein, das werden Sie nicht. Vielmehr werden Sie sehr hübsch darin aussehen.«

Mary musterte zaghaft ihr Spiegelbild. Sie würde nicht so weit gehen, sich als hübsch zu bezeichnen, aber komisch oder fremd wirkte sie auch nicht auf sich, und das reichte ihr.

Kapitel 8

Am Abend des Balls war Mrs Hill sehr gefragt. Sie eilte von Raum zu Raum, half sämtlichen Schwestern bei den letzten Handgriffen, zupfte und steckte, kürzte und begradigte. Aber es war Mary, der sie die meiste Zeit widmete. Sie frisierte ihr Haar in einer Weise, die so schlicht und fließend war wie ihr Kleid, und verzichtete auf den sinnlosen Versuch, kurzlebige Locken zu erzwingen. Als sie fertig war, zog sie ein zusammengefaltetes Papier aus ihrer Schürzentasche, öffnete es vorsichtig und legte es auf den Ankleidetisch. Blassrosa Puder kam zum Vorschein.

»Ist das Rouge?«, fragte Mary unsicher.

»In der Tat. Ich habe es aus dem Tiegel in Miss Lydias Kommode abgezweigt. Sie hat so viel, dass sie es gar nicht merken wird, wenn eine so winzige Menge fehlt.«

»Sie wollen doch nicht sagen, dass das für mich ist?«

»Nur einen Hauch, mehr braucht es nicht. Fahren Sie vorsichtig mit Ihrem Finger darüber und reiben sie es sich ganz sanft auf die Wangen.«

Mary nahm das Papier und musterte es neugierig.

»Los«, sagte Mrs Hill. »Nur eine winzige Menge. Niemand wird etwas merken, das verspreche ich Ihnen. Dennoch wird es einen Effekt haben.«

Mary gab sich einen Ruck, tupfte ihren Finger so sanft wie möglich in den Puder und führte ihn dann ans Gesicht.

»Versuchen Sie es erst mit einem winzigen bisschen«, riet Mrs Hill. »Das ist wie beim Kochen – Salz kann man immer noch hinzufügen, aber entfernen kann man es nicht mehr. Genau so ist es perfekt. Sie haben ein bisschen Farbe bekommen, sehen aber nicht angemalt aus. Jetzt wird es Zeit, das Kleid anzuziehen, wenn Sie nicht zu spät kommen wollen.«

Das Kleid glitt mit glatter Selbstverständlichkeit über Marys Kopf; und da stand sie nun plötzlich, fertig. Sie hatte fast Angst, sich im Spiegel anzuschauen. Nachdem sie ihren Mut zusammengenommen hatte, erblickte sie eine große junge Frau von schmaler Figur, mit glatten hellbraunen Haaren und sanften, regelmäßigen Zügen, die ein luftiges, hübsches Kleid trug. Erleichterung machte sich in ihr breit. Ihr war klar, dass sich niemals alle Köpfe nach ihr umdrehen würden, wenn sie einen Raum betrat, so wie sie es bei ihren Schwestern beobachtet hatte. Aber wenn sie sich mit ihrem üblichen kritischen Blick musterte, dachte sie, dass sie so gut aussah wie immer. Und immer aussehen würde.

»Ein schöner Anblick«, sagte Mrs Hill. »So hatten wir es uns vorgestellt. Aber eines bleibt uns noch zu tun.« Mit diesen Worten nahm sie Mary die Brille von der Nase und legte sie auf den Ankleidetisch. »Jetzt sind Sie fertig. Ich glaube, Miss Lydia ruft auch schon seit zehn Minuten nach mir.«

Als sie wieder allein in ihrem Zimmer war, betrachtete Mary ihre Brille, unsicher, was sie damit tun sollte; nach kurzem Zögern steckte sie sie in ihr Abendtäschchen und ging nach unten zu ihren Schwestern.

Sie war die Letzte, was selten der Fall war, und so warteten alle bereits und plauderten. Als sie erschien, wurde es still.

Elizabeth musterte sie überrascht und anerkennend und ergriff als Erste das Wort. »Das ist aber ein hübsches Kleid. Du siehst wunderbar aus, Mary.«

»In der Tat«, stimmte Jane ihr zu. »Genau die richtige Farbe. Das Kleid steht dir ausnahmslos gut.«

Mrs Bennet riss sich von dem Spiegel los, vor dem sie die letzten lebensnotwendigen Handgriffe an Kleid und Person vorgenommen hatte. Kühl musterte sie Mary. Sie hatte lange gehofft, deren Äußeres zu verbessern, aber da sie an dieser jetzt vollzogenen Verwandlung keinen Anteil hatte, konnte sie sich nicht zu einem wohlwollenden Kommentar durchringen.

»Aha, Miss, du kannst dir ja doch Mühe geben, wenn du dich dazu entschließt. Ein Jammer, dass du dich so selten dazu herablässt.«

»Faszinierend, was ein neues Kleid ausmacht«, sagte Lydia säuerlich. »Man gewinnt unweigerlich dadurch. Hätte ich ein neues Kleid, würdet ihr aus dem Staunen nicht mehr herauskommen.«

»Das tun wir auch so«, erwiderte Elizabeth, »neues Kleid hin oder her.«

Vorsichtig zog Mary den Mantel über, erfreut, dass ihre Aufmachung nicht die befürchteten abfälligen Bemerkungen hervorgerufen hatte, dann folgte sie den anderen in die kalte Nachtluft. Sie war schweigsam, als die Kutsche losfuhr, und niemand richtete das Wort an sie. Jane und Lizzy unterhielten sich flüsternd, während Lydia lautstarke Kommentare von sich gab, die keine Erwiderung verlangten.

»Denken Sie nur, Mama, gestern habe ich in Meryton Dick Smythson getroffen, und er hat regelrecht darauf bestanden, dass ich ihm den zweiten Tanz reserviere. Den ersten hat er dieser grässlichen Miss Denny versprochen, aber da sie seine Cousine ist, war er vermutlich dazu verpflichtet. Und Captain Carter hat mir den dritten abgeschwatzt. Ich hoffe sehr, er trägt seine Uniform. Sie können sich gar nicht vorstellen, wie vorteilhaft er darin aussieht.«

»Oh, natürlich kann ich das«, erwiderte Mrs Bennet. »Ich habe schließlich selbst einmal etwas für einen Offizier empfunden. Ich wünsche es dir sehr, dass er sie heute Abend trägt.«

»Und für den vierten«, fuhr Lydia fort, die den Einwurf ihrer Mutter kaum bemerkt hatte, »hoffe ich auf William Digby. Ich habe zu ihm gesagt, dass er mir hinterher Eis besorgen muss, weil ich zu diesem Zeitpunkt sicherlich schon erhitzt sein werde.«

Elizabeth sah verzweifelt an die Decke, als Kitty einen empörten Schrei ausstieß.

»Lydia! Du weißt doch, dass Mr Digby mich schon um den vierten Tanz gebeten hat. Du kannst ihn mir nicht wegnehmen. Wirklich, Mama, sagen Sie ihr, dass sie das nicht darf. Das ist ungerecht …«

Mary hatte sich in die Ecke gedrückt und dachte darüber nach, wie groß wohl die Aussichten waren, ihrerseits einen Tanzpartner zu finden. Sie kannte kaum junge Männer. Da Kitty und Lydia täglich in Meryton waren, hatten sie zahlreiche männliche Bekannte, vor allem seit dem Eintreffen eines Regiments vor ein paar Monaten. Wenn die Offiziere durch die Straßen schlenderten, scherzten sie mit ihnen vor dem Laden des Hutmachers; viele von ihnen waren zu ihren vertrauten Freunden geworden. Jane und Elizabeth waren zurückhaltender, aber auch sie erwiderten die Grüße der Gentlemen unter den Soldaten mit einem höflichen Nicken. Mary hingegen konnte nichts den Weg in den Ballsaal ebnen. Sie begleitete ihre Schwestern nur selten nach Meryton; und dann brachte sie kein Wort über die Lippen, wenn sie zufällig einem Offizier über den Weg liefen. Sie hatte kein Talent für charmante Plaudereien oder brisanten Klatsch.

Als die Kutsche nach Meryton hineinrollte, nahm ihre Angst zu. Ihre ganze Begeisterung hatte sich bei dem Gedanken an das, was sie erwartete, in Luft aufgelöst. Als der Ball noch in sicherer

Zukunft gelegen hatte, hatte sie eine gewisse Vorfreude gespürt. Aber nun, da er kurz bevorstand, verhielt es sich schon anders. Als sie vor dem Gemeindesaal vorfuhren, fühlte sie sich regelrecht elend. Was sollte sie tun, wenn niemand sie zum Tanzen aufforderte? Sie konnte noch Jane und Lizzy über Situationen lamentieren hören, in denen sie sitzen geblieben waren; aber in ihren Klagen hatte immer die Selbstironie derjenigen durchgeklungen, denen das nur selten passierte. Als die kleine Gesellschaft aus Longbourn zu Mänteln und Taschen griff, um endlich die Kutsche zu verlassen, folgte Mary ihrer Mutter und ihren Schwestern in das Licht und den Lärm des Gemeindesaals. Das Herz schlug ihr bis zum Hals.

Kapitel 9

Die Menschenmenge, die sich am Eingang versammelt hatte, war so undurchdringlich und wirkte so bedrohlich wie befürchtet. Mary wurde hin und her geschubst und war fast taub von den Schreien, mit denen man sich über ihren Kopf hinweg begrüßte. In dem verzweifelten Bemühen, ihre Schwestern – denen etliche männliche Blicke folgten, wie ihr nicht entging – zwischen den Trauben aufgekratzter Gäste nicht zu verlieren, kämpfte sie sich tapfer bis zur Weite des Ballsaals voran. Einen Moment lang stand sie stumm da, überwältigt von dem Anblick. Der Raum war kaum wiederzuerkennen. Überall standen Kerzen, wenn auch wohl nicht die hochwertigsten, da Talggeruch in der Luft hing; aber ihr flackerndes Licht verwandelte die schäbigen Wände und ließ die Zweige mit dem Herbstlaub glänzen, die als Dekoration dienten. In der Ferne konnte sie hinter einer Flügeltür erahnen, wie das Personal des Gasthofs die Festtafel deckte und die Lakaien mit ihren Schürzen die Servierlöffel polierten. Oben auf der Balustrade stimmten die Musiker ihre Instrumente und tranken ein letztes Bier, bevor sie mit ihrer Arbeit beginnen würden. Auf der Tanzfläche schritten bereits ungeduldige Paare erwartungsvoll auf und ab.

Kitty und Lydia wurden schnell von der Menge verschluckt. Mary sah sich um, erkannte aber niemanden. Einen Moment lang überlegte sie, die Brille aufzusetzen. Sie kramte schon in ihrer

Tasche und schloss die Finger darum, stellte sich aber dann Lydias Miene vor, wenn sie sie damit entdecken würde – triumphierend, da dieser Anblick den guten Eindruck im neuen Kleid mit Sicherheit zunichtemachte. Schnell zog sie die Hand wieder aus der Tasche und drohte schon in Panik zu geraten, als sie Elizabeths Berührung an der Schulter spürte.

»Wir haben dort drüben einen Platz gefunden, wo wir es uns bequem machen können.«

Geschickt führte Lizzy sie durch die Menschenmenge zu Stühlen, die so in einer Reihe aufgestellt waren, dass man von ihnen aus das Tanzgeschehen im Blick hatte, ohne selbst daran teilnehmen zu müssen. Ihre Mutter hatte sich bereits dort niedergelassen, neben Lady Lucas, ihrer besten Freundin. Die beiden Frauen verbrachten viel Zeit miteinander, da sie in der anderen genau das fanden, wonach es sie verlangte. Mrs Bennet brauchte eine Untergebene, und die scheue, ehrfürchtige Lady Lucas spielte gern die Rolle der gehorsamen Dienerin. Nur ein einziges Mal war die natürliche Hierarchie ihrer engen Freundschaft bisher durcheinandergeraten: Als Mr Lucas, ein wohlhabender Kaufmann aus Meryton, mit dem Titel eines Baronets geadelt wurde, drohte sich alles zu verändern. Wie sollte eine schlichte Mrs Bennet eine frischgebackene Lady Lucas herumkommandieren? Aber zu ihrer großen Erleichterung stellte Mrs Bennet schnell fest, dass der Adelstitel dem sanften Wesen ihrer Freundin nichts anhaben konnte; auch mit ihm ertrug sie klaglos die Herablassung, die ein fester Bestandteil von Mrs Bennets liebevoller und unverbrüchlicher Zuneigung war.

Hinter Lady Lucas' Stuhl stand Charlotte, ihre älteste Tochter. Sie war von mittlerer Größe und hatte ein offenes Gesicht, das keine Ansprüche auf Schönheit erhob. Ihre Unscheinbarkeit war ein Quell größter Zufriedenheit für Mrs Bennet, die Lady Lucas häufig darauf aufmerksam machte, wie sehr sich Charlottes klägliche Erscheinung von der ihrer eigenen Töchter unterschied. Sie zögerte auch nicht, ihrer Freundin mit allem gebotenen Mitleid unter die Nase zu reiben, dass Charlotte im Alter von sechsundzwanzig Jahren immer noch nicht verheiratet war und leider wenig Aussicht auf eine Änderung dieses Zustands bestand.

Lady Lucas war zu schüchtern, um Mrs Bennet zu widersprechen, und so nickte sie bei solchen Gelegenheiten nur deprimiert. Aber ihre nachgiebige Natur hatte auch Vorteile für ihre sonst so unglückliche Tochter. Da Lady Lucas weder über Mrs Bennets Energie verfügte noch deren unerfüllbare Erwartungen hegte, musste Charlotte nicht die Tadel und Klagen über sich ergehen lassen, die Mary das Leben schwermachten. Vielleicht war das der Grund dafür, warum Charlotte nicht, beschämt über ihr Versagen auf dem Parkett der Schönheiten, den Kopf hängen ließ, sondern mit klarem, aufmerksamem Blick in die Welt schaute. Über ihr Aussehen gab sie sich keiner Illusion hin, aber sie schien auch nicht die Absicht zu haben, sich dafür zu entschuldigen. Stattdessen arrangierte sie sich mit trockenem Humor mit ihrer Situation, und wer sie nicht gut kannte, den überraschte sie oft mit ihrem scharfen Verstand. Auch Elizabeth, die sie ein paar Jahre lang als ihre beste Freundin betrachtet hatte, war sehr davon eingenommen. Charlotte war es nun also, zu der Lizzy ihre Schwester führte, bevor sie sich selbst den letzten freien Stuhl sicherte.

»Was für ein Ansturm! Ich könnte schwören, dass es jedes Jahr mehr Gäste werden! Wenn das so weitergeht, müssen wir abwechselnd tanzen. Die Veranstalter könnten jedem eine Nummer geben und uns aufrufen, Paar für Paar.«

»Vielleicht sollten sie überhaupt nur jene jungen Damen hereinlassen, die so glücklich sind, sich für mehr als die Hälfte der

Tänze Partner gesichert zu haben«, antwortete Charlotte. »Der Rest von uns könnte wie sperrige Gepäckstücke in der Vorhalle bleiben und nur bei Bedarf geholt werden.«

»Ach«, sagte Elizabeth, »auf so eine Bemerkung steige ich gar nicht erst ein. Ich glaube nicht, dass du ohne Tanzpartner bleiben wirst. Und falls dem tatsächlich so sein sollte, dann nur, weil du jedem mit einem derart giftigen Blick begegnest, dass es keiner mehr wagt, dir nahe zu kommen.«

»Da hast du vollkommen recht«, stimmte Charlotte ihr zu. »Meine Tanzpartner stehen reihenweise Schlange – zwei Cousins, die aus der Schule heimgekehrt sind, gerade alt genug, um überhaupt den Ball besuchen zu dürfen, und ein alter Freund meines Vaters, der mich mit erlesener Höflichkeit aufs Parkett führen wird, um sich dann die ganze Zeit mit unverhohlener Sorge zu fragen, wann endlich das Abendessen serviert wird.«

Elizabeth nahm Charlottes Hand. »Ich denke, du hast zu viel Zeit im Beisein der Matronen verbracht, da wird man ja zwangsläufig trübselig. Und nun, da du mir den Gedanken ans Essen in den Kopf gesetzt hast, werde ich ihn nicht mehr los! Wollen wir nicht einen Blick auf die vorbereiteten Speisen werfen und versuchen, das Personal zu überreden, uns schon vor dem großen Ansturm eine Kleinigkeit zu geben? Mary, wartest du hier? Wir bleiben nicht lange und bringen dir vielleicht einen Happen mit.«

Mary sah ihre Schwester und deren Freundin verschwinden, untergehakt und die Köpfe zusammengesteckt, offenbar über einen Witz lachend. Charlottes Worte hatten sie noch stärker entmutigt; wenn sie sich schon keinen richtigen Tanzpartner sichern konnte, der an ihr interessiert war, welche Hoffnung bestand dann für Mary? Im selben Moment legte das Orchester los, und unter dem Donner von gefühlt tausend Füßen strömte die Menge auf die Tanzfläche. Der Lärm war unbeschreiblich – die Musik, das Gelächter, der Applaus. Mary konnte nicht einmal mehr ihre Gedanken hören. Paare marschierten, flanierten, schritten auf und ab, manche mit mehr Enthusiasmus als Können, aber alle wild entschlossen, sich zu amüsieren. Mittendrin entdeckte sie Lydia, das Gesicht gerötet, laut, sichtlich aufgeregt, am Arm eines Offiziers, dessen Uniform allen Wünschen Genüge tat. Mary verspürte einen Stich. Warum war sie nicht auch dort und ging in diesem Freudentaumel unter? Stattdessen stand sie zwischen den Müttern, Tanten und verheirateten Schwestern, die die seligen Zeiten von aufregenden Tanzvergnügungen längst hinter sich hatten.

Das muntere Grüppchen beobachtete das Geschehen und unterhielt sich. Als aber der zweite Tanz begann und Mary immer noch nicht aufgefordert worden war, wähnte sie plötzlich alle Augen auf sich ruhen. Sie war sich sicher, dass sie über sie redeten, manche mitleidig, manche höhnisch, und stellte sich vor, dass sie die Wahrscheinlichkeit erwogen, mit der sie jemand zum Tanz bitten würde – mit ernüchterndem Ergebnis. Wo waren nur Lizzy und Charlotte? Wollten sie denn gar nicht wiederkommen? Mary sah sich mit wachsendem Unmut um. Ihre Mutter war dankenswerterweise in ein Gespräch mit Lady Lucas vertieft und schien ihre missliche Lage nicht zu bemerken, vorerst jedenfalls. Ihr war klar, dass Mrs Bennet nicht erfreut sein würde, eine ihrer Töchter so schändlich missachtet zu sehen. Da Mary immer unsicherer wurde, gab sie sich mehr und mehr Mühe, unbekümmert zu wirken und eine Nonchalance auszustrahlen, die sie wahrlich nicht empfand.

Und dann, als das Orchester soeben den nächsten Tanz anstimmte, streckte sich ihr eine Hand entgegen.

»Ich würde mich sehr freuen, wenn Sie mir das Vergnügen gewährten, mit mir zu tanzen.«

Überrascht sah sie auf. Weder Stimme noch Gesicht ihres Retters waren ihr bekannt.

»Mein Name ist William Lucas, Miss Mary. Ich bin ein Cousin von Miss Charlotte, der Freundin Ihrer Schwester.«

Das war also einer von Charlottes jugendlichen Verwandten, die nicht einmal sie für achtbare Tanzpartner hielt. Es stimmte schon, er war sehr jung, vielleicht nicht einmal sechzehn. Aber so viel älter war sie auch nicht, warum sollte sie also nicht annehmen? Sie schenkte ihm ein Lächeln, aufrichtig dankbar, und ließ sich von ihm auf die Tanzfläche führen.

Weder Mary noch ihr Tanzpartner gaben sich eine Blöße; sie stolperten nicht und traten dem anderen auch nicht auf die Füße. Er fragte sie, ob sie den Abend genoss, und sie bestätigte es, womit das Gespräch beendet war. Nach dem Tanz führte er sie zu ihrem Platz zurück, verbeugte sich höflich und ging. Obwohl es nicht sehr wahrscheinlich war, dass er sie noch einmal auffordern würde, hüpfte Marys Herz. Ein Mann – oder vielmehr ein Junge, wie sie zugeben musste – hatte mit ihr getanzt. Aufgefordert zu werden war alles, was sie sich an diesem Abend gewünscht hatte. Voller Freude umarmte sie sich fast selbst, während sie nach Lizzy und Charlotte Ausschau hielt. Charlotte konnte sie nicht entdecken, aber sie meinte, auf der anderen Seite des Raums Elizabeths vertraute Gestalt zu sehen, die mit der ihr so typischen Lebhaftigkeit auf einen gebannten jungen Mann einredete. War sie es nun, oder war sie es nicht? Unsicher kniff Mary die Augen zusammen. Sie war so konzentriert, dass sie die leise Stimme neben sich erst spät hörte.

»Entschuldigen Sie bitte, Miss Mary. Ich möchte mich ja nicht einmischen, aber es ist nicht gut für Ihre Augen, wenn Sie sie derart zusammenkneifen.«

Als sie sich umdrehte, stand ein junger Mann vor ihr, respektvoll, aber auch besorgt, offensichtlich in seine neueste und beste Garderobe gekleidet. Im ersten Moment erkannte sie ihn nicht.

»Vielleicht kann ich Ihnen helfen?«

»Mr Sparrow? Mr John Sparrow?«

Er verbeugte sich und sah leicht verunsichert zu Boden.

»Tut mir leid, Miss Bennet. Ich hätte mir nicht einbilden dürfen … Aber ich wollte nicht, dass Sie Ihre Augen überanstrengen. Ich hätte einfach den Mund halten sollen.«

»Nein, Mr Sparrow, ich bin Ihnen sehr dankbar dafür, dass Sie mir das gesagt haben. Letztlich wissen Sie ja am besten, wo meine Schwierigkeiten liegen. Dürfte ich Ihre Dienste wirklich in Anspruch nehmen? Ich suche meine Schwester Elizabeth und dachte, ich hätte sie dort hinten in der Ecke gesehen. Oder habe ich mich getäuscht?«

»Nein, Miss, Sie haben ganz recht. Sie sprach mit dem Gentleman, mit dem sie jetzt tanzen wird.« Er deutete auf die Paare, die sich für den nächsten Tanz aufgestellt hatten. »Ich glaube, es handelt sich um Captain Parker. Vom Hertfordshire Militia.«

Lydia würde davon nicht begeistert sein, dachte Mary, und ein vages Lächeln huschte über ihr Gesicht. Die Reaktion schien Mr Sparrow zu ermutigen, der nervös von einem Fuß auf den anderen trat, bevor er wieder das Wort ergriff.

»Ich frage mich, Miss Mary, ob Sie mir wohl die Ehre des nächsten Tanzes erweisen würden?«

Für den Bruchteil einer Sekunde zögerte Mary, nahm aber dann an unter dem Eindruck der überraschenden Freude, die sie bei seiner Aufforderung empfand. »Es wäre mir ein Vergnügen, Mr Sparrow.«

Er lächelte erleichtert. »Nun, also, danke – ich meine, ich bin Ihnen sehr dankbar. Höchst dankbar. Wollen wir hier warten, bis die nächste Tanzfolge beginnt?«

Während sie am Rand der Tanzfläche standen, erkundigte er sich, wie sie mit der Brille zurechtkam. War es für sie nun leichter, zu lesen und zu nähen?

»Um die Wahrheit zu sagen, Mr Sparrow, für das Nähen habe ich ohnehin kein großes Talent, ob nun mit oder ohne Brille. Aber ich kann Ihnen und Ihrem Vater nicht genug dafür danken, dass ich wieder imstande bin zu lesen. Jetzt kann ich stundenlang studieren, und selbst die kleinste Schrift schreckt mich nicht mehr.«

Er wirkte hocherfreut, das zu hören. Ob er sich erkundigen dürfe, was sie mit solchem Vergnügen lese?

Mary sah ihn misstrauisch an. Machte er sich über sie lustig? Aber seine ernste Miene legte nahe, dass er an ihrer Antwort wirklich interessiert war, und so erzählte sie ihm zu ihrer eigenen Überraschung von Mrs Macaulay.

Er nickte nachdenklich und bekannte dann, er bevorzuge die Werke der Naturwissenschaften, aber wenn sie sie empfehle, sollte er sich vielleicht die Bücher dieser Dame beschaffen und sein Bestes tun, sie zu würdigen.

»Sind Sie denn ein Gelehrter, Sir?«

Er wirkte verlegen. »Noch nicht«, gab er zu. »Aber ich hoffe sehr, einer zu werden. Mein Interesse gilt der Optik und der Mechanik des Auges. Sicher werden Sie jetzt sagen, dass der Apfel nicht weit vom Stamm fällt.«

»Aber das ist doch etwas Wunderbares«, erwiderte Mary. »Es ist nur natürlich, dass Sie Ihr Wissen auf einem Gebiet erweitern möchten, das Ihnen bereits vertraut ist.«

»Ich bin sehr froh, dass Sie das so sehen.« Er beugte sich zu ihr und verkündete leise und vertraulich: »Mein Vater hegt die Absicht, mich Medizin studieren zu lassen. Er ist der Meinung, dass ich das Zeug zum Arzt habe.«

»Dann werden Sie eine Universität besuchen?«

»Nein. Mein Vater sagt, der beste Platz für mich sei eine der Medical Schools in London. Er denkt an die vom Barts Hospital oder vielleicht vom Moorfields. Beide gelten als die besten auf ihrem Gebiet.« Für einen Moment war alle Schüchternheit von ihm abgefallen; sein Gesicht leuchtete vor Begeisterung, als er sich eine solche Zukunft ausmalte. Dann war er jedoch genauso plötzlich wieder der Alte. »Aber das weiß niemand. Außer Ihnen habe ich es noch keinem erzählt.«

»Das ist in der Tat ein nobles und bewundernswertes Vorhaben, Sir. Und ich werde mit niemandem darüber sprechen.«

Ein neues Stück begann, und Mr Sparrow streckte die Hand aus und führte Mary auf die Tanzfläche. Dieses Mal genoss sie jeden Moment. Die Musik weckte eine heitere Fröhlichkeit in ihr, und das Geschiebe und Geziehe der anderen Tänzer, wenn die Partner gewechselt wurden, verliehen ihr das Gefühl, auf wundersame Art mit ihnen vereint zu sein. Ausnahmsweise war sie diesmal Teil des Vergnügens und betrachtete es nicht von außen. Wenn der Tanz sie wieder zu Mr Sparrow führte, strahlten sie sich an und freuten sich, wieder beieinander zu sein. Als die Musik verstummte, war Mary unsäglich enttäuscht.

»Danke, Mr Sparrow«, sagte sie, als er sie zu einem Stuhl führte. »Das war ganz wunderbar!«

»Ganz meinerseits, ganz meinerseits! Es ist lange her, dass ich einen Tanz so genossen habe. Ich vermute, ich kann Sie nicht dazu überreden, das Vergnügen zu wiederholen, falls Sie mal wieder frei sein sollten?«

Diesmal zögerte Mary nicht. »Ich bin für den nächsten Tanz noch nicht versprochen, Sir, und wäre hocherfreut, wieder Ihre Partnerin sein zu dürfen.«

Kapitel 10

Weder Mary noch Mr Sparrow sagten viel, als sie auf den nächsten Tanz warteten; sie saßen still da und erholten sich. Als der nächste Tanz ausgerufen wurde und die Paare sich in Reih und Glied aufstellten, war auch Lydia dabei, nicht weit von Mary entfernt. Mit triumphierender Miene war sie von Captain Carter auf die Tanzfläche geführt worden. In ihrem Gesicht spiegelte sich Überraschung, als sie während des Tanzes sah, dass Mary ihren Platz ihm gegenüber einnahm. Sie verrenkte ihren Hals, um zu sehen, wer der eigentliche Partner ihrer Schwester sein könnte, und warf ihr einen fragenden Blick zu. Doch Mary reagierte nicht und ließ sich wieder von der Musik und den Schritten forttragen.

Als der Tanz endete, schien Lydia schon Anstalten zu machen, zu ihr zu kommen und sie direkt zu fragen. Zu Marys Erleichterung trat aber nun ein anderer Offizier an sie heran und hielt sie davon ab.

»Wünschen Sie ein kaltes Getränk, Miss Bennet? Ich würde mich freuen, Ihnen eins besorgen zu dürfen.«

Mary hielt das für eine ausgezeichnete Idee und sah bald Mr Sparrow hinterher, als er in Richtung Speisesaal marschierte. Sie konnte sich nicht erinnern, wann sie zuletzt so glücklich gewesen war. Ein Mann hatte mit ihr getanzt, nicht nur ein-, sondern gleich zweimal! Nie hätte sie gedacht, dass ihr so etwas passieren könnte. Sie blickte zu Boden, weil sie ihre Freude nicht länger verhehlen konnte, daher bemerkte sie Charlotte Lucas erst, als die bereits neben ihr stand.

»Sieht so aus, als würdest du dich amüsieren, Mary.«

»Oh, Charlotte, du hast dich ja förmlich angeschlichen! Aber ja, ich amüsiere mich tatsächlich. Der Abend ist bislang sehr erfreulich für mich verlaufen.«

»Du hast ja auch häufig getanzt. Dein Tanzpartner war der junge Sparrow, wenn ich es recht gesehen habe?«

»Ja. Er war sehr zuvorkommend.«

»Du hast ihm zwei Tänze gestattet, und jetzt besorgt er dir eine Erfrischung?«

Wieder nickte sie, leicht verwundert über Charlottes seltsamen Tonfall.

»Mary, du bist sehr jung und begreifst vielleicht nicht ganz, wie diese Dinge gedeutet werden. Wenn du noch einmal mit ihm tanzt, wird man das sicher bemerken. Zwei Tänze in Folge weisen nur darauf hin, dass man einander mag. Aber drei könnten etwas ganz anderes nahelegen.«

»Er hat mich nicht gefragt, ob ich noch einmal mit ihm tanze.«

»Das wird er aber mit Sicherheit tun, wenn er die Mühe auf sich nimmt, dir etwas zu trinken zu besorgen. Was übrigens von großer Aufmerksamkeit seinerseits zeugt. Im Speisesaal geht es zu wie auf einem Schlachtfeld.«

Obwohl sie wusste, dass sie es sich besser verkneifen sollte, musste Mary wieder lächeln.

Charlotte sah sie ernst an. »Wenn er es tut, rate ich dir umso dringlicher, ihm eine Absage zu erteilen. Sag ihm, du seist müde oder zu erhitzt, weshalb du für eine Weile aussetzen wollen würdest.«

»Aber er war sehr nett zu mir! Und es war wunderbar, mit ihm zu tanzen.«

Charlotte musterte sie mit einem fast mitleidigen Blick. »Offenbar muss ich deutlicher werden, so leid es mir tut. Er mag noch so nett sein, aber er ist kein geeigneter Partner für dich. Sein Vater macht Hausbesuche und stellt für Leute Brillen her. Denk doch nur, was Mr Bennet sagen würde.«

Zutiefst beschämt konnte Mary sich zunächst zu keiner Antwort durchringen. *Mein Vater merkt es kaum, wenn ich im Raum bin*, dachte sie. *Er spricht fast nie mit mir. Warum sollte er sich daran stören, wenn ich mit einem höflichen und respektablen jungen Mann rede?*

»Was mich betrifft«, sagte Charlotte und blickte ruhig auf die Tanzfläche, »ist mir das ziemlich egal. Ich habe ein Alter erreicht, in dem ich vermutlich auch den Mann von der Wanderbücherei wohlwollend in Betracht ziehen würde, wenn er denn nett zu mir ist und verspricht, mir die neuesten Titel beiseitezulegen – dabei ist er über fünfzig und auf einem Auge blind. Aber«, verkündete sie und sah nun wieder Mary an, »ich bin nicht deine Mutter. Doch wenn schon ich dich zweimal mit Mr Sparrow habe tanzen sehen und vorausgeahnt habe, dass er eine Erfrischung mit dir einzunehmen gedenkt, würde ich davon ausgehen, dass ihr das nicht entgangen ist.«

Sie klopfte sanft mit ihrem Fächer auf Marys Schulter. »Ich sage das als Freundin, die besser als die meisten Mitglieder deiner Familie weiß, wie selten und wie schmeichelhaft es für Frauen wie uns beide ist, auf diese Weise beachtet zu werden. Aber was auch immer du an ihm findest, ich fürchte, deine Mutter wird eine ganz andere Vorstellung von ihm haben.« Bei diesen letzten Worten neigte sie leicht den Kopf und ging.

Mary blieb wie angewurzelt stehen. *Charlotte ist nur eifersüch-*

tig, sagte sie sich. *Niemand will mit ihr tanzen, und weil sie sich elend fühlt, kann sie es nicht ertragen, wenn andere glücklich sind. Sie will anderen vermiesen, was sie selbst nicht hat.*

Aber sosehr Mary sich auch dagegen wehrte, die verstörenden Gedanken ließen sich nicht mehr verscheuchen. Es war nicht schwer, sich vorzustellen, was Mrs Bennet von ihren Tanzeinlagen mit Mr Sparrow hielt. Sie sah schon vor sich, wie ihre Mutter sich aus dem kleinen vergoldeten Stuhl erhob, durch den Raum marschierte und einem entsetzten Mr Sparrow eröffnete, dass ihre Tochter die nächste Folge nicht mit ihm tanzen würde – und auch sonst keine. Sie sah ihn erniedrigt und gedemütigt dastehen, während Mrs Bennet sie selbst mit sich fortschleifte. Im nächsten Moment war ihr klar, dass genau das passieren würde. Wie hatte sie nur so dumm sein und das nicht voraussehen können? Lydia hatte sie beobachtet und würde sicherstellen, dass ihre Mutter davon erfuhr; sie würde lachen, auftrumpfen und sich über sie lustig machen. Mary schluckte schwer. Das konnte sie nicht zulassen. Sie konnte nicht zusehen, wie ein so guter Mann dem Gespött ausgesetzt wurde, nur weil er ihr seine Aufmerksamkeit gewidmet hatte. Als sie Mr Sparrows große Gestalt mit zwei Gläsern auf sich zukommen sah, wusste sie, was sie zu tun hatte.

»Tut mir leid, dass Sie warten mussten, aber die Menge, die sich um das Essen schlägt, ist gewaltig! Mir war gar nicht klar, dass in Meryton so viele Hungerleider wohnen.«

»Danke, Sir«, sagte Mary und nahm ihr Getränk entgegen, ohne sein Lächeln erwidern zu können. »Die Erfrischung kommt gerade recht. Ich sterbe vor Durst.« Sie schaute weg. Aus dem Augenwinkel sah sie ihre Mutter und Lady Lucas, die immer noch auf ihrem Posten saßen und die Köpfe zusammensteckten. Blickten sie dabei in ihre Richtung? Ihr Magen zog sich zusammen. Sie konnte ihre Gesichter nicht erkennen.

»Wollen wir noch einen Tanz wagen?« John Sparrow streckte die Hand aus, da er nicht daran zu zweifeln schien, dass sie annehmen würde.

»Danke, Sir, aber ich kann nicht … Ich meine, es tut mir leid, aber ich muss ablehnen.«

Er ließ den Arm sinken. »Aber warum denn? Ich dachte … Ich hätte gedacht …«

Sie konnte seinen verwirrten und enttäuschten Gesichtsausdruck nicht ertragen. »Ich weiß, ich weiß, so war es auch, aber … meine Mutter … Ich fürchte …« Schließlich hatte sie sich wieder so weit in der Gewalt, dass sie vernünftig reden konnte. »Es tut mir sehr leid, aber ich kann nicht noch einmal mit Ihnen tanzen. Ich habe es sehr genossen – wirklich –, aber ich habe das Gefühl, für heute genug getanzt zu haben. Es dauert mich, aber ich möchte mich jetzt zurückziehen.«

Sie gab ihm das Getränk zurück, ließ ihn mit den zwei Gläsern stehen und lief blind zu Mrs Bennet und Lady Lucas. Energisch wischte sie die heißen Tränen weg, die ihr in die Augen traten. Niemand – und am allerwenigsten ihre Mutter – sollte sehen, wie sehr die Situation sie mitnahm. Sie sah ihrer Mutter die Empörung sofort an.

»Wo warst du?«, fragte Mrs Bennet Mary. »Ich habe dich schon seit zwei Stunden nicht mehr gesehen. Lydia hat mir erzählt, dass du mit diesem … mit dem Sohn des Okulisten getanzt hast. Mit dem Jungen, der deine Brille gemacht hat! Ich sagte, das sei unmöglich – dass selbst du genug Verstand hast, um mir eine solche Schmach zu ersparen. Sein Vater hat einen Laden. Mit einer Glocke an der Tür!«

Mary hielt es für das Beste, nichts zu erwidern. Ein Streit würde nur noch mehr Aufmerksamkeit auf ihre Scham lenken. Stattdessen stellte sie sich hinter ihre Mutter, wo sie von den Ballbesuchern kaum gesehen wurde. Mit gesenktem Kopf strich sie ihr cremefarbenes Kleid aus dem Stoff mit den Goldfäden glatt. Sie würde nicht noch einmal tanzen, egal, wer sie aufforderte. Die Zeit zog sich endlos. Gelegentlich gesellte sich eine ihrer Schwestern zu ihnen, um mit ihrer Mutter zu sprechen oder sich Parfum hinter die Ohren zu tupfen. Nur Elizabeth bemerkte Marys Trauermiene.

»Geht es dir gut, Mary? Ich sah dich vorhin tanzen und hatte den Eindruck, du würdest dich prächtig amüsieren. Ist etwas vorgefallen?«

»Nein, Lizzy, nichts. Ich bin zufrieden.«

»Du wirkst aber nicht zufrieden. Ich werde jetzt einen letzten Tanz tanzen, willst du mich nicht begleiten?«

»Danke, aber ich werde nicht mehr tanzen.«

Als alles aufgegessen und der gute Wein ausgetrunken war, neigte sich der Ball dem Ende zu. Die Musiker spielten *God Save the King*, und die Bediensteten begannen, die Kerzen auszublasen.

Mary folgte ihren Schwestern in die Vorhalle, wo die Gäste wild in einem Haufen Mäntel herumwühlten. Kitty stand an vorderster Front und sicherte tapfer jedes Kleidungsstück, das sie erkannte.

»Mary! Wo bist du? Hier ist dein Mantel.«

Sie warf ihn über die Köpfe hinweg, aber Mary war zu langsam. Ein anderer Arm reckte sich empor und rettete ihn für sie. Als sie aufschaute, sah sie ins Gesicht von John Sparrow. Wortlos reichte er ihr den Mantel. Sie nahm ihn stumm entgegen. Dann nickte er ihr mit leerer Miene zu und war verschwunden.

Kapitel 11

Auf der Rückfahrt mit der Kutsche war Lydia in Hochstimmung. Sie hatte am Abend nur zwei Tänze auslassen müssen und war drei neuen Offizieren vorgestellt worden, ein unerhörter Erfolg. Ihre Schwestern kamen in den Genuss eines detaillierten Berichts, erwiesen sich aber als undankbares Publikum. Jane und Kitty schliefen fast sofort ein, Elizabeth starrte aus dem Fenster, und Mary spielte mit ihren Handschuhen; unentwegt verflocht sie deren Finger und löste sie wieder, in Gedanken weit weg. Von dem mangelnden Interesse verärgert sah sich Lydia nach einer Zielscheibe für ihren Spott um.

»Und was ist mit dir, Mary? Ich habe dich mit zwei Beaus auf der Tanzfläche gesehen – wobei man wohl sagen muss, dass der eine ein Schuljunge und der andere der Sohn eines Ladenbesitzers war. Was für ein triumphales Gesellschaftsdebüt.«

Mary reagierte so aufgebracht, wie ihre Schwester es sich erhofft hatte, und warf ihre Handschuhe in den Schoß. »Wenigstens waren es Gentlemen, was man von den Tanzpartnern, mit denen du dich so verzweifelt in der Öffentlichkeit zeigst, nicht immer behaupten kann.«

Lydia, der ein Streit deutlich lieber war als das allgemeine Schweigen, lachte laut auf. »Du willst doch nicht ernsthaft behaupten, dass Mr Sparrow ein Gentleman ist. Nicht einmal du kannst so etwas denken. Sein Vater hat ein Geschäft in Hertford.

Vermutlich dürfen wir uns schon darauf freuen, dich in einer grünen Schürze hinter der Ladentheke stehen zu sehen. Und nachts machst du dann die Buchhaltung.«

»Du scheinst zu vergessen«, sagte Mary, »dass unser Großvater eine Kanzlei in Meryton hatte und unser Onkel immer noch dort arbeitet. Würdest du die beiden nicht als Gentlemen bezeichnen?«

»Aber wirklich, Mary, schäm dich!«, rief Mrs Bennet. »Dein Großvater war Anwalt, so wie dein Onkel einer ist. Das ist ein Beruf, kein Handwerk.«

»Und was ist mit unserem Onkel Gardiner? Er ist doch Kaufmann, oder?«, gab Mary zurück, nun genauso wütend wie ihre Mutter.

»Er besitzt eigene Lagerhallen!«, rief Mrs Bennet. »Und ein großes Haus in der Gracechurch Street. Das ist ein himmelweiter Unterschied.«

»Wie auch immer«, sagte Lydia, glücklich über die allgemeine Aufregung, »sollte ich je eine Brille benötigen – was hoffentlich nie der Fall sein wird –, werde ich sie in deinem Laden kaufen. Deinen nächsten Angehörigen wirst du doch sicher einen guten Preis machen.«

Mrs Bennet, die immer noch grollte, weil ihrer Familie für ihr Empfinden eine große Schmach angetan worden war, warf verächtlich den Kopf zurück. Die Verheiratung ihrer Töchter war ihr wichtigstes Ziel; trotzdem war es schlicht undenkbar, dass eines ihrer Mädchen die Frau eines Mannes wurde, der Rechnungen schrieb, die Mr Bennet dann bezahlte.

»Ich habe doch nur zweimal mit ihm getanzt«, sagte Mary kleinlaut.

»Das sind zwei Male mehr, als ich zugelassen hätte, wenn ich es gesehen hätte«, erklärte Mrs Bennet. »Wenn ich ehrlich sein soll, überrascht mich die Anmaßung von diesem Sparrow. Und jetzt möchte ich kein Wort mehr über ihn hören.«

Mary sagte nichts mehr. Als die Kutsche Longbourn erreichte, eilte sie in ihr Zimmer und schloss die Tür. Sie reagierte auch nicht, als Mrs Hill klopfte. Eine Weile starrte sie mit trockenen Augen in die Dunkelheit. Dann zündete sie eine Kerze an und zog sich aus. Das neue Kleid hängte sie auf; in den eingewebten Goldfäden fing sich das Kerzenlicht, bis Mary die Flamme schließlich ausblies.

Kapitel 12

Mary gab Mrs Hill keine Gelegenheit, sich zu erkundigen, ob sie sich auf dem Ball amüsiert hatte. Sie täuschte Kopfschmerzen vor und verkroch sich in ihrem Zimmer oder zog sich in den Garten zurück, wo sie allein zwischen den Büschen spazieren ging. Was sollte sie schon sagen, das kein schlechtes Licht auf sie werfen würde? Sie hatte einen Mann vor den Kopf gestoßen, der nichts verbrochen hatte, sondern nur freundlich zu ihr sein wollte. Er hatte ihre Nähe gesucht, als sich sonst niemand für sie interessiert hatte, und sie hatte es ihm mit einer schändlichen Abfuhr vergolten. Sie schämte sich für sich selbst. Warum hatte sie Charlotte Lucas' Warnung sofort ernst genommen? Warum hatte sie sich so brav gefügt, nur um nicht den Unmut ihrer Mutter auf sich zu ziehen? Es war ja nicht so, dass ihr das nicht schon häufiger passiert wäre. Elizabeth oder Lydia hätten nicht so schnell eingelenkt, da war sie sich sicher. Aber sie? Mary schüttelte den Kopf, entsetzt über ihre Schwäche.

In den folgenden Tagen gab es keinen Moment, in dem sie nicht von Schuldgefühlen geplagt wurde. Am dritten Abend nach dem Ball, sie war bereits bettfertig, zog sie sich einen Stuhl ans Fenster, öffnete es und schaute in den dunklen, stillen Garten. War das wirklich sie? Eine feige Person, die nicht den Mut hatte, ihren Neigungen zu folgen? Ein dummes Mädchen, das seinem Urteil nicht traute und dumpf die Anweisungen anderer befolgte?

Sie sog die kühle Luft ein und zog ihr Tuch enger um sich. Als John Sparrow sie zum Tanzen aufgefordert hatte, hatte sie sich nicht so gefühlt. Stattdessen war sie furchtlos gewesen, oder etwa nicht? Sie hatte gewusst, was sie wollte. Sie biss sich auf die Lippen und zwang sich, klar zu denken. Eigentlich musste sie zugeben, dass ihr Verstand gar keine Rolle gespielt hatte. Als er sie zum zweiten Mal aufgefordert und die Hand ausgestreckt hatte, um sie auf die Tanzfläche zu führen, hatte sie ihren Verstand, auf den sie so stolz war, nicht einmal bemüht. Sie hatte sich nicht gefragt, was für einen Eindruck ihr Verhalten machen und was ihre Mutter dazu sagen würde. Vielmehr hatte sie gar nichts gedacht, sondern sich ganz von ihren Gefühlen überwältigen lassen: von der Freude, aufgefordert worden zu sein, und von der Begeisterung, John Sparrow in die Menge folgen zu dürfen.

Während sie tanzten, war alles wunderbar gewesen. Ein Schauer des Entzückens durchrieselte sie, als sie an sein Lächeln dachte. Aber dann hatte Charlotte sie beiseitegenommen, und Mary hatte klein beigegeben und sich und ihn dieser Demütigung ausgesetzt. Sie selbst würde schon damit fertigwerden, aber die Vorstellung, John Sparrow verletzt zu haben, schmerzte unendlich.

Sie stand auf und lief in ihrem Zimmer auf und ab. So etwas durfte nie wieder geschehen. Es war allein ihre Schuld. Ihre Gefühle hatten ihr einen Streich gespielt. Ihr dummes, unberechenbares Innenleben hatte sie in die Irre geführt und einen Mann unverdient ins Elend gestürzt. Sie konnte ihren Gefühlen nicht trauen, daher mussten sie gebändigt werden. Mary musste etwas finden, woran sie sich orientieren konnte.

Als sie sich an ihren Schreibtisch setzte, fiel ihr Blick auf die vielen Bände, die sich dort stapelten. Sanft strich sie mit der Hand über die Buchrücken, und im nächsten Moment schoss ihr ein so naheliegender Gedanke durch den Kopf, dass sie kaum glauben konnte, dass er ihr noch nie gekommen war. Ihre Bücher würden sie retten. Auf diesen Seiten würde sie alles finden, was sie in Zukunft vor Fehlern bewahren würde. Schriftsteller, deren Fähigkeiten die ihren bei Weitem überstiegen, würden ihr sagen, wie sie sich zu benehmen hatte. Plötzlich begriff sie, dass die Bücher, die sie so gierig verschlang, nicht einfach geistige Gedankenspiele waren. Eine Leserin, die ihren Geist benutzte, konnte sie auch als Handbücher benutzen, konnte aus ihnen Regeln für ein ruhiges, vernünftiges Leben ableiten.

Jetzt war Mary hellwach, ihre Gedanken rasten. Ja, das ergab Sinn. Die Weisheit von Jahrhunderten war sicher verlässlicher, als ihre eigenen törichten Gefühle es je sein könnten. Aber wenn sie verstehen wollte, was sie las, musste ihr Geist frei und empfänglich sein, nicht von Emotionen abgelenkt. Richtiges Handeln setzte voraus, zunächst die Leidenschaften zu besiegen. Ihr Herz hatte sie im Stich gelassen, jetzt musste ihr Verstand das Ruder übernehmen. Nur so konnte es ihr gelingen, niemandem mehr Schaden zuzufügen, weder sich selbst noch anderen.

Sie kehrte zu ihrem Platz am Fenster zurück. Aus der Küche, wo Mrs Hill und die Bediensteten noch das letzte Geschirr vom Abendessen spülten, drangen Stimmen leise zu ihr hinauf. Mary schloss die Augen und saß reglos da, um sich zu zwingen, ihre Entscheidung zu akzeptieren. Aber obwohl sie sich alle Mühe gab, wallte ein lästiger Widerwille in ihr auf. War ihr eigentlich klar, was sie da aufgab? War sie wirklich bereit, gänzlich auf das Gefühl der überschwänglichen Begeisterung zu verzichten, das sie beim Tanzen mit John Sparrow empfunden hatte? Wollte sie sich nie wieder so ausgelassen und gedankenlos der Freude des Moments überlassen? Als sie an dieses flüchtige Glück und ihre rigiden Maßnahmen dachte, die sie ergreifen wollte, musste sie schlucken. Aber dann rief sie sich John Sparrows Miene in Erinnerung, als sie ihm einen Korb gegeben hatte, und es brach ihr fast das Herz. Nein, sie hatte ihre Entscheidung getroffen. Sie schloss das Fenster und legte sich ins Bett. Gleich morgen würde sie beginnen. Mit offenen Augen lag sie da und starrte an die Decke. Es gab keinen Grund, die Sache hinauszuzögern.

Kapitel 13

Am nächsten Morgen begab sich Mary sofort nach dem Frühstück in die Bibliothek. Sie war froh, Mr Bennet dort nicht anzutreffen; ihr Anliegen würde sich einfacher gestalten, wenn er sie nicht mit seinem skeptischen Blick bedachte. Die Werke der Geschichte und Philosophie, mit denen sie sich für gewöhnlich beschäftigte, ließ sie links liegen; Locke, Hobbes und Rousseau würde sie sich für einen späteren Zeitpunkt aufsparen. Sie hatte beschlossen, mit eher praktisch orientierten Lehrwerken zu beginnen. Die Suche dauerte eine Weile, aber schließlich entdeckte sie in einer Ecke eine Sammlung von dünnen Büchern, deren Titel den gewünschten Inhalt nahelegten. Sie zog *A Letter of Genteel and Moral Advice to a Young Lady* und *An Enquiry into the Duties of the Female Sex* aus dem Regal und legte beides auf den Tisch, an dem sie normalerweise arbeitete. Die zwei Bücher waren verstaubt; offenbar hatte sie schon lange niemand mehr in der Hand gehabt. Mit ihrem Taschentuch wischte sie den gröbsten Staub ab. Bei dem Gedanken, was Lydia wohl zu ihrer Auswahl sagen würde, musste Mary lächeln. Andererseits, wieso sollte sie sich davon beeindrucken lassen? Ihre Schwester mochte die Nase rümpfen, aber für ihre eigenen Zwecke waren die Titel genau richtig. Nachdem sie weitere vergleichbare Bände auf den Stapel gelegt hatte, nahm sie alle mit, um sie ungestört studieren zu können.

Mit den meisten hielt sie sich nicht lange auf. Selbst in ihrem gegenwärtigen niedergeschlagenen Zustand konnte sich Mary nicht für Autoren begeistern, die darauf beharrten, dass Frauen es besser verbargen, wenn sie unglücklicherweise über ein wenig Bildung verfügten. Diese Meinung roch zu sehr nach den Ansichten ihrer Mutter. Vielleicht war es sogar Mrs Bennet, die diese Bücher angeschafft hatte. Der Gedanke war nicht dazu gemacht, dass Mary mehr Interesse an den Titeln entwickelte, und so wurde sie allmählich ungeduldig mit ihrer Beute. Sie wollte schon aufgeben, da stieß sie auf ein schmales Bändchen mit Predigten. Von dem Autor, einem gewissen Dr. Fordyce, hatte Mary noch nie etwas gehört; aber als sie in dem Buch blätterte, stellte sie schnell fest, dass seine Ideen schon eher nach ihrem Geschmack waren.

Anders als die anderen Autoren stimmte es ihn traurig, dass Frauen unwissend bleiben und ihren Verstand vernachlässigen sollten. Die Neigung einer Frau, ernsthafte Bücher zu lesen, galt für ihn als rühmenswerter Charakterzug, der nicht versteckt, sondern kultiviert werden sollte. Es sei höchst bedauerlich, fügte er hinzu, dass so viele Frauen nur Romane läsen. Solche Werke trügen nicht zum Wissen bei und lieferten stattdessen ein falsches, irregeleitetes Bild von der Welt. An dieser Stelle hielt Mary inne. Mrs Bennet war eine eifrige Romanleserin. Dr. Fordyce' Ausführungen versprachen, höchst interessant zu werden. Mary beschloss weiterzulesen.

Dabei erfuhr sie, dass Dr. Fordyce auf viele der grundlegenden Ansichten ihrer Mutter herabschaute. Seiner Meinung nach waren die vielen Stunden, die Frauen auf Dinge wie Kleider, Frisuren und anderen Zierrat verwendeten, reine Zeitverschwendung. Wahre Schönheit, verkündete er, habe nichts mit der äußeren Erscheinung zu tun. Sie komme von innen und sei das Ergebnis eines entwickelten Geistes und einer ausgebildeten Urteilskraft.

Diese Eigenschaften und nicht ein hübsches Gesicht seien das wahre Maß für den Wert einer Frau. Mary nahm einen Stift und unterstrich den Satz sorgfältig. Dr. Fordyce' Meinung war so vollkommen anders als alles, was ihre Mutter dachte, dass sie unweigerlich von Begeisterung gepackt wurde.

Zwar sei es bedauerlicherweise der Fall, fuhr der Autor fort, dass für einige törichte Leute ein gutes Aussehen die einzige Bewertungsgrundlage einer Frau bleibe; aber jene mit größerem Urteilsvermögen verstünden, dass ein ausgeglichener, gebildeter Charakter unendlich viel mehr wert sei. Die Frau, die diesen wichtigen Punkt begreife, werde sich gar nicht erst mit dem eitlen Putz der Mode befassen. Stattdessen werde sie ihre Zeit sinnvoll nutzen und sich jenes Wissen aneignen wollen, das ihr im Leben helfen würde, die richtigen Entscheidungen zu treffen.

Beschwingt klappte Mary das Buch zu. Sie hatte gefunden, wonach sie gesucht hatte. In Dr. Fordyce' Worten sah sie Mrs Bennets Weltsicht vollkommen zurückgewiesen und ihre eigene vollkommen bestätigt. Zum ersten Mal seit dem Ball fühlte sie sich nicht mehr niedergeschlagen. Vor ihrem Zimmerfenster glitzerte der Garten im ersten Frost und der blassen Sonne, die am leuchtend blauen Himmel stand. Mary sah es gar nicht, vollkommen absorbiert von ihrem neuen Lebensziel. Sie holte ein Blatt Papier aus der Kommode, öffnete das Buch wieder und kopierte die Stellen, die sie besonders interessant fand. Es war ein richtiger Gedanke gewesen, in Büchern nach Antworten zu suchen. Eifer und Fleiß und Dr. Fordyce würden sie davor bewahren, sich noch einmal in die Irre führen zu lassen.

In den nächsten Wochen arbeitete Mary in der Bibliothek und machte sich Notizen zu allem, was sie las; Seite um Seite füllte sie mit ihrer ordentlichen Handschrift. Als sie Dr. Fordyce erschöpfend durchgearbeitet hatte, nahm sie sich andere vielversprechende Autoren vor, und Fußnoten und Bezüge führten sie zu weiteren Werken derselben Art. Selten war außer ihr und ihrem Vater jemand in der Bibliothek, aber Mr Bennet erkundigte sich nie nach ihren Studien. Seine Gleichgültigkeit war nichts Neues, aber seit sie das Gefühl hatte, auf etwas wirklich Bedeutsames gestoßen zu sein, fühlte sie sich durch sein Verhalten provoziert. Sie sehnte sich danach zu erfahren, was er von ihren selbst gesteckten Zielen hielt. Er war ein Buchmensch und der einzige Bennet außer ihr, den es nach wissenschaftlichen Werken verlangte. Wenn jemand ihren überwältigenden Wunsch nach einem verstandesmäßigen Leben verstehen würde, dann er.

Mary legte ihren Stift hin, blickte sich in der stillen Bibliothek um und fragte sich, wie das wohl wäre. Sie sah vor sich, wie sie ihm ihren Plan darlegte, ruhig und gemessen, ohne diese nervöse Unsicherheit, die sie in seiner Gegenwart immer befiel. Und er hörte zu, ohne sich über sie lustig zu machen. Während sie sprach, wurde sie immer selbstbewusster und blühte im Licht seiner Anerkennung regelrecht auf. Eine Brücke war geschlagen worden, eine Verbindung entstanden – plötzlich verfolgten sie ein gemeinsames Ziel. Von nun an war die Bibliothek nicht mehr still, sondern ein Ort lebendiger Gespräche, in denen Vater und Tochter Gedanken austauschten. Mr Bennet fragte Mary nach ihrer Meinung zu den Autoren, die sie gelesen hatte, und empfahl ihr neue. Langsam, aber stetig fühlte sich Mary aufgenommen, nicht nur in die geistigen Sphären ihres Vaters, sondern auch in seine Gefühlswelt. Beides war bislang Lizzy vorbehalten gewesen.

Irgendwo in den Tiefen des Hauses knallte eine Tür, und eine Bedienstete rief etwas. Unsanft wurde Mary aus ihrem Tagtraum gerissen. In der wirklichen Welt war die Miene ihres Vaters so spöttisch wie eh und je und er genauso unerreichbar. Nur im

Traum hatte Mary den Mut gehabt, sich ihm zu nähern. Es hier zu versuchen – in der Bibliothek, von Angesicht zu Angesicht –, nein, das würde sie nicht übers Herz bringen. Sie hätte gar nicht gewusst, wie sie beginnen sollte, und sah sich unter dem Einfluss seines gnadenlosen Lächelns schon einen Rückzieher machen. Und doch konnte sie den Gedanken an eine Annäherung nicht abschütteln. Wenn sie sich schon nicht traute, ihren Vater anzusprechen, musste sie ihn vielleicht auf einem anderen Weg über ihre Wünsche in Kenntnis setzen.

Die Antwort auf die Frage, wie dies möglich wäre, erhielt sie eines Morgens, als sie nach Meryton ging. Eigentlich hatte sie die Bibliothek nicht verlassen wollen, aber Mrs Hill hatte sie so lange bekniet, bis sie in ihren Mantel geschlüpft war. Allein bummelte sie über die stillen Wege, während ihre Gedanken ziellos umherirrten. Erst als sie Meryton erreichte, kam ihr ein schöner und zugleich schrecklicher Gedanke – was, wenn sie John Sparrow begegnete? Wie angewurzelt blieb sie zwischen den Brennnesseln stehen. Wenn sich ihre Wege kreuzten … wenn er sie sah … würde er sie vielleicht fragen, wie es ihr ginge … und sie würde antworten … und er würde weiterreden … und irgendwie würde sie sich vielleicht eine Entschuldigung abringen können, eine Erklärung für das, was geschehen war. Und dann würde er … Ach was, das alles war blanker Unsinn, Albernheiten, in die sie nie wieder zurückfallen wollte. Das würde nicht passieren. Sollten sie sich wirklich begegnen, konnte sie bestenfalls darauf hoffen, dass er knapp seinen Hut zog. Niemals würde er stehen bleiben und mit ihr reden.

Tränen schossen ihr in die Augen. Sollte sie umkehren? Aber das würde nur zeigen, dass sie noch feiger war, als sie ohnehin schon unter Beweis gestellt hatte. Sie fuhr sich übers Gesicht und klappte den Mantelkragen hoch, um sich gegen die Kälte zu schützen. Sie würde weiter bis ins Zentrum von Meryton gehen – und sich jeden Gedanken an John Sparrow verkneifen.

Tapfer schritt sie die Straße entlang, schaute nicht nach rechts und links. Aber als sie am Ende angelangt war, hatte sie keine Idee, was sie nun tun sollte, da sie Longbourn ohne jede Absicht verlassen hatte. Vielleicht könnte sie durch die Geschäfte bummeln, wie ihre Schwestern es bei einer solchen Gelegenheit tun würden; aber die Kurzwarenhändler, bei denen Kitty und Lydia ihr Taschengeld ließen, reizten Mary nicht im Geringsten. Stattdessen ging sie zum Papierwarenladen.

Sehnsüchtig betrachtete sie das dicke cremefarbene Papier im Schaufenster, die feinen, angespitzten Bleistifte und den parfümierten Siegellack. Schöne Schreibsachen zogen sie auf magische Weise an, und diese waren wirklich herrlich. Wie wundervoll es wäre, Verwendung dafür zu haben. Das wäre das perfekte Material für ein kleines Buch, und mit den verschiedenfarbigen Tinten könnte man wunderbar seine Lieblingssprüche illustrieren. Während Mary noch in deren Betrachtung versunken war, kam ihr der Gedanke, dass das ein schönes Geschenk für ihren Vater abgeben würde. Damit könnte sie ihm nicht nur ihre Zuneigung, sondern auch ihr Lektürepensum zeigen. Sie könnte Stellen aus den Werken ihrer Lieblingsautoren auswählen, sie auf die Seiten übertragen und in einer Weise gestalten, die ihm Bewunderung abnötigen würde. Ihre Studien waren sicher ein besserer Anwalt für ihre Ambitionen als alles, was sie ihm erzählen wollte, aber nicht konnte.

Je länger sie darüber nachdachte, desto besser gefiel ihr die Idee. Die geistige Anstrengung, über geeignete Passagen nachzudenken, stand an erster Stelle. Aber es würde ihr auch eine Menge Freude bereiten, den Inhalt des Büchleins gleichermaßen fürs Auge zu arrangieren. Sie würde das beste Schreibbuch kaufen, das sie sich leisten konnte, mit weichem Ledereinband und hochwertigem Papier. Außerdem würde sie neue Stifte, ein paar farbige Tinten und vielleicht ein Ebenholzlineal benötigen; so eins hatte sie sich schon immer gewünscht. Sie war regelrecht aufgekratzt, als sie den Papierwarenladen betrat, und dieser Zustand hielt auch noch auf dem Heimweg an, als sie im Geiste bereits die Titelseite entwarf. Erst als sie an ihrem Schreibtisch saß, wurde ihr bewusst, dass sie in Meryton nicht John Sparrow begegnet war. Die Enttäuschung traf sie wie ein Schlag, aber bevor das Gefühl sie übermannen konnte, riss Mary sich zusammen. Sie schlug das neue Buch auf, holte ihr Lineal heraus, legte sämtliche Stifte bereit und begann zu schreiben.

Kapitel 14

Mary kam langsam voran und gab sich alle Mühe, so gut wie nur möglich zu arbeiten. Von Zeit zu Zeit fragte sie sich, was Mr Bennet wohl von dem Büchlein halten würde, zügelte aber ihre Neugierde. Allmählich wurde ihr die Bedeutung ihrer Aufgabe bewusst. Mehr als eine schlichte Zusammenstellung, war das Büchlein eine Visitenkarte, mit der sie ihren Vater dazu einlud, ihre wahre Persönlichkeit zu erkennen – die einer Geistesverwandten, einer Tochter, für die er Liebe empfinden könnte, wenn er sich denn dazu herabließe, sie überhaupt wahrzunehmen. Diese Überzeugung bannte sie an ihren Arbeitsplatz; Tag um Tag und Stunde um Stunde verzierte sie Seitenränder und umrahmte jede Seitenzahl mit bunten Schnörkeln. Keinerlei Mühen sparte sie, um ihre Zitatensammlung zur schönsten ihrer Art zu machen.

Eines kalten Wintertags, als nur noch die Hartgesottensten das Haus verließen, war Mary ausnahmsweise nicht allein mit ihrem Vater in der Bibliothek. Während sie an ihrem Tisch saß, ihre Papiere um sich herum verteilt, hockte Elizabeth in der Fensternische, die Knie angezogen, ein Buch in der Hand. Sie kannte die Regeln, die für sämtliche Bibliotheksgäste galten, und schwieg deshalb die meiste Zeit. Aber gelegentlich kicherte sie unwillkürlich vor sich hin – bis sie sich schließlich nicht mehr beherrschen konnte und lauthals lachte.

Mary sah auf, schockiert über diesen Mangel an Disziplin,

aber Lizzy lächelte nur und speiste ihren Vater mit einer schnellen Entschuldigung ab.

»Tut mir leid, Papa. Ich wollte Sie nicht stören.«

Mr Bennet nahm seine Brille ab und betrachtete Elizabeth mit einer solchen Wärme, dass sich Marys Herz zusammenzog. Vielleicht würde er sie, wenn er erst einmal ihre Exzerpte gelesen hätte, auch so anschauen.

»Was liest du denn, mein Schatz, das dir eine solche Freude bereitet?«

»Miss Burneys *Evelina*. Ich habe den Roman schon so oft gelesen, aber er bringt mich immer noch zum Lachen.«

Mr Bennet legte sein Buch nieder. »Was findest du denn so lustig daran?«

»Die komischen Charaktere sind wirklich gut geschildert. Doch am besten gefallen mir die Stellen, die gar nicht komisch sein sollen. Wer würde nicht über einen Helden lächeln, der nicht nur Junggeselle und umwerfend attraktiv ist, sondern praktischerweise auch noch über ein Einkommen von zehntausend Pfund im Jahr verfügt? Oder über eine Heldin, die klug genug ist, ihre atemberaubende Schönheit und ihren überragenden Geist auf eine Weise zu präsentieren, dass der Held ihre niedrige Geburt glatt vergisst?«

Die Begeisterung sprach ihr aus dem Gesicht, als sie das Buch zuklappte. »Mich wundert nur, dass die beiden so lange gebraucht haben, um zu begreifen, dass sie füreinander bestimmt sind. Ich hätte gedacht, dass ein derart bemerkenswertes Paar sein Schicksal spätestens nach zehn Seiten erkennt. Ja, ich lache – aber ich muss zugeben, dass ich die beiden um diesen freudigen Ausgang beneide. Wenn es im echten Leben nur auch so zuginge!«

»Das ist genau das Glück, das ich mir für dich wünsche,

Lizzy«, erklärte ihr Vater sanft. »Wenn es in meiner Macht stünde, würde ich mich höchstpersönlich darum kümmern.«

»Machen Sie sich keine Sorgen um mich, Papa«, erwiderte sie. »Ich bin viel vernünftiger, als es den Anschein hat. Ich bin absolut darauf eingestellt, mich mit etwas – oder vielmehr mit jemandem – zu bescheiden, der weit gewöhnlicher ist als Miss Burneys Held.«

Es war schmerzlich für Mary, die Vertrautheit zwischen Elizabeth und ihrem Vater mitzuerleben und sich ausgeschlossen zu fühlen. Diese so selbstverständliche Zuneigung war genau das, wonach sie sich sehnte. Sie betrachtete ihre Notizen, die sie in pingeliger Ordnung auf dem Tisch ausgebreitet hatte, und die Bücher, in die sie Zettelchen gesteckt hatte, um die schönsten Stellen immer griffbereit zu haben. Das war das Ziel all ihrer Studien. Das war der Grund, warum sie so unermüdlich arbeitete, Tag um Tag. Alles, was sie wollte, war, dass Mr Bennet sie auch nur mit einer Spur der Zärtlichkeit ansah, die er Lizzy entgegenbrachte. Aber so durfte sie nicht denken, das würde sie nur ablenken. Sie musste sich auf etwas weniger Aufwühlendes konzentrieren.

Lizzy nahm ihr Buch nun wieder in die Hand. Es war schon lange her, dass Mary einen Roman gelesen hatte. Dass Mrs Bennet so etwas gefiel, wunderte sie nicht, aber sie konnte kaum glauben, dass Elizabeth mit ihrem wachen Verstand solche Werke mit einer derartigen Nachsicht beurteilte.

»Aber, Lizzy«, sagte sie, »wenn du doch so wenig von diesen Büchern hältst, warum liest du sie dann?«

»Du hast mich missverstanden«, erwiderte Elizabeth. »Das war Kritik mit einem Augenzwinkern. Trotz all der Fehlerchen in *Evelina* werde ich das Buch doch immer lieben.«

»Aber verschwendest du damit nicht Zeit, die du bedeutend

sinnvoller nutzen könntest? Dr. Fordyce sagt, Romane seien nicht die richtige Lektüre für Frauen; die darin vertretene Moral sei oft fragwürdig. Romane lehren uns nichts Wertvolles und enthalten auch keine praktischen Unterweisungen.«

Elizabeth setzte sich auf, plötzlich ernst. »Und das ist für mich einer ihrer wesentlichen Vorzüge. Ich möchte mir nicht auf jeder Seite vorschreiben lassen, was ich zu denken habe. Und die Meinung, dass sie uns nichts zu sagen haben, teile ich auch nicht. In ihnen spiegelt sich das tiefste Wissen über die menschliche Natur und die größten Geisteskräfte.«

Mary suchte in ihren Notizen nach einem ihrer Lieblingszitate. »Aber Dr. Fordyce sagt, Werke zur Geschichte und Philosophie seien nützlicher für den weiblichen Verstand. Sie erweitern unseren Horizont, während Romane nur unsere Leidenschaften anfachen.«

»Ich wüsste nicht, warum eine verständige Frau nicht beides genießen soll. Wenn man mir die Vergnügungen von Miss Burney missgönnt, nur damit ich für Mr Hume aufnahmefähig bin, würde ich es als eine Beleidigung auffassen. Dr. Fordyce überlasse ich allerdings liebend gern dir.«

Mr Bennet, der dem Gespräch interessiert gefolgt war, musste laut lachen. »Gut gesagt, Lizzy! Wirklich gut! Und mit Fordyce hast du absolut recht. Seine Bücher sind fades Zeug. Heuchelei, unterwürfiges Gerede, das man nicht ernst nehmen sollte.«

Mary sah zu Boden, unfähig, die liebevollen Blicke zu ertragen, die ihr Vater und ihre Schwester wechselten. Sie wusste, dass Lizzy den Sieg davongetragen hatte. Aber die Schmach dieser Niederlage war nichts gegen den Schmerz, Mr Bennet so verächtlich über ihren Lieblingsautor reden zu hören. Es war ihr nie in den Sinn gekommen, dass er ihre Sympathien für Dr. Fordyce' Ideen nicht teilen könnte.

Elizabeth rutschte vom Fenstersitz herunter. Ganz großzügige Gewinnerin, hielt sie Mary ihr Buch hin. »Soll ich dir mein Exemplar von *Evelina* leihen? Du würdest es bestimmt mögen, wenn du dir die Lektüre nicht versagen würdest.«

»Einen Versuch ist es vielleicht wert«, antwortete Mary leise. Als sie das Buch nicht nahm, legte Elizabeth es auf die Bände auf ihrem Tisch, direkt auf ihr ziemlich zerlesenes Exemplar von Dr. Fordyce, was Mary nicht entging.

Sobald Elizabeth fort war, widmete sich Mr Bennet wieder seiner Lektüre, immer noch den Hauch eines amüsierten Lächelns auf den Lippen. Mary grübelte eine Weile vor sich hin. Als sie schließlich etwas sagte, klang ihre Stimme sehr laut in dem stillen Raum.

»Papa«, wagte sie sich vor, »darf ich Ihnen eine Frage stellen?«

Ihr Vater schreckte hoch, als wäre er überrascht über ihre Anwesenheit.

»Denken Sie wirklich so schlecht von Dr. Fordyce? Ich habe ihn länger studiert.«

»Ich fürchte, das waren keine sinnvoll verbrachten Stunden. Für mich ist das langweilige, nutzlose Lektüre«, erwiderte Mr Bennet. »Auch wenn du zu einem anderen Schluss gekommen sein magst.«

»Darf ich Sie dann auch um Ihre Meinung zu anderen Büchern bitten, die ich gelesen habe? Blairs *Sermons*, Paleys *Evidences of Christianity* und einen Band über Frauenbildung von Hannah More?«

»Nun, Paley ist immerhin ein richtiger Denker. Vermutlich wirst du einen gewissen Nutzen aus seinen Ausführungen ziehen. Die beiden anderen sind eher wertlos – es sei denn, man schätzt staubtrockenen Moralismus und sentimentalen Kitsch der übelsten Art.«

Mary schloss die Augen und versuchte, ihre Gedanken zu ordnen. Offenbar hatte sie mit ihrem Urteil vollkommen danebengelegen. Wie war sie nur auf die dumme Idee gekommen, dass Mr Bennet die Autoren schätzte, deren Worte sie mit so hohen Erwartungen kopiert hatte?

»Wenn Sie diese Schriftsteller nicht gutheißen, können Sie mir dann andere empfehlen, deren Werk Ihrer Meinung nach wertvoller ist?«

»Ich bin mir nicht sicher, ob ich das tun sollte. Dein Geschmack ist ziemlich … *ernst* für ein Mädchen. An leichten, munteren Werken scheinst du keinen Gefallen zu finden.«

»Das stimmt, Papa. Ich suche keine Unterhaltung, sondern möchte mich bilden.«

»Ach ja? Nun, der beste Ratschlag, den ich dir geben kann, lautet: Folge deinem Instinkt. Der leitet dich besser als alles, was ich dir sagen könnte. Ich bin mir sicher, dass er dich auf die eine oder andere Weise zum Ziel führen wird.«

Er griff zu seinem Buch, und Mary wusste, dass er sie nicht weiter beachten würde. Sie sammelte ihre Papiere ein, schloss die Bibliothekstür hinter sich und ging in ihr Zimmer. Nun war ihr klar, dass ihre Zitatensammlung, an der sie mit Hingabe gearbeitet hatte, nutzlos war. Mr Bennet hatte für die Autoren der darin versammelten Textauszüge nur Verachtung übrig. Sie setzte sich an ihren Schreibtisch, blätterte in dem Büchlein und betrachtete die Seiten, die sie mit so viel Hoffnung und selbstlosem Bemühen gestaltet hatte. Ein liebender Vater würde sich über ein solches Geschenk freuen, schon weil sein Kind sich eine solche Arbeit gemacht hatte; aber Mary wusste, dass Mr Bennet keine Nachsicht walten lassen würde. Das Büchlein würde ihr nicht dabei helfen, in seiner Achtung zu steigen. Im Gegenteil, es würde ihn noch in seiner Ansicht bestärken, wie töricht sie doch war –

seiner Beachtung, Wertschätzung und Liebe nicht würdig. Ganz sicher würde es ihn nicht dazu bewegen, sie wie Lizzy anzuschauen. Mit versteinerter Miene öffnete Mary die Schublade ihres Ankleidetischs und schob sie mit einem Knall wieder zu, nachdem sie das Buch hineingelegt hatte.

Kapitel 15

Da sie nun nichts mehr zu tun hatte, fiel es Mary schwer, die langen Stunden des Tages zu füllen. Sie las, bis ihre Augen schmerzten, hatte aber Mühe, die alte Begeisterung dafür aufzubringen. Wenn ihre Finger vom Klavierspielen steif wurden, verließ sie das Haus und schlug den vertrauten Weg nach Meryton ein. Niemand bot ihr seine Begleitung an, und sie suchte auch keine Gesellschaft. Bei ihrer Rückkehr erkundigte sich niemand, was sie getan oder erlebt hatte. Während der Mahlzeiten wogten die Tischgespräche wie Wellen auf und ab, aber von ihr erwartete niemand einen Beitrag. Zu Lydias und Kittys atemlosen Berichten über die stets wechselnden anwesenden Offiziere hatte sie nichts beizutragen, und zu dem vertraulichen Klatsch über das neue Hausmädchen von Mrs Bennets Schwester Mrs Phillips auch nicht. Sie versuchte nicht mehr, sich in ein Gespräch zwischen ihrem Vater und Elizabeth einzumischen. Meist saß sie einfach stumm da und bekam kaum mit, worüber geredet wurde. Daher schenkte sie auch zunächst der Eröffnung ihrer Mutter keine Beachtung, dass das benachbarte Anwesen Netherfield endlich wieder verpachtet worden sei. Allerdings erwähnte Mrs Bennet in ihrer Begeisterung diesen Umstand so oft, dass selbst Mary irgendwann wusste, dass ein junger Mann aus dem Norden Englands mit beachtlichem Vermögen in einer Halbkutsche vorgefahren war, einen Blick auf Netherfield geworfen und auf der

Stelle einen Vertrag abgeschlossen hatte. Der Name des neuen Pächters war offenbar Bingley – und er war Junggeselle. Ihre Mutter war wild entschlossen, dass dieser Familienstand nicht mehr lange gelten sollte.

»Sie müssen wissen«, informierte Mrs Bennet ihren Ehemann eines Tages am Frühstückstisch, »dass ich ihn als Ehemann einer unserer Töchter sehe.«

»Meinen Sie denn wirklich, dass er mit seinem Umzug die vorrangige Absicht verbindet, sich unter unseren Töchtern eine Ehefrau auszusuchen?«, erwiderte er ruhig. »Das scheint mir mitnichten ein guter Grund zu sein, um einen einjährigen Pachtvertrag abzuschließen, wie vorteilhaft auch immer er sein mag. Der Mann hat ja noch nicht einmal eine von ihnen zu Gesicht bekommen.«

»Diesbezüglich lässt sich schnell Abhilfe schaffen, wenn Sie ihm Ihre Aufwartung machen. Danach hält uns nichts mehr davon ab, ihm einen Besuch abzustatten. Davor bei ihm vorstellig zu werden würde sich nicht ziemen.«

»Ich bin mir nicht sicher, ob ich Ihnen da zustimmen kann. Warum sollten wir uns zu Abhängigen gesellschaftlicher Gepflogenheiten machen? Ich sehe keinen Grund, warum Sie und die Mädchen nicht jederzeit bei ihm vorbeischauen könnten. Vielleicht sollten Sie sogar allein hingehen. Sie sind immer noch so schön, dass Mr Bingley vielleicht sogar Ihnen den Vorzug gibt.«

Mrs Bennet ließ sich von dem Kompliment nicht beirren, für so angemessen sie es auch halten mochte. »Kommen Sie schon, Mr Bennet. Sie wissen, dass wir nicht hingehen können, bevor Sie nicht bei ihm vorstellig geworden sind. Das wäre wirklich unschicklich.«

»Vielleicht haben Sie ja wirklich recht. Ich könnte Mr Bingley aber auch einfach schreiben und ihm die Erlaubnis erteilen, eine unserer Töchter zu heiraten, welche auch immer ihm am meisten zusagt, was meinen Sie? Das würde uns eine Menge Zeit und Mühen ersparen.«

»Es ist sehr unhöflich, mich auf diese Weise zu verspotten. Aber wenn Sie ihm keinen Besuch abstatten, wird es jemand anders tun. Was, wenn Sir William Lucas vor Ihnen dort aufkreuzt? Würde es Sie vielleicht glücklich machen, wenn Charlotte in Netherfield Einzug hielte? Jede Verzögerung Ihrerseits kann gravierende Folgen haben.«

Mr Bennet lehnte sich zurück, hochzufrieden, dass seine Frau sich so ereiferte. »Ich gebe zu, dass Sie vor einem Dilemma stehen. Was ist nun wichtiger: der Schicklichkeit Genüge zu tun oder die Aussicht auf den Verlust eines vielversprechenden Schwiegersohns?«, erwiderte er. »Ich bin mir nicht sicher, ob ich Ihnen diesbezüglich einen Rat geben kann. Was würdest du sagen, Mary? Du bist doch eine nachdenkliche junge Dame, wie ich weiß, und notierst dir viele Passagen aus deinen ernsthaften Büchern.«

Mary sah auf. Vor Überraschung fiel ihr beim besten Willen keine intelligente Antwort ein.

Ihr Vater musterte sie amüsiert, bevor er seine Aufmerksamkeit wieder seiner Frau zuwandte. »Solange Mary sich noch sammelt, lassen Sie uns zum Thema Mr Bingley zurückkehren.«

Ihre Eltern zankten sich weiter, während Mary wie vom Donner gerührt dasaß. Konnte Mr Bennet von dem Büchlein wissen, das sie ihm hatte schenken wollen? Aber nein, sie hatte es niemandem gezeigt; es lag immer noch in der Schublade, mit seinem Namen auf der Titelseite und einer Widmung, die er nie zu Gesicht bekommen würde. Vielleicht hatte er beobachtet, dass sie stundenlang in der Bibliothek gehockt und Zitate abgeschrieben hatte, aber von dem Grund ihrer Bemühungen konnte er nichts wissen. Seine schalkhafte Miene machte ihr schmerzlich bewusst, dass es richtig war, ihm das Büchlein nicht zu zeigen. Er würde es nicht würdigen. Ihre gelehrten Ambitionen waren für ihn genauso lächerlich wie Lydias und Kittys Diskussionen über Hutschmuck und den Sinn und Zweck von Schuhschnallen.

Beim Abendessen und beim Frühstück am nächsten Tag war Mary niedergeschlagener denn je. Die Verachtung ihres Vaters lastete schwer auf ihr, und zum Gespräch über Mr Bingley hatte sie nichts beizutragen. Am dritten Tag hellte sich die Stimmung am Tisch plötzlich auf. Ihre Mutter strahlte, und Lydia und Kitty lachten und stupsten sich immer wieder gegenseitig an. Selbst Mr Bennet wirkte erfreut, als hätte er sich einen Scherz erlaubt, dessen Wirkung zu seiner vollsten Zufriedenheit ausgefallen war.

Bald stellte sich heraus, dass Mr Bennet, der gegenüber seiner Familie vorgeblich daran festgehalten hatte, nicht bei Mr Bingley vorstellig zu werden, sich tatsächlich morgens nach Netherfield aufgemacht und dort seinen Antrittsbesuch absolviert hatte. Das hatte er immer vorgehabt, sich aber den Spaß nicht entgehen lassen wollen, seine Frau mit seiner Haltung zu provozieren. Mrs Bennet war es egal. Sie war hocherfreut, dass die erste Hürde auf dem Weg zur Verehelichung einer ihrer Töchter mit Mr Bingley genommen war; und sie hegte keinerlei Zweifel, dass zukünftige Schwierigkeiten mit ähnlicher Leichtigkeit bewältigt werden würden.

Einige Tage später erschien Mr Bingley höchstpersönlich in Longbourn, um einen Gegenbesuch abzustatten. Allerdings bekam ihn zu Mrs Bennets größter Enttäuschung niemand außer Mr Bennet zu Gesicht. Die ganze Zeit hielt er sich in der Bibliothek auf, und so konnte der weibliche Teil der Familie nur einen flüchtigen Blick auf ihn werfen. Aus dem Fenster im ersten Stock sahen sie ihn davongaloppieren, und alles, was sie erkannten, war, dass er eine blaue Jacke trug und ein schwarzes Pferd ritt.

Von Mrs Bennet der unmenschlichen Verletzung ihrer Gefühle bezichtigt, weil er ihr Mr Bingley nicht vorgestellt hatte, erwiderte Mr Bennet, dass der junge Mann geschäftlich in London eingebunden sei und keine Zeit für das Vergnügen einer Begegnung gehabt habe.

»Aber er hat darauf bestanden, dass ich Ihnen und den jungen Damen des Hauses seine Entschuldigung ausrichte. Außerdem hofft er auf das Vergnügen, uns alle bei der nächsten Veranstaltung in Meryton zu treffen, an der er unbedingt teilzunehmen gedenkt. Da ihn auch zwei seiner Schwestern begleiten, außerdem einige Freunde und Bekannte, freut er sich schon darauf, auch sie mit Ihnen bekannt machen zu dürfen. Er ist ein fast schon überhöflicher junger Mann, wenn Sie mich fragen.«

Kitty und Lydia jubelten über diese Nachricht. Als sie erfahren hatten, dass Mr Bingley kein Regimentsmitglied war und auch keine Uniform trug, war ihr Interesse an ihm etwas abgekühlt. Aber die Ankunft weiterer junger Männer war eine Aussicht, die nur mit größtem Enthusiasmus begrüßt werden konnte, da unter ihnen vielleicht auch Offiziere waren.

Kapitel 16

Da es bis zum Gemeindefest nur noch wenige Wochen waren, hatte Mrs Hill alle Hände voll zu tun. Sie wusch und flickte und änderte Säume, um mit allen Mitteln zu gewährleisten, dass die Damen von Longbourn neben Mr Bingleys weiblichen Gästen, die sich zweifellos mit allen modischen Finessen der Großstadt schmücken würden, nicht abfielen. Als Mary eines Abends in ihr Zimmer kam, traf sie auf Mrs Hill, die das Kleid begutachtete, das sie auf dem Ball getragen hatte; sie strich das schlichte Mieder glatt und schüttelte die cremefarbenen, mit Goldfäden durchwirkten Röcke aus.

»Was meinen Sie, werden Sie es tragen? Das wäre doch eine passende Gelegenheit.«

»Damals hat es mir nicht viel Glück gebracht.«

Mrs Hill legte das Kleid hin und setzte sich aufs Bett.

»Letzte Woche habe ich Mr Sparrow getroffen. Er hat mir erzählt, dass John fort ist; er ist in London, um Arzt zu werden. Als er mich auf der Straße ansprach, wirkte er unglaublich zufrieden. Er ist sich sicher, dass sein Sohn eines Tages eine eigene Praxis in der Stadt haben und hohe Honorare berechnen wird. Und dass eine eigene Kutsche vor seiner Tür stehen wird.«

Mary ging zum Fenster. Sie wollte nicht, dass Mrs Hill die Reue sah, die ihr zweifellos ins Gesicht geschrieben stand. Nun war jede Chance vertan, sich bei dem jungen Mr Sparrow zu entschuldigen. Nie würde sie ihr Verhalten wiedergutmachen können.

»Was ich damit nur sagen will«, fuhr Mrs Hill fort, »Sie müssen sich keine Sorge machen, ihn bei einer Veranstaltung in Meryton wiederzusehen.« Sie nahm das Kleid und hängte es sorgfältig auf einen Bügel. »Er war ein netter Kerl, aber nicht der Richtige für Sie.«

»Er war freundlich und großzügig und schien sich in meiner Gegenwart wohlzufühlen. Das war Freude genug für mich.«

»Ihre Eltern hätten eine solche Verbindung niemals geduldet.«

Mary dachte darüber nach. Ihrem Vater mit seinem Widerspruchsgeist hätte es vielleicht gefallen, die Entstehung einer derart ungleichen Beziehung zu beobachten. Es hätte ihm die Gelegenheit gegeben, an allen Beteiligten seinen Witz zu erproben. Ihre Mutter hätte allerdings keinen Sinn für diese Art von Humor gehabt. Sie hätte ihrer Empörung mit allen verfügbaren Mitteln Ausdruck verliehen, und ihr Wort wäre das letzte in der Sache gewesen – zumindest solange Mr Sparrow, der Assistent des Brillenmachers, sich nicht in Dr. Sparrow, den wohlhabenden Arzt, verwandelt hätte.

»Vielleicht war es einfach nicht der richtige Zeitpunkt. Wenn Mr Sparrow die Kutsche bereits besessen hätte, würden die Dinge vermutlich anders liegen.«

Mrs Hill zuckte mit den Achseln. »So ist leider der Lauf der Welt.«

»Wir haben nur miteinander getanzt. Ich wollte ihn doch nicht gleich *heiraten*. Wie hätte ich auch, wo ich ihn doch gar nicht wirklich kenne? Es war einfach schön, mit ihm zu reden. Bislang hat mir niemand groß Aufmerksamkeit geschenkt oder sich für das interessiert, was ich zu sagen habe. Er hingegen hat mich wahrgenommen und zum Lachen gebracht, wofür er sich die Verachtung meiner Begleiterinnen zugezogen hat. Und ich habe mich von ihren Vorurteilen so beeindrucken lassen, dass ich mich entmutigt verdrückt habe. Eine feine Vergeltung für seine Freundlichkeit!«

»Das lässt sich nicht mehr rückgängig machen.« Mrs Hill erhob sich. Sie hatte zu tun, und im Flur hörte man Lydia ungeduldig nach ihr rufen. »Da ist schon bedeutend Schlimmeres passiert, davon können Männer wie Frauen ein Lied singen. Jedenfalls hoffe ich, Sie gehen zu der Veranstaltung und bleiben nicht zu Hause, um über Dinge zu brüten, die Sie ohnehin nicht ändern können. Außerdem sollten Sie das neue Kleid tragen. Es steht Ihnen, und es wäre eine Schande, wenn es im Schrank vermodern würde.«

In den nächsten Tagen war Mary hin und her gerissen. Sie wusste nicht, ob sie Mrs Hills Rat befolgen sollte. Einerseits schreckte sie bei der Aussicht auf einen weiteren Ball zurück, da sie schmerzlich hatte erfahren müssen, wie viele Gefahren und Demütigungen bei einer solchen Veranstaltung lauerten. Andererseits wehrte sie sich gegen ihren Impuls, sich zu verkriechen. Wenn sie jetzt nicht hinginge, würde sie sich bei der nächsten Gelegenheit noch leichter verweigern können, und so würde sie sich allmählich in eine Einsiedlerin verwandeln. Nein, so wenig Lust sie auf den Ball auch verspürte, sie musste hingehen.

Jedoch konnte sie nichts dazu bringen, das cremeweiße Kleid mit den Goldfäden zu tragen. Dieses zarte Gebilde entsprach nicht ihrer Stimmung. Obwohl Mrs Hill mit Engelszungen auf sie einredete, wählte sie ein schlichtes Kleid und fasste ihr Haar unvorteilhaft zu einem Knoten im Nacken zusammen. Als sie in den Spiegel sah, erblickte sie eine farblose Person, blass und bieder. Da sie schon für sich selbst fast unsichtbar war, würde sie mit Sicherheit keine Aufmerksamkeit mehr auf sich ziehen. Eine

Weile musterte sie noch ausdruckslos ihr Spiegelbild, dann steckte sie die Brille in die Tasche. Es gab keinerlei Grund, sie nicht mitzunehmen.

Auf der Fahrt nach Meryton sagte sie kein Wort, aber ihre Mutter und ihre Schwestern machten ihr Schweigen mehr als wett. Kitty und Lydia, die entschlossen waren, keinen einzigen Tanz auszulassen, berieten eifrig darüber, mit wem sie in welcher Reihenfolge tanzen sollten. Mrs Bennet bekundete lautstark ihre Freude darüber, nun endlich Mr Bingley zu Gesicht zu bekommen. Fast genauso gespannt war sie allerdings auf seine Begleiter, unter denen vielleicht noch andere heiratsfähige junge Männer waren. Jane und Elizabeth weigerten sich zwar, Vermutungen darüber anzustellen, was der Ball für sie bereithalten könnte, aber Mary hatte den Eindruck, dass sie sich der allgemeinen Begeisterung nicht ganz entziehen konnten. Einzig sie selbst verspürte gar nichts, als die Kutsche in den Ort einfuhr.

Kapitel 17

Im Gemeindesaal von Meryton herrschten eine solche Hitze und ein solches Gedränge, wie sie es in Erinnerung hatte. Die grünen Zweige der Wanddekoration waren genauso zauberhaft und die Kerzen genauso zahlreich – und auch genauso billig, wie der strenge Talggeruch nahelegte. Man konnte erahnen, wie hinter den Flügeltüren das üppige Abendessen vorbereitet wurde, und auf der Tanzfläche versammelten sich wieder Paare für den ersten Tanz. Alles war wie bei ihrem ersten Besuch, aber heute wusste Mary besser, wo ihr Platz war. Entschieden ging sie dorthin, wo sich die Mütter, Tanten und Großmütter niedergelassen hatten, und hielt nach einem freien Stuhl Ausschau. Auch ihre Schwestern sicherten sich Plätze in der Nähe, aber Mary war klar, dass sie sie nur nutzen würden, um sich zwischen den Tänzen in so vorteilhaften Posen auszuruhen, dass sie bald von dem nächsten Tanzpartner entführt werden würden. Mary, die den Verdacht hegte, dass sie selbst sich länger hier aufhalten würde, wählte einen Stuhl weiter hinten, um möglichst keinen Blicken ausgesetzt zu sein.

Dort blieb sie eine gute halbe Stunde sitzen, von niemandem dazu aufgefordert, sich unter die aufgekratzte Menge auf der Tanzfläche zu mischen. Ihre Augen wanderten zu den Musikern auf der Balustrade hinauf; sie spielten mit solchem Schwung, dass ihre Energie förmlich zu spüren war. Das wäre vielleicht ein guter Platz für sie – beschäftigt mit einer Aufgabe, die ihr Spaß machte, und fern von jeder Wahrscheinlichkeit, unten im Saal ihre Unzulänglichkeit zu demonstrieren. Als sie noch darüber nachgrübelte, wurde ihr bewusst, dass die Gespräche um sie herum einem gespannten Gemurmel gewichen waren und sich unter den anwesenden Müttern Hektik breitmachte. Als sie ihren Blicken und Gesten folgte, sah sie, dass am anderen Ende des Saals eine kleine Gruppe eingetroffen war und sich umsah. Mary kannte niemanden der Neuankömmlinge, aber ihre Kleidung und ihr Gebaren ließen keinen Zweifel daran; Mr Bingley und seine Freunde waren endlich eingetroffen.

Mr Bingley – er stand ganz vorn und forderte die anderen zum Weitergehen auf, daher musste er es sein – war ein gut aussehender Mann mit einem fröhlichen, offenen Gesichtsausdruck. Hinter ihm standen zwei Frauen, die nach der letzten Mode gekleidet waren und bei denen es sich um seine Schwestern handeln musste. Sie wirkten schon weniger begeistert bei der Aussicht, sich in den überfüllten Saal zu stürzen, und lächelten auch nicht. Zwei weitere Herren begleiteten sie. Der eine, der sich später als Ehemann der älteren Schwester entpuppen sollte, wurde kaum beachtet; der andere hingegen zog schnell die Aufmerksamkeit der Anwesenden auf sich. Er war groß und von attraktivem Äußeren, und es war allgemein bekannt, dass er ein vornehmes Anwesen in Derbyshire besaß. Eine Weile sicherte ihm seine Herkunft die Anerkennung der Männer und erregte das wache Interesse der Frauen; allerdings dämpfte Mr Darcys Gebaren die Wärme der allgemeinen Sympathien merklich. Seine Miene war ernst und streng. Er strengte sich nicht an, mit den Menschen in Kontakt zu treten, und anders als Mr Bingley schien er der Veranstaltung auch nichts abgewinnen zu können. Mr Bingleys Bemühen um Verbindlichkeit und seine Empfänglichkeit für die Verbindlichkeit anderer waren bei Weitem sympathischer. Er ließ sich allen vorstellen, die ihn kennenlernen wollten, und lobte die Räumlichkeiten, die schwungvolle Musik und die Aussicht auf ein Abendessen. Und als er auch noch verkündete, keinen Tanz auslassen zu wollen, gewann er gegenüber seinem schweigsamen, distanzierten Freund noch einmal gewaltig.

Es entging den Leuten nicht, dass Mr Darcy nur Frauen aus seiner kleinen Gruppe auf die Tanzfläche führte, während Mr Bingley seine Tanzpartnerinnen unter den Damen von Meryton wählte. Mary beobachtete, dass er Charlotte Lucas zum Tanz aufforderte, was bemerkenswert war. Dass er sich beim nächsten Tanz für Marys Schwester Jane entschied, entsprach schon eher der natürlichen Ordnung der Dinge. Jane sah heute besonders gut aus, dachte Mary, da ihre kühle, gelassene Schönheit im Lärm und der Hitze des Balls vorteilhaft herausstachen. Mr Bingley schien den Tanz mit ihr sichtlich zu genießen und sich auch danach nicht von ihr trennen zu wollen; nach der Tanzfolge suchte er ihre Gesellschaft und redete munter auf sie ein, während Jane angesichts seiner bewundernden Blicke bescheiden zur Seite sah. Er würde sie noch einmal auffordern, dachte Mary, wenn nicht jetzt, dann später. Es würde ein triumphaler Abend für Jane werden.

Überrascht registrierte sie, dass sich Charlotte Lucas neben sie setzte. Seit dem letzten Ball war Mary ihr aus dem Weg gegangen. Sie zweifelte nicht daran, dass sie selbst für die Ereignisse damals verantwortlich war, aber ganz unschuldig war Charlotte trotzdem nicht. Hatte sie es nicht sichtlich genossen, Mary vor John Sparrow zu warnen? War nicht auch Eifersucht im Spiel gewesen, als sie darauf beharrt hatte, Mary möge ihm einen Korb geben? Das waren unwürdige Gedanken, derer sich Mary schämte, aber da sie sie nicht abschütteln konnte, hatte sie Charlottes Gesellschaft bisher gemieden. Nun begrüßte Charlotte sie mit so offenkundiger Herzlichkeit, dass Mary beschloss, ihr nach Möglichkeit ebenso zu begegnen.

»Du hast dich ja in der letzten Ecke verkrochen«, begann sie. »Das war keine kluge Entscheidung. Niemand wird dich auffordern, wenn du unsichtbar bist.« Sie lächelte, aber hinter der munteren Fassade wirkte sie angespannt.

»Oh, ich bin hier genau richtig. Von hier aus kann ich alles sehen und verpasse nichts.«

»Diesbezüglich kann ich dir nicht wirklich beipflichten. Dem Geschehen zuzuschauen ist nicht dasselbe, wie daran teilzunehmen. Natürlich verpasst du etwas, lass es dir gesagt sein.«

»Mein Platz ist hier, das spüre ich.«

»Mag sein. Offenbar hast du längst beschlossen, nicht Teil der wilden Meute sein zu wollen.«

Von der Wendung des Gesprächs überrascht schlug Mary einen leichten Ton an. »Nun, dein eigenes Glück ist heute Abend nicht unbeachtet geblieben. Du warst die Erste, mit der Mr Bingley getanzt hat – was für eine Auszeichnung.«

Sie gab sich Mühe, so ernst und gleichzeitig so unbekümmert wie möglich zu klingen. Auch wenn ihr Charlotte ziemlich egal war, tat es Mary doch leid, sie in so düsterer Stimmung zu sehen.

Charlotte blickte auf die Tanzfläche, wo Mr Bingley soeben zum zweiten Mal mit Jane antrat. »Ja«, sagte sie nachdenklich, »das war sehr höflich von ihm – wohl der Beweis für seine guten Manieren und seinen Wunsch, uns alle zu umgarnen. Aber mich hat er nicht so angeschaut wie Jane.«

Mary folgte Charlottes Blick. Es stimmte. Mr Bingley war vollkommen hin und weg und sah Jane selbst dann noch hinterher, als sie sich schon an der Reihe der Tänzer entlangbewegte.

»Ich weiß sehr wohl, was ich als Nächstes zu tun habe«, fuhr Charlotte fort. »Ich muss lächeln und nicken und unbekümmert dreinschauen, wenn ich Jane mit ihrer neuesten Eroberung necke. Und genau das werde ich tun, darin bin ich ja geübt. Aber ich verrate dir etwas, Mary – ich bin mir nicht sicher, wie lange ich das noch aushalte.«

Mary rutschte nervös auf ihrem Stuhl herum. Charlottes unerwartete Offenheit verwirrte sie, und sie wusste nicht, was sie ihr entgegnen sollte.

»Ich bin fast siebenundzwanzig Jahre alt. Seit zehn Jahren gehe ich auf solche Bälle, und noch nie hat mir jemand so bewundernde Blicke geschenkt wie Mr Bingley jetzt Jane. Nie war ich es, um die sich alle Frauen scharen, um ihr überschwänglich zu gratulieren. Nein, ich gehöre zu denen, die stets die Triumphe ihrer Freundinnen bejubeln.« Geistesabwesend zog sie ihre Handschuhe aus. »Gott weiß, dass ich nicht viel erwarte. Dennoch würde ich gerne so etwas nur einmal erleben, bevor es zu spät ist. Ein Zeichen der Zuneigung, eine Andeutung, dass man mich schätzt und allen anderen vorzieht.«

»Du hast doch Eltern, die dich lieben«, versuchte es Mary, »und Brüder und Schwestern.«

»Ja«, erwiderte Charlotte, »und mir ist schon klar, dass das reichen sollte. Aber mit jedem Tag, der verstreicht, bedeutet es mir weniger.«

Mary streckte die Hand aus und wollte sie auf Charlottes Arm legen. Sie wagte es nicht, etwas zu sagen, da sich in Charlottes Worten dieselben Ängste widerspiegelten, die sie in ihren finsteren Momenten überfielen. Was, wenn niemand sie je wollte? Als sie sich im Saal umsah, wurde sie von Mutlosigkeit gepackt. Niemand der Männer hier würde sie den hübscheren, lebhafteren Mädchen vorziehen, die so selbstbewusst durch den Saal flanierten. Dies war erst ihr zweiter Ball, und sie hatte bereits das Gefühl, versagt zu haben. Würde sie ein ganzes Jahrzehnt der Demütigungen und Zurückweisungen mit derselben Stärke ertragen, die Charlotte bisher an den Tag gelegt hatte? Schnell zog Mary ihre Hand wieder zurück, besorgt, dass eine Berührung Charlotte zu Bekenntnissen ermuntern könnte, auf die sie nichts zu erwidern wüsste. Charlottes Verzweiflung stimmte Mary unendlich traurig.

Aber im nächsten Moment sah Charlotte auf und setzte wieder ihre übliche Miene freudiger Erwartung auf. »Aber da kommt Lizzy! Genau im rechten Moment, um jeden Trübsinn zu vertreiben.«

Mary kniff die Augen zusammen, wovon John Sparrow ihr abgeraten hatte. Elizabeth drängelte sich am Rande der Tanzfläche durch eine Gruppe später Gäste und kam zu ihnen. Mit einem leichten Nicken zog sie sich einen Stuhl heran.

»Ich muss euch etwas erzählen, das absolut nicht warten kann. Ich kann nicht behaupten, dass es ein gutes Licht auf mich wirft, aber es ist so amüsant, dass ich es mir nicht verkneifen kann, euch auf meine Kosten zum Lachen zu bringen.«

Bevor Mary oder Charlotte etwas sagen konnten, legte sie bereits mit ihrem Bericht los. Wie es aussah, hatte sie zu Beginn des letzten Tanzes keinen Partner gehabt – was man vielleicht als das erste Unglück bezeichnen konnte – und war gezwungen gewesen, das Geschehen von einem Stuhl in einer hinteren Reihe am Rand aus zu beobachten. Dort hatte sie ein paar Minuten gesessen, als sich Mr Bingley und sein großer Freund näherten und vor ihr stehen blieben. Natürlich wollte sie sie nicht belauschen, »aber wirklich, sie unterhielten sich so laut und deutlich, dass es unmöglich war, nichts zu verstehen«. Daher bekam sie mit, dass Mr Bingley seinem Freund Vorwürfe machte, weil er nicht tanzte. Der Saal sei doch voll von zauberhaften Frauen, die alle entzückt wären, mit ihm tanzen zu dürfen. Warum beglücke er nicht eines der Mädchen mit einer Aufforderung? Es trage ihm nicht gerade Sympathien ein, wenn er sich aus allem heraushalte und eine Miene aufsetze, als wäre er wild entschlossen, niemandem gefallen zu wollen.

»Ich konnte es kaum erwarten zu hören, was er auf diesen mehr als berechtigten Vorwurf erwidern würde«, fuhr Elizabeth fort. »Zu meiner Überraschung war er nicht im Mindesten beschämt und antwortete fast herzlich, dass Mr Bingley mit dem einzigen hübschen Mädchen im Raum getanzt habe – womit er natürlich Jane meinte. Aber sein Freund war nicht geneigt, so schnell aufzugeben. Nachdem er zugegeben hatte, dass Jane wirklich ›die hübscheste Kreatur ist, die ihm je begegnet ist‹ – das waren tatsächlich seine Worte –, fragte er mit mehr Galanterie als Taktgefühl, was denn mit mir, ihrer Schwester, sei. Die sei doch auch ziemlich hübsch und habe im Moment keinen Partner. Ob er ihn mir nicht vorstellen solle?«

Lizzy hielt einen Moment inne, um Luft zu holen. »Und dann dreht sich dieser stolze Mann doch zu mir um, dieser Darcy, schaut mir direkt in die Augen und sagt, wobei ich zu seiner Ehrenrettung vorwegschicken möchte, dass er offenbar nicht davon ausging, ich könne ihn hören: ›Die ist akzeptabel, aber nicht hübsch genug, um irgendeinen Reiz für mich zu haben.‹« Lachend wandte sie sich an Charlotte. »Was meinst du? Ist das nicht absolut unfassbar?«

»Nun, Lauscher bekommen eben selten Gutes über sich zu hören«, erklärte Mary.

»Wenn das so ist, dann habe ich zweifellos meine gerechte Strafe erhalten«, sagte Elizabeth. »Akzeptabel, ausgerechnet! Hat man je eine halbseidenere Beleidigung gehört? Nicht hübsch genug, um einen Reiz für ihn zu haben? Als hätten wir Frauen keinen anderen Zeitvertreib, als alles dafür zu tun, dass er sich an uns erfreut!«

»Seine Bemerkung scheint darauf hinzudeuten, dass er sehr von sich eingenommen ist«, sagte Charlotte nachdenklich.

»Ja, und ich bin froh darüber, gelauscht zu haben, da ich so in der Lage bin, mir eine Meinung über ihn zu bilden. Zunächst war ich mir nicht sicher, was ich von ihm halten soll, weil ich so viel über seine Kälte und seinen Mangel an Höflichkeit gehört hatte. Nun da ich weiß, dass er genauso unangenehm ist, wie die Gerüchte über ihn es nahelegten, kann ich ihn mit Recht in Bausch und Bogen verdammen.«

Charlotte lächelte tröstend. »Tut mir leid, dass du von deiner neuen Bekanntschaft enttäuscht bist, Lizzy. Zum Glück sieht es nicht so aus, als hätte seine Gleichgültigkeit dich schwer getroffen.«

»Ich würde zu behaupten wagen, dass ich es überlebe.« Lizzy stand auf und sah sich im Saal um. »Ich bedaure nur, dass ich vermutlich nicht die Gelegenheit bekommen werde, mich zu revanchieren. Ich würde mich nämlich diebisch freuen, wenn ich miterleben dürfte, dass sein Stolz einen Dämpfer bekommt. Mary wird mir aber sicher darin zustimmen, dass man nichts nachtrauern soll, was man nicht haben kann. Lieber begebe ich mich auf die Suche nach einem Drink und einem Tanzpartner, der vielleicht so viel Geschmack hat, mich mehr als nur akzeptabel zu finden – oder sein Urteil wenigstens erst öffentlich macht, wenn ich außer Hörweite bin.«

»Lizzy wird es nie an Verehrern mangeln«, stellte Charlotte fest, als sie und Mary ihr hinterhersahen. »Egal, wo sie hingeht, sie wird immer Aufmerksamkeit erregen.«

»Man kann sie unmöglich übersehen«, stimmte Mary ihr zu. »Wenn sie im Raum ist, bemerken sie alle. Selbst wenn sie gar nichts sagt, wirkt sie immer so, als würde sie im nächsten Moment etwas Geistreiches von sich geben.«

»Während du und ich … Bitte nimm es mir nicht übel, aber ich glaube nicht, dass die Leute mit derselben Neugierde auf unsere nächsten Worte warten. Wir sind einfach nicht von einer so glanzvollen Erscheinung.«

Mary blickte düster auf die Röcke ihres tristen Kleids hinab. Hätte sie doch das mit den Goldfäden anziehen sollen? Selbst wenn niemand es bemerkt hätte, würde sie selbst sich damit weniger langweilig vorkommen. »Nein, vermutlich nicht.«

Sie saßen stumm da und dachten an die Kluft, die sie von Elizabeth trennte. Schließlich redete Charlotte mit einer leisen, entschiedenen Stimme, die Mary noch nie gehört hatte.

»Ich will dir ein Geheimnis verraten, Mary. Ich habe mir das Versprechen abgenommen, nie wieder als unverheiratete Frau auf einen Ball zu gehen. Wenn ich nächstes Jahr um diese Zeit immer noch ledig bin, setze ich mir eine Haube auf und erkläre mich zur alten Jungfer.«

»Aber, Charlotte! Ich habe den Eindruck, dass du heute Abend ziemlich niedergeschlagen bist, und so eine Entscheidung sollte man nur nach reiflicher Überlegung treffen. Hast du mit Lizzy darüber gesprochen?«

»Natürlich nicht, sie würde mich nicht verstehen. Du schon, denke ich. Vielleicht kann ich dir ja erläutern, warum ich so denke.« Charlotte schaute mit unergründlichem Blick in die Ferne. »Als ich so alt war wie du, dachte ich, die Ehe sei eine Belohnung für richtiges Verhalten und Geduld. Wenn ich gehorsam wäre und immer tun würde, was man von mir verlangt, würde sich der Ehemann schon irgendwann einstellen – wenn nicht in diesem Jahr, dann sicher im nächsten. Aber solange ich auch wartete und lächelte, nichts passierte, und heute bin ich immer noch eine unverheiratete Frau.«

»Ist das denn so ein schreckliches Schicksal?«, fragte Mary.

»Wenn man sich das Zusammenleben von Männern und Frauen anschaut, hat man nicht immer den Eindruck, dass die Ehe das pure Glück ist.«

»Du willst doch nicht ernsthaft behaupten, dass das Leben einer alten Jungfer dem vorzuziehen ist?«, rief Charlotte heftig. »Denk nur an die unverheirateten Frauen in deinem Umfeld. Sie leben von dem, was ihre Familien ihnen zugestehen, fristen ein armseliges Leben, in dem sie Klavierstunden geben und heimlich Näharbeiten erledigen, und werden von allen verspottet und verachtet. Nein, für wohlerzogene Frauen, die wie wir auf ein vornehmes Leben vorbereitet wurden, hält die Zukunft entweder die Ehe oder das Elend bereit.«

»Aber wenn du das so siehst, warum willst du dich dann freiwillig in ein Leben stürzen, das du verachtest?«

»Vermutlich male ich mir dieses Grauen aus, um mich umso stärker auf die Alternative zu konzentrieren. Mir ist bewusst, dass ich mich einem gefährlichen Alter nähere. Wenn ich etwas unternehmen möchte, dann muss ich es jetzt tun.«

»Ich bin mir nicht sicher, ob ich dich verstehe«, sagte Mary. »Was kannst du denn unternehmen? Willst du etwa herumgehen und Männern einen Heiratsantrag machen?«

»Nein«, erwiderte Charlotte kleinlaut. »So weit ist es hoffentlich noch nicht. Aber ich muss gestehen, dass ich zu allem bereit bin – innerhalb der Grenzen des Anstands natürlich –, um mir einen respektablen Mann zu angeln. Sollte mir morgen einer über den Weg laufen, würde ich nicht darauf wetten, dass er mir entkommt.«

Ihr Tonfall war munter, aber Mary hegte keinerlei Zweifel, dass sie es ernst meinte.

»Manchmal denke ich«, fuhr Charlotte fort, »dass es für einige Männer, vor allem für jene, die keine großen Erfahrungen in der

Gesellschaft haben, eine große Erleichterung ist, wenn eine Frau alle Diskretion fahren lässt und mit ihrem Interesse nicht hinterm Berg hält. Es muss doch furchtbar sein, nicht zu wissen, wie die Antwort auf den eigenen Heiratsantrag ausfallen wird.«

»Du sprichst überhaupt nicht von Liebe. Hältst du es denn wirklich für eine gute Idee, jemanden zu heiraten, wenn keine Gefühle im Spiel sind?«

»Ich bin nicht romantisch, das haben mir die letzten zehn Jahre ausgetrieben. Schließlich bin ich nicht Lizzy, für die sich immer jemand interessiert. Mir würde es schon reichen, wenn jemand ein kleines eigenes Vermögen hat und nicht durch und durch unsympathisch ist. Ein anständiges Heim und die Sicherheit einer vernünftigen Verbindung, das ist alles, was ich mir wünsche.« Sie sah Mary direkt in die Augen. »Ich hoffe, ich habe dich nicht schockiert. Über diese Dinge denke ich nun schon so lange nach, dass es für mich eine große Erleichterung bedeutet, mich jemandem anzuvertrauen. Außerdem habe ich alle Gründe, davon auszugehen, dass du mich verstehst.«

»Du bist wirklich sehr freimütig.«

»Und zwar nicht nur wegen der Erleichterung.« Ihr mattes Lächeln erlosch. Plötzlich war Charlotte vollkommen ernst. »Ich dachte auch, du könntest aus meiner Erfahrung lernen und meinen Rat annehmen. Verschwende keine Zeit damit, darauf zu warten, dass etwas passiert. Man muss das Glück beherzt bei den Hörnern packen. Wenn du dich ausschließlich über das Glück der anderen freust und immer nur lächelst und gurrst, wird dein Herz am Ende krank. Und sehne dich nicht nach dem Unmöglichen, sondern lerne, das Mögliche zu erkennen, und dann greif mit beiden Händen zu. Das ist der einzige Weg zum Glück für solche wie uns, die weder schön noch reich oder charmant sind.«

Charlotte nahm die kleine Tasche, die zu ihren Füßen stand.

»Was für eine Litanei von tiefsinnigen Gedanken! Dein Dr. Fordyce würde sie bestimmt nicht goutieren, aber er kennt die Welt natürlich auch nicht so wie ich.« Sie erhob sich, jetzt ganz forsch, und wollte gehen. »Kein Wunder, dass ich nach einer so ausführlichen Beichte einen Bärenhunger verspüre. Mal schauen, ob ich Lizzy finde und sie an die Tafel locken kann.«

Sie fragte Mary nicht, ob sie sie begleiten wollte, und sah sich auf dem Weg zum Speisesaal auch nicht mehr nach ihr um.

Für den Rest des Abends ging Mary Charlottes unerwartetes Bekenntnis nicht mehr aus dem Kopf: nicht, als sie mit ihrer Mutter Eis aß; nicht, als sie das gedruckte Abendprogramm nahm, ihre Brille aufsetzte und so tat, als studierte sie es. Die Worte hallten noch immer in ihr nach, als sie zu ihrer Überraschung ihren Namen vernahm und sich umdrehte. Ein paar Schritte weiter sah sie Lady Lucas stehen; die Mr Bingleys Schwestern jetzt jene Bennets zeigte, die ihnen bisher noch nicht vorgestellt worden waren.

»Und zu guter Letzt«, verkündete Lady Lucas, »wäre da noch Mary Bennet, das ehrgeizigste Mädchen der Gegend.«

Unwillkürlich begegnete Mary dem Blick der jüngeren Schwester, die einen Knicks andeutete.

»Das ist mit Sicherheit eine gewaltige Auszeichnung«, sagte sie, »zumal sie dem äußeren Anschein nach mehr als berechtigt ist.«

Verlegen erwiderte Mary den Knicks.

»Ich hege große Achtung für Ihre Hingabe ans Studium«, fuhr Miss Bingley glatt fort. »Bestimmt beschäftigen Sie sich mit nichts anderem. Sie sind ein großes Vorbild für uns.«

Lady Lucas lächelte, und die Bingley-Schwestern rauschten davon. Erst in diesem Moment bemerkte Mary, dass sie noch ihre Brille aufhatte.

Kapitel 18

Kein Ball kann beurteilt werden, solange nicht sämtliche Details des Abends am nächsten Tag auseinandergenommen und bewertet worden sind. Wie viel es in diesem Fall zu diskutieren gab, ließ sich schon daran erkennen, dass, kaum war das Frühstück abgeräumt, eine Abordnung aus dem Hause Lucas in Longbourn eintraf.

»Für dich hat der Abend wirklich gut begonnen, Charlotte«, sagte Mrs Bennet. »Du warst die Erste, die Mr Bingley auserwählt hat.«

»Ja. Aber die Zweite schien ihm besser zu gefallen.«

»Oh«, sagte Mrs Bennet in dem wenig überzeugenden Versuch, Überraschung zu heucheln. »Du meinst vermutlich Jane? Nun, es sah tatsächlich so aus, als würde er sie anhimmeln.«

»Unbedingt«, warf Charlotte ein. »Ich hörte ihn sagen, dass er sie für die schönste Frau im ganzen Saal hält.«

»Das hätte man sich denken können«, sagte Mrs Bennet, »aber ich bin froh, es noch einmal aus deinem Mund zu hören.«

Charlotte bekräftigte, dass Mr Bingleys Worte exakt so gelautet hatten, und Mrs Bennet gab sich keine Mühe mehr, ihre Zufriedenheit darüber zu verbergen, dass ihre älteste Tochter in dieser Weise vor Charlotte ausgezeichnet worden war. Mit unverhohlener Freude sah sie von ihr zu Lady Lucas hinüber. Obwohl Mary den Blick nicht von Charlotte nahm, konnte sie in ihrem starren

Lächeln kein Zucken und in ihrer Miene sanfter, gutmütiger Resignation nichts Gebrochenes erkennen.

»Das war jedenfalls erfreulicher als das, was dir zu Ohren gekommen ist, Lizzy«, fuhr Charlotte munter fort. »Arme Eliza! Nur als akzeptabel zu gelten.«

»Was für ein Schnösel«, bestätigte Elizabeth in gespieltem Ernst. »Aber mit diesem Urteil werde ich wohl leben müssen.«

Doch damit ließ sich Mrs Bennet nicht besänftigen. Die Herabwürdigung ihrer Tochter konnte sie nur als verletzende Beleidigung empfinden. Aber was war schon von einem Mann zu erwarten, dessen Benehmen allseits auf Missbilligung stieß? Mr Darcy hatte sich als unangenehmer Zeitgenosse erwiesen, das war die einhellige Meinung. Für alle war offensichtlich, was für ein Widerling er war, hochnäsig, kalt, distanziert und von Stolz zerfressen. Mrs Bennet erklärte, Lizzy solle ihn in Zukunft gar nicht beachten.

»Falls ihr euch wiederbegegnet und er dich zum Tanzen auffordert, kann ich nur hoffen, dass du ihm einen Korb gibst.«

Elizabeth hielt es für unwahrscheinlich, dass eine solche Situation je eintreten würde, und so drehte sich die Diskussion im Folgenden um Mr Darcys Persönlichkeit, seine Manieren und seinen Charakter, die alle erörtert und für fragwürdig befunden wurden. Mrs Bennet schickte sich schon an, zu dem dankbaren Thema von Janes Erfolg bei Mr Bingley zurückzukehren, als plötzlich Mary das Wort ergriff.

»Ich frage mich, ob es uns zusteht, Mr Darcy so vorschnell zu verurteilen. Es gibt doch einen Unterschied zwischen Stolz und Eitelkeit, und Ersterer ist nicht so verwerflich wie Letztere. Der Eitle möchte, dass andere gut von ihm denken, unabhängig von seinen Qualitäten. Stolz hingegen speist sich eher aus unserer ehrlichen Meinung über uns selbst.« Sie sah sich erwartungsvoll um, aber offenbar hatte niemand ihrem Kommentar etwas hinzuzufügen. »Ist es nicht möglich«, beharrte sie, »dass Mr Darcy einen Grund für seine Selbsteinschätzung hat? Vielleicht ist es ja sein gutes Recht, stolz zu sein.«

Mrs Bennet rang verzweifelt die Hände. »Wirklich, Mary, niemand von uns muss von dir darüber belehrt werden, was wir von diesem Mann zu halten haben. Wir haben uns alle unsere Meinung gebildet.«

Mary wurde rot und begriff, dass sie wieder einmal den falschen Ton angeschlagen hatte. Schweigen senkte sich auf das Grüppchen herab. Schließlich meldete sich einer der jüngeren Söhne der Familie Lucas zu Wort, der Schwester und Mutter nur nach Longbourn begleitet hatte, weil man ihm Kuchen in Aussicht gestellt hatte.

»Wenn ich so reich wäre wie Mr Darcy, wäre es mir egal, wie stolz ich bin. Ich würde mir ein Rudel Foxhounds halten und jeden Tag eine Flasche Wein trinken!«

Mrs Bennet versicherte ihm, dass sie ihm die Flasche sofort wegnehmen würde, er erwiderte, das würde sie nicht tun, sie sagte, das würde sie sehr wohl tun, und schnell war die Unterhaltung wieder so laut und lebhaft wie vor Marys Bemerkung. Als sich Mrs Lucas und ihre Kinder schließlich verabschieden wollten, blieb Charlotte einen Moment bei Mary stehen.

»Unsere Meinung ist nur gefragt«, murmelte sie, »wenn sie widerspiegelt, was die anderen denken, und mit einem unterwürfigen Lächeln vorgetragen wird.«

Kapitel 19

Sir William Lucas' Plan, ein kleines Dinner zu geben, kam für Mrs Bennet einer bösen Überraschung gleich. Sie hatte nicht geahnt, dass die Eheleute Lucas die Gelegenheit ergreifen würden, Mr Bingley und seine Freunde unter dem Vorwand einzuladen, dass diese die Familien der Gegend kennenlernen sollten, die Mr Bingley zu seinem neuen Zuhause erkoren hatte. Es war äußerst misslich, dass Mrs Bennet nicht selbst auf die Idee gekommen war, weshalb sie auf die Neuigkeit mit deutlicher Empörung reagierte.

»Ich halte es für eine große Anmaßung, so ein Dinner zu geben«, verkündete sie, »zumal es vor allem darum geht, die eigenen Interessen zu befördern. Mrs und Mr Lucas wollen Mr Bingley für Charlotte gewinnen, da bin ich mir sicher, Mr Bennet. Ein solches Verhalten ist unerhört. Sie sollten sich schämen.«

»Dann schreibe ich ihnen und erkläre, dass wir nicht teilnehmen können«, antwortete ihr Ehemann. »Ich verstehe, dass es höchst unangenehm für Sie wäre, wenn Sie Machenschaften solcher Art mit eigenen Augen bezeugen müssten.«

»Wo denken Sie hin?«, rief seine Frau entsetzt. »Natürlich müssen wir hingehen. Ich werde doch nicht zusehen, wie Jane von dieser intriganten Charlotte Lucas ausgestochen wird. Nicht eine Sekunde werde ich sie aus den Augen lassen.«

»In dem Fall werde ich sie informieren, dass wir die Einladung gerne annehmen, und freue mich auf einen vergnüglichen Abend mit alten, lieben Freunden.«

So kam es, dass sich Mary am unpopulärsten Ende von Sir Williams Dinnertafel wiederfand, in ihrem Essen herumstocherte und sich wünschte, der Abend möge bald enden. Gelegentlich fing sie Charlottes Blick auf, die in größerer Nähe zu Mr Bingley und seinen Freunden Platz genommen hatte; ihre Munterkeit wirkte nicht mehr ganz so natürlich wie sonst. Ihr düsteres Bekenntnis auf dem Ball hallte in Marys Kopf wider, während sie die Gäste beobachtete, die sich alle bestens zu amüsieren schienen. Ihre Stimmung sank noch einmal, als sie die versammelten Männer musterte; mit aller Entschlossenheit traf sie die Erkenntnis, dass keiner von ihnen sie als Ehefrau in Betracht ziehen würde. Da war Mr Bingley, der alles daransetzte, den anderen zu gefallen, lächelnd, humorvoll, gut gelaunt. Trotz seines natürlichen Charmes spürte Mary, dass er einer Frau, die keine große Schönheit war, niemals Beachtung schenken würde – vor allem mit einer wie Jane vor Augen. Mary war selten einer Meinung mit Mrs Bennet, aber wenn man Mr Bingley und Jane beobachtete, konnten kaum Zweifel daran bestehen, dass er sie anhimmelte.

Als ihr Blick zu dem großen, ernsten Mr Darcy weiterwanderte, musste Mary fast lachen, so unvorstellbar war es, dass er auch nur einen Gedanken an sie verschwenden könnte. Er hatte nicht einmal ihre Existenz zur Kenntnis genommen. Sie glaubte, ihn in Elizabeths Richtung schauen zu sehen, aber diese ignorierte ihn entschieden, da das fatale Wort »akzeptabel« noch nicht vergessen war. Am anderen Ende der Tafel saß eine laute Gruppe in Uniform, schon mit hochroten Gesichtern vom übermäßigen Weinkonsum. Die Männer flirteten mit Kitty und Lydia. Mary hätte sie nicht auseinanderhalten können. Bestimmt waren sie nicht so bedeutend wie Mr Bingley oder sein Freund, aber wenn man nicht gut aussah, musste man wenigstens lebhaft oder zum Schreien komisch sein, und Mary war weder das eine noch das andere.

Die Wahrheit war, dachte sie bitter, dass es in ihren Gesellschaftskreisen niemanden gab, der sie eines Blickes wert befinden würde. Dabei war sie noch jung. Wie sollte es erst werden, wenn sie älter wurde? Ihre nächsten zehn Jahre würden wie Charlottes verlorenes Jahrzehnt vergehen, ohne große Hoffnungen und Aussicht auf Glück. Während der Abend voranschritt, fiel Mary in sich zusammen, bis sie sich spurlos aufgelöst zu haben schien.

Erst nach dem Essen fing sie sich wieder etwas. Alle wollten tanzen, und da Mary die Gelegenheit witterte, ihre Stimmung abzuschütteln, bot sie sich als Klavierspielerin an. Den Rest des Abends über hämmerte sie schottische und irische Airs in die Tasten, während ihre Schwestern und die Familie Lucas mit den flottesten Offizieren über die Tanzfläche wirbelten. Als sie nicht mehr spielen konnte, nahm sie den Dank der Tänzer mit gemischten Gefühlen entgegen. Sie war froh, nicht stumm abseits gesessen zu haben, aber ihr war auch bewusst, dass ihr die Dankbarkeit der anderen gerade dadurch zuteilwurde, weil sie sich ihrem Vergnügen entzogen hatte. Sie vermeinte, Charlottes Worte zu hören, dass man sich die Hände nicht am Glück der anderen wärmen sollte. Es stimmte sie traurig, dass genau das ihr Schicksal zu sein schien.

Kapitel 20

Es war keine Überraschung für Mary, als Jane von Miss Bingley einen Brief erhielt, in dem sie sie bat, in Netherfield vorstellig zu werden. Man langweile sich zu Tode und sehne sich nach Gesellschaft; vielleicht würde sie gern den Tee mit ihnen einnehmen? Und vielleicht könne man sie sogar dazu überreden, mit ihnen zu dinieren? Jane las ihrer Familie die Einladung in ihrem üblichen unbewegten Tonfall vor, aber Mary sah die Freude hinter ihrer Schüchternheit. Ihre Mutter wiederum war schier aus dem Häuschen.

»So viel zu Mrs Lucas' Plänen! Ich wusste doch, dass Mr Bingley sich nicht für Charlotte interessiert. Du musst unbedingt nach Netherfield reiten, Jane, nicht mit der Kutsche fahren. Es sieht so aus, als würde es später regnen, und in diesem Fall sind sie gezwungen, dir eine Übernachtungsgelegenheit anzubieten. Je länger du bleibst, umso besser. Was für eine Chance!«

Janes und Elizabeths Proteste verhallten ungehört. Jane solle reiten, keine Diskussion. Einen weiteren Tag bei den Bingleys zu Gast zu sein sei die Gefahr unbedingt wert, auf dem Hinweg vollkommen durchnässt zu werden. So schickte man Jane los, nur mit einem Cape zum Schutz und leichten Schuhen. Als der Regen früher niederprasselte als erwartet, musste davon ausgegangen werden, dass Jane in den Sturzregen geraten war, aber Mrs Bennet war nicht im Geringsten besorgt.

»Ein bisschen Regen hat noch niemandem geschadet, und damit sind die Bingleys verpflichtet, Jane dazubehalten.«

Elizabeth war alles andere als zuversichtlich. Sie war sich keineswegs sicher, dass ihre Schwester den Regen unbeschadet überstanden hatte, und als am nächsten Tag in Longbourn die Nachricht eintraf, dass Jane mit einer Erkältung zu Bett geschickt worden sei, bekam es Elizabeth mit der Angst zu tun. Sie bat darum, die Kutsche nehmen zu dürfen, um nach ihrer Schwester zu schauen.

Doch ihre Mutter war unerbittlich. »Sie wird schon nicht sterben, und dort wird man sich gut um sie kümmern. Solange sie auf Netherfield bleibt, ist alles in bester Ordnung.«

Elizabeth fügte sich mit einem unguten Gefühl. Als aber gegen Ende des nächsten Tages kein Brief eintraf, der von Janes vollständiger Genesung berichtete, hielt sie es nicht länger aus. Sie verkündete, die paar Meilen nach Netherfield wandern zu wollen, um sich nach Janes Befinden zu erkundigen. Es war ihr egal, dass ihre Mutter darauf beharrte, Lizzy sei dort nicht erwünscht und werde mit ihrem Verhalten nur ihren sorgfältig ausgetüftelten Plan durchkreuzen. Mary lauschte der Diskussion, die sich unentwegt im Kreise drehte. Sie konnte nicht erkennen, dass Elizabeths Anwesenheit so dringend vonnöten wäre; sollte Jane ernsthaft erkrankt sein, hätte man aus Netherfield doch sicher eine entsprechende Nachricht geschickt. Aber auch in diesem Fall würde es keinen Sinn ergeben, dass Lizzy über matschige Felder und nasse Straßen lief. Sie könnte selbst krank werden, und was für eine Hilfe wäre sie Jane dann?

»Ich bewundere deine Fürsorglichkeit«, sagte sie leise und so nüchtern zu Elizabeth, wie es ihr zu Gebote stand, »aber vielleicht sollte man sich weniger von seinen Gefühlen als von seinem Verstand leiten lassen. Außerdem sollten Mühen im Verhältnis zur Notwendigkeit stehen.«

Elizabeth sah sie so zornig an, wie Mary es noch nie erlebt hatte. »Glücklicherweise ist es genau so«, sagte sie kalt, »daher musst du dir wegen mir keine Sorgen machen. Und was die gegensätzlichen Ansprüche von Verstand und Gefühl angeht, widerspreche ich dir. Wenn er nicht von Gefühlen erwärmt wird, ist der Verstand eine ziemlich frostige Angelegenheit. Es überrascht mich, dich so reden zu hören, Mary; das nimmt einen nicht für dich ein. Sobald ich meine Stiefel angezogen habe, bin ich fort. Ich hoffe, zum Dinner zurück zu sein.«

Tatsächlich kehrte Elizabeth nicht so schnell zurück. Sie traf Jane in einem Zustand an, der sie zu der Ansicht gelangen ließ, dass sie erst eine deutliche Besserung abwarten sollte. Und so fand sich Lizzy als weiterer Gast in Netherfield wieder, wo sie den größten Teil der Woche verbrachte.

Als es Jane wieder gut genug ging, um Besuch zu empfangen, lud Mr Bingley ihre Mutter und sämtliche verbliebenen Schwestern nach Netherfield ein. Bis auf Mary nahmen alle seine Einladung begeistert an.

Mary war immer noch wegen Elizabeths Zurechtweisung verstimmt und zog es vor, sich zu Hause zu verkriechen. Schlimmer noch als der Zorn ihrer Schwester war die Erkenntnis, dass Elizabeth recht gehabt hatte. Lizzys Herz war der richtige Ratgeber gewesen, nicht Marys kühler Verstand. Mary schämte sich für ihre Worte und fühlte sich noch nicht bereit, Lizzy gegenüberzutreten. Also blieb sie in Longbourn, unternahm einsame Spaziergänge im Garten und machte sich Vorwürfe, weil sie schon wieder ein falsches Urteil gefällt hatte. Sie hätte besser schweigen sollen.

Im Garten traf sie Charlotte Lucas, die nach Longbourn gekommen war, um sich nach Janes Befinden zu erkundigen.

»Ich hoffe«, sagte Charlotte, »sie lässt sich von ihrer Krankheit nicht davon abhalten, das Beste aus ihrer Zeit in Netherfield zu machen. Es wäre doch ein Jammer, wenn ihr Zustand ihrem Hauptziel in die Quere käme.«

»Ich glaube, Miss Bingley hat sie vor allem als Gesellschaft für sich selbst und ihre Schwester eingeladen. Sicher brauchten die beiden ein neues Gesicht am Kartentisch.«

»So hat man die Einladung vielleicht ausgesprochen«, erwiderte Charlotte altklug, »aber das war bestimmt nicht der einzige Grund. Sie hätten sie nie zu sich gebeten, wüssten sie nicht von der Zuneigung ihres Bruders.«

Sie hatten ein Bänkchen unter einem Quittenbaum erreicht. Charlotte setzte sich und bedeutete Mary, es ihr gleichzutun.

»Du denkst also, Janes Aufgabe war es vor allem, die Freundschaft und Anerkennung der Schwestern zu gewinnen?«, fragte Mary.

»Das kann jedenfalls nicht schaden und unter Umständen sogar viel Gutes bewirken.« Charlotte löste ihr Hutband und schob sich den Hut in den Nacken. »Aber zudem«, fuhr sie fort, »wurde Jane damit die außerordentliche Gelegenheit gegeben, Mr Bingley ihre Achtung vor ihm zu beweisen. Ich kann für sie nur hoffen, dass sie sie bestmöglich nutzt.«

»Ich kenne deine Meinung zu diesen Dingen«, sagte Mary. »Ehrlich gesagt bin ich mir nicht sicher, ob Janes Zuneigung stark genug ist, um ein solches Heldenstück zu vollbringen. Wenn sie sich selbst noch nicht sicher ist, ob sie ihn liebt, kann man wohl kaum erwarten, dass sie ihn davon überzeugt.«

»Das sehe ich ganz anders. Genau das ist der Moment, in dem eine solche Botschaft am dringlichsten ist. Jede Verzögerung könnte Janes Möglichkeiten schmälern. Es ist doch offensichtlich, dass sie ihn mag und seine Gesellschaft genießt. Was kann man denn sonst noch wollen? Wenn sie die Liebe sucht, stehen die Chancen, dass sie sie bei ihm findet, genauso gut wie bei jemand anderem.«

»Hältst du wirklich so wenig von zarten Gefühlen, Charlotte? Sie kennt ihn doch kaum – wie soll sie sich da sicher sein, dass er sie glücklich macht?«

Charlotte zupfte ein paar lange Grashalme aus der Wiese. »Manchmal frage ich mich, ob du die Ideen, die in den von dir so geschätzten Büchern vertreten werden, überhaupt begreifst. Wenn ich mich recht entsinne, betrachten die meisten deiner Autoren gute Kameradschaft als Basis für eine wahrhaft glückliche Ehe. Leidenschaft, so heißt es, ist schnell erloschen, zumal sie ohnehin einen wackeligen Grund für häusliches Glück darstellt.«

Sie begann, die Grashalme zu flechten, und schien beim Weitersprechen ihre ganze Aufmerksamkeit darauf zu richten. »Du magst wie eine vernünftige Person reden, doch hinter deiner disziplinierten Fassade steckt eine durch und durch romantische Natur. Du verbirgst sie gut, aber gelegentlich bricht sie sich dennoch Bahn, bevor du sie schnell wieder erstickst.«

Mary wurde rot. »Das stimmt nicht. Ich frage mich nur, ob man in einer Ehe auf Glück hoffen darf, wenn Mann und Frau so wenig voneinander wissen. Wenn auch nur einer von beiden Gefühle vorgaukelt, die er nicht hat, so ist das mit Sicherheit kein gutes Omen.«

»Ich sehe schon, dass wir uns nicht einig werden, Mary, aber ich versichere dir, dass Glück in der Ehe reiner Zufall ist. Selbst wenn Jane Mr Bingleys Charakter ein ganzes Jahr lang erforschen würde, würde das keinen Unterschied machen. Ich wünsche ihr von ganzem Herzen Erfolg, aber wenn sie jetzt nicht ihren Vorteil sucht, kann sie später niemand anderem Vorwürfe machen als sich selbst. Ich an ihrer Stelle würde mir diese Gelegenheit nicht entgehen lassen.«

»Bist du wirklich so unglücklich mit deiner Situation, Charlotte?«

Charlotte warf ihren Graszopf zu Boden und erhob sich. »Ich könnte nicht behaupten, dass sich meine Gefühle seit unserem letzten Gespräch verändert hätten. Und jetzt komm, lass uns Mrs Hill suchen. Vielleicht können wir sie überreden, uns Tee zu servieren.«

Kapitel 21

Es dauerte noch eine Woche, bis es Jane gut genug ging, um heimkehren zu können, und dann noch ein paar Tage, bis sie wieder ihr Zimmer verlassen durfte. Mrs Bennet zeigte keinerlei Reue und begegnete Elizabeths vorwurfsvollen Blicken mit der entrüsteten Bemerkung, dass Jane es ihr schon noch danken werde, wenn sie erst einmal verheiratet wäre. Sie war sich sicher, dass es nicht mehr lange dauern konnte, bis Mr Bingley ihr einen Antrag machte. Insofern war sie auch nicht überrascht, als Mr Bennet eines Tages erklärte, er hoffe auf ein exquisites Dinner, da sich für den Abend ein Gast angekündigt habe. Entzückt schloss Mrs Bennet, dass es sich dabei nur um Mr Bingley handeln könne, aber ihr Ehemann raubte ihr diese Illusion.

»Leider muss ich Sie enttäuschen, meine Liebe. Es handelt sich um einen anderen jungen Mann, der uns beehren wird. Die Rede ist von meinem Neffen Mr Collins, der euch alle nach meinem Tod aus diesem Haus jagen kann, wenn es ihm gefällt.«

Wie von Mr Bennet beabsichtigt, hatten seine Worte allgemeine Verwunderung zur Folge. Alle redeten durcheinander und bestürmten ihn mit Fragen, bis er sich gezwungen sah, die Hand zu heben und um Ruhe zu bitten. Dann legte er den Hintergrund des unerwarteten Besuchs dar. Offenbar hatte er schon im vergangenen Monat einen Brief erhalten, in dem sein Cousin vorschlug, der Familie seine Aufwartung zu machen.

»Vor zwei Wochen ließ ich ihm meine Antwort zukommen, da ich der Meinung war, dass ein solcher Brief nach einer schnellen Reaktion verlangt. Wollt ihr ihn hören?«

Er setzte seine Brille auf und zog das Schreiben schwungvoll aus der Manteltasche. Der Brief umfasste mehrere Seiten, und Mr Bennet las ihn so langsam und pathetisch vor, wie er geschrieben war. Zunächst brachte Mr Collins sein Bedauern darüber zum Ausdruck, dass es zwischen seinem Vater und Mr Bennet vor so langer Zeit zum Bruch gekommen war. Da nun sein verehrter Vater nicht mehr sei, fühle er sich verpflichtet – wenn das denn in seiner armseligen Macht stehe –, die Wunden dieses Zerwürfnisses zu heilen. Seine kürzlich erfolgte Ordination lasse ihn das Bedürfnis nach Versöhnung umso stärker spüren.

»Er schreibt«, fuhr Mr Bennet fort, »dass er es als Mann der Kirche als seine Pflicht empfindet, die Segnungen des Friedens in sämtliche Familien zu bringen, auf die er Einfluss habe. Dann fährt er folgendermaßen fort – und das wird besonders Sie interessieren, meine Liebe«, er nickte Mrs Bennet zu. »›Aus diesem Grund schmeichele ich mir, dass die gegenwärtigen Bekundungen meines guten Willens als höchst ehrenwert zu betrachten und die Umstände, die mich zum nächsten Erben von Longbourn machen, freundlichst zu vernachlässigen sind, damit der dargebotene Ölzweig nicht ausgeschlagen wird.‹«

Mrs Bennet warf ihre Serviette mit einer solchen Verve hin, dass sich die Krümel von ihrem Teller auf dem Tisch verteilten. »Ich finde es höchst impertinent, Ihnen überhaupt zu schreiben. Was für ein Ausbund an Scheinheiligkeit.«

»Ich fürchte, Sie tun ihm unrecht. Er erkennt seine Sünde so umfassend an, wie man es sich nur wünschen mag. So schreibt er: ›Es erfüllt mich mit Sorge, dass ich das Mittel bin, das Ihren liebenswerten Töchtern übel mitspielen könnte‹, und entschuldigt sich ausdrücklich dafür. Tatsächlich bekundet er sogar seine Bereitschaft, ›jede nur mögliche Wiedergutmachung ins Auge zu fassen – aber dazu später‹.«

»Was kann er damit nur meinen?«, fragte Mrs Bennet, die bereits ein wenig besänftigt war. »Ich werde ihm sicherlich keine Steine in den Weg legen, wenn er etwas für meine Mädchen zu tun gedenkt.«

»Er schreibt noch viel – ziemlich viel sogar –, aber nichts mehr zu diesem Punkt. Stattdessen breitet er sich über die glückliche Fügung aus, dass er sich in Kent ein gutes Auskommen sichern konnte, und über die gewaltige Dankbarkeit, zu der er seiner ›würdigen Gönnerin, der ehrenwerten Lady Catherine de Bourgh, Witwe von Sir Lewis de Bourgh‹, verpflichtet ist. Dieser Dame, so informiert er uns, wird stets ›meine dankbarste Hochachtung gelten‹.« Mr Bennet faltete den Brief zusammen und klopfte damit auf den Tisch. »Gegen vier Uhr dürfen wir mit diesem Gentleman rechnen. Ich für meinen Teil sehe der Begegnung mit dem größten Vergnügen entgegen.«

»Das muss ein komischer Kauz sein«, befand Elizabeth. »Ich kann mir keinen rechten Reim auf ihn machen. Ist er wohl ganz bei Verstand, Papa?«

»Nein, mein Schatz, wahrscheinlich nicht. Aus diesem Brief spricht vielmehr eine interessante Mischung aus Unterwürfigkeit und Aufgeblasenheit. Ich kann es kaum erwarten, ihn kennenzulernen.«

Während Mr Bennet sich aufrichtig vergnügt am Tisch umsah, verspürte Mary einen Anflug von Sympathie für diesen unglückseligen Mr Collins. Seine Absichten schienen ehrenwert zu sein, auch wenn er sie vielleicht nicht sehr glücklich übermittelt hatte.

»Was den Stil angeht«, erklärte sie, »sollte man seinen Brief nicht so kritisch sehen. Das Bild mit dem Ölzweig ist doch ganz hübsch, wenngleich vielleicht etwas altbacken.«

Ihre Worte verhallten ungehört. Der Geräuschpegel war wieder angeschwollen, da man emsig über Mr Collins mögliche Motive diskutierte. Gut kam er dabei nicht weg.

»Er scheint doch nichts Böses im Sinn zu haben«, fuhr sie lauter fort, um sich in dem allgemeinen Getöse Gehör zu verschaffen. »Kann es denn richtig sein, ihn zu verurteilen, bevor wir ihn auch nur kennengelernt haben?«

Niemand schenkte ihr Beachtung. Nach einer Weile stand Mary auf, schob ihren Stuhl ordentlich an den Tisch, nickte ihren Eltern höflich zu und verließ die Tafel. Noch auf dem Flur konnte sie ihre Familie debattieren hören. Vermutlich hatte man ihre Abwesenheit nicht einmal bemerkt.

Am Nachmittag erschien das Objekt ihrer Diskussionen, und zwar auf die Minute pünktlich. Mr Collins war ein großer, schwerer Mann von Mitte zwanzig und ernstem, würdevollem Gebaren. Seine Stimme war lauter und sein Benehmen steifer und förmlicher als einem Beisammensein im Wohnzimmer angemessen. Aber je mehr er sagte, desto besser gefiel er seinen Gastgebern. Mrs Bennet war entzückt, weil er sie mit der respektvollen Aufmerksamkeit behandelte, die ihr ihrem Empfinden nach zukam, und ihr Mann war ebenfalls hochzufrieden, weil ihr Besucher in jeder Hinsicht so lächerlich war, wie er ihn sich erhofft hatte.

Mr Collins' Komplimente an seine schönen Cousinen – seine Freude darüber, dass ihr Aussehen die schwärmerischsten Berichte bei Weitem übertreffe; zweifellos dürften sie erwarten, sehr schnell und vorteilhaft verheiratet zu werden – stießen bei den Adressatinnen allerdings nicht auf Gegenliebe. In den Ohren ihrer Mutter hingegen klang das Lob wie Musik, obwohl sich

Mrs Bennet die Bemerkung nicht verkneifen konnte, dass die armselige Mitgift ihrer Töchter eine Schande sei, »aber so unglückselig wurden die Angelegenheiten nun einmal geregelt«.

»Spielen Sie damit auf den Erbvertrag für dieses Anwesen an?«, raunte Mr Collins.

»Das tue ich, Sir. Eine äußerst verzwickte Situation.«

»Zu diesem Thema könnte ich so einiges sagen«, erklärte er und schenkte seinen Cousinen ein verschmitztes Lächeln, »aber ich werde mich hüten, den Eindruck zu erwecken, als wollte ich etwas überstürzen. Die jungen Damen sollten allerdings wissen, dass ich mit der Bereitschaft komme, ihnen meine Bewunderung zuteilwerden zu lassen. Bei diesen Worten lasse ich es erst einmal bewenden, aber wenn wir uns dann besser kennen …«

Jane und Elizabeth wandten gemessen den Blick ab, während Kitty und Lydia keinen Hehl aus ihrer Langeweile machten. Nur Mary musterte ihren Gast neugierig. Man konnte nicht behaupten, dass er eine gute Figur machte. Er hatte weder den Elan der Offiziere, die Kitty und Lydia so bewunderten, noch die muntere Herzlichkeit von Mr Bingley. Und zweifellos besaß er nichts von Mr Darcys natürlicher Ernsthaftigkeit, Autorität und Sicherheit, die ihm unweigerlich den Respekt seines Gegenübers eintrugen. Als er mit ihrer Mutter sprach, die Raumaufteilung lobte, die Eleganz der Möbel und die Farbe der Vorhänge, war es schwer, Mr Collins nicht lächerlich zu finden. Einfach alles nötigte ihm Begeisterung ab; den Unterschied zwischen Anerkennung und platter Schmeichelei schien er nicht zu kennen. Und trotz aller Unterwürfigkeit gelang es ihm nicht, einen angenehmen Eindruck zu hinterlassen. Ihm schien nicht aufzufallen, dass es bei Mrs Bennet nicht gut ankam, wenn er ihre Sofas mit denen verglich, die seine verehrte Gönnerin Lady Catherine de Bourgh in ihr zweites Wohnzimmer verbannt hatte. Er sollte weniger sagen und mehr nachdenken, schloss Mary, aber das würde wohl kaum passieren. Mr Collins würde sich stets selbst reinreiten und es nicht einmal bemerken. Allmählich begann sie, das bevorstehende Dinner zu fürchten. Mr Collins bot ihrem Vater eine zu verlockende Gelegenheit, seinen Witz an ihm zu erproben, als dass er sie sich entgehen lassen würde.

Kapitel 22

Tatsächlich sagte Mr Bennet beim Dinner kaum ein Wort. Er gönnte sich nur ein äußerst verhaltenes Lächeln, als Mr Collins das Essen mit derselben Überschwänglichkeit lobte wie zuvor alles andere im Haus und sich dann erkundigte, welcher seiner schönen Cousinen er diesen Schmaus verdanke. Daraufhin erwiderte Mrs Bennet säuerlich, dass sie sich sehr wohl eine Köchin leisten könnten und ihre Töchter in der Küche nichts zu suchen hätten. Beschämt wollte Mr Collins seinen Fehler wiedergutmachen und fuhr damit auch dann noch in seiner schmeichlerischen Art fort, als Mrs Bennet längst besänftigt war und alle anderen schon betreten auf ihre Teller schauten. Erst als das Geschirr abgetragen war und das Personal sich zurückgezogen hatte, setzte ihr Vater eine Miene höflichen Interesses auf und widmete sich der angenehmen Aufgabe, seinen Gast noch vor dem Kaffee in möglichst viele Fettnäpfchen treten zu lassen. Er begann mit der Feststellung, dass Mr Collins offenbar großes Glück mit seiner Gönnerin habe; ob er ihnen nicht mehr über diese Frau erzählen könne, der sein Wohlergehen so überaus am Herzen zu liegen schien.

Ein besseres Thema hätte er nicht anschneiden können. Mr Collins begann, die Frau in den höchsten Tönen zu loben. Er pries ihre Liebenswürdigkeit auch gegenüber Menschen niederen Rangs und erwähnte die Güte, mit der sie ihre lobenden Kommentare zu seinen Predigten abgab, die Großzügigkeit, mit der sie ihn häufig zum Dinner einlud, und die erlesene Höflichkeit, mit der sie ihn manchmal samstagabends bat, die Quadrille mit ihr zu tanzen, wenn ein anderer Gentleman ihr einen Korb gegeben hatte. Für eine Dame von Stand sei ein solches Verhalten so außergewöhnlich wie erfreulich. Sie habe sich sogar schon dazu herabgelassen, sein bescheidenes Pfarrhaus mit ihrem Besuch zu beehren und die Änderungen zu loben, die er dort vorgenommen hatte, wenngleich sie auch die Freundlichkeit besessen habe, ihm mitzuteilen, dass die Schränke im Obergeschoss mehr Regalbretter bräuchten.

Als er sich so blamierte, schwoll Marys Mitleid für Mr Collins weiter an. Sie wusste, dass ihre Schwestern den Mann längst abgeschrieben hatten, und konnte nicht behaupten, dass sie selbst ihn bewunderte. Aber sie wusste nur allzu gut, wie es war, wenn man ausschließlich Verwunderung, Spott und Gleichgültigkeit erntete.

»Lady Catherine scheint wesentlich umgänglicher zu sein als andere vornehme Damen«, stellte Mrs Bennet fest. »Wenn ich es recht verstehe, ist sie Witwe und hat eine Tochter?«

Mr Collins bestätigte dies.

»Was lässt sich denn über die junge Dame sagen? Darf man sie als hübsch bezeichnen?«

Unglücklicherweise, antwortete Mr Collins, erfreue sich Miss de Bourgh nicht der guten Gesundheit, die für gewöhnlich mit wahrer Schönheit einhergeht. Aber ihre Züge seien, wie er ihr immer wieder versichere, von der großen Feinheit, die eine junge Frau von erlesener Herkunft auszeichnet.

»Ist sie denn bei Hofe eingeführt worden, Sir?«

»Ihre schwache Gesundheit verwehrt ihr leider das Leben in der Stadt«, erläuterte Mr Collins. »Wie ich zu Lady Catherine immer sage, hat dieses unglückselige Schicksal den britischen Hof seiner schönsten Zierde beraubt.« Er sah sich im Kreis um, selbst entzückt von seiner Bemerkung. »Ich bin immer glücklich, wenn ich eines dieser zartfühlenden Komplimente anbringen kann, die den Damen so gefallen.«

Mary schloss die Augen. Damit hatte er sein Schicksal besiegelt. Sie öffnete die Augen wieder und sah, wie sich ihr Vater aufsetzte.

»Mehr als einmal habe ich Lady Catherine gegenüber erklärt, ihre Tochter sei dazu geboren, eine Herzogin zu sein«, fuhr Mr Collins fort. »Das sind die kleinen Dinge, die sie erfreuen.«

»Sie haben ein gutes Urteilsvermögen«, sagte Mr Bennet. »Darf ich fragen, ob Ihnen diese Aufmerksamkeiten in dem Moment zufliegen oder ob sie das Ergebnis gezielter Überlegung sind?«

»Sie verdanken sich eher den besonderen Umständen einer Situation«, antwortete Mr Collins. »Und obwohl ich mich gelegentlich daran erfreue, solch elegante kleine Komplimente zu ersinnen, bemühe ich mich doch stets, sie so wenig künstlich wie möglich erscheinen zu lassen.«

Mr Bennet nickte, begeistert darüber, dass sich sein Neffe als genauso lächerlich erwies wie erhofft. Doch nichts an seiner Miene ließ auf diese Freude schließen, von ein, zwei Blicken zu Elizabeth hinüber mal abgesehen. Mr Collins selbst ahnte nichts von dem Urteil, das über ihn ergangen war, und hob beschwingt sein Glas. Mary hingegen schämte sich. Es kam ihr würdelos vor, einen Gast in dieser Art zu behandeln, selbst wenn sein Gebaren so töricht und dumm war wie das von Mr Collins.

Als sie sich von der Tafel erhoben und in Richtung Wohnzimmer aufbrachen, um den Kaffee einzunehmen, wollte Mary ein paar freundliche Worte an ihren Cousin richten. Liege sie richtig in der Annahme, dass er eine gute Reise gehabt habe und nicht zu müde sei? Und sei er zum ersten Mal in Hertfordshire?

Er antwortete flüchtig und hielt bereits nach einem Platz Ausschau, der ihm die Nähe zu Jane garantierte. Schon während des Dinners hatte er die älteste Tochter der Bennets mit einer Wärme angelächelt, die nur mit Kälte erwidert worden war, was er offenbar nicht bemerkt hatte.

Als die Unterhaltung allmählich zum Erliegen kam, weil jeder sein Assortiment an leeren Höflichkeitsfloskeln erschöpft hatte, schlug Mr Bennet vor, ihr Gast möge ihnen doch etwas vorlesen. Mr Collins stimmte eifrig zu. Nachdem man kurz die Regale und die Bände auf den Beistelltischchen überflogen hatte, wurde man fündig. Aber als das ausgewählte Buch Mr Collins gereicht wurde, betrachtete dieser es verächtlich. Wie Mary sah, handelte es sich um den letzten Band, den sich ihre Mutter bei der Wanderbücherei ausgeliehen hatte.

»Es tut mir leid, aber ich muss Sie enttäuschen. Ich lese nie Romane. Hätten Sie eventuell etwas anderes da?«

Mary betrachtete ihn hoffnungsvoll. Vielleicht stimmten Mr Collins' literarische Vorlieben ja eher mit ihren überein als mit denen ihrer Mutter. Als man sich wieder auf die Suche begab, griff sie sich ihren Lieblingstitel und reichte ihm das Buch, bevor man ihr zuvorkommen konnte.

»Vielleicht gefällt Ihnen dieses hier besser, Sir.«

»Ah, Fordyce' *Sermons*!« Mr Collins war erfreut. »Damit können wir nichts falsch machen!«

Mary senkte die Lider und lächelte heimlich vor Stolz, als ihr Gast das vertraute Buch aufklappte. Er las genau so, wie man es von ihm erwartete: langsam, getragen und mit übertriebener Feierlichkeit. Mary war trotzdem begeistert, die wohlbekannten Sätze laut zu hören, ohne jede Ironie und Verachtung. Während seine Stimme den Raum erfüllte, fragte sie sich, ob es wohl noch andere Gemeinsamkeiten zwischen ihrem Cousin und ihr gäbe –

hatte er Blairs *Sermons* gelesen oder vielleicht sogar etwas von Bischof Berkeley? Wie schön es doch wäre, mit einem gleich gesinnten Menschen über diese Texte reden zu können. Der verlockende Gedanke zog sie so in seinen Bann, dass sie gar nicht mitbekam, dass Lydia am anderen Ende des Raums vor Langeweile nervös zu werden begann. Die unvermittelte Wortmeldung ihrer Schwester überraschte sie fast so sehr wie Mr Collins selbst.

»Wussten Sie eigentlich, Mama, dass Onkel Phillips sich überlegt, Richard zu entlassen? Vielleicht wird Colonel Forster ihn dann einstellen. Ich werde gleich morgen nach Meryton gehen, um mich zu erkundigen.«

Sofort wurde Lydia von ihren älteren Schwestern zur Ordnung gerufen, während Mrs Bennet sich umständlich bei Mr Collins für den Zwischenfall entschuldigte. Ihr Gast war dennoch ernsthaft beleidigt und klappte das Buch mit Leidensmiene zu. Mary war die Einzige, die der Lesung nachtrauerte.

»Mir ist schon häufiger aufgefallen, wie wenig sich junge Damen für ernsthafte Bücher interessieren«, sagte Mr Collins. »Dabei wurden diese vor allem zu ihrem Nutzen geschrieben. Das wundert mich, muss ich gestehen.«

Just in diesem Moment kam endlich der Kaffee. Als er eingeschenkt wurde, beugte sich Mary Mr Collins entgegen, um seine angekratzte Ehre wiederherzustellen.

»Ich bedauere es sehr, dass Sie nicht weiterlesen, Sir. Ich bin eine große Bewunderin von Dr. Fordyce und habe seine Predigten schon oft studiert. Dies ist mein Exemplar, müssen Sie wissen.«

»Ich bin froh, dass wenigstens eine von Ihnen Interesse an diesen lehrreichen Instruktionen zeigt. Zweifellos ist einer jungen Dame nichts so zuträglich wie ausgewählte Lektüre, auch wenn das nicht alle so sehen mögen.«

Er warf Lydia einen beleidigten Blick zu, den sie nicht bemerkte, da sie mit Kitty in ein vertrauliches Gespräch vertieft war.

Mary blieb beharrlich. »Da Sie auf Dr. Fordyce so große Stücke halten, würde es mich sehr interessieren, welche anderen Autoren Sie schätzen. Nicht alle jungen Frauen stehen ernsthaften Werken gleichgültig gegenüber. Ich selbst bin zum Beispiel äußerst interessiert daran, Bücher zu entdecken, die mir von Nutzen sein können.«

»Das ist löblich, und ich freue mich, das zu hören. Aber ich hoffe, Sie verzeihen mir, wenn ich unser Gespräch auf einen anderen Zeitpunkt verschiebe. Jetzt würde ich Ihren Vater, der so einen großen Eindruck auf mich gemacht hat, gern zu einer Partie Backgammon auffordern. Den Damen kann ich, fürchte ich, im Moment nicht weiter dienlich sein.« Er verschwand mit ein paar verhaltenen Verbeugungen.

Als sie im Bett lag, ließ sich Mary die Ereignisse des Tages durch den Kopf gehen. Mr Collins war zweifellos kein liebenswürdiger Mann. Sein Verhalten war großspurig und aufgeblasen, und in der kurzen Zeit, die er bei ihnen zu Gast war, hatte er keine Gelegenheit ausgelassen, sich lächerlich zu machen. Und dennoch, trotz seiner Fehler – oder vielleicht gerade wegen ihnen – konnte sie den Anflug von Sympathie, den sie verspürt hatte, als ihr Vater ihn zu immer neuen Beweisen seiner Lächerlichkeit provoziert hatte, nicht ganz verdrängen. Hinter Mr Collins' steifer, gekünstelter Art vermeinte sie, eine gewisse Unsicherheit auszumachen, eine Nervosität, die er mit übertriebener Jovialität zu kaschieren suchte. Er fühlte sich nicht wohl in seiner Haut, und sie verspürte unwillkürlich Mitleid. Schließlich wusste sie, wie es war, sich fehl am Platze zu fühlen.

Dass er sich bereit erklärt hatte, aus dem Buch von Dr. Fordyce vorzulesen, verstärkte in ihr nur das Gefühl der Seelenverwandtschaft. Natürlich, er hatte die Gelegenheit nicht genutzt, mit ihr über vergleichbare Werke zu diskutieren; und sie musste schon zugeben, dass seine Gesprächsbeiträge nicht auf besonderen Scharfsinn schließen ließen. Aber vielleicht würde sie während seines Aufenthalts etwas über seine Vorlieben herausfinden. Sie könnten zusammen lesen und am Ende eines mit stillen Studien verbrachten Vormittags ihre Meinungen austauschen. Mary sah schon vor sich, wie sie nach und nach sein Vertrauen gewann und ihn dazu ermutigte, sie als Partner ernsthafter Bestrebungen anzuerkennen.

Plötzlich wurde ihr bewusst, in welch schockierende Richtung sich ihre Gedanken entwickelten. War es möglich, dass sie Mr Collins als möglichen Verehrer betrachtete? Fast schämte sie sich dafür. Sie hatte sich nicht bewusst dafür entschieden, ihn in diesem Licht zu sehen, und dennoch konnte sie die Aussicht, die in ihrem Geist Gestalt annahm, nicht leugnen. Was dachte sie sich nur dabei? Sie kannte ihn erst ein paar Stunden, und sein Charakter war kaum dazu angetan, jemanden zu fesseln oder zu amüsieren. Nur weil ihr leidtat, wie ihre Familie ihn behandelte, und weil er ihren Sinn für belehrende Literatur teilte, hieß das noch lange nicht, dass sie ihn als Ehemann in Betracht ziehen sollte.

Charlotte würde über ihre Bedenken natürlich lachen. Sie würde sagen, dass ein Paar, das durch gemeinsame Interessen zusammenfindet, so gut wie jedes andere glücklich werden konnte; und dass die Wertschätzung von Dr. Fordyce eine solidere Basis für eine Ehe darstellen konnte als die Turbulenzen der Liebe. Marys Verstand konnte die Logik solcher Argumente nachvollziehen, aber wenn sie sie auf Mr Collins und sich selbst anwandte, geriet sie doch ins Zweifeln. Möglich, dass sie mit der Zeit lernen würde, mit einem ungeliebten Mann zusammenzuleben, wenn das denn ihr Schicksal sein sollte. Vielleicht würde sie irgendwann auch so klarsichtig wie Charlotte die praktischen Vorteile einer lieblosen Verbindung erkennen. Aber sie war sich nicht sicher, ob sie es ertragen würde, für immer an einen Mann gekettet zu sein, den sie nicht respektieren konnte. Die Ehe ihrer Eltern zeigte nur allzu deutlich die beklagenswerten Folgen einer solchen Wahl. Wo es keine echte Achtung gab, folgten Geringschätzung und Bitterkeit auf dem Fuße. Sollte sie Mr Collins ernsthaft als Gefährten ihres Lebens in Betracht ziehen, musste sie schon einen besonderen Wert an ihm finden; sonst sollte sie sich den Gedanken besser aus dem Kopf schlagen.

Eine leichte Aufgabe schien das nicht zu sein. Wenn sie daran dachte, wie umfassend er sich während des Abends bloßgestellt hatte, verließ sie sofort der Mut. Aber sie zwang sich, mit kühlem Verstand vorzugehen und sich nicht vom ersten Eindruck leiten zu lassen. Und mit ein wenig Mühe erwies sich ihre Entschlossenheit der Herausforderung schließlich gewachsen.

Leidenschaftslos betrachtet könnte man sagen, dass keine seiner Verfehlungen ein Drama war. Mr Collins war sonderbar und dumm, sicher, aber er wirkte nicht bösartig oder minderbemittelt. Mit seinem Namen verband sich kein Skandal, er war kein Trinker, er hatte keine Schulden, und er schien auch nicht zu Gewalt zu neigen. Die meisten seiner Fehler bestanden darin, wie er sich der Welt präsentierte, und das war vielleicht kein allzu schlimmes Vergehen. Er war noch jung, also waren seine Fehler bestimmt zu beheben. Die schlimmsten ließen sich vermutlich unter dem Einfluss einer vernünftigen Ehefrau ausbügeln. Sanfte Disziplin könnte ihn dazu bewegen, sich am Riemen zu reißen; ermuntert durch den feinen Charakter seiner Frau könnte er an Würde gewinnen. Von ihrem guten Geschmack geleitet, könnte er vielleicht ein Mann werden, für den eine Frau etwas empfinden konnte; wenn schon nicht Liebe, so doch wenigstens eine gewisse Achtung.

Und falls Mr Collins fähig sein sollte, ein besserer Mann zu werden, warum sollte sie es dann nicht sein, die diese Veränderung bewirkte? Keine ihrer Schwestern wäre bereit, eine solche Aufgabe zu übernehmen, und selbst wenn, würde sie es vermutlich nicht schaffen. Sie, Mary, war die einzige Tochter der Bennets, die in der Lage wäre, Mr Collins durch ihre Zuwendung zu einem vernünftigeren Wesen zu machen. Sie wälzte sich im Bett hin und her, da ihr vollkommen bewusst war, wohin ihre Gedanken sie führten. War es vielleicht ihre Pflicht, Mr Collins zu heiraten, um ihn vor sich selbst zu retten?

Wenn sie ihn heiratete, würde sie natürlich nicht nur seine, sondern auch ihre eigene Zukunft absichern. Als Mrs Collins hätte sie beides, Komfort und Sicherheit. Gleichzeitig würde sie den größten denkbaren Vorteil erzielen, denn eine Ehe mit ihm würde das Anwesen der Bennets in der Familie halten und den dräuenden Schatten des Erbvertrags vertreiben. Bitter lächelte sie in der Dunkelheit vor sich hin, als sie sich die Reaktion ihrer Mutter vorstellte. Ausgerechnet ihrer ungeliebten, missachteten Tochter hätte sie die Aussicht auf ein glückliches Alter zu verdanken. Das wäre ein Schlag für Mrs Bennet, und allein das ließ die Ehe mit Mr Collins fast schon erstrebenswert erscheinen.

Mary warf sich wieder auf die andere Seite, unfähig, zur Ruhe zu kommen, dann schüttelte sie ihr Kissen heftig auf. Alles schön und gut, aber wie sollte sie ihn überhaupt für sich gewinnen? An seinen Heiratsabsichten konnte kein Zweifel bestehen. Mrs Bennet gegenüber hatte er eine entsprechende Andeutung fallen lassen, und seine bloße Anwesenheit in Longbourn legte nahe, dass er entschlossen war, seine Wahl unter seinen fünf Cousinen zu treffen – wobei Mary ehrlich genug war, sich einzugestehen, dass Mr Collins diesbezüglich nicht gerade sie im Auge hatte. Janes hübsches Gesicht war es, das seine Aufmerksamkeit erregt hatte.

Doch sie hatte noch immer Charlottes damalige Bemerkung im Ohr: Die Vorlieben eines Mannes ließen sich ändern, wenn eine Frau absolut entschieden war, ihn für sich zu gewinnen. Charlotte würde sagen, dass Marys Aufgabe in dieser Situation doch klar sei; mit allen verfügbaren Mitteln müsse sie ihm ihre Bereitschaft zur Ehe signalisieren, müsse ihm schmeicheln und seine Selbstachtung befördern und ihn so Schritt für Schritt zu der Erkenntnis gelangen lassen, dass sie die einzig vernünftige Wahl war.

Als sie so darüber nachdachte, kam Mary zu dem Schluss, dass der leidenschaftslose Verstand – den Charlotte und ihre eigenen Lieblingsautoren so vehement vertraten – keinen Zweifel zuließ: Mr Collins zu heiraten war das Vernünftigste, was sie tun konnte. Beide würden sie von dieser Verbindung profitieren. Er bot ihr einen Ausweg aus einem ungewissen Schicksal, ein komfortables Zuhause und die Rettung des Familiensitzes. Sie hingegen brachte ein sanftes und verständnisvolles Gemüt und Interesse an ernsthaften Themen mit und würde ihn vor den schlimmsten Entgleisungen bewahren, damit er vor den Augen der Welt keine derart jämmerliche Figur mehr abgab.

Aber obgleich Mary sich zu der Klarheit ihrer Gedanken beglückwünschte, widerstrebte ihr etwas daran; ihr Herz verwarf die Schlüsse, zu denen ihr Kopf so mühelos gelangt war. War es ihr wirklich möglich, sich selbst als Mr Collins' Ehefrau vorzustellen? Was, wenn sie falschlag und es keinen besseren Mr Collins zu entdecken gab? Würde sie es ertragen, an einen Mann gebunden zu sein, der nicht den Mund aufmachen konnte, ohne Gelächter hervorzurufen? Wenn es ihr wirklich gelingen sollte, ihm einen Heiratsantrag zu entlocken, wäre es dann tatsächlich möglich, dass sie sich gegenseitig auch nur annähernd glücklich machten? Mitleid und Eigeninteresse auf ihrer und Ignoranz und Naivität auf seiner Seite schienen ein brüchiges Fundament für ein gemeinsames Leben zu sein, was auch immer Charlotte sagen mochte. Unwillkürlich schoss ihr ein Bild in den Kopf: John Sparrow, der auf dem Ball in Meryton seine Hand ausstreckte, um sie zum Tanzen aufzufordern. Sie erinnerte sich noch daran, wie sie sich angelächelt hatten und angesichts des Vergnügens, das sie aufgrund der Gegenwart des anderen empfanden, allmählich jede Schüchternheit verloren. Er hatte ihr Täschchen gehalten und angeboten, ihre Brille herauszuholen und mit seinem Ärmel zu putzen, wenn niemand sie beobachtete. Sie hatten gelacht und dann wieder getanzt.

So wäre das Leben mit Mr Collins niemals, dachte Mary. Aber sie konnte kaum erwarten, auf simple Weise einen anderen John Sparrow zu treffen; dieser Mann hatte ihr zum ersten Mal in ihrem Leben das Gefühl von Sorglosigkeit und Zufriedenheit gegeben. Dennoch durfte man diese glücklichen Stunden nicht überbewerten, sagte sie sich, zudem waren sie vom Spott der anderen und von ihrer eigenen Feigheit ausgelöscht worden. Trotzdem hatten sie ihr eine Ahnung davon vermittelt, was es hieß, glücklich zu sein, und das war nur schwer wieder zu vergessen. Aber es war aus und vorbei, unwiederbringlich. John Sparrow war viele Meilen weit weg und würde nicht zurückkehren; sie sollte ihm nicht nachtrauern. Vor noch gar nicht langer Zeit hatte Mary Lizzy gegenüber darauf beharrt, dass jede Gefühlsregung von der Vernunft geleitet werden sollte. Jetzt war es an ihr, sich diese Lektion zu Herzen zu nehmen. Aber sie hatte auch keine Wahl, denn die Sache war zu wichtig, um von unbotmäßigen Gefühlen beeinflusst zu werden. Der Verstand musste sie leiten, nicht das Gefühl.

Kapitel 23

Am Morgen steckte sich Mary noch ein paar Nadeln ins Haar, damit die Frisur hielt, als Mrs Hill leise das Zimmer betrat.

»Ihr Cousin ist gestern also eingetroffen, Miss.«

»Ja, in der Tat.«

»Was halten Sie von ihm? Was für ein Mann ist er?«

»Ich fürchte, er hat sich in diesem Haus nicht viele Freunde gemacht. Meine Schwestern halten ihn für langweilig, und mein Vater hat beschlossen, dass er ein Dummkopf ist – aber das dürfen Sie nicht laut sagen, bitte.«

»Und was ist mit Ihnen? Ich hatte Sie ja nach Ihrer Meinung gefragt.«

Mary sah in den Spiegel. Die Frisur war eine Katastrophe. Wortlos griff Mrs Hill zum Kamm und zog die Nadeln wieder heraus, sodass das Haar lose herabfiel. Mary beschloss, ehrlich zu sein. Sie vertraute Mrs Hill und erhoffte sich etwas davon, ihre Gedanken laut auszusprechen.

»In der Tat gibt er gelegentlich eine traurige Figur ab«, begann sie. »Aber es ist nichts Verschlagenes an ihm, wenn ich es recht sehe. Ich vermute Unsicherheit hinter seiner Neigung, zu viel zu reden, was ihm keine Sympathien einträgt. Er denkt, seine Schmeicheleien gefallen seinen Gesprächspartnern, aber tatsächlich ist oft das Gegenteil der Fall.«

»Er tut Ihnen also leid?«

»Ein wenig. Sein Betragen ist ein gefundenes Fressen für meinen Vater, daher muss man einfach Mitleid mit ihm haben. Obwohl ich vermutlich die Einzige bin, die das so empfindet.«

Mrs Hill fasste Marys Haare mit geschickten Handgriffen zu einem schlichten Knoten zusammen und steckte ihn am Hinterkopf fest. »Bedeutet das, dass Sie ihm … wohlgesinnt sind?«

»Das ist eine ziemlich direkte Frage.«

»Sie wissen sicher, wie sie gemeint ist«, erwiderte Mrs Hill ungerührt. »Ich habe mich schon gefragt, ob Sie ihn vielleicht als möglichen … Heiratskandidaten betrachten. Er scheint ein Mann der Bücher zu sein und hat sich erkundigt, ob er die Bibliothek benutzen darf. Ihre Mutter hat mich gestern noch gebeten, bis heute Morgen dort Staub zu wischen. Die Bücher würden Sie beide verbinden, und es ist nichts Angeberisches in seinem Gebaren … Er scheint kein Mann zu sein, dem ein hübsches Gesicht über alles geht.«

Mary nahm ein grün-goldenes Band von ihrem Ankleidetisch und ließ es geistesabwesend durch ihre Finger gleiten. »Das sagen Sie. Seit seiner Ankunft hat er den Blick kaum von Jane abwenden können.«

»Nun, wir wissen, dass sie in Gedanken bei einem anderen ist. Und das wird sicher auch so bleiben, wenn Sie mich fragen.«

»Wenn Jane ihn abweist, wird er sich bestimmt Elizabeth zuwenden. Ich wäre die armselige dritte Wahl.«

»Dazu sollte ich nichts sagen. Sie wissen doch, dass es mich traurig stimmt, wenn Sie so hart mit sich ins Gericht gehen. Zudem bezweifle ich, dass Miss Elizabeth ihn möchte. Sie könnten also immer noch Ihre Chance bekommen. Soll ich Ihnen das Band ins Haar flechten?«

Mary sah so überrascht auf, als hätte sie das Band in ihren Händen erst in diesem Moment bemerkt. »Nein, nein, das ist zu auffällig für mich.« Schnell legte sie es auf den Ankleidetisch zurück. »Aber selbst wenn er sich dazu durchringen könnte, mir einen Antrag zu machen, was für ein Glück könnte auf uns beide warten?«

Mrs Hill begutachtete ihr Werk und steckte noch eine letzte Nadel in Marys Haar. »Es heißt, die Ehe ist eine Lotterie, und welchen Preis wir gewonnen haben, wissen wir erst, wenn es zu spät ist.« Sie reichte Mary einen Handspiegel, damit sie sich von hinten betrachten konnte. »Aber was auch immer Sie von ihm halten, als seine Frau wären Sie Herrin von Longbourn – und allein das ist es doch wert, über eine solche Verbindung nachzudenken, oder?«

Mary sah in den Spiegel und musterte ihr ordentlich frisiertes Haar.

»Meiner Meinung nach«, schloss Mrs Hill, »stehen Ihre Chancen, ihn für sich zu gewinnen, nicht schlechter als die aller anderen. Das sollten Sie sich klarmachen, bevor er Ihnen vor der Nase weggeschnappt wird. Ein Mann wie Mr Collins, was auch immer seine Fehler sein mögen, wird nicht immer zu haben sein.« Sie legte den Kamm hin, und da sie gesagt hatte, was sie schon eine Weile hatte loswerden wollen, verließ Mrs Hill den Raum.

Ein paar Sekunden lang saß Mary still, dann erhob sie sich und legte sich das Umhängetuch um die Schultern, wobei ihr eine Strähne aus der Frisur rutschte. Zornig steckte sie sie wieder mit so viel Schwung fest, dass ihr Kopf pochte, als sie nach unten zum Frühstück ging. Sie kam gerade rechtzeitig, um Mrs Bennet mit Mr Collins aus dem Wohnzimmer treten zu sehen. Er wirkte unsicher, aber auch zufrieden. Ihre Mutter wiederum schien ganz aus dem Häuschen zu sein, als könnte sie kaum für sich behalten, was sie soeben gehört hatte.

Während des Frühstücks strahlte Mary Mr Collins an, wählte

die wärmsten Brötchen für ihn aus und reichte ihm Butter und Marmelade. Sie behielt ihn genau im Blick. Sie glaubte zu wissen, was der Inhalt der Unterredung gewesen war, die ihn und ihre Mutter vor Freude schier überschäumen ließ. Er musste sie von seinen Absichten in Kenntnis gesetzt haben. Ängstliche Anspannung packte Mary, als sie darüber nachdachte, was das für sie bedeutete. Jetzt musste sie sich entscheiden, ob sie ihrem Herz oder ihrem Verstand folgen wollte. Sollte sie auf die Einflüsterungen ihres Pflichtgefühls und Eigeninteresses hören oder sich die Ohren zuhalten und auf etwas Besseres warten? Der Entschluss war schnell gefasst. Sie sagte keinen Ton, bis alle gegangen waren und nur noch sie und ihre Mutter an der Tafel saßen. Mrs Bennet drehte gedankenverloren das letzte Stück Toast in ihrer Hand, als Mary aufstand und vorsichtig die Tür schloss.

»Entschuldigen Sie, Ma'am, aber ich habe mich gefragt, ob ich Sie auf etwas ansprechen dürfte?«

Mrs Bennet nickte geistesabwesend.

»Denken Sie, der Grund von Mr Collins' Besuch ist, dass er mit einer von uns eine Verbindung eingehen will?«

Ihre Mutter sah überrascht auf. »Wie kommst du denn darauf? Hast du etwa an der Tür gelauscht?«

»Natürlich nicht. Aber er hat ein paar Andeutungen fallen lassen, die nahelegen, dass er diesbezügliche Absichten hegt.«

»Und falls es so wäre, was hätte das mit dir zu tun?«

Mary riss sich zusammen, um eine Zuversicht auszustrahlen, die sie nicht verspürte. »Ich habe lange darüber nachgedacht, und mir scheint, dass von allen Schwestern ich die beste Wahl für ihn wäre. Unsere Interessen überschneiden sich. Wir sind beide von vernünftigem Charakter und könnten vielleicht lernen, gut miteinander auszukommen. Ich entschuldige mich, dass ich mich so vorwage, aber ich versichere Ihnen, dass ich die Situation so rational wie möglich erwogen habe, bevor ich Sie Ihnen gegenüber jetzt zur Sprache bringe.« Ihre Stimme zitterte, aber sie brach nicht.

Mrs Bennet sah ihre Tochter an; im ersten Moment schienen ihr die Worte zu fehlen. »Nun, du steckst ja voller Überraschungen. Aber du hast recht, Mr Collins plant in der Tat, einem von euch Mädchen die Heirat anzutragen. Das hat er mir heute Morgen anvertraut. Natürlich dachte er zunächst an Jane, aber ich habe ihm erklärt, dass ich allen Grund zur Hoffnung habe, sie in Kürze mit einem Mann von Rang und Vermögen verheiratet zu sehen.«

Sie lächelte in die Ferne, da schon der bloße Gedanke daran sie glücklich machte. »Deshalb habe ich vorgeschlagen, dass er seine Hoffnungen auf Lizzy richtet, und er schien durchaus nicht abgeneigt zu sein.«

»Ist das denn klug? Ich würde stark bezweifeln, dass Lizzy ihn akzeptiert. Die beiden sind doch vollkommen verschieden. Und Lizzy hat es auch nicht eilig mit dem Heiraten und wird noch viele andere Anträge bekommen.«

Allmählich erzürnten Marys Worte Mrs Bennet. »Wenn er Jane nicht haben kann, so will er Lizzy, und es war kaum der Moment, um noch weitere Alternativen ins Spiel zu bringen. Was erwartest du – dass ich ihn wie ein Paket in der Familie herumreiche? Zudem bin ich mir sicher, dass er an dich keinen Gedanken verschwendet hat. Dein Name ist nicht ein einziges Mal gefallen.«

Mary zuckte zusammen. Von der Nadel, die sie sich so streng ins Haar gesteckt hatte, schmerzte ihr Kopf, aber dies war nicht der Augenblick, um daran etwas zu ändern.

»Es tut mir leid, wenn ich Ihren Zorn errege«, fuhr sie fort. »Mir ist bewusst, dass ich nicht über Janes oder Lizzys Vorzüge verfüge. Aber da ich die Einzige von uns Schwestern bin, die seiner Person etwas abzugewinnen bereit ist, wäre es doch vernünftig, seine Aufmerksamkeit in meine Richtung zu lenken. Sollte er mir einen Antrag machen, würde ich mich dazu verpflichtet fühlen, ihn anzunehmen. Dann könnten wir Longbourn behalten, und Sie wären Ihre am wenigsten vermittelbare Tochter los. Das und nur das waren die Gründe, warum ich Sie angesprochen habe.«

Mrs Bennet war nicht besänftigt. »Schön gesagt, aber ich glaube nicht, dass Lizzy ihn ablehnen wird. Ich habe vor, dafür zu sorgen, dass sie es nicht tut. Für eine Reserve besteht also keine Notwendigkeit. Du solltest dich nicht in Angelegenheiten einmischen, die dich nichts angehen. Und ich untersage es dir ausdrücklich, Elizabeth etwas von unserem Gespräch zu erzählen. Um ehrlich zu sein, Mary, deine Anmaßung überrascht mich.« Sie erhob sich und raffte entrüstet ihre Röcke. »Und jetzt möchte ich nichts mehr davon hören. Dein Knoten im Nacken hat sich übrigens gelöst. Widme dich lieber diesem Problem.«

Als ihre Mutter fort war, schenkte sich Mary einen Tee ein. Zunächst zitterte ihre Hand, aber als sie die Tasse zum Mund führte, wurde sie schon wieder ruhiger. Mrs Bennets Worte hatten sie zutiefst schockiert. Ihr war klar, dass ihre Mutter nicht im Traum darauf hoffte, sie wie ihre anderen Töchter zu verheiraten. Aber dass sie in den Plänen ihrer Mutter fast gar keine Rolle spielte, hatte sie auch nicht gedacht. Bei ihr, Mary, war offenbar Hopfen und Malz verloren, sie taugte nicht einmal als Trostpreis für einen enttäuschten Mann. Wenn es noch eines Beweises bedurft hätte, dass eine junge Frau ungerührt ihre eigenen Interessen verfolgen sollte, wie Charlotte sich ausgedrückt hatte, dann hatte Mary ihn heute Morgen erhalten. Auf dem Flur hörte sie das Personal, das darauf wartete, den Tisch abzuräumen, also sollte sie jetzt besser gehen. Als sie sich erhob, schoss ihr der Gedanke durch den Kopf, dass die Abfuhr ihrer Mutter vielleicht ein versteckter Segen war. Nun hatte sie die Gelegenheit, noch einmal in sich zu gehen, statt sich einem unbekannten Mann an den Hals werfen zu müssen. Aber diesen Gedanken schüttelte sie schnell wieder ab. Es gab keine Alternative zu Mr Collins. Selbst Mrs Hill drängte sie in seine Richtung. Es wäre doch töricht zu denken, dass sie, Mary, etwas anderes verdienen könnte. Und wenn ihre Mutter ihr nicht half, würde sie das eben selbst in die Hand nehmen müssen.

Kapitel 24

Als Mary in den Gang hinaustrat, plante sie bereits ihr Vorgehen. Das Spielerische, das Elizabeth so problemlos beherrschte, war ihr nicht gegeben, das war ihr klar. Sie sah nur einen Weg, Mr Collins' Aufmerksamkeit auf sich zu ziehen: Sie musste alles tun, um ihre gemeinsamen Interessen hervorzuheben und ihm bewusst zu machen, dass sie die einzige Schwester war, die ihm eine realistische Aussicht auf Glück bieten konnte. So in Gedanken versunken war sie, dass sie nicht einmal ihre jüngeren Schwestern bemerkte, die mit ihrer üblichen Miene von kaum verhohlener Begeisterung auf sie zukamen.

Lydia packte ihren Arm und flüsterte so laut, dass man es noch in den umliegenden Räumen hören konnte. »Wenn du nicht vom größten Langweiler der Gegend belästigt werden willst, geh so schnell wie möglich an der Bibliothek vorbei. *Er* ist drin und tut so, als würde er Buchtitel studieren.«

Kitty sah über die Schulter, als hätte sie Angst, Mr Collins könnte ihnen gefolgt sein. »Vermutlich hat er uns gesehen, denn er hat etwas gerufen, als wir vorbeigingen. Wir haben einfach so getan, als hätten wir nichts gehört.« Sie fing Lydias Blick auf, dann brachen beide in Lachen aus.

»Das war unhöflich und respektlos«, erklärte Mary. »Mr Collins ist Gast in unserem Haus und verdient es, dass wir ihm die Beachtung schenken, die angebracht ist.«

Lydia verdrehte die Augen. »Du kannst ihm so viel Beachtung schenken, wie du willst, ob sie nun angebracht ist oder nicht. Wir hingegen werden uns jetzt gleich auf den Weg nach Meryton machen, um ihm nicht zu begegnen. Du kannst mitkommen, wenn du magst – es sei denn, du lauschst lieber einer seiner Lesungen.«

»Ich denke, es würde mir mehr Freude bereiten, Mr Collins aus einem interessanten Buch etwas vortragen zu hören, als in Meryton Offiziere anzuhimmeln.«

»Wie du willst«, erwiderte Lydia großzügig. »Offenbar haben wir unterschiedliche Vorstellungen davon, was interessant ist. Kitty und ich ziehen uns jetzt jedenfalls unsere Stiefel an und verschwinden, dann kannst du in Ruhe deinen Charakter bilden.«

Sie rauschten davon, und Mary, die mal wieder als Moralapostel dastand, ging weiter in Richtung Bibliothek. Als sie eintrat, sah Mr Collins, der einen großen Folianten vor sich liegen hatte, auf. In seiner Miene spiegelte sich weder Freude noch Überraschung. Nachdem er ihr einen guten Morgen gewünscht hatte, wandte er sich wieder seiner Lektüre zu. Mary setzte sich an ihr übliches Tischchen und schlug ein eigenes Buch auf. Daraus, dass er die ganze Zeit seufzte und nervös auf seinem Stuhl hin und her rutschte, schloss sie, dass er nicht wirklich las, und nahm all ihren Mut zusammen. Das war eine dieser Gelegenheiten, die zu nutzen sie lernen musste.

»Entschuldigen Sie, Sir, aber Sie scheinen mit der Wahl Ihres Buchs nicht sehr zufrieden zu sein. Ich kenne die Bibliothek meines Vaters bestens und würde mich freuen, Ihnen bei der Suche nach etwas Interessanterem behilflich sein zu dürfen.«

»Ein überaus freundliches Angebot, aber ich versichere Ihnen, dass ich mit meiner Wahl durchaus zufrieden bin.«

»Mein Vater hat die Bestände nach einem eigenen System geordnet, das für andere nicht immer nachvollziehbar ist. Ich könnte Ihnen zeigen, wo die Bücher mit moralischem oder philosophischem Inhalt stehen.«

»Danke, aber ich denke, ich werde mich vorerst mit diesem hier begnügen.«

Er blätterte Seite um Seite um, aber es war offensichtlich, dass er mit seinen Gedanken ganz woanders war.

Dennoch unternahm Mary einen weiteren Versuch. »Ich habe es sehr bedauert, dass Sie Ihre Lesung aus Dr. Fordyce' Werk gestern nicht fortsetzen konnten. Ich fand seine Worte sehr aufschlussreich.«

Mr Collins neigte unmerklich den Kopf.

»Ich würde liebend gern mehr davon hören. Sollten Sie je das Bedürfnis verspüren …«

Bevor sie ihren Satz beenden konnte, betrat Mr Bennet den Raum. Mr Collins erhob sich, hellwach jetzt, und verbeugte sich förmlich.

»Sir, ich hoffe, Sie verzeihen mir mein Eindringen in Ihr Studierzimmer. Ich habe mir diese Freiheit herausgenommen, da Sie gestern Abend die so überaus großzügige Einladung aussprachen, die Bibliothek wie meine eigene zu betrachten.«

Mr Bennet brummte eine knappe Zustimmung. »Hier ist jeder willkommen, der sich an die Regel hält. Wie Mary Ihnen sicher bereits mitgeteilt hat, verlange ich die Einhaltung geselligen Schweigens, da es dem konzentrierten Nachdenken am ehesten zuträglich ist.« Damit setzte er sich an seinen Schreibtisch.

Mr Collins brachte seine Bereitschaft zum Ausdruck, sich an diese Regel zu halten, dann hörte man einige Minuten lang nichts als das Rascheln der Seiten, wenn er weiterblätterte. Mary sah allerdings, dass er immer noch unruhig war, und tatsächlich dauerte es nicht lange, bis er Mr Bennet ansprach.

»Ihre Bibliothek, Sir, zeichnet sich durch elegante Proportionen und einen großzügigen Einfall natürlichen Lichts aus.«

Mr Bennet sah auf, einen Anflug von Ärger in der Miene.

Unbekümmert fuhr Mr Collins fort. »Sie hat zwar nicht die Größe von Lady Catherines Bibliothek in Rosings Park, dennoch ist sie für den Wohnsitz eines Gentlemans, wie Sie einer sind, recht stattlich.«

»Ich bin froh, dass sie Ihre Zustimmung findet.«

»Unbedingt, Sir. Und Ihre Gärten sind ebenfalls bewundernswert. Obwohl ihre überschaubare Größe nicht jeden Traum erfüllen kann, sind sie doch außerordentlich gepflegt und bieten einen wahrlich bezaubernden Anblick.«

»Auch für dieses Urteil bin ich Ihnen sehr verbunden. Wobei ich mir vorstellen könnte, dass die Gärten in Rosings von einem ganz anderen Kaliber sind.«

»Zweifellos. Lady Catherine sagt immer, dass der lange Fußweg und das Parterre ihresgleichen in der Grafschaft suchen. Und wie oft habe ich ihr darin zugestimmt. Es gibt keinen prachtvolleren Anblick als den von der Nordterrasse auf den Ha-Ha.«

Mr Bennet klappte sein Buch zu. »Ihre Gedanken scheinen sich heute Morgen eher um Vergnügungen an der frischen Luft als um das Studium von Büchern zu drehen. Da wäre es doch misslich, wenn Sie sich weiterhin hier vergraben würden. Wenn ich richtig informiert bin, machen sich Lydia und Kitty soeben für einen Spaziergang nach Meryton bereit.«

Mr Collins wirkte verunsichert.

»Elizabeth und Jane wollen sie begleiten, und ich schlage vor, Sie gesellen sich dazu. Das wird eine muntere Gesellschaft.«

Als er Lizzys Namen vernahm, stand Mr Collins sofort auf. »Tatsächlich wäre es mir ein großes Vergnügen, die Damen zu begleiten. Ich werde mich sofort ins Foyer begeben.«

Mary würdigte er keines Blickes, als er aus der Bibliothek eilte. Sollte sie ihm folgen? Sie war sich unschlüssig, ob sich ein solches Verhalten schickte. Sie legte ihr Buch auf das Tischchen vor sich und dachte nach. Aber bevor sie eine Entscheidung hatte treffen können, hörte sie Mr Collins' Stimme im Flur. Laut bat er, man möge doch auf ihn warten. Man vernahm noch Stiefelgeklapper, Stimmengewirr und das Knallen einer Tür, dann herrschte wieder Stille.

»Du wolltest nicht mitgehen, Mary?«, fragte Mr Bennet.

»Ich denke nicht, dass meine Anwesenheit erwünscht gewesen wäre.«

»Immerhin kannst du dich damit trösten, dass dir die Gegenwart deines Cousins für eine Weile erspart bleibt.«

»Er meint es doch nur gut. Sein Benehmen ist unglücklich, das muss ich zugeben, aber seine Absichten sind bestimmt redlich.«

»Meinst du? Wenn dem so wäre, würde ich die Gesellschaft eines unredlichen Menschen allerdings vorziehen gegenüber der dieses … na ja, ich will nicht Idioten sagen, schließlich ist er ein naher Verwandter.«

Er konzentrierte sich wieder auf seine Lektüre, und es war klar, dass die Unterhaltung beendet war. Auch Mary beugte sich erneut über ihr Buch, aber nun war sie es, die abgelenkt war.

Den Rest des Vormittags grübelte sie, was nun zu unternehmen war. Ihre Gedanken wanderten mal in diese Richtung, mal in jene, bis sie schließlich eine Entscheidung traf. Sie ging in ihr Zimmer, holte ihr Exemplar von Dr. Fordyce' Werk, das sie am Vorabend hinaufgenommen hatte, und trug es ins Wohnzimmer. Dort sah sie sich eine Weile um, bevor sie es schließlich auf ein Tischchen legte, wo es Mr Collins am ehesten auffallen dürfte. Darunter legte sie einen Band von Mrs Macaulay, nur für den

Fall, dass er sich für Geschichte interessierte. Mit sich zufrieden ging sie dann zum Klavier, suchte Stücke heraus, die ihm Freude bereiten könnten – nichts allzu Frivoles natürlich –, und arrangierte die Noten in der Nähe der Tastatur. Sollte sich die Gelegenheit bieten, ihm etwas vorzuspielen, würde sie nur zugreifen müssen. Schließlich setzte sie sich und wartete auf die Rückkehr der Ausflügler.

Nach einer Weile hörte sie, wie ihre Mutter den Bediensteten Anordnungen für das Mittagsmahl erteilte. Kurz darauf trat Mrs Bennet leise ins Wohnzimmer und schloss die Tür hinter sich.

»Wenn die anderen zurück sind, möchte ich keine Diskussionen wegen der Tischordnung erleben.«

»Ich weiß nicht, was Sie meinen, Mama.«

»Das glaube ich dir nicht, Mary. Gott weiß, dass deine Worte heute Morgen ziemlich forsch waren. Es steht dir nicht gut zu Gesicht, jetzt auch noch so schnippisch zu sein.«

Verlegen senkte Mary den Kopf.

»Nur damit wir uns recht verstehen: Mr Collins wird neben Lizzy sitzen, und niemand wird den Versuch unternehmen, Plätze zu tauschen.«

»Natürlich nicht. Ich würde mich niemals erdreisten ...«

»Das freut mich zu hören. Denn ich werde es nicht dulden, dass du meine Pläne durchkreuzt.«

Als sich die Familie und ihr Gast am Tisch versammelt hatten, fand sich Mary in größtmöglicher Entfernung von Mr Collins wieder. Jede Unterhaltung war damit unmöglich. Von ihrem Ende der Tafel aus beobachtete sie, wie Elizabeth sich seiner zu erwehren suchte, ohne unhöflich zu wirken. Die Szene deprimierte sie. Wie konnte Mrs Bennet so dumm sein, nicht zu sehen, dass Elizabeth ihn niemals nehmen würde? Und warum merkte Mr Collins es nicht selbst? Stattdessen legte er sich mächtig vor ihr ins Zeug. Nach einigen Minuten wandte er sich widerwillig von ihr ab und richtete das Wort an ihre Mutter.

»Ich hatte die große Freude, heute Vormittag ein paar Gentlemen aus dem Bekanntenkreis meiner schönen Cousinen kennenzulernen.«

»Wirklich, Sir?«, fragte Mrs Bennet und bedeutete dem Serviermädchen, Mr Collins noch eine Hühnerkeule auf den Teller zu legen. »Und welche waren dies?«

»Wir haben zwei Offiziere getroffen«, mischte Lydia sich ein, erfreut über die Gelegenheit, über ihr Lieblingsthema zu reden. »Mr Denny und einen, der gerade erst eingetroffen ist. Er trug noch nicht einmal seine rote Uniformjacke, obwohl er behauptete, bereits im Dienst zu sein.«

»Sein Name lautet Mr Wickham«, ergänzte Kitty und nahm sich noch ein paar Erbsen. »Und während wir uns unterhielten, kam auch noch Mr Bingley dazu, gemeinsam mit seinem Freund, diesem großen, stolzen Mann, der nie ein Wort sagt.«

»Mr Darcy«, klärte Mrs Bennet ihren Gast auf. »Ein höchst unangenehmer Charakter.«

»Wirklich, Ma'am!«, rief Elizabeth. »Es ist nicht recht, Mr Collins auf diese Weise gegen ihn einzunehmen. Wir kennen den Gentleman doch kaum.«

Doch Mrs Bennet ließ sich nicht beirren. »Was wir von ihm bisher gesehen haben, spricht kaum für ihn. Beim letzten Ball haben sich alle an seinem Hochmut gestoßen, sodass ich mir sicher bin, dass niemand ein gutes Wort über ihn verlieren würde.«

»›Richtet nicht, damit ihr nicht gerichtet werdet‹«, sagte Mary. »Das legt die Schrift nahe.« Sie schaute zu Mr Collins hinüber, um zu sehen, ob ihr Einwurf ihn beeindruckt hatte.

»Meine Cousine hat natürlich recht«, sagte er und bedachte sie mit einem matten Lächeln. »Aber die Gesellschaft fordert wie auch die Bibel ihren Tribut. Niemand von uns kann es sich leisten, die Anforderungen an die allgemeine Höflichkeit zu ignorieren.«

Er versuchte, Elizabeths Blick aufzufangen, aber die beschäftigte sich konzentriert mit ihrem Hühnchen.

»Ich hatte den Eindruck, dass Mr Wickham von Lizzy ziemlich angetan war«, sagte Lydia mit einem Grinsen.

Wieder sah Elizabeth äußerst empört in die Runde. »Was willst du damit sagen, Lydia? Wirklich, du bist ziemlich töricht.«

»Aber mit dir hat er länger geredet als mit uns anderen. Und du schienst nichts dagegen zu haben.«

»Das reicht jetzt«, ging Mrs Bennet scharf dazwischen, während sie Mr Collins einen Seitenblick zuwarf. »Lydia treibt ihre kleinen Späße immer auf die Spitze.«

Der Rest des Mahls verlief in gedämpfter Stimmung. Lizzy war verlegen, Mr Collins pikiert und Mrs Bennet wütend. Sobald die Tafel aufgehoben war, zog sich Elizabeth in ihr Zimmer zurück, während Mrs Bennet Lydia in den Garten folgte, um sie fernab von fremden Blicken zurechtzuweisen. Mary schlenderte derweil ziellos in Richtung Wohnzimmer, wo sie sich schließlich ans Klavier setzte und zu spielen begann. Bald ging sie ganz in ihrer Musik auf. Wenige Minuten später sah sie, dass Mr Collins hereinkam, aber sie spielte weiter, bis sie ihm sämtliche Stücke in all ihrer Komplexität dargeboten hatte.

Als sie ihn ansah, lächelte er, offenbar aufrichtig angetan. »Mein Kompliment, Cousine. Sie spielen mit großer Präzision. Ich nehme an, Sie üben viel?«

Mary bestätigte seine Vermutung.

»Das lobe ich mir. Nur durch harte Arbeit wird ein solcher Grad an Perfektion erlangt.«

»Es freut mich sehr, dass Ihnen mein Spiel gefällt.«

»Ich habe oft zu Lady Catherine gesagt, dass ihre Tochter, Miss de Bourgh, eine exzellente Musikerin geworden wäre, wenn ihre Gesundheit es ihr erlaubt hätte, ein Instrument zu erlernen. Ihre schwache Konstitution hat uns einer wahrhaft hochkarätigen Musikerin beraubt.«

»Das tut mir sehr leid. Aber wenn Sie mögen, spiele ich gern noch etwas für Sie.«

»Zu meinem großen Bedauern muss ich mir dieses Vergnügen versagen. Ich bin mit Ihrer Mutter verabredet, die mir ihre Wäscheschränke zeigen möchte. Wie Sie wissen, hat Lady Catherine mich großzügigerweise darauf hingewiesen, dass in meinem bescheidenen Pfarramt ein paar Verbesserungen in dieser Hinsicht vonnöten sind. Daher möchte ich, solange ich die Gelegenheit dazu habe, von Mrs Bennets Fachwissen profitieren.« Er stand auf und verbeugte sich beflissen.

»Aber ich muss Ihnen danken, dass ich Ihnen zuhören durfte. Das hat einen leeren Moment aufs Vergnüglichste gefüllt.«

Nach seinem Abschied blieb Mary am Klavier sitzen und überlegte. Obwohl er ihr Angebot, ein weiteres Stück für ihn zu spielen, abgelehnt hatte, schien er ihre Darbietung doch genossen zu haben. Mehr noch, noch nie hatte er in ihrer Gegenwart so munter gewirkt wie eben. Sanft strich sie über die Tasten, als sie über die mögliche Bedeutung dieser Beobachtung nachdachte. Vielleicht war es die Musik und nicht die Lektüre, mit der sie seine Aufmerksamkeit erregen könnte? Sie schlug einen Akkord an, der im Raum widerhallte. Und wenn es sich so verhielt – und je länger sie darüber nachdachte, desto größer wurde ihre Überzeugung, dass dem so war –, dann musste sie alles dafür tun, diese Fähigkeit ins beste Licht zu rücken. Sodass er schließlich nicht nur auf ihr Klavierspiel, sondern auch auf sie selbst aufmerksam werden würde.

Sie dachte noch darüber nach, wie sie am geschicktesten vorgehen sollte, als plötzlich die Tür aufflog und Kitty hereinplatzte. »Soeben haben wir eine absolut fantastische Nachricht erhalten«, keuchte sie, den Hut schief auf dem Kopf. »Wir sind gerannt, um sie allen schnell mitzuteilen.«

»Es wird einen Ball geben!«, rief Lydia, die ihr auf dem Fuße folgte. »In Netherfield! Heute in einer Woche.« Sie hielt inne, um nach Luft zu schnappen. »Mr Bingley war höchstpersönlich hier, um uns einzuladen. Er hat Lizzy und Jane im Garten getroffen. Wir haben ihn noch kurz gesehen, bevor er sich wieder verabschiedet hat. Was für Nachrichten, was?«

»Er hat uns alle eingeladen!«, rief Kitty. »Sogar Mr Collins. Mama wird vollkommen aus dem Häuschen sein.«

»Hielt Mr Bingley es denn nicht für angemessen, hereinzukommen und Mama persönlich einzuladen?«

»Seine Schwestern begleiteten ihn, und sie waren in Eile«, sagte Kitty.

»Dennoch zeugt sein Verhalten nicht von ausgesuchter Höflichkeit.«

»Wirklich, Mary!«, rief Lydia. »Was tut es schon zur Sache, wer wen einlädt? Und sicher waren es seine schrecklichen Schwestern, die nicht hereinkommen wollten. Ständig lassen sie durchblicken, dass sie uns überlegen sind – wie sie Jane anlächeln und sich dann gegenseitig angrinsen –, aber das ist mir egal. Mr Bingley selbst ist ganz wunderbar. Er hat versprochen, einen Ball zu veranstalten, und sein Versprechen gehalten.«

»Wirst du auch hingehen, Mary?«, fragte Kitty.

Mary nahm ihre Klaviernoten und dachte über die Frage nach. Wenn Mr Collins hinging und sie ernsthaft sein Interesse wecken wollte, führte kein Weg daran vorbei. Dann war diese Tanzvergnügung für sie eine ebenso gute Gelegenheit wie für ihre Schwestern.

»Möglicherweise schon. Wenn ich morgens studiere, kann es nicht schaden, gelegentlich an einer Abendveranstaltung teilzunehmen. Die Gesellschaft hat schließlich gewisse Ansprüche an uns, und Erholung und Amüsement sind für uns alle erstrebenswert.«

Lydia brach in Lachen aus. »Du klingst ja schon wie Mr Collins! Ihr seid wahrhaftig füreinander bestimmt. Wie bedauerlich, dass er nur Augen für Lizzy hat.«

Beim Dinner am Abend drehte sich alles um den Ball. Mrs Bennet war in Hochstimmung. Da sie sich einredete, dass dieser einzig als Hommage an Jane gedacht war, setzte sie sich über den verlegenen Protest ihrer Tochter einfach hinweg, um sich der Frage zu widmen, wie bald wohl Mr Bingleys Antrag erfolgen würde. Mr Bennet ließ die Spekulationen seiner Frau unkommentiert, verkündete aber zur allgemeinen Überraschung, dass er den Ball ebenfalls besuchen werde. Er würde hingehen, etwas Wein trinken, sein Nachtmahl essen und sich so zufrieden zeigen, wie man es von einem vernünftigen Mann in einer solchen Situation nur erwarten könne.

Elizabeth sprach Mr Collins nicht häufiger an, als es die Höflichkeit gebot. Nun aber ließ sie ihre guten Manieren über ihre Abneigung siegen und erkundigte sich, ob ihr Cousin es als angemessen erachte, die Einladung anzunehmen und sich in das abendliche Vergnügen zu stürzen – schließlich sei er ein Mann der Kirche.

Seine Antwort fiel entschieden aus. »Ich bin mitnichten der Meinung, dass ein solcher Ball, der von einem charakterfesten jungen Mann für hochrespektable Gäste veranstaltet wird, in irgendeiner Weise Anstoß erregen könnte. Da ich selbst weit entfernt davon bin, ein Tänzchen zu verschmähen, hege ich die Hoffnung, dass alle meine schönen Cousinen mir an jenem Abend die Hand zum Tanze reichen mögen.«

Lydia unterdrückte ein Kichern. Mrs Bennet warf ihr einen scharfen Blick zu, während Kitty, Jane und Lizzy wegschauten. Nur Mary nahm all ihren Mut zusammen, um ihn erwartungsvoll anzusehen. Aber Mr Collins blickte wie erwartet zu Lizzy hinüber.

»Ich möchte die Gelegenheit nutzen, Sie um den ersten Tanz zu bitten, Miss Elizabeth.«

Lizzy wirkte entsetzt, war aber gezwungen, die Aufforderung anzunehmen. Mary erhielt keine, was sie nicht weiter wunderte. Wenn sie Eindruck schinden wollte, musste sie es mit ihren Fähigkeiten am Klavier versuchen. Ihr Aussehen war ihr dabei keine Hilfe, und ihre Gelehrsamkeit hatte Mr Collins kaum gewürdigt, obwohl sie ihr Bestes getan hatte, ihr Wissen vor ihm zu demonstrieren. Die Musik war das letzte Lockmittel, mit dem sie ihn dazu bringen konnte, sie zur Kenntnis zu nehmen. Und der Ball in Netherfield bot die perfekte Gelegenheit dazu. Sie würde in einer Weise brillieren, dass sie niemand mehr übersehen konnte. Mary lehnte sich zurück, begeistert von ihrem Plan. Ihre Klavierlehrerin müsste ihr noch ein paar Extrastunden geben, damit sie besser spielen würde denn je. Der Moment war zu wichtig, um auch nur irgendetwas dem Zufall zu überlassen.

Kapitel 25

Miss Allen, Marys Klavierlehrerin, war mager, ernst und still. Die Frau beherrschte die Kunst der Selbstauslöschung so perfekt, dass Mary sich kaum an ihr Aussehen erinnern konnte, wenn sie nicht in Longbourn war. Sie war die unverheiratete Tochter eines Vikars, lebte in einer beengten Behausung über dem Laden des Hutmachers und mühte sich Tag und Nacht, in diesen schäbigen Räumen ihren prekären Dünkel aufrechtzuerhalten. Miss Allens Schicksal war es, das Mary in ihren düstersten Stunden verfolgte; ihr traurig verhuschtes Gesicht stand Mary vor Augen, wenn sie sich eine Zukunft als unverheiratete Frau vorstellte. Aus diesem Grund hatte sie Miss Allens Dienste in den letzten Monaten auch seltener als zuvor in Anspruch genommen, aber heute hatte sie sie gerufen.

Miss Allen schleppte sich die Einfahrt von Longbourn hoch, ihre zerschlissene Leinentasche mit neuen Noten für Mary vollgestopft. Den Morgen verbrachten sie damit, verschiedene Stücke zu studieren, und gegen Mittag hatten sie sich für drei entschieden. Mary würde mit einer Sonate von Haydn beginnen, um ihre mühsam erworbenen Fertigkeiten am Klavier zur Schau zu stellen; dann würden schottische Tänze folgen, die ihren Zuhörern ein Lächeln aufs Gesicht zaubern sollten, und schließlich käme eine Auswahl aus *The Harmonious Blacksmith* zu Gehör.

»Die Auswahl scheint mir sehr gelungen«, sagte Miss Allen, als sie ihre Sachen zusammenpackte, um sich auf den Weg zu ihrem nächsten Klavierschüler zwei Meilen entfernt zu machen. »Die Haydn-Sonate hinterlässt gehörigen Eindruck, und die Airs sorgen für Heiterkeit. Alle werden den Text von *Robin Adair* im Kopf haben.«

Mary schloss den Klavierdeckel. Früher am Tag war ihr eine Idee gekommen, zu der sie Miss Allens Meinung hören wollte. »Ich habe mich gefragt, ob ich der Gesellschaft genug biete, wenn ich das Lied nur spiele. Ich könnte dazu auch singen. Die Wirkung wäre sicher großartig. Was denken Sie?«

Miss Allen schulterte ihre Tasche und mühte sich mit den Handschuhen ab. »Ich bin mir nicht sicher, ob Ihre Stimme so gut ist wie Ihre pianistischen Fertigkeiten. Wenn Sie sich von Ihrer besten Seite zeigen wollen, würde ich Ihnen raten, sich auf das zu konzentrieren, was Sie am besten können.«

Für gewöhnlich hätten diese Worte gereicht, um Marys Ambitionen im Keim zu ersticken. Doch heute nicht. Sie hatte es sich in den Kopf gesetzt, etwas Spektakuläres darzubieten. »Aber andere Damen werden auch zu ihrem Spiel singen.«

»Wir können nicht in allem herausragen.« Miss Allen wirkte müde, als sie sich anschickte aufzubrechen. »Miss Elizabeths Fähigkeiten zum Beispiel sind den Ihren vollkommen entgegengesetzt. Ihre Stimme ist wunderbar, aber für das Piano fehlt ihr die Disziplin. Sie wiederum spielen außerordentlich gut Klavier, aber können keine schöne Stimme vorweisen.«

»Sie sind sehr direkt.«

Miss Allen seufzte. »Ich glaube nicht, dass Ihnen gedient wäre, würde ich Ihnen nach dem Mund reden. Ihr Klavierspiel wird allseits Entzücken hervorrufen, aber Ihre Stimme wird höchstens Ihre Familie erfreuen. Ich meine es nur gut und wollte Ihnen nicht zu nahe treten.«

Mary versicherte ihr, dass sie ihr die Worte nicht verüble. Als sie allerdings später am Fenster stand und ihre Klavierlehrerin die Einfahrt hinabgehen sah, wusste sie, dass sie deren Rat nicht beherzigen würde. Mary kehrte zum Klavier zurück, klappte den Deckel auf und stellte entschlossen die neuen Noten auf den Ständer. Ein einziges Mal würde sie nicht tun, was man ihr sagte; sie würde nicht demütig hinnehmen, dass Elizabeth sie immer in allem ausstach. Bis zum Ball würde sie jeden Morgen drei Stunden üben, bis ihre Stimme der Fertigkeit ihrer Finger fast ebenbürtig wäre. Harte Arbeit und Hingabe sollten doch wettmachen können, was ihr die Natur nicht mitgegeben hatte. Mr Collins und auch alle anderen würden sich der Faszination ihrer Darbietung nicht entziehen können.

Kapitel 26

Mrs Hill war hocherfreut, als Mary sie bat, das cremefarbene Kleid mit den Goldfäden zu bügeln, da sie es auf dem Ball in Netherfield zu tragen gedenke.

»Ich hatte schon Angst, Sie würden es aus lauter Trotz nicht mehr anziehen wollen. Aber das ist genau die richtige Gelegenheit, um eine gute Figur abzugeben.«

Die nächsten Tage vergingen wie im Flug, und als der Abend des Balls gekommen war, fühlte sich Mary so bereit wie nie zuvor. Jede freie Stunde hatte sie am Piano verbracht, sodass sie die Stücke im Schlaf spielen könnte. Mit dem Gesang hatte sie sich zurückgehalten, weil sie ihre Stimme nicht überanstrengen wollte – und weil niemand ahnen sollte, dass sie zu ihrem Klavierspiel zu singen gedachte. Miss Allens Reaktion auf ihren Vorschlag war nicht so ausgefallen wie erhofft, und sie hatte nicht das Risiko eingehen wollen, von weiteren Personen entmutigt zu werden. Zudem wäre so die Überraschung umso größer, wenn sie mit ihrer Darbietung begann.

Das Wissen, dass sie alles Menschenmögliche getan hatte, beruhigte sie ein wenig, als Mrs Hill ihr beim Ankleiden half. Auch das Kleid fühlte sich genau richtig an. Als sie sich vor dem Spiegel hin und her drehte, dachte sie, dass ihr dieser helle, luftige Stil immer noch schmeichelte; er passte auch wunderbar zu der Schlichtheit, mit der Mrs Hill ihr Haar frisiert hatte. Mary war zufrieden. Den Ballgästen würde ihr Anblick nicht den Atem verschlagen, aber sie fühlte, dass alles so seine Richtigkeit hatte. Sie warf einen letzten Blick auf ihr Spiegelbild – und plötzlich erinnerte sie sich daran, wie John Sparrow sie angelächelt hatte. Ein Stich fuhr ihr mitten ins Herz. Mit größter Willensanstrengung verdrängte sie das Bild. Es war jetzt nicht hilfreich. Ihr Atem beschleunigte sich, als sie das Zimmer verließ und die Treppe hinabstieg, aber sie rief sich zur Räson. Nichts durfte ihre heitere Gelassenheit trüben, die für ihre gelungene Darbietung vonnöten war.

Ihre Eltern, Kitty und Lydia hatten sich schon in der Vorhalle versammelt. Mrs Bennets Laune hatte unter der Warterei gelitten, und sie machte ihrem Ärger Luft, indem sie Mary herunterputzte. Als nach ein paar Minuten Jane, Elizabeth und Mr Collins immer noch nicht erschienen waren, riss ihr der Geduldsfaden.

»Ich wäre äußerst verärgert, wenn Lady Lucas vor uns eintreffen würde. Lydia, lauf hoch und frag, was da los ist!«

»Sicher haben die beiden alle Hände voll zu tun, um sich schön zu machen«, erklärte Mr Bennet. »Sie wollen heute Abend doch bei jedem jungen Mann im heiratsfähigen Alter den besten Eindruck hinterlassen. Ein solcher Eifer in der Verfolgung der eigenen Interessen müsste eigentlich auf Ihre Zustimmung stoßen, meine Liebe, oder etwa nicht?«

»Jane möge verziehen sein«, erwiderte Mrs Bennet, »da sie sicher an Mr Bingley denkt. Aber wem will Lizzy denn gefallen?«

»Vielleicht Mr Wickham?«, fragte Lydia in gespielter Unschuld, die ihre Mutter an die Decke gehen ließ.

»Wenn du wüsstest, wie es um mein Nervenkostüm bestellt ist, Lydia, würdest du so etwas nicht sagen. Und wo um Himmels willen ist Mr Collins?«, jammerte sie. »Ich hätte erwartet, dass wenigstens er über einen Funken Verstand verfügt.«

»Zweifellos steht er vor dem Dilemma, Kleidung zu finden, die einerseits seine hohe Meinung von sich selbst widerspiegelt, andererseits seine Bereitschaft signalisiert, sich bei jeder sich bietenden Gelegenheit bei den Höherstehenden einzuschmeicheln«, stellte Mr Bennet gelassen fest. »Das ist unleugbar ein gewaltiger Anspruch an einen Mantel oder ein Hemd. Wir werden sicher noch eine Weile hier ausharren müssen.«

Just in diesem Moment betraten die drei Nachzügler die Vorhalle, und Mrs Bennet konnte nichts mehr erwidern. Eine Weile mussten weder sie noch die anderen Bennets etwas sagen, da sich Mr Collins sofort in umständlichen Entschuldigungen erging. Es folgte ein ausufernder Bericht über eine verlorene Krawatte, ein Monolog mit so vielen Wiederholungen, dass er fast die gesamte Fahrt nach Netherfield in Anspruch nahm.

Als die Kutsche vor dem Anwesen vorfuhr, kam es Mary größer vor als in ihrer Erinnerung. Am Eingang brannten Fackeln, was Mr Bennet mit einem höchst amüsierten Lächeln zur Kenntnis nahm. Mary erfreute der Anblick insgeheim. Das Innere war noch imposanter, mit beeindruckenden Möbeln und Gemälden. Als sie vor einem dieser Bilder stand und den Künstler zu erraten suchte, trat Mr Bingley zu der Gruppe, um die Bennets zu begrüßen. Er war wie üblich bester Laune, aber Jane hieß er besonders herzlich willkommen. Mary wünschte nur, Mrs Bennet würde darauf verzichten, ihren Mann unübersehbar anzustupsen. Dann dachte sie nicht weiter darüber nach, weil die Räume voller Gäste waren und vom Lärm aufgeregter Gespräche widerhallten.

»Was für ein Gedränge«, murmelte Elizabeth, als sie sich nach bekannten Gesichtern umsah. Auf der anderen Seite des Raums standen Mr Bingleys Schwestern, mit herrisch gerecktem Hals und erhobenem Kopf. Und an deren Seite ihr distanzierter, hochmütiger Freund, der sich bei Elizabeths Anblick unerwartet verbeugte.

»Sieh mal, Lizzy«, flüsterte Jane, »ich glaube, Mr Darcy begrüßt dich.«

Elizabeth erwiderte den Gruß knapp, bevor sie sich schnell wieder ihren Schwestern zuwandte. »Er ist wirklich unerträglich – mich derart zu verhöhnen! Lasst ihn uns einfach ignorieren. Ich glaube, ich habe Charlotte entdeckt. Da hinten am Kamin.«

Es war bereits zwei Wochen her, dass Charlotte in Longbourn gewesen war, und es gab viele Neuigkeiten auszutauschen. Nachdem Lizzy ihrer Freundin aus der Ferne gezeigt hatte, wer Mr Collins war, erging sie sich in Schilderungen seiner Fehler und Macken. Angesichts seiner komischsten Bemerkungen musste Charlotte laut lachen.

»Ist er denn wirklich eine derart lächerliche Figur? Komm schon, Mary, sag du mir die Wahrheit.«

»Er zeigt sich nicht immer von seiner besten Seite, das stimmt, aber ich glaube nicht, dass er einer Fliege etwas zuleide tun kann.«

»Ein ziemlich verhaltenes Lob.«

»Du kannst dir selbst ein Bild von ihm machen«, sagte Elizabeth. »Da kommt er auch schon.«

Die Musiker hatten losgelegt, und Mr Collins wollte Elizabeth zum verabredeten Tanz holen. Unter tausend Entschuldigungen, weil er sie ihren charmanten Begleiterinnen entführe, geleitete er seine Cousine auf die Tanzfläche.

Charlotte behielt die beiden genau im Auge. »Er ist also Geistlicher? Hat er denn ein gutes Auskommen?«

Mary gab so umfassend wie möglich wieder, was sie über Lady Catherine, ihre Großzügigkeit, ihre ausgesprochene Offenheit gegenüber Niedergestellten und Mr Collins' bescheidenes Pfarrhaus in Kent in Erinnerung hatte.

»Und irgendwann wird er Longbourn erben, oder?«

»Wie mein Vater immer sagt: ›Nach meinem Ableben kann Mr Collins euch alle rausschmeißen, wenn es ihm beliebt.‹«

Zu Marys Überraschung nahm Charlotte ihre Hand und hielt sie eine Weile fest, bevor sie sie genauso unvermittelt wieder losließ. Die Geste brachte ihr Mitleid deutlicher zum Ausdruck, als es Worte vermocht hätten. Beide schwiegen sie, bis Charlotte die Stille durchbrach.

»Trotz all seiner Unzulänglichkeiten, über die sich Lizzy lustig macht«, stellte sie leise fest, »ist Mr Collins also ein höchst begehrenswerter Mann.«

»So sieht es meine Mutter jedenfalls«, erwiderte Mary. »Sie ist wild entschlossen, eine von uns mit ihm zu verheiraten. Im Moment ist Lizzy ihre erste Wahl – und seine eigene wohl auch.«

Charlotte wich erstaunt ein Stück zurück. »Damit hätte ich nicht gerechnet.«

»Ich auch nicht«, bestätigte Mary, die froh war, mit einer unbeteiligten Person über Mr Collins reden zu können. »Sie regt sich nur über ihn auf und geht ihm nach Möglichkeit aus dem Weg.«

»Der arme Mann«, sagte Charlotte trocken. »Ich wünsche es niemandem, Ziel der Verachtung deiner Schwester zu sein. Aber selbst wenn er Lizzy nicht beeindrucken kann, wäre es doch möglich, dass eine andere von euch ihn nimmt.«

»Damit hast du sicher recht«, sagte Mary. »Man kann ihn zwar beim besten Willen nicht gescheit nennen, aber er hat Züge, die sich von der richtigen Frau sicher formen ließen. Die Wahrscheinlichkeit, dass sie am Ende mit ihrem Schicksal zufrieden ist, scheint mir nicht geringer als bei einer anderen Verbindung.«

»Großer Gott, Mary«, verkündete Charlotte lachend. »Unser Gespräch über die Ehe hat offenbar starken Eindruck bei dir hinterlassen! Die Worte hätten von mir sein können.«

Mary wollte etwas erwidern, da sie zum Thema Ehe und Mr Collins mittlerweile eine Menge zu sagen hatte. Aber dann sah sie Elizabeth auf sich zukommen, in deren Gegenwart sie ein solches Gespräch sicher nicht führen wollte.

Charlotte sah das offenbar genauso, denn sie begrüßte Lizzy in einem ganz anderen Tonfall, munter und sorglos. »Wie ich sehe, bist du also der Vorhölle entkommen. Erzähl uns, wie es war – wir waren zu sehr in unsere Unterhaltung vertieft, um auf Mr Collins und dich achten zu können.«

Stöhnend streckte Elizabeth einen Fuß vor. »Nur falsche Schritte, die immer auf meinen Zehen landeten. Wenn er sich stärker konzentriert und weniger entschuldigt hätte, wäre die Tortur vielleicht eine kleinere gewesen, aber so … Lasst mich sagen, dass mir für den Moment der Sinn nicht mehr nach Tanzen steht.«

Plötzlich beugte sich Charlotte, die zur anderen Raumseite hinüberschaute, zu Elizabeth. »Du könntest schneller auf den Tanzboden zurückkehren müssen, als du denkst. Mr Darcy kommt mit so kühler Entschlossenheit anmarschiert, dass das nur eines bedeuten kann.«

Elizabeth protestierte, das sei unmöglich. Aber als sie noch einmal beschworen hatte, wie ausgeschlossen das sei, stand der Gentleman bereits vor ihr. In überaus förmlicher Manier bat er um das Vergnügen ihrer Hand für den nächsten Tanz. In ihrer Überraschung nahm Lizzy an, woraufhin er sich sofort wieder umdrehte und sie vollkommen perplex zurückließ.

»Was hat mich da nur geritten?«

»Ich wage zu behaupten«, sagte Charlotte tröstend, »dass du ihn, wenn ihr erst einmal miteinander tanzt, durchaus umgänglich finden wirst.«

»Der Himmel möge es verhindern. Das wäre das größte Unglück aller Zeiten. Einen Mann umgänglich zu finden, den man zu hassen beschlossen hat!«

»Ich denke, du wirst es ertragen. Bei einem so bedeutenden Gentleman solltest du keinen schlechten Eindruck hinterlassen, Elizabeth.«

Lizzy widersprach Charlotte noch eine Weile und erinnerte sie an die verschiedenen Bedenken gegen Mr Darcys Charakter und sein Verhalten. Doch als die Musik anhob und sie immer noch keine gute Ausrede gefunden hatte, um ihm den verdienten Korb zu geben, zog sie widerstrebend los, um sich mit ihm auf der Tanzfläche aufzustellen. Mary und Charlotte beobachteten neugierig, wie sich die beiden schlugen. Zunächst waren sie schweigsam und wirkten distanziert, aber schon bald schien es, als wären sie in eine lebhafte Unterhaltung vertieft.

»Deine Schwester hat diesem Mann, den sie angeblich nicht leiden kann, eine Menge mitzuteilen«, stellte Charlotte fest.

»In der Tat«, sagte Mary. »Wirklich erstaunlich.«

»Vielleicht kennt sie ihre Gefühle nicht so gut, wie sie denkt. Weil ihr alles zufliegt, ist sie nicht daran gewöhnt, sie ständig zu analysieren, so wie wir es zu tun gezwungen sind.«

Zusammen gingen Charlotte und Mary zur Speisentafel, während der Tanz sich seinem Ende zuneigte.

»Wie ich hörte, wirst du uns später etwas vorspielen«, sagte Charlotte höflich.

»Vermutlich. Wenn die versammelte Gesellschaft es wünscht. Ich habe ein paar Stücke ausgewählt, die hoffentlich auf Zustimmung stoßen werden.«

Einen Moment lang war sie versucht, Charlotte alles zu erzählen: dass sie, angeregt durch ihre, Charlottes, Worte, Mr Collins als möglichen Ehemann in Erwägung zog, wie unmöglich es ihr bisher gewesen war, seine Aufmerksamkeit zu erringen, und dass sie am heutigen Abend seine Gleichgültigkeit durch eine bemerkenswerte Klavierdarbietung zu durchbrechen hoffte. Es wäre eine Erleichterung gewesen, sich jemandem zu öffnen, der sie verstand und ihr einen guten Rat geben konnte. Aber bevor sie das tun konnte, eilte Elizabeth herbei, um von ihrem Tanzpartner zu berichten. Sie hatte gerade erst mit dem Katalog seiner Verfehlungen begonnen, als sie unterbrochen wurden. Mr Collins platzte mit Neuigkeiten in ihr Gespräch, die sie seiner Meinung nach genauso dringlich hören wollten, wie er sie loswerden wollte.

»Entschuldigen Sie bitte, wenn ich Sie unterbreche, meine Damen, aber ich muss Ihnen von einer höchst bemerkenswerten Entdeckung berichten.« Er beugte sich mit dem Ausdruck höchster Feierlichkeit vor. »Durch einen großen Zufall habe ich herausgefunden, dass sich in diesem Raum ein naher Verwandter meiner Gönnerin befindet.«

»Tatsächlich, Sir?«, sagte Charlotte. »Und dürfen wir erfahren, um wen es sich handelt?«

»Es wird Sie überraschen«, verkündete er, »dass es ebenjener Gentleman ist, der so glücklich war, die letzte Tanzfolge mit Ihnen absolvieren zu dürfen, Miss Elizabeth. Mr Darcy, so scheint es, ist ein Neffe von Lady Catherine de Bourgh. Was sagen Sie nun?«

»Ich nehme an«, begann Mary, als niemand sonst antwortete, »dass dieser Zufall mal wieder zeigt, wie eng die Kreise sind, in denen wir uns bewegen.«

Charlotte nickte. »Wirklich erstaunlich, wie …«

Elizabeth unterbrach sie, eine Dringlichkeit in der Stimme, als wäre ihr soeben eine grauenhafte Idee gekommen. »Sir, bitte sagen Sie nicht, dass Sie vorhaben, sich Mr Darcy vorzustellen.«

Mr Collins wirkte fast beleidigt. »Natürlich habe ich das vor. Tatsächlich habe ich sogar das Gefühl, mich dafür entschuldigen zu müssen, dass ich es nicht längst getan habe.«

Elizabeth versuchte, ihn davon abzubringen. Mr Darcy sei ein stolzer Mensch, erläuterte sie, und schätze keine ungebetenen Vertraulichkeiten. Wenn eine Bekanntschaft herbeigeführt werden solle, dann komme es Mr Darcy als dem Höhergestellten zu, den ersten Schritt zu tun. Aber Mr Collins ließ sich nicht beirren. Er setzte eine Miene auf, die in gleichem Maße Unterwürfigkeit und Anmaßung ausdrückte, machte sich auf den Weg zu der Gruppe um Mr Darcy und ergriff das Wort.

Vielleicht war es ein Glück, dass sie zu weit weg waren, um genau zu hören, was gesprochen wurde, aber Mr Collins' Stimme war so laut und durchdringend, dass man die Wörter »Entschuldigung« und »Lady Catherine de Bourgh«, die ständig fielen, einfach nicht überhören konnte.

Elizabeth schloss entsetzt die Augen. »Wie kann er sich nur eine solche Blöße geben?«

Charlotte beobachtete die Szene amüsiert. »Ich denke, der arme Mr Collins hat sich gerade eine gründliche Abfuhr eingehandelt.«

»Ich fürchte, du hast recht«, sagte Mary. »Mr Darcy hat ihn keines Blickes gewürdigt. Der arme Mann tut mir wirklich leid.«

»Wie kannst du so etwas sagen!«, rief Elizabeth, die am liebsten im Erdboden versunken wäre. »Sein Verhalten wird auf uns alle zurückfallen. Schau doch nur, wie Miss Bingley ihre Schwester angrinst. Wenn sich ein Mitglied unserer Familie derart danebenbenimmt, ist das für diese Leute ein gefundenes Fressen.«

Charlotte nahm Elizabeths Arm. »Komm, Lizzy, kein Grund, so wütend zu sein. Warum ist es dir so wichtig, was Leute denken, die du ohnehin nicht schätzt? Lass uns lieber ein Glas Wein trinken und die Sache vergessen.«

Mittlerweile waren die meisten Plätze besetzt, und die einzigen freien Stühle standen in größerer Nähe zu Mrs Bennet, als es

Charlotte, Elizabeth und Mary lieb war. So bekamen sie unweigerlich mit, was sie von sich gab. Elizabeths Laune hob sich nicht gerade, als ihre Mutter Lady Lucas lautstark über ihre unerschütterliche Erwartung informierte, dass Jane und Mr Bingley schon sehr bald verheiratet sein dürften. Als sich Mr Darcy und die Bingley-Schwestern, ebenfalls auf der Suche nach einer Erfrischung, zufällig nicht weit von ihnen entfernt postierten, war Lizzys Laune endgültig im Keller. Mary sah, dass ihre Nervosität zunahm, als ihre Mutter weiterredete, für jeden in ihrer Nähe deutlich vernehmbar. Nicht einmal die Musik konnte Mrs Bennet zum Verstummen bringen. Vielmehr hob sie einfach die Stimme, um nun den nicht unbedeutenden Vorteil einer so vorteilhaften Ehe wie der zukünftigen von Jane ins Feld zu führen, demzufolge auch ihre jüngeren Töchter reichen Männern über den Weg laufen würden. Entsetzt sprang Elizabeth auf. Mary sah, dass sie Mr Darcy einen schnellen Blick zuwarf, der angewidert zurückschaute.

»Bitte, Mama, ich flehe Sie an, etwas leiser zu sprechen. Mr Darcy steht in der Nähe und bekommt alles mit.«

»Wer ist denn schon Mr Darcy, dass ich vor ihm Angst haben sollte?«

Nach dieser Antwort marschierte Elizabeth davon.

»Ich habe keine Ahnung, warum sie so wütend ist«, flüsterte Mary Charlotte zu, als sich ihre Schwester durch die Menge kämpfte. »Normalerweise regt sie sich über unsere Mutter nicht so auf.«

»Vermutlich schämt sie sich«, sagte Charlotte. »Dieses Gefühl dürfte eine neue Erfahrung für sie sein, weil sie anscheinend noch nie ein so starkes Bedürfnis verspürt hat, einen guten Eindruck zu hinterlassen. Ihre Begabungen und ihr lebhafter Charakter waren immer Empfehlung genug. Aber jetzt sieht sie sich plötzlich der Gefahr ausgesetzt, dass sie aufgrund des Benehmens ihrer Angehörigen beurteilt wird. Ein höchst unangenehmer Gedanke.«

Sie sahen Elizabeth am anderen Ende des Raums aus der Menge auftauchen. Dort entdeckte sie ihren Vater, nach dem sie offenbar gesucht hatte. Entschieden trat sie an ihn heran und redete vehement auf ihn ein. Er sah erst zu Mrs Bennet hinüber, die immer noch mit Lady Lucas tratschte, und dann zu Mr Collins, der gerade versuchte, mit einer eiskalten Miss Bingley ins Gespräch zu kommen. Für die flehende Miene seiner Tochter hatte er nur sein übliches distanziertes Lächeln übrig. Selbst aus der Ferne war Mary klar, dass er Elizabeths Bitte, mäßigend auf das Verhalten seiner Gemahlin einzuwirken, nicht nachkommen würde. Lachend legte er ihr die Hand auf die Schulter. Aber Elizabeth war nicht zu beruhigen und ließ ihn wortlos stehen. Mit versteinerter Miene kehrte sie an ihren Platz zurück und rückte von Charlotte und Mary ab, um klarzustellen, dass sie nicht reden wollte.

»Da kann man nichts anderes machen, als sie mit Samthandschuhen anzufassen«, flüsterte Charlotte. »Auf keinen Fall sollte man sie in dieser Stimmung noch mehr provozieren.«

Kapitel 27

Während der nächsten Tanzfolgen wartete Mary schweigend und mit wachsender Anspannung auf ihren großen Auftritt. Endlich war es so weit. Die Tänzer verließen die Tanzfläche, und die Musiker, die ihre Arbeit fürs Erste beendet hatten, machten sich auf die Suche nach einem Nachtmahl. Das war der Moment der musikalischen Damen. Miss Bingley meldete sich als Erste, schritt selbstbewusst mit gerecktem Kopf zum Piano und wurde von der Menge begeistert begrüßt. Sie hatte sich für ein lebhaftes Stück entschieden, das sie mit großer Verve darbot. Nachdem sie mit einer Verzierung geschlossen hatte, strahlte sie ins Publikum, um sicherzugehen, dass niemand es wagen würde, ihr nicht zu applaudieren. Ein paar Minuten sonnte sie sich in dem schnell einsetzenden Beifall, um dann zu ihrem Platz zurückzumarschieren, jeder Schritt Ausdruck ihres Stolzes. Mary schluckte schwer. Jetzt oder nie. Sie erhob sich, die Notenblätter in der Hand. Als sie an Elizabeth vorbeiging, spürte sie überrascht, dass die ihren Arm packte. Ihre Schwester sah sie eindringlich an.

»Spiel etwas *Leichtes*, das uns erfreut. Und bitte, halte dich kurz.«

Mary schüttelte ihre Hand ab und ging zum Klavier. Die Ernsthaftigkeit des Ratschlags hatte sie aus dem Konzept gebracht. Plötzlich war sie nervös. Sie mahnte sich zur Ruhe und nahm all ihren Mut zusammen. Nachdem sie auf dem Klavierhocker Platz genommen hatte, setzte sie die Brille auf, stellte die Noten auf den Ständer, hob die Hände und begann.

Sobald sie angefangen hatte, wurde es leichter. Sie kannte das Stück so gut, dass ihre geübten Finger nur so über die Tasten flogen. Sie gewann an Zuversicht. Sicher hinterließ sie genau den gewünschten Eindruck, oder? Sie hatte noch keinen Fehler gemacht, und ihr Taktgefühl war perfekt. Bevor sie sichs versah, war die Sonate auch schon zu Ende. Mit flatterndem Herzen nahm sie die Hände von der Tastatur. Es war vorbei. Erleichterung durchflutete sie. Als sie ins Publikum schaute, bemerkte sie Zeichen der Anerkennung; einige nickten, andere lächelten, wiederum andere applaudierten sogar höflich. Mr Collins konnte sie nicht entdecken, aber sie wusste, dass er irgendwo im Publikum sitzen musste. Er musste ihren Erfolg miterlebt haben. Eine ungewohnte Euphorie packte sie. Ihr nächstes Stück würde sie mit größerem Selbstvertrauen spielen – und selbstverständlich dazu singen.

Sie begann mit ihrem heiteren schottischen Air. Aber schon bei der zweiten Strophe wusste sie, dass sie einen gewaltigen Fehler begangen hatte. Miss Allen hatte recht gehabt, sie hatte ein Talent fürs Klavierspiel, aber nicht für den Gesang. Ihre Stimme war schwach, ihr Vortrag unsicher. Die Angst machte es nicht besser, und bald spürte sie, dass sie ihr Publikum verloren hatte. Am fernen Ende des langen Tisches hatte sich Gemurmel erhoben. Als sie von ihren Noten aufschaute, vermeinte sie zu sehen, wie die ältere Schwester von Mr Bingley der jüngeren einen spöttischen Blick zuwarf. Panik überfiel sie – aber was sollte sie tun? Einfach aufzuhören wäre fatal. Sie musste die Zähne zusammenbeißen und weitermachen. Dann bemerkte sie, dass Elizabeth ihren Vater bedeutungsvoll anblickte und dieser in der gleichen Weise zurücksah. Schnell senkte sie den Blick, wild entschlossen, an nichts anderes zu denken als an ihre Musik. Als sie schließlich zum Ende gekommen war, brandete freundlicher Applaus auf, für den sie unendlich dankbar war. Vielleicht war ihr Vortrag doch nicht so schlecht gewesen? Aber der Applaus erstarb schnell. Als sie die Hände von den Tasten nahm, zitterten sie. Und auch Mary selbst konnte sich nicht beruhigen. Plötzlich hörte sie die Stimme ihres Vaters, die sich leise und deutlich vom allgemeinen Geräuschpegel abhob. Als sie aufsah, stand er direkt neben ihr, die Arme ausgestreckt.

»Damit hast du dein Soll mehr als erfüllt, mein Kind. Jetzt ist es an den anderen jungen Damen zu zeigen, was sie können.«

Sie war so erstaunt – und entsetzt –, dass sie zunächst nicht wusste, was sie tun sollte. Dann begriff sie. Mr Bennet wollte sie davon abhalten, noch etwas zu spielen; er wollte sie vom Klavier trennen. Mit ausgestreckter Hand bat er sie zu sich. Sie blinzelte verwirrt. Erneut winkte er sie herbei, diesmal entschiedener. Sie hatte das Gefühl, in Ohnmacht zu fallen, während sie ihre Noten zusammensammelte und ihm blind folgte, als er sich einen Weg durch die Gäste bahnte. Sie vermied es tunlichst, den Blicken der Umstehenden zu begegnen.

Im nächsten Moment war Miss Bingley auf den Beinen und schritt erneut zum Klavier. Bald hallte ihr Spiel durch den Raum, so glatt und glänzend wie sie selbst. Mr Bennet führte Mary zu ihrem Platz zurück, wo sie sich auf ihren Stuhl fallen ließ. Sie wagte es nicht, ihn anzuschauen. Eine Weile blieb er neben ihr stehen, aber als klar war, dass sie nichts sagen würde, seufzte er und zog sich zurück. Ihr Gesicht brannte vor Scham. Alle hatten es gesehen. Ihre Mutter, Kitty, Lydia. Die grässlichen Schwestern von Mr Bingley. Und Mr Collins natürlich auch. Alle hatten ihre Demütigung in aller Öffentlichkeit miterlebt. Als sich kurz darauf Elizabeth zu ihr setzte, merkte es Mary anfangs gar nicht.

»Komm schon, Mary, sei nicht eingeschnappt. Du kannst doch nicht erwarten, dass du heute Abend als Einzige spielst.«

Ihre Stimme war sanft. Sie wollte nach ihrer Hand greifen, aber Mary schüttelte sie wütend ab.

»Das war einzig und allein deine Schuld! Du hast unseren Vater dazu ermutigt, mich aufzufordern, meinen Vortrag zu beenden.«

Nun war es Elizabeth, die wegschaute. Als sie schließlich doch Marys zornigem, verletztem Blick begegnete, war klar, dass sie die Wahrheit nicht leugnen würde. Immerhin besaß sie den Anstand, verlegen auszusehen, als sie Mary recht gab. »Es tut mir leid, dass er auf diese Art gehandelt hat. Papa hätte tatsächlich ein bisschen mehr Takt walten lassen können.« Wieder streckte sie die Hand aus. »Es war nur zu deinem Besten. Ich wollte nicht, dass man sich über dich lustig macht. Es war nicht meine Absicht, dich zu verletzen.«

Empört wischte Mary die Noten von ihrem Schoß. Die Seiten landeten vor ihren Füßen. »Wie sollte ich nicht verletzt sein? Alle haben es gesehen, alle. Und wage ja nicht, mir weismachen zu wollen, du hättest es für mich getan. Das ist gelogen. Du hast es für dich getan – um vor Leuten, die du beeindrucken willst, nicht schlecht dazustehen.« Tränen brannten in ihren Augen. »Ich hätte nicht gedacht, dass du so grausam sein kannst, Lizzy.«

Elizabeth schwieg; dieses eine Mal hatte sie keine Antwort parat. Dann kam Charlotte und legte Mary den Arm um die Schultern. Sie bat sie, nicht zu weinen, und reichte ihr ein Taschentuch, damit sie ihre Augen betupfen konnte.

»Lass uns rausgehen und ein bisschen frische Luft schnappen«, sagte sie ruhig. »Nur wir beide.«

Elizabeth versuchte nicht, sie aufzuhalten, und bot ihnen auch nicht ihre Begleitung an. Niemand sprach Mary oder Charlotte an, als sie sich den Weg durch die Menge bahnten. In der Nähe der Tür kamen sie an Mr Collins vorbei, der lautstark auf alle einredete, die ihm zuhörten. Wenn er so glücklich wäre, mit einer schönen Stimme gesegnet zu sein, verkündete er seinem Publikum, würde er sich das Vergnügen, sie mit einem Air zu beglücken, nicht entgehen lassen. »Die Musik ist eine unschuldige Unterhaltung, absolut verträglich mit der Position eines Geistlichen.« Er war bestens gelaunt und beachtete Mary nicht, als sie auf Charlottes Arm gestützt an ihm vorüberging. Seine Gleichgültigkeit war ihr Todesstoß. Vermutlich war das der Lohn für ihre Anmaßung. Mittlerweile konnte sie sich selbst nicht mehr erklären, warum sie sich den Gedanken erlaubt hatte, für irgendeinen Mann von irgendeinem Interesse sein zu können. Nun, sie hatte die Strafe für ihre Dummheit erhalten und war von jenen gekränkt und gedemütigt worden, die sie eigentlich lieben sollten. Und trotz all ihrer Leiden spielte sie in Mr Collins' Gedanken jetzt keine größere Rolle als im Moment seines Eintreffens in Longbourn.

Auf der Terrasse hieß Charlotte sie niedersitzen und redete dann so bestimmt und freundlich auf sie ein, wie man es für gewöhnlich mit traurigen Kindern tut. Sie solle sich klarmachen, dass nur wenige Leute überhaupt etwas von dem Vorfall bemerkt hätten; und diese hätten Mr Bennets Intervention einzig auf dessen väterliche Sorge zurückgeführt, sie könne sich überanstrengen. Was Lizzy betreffe, so habe sie nichts Böses im Sinn gehabt. Schon früher am Abend sei ihre Aufgeregtheit doch mit Händen greifbar gewesen – sie sei heute nicht sie selbst und habe bestimmt unüberlegt einem Impuls nachgegeben.

Doch Mary ließ sich nicht besänftigen. »Du weißt vermutlich selbst, dass das nicht stimmt«, erwiderte sie. »Lizzy befürchtete, ich könnte sie bloßstellen, wenn ich weiterspiele. Allein daran hat sie gedacht.« Mary atmete tief ein, um sich zu sammeln. »Nur an sich. Von all meinen Schwestern habe ich sie immer am liebsten gehabt. Natürlich war mir klar, dass sie mich nicht mehr so mag wie früher, aber nicht, dass sie sich derart für mich schämt.«

Charlotte drückte besänftigend ihren Arm. »Sie hat sich heute für alle geschämt, und wenn ich sie ein bisschen kenne, was ich mir durchaus einbilde, schämt sie sich jetzt auch für sich selbst. Nimm dir die Sache nicht so zu Herzen. Immerhin wirkst du jetzt ruhiger. Wollen wir wieder hineingehen und schauen, ob Lydia und Kitty uns etwas vom Eis übrig gelassen haben?«

Mary wischte sich noch einmal über die Augen, dann kehrten sie ins Haus zurück. Den alten Platz nahe ihrer Mutter wollte Mary jedoch partout nicht wieder einnehmen, Mrs Bennets Neugierde könnte sie jetzt nicht ertragen. Daher suchte sie sich einen Stuhl ganz hinten im Raum, wo keine Gefahr bestand, dass jemand sie sehen würde. Charlotte blieb erst treu an ihrer Seite, begab sich aber dann wieder zu ihrer kleinen Gesellschaft mit dem Versprechen, regelmäßig nach Mary zu schauen. Allein war es leichter für Mary, sich zu sammeln. Um sich von ihrer Demütigung abzulenken, zwang sie sich, von ihrem Platz aus das Geschehen zu beobachten, wenn sie sich schon nicht selbst vergnügte. Es hatte sogar etwas erstaunlich Tröstliches, sich den Gästen in Netherfield, die von ihren Gefühlen beherrscht wurden, überlegen zu fühlen. Gleichgültig sah sie zu, wie Jane immer und immer wieder mit Mr Bingley tanzte, ihr Gesicht bescheiden von seinem bewundernden Blick abgewandt. Miss Bingley trat so nah an Mr Darcy heran, wie sie es nur wagen konnte, und sah ihn sehnsüchtig an, wenn sie sich unbeobachtet fühlte. So war das also? Mary wandte sich wieder ab und erblickte unter den Tänzern Kitty und Lydia, die Kleider blass neben den farbenprächtigen Uniformen ihrer Tanzpartner, Lydias Gesicht ekstatisch, als sie herumgewirbelt wurde.

In dem entlastenden Gefühl, gar nicht anwesend zu sein, erhob sich Mary von ihrem Stuhl und schlenderte an den dunklen Seiten des Raums entlang. Von dort sah sie ihre Mutter, die nicht aufhören konnte, auf ihre Freundin Lady Lucas einzureden, während diese mit gesenktem Kopf artig zuhörte. Auch Mr Collins entdeckte sie und beobachtete, wie er um Elizabeth herumscharwenzelte, ohne ihre Aufmerksamkeit zu erregen, sich aber auch nicht abschütteln ließ. Lizzy gelang erst die Flucht, als Charlotte zu den beiden stieß. Marys Herz wurde weich, als sie sah, wie Charlotte Mr Collins selbstlos zur Speisentafel führte und dabei munter auf ihn einredete. Es gab nichts, das Charlotte für ihre Freundinnen nicht tun würde, selbst wenn sie wie Lizzy ihre Gefälligkeiten nicht verdienten.

Als es nichts mehr zu sehen gab, kehrte Mary langsam zu ihrem Platz zurück, wo sie zu ihrer Überraschung ein Gläschen Erdbeeren vorfand, mit einem auf dem Rand balancierenden Silberlöffel. Erstaunt sah sie sich um, ging aber davon aus, dass nur Charlotte dahinterstecken konnte. Stattdessen sah sie Mr Bennets breiten Rücken in der Menge verschwinden. Sie nahm das Glas und drehte es in der Hand. Ihr war klar, dass dies seine Art und Weise war, etwas wiedergutzumachen. Mit Worten würde er nie zu erkennen geben, dass ihm bewusst war, wie sehr er Mary verletzt hatte. Nie würde er freiwillig über seine Beweggründe reden. Aber wenn sie in ihn dringen würde, warum er ihr die Erdbeeren hingestellt und sie nicht selbst überreicht hatte, konnte sie sich seine Antwort schon vorstellen: *Ein solches Vorgehen birgt alle Vorzüge einer Entschuldigung und keine der Peinlichkeiten einer Erklärung.*

Gegen ihren Willen musste Mary fast lächeln. Er würde nie das für sie empfinden, was er für Lizzy empfand, aber er hatte doch genug Gedanken an sie verschwendet, um ihr Erdbeeren zu bringen. Ihm war klar, dass er sie verletzt hatte, und er bedauerte es. Das war immerhin etwas. Sie nahm das Glas und pickte eine Erdbeere heraus. Als sie hineinbiss, schossen ihr wieder die Tränen in die Augen.

Es war schon spät, nach zwei Uhr, als der Ball endete und die Bennets in der Vorhalle auf ihre Kutsche warteten. Sie hatten alle darin Platz genommen, da verstummte selbst Lydia bald; den Kopf an Kittys Schulter gelegt schlief sie ein. Niemandem war nach einer Unterhaltung zumute, den einen vor Glück, den anderen vor Erschöpfung und wieder anderen, weil sich der Abend nicht wie erhofft für sie entwickelt hatte. Einzig Mr Collins redete während des gesamten Rückwegs nach Longbourn wie ein Wasserfall und ließ sich auch nicht dadurch beirren, dass ihm niemand antwortete.

Kapitel 28

Am nächsten Morgen blieb Mary lange im Bett. Ihr war nicht danach zumute, sich zu den anderen zu gesellen. Die Unterhaltung würde sich einzig und allein um den Ball drehen, so viel stand fest, und ihr demütigender Auftritt am Klavier würde ein viel zu faszinierendes Thema abgeben, um stillschweigend übergangen zu werden. *Lydia wird sich diese Gelegenheit, mich aufzuziehen, mit Sicherheit nicht entgehen lassen*, dachte Mary und beschloss, einfach zu bleiben, wo sie war, bis das Frühstück vorbei war. Mrs Hill brachte ihr Tee und erbot sich, sie zu frisieren, aber auch sie konnte Mary nicht dazu überreden, ihr Zimmer zu verlassen.

Aus diesem Grund verpasste Mary die dramatischen Ereignisse, die sich nach dem Frühstück abspielten. Allerdings konnte sie selbst in ihrem Zimmer hören, dass etwas vorging. Sie hörte eilige Schritte in der Diele und die erzürnte Stimme ihrer Mutter, aber das war nicht weiter ungewöhnlich. Erst als Kitty und Lydia in ihr Zimmer stürmten, erfuhr Mary die Ursache für den Tumult.

»Du musst unbedingt aufstehen und nach unten kommen!«, schrie Lydia. »So ein Spektakel, das kannst du dir nicht vorstellen!«

»Du errätst nie, was passiert ist!«, rief Kitty. »Nicht mal in einer Million Jahren!«

Mary seufzte. »Vermutlich nicht. Aber eigentlich interessiert es mich auch nicht.«

»Ich glaube aber doch«, sagte Lydia. »Sogar du wirst aus dem Häuschen sein.«

»Erzählt ihr es mir jetzt oder nicht?«

»Mr Collins hat Lizzy einen Antrag gemacht!«, rief Kitty. »Und sie hat abgelehnt!«

Mary setzte sich auf. Ihr Herz schlug schneller. Es überraschte sie nicht, dass Mr Collins zur Tat geschritten war; sie hatte nichts anderes von ihm erwartet, aber nicht damit gerechnet, dass er so schnell handeln würde.

Lydia warf sich auf Marys Bett. »Mama tobt«, berichtete sie. »Sie sagt, wenn sie ein Wörtchen mitzureden hätte, müsste Lizzy den Antrag annehmen. Sie hat Lizzy zu Papa geschleppt, damit er sie zur Räson bringt. Aber er hat zu Lizzy nur gesagt, dass ihr eine schwere Wahl bevorsteht. Falls sie Mr Collins abweist, wird ihre Mutter nichts mehr mit ihr zu tun haben wollen, und ihr Vater wird sie nie mehr sehen wollen, wenn sie Mr Collins nimmt.«

Kitty klatschte in die Hände. »Zum Schreien, oder?«

»Und jetzt sind alle sauer.« Lydia hüpfte vom Bett, setzte sich an Marys Frisiertisch und betrachtete selbstgefällig ihr Spiegelbild. »Mr Collins ist davongestürmt, Papa hat sich in die Bibliothek zurückgezogen, Lizzy sagt kein Wort, und Mama regt sich schrecklich auf, weil mal wieder kein Mensch Rücksicht auf ihre schwachen Nerven nimmt.«

»Eindeutig das Beste, was je passiert ist«, stellte Kitty voller Genugtuung fest. »Was meinst du, Mary?«

Mary ließ sich in ihre Kissen zurücksinken. Eine gute Frage, auf die sie allerdings keine Antwort parat hatte. Ihre Schwestern ignorierten ihr Schweigen und ergingen sich eine Weile in Mutmaßungen, wie es nun weitergehen würde. Als ihnen endlich auffiel, dass Mary die Angelegenheit nicht so amüsant fand wie sie, verließen sie das Zimmer.

Mary stand auf und fing an, ihr Haar zu bürsten. Dabei posierte sie nicht wie Lydia vor dem Spiegel, sondern blickte so unverwandt hinein, als hoffte sie, dort die Antwort auf die Frage zu finden, wie sie sich jetzt verhalten sollte.

Dann wusch sie sich rasch. Mrs Hill hatte das Wasser schon vor einer ganzen Weile gebracht, und inzwischen war es gerade noch lauwarm. Aber das fiel Mary nicht auf. Sie legte ein Kleid auf ihr Bett und starrte es selbstvergessen an, als wüsste sie nicht, was sein Sinn war. In Gedanken war sie weit weg. Sie hatte sich nie eingebildet, die erste der Schwestern zu sein, der Mr Collins einen Heiratsantrag machen würde, aber sich durchaus vorstellen können, als zweite Wahl in Betracht zu kommen. Wenn alles nach ihrem Wunsch verlaufen wäre, hätte das ihr großer Moment sein müssen. Nach der Zurückweisung ihrer Schwester, die ihn niemals erhören würde, war Mr Collins möglicherweise geneigt, sein Augenmerk auf eine andere zu richten, und zwar auf Mary. In diesem Fall könnte sie seinen verletzten Stolz wieder stärken und ihm die Interessen, die sie teilten, in Erinnerung rufen, kurz, ihm mit jedem Wort und jeder Geste zu verstehen geben, dass sie die einzige Bennet-Schwester war, die für ihn als Ehefrau infrage kam.

Aber natürlich würde nichts dergleichen geschehen, dachte Mary, als sie sich ihr Kleid über den Kopf zog. Sie würde für ihn immer unsichtbar bleiben. Nicht einmal ihre öffentliche Blamage gestern auf dem Ball hatte es vermocht, seine Aufmerksamkeit zu erregen. Vermutlich sollte sie dankbar sein, dass sie ihm entgangen war, aber von einem Mann wie Mr Collins ignoriert zu werden war bitter und ein schwerer Schlag für ihr Selbstwertgefühl. Während sie sich mit ihrer Schärpe abmühte, sagte sie sich, dass sie kein Recht hatte, verbittert zu sein. Ihr Interesse an Mr Collins beruhte einzig und allein auf Vernunftgründen; sie konnte schwerlich behaupten, er habe ihr das Herz gebrochen. Und doch schrie etwas in ihrem Inneren: »Das ist nicht fair!« Sie war die Einzige in der Familie, die versuchte, das Gute in ihm zu sehen, die Einzige, die an sein Potenzial glaubte, ein glücklicherer, ein besserer Mann zu werden. Aber selbst das reichte nicht aus, um ihn für sich zu gewinnen. Wie es schien, wollte niemand sie, nicht einmal ein Mann, den sie nicht liebte.

Als sie schließlich nach unten ging und den Salon betrat, war der Sturm der Gefühle etwas abgeflaut, aber noch immer lagen Zorn und Verdruss in der Luft. Mrs Bennet ruhte auf dem Sofa und beklagte sich bei jedem, der bereit war, ihr zuzuhören, über ihre Kümmernisse. Lizzy starrte mit versteinerter Miene aus dem Fenster, das auf den Obstgarten hinausging, ohne das Jammern ihrer Mutter zu beachten. Mary, die nicht recht wusste, wen sie ansprechen sollte, blieb aus Furcht, das Ziel der mütterlichen Gereiztheit zu werden, unsicher mitten im Raum stehen.

So war sie mehr als erleichtert, als die Türglocke ging und kurz darauf Charlotte Lucas angekündigt wurde. Charlotte war eingeladen worden, den Tag in Longbourn zu verbringen, aber angesichts des morgendlichen Dramas hatte niemand mehr an ihren Besuch gedacht. Noch bevor Charlotte Hut und Mantel ablegen konnte, waren Lydia und Kitty bei ihr, um ihr brühwarm von dem Vorfall zu erzählen. Zu ihrer Enttäuschung zeigte sich Charlotte weder überrascht noch schockiert, sondern nahm die Neuigkeit mit der für sie typischen Ruhe und Gelassenheit auf. Im Salon legte sie zuerst tröstend einen Arm um Lizzys vor Zorn angespannte Schultern, bevor sie zu Mrs Bennet trat, die immer noch auf dem Sofa ruhte, und sich freundlich erkundigte, ob sie etwas für sie tun könne.

»Sehr nett von Ihnen, meine Liebe. In diesem Haus steht ja niemand auf meiner Seite.«

Charlotte bot ihr an, Tee oder vielleicht ein Glas Wasser bringen zu lassen, aber Mrs Bennet lehnte beides mit einer wegwerfenden Handbewegung ab.

»Wenn Sie wirklich helfen wollen, bringen Sie Ihrer Freundin Vernunft bei und raten ihr, Mr Collins so schnell wie möglich hinterherzulaufen und ihm mit allem Charme, über den sie verfügt, mitzuteilen, dass sie ihre Meinung geändert hat.«

Charlotte sah zu Lizzy, die entschieden den Kopf schüttelte, was den Zorn ihrer Mutter nur noch mehr anfachte.

»Ich will dir etwas sagen, Miss Lizzy: Solltest du es dir in den Kopf gesetzt haben, weiterhin jeden Heiratsantrag abzulehnen, wirst du am Ende ohne Mann dastehen – und ich weiß wirklich nicht, wer für dich aufkommen soll, wenn dein Vater nicht mehr ist. Ich werde es mir kaum leisten können.«

In diesem Ton ging es noch eine Weile weiter. Mrs Bennet ließ sich lang und breit über Lizzys Unfähigkeit aus, etwas Gutes zu erkennen, selbst wenn es ihr praktisch auf dem Silbertablett serviert wurde, bis sie durch das Eintreten des Gentlemans unterbrochen wurde, von dem gerade die Rede war. Mr Collins war aus seinem Exil im Garten zurückgekehrt und stand jetzt, der Inbegriff gekränkter Würde, in der Salontür. Wenn es nicht ungelegen käme, würde er gern mit Mrs Bennet sprechen, verkündete er. Mit den Worten »Sehr gern« erhob diese sich widerstrebend vom Sofa.

Elizabeth verließ unverzüglich ihren Fensterplatz und rauschte wortlos an Mr Collins vorbei. Mary und Kitty folgten ihr, aber als sie schon im Flur standen, stellte Mary zu ihrer Überraschung fest, dass Charlotte und Lydia noch im Salon waren. Anscheinend war es den beiden gelungen, sich dermaßen im Hintergrund zu halten, dass man sie nicht hinausgeschickt hatte. Lydias Verhalten erstaunte sie nicht, aber von Charlotte hätte sie doch etwas anderes erwartet.

Es dauerte nicht lange, bis Mr Collins mit der selbstgefälligen Miene eines Mannes wieder aus dem Salon kam, der soeben eine schwerwiegende Entscheidung getroffen hat. Er nickte seinen Cousinen mit einem überlegenen Lächeln zu, bevor er sich mit schnellen Schritten entfernte. Sobald er außer Sichtweite war, stürzten die drei Mädchen in den Salon, um zu erfahren, was vorgefallen war.

Mrs Bennet ruhte wieder auf ihrem Sofa, die Augen geschlossen, ein Taschentuch über ihr Gesicht gebreitet.

»Ich bin nicht in der Verfassung zu berichten, was uns widerfahren ist«, gab sie mit einem leisen Stöhnen von sich. »Hinaus mit euch! Lasst mich allein. Charlotte und Lydia können euch alles erzählen.«

Die jungen Damen eilten hinaus und ließen Mrs Bennet mit ihrem Kummer im Salon zurück. Charlotte lehnte sich schwer an die geschlossene Tür. Selbst sie wirkte ein bisschen aufgeregt, fiel Mary auf, und ihre Augen glänzten heller als sonst.

»Mr Collins hat seine Absichten auf eine Verbindung mit Lizzy aufgegeben«, verkündete Charlotte.

»Er hat einen Rückzieher gemacht!«, schrie Lydia. »Du hast deine Chance verpasst, Lizzy! Jetzt ist es aus und vorbei für dich!«

»Dabei war sein Auftreten unangenehmer als seine Worte«, fuhr Charlotte fort. »Aber er sagt, sein Entschluss stehe fest, und ich glaube ihm. Du brauchst nicht zu befürchten, dass er weiter um dich wirbt.«

Elizabeth fächelte sich mit einer übertriebenen Geste der Erleichterung Luft zu. »Das höre ich gern. Ich glaube nicht, dass ich seine Wertschätzung noch länger ertragen hätte.«

»Aber ein anderes armes Mädchen wird vielleicht nicht so viel Glück haben wie du«, warf Lydia ein. »Er hat Mama nämlich anvertraut, dass er immer noch hofft, ›eine liebenswürdige Gefährtin‹ zu finden. Ich will stark hoffen, dass er damit nicht mich meint.«

»Für eine Verbindung bist du noch reichlich jung«, sagte Charlotte. »Ich denke, du kannst unbesorgt sein. Aber er ist anscheinend wirklich fest entschlossen, eine Dame mit der Aussicht zu beglücken, die Herrin in seinem Pfarrhaus zu werden.«

»Tja, wer auch immer sie sein mag, sie wird für sich selbst entscheiden müssen, wie wünschenswert ein Antrag von Mr Collins ist«, sagte Lizzy, deren gute Laune wiederhergestellt war, lachend. »Ich bin nur froh, dass ich ihn los bin.«

Sie nahm Charlotte am Arm und schlenderte mit ihr in den Garten, um das Gespräch im Freien fortzusetzen. Da Mary nichts einfiel, was sie sonst machen könnte, ging sie in die Bibliothek, stellte aber bald fest, dass sie sich auf ihre Lektüre nicht konzentrieren konnte. Vom Fenster aus beobachtete sie Elizabeth und Charlotte, die über den Rasen spazierten. Elizabeth plauderte so fröhlich und unbeschwert mit ihrer Freundin, als hätten die grausamen Ereignisse des vergangenen Abends überhaupt nicht stattgefunden. Mary gegenüber hatte sie ihren Wortwechsel nicht wieder erwähnt. Aber wie der heutige Morgen gezeigt hatte, dachte Mary, passierte in Elizabeths Leben so viel, dass sie das Ganze womöglich wirklich schon vergessen hatte. Verglichen mit den aufregenden Dingen, mit denen Lizzy sich beschäftigte, war Marys Demütigung vermutlich eine unbedeutende Bagatelle.

Oder aber, überlegte Mary, sie selbst war unbedeutend und nicht weiter von Belang. Denn wie beschäftigt Elizabeth auch sein mochte, Jane ließ sie immer ihre Aufmerksamkeit und ihr Mitgefühl zuteilwerden.

An jenem Vormittag war auch noch ein Brief von Miss Bingley eingetroffen, in dem sie voller Bedauern mitteilte, Mr Bingley sei in einer dringlichen Angelegenheit nach London abberufen worden und nicht nur er, sondern auch all seine Gäste würden Netherfield verlassen. Und niemand hätte die betrübte Jane liebevoller trösten können, als Elizabeth es getan hatte.

Mary pustete an die Fensterscheibe und schrieb ihre Initialen in den kleinen beschlagenen Fleck. Noch während sie das tat, entdeckte sie Mr Collins im Garten. Er überquerte die Rasenfläche, trat zu Charlotte und Lizzy und verbeugte sich steif. Selbst von Weitem war nicht zu übersehen, wie unangenehm ihm die Begegnung mit Elizabeth war. Lizzy machte einen denkbar knappen Knicks, entschuldigte sich und ging, erst langsam, dann in den Laufschritt wechselnd, zum Tor, wo sie eilig den Weg nach Meryton einschlug. Als sie nicht mehr zu sehen war, bot Mr Collins Charlotte seinen Arm. Charlotte hakte sich bei ihm unter, und so wanderten die beiden mit langsamen, gemessenen Schritten zum Buchenhain, wo sie schon bald aus Marys Blickfeld verschwanden.

Kapitel 29

Am nächsten Abend waren die Bennets bei der Familie Lucas zum Dinner eingeladen. Es hatte einiges Hin und Her um die Frage gegeben, ob Mr Collins sie begleiten sollte, aber als man sich an ihn wandte, hatte er unmissverständlich zu verstehen gegeben, dass er mehr als gewillt sei, einen Abend in einem Haus zu verbringen, wo er darauf zählen konnte, herzlich empfangen zu werden.

Als die Familie Bennet an diesem Abend in der Lucas Lodge eintraf, fiel Mary sofort auf, wie vornehm die Räume wirkten. So hell erleuchtet und festlich geschmückt waren sie normalerweise nicht, wenn nur die Bennets geladen waren. Auch Charlotte hatte sich für diesen Anlass herausgeputzt und ein elegantes weißes Kleid mit grünen Akzenten gewählt.

»Hast du ein neues Kleid?«, fragte Mary. »Es steht dir ungemein gut!«

Charlotte nickte. »Ich habe vor einiger Zeit beschlossen, mein Taschengeld zu verschwenden und es ausschließlich für Firlefanz auszugeben. Ich nehme an, Dr. Fordyce wäre damit nicht einverstanden, aber ich muss sagen, es hebt die Stimmung ungemein, ausnahmsweise nicht die am schlechtesten gekleidete Frau im Raum zu sein.«

»Was für einen Unsinn du redest! Du bist doch immer sehr adrett.«

»Danke. Aber dieses eine Mal glaube ich, mehr als nur adrett zu sein – und ich gebe zu, es fühlt sich sehr erhebend an.«

Mary betrachtete sie. Tatsächlich wirkte Charlotte heute Abend verändert. Und daran war nicht nur das neue Kleid schuld; sie strahlte eine Lebhaftigkeit und einen Hauch freudiger Erregung aus, Züge, die Mary noch nie an ihr wahrgenommen hatte.

Als sie den Speisesaal betraten, stellte Mary fest, dass sie zusammen mit Elizabeth und Lydia am hinteren Tischende saß. Mr Collins nahm den Platz des Ehrengastes ein, Charlotte an seiner Seite. Mrs Bennet war so weit von den beiden weggesetzt worden, wie es die Höflichkeit gerade noch erlaubte.

»Wirklich rücksichtsvoll von Charlotte«, wisperte Lizzy, als der erste Gang aufgetragen wurde. »Aufgrund unserer Sitzordnung ist es so gut wie ausgeschlossen, dass wir uns mit Mr Collins unterhalten müssen, es sei denn, er schreit über die ganze Tafel hinweg, was ich nicht einmal ihm zutraue.«

Mary nickte. Während der Abend voranschritt, beobachtete sie mit wachsender Neugier Charlotte. Es war tatsächlich auffallend, wie sehr sie sich um Mr Collins bemühte. Sie reichte ihm immer wieder die besten Speisen an, achtete darauf, dass sein Glas stets nachgefüllt wurde, lauschte mit sämtlichen Anzeichen größten Interesses allem, was er sagte, und lachte charmant, wenn es angebracht schien, Erheiterung zu zeigen.

»Lizzy«, sagte Mary, als das Dessert in Form von zwei delikaten Torten und mit gesponnenem Zucker verziertem Eis serviert wurde. Der Unterschied zu den schlichten Puddings, die bei Familie Lucas normalerweise als Nachtisch serviert wurden, hätte nicht größer sein können. »Hältst du es für möglich, dass Charlotte sich etwas aus Mr Collins macht?«

Elizabeth starrte sie überrascht an. »Natürlich nicht! Dafür ist sie viel zu vernünftig. Gutmütig, wie sie ist, kümmert sie sich uns zuliebe um ihn, und dafür bin ich ihr dankbarer, als ich es in Worte fassen kann.«

Aber wann immer Mary aufblickte, sah sie Charlottes liebenswürdig lächelndes Gesicht und an ihrer Seite Mr Collins, der seine Selbstachtung offenbar wiedergefunden hatte und erfreuter und zufriedener wirkte als je zuvor.

Am nächsten Morgen erschien Mr Collins nicht zum Frühstück. Er hinterließ die Nachricht, er sei aus und wisse noch nicht genau, wann er das Vergnügen haben werde, sie wiederzusehen. Mrs Bennet bestrich mit sorgenvoller Miene ihren Toast mit Butter. Mr Collins' Abwesenheit verunsicherte und verdross sie gleichermaßen, und schon bald vertrieben ihre langatmigen Klagen über die Nöte ihrer Familie alle bis auf Mary von der Frühstückstafel.

»Ich freue mich über die Gelegenheit, unter vier Augen mit dir zu reden«, begann ihre Mutter zu Marys Überraschung. »Ich habe dir etwas Wichtiges zu sagen, also hör gut zu.«

Mary setzte ihre Tasse ab.

»Ich habe über Mr Collins nachgedacht. Dass Lizzy so selbstsüchtig war, ihn abzuweisen, hat mir einiges Kopfzerbrechen bereitet. Wie es sich darstellt, dürfen wir Jane als so gut wie vergeben betrachten, Kitty und Lydia sind noch zu jung, um ernsthaft für eine Heirat in Betracht zu kommen, und zudem viel zu lebhaft für ihn. Deshalb habe ich an dich gedacht.«

»An mich?«

»Ja, und ich glaube, du verstehst mich. Bitte widersetze dich mir nicht, Mary, nicht heute Morgen. Meine Nerven wären dieser zusätzlichen Belastung nicht gewachsen.«

»Tut mir leid, Mama, aber erst vor einer Woche fragte ich Sie, ob ich von all meinen Schwestern nicht am ehesten zu ihm passen würde. Und Sie haben das vehement bestritten.«

»Sei bitte nicht lästiger als nötig, Kind. Seither hat sich einiges geändert, wie selbst dir klar sein dürfte.«

»Allerdings. Aber ich fürchte, es ist zu spät. Vielleicht hätte ich anfänglich eine Chance gehabt, vor allem, wenn Sie sich für mich genauso eifrig eingesetzt hätten wie für Lizzy. Aber ich glaube nicht, dass Mr Collins jetzt noch an mir Interesse entwickeln könnte.«

»Sei nicht albern! Warum denn nicht, in Gottes Namen? Wen sonst könnte er fragen? Und jetzt Schluss mit diesem Unfug! Sag mir nur, dass du ihn nimmst, wenn er um deine Hand bittet. Eine zweite Zurückweisung können wir uns nicht erlauben.«

Mary spürte, wie ihr vor Verlegenheit die Röte in die Wangen schoss, und senkte betreten den Kopf. »Es macht keinen Unterschied, ob ich ihn nehmen würde oder nicht. Ich schwöre Ihnen, dafür ist es jetzt zu spät. Er wird sich nicht für mich entscheiden.«

Erzürnt warf Mrs Bennet ihre Serviette hin und stand auf. »Du bist ein sehr dummes, undankbares Ding, mit dem man einfach nicht vernünftig reden kann. Aber ich bin noch nicht fertig mit dir. Wir unterhalten uns weiter, wenn es mein Zustand zulässt.« Sie rauschte hinaus und knallte die Tür hinter sich zu.

Mary seufzte und starrte aus dem Fenster. Zu ihrer Überraschung sah sie Charlotte Lucas die Auffahrt zum Haus hinaufkommen. Sie wurde heute Morgen nicht erwartet, aber vielleicht, dachte Mary, käme ihr Besuch ganz gelegen. Ihre Gelassenheit wirkte immer beruhigend, wenn im Hause Bennet Aufregung herrschte. Und falls es Mary gelingen sollte, unter vier Augen mit Charlotte zu sprechen, fände sie möglicherweise mehr über ihre Absichten bezüglich Mr Collins heraus. Vielleicht hatte ihre Mutter ja recht, und sie selbst irrte sich.

Mary wartete, aber Charlotte erschien nicht. Als Kitty an der Tür vorbeiging, fragte Mary, ob sie sie gesehen habe, und erfuhr, dass Charlotte schnurstracks zu Lizzy gegangen war. Anscheinend hatten sich die beiden in den Salon zurückgezogen.

Fast eine halbe Stunde verging, ehe Mary hörte, wie die Tür geöffnet und wieder geschlossen wurde. Doch noch immer vernahm sie kein Zeichen von Charlotte. Erst als Mary aus dem Fenster schaute, sah sie sie. Mit schnellen Schritten marschierte sie die Auffahrt hinunter, als hätte sie es eilig wegzukommen.

Mary eilte in die Diele, griff nach ihrem Mantel und lief Charlotte nach. Irgendetwas war vorgefallen, davon war sie überzeugt, und sie wollte unbedingt wissen, was. Sie holte Charlotte gerade noch ein, bevor sie von der Auffahrt auf die Landstraße hinaustrat. Schwer atmend hatte sie innegehalten und spielte nervös mit ihren Handschuhen. Mary lief zu ihr.

»Hast du nicht gehört, dass ich dich gerufen habe, Charlotte? Warum bist du nicht stehen geblieben?«

Charlotte blickte auf. Mary hatte sie noch nie so verstört gesehen.

»Es tut mir leid«, sagte Charlotte. Sie versuchte zu lächeln, scheiterte aber kläglich. »Ich war so in Gedanken, dass ich dich tatsächlich nicht gehört habe.«

»Etwas ist passiert, das sehe ich doch. Willst du mir nicht sagen, was los ist?«

Charlotte wirkte unschlüssig. Unruhig lief sie hin und her und trat mit ihren Stiefelspitzen Kieselsteine über den staubigen Weg. Schließlich ging sie zu einer niedrigen Steinmauer und nahm darauf Platz. Jetzt wirkte sie ein wenig gefasster.

»Ich denke, ich kann es dir ruhig erzählen. Bald werden es ohnehin alle wissen. Und du verstehst vielleicht besser als die meisten, warum ich so gehandelt habe.« Sie zog ein paar trockene Halme aus der Mauer und drehte sie hin und her. »Mr Collins hat mir heute Morgen einen Heiratsantrag gemacht, und ich habe ihn angenommen. Die Hochzeit wird noch in diesem Monat stattfinden.«

Mary ließ sich neben Charlotte auf die Mauer sinken. Also hatte sie mit ihrer Vermutung richtiggelegen!

»Ich hielt es für meine Pflicht, Lizzy darüber zu informieren, bevor es offiziell bekanntgegeben wird. Ich bin nicht davon ausgegangen, dass ihr meine Entscheidung gefallen würde – wir hatten schon immer recht unterschiedliche Ansichten über die Ehe. Aber ich hatte nicht erwartet …«

Ihre Stimme bebte, und Mary fiel auf, dass ihre Hände zitterten. »Ich muss gestehen, Mary, ich hatte nicht erwartet, dass sie die Neuigkeit mit solchem Entsetzen und mit einer derartigen Verachtung für mich aufnehmen würde!«

»Das sind harte Worte, Charlotte.«

»Sie schrie auf, als ich es ihr mitteilte, und erklärte meine Verlobung für unmöglich! Ich versuchte, ihr meine Beweggründe darzulegen, sagte ihr, dass ich mich nach einem behaglichen Zuhause sehne, einem Zuhause, das ich aufgrund seines Charakters und seiner Verhältnisse ebenso gut mit Mr Collins gründen könnte wie mit jedem anderen Mann meiner Bekanntschaft. Ich erinnerte sie auch daran, dass ich nicht romantisch bin, aber sie blieb ungerührt. Der Blick, den sie mir zuwarf, als ich versuchte, mich zu rechtfertigen, hat mich tief getroffen.«

»Es muss ein großer Schock für Lizzy sein. Aber ich bin mir sicher, alles wird wieder gut, wenn sie sich erst einmal an die Vorstellung gewöhnt hat.«

»Nachdem sie sich etwas gefasst hatte, war sie höflich genug, mir zu gratulieren und mir alles erdenklich Gute zu wünschen. Aber ich bin so sehr in ihrer Achtung gesunken, Mary!« Ein Schluchzen entwich Charlotte, und sie vergrub ihr Gesicht in den Händen.

Mary, die nur zu gut wusste, wie es sich anfühlte, wenn man sich Lizzys Wohlwollen verscherzte, suchte nach Worten des Trostes, fand aber keine. Sie legte ihre Hand auf Charlottes Arm und saß schweigend an ihrer Seite, bis sie zu weinen aufhörte.

»Ich bin froh, dass du mir nachgelaufen bist«, sagte sie stockend. »Ich hatte Angst, ich könnte deine Zuneigung ebenso verloren haben. Ich fürchtete, du könntest das Gefühl haben, dass ich dich, wie man so sagt, ausgestochen und dir durch die Sicherung meiner Zukunft deine Chance genommen habe.«

Eine kräftige Brise wehte, und Mary fiel erst jetzt auf, dass sie ohne Hut aus dem Haus gestürzt war. Wenn jemand sie so sehen könnte, würden sie ein recht merkwürdiges Bild abgeben: Zwei junge Damen, die auf einer Mauer hockten, die Röcke vom Wind gebauscht, eine von ihnen ohne Kopfbedeckung. Und hätte dieser Jemand auch noch ihr Gespräch mit angehört, wäre ihm das Ganze noch merkwürdiger erschienen, dachte Mary. Sie zögerte mit ihrer Antwort auf Charlottes Bemerkung, weil sie unsicher war, wie offen sie sprechen konnte. Andererseits hatte sie nichts zu verlieren. Warum also sollte sie Charlotte nicht die Wahrheit sagen?

»Du hast recht«, begann sie, »ich habe überlegt, ob es nicht meine Pflicht wäre – meiner Familie ebenso wie mir selbst gegenüber –, Mr Collins dazu zu bringen, mich zu heiraten. Aber es ist mir nicht gelungen. Was auch immer ich tat, er blieb völlig desinteressiert.«

»Du gehst sehr streng mit dir ins Gericht. Vermutlich hättest du größere Erfolge erzielt, wenn du mehr Zeit gehabt hättest«, sagte Charlotte, die nun fast wieder ganz sie selbst war. »Und ich konnte es mir in diesem Fall nicht leisten, allzu rücksichtsvoll zu sein. Eine derartige Chance bietet sich mir vielleicht nie wieder. Ich bin einfach zu alt, um großzügig zu sein, selbst dir gegenüber.«

Charlotte rutschte von der Mauer und begann erneut, hin und her zu laufen, während sie weitersprach. »Ich kann nicht vorgeben, ihn zu lieben. Wie du selbst sagst, kann er kaum als verständiger Mann gelten. Aber falls ich je Zweifel hatte, ob ich das Richtige getan habe, lösten sie sich in Luft auf, als ich meinen Eltern von seinem Antrag erzählte. Noch nie habe ich sie so überglücklich gesehen, und meine Brüder verschlug es vor Erleichterung nahezu die Sprache. Jetzt werde ich ihnen in Zukunft nicht auf der Tasche liegen. Alle dachten, ich wäre dazu bestimmt, als alte Jungfer zu enden, aber nun werde ich bald einen Ehemann und ein eigenes Zuhause haben.«

»Und eines Tages wird Longbourn dieses Zuhause sein.«

Charlotte hatte den Anstand, verlegen auszusehen. »Bis dahin werden hoffentlich noch viele, viele Jahre vergehen.«

Aus dem Wald gleich hinter dem Weg stieg ein Schwarm Krähen auf und kreiste erbost krächzend über den Bäumen. *Longbourn wird Charlotte gehören*, dachte Mary. *Es hätte an mich fallen können, wenn ich bei Mr Collins Erfolg gehabt hätte. Aber ich habe versagt, und jetzt hat er sich für Charlotte entschieden.* Sie starrte die Krähen an, die unberührt von ihrem Leid gen Himmel flogen. Dass Mr Collins den Wunsch gehabt hatte, Jane oder Elizabeth zu heiraten, war nicht weiter verwunderlich; man musste die beiden nur anschauen, um das zu verstehen. Aber worin bestand Charlottes Anziehungskraft? Warum hatte er sie gewählt und nicht Mary?

»Du warst sehr ehrlich zu mir, Charlotte, deshalb wage ich zu hoffen, dass du es mir nicht verübelst, wenn ich genauso direkt zu dir bin. Und nimm bitte keine Rücksicht auf meine Gefühle, wenn du mir antwortest. Ich wüsste gern eines: Warum, glaubst du, hat Mr Collins dich mir vorgezogen?«

Charlotte blieb stehen und setzte sich wieder zu Mary auf die

Mauer. Die Frage schien sie ganz und gar nicht zu kränken. »Ich denke, man könnte sagen, dass ich in meiner Schmeichelei konsequenter und in meiner Entschlossenheit, ihm zu gefallen, hartnäckiger war. Lizzy würde sicher die Ansicht vertreten, dass ich eher bereit war als du, meinen Stolz und meine Gefühle zugunsten irdischer Güter aufzugeben.«

Sie hob einen Stein vom Boden auf und schleuderte ihn mit aller Kraft auf das Feld, als wollte sie Lizzys Meinung ebenso vehement abtun. »Aber ich glaube, es gibt noch einen anderen Unterschied zwischen dir und mir«, fuhr sie fort. »Ich habe nie ein Hehl daraus gemacht, dass ich mit den Umständen, in denen ich mich befinde, unzufrieden bin und alles in meiner Macht Stehende tun würde, um sie zu ändern. Aber es ist meine Situation, die mir missfällt, nicht ich selbst. Ich bin mir nicht sicher, ob dasselbe für dich gilt. Es ist schwer, jemanden, insbesondere einen Mann, davon zu überzeugen, dass es sich lohnt, deine Zuneigung zu gewinnen, wenn du selbst nicht besonders viel für dich übrighast.«

Aus der leichten Brise war ein steifer Wind geworden, und Charlotte fröstelte. Sie schlang ihren Mantel enger um sich und stand auf. »Und das war der letzte indirekte Rat, den du von mir bekommen hast, das schwöre ich. Versuch bitte, mein Verhalten so großzügig wie möglich zu beurteilen. Und jetzt noch eine Vorwarnung: Mein Vater hat die Absicht, deiner Familie später am Tag einen Besuch abzustatten und sie über das freudige Ereignis in Kenntnis zu setzen. Ich kann mir nicht vorstellen, dass seine Neuigkeit nach Mrs Bennets Geschmack sein wird.«

Kapitel 30

Als Sir William Lucas am Nachmittag in Longbourn eintraf, wurde seine Ankündigung, seine älteste Tochter würde in Kürze mit Mr Collins vermählt werden, zunächst mit ungläubigem Erstaunen aufgenommen. Da Mr Collins mit einer Kombination aus Takt und Furcht darauf geachtet hatte, zu diesem Zeitpunkt nicht anwesend zu sein, konnte man sich nicht an ihn wenden und verlangen, diese Enthüllung zu bestätigen oder zu bestreiten. Auf jeden Fall erschien es schlichtweg unmöglich.

»Lieber Gott, Sir William, was reden Sie denn da!«, rief Lydia. »Wissen Sie denn nicht, dass Mr Collins unsere Lizzy heiraten will?«

Dem Vernehmen nach sei das ursprünglich wohl tatsächlich Mr Collins' Absicht gewesen, gab Sir William zu, jetzt aber nicht mehr. Mr Collins' Interesse habe sich auf eine andere Person verlagert, und es könne nicht der geringste Zweifel daran bestehen, dass er gedenke, seine Tochter so bald wie möglich zu heiraten. Elizabeth, die die unverhohlene Ungläubigkeit ihrer Familie nicht länger ertrug, erhob ihre Stimme über das allgemeine Durcheinander, um Sir Williams Ankündigung zu bestätigen; sie habe die Neuigkeit vor wenigen Stunden von Charlotte persönlich erfahren. Gleichzeitig versuchte sie, den empörten Ausrufen ihrer Mutter und ihrer Schwester ein Ende zu setzen, indem sie Sir William so herzlich gratulierte, wie es der Anlass erforderte.

Jane, gutmütig wie immer, folgte ihrem Beispiel, und sogar Mary schaffte es, dem Brautpaar Glück zu wünschen. Mrs Bennet hingegen sprach kaum noch ein Wort, bis Sir William sich empfahl.

Dann allerdings ergoss sich ihr Zorn in voller Wucht über die Anwesenden. Zuerst beharrte sie darauf, das Ganze für einen ausgemachten Schwindel zu halten; dann schlug ihre Stimmung um, und statt die Wahrheit der Neuigkeit anzuzweifeln, entrüstete sie sich über die beteiligten Personen. Mr Collins sei hereingelegt worden; mit welchen Methoden, daran wolle sie gar nicht denken. Wer wisse schon, welche Tricks und Schliche Charlotte Lucas angewandt hatte, um ihn erfolgreich zu umgarnen? Sie habe die junge Frau schon immer für eine verschlagene, hinterlistige Person gehalten. Die Verlobung könne immer noch gelöst werden, aber sollte dies nicht geschehen, dann wünsche sie den beiden, dass sie niemals glücklich würden. Wenn Elizabeth vernünftig gewesen wäre und Mr Collins' Antrag angenommen hätte, wäre sie es, nicht Lady Lucas, die jetzt für ihre Tochter eine Hochzeit planen würde. Aber niemand höre ja jemals auf sie; ihre Wünsche würden stets missachtet.

Als sich Mr Collins schließlich wieder im Haus der Bennets sehen ließ, kehrte für einige wenige angespannte Stunden eine Atmosphäre oberflächlicher Höflichkeit ein. Beim Abendessen schaffte Mrs Bennet es sogar, ihm in knappen, kühlen Worten ihre Glückwünsche auszusprechen, aber fröhlich konnte dieser Abend beim besten Willen nicht genannt werden. Alle waren gedrückter Stimmung. Einzig der zukünftige Bräutigam wirkte völlig entspannt, sprach ohne erkennbare Verlegenheit von seiner liebsten Charlotte und ließ die Bemerkung fallen, wie oft es vorkomme, dass ein Rückschlag sich nach einiger Zeit als verkappter Segen und Vorbote eines noch größeren Glücks erweise.

»Zumal in Ihrem Fall«, warf Mr Bennet ein, »der Zeitraum

zwischen den beiden Ereignissen erfreulich kurz war, nicht wahr?«

Mr Collins stimmte unbefangen zu und meinte, es sei in der Tat ein besonders erfreulicher Umstand, dass er nicht zu lange auf sein Glück habe warten müssen. Mehr nach dem Geschmack seiner Zuhörer war da schon die Mitteilung, dass er nicht die Absicht habe, seinen Verwandten in Longbourn noch länger zur Last zu fallen. So bald wie möglich werde er nach Kent zurückkehren, um seine dortigen Angelegenheiten zu regeln. Er hoffe allerdings, sie hätten nichts dagegen, wenn er in einigen Wochen wieder zu Besuch käme. Da seine liebenswürdige Charlotte und er in Meryton getraut werden sollten, wäre es für ihn von großer Annehmlichkeit, könnte er Mrs Bennet überreden, ihn erneut als Gast in ihrem Hause aufzunehmen.

Es ließ sich unmöglich feststellen, ob bei den Anwesenden Dankbarkeit über seine rasche Abreise oder Enttäuschung über seine baldige Wiederkehr überwog, aber als das Mahl beendet war, schien ausschließlich Mr Collins gänzlich zufrieden mit dem Stand der Dinge zu sein.

Seine Abreise trug denn auch mitnichten dazu bei, Mrs Bennets Laune zu heben. Wie nicht anders zu erwarten gewesen war, musste sie sich über häufige Besuche von Lady Lucas ärgern, die in ihrer ersten Freude und Überraschung über Charlottes Neuigkeit ihre übliche Zurückhaltung über Bord geworfen hatte und nun keine Gelegenheit ausließ, ihrer Freundin anzuvertrauen, wie sehr sie die Aussicht beglückte, ihre älteste Tochter so vorteilhaft und noch dazu so schnell unter die Haube zu bringen. Mrs Bennet konnte nicht anders, als sich durch diese und ähnliche Bemerkungen an die immer noch andauernde und unerklärliche Abwesenheit von Mr Bingley zu erinnern, der keine Eile zu haben schien, nach Netherfield zurückzukehren und Jane den

Antrag zu machen, den sie, Mrs Bennet, bereits in aller Öffentlichkeit angekündigt hatte. Ihre Stimmung war dergestalt, dass sie es sogar leid geworden war, Elizabeth Vorhaltungen zu machen, da diese nie auch nur das geringste Anzeichen von Reue zeigte, wie oft sie sie auch auf ihr Fehlverhalten hinwies. Gedemütigt und voller Rachsucht suchte Mrs Bennet ein neues Ventil für ihren Ärger, und schon bald war es Mary, die den mütterlichen Zorn zu spüren bekam.

Als Mrs Bennet vor ihrem geistigen Auge noch einmal alles bis ins kleinste Detail Revue passieren ließ, was sich in den Tagen vor Mr Collins' Antrag ereignet hatte, dauerte es nicht lang, bis sie zu der Überzeugung gelangte, dass Mary mehr, als sie bisher enthüllt hatte, über Charlottes Absichten bezüglich Mr Collins gewusst hatte. Wann immer sie nichts Besseres zu tun hatte, versuchte sie, ihrer Tochter Informationen zu entlocken, die sich zu Charlottes Nachteil auslegen ließen.

»Als ich dir sagte, ich könne mir vorstellen, dass du für Mr Collins infrage kommst, hast du geantwortet, dass es dafür zu spät sei. Ich erinnere mich genau. Jetzt frage ich mich, Mary, was du wohl damit gemeint hast. Hast du gewusst, dass Charlotte schon Pläne schmiedete, um ihn sich zu angeln?«

»Das könnte ich nun wirklich nicht behaupten, Mama. Mir ist nur aufgefallen, dass sie sich häufig in seiner Gesellschaft aufhielt und ihm viel Aufmerksamkeit schenkte. Wir dachten alle, es wäre bloß eine nette Geste ihrerseits, um ihn von Lizzy abzulenken.«

»Na, das hat sie jedenfalls geschafft«, meinte Mrs Bennet. »Sie hat ihm den Heiratsantrag abgerungen, der unserer Familie zugestanden hätte! Ich kann nicht begreifen, warum du mir davon nichts erzählt hast. Ich hätte diesem Techtelmechtel unverzüglich ein Ende bereitet, darauf kannst du dich verlassen.«

»Ich denke, Mr Collins hatte bereits für sich entschieden, dass er sich anderweitig orientieren würde, sollte er weder Jane noch Lizzy haben können. Ich glaube nicht, dass nur Charlotte dahintersteckt, und es erscheint mir nicht fair, ihr diese Verlobung zu verübeln.«

»Wie kann man nur so dumm sein! Eine von euch hätte ihn sich sichern sollen, wie ich es ein ums andere Mal gesagt habe. Aber Lizzy, eigensinnig und boshaft, wie sie ist, wollte ihn ja partout nicht haben, und du hast dich nicht einmal bemüht, ihn zu bekommen. Von einer durchtriebenen Person wie Charlotte Lucas ausgestochen worden zu sein ist unerträglich! Nur ihr beide seid daran schuld, Lizzy und du, und das werde ich euch nie verzeihen.«

Es schien wenig sinnvoll, Mrs Bennet an das Gespräch zu erinnern, in dem Mary ihr nahegelegt hatte, dass sie selbst für Mr Collins infrage kommen könnte, und ihre Mutter diesen Gedanken verächtlich abgetan hatte. Mary wusste, dass sie durch eine solche Erwähnung den Zorn ihrer Mutter nur noch mehr anstacheln würde.

Ihre Gegenwart, die Mrs Bennet schon immer irritiert hatte, erzürnte diese von nun an maßlos. Ihre täglichen Übungen am Klavier bereiteten Mrs Bennet Ohrenschmerzen; ihre Bücher lagen überall im Salon verteilt herum. Und habe sie die Tinte an ihren Fingern nicht bemerkt? Sie müsse sie waschen, und zwar sofort. Das hier sei kein Kontor und Mary kein Schreiber in der Schreibstube. Ob sie nicht vielleicht irgendetwas mit ihren Haaren anstellen könne? Es jucke sie in den Fingern, zur Schere zu greifen. Und warum habe sie nicht ein hübscheres Kleid gewählt? Die Farben, die sie trage, seien so langweilig wie abgestandenes Regenwasser. Aber nichts erregte Mrs Bennets Zorn so sehr wie Marys Brille. »Ich habe dich gleich gewarnt, dass kein Mann dich je heiraten wird, wenn du dieses Ding trägst. Und wie ich zu meinem Leidwesen feststellen muss, habe ich recht behalten. Hätte ich mich durchgesetzt, würde jetzt alles ganz anders aussehen.«

Und so ging es unaufhörlich weiter. Die Wogen des mütterlichen Ingrimms schlugen über Mary zusammen wie die einer stürmischen, rauen See. Und es gab nichts, was sie zu ihrer Verteidigung vorbringen, keinen Ort, an den sie sich zurückziehen konnte. Als Mr Collins nach zwei Wochen wieder in Longbourn eintraf, war Mary beinahe erleichtert, weil Mrs Bennet sich durch seine Anwesenheit genötigt sah, ihren Zorn zu zügeln.

Mary hoffte, Mr Collins' Ankunft würde Charlotte ermutigen, wieder öfter nach Longbourn zu kommen, so wie früher. Seit der Bekanntgabe ihrer Verlobung hatte sie sich nicht mehr sehen lassen. Mary glaubte, den Grund zu kennen. Charlotte hielt Abstand, weil sie wusste, dass ihre Anwesenheit Mrs Bennet ein Dorn im Auge wäre, vermutlich aber auch, um Lizzy aus dem Weg zu gehen. Ihr letztes Gespräch war für beide Beteiligten so schmerzlich gewesen, dass ihre Beziehung abgekühlt war. Manchmal hatte Mary das Gefühl, Charlotte mehr zu vermissen als Lizzy. Sie betrachtete sie mittlerweile als Freundin, und der Verlust ihrer Gesellschaft quälte sie. Angesichts der Umstände hatte sie es für unklug gehalten, das Missfallen ihrer Mutter zu erregen, indem sie selbst der Familie Lucas einen Besuch abstattete, daher lag ihre letzte Begegnung eine Weile zurück, als Mr Collins Charlotte eines Nachmittags zum Tee mitbrachte.

Mary hatte sich auf das Wiedersehen gefreut, aber als ihre Freundin an der Teetafel Platz nahm, zeigte sich bald, dass es nicht so fröhlich werden würde wie erhofft. Charlotte erschien eher in der Rolle der Verlobten von Mr Collins denn als alte Freundin der Familie, und Mary fand keine Gelegenheit, sich ungestört mit ihr zu unterhalten. Stattdessen saß die kleine Gesellschaft steif am Tisch und führte Gespräche, die einen Fremden niemals hätten vermuten lassen, dass sich all diese Leute, ausgenommen Mr Collins, schon ein Leben lang kannten. Der frostige Empfang animierte Charlotte und Mr Collins nicht, ihren Besuch unnötig in die Länge zu ziehen. Sie waren kaum gegangen, als Jane und Lizzy sich davonstahlen. Lydia und Kitty folgten rasch ihrem Beispiel, sodass sich Mary, als die Dämmerung hereinbrach, allein mit ihren Eltern im Salon wiederfand. Sie griff nach ihrem Buch und versuchte, sich darin zu vertiefen, aber die lauten Klagen ihrer Mutter und die spöttischen Erwiderungen ihres Vaters machten es ihr unmöglich, sich zu konzentrieren.

»Es war mir unsagbar zuwider, diese Leute zu bewirten, und noch schlimmer war es, höflich zu dieser grässlichen Charlotte zu sein.«

»Da Sie sich in puncto Höflichkeit nicht übermäßig bemüht haben, besteht Grund zur Hoffnung, dass Sie sich schnell wieder von dieser Anstrengung erholen.«

»Haben Sie gesehen, wie sie sich hier umgeschaut hat? Als ob das Haus schon ihr gehörte! In der Diele haben die beiden miteinander getuschelt. Ich konnte nicht verstehen, worüber sie geredet haben, aber ich bin mir sicher, sie haben bereits beratschlagt, was sie mit Longbourn anstellen werden, wenn es ihnen gehört. Ist Ihnen das nicht aufgefallen, Mr Bennet?«

Marys Vater verneinte, aber Mrs Bennet beachtete ihn nicht, sondern zählte unbeirrt weiter auf, was an diesem Besuch ihr alles gegen den Strich gegangen war. Mary, die still in einer Ecke saß, wurde auf einmal schmerzlich bewusst, dass so der Rest ihres Lebens aussehen würde. Ihre Schwestern würden heiraten, und sie würde als einzige Tochter zurückbleiben. Dann hätte sie keinen mehr, mit dem sie sich unterhalten oder etwas unternehmen könnte, und wäre gezwungen, sich das Gejammer ihrer Mutter anzuhören. Tag für Tag, Monat für Monat, Jahr für Jahr.

»Wirklich, Mr Bennet, der Gedanke ist mir unerträglich, dass eines Tages Charlotte Lucas die Herrin dieses Hauses sein wird. Dass ich gezwungen sein werde, ihr zu weichen und zu erleben, wie sie meinen Platz einnimmt!«

»Meine Liebe, geben Sie sich nicht so trüben Gedanken hin. Hoffen wir lieber auf das Beste und stellen uns vor, dass möglicherweise *ich* der Überlebende von uns beiden sein werde.«

Es war, als hätte sich vor Mary ein tiefer Abgrund aufgetan, und alles, was sie darin sah, war ihre Einsamkeit. In diesem Augenblick begriff sie, wie leidenschaftlich sie sich nach Zuneigung sehnte. Nicht nach Liebe, das schien ihr zu viel verlangt. Etwas Anteilnahme, ein bisschen Wärme, das wäre schon ausreichend, um das Leben erträglicher zu machen. Ihre Bücher allein würden dafür nicht genügen, das war ihr jetzt klar. Selbst ihre Musik kam ihr sinnlos vor. Niemand interessierte sich dafür, es sei denn, sie fiel damit unangenehm auf. Ihr einziger Lebenszweck schien darin zu bestehen, keine Aufmerksamkeit zu erregen. Ihr Herz krampfte sich schmerzhaft zusammen; der Gedanke war kaum auszuhalten.

»Ich ertrage die Vorstellung nicht, dass der ganze Besitz an die beiden fallen soll! Gäbe es nicht dieses dumme Erbrecht, wäre es mir wahrscheinlich egal.«

»Was wäre Ihnen egal?«

»Ach, einfach alles.«

»Dann wollen wir dankbar sein, dass Sie vor einem solchen Zustand bewahrt bleiben.«

Vielleicht hatte Charlotte sich richtig entschieden. Jetzt konnte sie sich auf einen Ehemann und ein Heim freuen, vielleicht sogar auf Kinder. Sie würde eine achtbare gesellschaftliche Stellung haben und ihrem Leben einen Sinn geben. Zugegeben, sie zahlte für ihre besseren Aussichten den Preis, einen Mann zu heiraten, den sie nicht liebte, aber sie schien ihren Entschluss nicht zu bereuen. Mary hatte sie während des Nachmittags beobachtet und dabei festgestellt, wie geschickt sie mit Mr Collins umging. Stets trug sie ein Lächeln auf den Lippen und verriet mit keinem Anzeichen, dass sie sein Verhalten lächerlich oder seine Nähe als störend empfand. Charlotte war ihrem zukünftigen Ehemann gegenüber liebenswürdig und aufmerksam, auch wenn sie in seiner Gesellschaft, wie Mary bemerkte, nichts von ihrem wahren Ich offenbarte. Vermutlich würde sie in seiner Gegenwart nie völlig natürlich und unbefangen sein, ihm nie das Geschenk machen, mit ihm ihre Gedanken oder Gefühle zu teilen. War das die Art Beziehung, die Mary sich wünschte? Eine Verbindung, die auf einer Lüge basierte?

Sie sah sich im Salon um, registrierte jedes vertraute Detail – die Vorhänge, die an den Rändern von der Sonne ausgeblichen waren, der Fleck auf dem Teppich, wo ihr Vater einmal Rotwein verschüttet hatte, der sich auch durch noch so kräftiges Schrubben nicht entfernen ließ –, und auf einmal hatte sie das Gefühl, von diesen Wänden eingeschlossen zu sein. Vielleicht würde sie ihnen nie entkommen. Sie hatte alles getan, was sie konnte, um so zu handeln, wie es die Vernunft gebot, und einen Ausweg zu finden, aber es hatte nicht funktioniert. Es war Charlotte, die den Sieg davongetragen hatte, es war sie, nicht Mary, die den ganzen Nachmittag neben Mr Collins gesessen hatte, mit ihrem sanften, verhaltenen Lächeln. Und mit einer Art trotziger Genugtuung, als über die Vorbereitungen für ihre Hochzeit gesprochen wurde, auch wenn sie seiner Hand, die sich ihr genähert hatte, ausgewichen war.

Mary konnte es Charlotte nicht verdenken, dass sie ihren Fluchtweg gefunden und genutzt hatte, aber sie selbst wollte mehr, das wusste sie. Sie hatte ihr Möglichstes gegeben, um ihre Sehnsüchte zu unterdrücken, aber im Innersten spürte sie, dass sie Empfindungen wollte, die wahr und ehrlich waren, die nicht dazu dienten, anderen zu schmeicheln oder sie zu täuschen. Sie konnte es nicht leugnen, dass sie sich wünschte, einen Mann kennenzulernen, der ihre Einsamkeit beendete, der sie nicht für linkisch und unscheinbar hielt, der die Dinge mochte, die sie mochte, und sie nicht albern fand. Sie wünschte sich einen Mann, den sie lieben konnte und der ihre Gefühle erwiderte.

Ihr wurde fast schwindelig, als sie sich diese Tatsache eingestand. Aber kaum hatte diese Gestalt und Form angenommen, als sie Ängste und Zweifel befielen. Wo sollte sie einen solchen Mann kennenlernen? Nicht in Longbourn, so viel stand fest. Und selbst wenn das passieren würde, warum sollte er ausgerechnet ihr einen Blick gönnen? Was hatte sie schon zu bieten? Es war eine Schwäche, derartigen Fantasien nachzuhängen. Auch nur daran zu denken machte die Realität noch schwerer erträglich.

»Wie man die Stirn haben kann, einen Besitz jemandes eigenen Töchtern vorzuenthalten, ist mir ein Rätsel. Noch dazu zugunsten von Mr Collins! Warum soll ausgerechnet er Longbourn bekommen und nicht jemand anders?«

»Die Beantwortung dieser Frage bleibt Ihnen überlassen.«

Mrs Bennet verstummte. Die Uhr tickte, das Kaminfeuer prasselte. Mary klappte das Buch zu, das ungelesen vor ihr lag. Sie musste sich damit abfinden, dass sich die Umstände wohl kaum ändern würden. Sie stand auf, griff nach dem Schürhaken und stocherte damit in der Kohle.

TEIL 2

Kapitel 31

Zwei Jahre später

Mary hatte ein Buch eingepackt, aber das Holpern der Kutsche machte es ihr unmöglich, es zu studieren. Eine Weile hatte sie es versucht, um sich abzulenken, aber nach etwa einer Stunde gab sie auf. Sie legte ihre Lektüre beiseite und rieb mit ihrem Taschentuch eine Ecke der verschmutzten Fensterscheibe sauber. Draußen zog die Landschaft vorbei. Jetzt war es nicht mehr weit bis Longbourn. Jedes Haus, jede Kate, jede Hecke, alles war ihr vertraut. Da war der Obstgarten, in dem die leckersten Pflaumen wuchsen, dort das Feld, wo der Stier auf den Sohn des Stallburschen losgegangen war, als der Junge ihn ärgerte, indem er seinen Hut schwenkte. Und da war die Straße nach Meryton, die sie so oft entlangspaziert war. Geduldig war sie hinter Kitty und Lydia hergetrabt und hatte sich gefragt, wie sie sich die Zeit vertreiben sollte, wenn die beiden den Laden der Modistin stürmen würden, um ihr Taschengeld auszugeben.

Um sie herum sah es aus wie immer, aber für die Familie, die einstmals ruhig und friedlich auf diesem grünen Fleckchen Erde gelebt hatte, war alles anders geworden. Mary starrte in die Bäume, während sie die Ereignisse, die eines nach dem anderen das Leben der Bennets erschüttert und auf den Kopf gestellt hatten, vor ihrem geistigen Auge Revue passieren ließ.

Lydias Flucht mit Mr Wickham war das erste Drama gewesen. Lydia war schon immer ungestüm und impulsiv gewesen, aber niemand hätte sich je träumen lassen, dass ihre Leichtfertigkeit derart schwerwiegende Folgen zeitigen könnte. Als die Familie erfuhr, dass sie mit Mr Wickham durchgebrannt war, schien es nichts zu geben, was irgendjemand tun konnte. Mary sah jetzt noch die niedergeschlagene Miene ihres Vaters vor sich, als er nach einer fruchtlosen Reise nach London allein nach Longbourn zurückkehrte, die Augen düster, das Gesicht fahl, sein üblicher Ausdruck spöttischer Distanz wie weggewischt.

Entgegen allen Erwartungen war es jedoch noch zu einer Trauung des Paars gekommen. Offenbar hatte man Mr Wickham mit Bestechungen oder Drohungen dazu gebracht, Lydia zum Altar zu führen. Wer dafür verantwortlich war, blieb anfangs unklar. Die Enthüllung, dass die Eheschließung der jüngsten Tochter der Familie Bennet ausgerechnet Mr Darcy zu verdanken war, war mit gleicher, wenn nicht noch größerer Fassungslosigkeit aufgenommen worden als Lydias überstürzte Flucht. So war es kaum verwunderlich, dass die Vorurteile der Familie gegen ihn infolgedessen ein wenig abnahmen, aber keiner der Bennets, Jane vielleicht ausgenommen, hatte voraussehen können, was als Nächstes passieren sollte. Niemand wollte es so recht glauben, als Elizabeth verkündete, Mr Darcy habe ihr einen Heiratsantrag gemacht, und noch größer war das Erstaunen, als sie erklärte, sie habe Ja gesagt. Mary war schockiert. Wie konnte sie einen Mann heiraten, den sie immer als stolz, kalt und überheblich bezeichnet hatte? Lizzy verteidigte sich, so sei er in Wirklichkeit gar nicht … sie habe ihn falsch beurteilt … ihr eigener Stolz habe sie für sein wahres Wesen blind gemacht. Sie verfocht seine guten Eigenschaften mit derselben Inbrunst, mit der sie früher seine schlechten angeprangert hatte, und angesichts dieser Vehemenz ließ sich ihre Familie allmählich überzeugen. Sobald die Tatsache, dass Mr Darcy und Lizzy einander liebten, akzeptiert worden war – und niemand, der die beiden zusammen sah, konnte daran zweifeln –, erschien ihre Eheschließung genauso richtig und selbstverständlich wie die von Jane und Mr Bingley, die in ähnlicher Eile stattfand, da niemand einen Grund sah, dieses Ereignis aufzuschieben.

Angesichts der Hochzeiten schwebte Mrs Bennet im siebten Himmel. Drei Töchter hatte sie im Laufe eines Jahres unter die Haube gebracht, noch dazu hatten zwei davon Männer von Rang und Reichtum geehelicht; das war alles, was sie sich immer erhofft hatte. Weder sie noch ihre verbleibenden Töchter würden Hunger leiden oder auf die Gnade und Barmherzigkeit der Pfarre angewiesen sein; sie konnte sich wieder mit hoch erhobenem Haupt unter Freunde und Bekannte begeben und sich des Gefühls von Überlegenheit erfreuen, welches ihr ihrer Meinung nach zustand. Im Handumdrehen behandelte sie Lady Lucas wieder mit der gewohnten Herablassung, denn als Mutter von der Herrin von Pemberley hatte sie von dem Elternteil einer schlichten Mrs Collins nichts zu befürchten. Als Kitty im folgenden Jahr in einem respektablen Geistlichen mit einer großzügig bemessenen Pfründe einen Ehepartner fand, kannte ihre Genugtuung keine Grenzen. Der Triumph, den die Ehen ihrer ältesten Töchter darstellten, ermöglichte es ihr, über die Regelwidrigkeit der Eheschließung ihrer jüngsten hinwegzusehen. Mrs Bennet erwähnte nie, auf welche Art und Weise Lydias Ehe zustande gekommen war, oder die unsichere Existenz, die Mr und Mrs Wickham in weiterer Folge führten, von einem Ort zum anderen ziehend, niemals ein ordentliches Zuhause ihr Eigen nennend und ständig in Geldschwierigkeiten. Manchmal ließ sie Lydia kleine Summen zukommen, um ihr in einer Notlage zu helfen, achtete aber immer darauf, dass Mr Bennet nichts davon erfuhr. Sein Mitgefühl mit dem unglückseligen Geschick seiner Jüngsten hielt sich in Grenzen, insbesondere dann, wenn er angehalten wurde, es in barer Münze auszudrücken.

Bald nachdem ihre Schwestern aus dem Haus waren, spürte Mary, wie sie in genau dem Dasein versank, vor dem ihr so lange gegraut hatte. Ihre Tage verliefen eintönig. Wenn sie nicht las, spielte sie Klavier und konnte hören, wie ihre Musik durch das leere Haus hallte. Aber schon bald musste sie feststellen, dass ihr für ihre Beschäftigungen weniger Zeit blieb als früher, denn Mrs Bennet ertrug es nicht, allein zu sein, und zog selbst Marys Gesellschaft ihrer eigenen vor. Diese Stunden fürchtete Mary am meisten. Da ihre Mutter ihr nichts zu sagen hatte und nur wenig Zuneigung für sie empfand, verfiel sie regelmäßig in das altbekannte Jammern und Nörgeln. Für beide war es stets eine Erleichterung, wenn Mrs Phillips zu Besuch kam, weil Mary sich dann in die Bibliothek zurückziehen durfte. Aber die Stimme ihrer Tante war laut und durchdringend und nicht nur im Salon zu hören, sodass Mary auf diese Weise erfuhr, wie ihre Situation von den Menschen beurteilt wurde, die sich überhaupt Gedanken über sie machten.

»Was für ein Segen für dich, dass Mary noch im Haus ist«, bemerkte Mrs Phillips an einem schwülen Nachmittag. »Ohne sie wärst du doch recht einsam.«

»Mag sein«, gab Mrs Bennet ohne große Überzeugung zurück. »Obwohl sie sich nicht so zu unterhalten weiß, wie ich es mir wünschen würde.«

»Aber nun, da keine Vergleiche mehr zwischen dem Aussehen ihrer Schwestern und ihrem eigenen gezogen werden, muss es doch leichter für sie sein. Jetzt wird sie nach ihrem eigenen Wert beurteilt, und wer weiß, wo das noch hinführen mag.«

»Du hast dich immer für sie eingesetzt, Schwester, und dafür danke ich dir. Aber ich halte es für wenig wahrscheinlich, dass sich ihre Situation in absehbarer Zeit ändern wird. Sie und ich werden es noch ein paar Jahre miteinander aushalten müssen. Das ist eine Last, mit der ich zu leben lernen muss. Noch etwas Tee?«

Mary versuchte, nicht allzu viel über die Zukunft nachzudenken. Sie war eher geneigt, ihrer Mutter zuzustimmen als ihrer Tante, und empfand einen Tag als gelungen, wenn sie ihn überstanden hatte, ohne in Verzweiflung zu geraten. Aber dann, als niemand auch nur im Geringsten damit rechnete, trat ein Ereignis ein, das die fragile Sicherheit, die Longbourn so lange Zeit geboten hatte, zerstörte und die Erwartungen von Mutter und Tochter gleichermaßen zunichtemachte. Durch die Existenz des Erbvertrags war immer wieder diskutiert worden, wie es im Fall von Mr Bennets Ableben weitergehen mochte, aber ernsthaft mit Letzterem gerechnet hatte niemand, jedenfalls nicht vor Ablauf etlicher Jahre. Als er völlig unerwartet im Schlaf starb, war der Schock für seine Familie genauso groß und überraschend, als wäre die Möglichkeit seines Todes noch nie in Betracht gezogen worden.

Der Kummer seiner Frau und seiner Töchter war aufrichtig und tief empfunden. Keine von ihnen konnte sich ein Leben ohne ihn vorstellen, aber bis auf Mary hatten alle Schwestern Ehemänner, bei denen sie Trost finden konnten, und neue Verpflichtungen, um die Lücke zu füllen, die ihr Vater hinterließ.

Am Tag seiner Beerdigung holte Mary das kleine Buch mit Auszügen aus wissenschaftlichen Werken aus der Schublade, das sie mit so viel Hoffnung und Liebe für ihren Vater zusammengestellt hatte. Als sie es in den Händen hielt, brach sie in Tränen aus. Jetzt würde sie nie das Glücksgefühl erleben, ihm zu gefallen, zu sehen, wie seine Augen voller Stolz auf ihr ruhten. Zugegeben, diese Möglichkeit war im Laufe der Jahre in immer weitere Ferne gerückt, aber ganz hatte sie die Hoffnung nie aufgegeben. Die Gewissheit, vergeblich gehofft zu haben, war vielleicht das, was ihr in diesem Moment den größten Schmerz bereitete.

Kapitel 32

Als alle Formalitäten erledigt waren, begleitete Mary ihre Mutter nach Nordengland, wo sie bei Mr und Mrs Bingley bleiben sollten, bis sich eine dauerhafte Lösung für sie gefunden hätte. Allerdings zeigte sich nach ihrer Ankunft sehr bald, dass Mrs Bennet nicht gewillt war, das Haus der Bingleys in absehbarer Zukunft zu verlassen. Der Verlust ihres Ehemanns schien weniger schwer auf ihr zu lasten, wenn Jane bei ihr war und sich um sie kümmerte und Mr Bingley sich liebevoll nach ihrem Befinden erkundigte.

Mary hingegen fühlte sich im Haus ihrer Schwester nicht wirklich wohl. So dankbar sie für die Einladung war, war es ihr doch unmöglich, sich im Heim der Bingleys einzuleben. Jane war wie immer die Liebenswürdigkeit in Person, aber das half Mary wenig. Die Güte ihrer Schwester schien völlig wertfrei, als wäre sie jedermann zugetan, egal, ob dieser es verdient hatte oder nicht. Eine bewundernswerte Eigenschaft, diese allumfassende Freundlichkeit, gewiss, aber in Janes Fall wurde sie so großzügig verteilt, dass Mary wusste, dass sie nicht ihr im Besonderen galt. Janes tiefste Empfindungen waren Mr Bingley und Lizzy vorbehalten; nur diese beiden Menschen standen ihrem Herzen wirklich nahe. Dieses Wissen machte es Mary umso schwerer, von ihrer Schwester abhängig zu sein.

Dennoch hätte sie es ertragen können, hätte nicht Caroline

Bingley unter demselben Dach gelebt. Die junge Dame besaß nichts von dem Charme und der Umgänglichkeit ihres Bruders; sie war schon immer hochmütig und gehässig gewesen, und Enttäuschung hatte ihr Wesen noch unliebenswürdiger gemacht. Wie Mary auf dem Ball in Netherfield mit eigenen Augen gesehen hatte, waren Caroline Bingleys Gefühle für Mr Darcy sehr stark gewesen, und sie hatte unverkennbar gehofft, ihn irgendwann für sich zu gewinnen. Es war eine schwere Demütigung gewesen, dass er eine andere vorzog, aber ihn noch dazu an Elizabeth Bennet zu verlieren, die weder Vermögen besaß noch einer vornehmen Familie entstammte, war nahezu unerträglich. Infolgedessen war Caroline Bingley ebenso unglücklich wie zornig, und da es ihr nicht möglich war, ihre Erbitterung an Mrs Darcy auszulassen, beschloss sie, sich damit zu trösten, an ihrer Stelle ihre Schwester Mary zu peinigen.

Allerdings hielt sie sich mit diesem Vorhaben zurück, bis sie das Gefühl hatte, dass seit Mr Bennets Tod genug Zeit verstrichen war. Schließlich war ein gewisses Niveau zu wahren, selbst bei Gehässigkeiten. Aber sobald die kurz bemessene Schonfrist abgelaufen war, schlug Miss Bingley gnadenlos zu. Sie hatte einige Erfahrung in der Kunst der Kränkung und wusste genau, wie man mit wenigen wohl gewählten Worten, stets von einem Lächeln begleitet, Schmerzen zufügen konnte. Als Erstes nahm sie sich Marys Kleidung vor, ein sehr offensichtliches Ziel, aber keineswegs unter Miss Bingleys Würde.

»Wie erfrischend es doch ist«, bemerkte sie eines Tages beim Tee, »eine junge Frau zu sehen, die mutig genug ist, sich nicht dem Diktat der Mode zu unterwerfen, sind doch die meisten von uns albern genug, sich zu wünschen, so gut wie möglich auszusehen. Ich gratuliere Ihnen, Miss Bennet. Sie sind ein Vorbild für uns alle.«

Da Mary darauf keine Erwiderung einfiel, senkte sie nur den Kopf, um Miss Bingleys starrem gekünsteltem Lächeln auszuweichen. Ebenfalls war sie um Worte verlegen, als Miss Bingley sie mit verschmitzter Miene um einen Gefallen bat. Eine Freundin, die vor Kurzem eine Gouvernante eingestellt hatte, habe sie gefragt, ob ihr vielleicht eine Schneiderin – »eine, deren Preise sie eher empfehlen als ihr Geschmack« – für diese neue Angestellte bekannt wäre. Ganz bestimmt würde Mary doch eine derartige Person kennen.

Nachdem das Thema ihres Aussehens erschöpft war, wandte sich Miss Bingley Marys Lektüre zu. Sie griff nach ihren Büchern und las deren Titel in einem hochtrabenden Tonfall vor, der die Werke ebenso wie die junge Dame, die sie las, der Lächerlichkeit preisgab.

»Nur ein höchst überlegener Verstand würde sich an ein solches Buch wagen. Oder einer, der sich mit nichts anderem zu beschäftigen weiß. Bildung ist etwas Wunderbares, kein Zweifel, aber ich bin mir nicht sicher, ob ich sie mir auf Kosten von gesellschaftlichem Umgang aneignen würde.«

Und so ging es ständig weiter. Mary ließ diese Tortur mit allem Gleichmut, den sie aufbringen konnte, über sich ergehen. Manchmal blickte sie sich um, wollte sehen, ob irgendjemand anders Miss Bingleys Bosheiten gehört hatte. Aber diese wurden stets in so leisem, vertraulichem Ton gesprochen, dass sie niemandem sonst auffielen. Nur einmal fing Mary den missbilligenden Blick auf, mit dem Mr Bingley seine Schwester bedachte, nachdem sie in seiner Hörweite eine besonders hässliche Bemerkung gemacht hatte. Aber weit davon entfernt, ihr Benehmen zu ändern, bewirkte sein stummer Tadel lediglich, dass sie sich noch größere Mühe gab, ihre Feindseligkeit zu verheimlichen.

Eine Weile hoffte Mary, Miss Bingley würde es irgendwann

leid sein, sie zu attackieren. Aber die Wochen vergingen, ohne dass die Energie oder der Einfallsreichtum ihrer Peinigerin nachgelassen hätte, und allmählich fragte sich Mary, wie lange sie das noch ertragen könnte. Sie versuchte, Miss Bingley nach Möglichkeit zu ignorieren und ihre verletzenden Worte mit Missachtung zu strafen. Aber als ihr klar wurde, dass deren Wunsch, ihr wehzutun, weit größer war als ihre eigene Fähigkeit, diesen Angriffen standzuhalten, verlor sie den Mut.

Eines Abends, als sie allein im Salon saß und auf die anderen wartete, ertappte Mary sich dabei, voller Interesse den Flügel zu betrachten, der in dem Raum einen Ehrenplatz einnahm. Es war ein schönes Instrument, gepflegt und auf Hochglanz poliert, wurde aber nur selten benutzt. Sie konnte sich nicht erinnern, dass seit ihrer Ankunft jemand darauf gespielt hatte.

Sie trat an das Instrument, hob den Deckel und fragte sich, wie es klingen mochte, wie sich die Tasten unter ihren Fingern anfühlen würden. Erst als sie sich an den Flügel setzte, wurde ihr bewusst, dass es sich um dasselbe Instrument handeln musste, auf dem sie gespielt hatte, bevor ihr Vater ihren Vortrag auf Mr Bingleys Ball so abrupt beendete. Ein Schauer überlief sie, als sie an die Scham dachte, die sie damals gefühlt hatte, an den verzweifelten Wunsch, sich einfach in Luft aufzulösen. Seit jenem Abend hatte sie nicht mehr vor Zuhörern gespielt und glaubte auch nicht, dass sie es je wieder tun würde.

Sacht ließ sie ihre Finger über die Tasten gleiten und schlug eine einzelne Note an. Der Flügel war gestimmt. Die Erinnerung an jenen schrecklichen Abend stand ihr noch deutlich vor Augen, daher zögerte sie einen Moment. Aber es war sehr lange her, seit sie gespielt hatte, noch dazu auf einem so guten Instrument wie diesem. Der Drang, diese glatten, präzise ausgewogenen Tasten zu berühren, war unwiderstehlich, und ehe sie sichs versah, stimmte sie mit viel Schwung, ganz anders, als es ihrem üblichen präzisen Stil entsprach, eine schottische Weise an. Eben dieses Stück war es gewesen, das an jenem grauenhaften Abend ihr Schicksal besiegelte, bevor Mr Bennet so viele ihrer Hoffnungen im Keim erstickte. Sie hatte das Air nicht bewusst gewählt, aber sobald Mary erkannte, was sie da spielte, konnte sie einfach nicht mehr aufhören. Voller Leidenschaft ließ sie ihre Finger über die Tasten jagen. Sie war außer Atem, als sie das Stück beendete, und überwältigt von den starken Emotionen, die die Musik in ihr geweckt hatte. Erst als sie sich wieder ein wenig gefasst hatte, hob sie den Kopf und entdeckte Caroline Bingley in der Tür. Es war unmöglich zu erraten, wie lange sie schon dort stand.

Miss Bingley setzte ihr falsches honigsüßes Lächeln auf. »Sagen Sie mir bitte nicht, ich käme zu spät, um noch mehr zu hören.« Mit gespielter Arglosigkeit trat sie näher, ihren Fächer in der Hand. »Oder fürchten Sie gar, Sie hätten mich schon genug erfreut?«

Marys Augen füllten sich mit Tränen. Ohne ein Wort herauszubringen, stand sie auf und hastete zur Tür. Im Vorbeigehen erhaschte sie einen flüchtigen Blick auf Miss Bingleys Gesicht. Die Genugtuung, die sie offensichtlich erfüllte, weil sie endlich die größte Schwachstelle ihrer Gegnerin gefunden hatte, war unübersehbar.

Als Mary in ihr Zimmer lief, wusste sie, dass sie nicht länger bei Jane wohnen konnte. Ihre seelische Verfassung war nicht robust genug, um Caroline Bingleys Bosheiten abzuwehren, und wenn sie blieb, würde sie sich irgendwann an die Attacken gewöhnen und von Tag zu Tag ein bisschen mehr zusammenschrumpfen. So lange, bis sie schließlich selbst glauben würde, es nicht besser verdient zu haben. Nein, sie durfte nicht zulassen, dass sie sich von Miss Bingley schikanieren ließ und zu ihrem willigen Opfer wurde. Und wenn sie sie nicht bekämpfen konnte, musste sie sich zurückziehen, und zwar so schnell wie möglich. Pemberley war nicht weit entfernt. Warum also nicht Elizabeth schreiben und sie fragen, ob sie eine Weile bei ihnen bleiben könnte? Je mehr Mary darüber nachdachte, desto besser gefiel ihr die Idee. Pemberley würde ihr eine Zuflucht vor Miss Bingleys Quälereien bieten, einen Hort der Ruhe und des Friedens, wo sie ihre Wunden lecken und sich erholen konnte. Vielleicht wäre es sogar mehr als das, dachte sie. Vielleicht fände sie dort den Mut, sich endlich den Ängsten zu stellen, die sie von Tag zu Tag mehr belasteten. Was sollte aus ihr werden, da Mr Bennet nicht mehr war? Wo sollte sie leben? Was konnte sie tun? Diese Fragen waren so schmerzlich und verstörend, dass sie sie seit dem Tod ihres Vaters in den hintersten Winkel ihres Denkens verbannt hatte, von wo sie von Zeit zu Zeit auftauchten, um sie zu quälen – nachts, wenn sie nicht schlafen konnte, nach einer besonders unerfreulichen Begegnung mit Miss Bingley oder nach einem Nachmittag mit ihrer Mutter. In Pemberley wäre sie frei von derartigen Belastungen und würde die Muße finden, sich in aller Ruhe mit ihrer Zukunft zu befassen. Vielleicht könnte Elizabeth ihr ja dabei helfen. Lizzy war jetzt glücklich – sogar überglücklich, nach allem, was Mary gesehen und gehört hatte. Sicher würde sie in einem solchen Zustand ein wenig Zeit opfern, um einer Schwester zur Seite zu stehen, die von einem derart glücklichen Leben weit entfernt war.

Schon bald hatte Mary sich eingeredet, dass dieser Weg der beste wäre. Sie beschloss, nicht am Abendessen teilzunehmen, sondern stattdessen Elizabeth zu schreiben.

Die Antwort ließ nicht lange auf sich warten, und wenige Tage später stieg sie in die Kutsche, die sie nach Pemberley bringen sollte. Mrs Bennet verließ das Haus nicht, um ihr Lebewohl zu sagen; Abschiedsszenen am frühen Morgen würden ihr auf den Magen schlagen. Es war Jane, die sie verabschiedete. Neben ihr auf der Eingangstreppe stand Miss Bingley, die ihr mit scheinbar größtem Bedauern über diese völlig unerwartete Abreise nachwinkte.

Kapitel 33

Als Mary in Pemberley eintraf, empfand sie zunächst einzig Erleichterung. Hier gab es niemanden, der sie kränkte oder demütigte; im Gegenteil. Elizabeth hieß sie mit einem warmen Lächeln herzlich willkommen und nahm sie am Arm, als sie die Halle durchschritten. Sie stellte keine Fragen nach dem Grund der plötzlichen Abreise von den Bingleys, wofür Mary ihr dankbar war. Sie fühlte sich noch nicht bereit, über Caroline Bingley zu sprechen.

»Möchtest du dir vielleicht das Haus anschauen? Ich zeige dir gern alles, wenn wir unseren Tee getrunken haben. Ich glaube, bei deinem letzten Besuch hier hast du nicht viel zu sehen bekommen.«

Noch nie hatte Mary Elizabeth so vor Stolz strahlen sehen wie bei dieser Gelegenheit, als sie leichtfüßig die prachtvollen Räume durchschritt, lebhaft hierhin und dorthin deutete und alles ausführlich beschrieb und erklärte. Ihre Freude an ihrer neuen Umgebung war in jeder eifrigen Geste, in jedem beschwingten Schritt zu erkennen. Sie besichtigten die Skulpturengalerie, betrachteten die beeindruckenden Familienporträts und blieben in der Tür zur größten Bibliothek stehen, die Mary je gesehen hatte. Wenn Mr Darcy in ungefähr einer Woche zurückkomme, werde er seiner Schwägerin mit Freuden die Nutzung dieses Raums gestatten, versicherte Lizzy ihr.

Während Mr Darcys Abwesenheit fanden die beiden Schwestern zu einem höchst angenehmen Tagesablauf. Kaffee wurde morgens im gelben Frühstückszimmer serviert; ihren Tee nahmen sie in Lizzys Boudoir ein und das Abendessen im Speisesaal mit der chinesischen Tapete. Wenn sie frische Luft schnappen wollten, schlenderten sie durch den Park, wo Lizzy Marys Aufmerksamkeit auf jede Besonderheit lenkte, ob Wäldchen oder Teich oder eine geplante Neugestaltung der Anlage. Hier könne zum Beispiel ein Blumenbeet angelegt werden, fand sie, dort in dem stillen Winkel vielleicht ein Gewächshaus stehen.

Aber nichts bereitete ihnen so viel Freude wie die Stunden, die sie mit dem kleinen Fitzwilliam Darcy in der Kinderstube verbrachten. Der Sohn des Hauses, der noch im weißen Kittelchen herumlief, zeigte schon jetzt durch seinen unverwandten, eindringlichen Blick, dass er über die gleiche Willensstärke wie sein Vater verfügte. Erst beim dritten, vielleicht auch vierten Treffen mit Mary demonstrierte er ihr, dass er auch den Charme seiner Mutter geerbt hatte. Er überraschte Mary, indem er mit einem bezaubernden Lächeln beide Hände nach ihr ausstreckte und seine warmen, klebrigen Finger um ihre schlang, bevor er sich zu seiner Mutter umdrehte und ihr sein Gesicht zu einem Kuss entgegenreckte. Es war unmöglich, bei diesem Anblick ernst zu bleiben, und Marys Lachen kam von Herzen.

»Mir scheint, du kannst dich sehr glücklich schätzen, Lizzy.«

»In der Tat. Ich bin mir nicht sicher, ob ich dieses Glück verdiene, aber ich werde einfach so tun, als ob es so wäre. Rechtfertigen dafür, dass ich es so gut getroffen habe, werde ich mich jedenfalls nicht. Aber tatsächlich bin ich für das alles hier sehr dankbar, Mary. Nie hätte ich mir träumen lassen, einmal eine so gute Partie zu machen, eine so große Liebe zu finden. Auch wenn ich es nicht jedem auf die Nase binde, vergeht kein Tag, an dem ich meinem Schöpfer nicht dafür danke. Nicht ein einziger.«

Bewegt griff Mary nach Lizzys Hand und drückte sie liebevoll. In diesem Moment empfand sie nichts als tiefe Zuneigung zu ihrer Schwester und den sehnlichen Wunsch, dieses Gefühl möge erwidert werden. Sie wusste, dass sie Lizzys Verrat an jenem Abend von Mr Bingleys Ball – denn trotz aller Versuche, das Verhalten ihrer Schwester zu erklären, konnte sie es nicht anders nennen – nie vergessen würde, dennoch hegte sie die Hoffnung, dass ihr Verhältnis in Zukunft wieder inniger werden könnte. Nun, da Lizzy frei von einer Familie war, die sie nur zu oft in Verlegenheit gebracht hatte, schien sie ausgeglichen und glücklich. Vielleicht, dachte Mary, bewirkte diese heitere Gelassenheit, dass Lizzy ihre jüngere Schwester mit mehr Wohlwollen betrachten und sie und ihre Situation unvoreingenommener beurteilen würde. Wenn es ihnen gelänge, auch nur einen Bruchteil des guten Einvernehmens ihrer Kindheit und Jugend wiederherzustellen, wäre das für Mary schon genug.

Die Tage verstrichen, und manchmal erlaubte Mary sich den Luxus, ihre Hoffnungen für berechtigt zu halten. Sie hatte den Eindruck, dass Lizzy und sie wieder gute Freundinnen geworden waren und ganz unbefangen miteinander umgingen. Sie hatten nicht den Wunsch, andere Menschen zu sehen, sondern waren mit ihrer Zweisamkeit zufrieden. Sie lasen, gingen spazieren, plauderten und spielten mit Fitzwilliam, der Mary nun schon gut genug kannte, um sie gelegentlich mit einem herablassenden Lächeln zu beehren. Alles war genau so, wie Mary es sich früher ersehnt hatte, und allmählich konnte sie spüren, wie das Gewicht der Angst, das auf ihr lastete, ein klein wenig kleiner wurde. Sollte sie es wagen, mit Lizzy über ihre Zukunft zu sprechen? Konnte sie ihr anvertrauen, dass sie nicht wusste, wo sie hinsollte oder was aus ihr werden würde? Dass sie innerlich bebte, wenn sie daran dachte, wie wenige Möglichkeiten ihr offenstanden? Konnte sie ihr gestehen, dass ihr bei der Vorstellung graute, mit ihrer Mutter zusammenzuleben? Wenigstens dafür würde Lizzy mit Sicherheit Verständnis haben. Sie verfügte über mehr Verstand und Einfühlungsvermögen als die meisten Menschen.

Als Mary daran dachte, welche Erleichterung es sein würde, Lizzy zur Vertrauten zu haben, spürte sie, wie ihre Lebensgeister von Neuem erwachten. Ihr Entschluss, Lizzy von Caroline Bingley und ihren gehässigen Sticheleien zu erzählen, war gefasst. Ein schwaches Lächeln spielte um ihre Mundwinkel, als sie sich vorstellte, wie Lizzy mit einer einzigen scharfen Bemerkung Miss Bingleys Beleidigungen den Stachel ziehen und Mary vor Augen führen würde, wie Miss Bingley wirklich war: unbedeutend, engherzig und von bitterem Neid zerfressen. Schon bei der Vorstellung fühlte Mary sich ruhiger und ausgeglichener. Dennoch gestand sie nicht einmal sich selbst ein, dass sie sich insgeheim fragte, ob nicht Pemberley ihr neues Zuhause sein könnte, ob es nicht irgendwo in dem weitläufigen Haus zwischen all den Statuen und Gemälden und in all den Boudoirs und Salons nicht auch einen Platz für sie geben könnte.

Dann kehrte Mr Darcy von seiner Geschäftsreise nach London zurück. Seine Schwester Georgiana begleitete ihn, ein hübsches Mädchen von neunzehn Jahren. Die Balance innerhalb der kleinen Gruppe verschob sich fast sofort. Mr Darcy war von keiner großen Lebhaftigkeit, aber sein Charakter war so stark und ausgeprägt, dass sich niemand in seiner Nähe seiner Persönlichkeit entziehen konnte. Georgiana war er ein liebevoller und nachsichtiger Bruder, Lizzy ein hingebungsvoller Ehemann. Aber in ihrer Gegenwart, stellte Mary nach einigen Tagen fest, schien er sich nicht wohlzufühlen. Zwar war er immer ausgesprochen höflich und rücksichtsvoll, wirkte aber nie entspannt. Es dauerte nicht lange, bis seine reservierte, wenn auch stets korrekte Haltung ihr gegenüber sie zu verunsichern begann und sie in seiner Nähe wieder linkisch und unbeholfen wurde. Beim besten Willen fiel ihr nichts ein, was sie tun könnte, um in seiner Achtung zu steigen. Sollte sie versuchen, sich an den Gesprächen zu beteiligen, ein angeregtes Interesse vortäuschen, das ihrem Naturell nicht entsprach, nur um sich als angenehmer und unterhaltsamer Gast zu präsentieren? Oder war es besser, gar nichts zu sagen, sich bescheiden im Hintergrund zu halten und zu hoffen, auf diese Weise seiner Aufmerksamkeit zu entgehen?

Schon bald erkannte sie, dass keine der beiden Strategien von Erfolg gekrönt sein würde. Wenn sie schwieg, bestätigte sie ihn lediglich in seiner Meinung, dass sie geistlos und langweilig war. Wenn sie versuchte, amüsant zu sein, traf sie immer den falschen Ton. In diesen Momenten sprang Elizabeth für sie in die Bresche, indem sie jede Missstimmung mit einem Scherz oder einem Lachen überspielte. Unter Lizzys zärtlich belustigtem Blick wurde Mr Darcy ein ganz anderer Mensch, warmherzig, humorvoll und mit einem verwunderten Lächeln auf den Lippen, als könnte er sein eigenes Glück immer noch nicht fassen. Einmal fing Mary einen Blick auf, den Lizzy und ihr Mann wechselten, einen Blick von derartiger Intimität und Eindringlichkeit, dass sie sich fühlte, als hätte sie die beiden in einem Moment inniger Zweisamkeit gestört. Beschämt sah sie zu Boden. In diesem Augenblick wurde ihr schließlich bewusst, dass sie nichts tun konnte, um Mr Darcys Wohlwollen zu erringen. Er hatte nicht den Wunsch, die Distanz zwischen ihnen zu überbrücken. Er war viel zu wohlerzogen, um es sich anmerken zu lassen, aber mit schmerzhafter Klarheit erkannte Mary in dieser Situation, dass er sich danach sehnte, dass ihre Anwesenheit unter seinem Dach ein Ende haben möge. Denn sie war mehr als nur eine geringfügige Unannehmlichkeit, sie hinderte ihn daran, sich den Herzenswunsch zu erfüllen, seine

Liebste frei und offen mit der Zuneigung zu überschütten, die er für sie empfand. Erst wenn sie Pemberley verließ, konnte er wieder er selbst sein. Sicher und geborgen unter den Menschen, die ihm am nächsten standen, ohne von der Anwesenheit einer Fremden an seinem Tisch gestört zu werden, einem unliebsamen Gast im Frühstückszimmer, auf der Terrasse, in der Kinderstube, kurz, überall dort, wo er mit seiner Frau allein sein wollte.

Die Erkenntnis, dass ihre Tage in Pemberley gezählt waren, schmerzte Mary fast körperlich. Sie konnte sich nicht vorstellen, dass Mr Darcys Gastfreundschaft das Unbehagen, das er in ihrer Nähe empfand, noch länger überleben würde. Tatsächlich zeichnete sich jetzt schon ab, dass Lizzy sich von ihrer Schwester abwandte, um mit ihrem Ehemann zusammen zu sein. Und wenn er etwas zu erledigen hatte, wurde die ehemalige Zweisamkeit durch Georgiana gestört. Mary war kaum noch mit Lizzy allein. Jetzt war es Georgiana, die Arm in Arm mit ihrer Schwester durch den Garten schlenderte, während Mary ein paar Schritte hinter ihnen herlief.

Georgiana Darcy war ein scheues, zurückhaltendes Mädchen, ein wenig eingeschüchtert von ihrem Bruder und unverkennbar entzückt, in Elizabeth eine verlässliche Freundin gefunden zu haben. Mary ertappte sie häufig dabei, wie sie Lizzy mit unverhohlener Bewunderung anstarrte, und ihr entging auch nicht, dass die Gefühle der Jüngeren erwidert wurden und Lizzy ihrer Schwägerin all die Wärme und Zuneigung entgegenbrachte, die Mary sich selbst erhofft hatte. Manchmal war es schier unerträglich für sie mit anzusehen, wie ihre Schwester Georgiana behutsam aus ihrer Schüchternheit lockte und sie ermutigte, sich selbst höher einzuschätzen, keine Scheu zu haben und ihr Licht nicht unter den Scheffel zu stellen. Wenn sie sich nachmittags im Salon aufhielten, saß Georgiana am Flügel. Und wenn sie sich über die

Tastatur beugte und ihre blassen Finger über die Tasten flogen, kam ihre schlanke Gestalt äußerst vorteilhaft zur Geltung. Mary musste zugeben, dass Georgiana gut spielte, tatsächlich so gut, dass sie selbst es nicht mehr wagte, sich dem Flügel auch nur zu nähern, weil sie befürchtete, bei einem Vergleich schlecht abzuschneiden. Sie bemühte sich, keine Eifersucht zu empfinden, aber es tat weh zu sehen, wie Lizzy Georgiana mit all dem Lob überhäufte, das sich Mary früher so sehnlich gewünscht hatte.

Lizzy forderte Mary nie auf, auch etwas auf dem Flügel zu spielen. Stattdessen applaudierte sie stürmisch, wenn Georgiana ein besonders anspruchsvolles Stück vorgetragen hatte, und wandte sich mit leuchtenden Augen zu Mary um.

»Wundervoll, nicht wahr? Findest du nicht, dass sie ungewöhnlich gut spielt? Hast du je etwas Besseres auf diesem Instrument gehört?«

Mary schüttelte den Kopf. »Nein, ich glaube nicht. Bravo, Georgiana!«

Mit vor Anstrengung leicht gerötetem Gesicht schenkte Georgiana Mary ein kurzes Lächeln, bevor sie zu Elizabeth eilte und sich neben sie setzte, um deren Wohlwollen in nächster Nähe zu genießen. Zu Mary sagte Georgiana nichts, aber sie sprach ohnehin nur selten mit ihr. Ihr Schweigen war zum Teil ihrer Schüchternheit geschuldet, aber Mary hatte den Verdacht, dass noch etwas anderes dahintersteckte. Manchmal fiel ihr auf, dass Georgiana sie mit milder Überraschung betrachtete, als wollte sie sagen: *Was machst du eigentlich hier? Wie konnte es dazu kommen, dass du hier bist? Und wie lange willst du noch bleiben?* Ihre Miene verriet dabei keine Bosheit, nur einen Hauch leiser Ratlosigkeit. Und als Mary beobachtete, wie Georgiana und Lizzy sich angeregt unterhielten, begann sie, sich dieselben Fragen zu stellen.

Als sie später an diesem Abend vor dem Dinner auf dem Zimmer ruhte, weil es noch zu früh war, um sich zu Tisch zu begeben, hörte Mary aus dem Salon die Klänge einer ihrer Lieblingssonaten. Lizzys Stil war unverkennbar. Sie spielte kühn und unberührt von etwaigen Ängsten um die eine oder andere falsche Note. Mary setzte sich auf. Das Klavierspiel stoppte; Lachen und freudig erregte Stimmen waren zu vernehmen. Nach einer Pause begann ein neues Stück, mit einer Begabung gespielt, die nur Georgiana zugeschrieben werden konnte.

Mary stand auf, huschte die Treppe hinunter und blieb vor der Tür zum Salon stehen. Niemand schaute in ihre Richtung. Georgiana saß mit entrückter Miene am Flügel, an ihrer Seite Mr Darcy, der die Noten umblätterte und dabei lächelte, wie er es nie tat, wenn Mary in der Nähe war. Auch Lizzy war da. Sie hatte eine Hand auf den Arm ihres Mannes gelegt und blickte mit unverhohlener Liebe zu ihm auf, während zu ihren Füßen ihr kleiner Sohn mit seinen Spielsachen auf dem Parkett einen Rhythmus schlug, der nicht unbedingt der Schönheit des Lieds zuträglich war. Die vier Personen waren so perfekt zusammengestellt wie auf einem Gemälde: Sie waren schön, charmant und in sich geschlossen.

Georgiana beendete schwungvoll das Stück; Mr Darcy tätschelte stolz ihre Schulter, Lizzy spendete Applaus. Mary schloss die Augen und wandte sich ab. Es war undenkbar, jetzt hineinzugehen und sich zu ihnen zu gesellen. Ihre Anwesenheit würde den Zauber des Augenblicks zerstören. In diesem Moment begriff Mary, dass man ihr auf Pemberley zwar nie harsch begegnen würde, es aber auch andere Möglichkeiten gab, einem Menschen bewusst zu machen, dass er unerwünscht war. Mr Darcy würde nie unbefangen mit ihr umgehen. Er mochte sie Elizabeth zuliebe dulden, aber in seinen Augen würde Mary immer die schlechteste Version ihrer selbst sein: unbeholfen, unscheinbar und uninteressant. Georgianas Situation war eine ganz andere. Sie war kein Gast, der stillschweigend geduldet wurde, sondern Teil der Familie. Sie wurde von ihrem Bruder ebenso geliebt wie von Lizzy und würde in ihrem Zuhause stets willkommen sein. Wenn es in Pemberley einen Platz für eine unverheiratete Schwester gab, dachte Mary, während sie noch immer die kleine Gruppe am Flügel betrachtete, dann war dieser nicht für sie bestimmt. Sie gehörte nicht in diese eleganten Räume, zu diesen schönen Leuten. Sie hatten einander, und das war ihnen genug.

Als Mary ihrer Schwester mitteilte, dass sie Pemberley zu verlassen gedenke, schien Elizabeth sich über die Gründe für diesen Entschluss zwar nicht ganz im Klaren zu sein, drängte Mary aber auch nicht weiter zu einer Erklärung. Vielleicht spürte auch sie, dass deren Anwesenheit Mr Darcy irritierte. Und dazu gezwungen, zwischen dem Wohl ihres Mannes und der Pflicht, einer linkischen Schwester Unterkunft zu gewähren, zu wählen, klangen die Einwände, die sie gegen Marys Abreise vorbrachte, nicht allzu überzeugend. Überrascht zeigte sie sich nur davon, dass Mary beabsichtigte, nach Longbourn zu fahren.

»Ist das dein Ernst? Ausgerechnet dorthin? Allein der Anblick muss doch die schmerzlichsten Erinnerungen wecken.«

Mary zog es vor, ihre Schwester nicht darauf hinzuweisen, dass auch ihre gegenwärtige Situation nicht eben als glücklich bezeichnet werden konnte, oder zu gestehen, dass sie nicht wusste, wo sie sonst hinsollte.

»Ich denke, es wird mir gefallen, an einem Ort zu sein, den ich kenne, in einer vertrauten Umgebung«, entgegnete sie stattdessen. »Vielleicht werde ich meinen Aufenthalt dort sogar als tröstlich empfinden.«

»Tatsächlich? Mir scheint es eine seltsame Art, Trost zu suchen. Wird es dich nicht belasten zu sehen, wie Charlotte in unserem ehemaligen Zuhause schaltet und waltet? Ich bin mir nicht sicher, ob ich den Anblick von Mr Collins in der Bibliothek oder von Charlotte an Mutters Teetisch ertragen könnte.«

»Gewiss wird es nicht leicht sein. Aber ich kann in den Wäldern spazieren gehen und mich im Garten aufhalten. Oder in Papas Büchern schmökern. Und Charlottes Einladung hätte nicht herzlicher sein können.«

Lizzy sagte nichts mehr, und Mary war zu taktvoll, um hinzuzufügen, dass einer der Hauptgründe, Longbourn zu besuchen, die Aussicht war, Charlotte wiederzusehen. Sie sehnte sich verzweifelt danach, mit jemandem über ihre Notlage zu sprechen, und dass weder Jane noch Lizzy ihr helfen konnten, stand jetzt für sie fest. Beide waren glücklich verheiratet und waren allein deshalb nicht in der Lage, Verständnis für Marys Ängste aufzubringen. Mit Charlotte verhielt es sich anders; sie wusste, was es hieß, allein und ohne jede Hoffnung zu sein. Mary hatte Charlottes Ratschläge nicht immer als angenehm empfunden oder ihre Ansichten geteilt, aber jetzt brauchte sie einen Menschen, der eine ähnliche Situation wie diese erlebt hatte. Vielleicht erschienen ihr die Gedanken, die sie so sehr schockiert hatten, als Charlotte sie zum ersten Mal aussprach, jetzt auch nicht mehr ganz so erschreckend. Die Erfahrungen der letzten zwei Jahre hatten ihr dabei geholfen, Charlottes Entscheidung besser nachvollziehen zu können. Und in ihrem Innersten hoffte Mary, dass der Aufenthalt in Longbourn ihr mehr bringen könnte als den guten Rat einer Freundin. Sie wollte herausfinden, ob Charlotte recht gehabt hatte, als sie behauptete, eine Ehe, die auf reinem Selbstzweck statt auf Liebe gründete, hätte ebenso gute Chancen auf Erfolg wie die meisten anderen Verbindungen. Waren Charlotte und Mr Collins glücklich? Und falls dem so war, sollte Mary sich dann nicht vielleicht entschließen, Charlottes Beispiel zu folgen? Aber diese Überlegungen erwähnte sie Lizzy gegenüber mit keinem Wort.

Kapitel 34

Als die Kutsche das letzte Wegstück zum Haus rumpelte, spürte Mary, wie sich ihr ganzer Körper anspannte. Hinter den Bäumen würde sie Longbourn wiedersehen.

Schon tauchte die vertraute Fassade vor ihr auf. Mary schnappte unwillkürlich nach Luft und beugte sich vor, um mehr zu sehen. Auf den ersten Blick schien alles unverändert; das Haus thronte wie eh und je in scheinbar selbstzufriedener Behaglichkeit inmitten des kleinen Parks. Aber beim Näherkommen stellte Mary fest, dass Longbourn sich der Welt wesentlich eleganter präsentierte als zu der Zeit, als die Familie Bennet noch dort gelebt hatte. Die gekieste Auffahrt war sauber und von Unkraut befreit, die Fenster zierten neue Rahmen, die Eingangstür war in matt schimmerndem Schwarz lackiert. Doch ihr blieb kaum Zeit, diese Veränderungen zu verdauen. Die Tür wurde aufgerissen, und die Dame des Hauses erschien. Sie durfte nicht vergessen, Charlotte Mrs Collins zu nennen, fiel Mary noch ein, als sie aus der Kutsche stieg. Aber ehe sie wusste, wie ihr geschah, wurde sie von Charlotte umarmt und in das Haus geführt, das bis vor gar nicht langer Zeit Marys Heim gewesen war.

Als sie im Salon saßen und Tee tranken, war die Unterhaltung zunächst noch ein wenig gezwungen. Charlotte erkundigte sich nach dem Befinden der Bingleys, nach Mrs Bennets Nervenleiden und dem Wohlergehen der Familie Darcy.

Mary erwiderte, alle seien gesund und munter. »Elizabeth lässt ganz besonders herzlich grüßen.«

Charlotte lächelte höflich. »Es freut mich zu hören, dass es ihr gut geht. Andererseits, wie könnte es auch anders sein.«

»Ja, sie hat großes Glück gehabt. Ich glaube, das weiß sie, und sie ist auch dankbar dafür.«

Charlotte neigte den Kopf, sagte aber nichts mehr. Die Freundschaft zwischen ihr und Lizzy hatte sich nie ganz von dem Schlag erholt, den ihr Lizzys fassungsloses Entsetzen über Charlottes Entscheidung, Mr Collins' Heiratsantrag anzunehmen, versetzt hatte. Charlotte war nicht leicht zu erschüttern, aber sie konnte nicht vergessen, welche Scham sie empfunden hatte, als Lizzy sie mit unverhohlener Ungläubigkeit anstarrte und sich außerstande erklärte zu begreifen, wie eine Frau, die bei Verstand war, einen solchen Mann in Betracht ziehen konnte. Charlotte war froh gewesen, als Lizzy heiratete und nach Derbyshire zog, und hatte Mr Collins' Drängen, ihrer Freundin eine Einladung nach Pemberley abzuschmeicheln, bisher geflissentlich überhört. Auch die Bitte, bei der Taufe des kleinen Fitzwilliam anwesend zu sein, hatte sie ihm nicht erfüllt. Sie vermutete, dass Elizabeth ihre Meinung in Bezug auf ihre Ehe oder ihren Mann nicht geändert hatte, und legte keinen Wert darauf, durch Missbilligung oder Mitleid daran erinnert zu werden. Die Freundschaft, die so viele Jahre überdauert hatte, war langsam, aber sicher dahingeschwunden, und jetzt war nichts mehr davon übrig als der gelegentliche Austausch höflicher Grüße.

Charlotte beugte sich über den Tisch und schenkte Tee nach. Sie strahlte eine große Gemütsruhe aus, fand Mary, und gediegenen Wohlstand. Charlotte war geschmackvoll gekleidet, auch wenn ihre Kleidungsstücke eher von Qualität als von modischem Interesse zeugten. Aber die schlichte Eleganz stand ihr gut. Zusammen mit ihrer neuen Garderobe hatte Charlotte sich eine beiläufige Autorität zugelegt, eine Eigenschaft, über die sie als schlichte Miss Lucas, unverheiratet, ohne Verehrer und bedenklich nahe an dem gefährlichen Alter von dreißig Jahren, noch nicht verfügt hatte.

»Wie ich sehe, trägst du eine Haube, Charlotte. Ganz, wie du es immer vorausgesagt hast.«

Charlotte lachte. »Ich glaube tatsächlich, mich erinnern zu können, etwas in der Art einmal zu dir gesagt zu haben. Aber ich muss gestehen, es bereitet mir weit mehr Freude, die Haube als Ehefrau denn als alte Jungfer zu tragen.«

Mary zuckte bei den Worten leicht zusammen.

Charlotte schien ihre Reaktion nicht zu bemerken. »Mr Collins lässt sich entschuldigen, dass er nicht hier sein kann, um dich zu begrüßen. Er hat geschäftlich in Hertford zu tun, aber wenn er nicht allzu lange aufgehalten wird, sollte er uns beim Abendessen Gesellschaft leisten.«

Sie lehnte sich in ihrem Sessel zurück und musterte Mary mit einem ruhigen, forschenden Blick. »Und du, Mary? Erzähl mir, wie die Dinge bei dir stehen. Mr Collins und ich haben uns beide sehr über deinen Brief gefreut. Ich hoffe, du weißt, dass du uns in Longbourn jederzeit willkommen bist. Ein Stück Zucker?«

Mary schüttelte den Kopf.

»Aber ich gebe zu, ich war auch ein wenig überrascht. Wir dachten, du hättest bei Jane oder Elizabeth ein neues Heim gefunden.«

»Beide waren sehr großzügig. Alle meine Schwestern sind durchaus rührend um mich besorgt. Jane sagt, ich könne gerne für immer bei ihnen bleiben, Kitty hat mich zu sich ins Pfarrhaus eingeladen, und selbst Lydia … nun, bei ihr zu wohnen wäre wohl kaum angebracht, aber es war eine freundliche Geste von ihr.«

»Und keine dieser Möglichkeiten sagt dir zu?«

Mary spürte, wie ihre innere Anspannung wuchs. Am liebsten hätte sie die Hände in die Luft geworfen und gerufen: *Nein, denn nichts davon würde gut gehen, sie alle würden mich bald satthaben, und was dann? Sag du mir, was ich tun soll!* Aber noch war sie nicht bereit, ihre tiefsten Ängste einer jungen Frau anzuvertrauen, die ihr wesentlich souveräner und weniger verletzlich als die Charlotte erschien, die sie in Erinnerung hatte. Mary zog ihre Brille hervor und begann, sie nervös hin und her zu drehen.

»Ich denke, es wäre ein großer Fehler meinerseits, eine so schwerwiegende Entscheidung wie die über meinen zukünftigen Wohnort zu treffen, ohne vorher gründlich darüber nachgedacht zu haben. Ich habe viele wichtige Erwägungen … äh … in Erwägung zu ziehen. Und man sagt ja auch: Urteile in Weile, tue Buße in Muße.«

Ein Lächeln huschte kurz über Charlottes Lippen. »So ist es. Nun, dann hoffe ich, dass dein Aufenthalt in unserem Hause dir helfen wird, deine Gedanken zu ordnen. Ich werde jedenfalls gerne das Meine dazu beitragen. So, und was stellen wir nun an? Ich würde vorschlagen, eine kleine Tour durch das Haus zu machen – natürlich nur, wenn es dich nicht traurig stimmt. Wir haben einiges geändert, seit … seit unserem Einzug, und ich würde sehr gern deine Meinung zu den Neuerungen hören.«

Mary schaute sich zum ersten Mal richtig um, so sehr war sie bemüht gewesen, die Kontrolle über ihre Gefühle zu behalten. Der Salon war wie verwandelt. Die Sofas waren neu bezogen, die Wände mit Leimfarbe frisch gestrichen, die Bodendielen glatt geschliffen, und vor den Fenstern hingen Vorhänge aus gemustertem dunklem Samt. Charlotte beobachtete voller Genugtuung, wie Mary diese Pracht in sich aufnahm.

»Was für schöne Vorhänge, nicht wahr? Ich habe den Samt im

Räumungsverkauf bei den Collingwoods erstanden. Und in Meryton gibt es eine Person, die einfach alles mit Nadel und Faden zustande bringt. Ich habe Todesqualen ausgestanden, als sie die Schere ansetzte, um den Stoff zuzuschneiden, aber ich muss gestehen, dass ich mit dem Resultat hochzufrieden bin.«

Mary nickte folgsam und folgte Charlotte durch die vertrauten Räume. Es war verstörend, durch ein Haus geführt zu werden, in dem sie selbst so lange gelebt hatte. Sie fühlte sich wie eine Fremde, und bei manchem Anblick wurde ihr weh ums Herz. Dort auf dem Treppenabsatz sah sie die Standuhr, die einst aus dem Salon verbannt worden war, nachdem Lydia voller Zorn mit einem Schuh nach Kitty geworfen, stattdessen aber das Uhrglas getroffen und so das Pendel zum Stillstand gebracht hatte. Hier war der kleine Tisch, in dem ihre Mutter ihre Nadeln aufbewahrt hatte, sorgsam in Seidentücher eingeschlagen, die alle nach Kampfer rochen. Wohin sie auch sah, mit jedem Blick wurden Erinnerungen an die Vergangenheit wach, die so eindringlich waren, dass Mary von Trauer fast überwältigt wurde. Dennoch behielt sie ihr höfliches Lächeln bei und tat nichts, um die überschwängliche Begeisterung ihrer Gastgeberin zu dämpfen. Charlottes anfängliche Rücksicht auf Marys Gefühle war rasch verflogen, jegliches Zartgefühl von dem Stolz auf ihr neues Zuhause verdrängt worden. Mary wurde in sämtliche Zimmer geführt, um jeden neuen Wandschrank, jedes frisch gestrichene Kamingitter zu begutachten und zu bewundern. Sie tat es klaglos, bis ihr Vorrat an Worten des Lobes und der Anerkennung erschöpft war. Schließlich fiel ihr nichts anderes mehr ein als die Bemerkung, dass das Haus sehr frisch und sauber dufte.

»Ich habe nach einem eigenen Rezept eine Politur mit Lavendelöl gemischt. Kleinigkeiten wie diese machen überraschend viel aus«, sagte Charlotte und sah sich um, überaus zufrieden mit ihrem Reich und überzeugt, es von seiner besten Seite präsentiert zu haben.

»Aber nun möchte ich dir meinen größten Schatz zeigen. Ich denke, er wird jetzt wach sein.«

Als sie sich im Kinderzimmer auf einen Stuhl vor dem Kamin niederließ, setzte Marys Herzschlag einen Moment lang aus. Genau hier hatten früher einmal Elizabeth und sie selbst gesessen, andächtig in ihre Bücher vertieft. Jetzt wurde sie mit dem neuen Bewohner des Zimmers bekannt gemacht. William Collins war ein untersetztes blondes Kleinkind, das sich auf den Schoß seiner Mutter kuschelte und Mary neugierig anstarrte.

»Was für ein hübscher Junge«, sagte Mary. »Er sieht mich genauso an wie Lizzys Sohn, mit demselben offenen und interessierten Blick. Du musst sehr stolz auf ihn sein.«

»O ja, in meinen Augen ist er ein wahres Wunderkind. Und natürlich ist er älter als Fitzwilliam. Ich könnte mir denken, dass mein William schon ein bisschen weiter ist – größer, meine ich, und vielleicht aufgeweckter? Er kann sogar schon ein wenig sprechen.« Charlotte strich über den hellen Haarflaum des Jungen, ebenso entzückt von ihrem Sohn wie von ihrem Haus. »Er ist ein überaus bemerkenswertes Kind. Das sagt jeder.«

Es dunkelte schon fast, als Mary endlich erlaubt wurde, vor dem Dinner noch eine Weile zu ruhen.

»Ich muss dich sicher nicht auf dein Zimmer bringen!«, rief Charlotte ihr zu, während sie in die Küche eilte, um sich zu vergewissern, dass dort alles in Ordnung war.

Als sie die Tür aufstieß, sah Mary, dass im Zimmer bereits einige Kerzen brannten und ihre Reisetasche geöffnet auf dem Bett stand. Am Frisiertisch stand Mrs Hill, die so gelassen ihre Bürsten auspackte und ihre Kleider ausschüttelte, als hätten sie einander erst am Vortag getroffen.

»Mrs Hill! Wie schön, Sie zu sehen!«

»Ich freue mich auch, Miss Mary. Es ist lange her, seit wir uns zum letzten Mal unterhalten haben.«

»Ihnen und Mr Hill geht es gut, hoffe ich?«

»Sehr gut, danke. Es war eine große Erleichterung für uns, als Mrs Collins entschied, uns zu behalten. Es hätte mich sehr bekümmert, Longbourn zu verlassen.«

»Das verstehe ich nur zu gut.«

»Natürlich ist es jetzt anders, wo Sie doch alle weg sind. Ihr armer Vater war die Seele des Hauses. Und Mrs Collins ist sehr anspruchsvoll, aber wir kommen ganz gut miteinander aus.«

Eine Weile war Mary damit beschäftigt, Fragen nach dem Befinden ihrer Mutter und Schwestern zu beantworten und im Gegenzug die spärlichen Neuigkeiten aus Meryton zu erfahren. Zuerst waren Mrs Hills Fragen leicht zu beantworten; erst als sie anfing, die Kleider aufzuhängen, verriet sie Interesse an Marys Situation.

»Sind das die Sachen, die Sie in Pemberley getragen haben, Miss?«

»Ja. Die Familie war ausschließlich unter sich, als ich dort war, deshalb ging es nicht sehr formell zu.«

»Aber abends müssen Sie doch etwas Eleganteres getragen haben. Haben Sie diese Sachen denn nicht mitgenommen?«

»Ich habe meine feineren Kleider dort gelassen, um mir die Mühe mit dem Ein- und Auspacken zu sparen.« Mary wandte den Kopf, um Mrs Hills skeptischem Blick auszuweichen. »Außerdem sollte man nicht zu viel auf sein eigenes Äußeres achten. Die Sünde des Hochmuts, Sie wissen schon.«

»Aber was ist mit dem Kleid, das Sie auf dem Ball in Meryton getragen haben? Ich habe mir immer gedacht, dass es ihnen ausnehmend gut steht. Jammerschade, dass Sie es nicht dabeihaben.«

»Leider ist es sehr lange her, dass ich Gelegenheit hatte, es anzuziehen. Aber wenn ich geahnt hätte, dass Longbourn so nobel geworden ist, hätte ich es gewiss mitgenommen.«

Mrs Hill sah aus, als würde sie gern noch mehr Fragen stellen, beschränkte sich dann aber auf die Bemerkung, dass die Kleider, die Mary eingepackt hatte, vermutlich durch ihre Pflege gewinnen würden und Mary mit ihrer Hilfe eine so gute Figur machen würde, wie es mit derartigen Kleidungsstücken eben möglich war.

Kapitel 35

Als Mary den Speisesaal betrat, thronte Charlotte bereits am Kopfende der Tafel, noch eleganter und selbstbewusster als am Tage, kerzengerade und mit hoch erhobenem Kopf. Mühelos glich sie sich ihrer Umgebung an, eine perfekte Ergänzung der glänzenden Möbel und frisch vergoldeten Spiegel, das letzte Stück eines Puzzles, welches das Bild häuslicher Ordnung und Zufriedenheit komplettierte. Zu ihrer Überraschung schüchterte Mary diese neue Version ihrer alten Freundin ein wenig ein. Schon bald würde Charlotte eine beeindruckende Persönlichkeit sein, im Alter von vierzig Jahren vielleicht sogar eine furchteinflößende.

»Mir will einfach nicht einfallen, was Mr Collins aufhält«, bemerkte Charlotte. »Im Allgemeinen ist er die Pünktlichkeit in Person.«

Die zwei Damen nippten gerade an ihrem ersten Glas Wein, als Mr Collins hereingeeilt kam.

»Meine liebe Miss Bennet, ich bin untröstlich! Der Bischof verlangte nach mir, und es stand nicht in meiner Macht, früher aufzubrechen. Höchst unangenehm, aber sicher teilen auch Sie meine Meinung, dass private Neigungen stets zurückstehen müssen, wenn wir unsere Pflicht denen gegenüber zu erfüllen haben, die über uns stehen.«

Charlotte bedeutete einem Diener, Mr Collins' Glas zu füllen.

Ihr Mann wirkte verstimmt; seine Verspätung schien ihm äußerst peinlich zu sein.

»Leider muss ich zugeben, Mrs Collins, dass ich möglicherweise doch etwas früher hätte erscheinen können, wenn ich nicht durch das Fehlen einiger Dinge in meinem Ankleidezimmer inkommodiert worden wäre. Die frisch gewaschenen Halstücher waren nicht an ihrem gewohnten Ort.«

»Es tut mir leid, das zu hören«, erwiderte seine Frau. »Ich werde Mrs Hill darauf ansprechen. Aber wie ich sehe, sind Sie jetzt angemessen gekleidet und zweifellos bereit, unsere alte Freundin zu begrüßen.«

Mr Collins war besänftigt. Er wandte sich Mary zu und schenkte ihr ein liebenswürdiges Lächeln. »Sie sind uns höchst willkommen, Miss Bennet. Und ich sage bewusst nicht, in *unserem* Heim, da diese Worte als schmerzliche Anspielung auf ein Haus empfunden werden könnten, das bis vor Kurzem *Ihr* Zuhause war und es auch hätte bleiben können, wären die Umstände andere gewesen. Aber wie es ganz richtig heißt: Der Mensch denkt, Gott lenkt. Ich hoffe, Sie können daraus ein wenig Trost ziehen.«

»Gewiss, Sir«, gab Mary zurück. »Wir alle sind den Launen des Schicksals unterworfen.«

»Mary ist gerade von einem ausgedehnten Besuch in Pemberley zurückgekehrt«, warf Charlotte ein. »Es wird Sie sicher interessieren zu erfahren, wie es seinen Bewohnern geht.«

Mary begann also, von ihrem Aufenthalt in Derbyshire zu erzählen, und allmählich entspannte sich die Atmosphäre, was nicht zuletzt dem exzellenten Rotwein geschuldet war, der auf Charlottes Anweisung hin großzügig ausgeschenkt wurde. Mr Collins hörte sich mit allen Anzeichen des Interesses an, was Mary über die verschiedenen Pfründe, die Mr Darcy vergab, und die dazugehörigen Pfarrhäuser zu berichten wusste. Sobald er erfasst hatte, dass nur wenige davon ein Einkommen abwarfen, das sich mit seinem messen konnte, wurde er zusehends heiterer. Charlotte sprach nur wenig, aber Mary fiel auf, wie aufmerksam sie darauf achtete, dass jede Speise ihrem Mann angeboten wurde, noch bevor er darum bitten konnte. Das Essen war reichlich und von wesentlich besserer Qualität als alles, was je in der Lucas Lodge auf den Tisch gekommen war.

»Darf ich dir zu dem Dinner gratulieren, Charlotte? Alles schmeckt wirklich vorzüglich.«

»Danke, Mary. Ich war entschlossen zu tun, was ich nur kann, um den Ruf aufrechtzuerhalten, den Longbourn stets für seine ausgezeichnete Küche genossen hat. Es freut mich sehr, wenn du findest, dass es mir gelungen ist.«

Wohlig gewärmt und beschwichtigt durch das Verzehren von einigen gebratenen Seezungen und einer Lammkeule bedachte Mr Collins seine Frau mit einem zärtlichen Blick. »Meine liebe Charlotte ist eine hervorragende Hausfrau. Wie Sie selbst gesehen haben dürften, zeugt alles in Longbourn von Geschmack und Komfort, noch dazu in einem Stil, welcher der Situation angemessen ist, in der wir uns dank des gütigen Schicksals nunmehr befinden.«

Charlotte erwiderte Mr Collins' inniges Lächeln nicht, sondern senkte den Blick. Als er seine Hand ausstreckte, um ihre zu tätscheln, reagierte sie nicht. So verharrte seine Hand nur kurz dort, wo sie war, bevor er sie zurückzog, um sich der Nachspeise zu widmen und Mary zu fragen, ob Mr Darcy Fasane hielt. Den Rest der Mahlzeit war Charlotte die Aufmerksamkeit in Person, indem sie Mr Collins zu dem reifsten Stück Käse und dem erlesensten Obst verhalf, aber Mary konnte sich trotzdem des Eindrucks nicht erwehren, dass ihre Freundin bei aller Eilfertigkeit eine gewisse Kälte ausstrahlte. Vielleicht war sie einfach nur müde. Mary selbst fühlte sich völlig erschöpft und war froh, als Charlotte aufstand und damit die Tafel aufhob.

»Mr Collins, Mary und ich werden Sie jetzt Ihrem Wein überlassen. Sie hat eine lange Reise hinter sich und sehnt sich sicherlich nach Schlaf, auch wenn sie viel zu höflich ist, um es sich anmerken zu lassen.«

Als sie gingen, warf Mary noch einen Blick zurück. Der Raum war in weiches Kerzenlicht getaucht und schimmerte im Glanz von Wärme und Wohlstand. Mr Collins saß nun allein am Tisch, knackte bedächtig Nüsse und schenkte sich noch ein Glas Wein ein.

Wenig später lag Mary in der Dunkelheit ihres alten Zimmers. Es tröstete sie, dass das Bett zwar neue Vorhänge hatte, die Federn der Matratze aber immer noch genau so wie in ihrer Erinnerung quietschten. Während sie an die frisch gestrichene Decke starrte, ließ sie diesen ungewöhnlichen Tag noch einmal Revue passieren. Longbourn wiederzusehen war insgesamt weniger schmerzlich gewesen als befürchtet. Zwar hatte es Augenblicke gegeben, in denen sie tief bewegt war, weil irgendein kleiner Winkel oder ein zufälliger Blick beinahe überwältigend starke Erinnerungen auslösten, aber das war weniger oft der Fall gewesen als erwartet. Charlottes Veränderungen hatten so viel von allem ausgelöscht, was an das ehemalige Heim der Familie hätte erinnern können, dass kaum etwas geblieben war, das Sehnsüchte nach vergangenen Tagen weckte.

Charlotte hatte sich fast genauso sehr verändert wie das Haus. Mary schien es, als wäre sie in jeder Hinsicht gewachsen – sie hatte an Selbstvertrauen, Willensstärke und Statur gewonnen. Das Wort, das ihre alte Freundin am besten beschrieb, fand Mary, war, mit all seinem Beiklang von Ordnung und Sicherheit,

»etabliert«. Wenn man Charlotte dabei zusah, wie sie ihr kleines Reich aus Haus und Garten regierte, wie sie ihr Kind umarmte und ihrem Personal Anweisungen gab, konnte kein Zweifel daran bestehen, dass sie den Platz in der Welt gefunden hatte, nach dem sie sich immer gesehnt hatte. So gesehen ließ sich kaum etwas an dem Handel aussetzen, den sie mit ihrer Verehelichung geschlossen hatte. Doch bevor Mary endlich einschlief, kamen ihr zwei Bilder in den Sinn: wie Charlotte dem Blick ihres Mannes ausgewichen war und wie Mr Collins ausdruckslos in seinen Wein gestarrt hatte, als Charlotte und sie das Zimmer verließen. Beide trübten ihre ersten rosigen Eindrücke. Schnell verdrängte Mary die Empfindung. Nüchternes Beobachten sollte sie in ihren Urteilen lenken, nicht Gefühlsduselei. Ihr Verstand würde sie schon zu der Antwort auf die Frage führen, ob Charlottes Wahl richtig gewesen war – und ob Ähnliches für sie selbst in Betracht käme.

Kapitel 36

In den folgenden Wochen verliefen Marys Tage nach einem Schema, das ihr sehr entgegenkam. Sie nahm das Frühstück auf ihrem Zimmer ein, um der morgendlichen Geschäftigkeit der Familie zu entgehen, und gesellte sich erst zu Charlotte, wenn die Böden gekehrt, der kleine William gefüttert und das Abendessen mit der Haushälterin besprochen worden war. Wenn alle anderen beschäftigt waren, setzte sie sich an das alte Klavier der Familie und spielte, solange ihre Hände durchhielten. In Longbourn gab es keine Konkurrenz für den Platz an den Tasten und damit auch kein Risiko, durch die Überlegenheit einer anderen Spielerin gedemütigt zu werden. Nachmittags versuchte sie, sich nützlich zu machen, indem sie, mit einer geborgten Schürze und einem Gartenmesser bewaffnet, Charlotte in den Garten begleitete oder im Hühnerstall Eier sammelte. Jeder Tag war erfreulich ereignislos und friedlich, und allmählich begann die Verzweiflung, die sie in Derbyshire befallen hatte, an Intensität zu verlieren und einem Gefühl gedämpfter Traurigkeit zu weichen, das sie im Laufe der Zeit zu überwinden hoffte. Abends bei Tisch zwang sie sich, nicht daran zu denken, wie es früher zugegangen war, als sie und ihre Schwestern noch hier saßen. Und wenn sie sah, wie Charlotte im Sessel ihrer Mutter nähte, genau wie Mrs Bennet leicht vorgebeugt, um besser zu sehen, wandte sie ihren Blick nicht ab. Aber bei aller Entschlossenheit, sich an den neuen Stand der

Dinge zu gewöhnen, verspürte Mary regelmäßig einen Stich, wenn sie an der Bibliothek ihres Vaters vorbeiging. Bis jetzt hatte sie sie noch nicht betreten; ihr fehlte der Mut dazu.

Auch lehnte sie es ab, Charlotte bei Besuchen zu begleiten. Sie wusste, dass sie noch nicht bereit war, sich der Neugier ihrer ehemaligen Nachbarn zu stellen, die sie, taktlos wie eh und je, mit Sicherheit danach fragen würden, was sie vorhabe und wo sie leben wolle. Da sie noch keine Antworten darauf hatte, zog sie es vor, derartige Begegnungen tunlichst zu vermeiden.

Im Allgemeinen sagte ihr das ruhige Leben in Longbourn durchaus zu. Niemand quälte sie oder zog sie auf; nie wurde sie bloßgestellt oder kam sich fehl am Platz vor. Charlotte war aufmerksam, aber nicht aufdringlich, und Mary fühlte sich in ihrer Gesellschaft wohl. Erst nach einer Weile fiel ihr auf, wie viel Zeit Charlotte für sie erübrigte. Eines Nachmittags, als sie die letzten Tulpen schnitten, kam Mary der Gedanke, wie selten sie Mr Collins begegneten und wie wenig Zeit er und seine Frau miteinander verbrachten.

»Ich nehme an«, begann sie vorsichtig, »Mr Collins ist tagsüber recht beschäftigt?«

»Allerdings«, erwiderte Charlotte. »Die Zeit eines Geistlichen gehört fast nie ihm selbst.«

»Aber auch in seinen wenigen Mußestunden leistet er uns kaum jemals im Garten Gesellschaft oder geht abends mit uns spazieren. Ist er denn gern allein?«

»Ich glaube, es macht ihm nichts aus. Zurzeit ist er damit beschäftigt, nahe dem Obstgarten eine kleine Laube zu bauen. Der Vorschlag kam von mir, und er hat sich mit Feuereifer in die Arbeit gestürzt. Einen Großteil davon erledigt er selbst, was seiner Gesundheit nur zuträglich sein kann. Ich hoffe, dort schon sehr bald einen hübschen Sitzplatz zu haben.«

»Möchtest du vielleicht zu ihm gehen und ihm helfen, Charlotte? Ich schneide die Tulpen gern allein weiter.«

Charlotte griff nach einer besonders schönen Blüte und knipste den Stängel brüsk ab. »Nein danke, Mary, ich befinde mich hier sehr wohl. Wir sehen uns ja alle bald genug beim Dinner wieder.«

Anscheinend gab es dazu nichts mehr zu sagen. Mary legte ihre Gartenschere ab, schlichtete die Blumen zu einem ordentlichen Bündel zusammen und schlenderte zum Haus zurück. Als sie die Eibenhecke umrundete, erhaschte sie einen Blick auf Mr Collins in der Ferne. Er hatte seine Jacke ausgezogen und die Hemdsärmel hochgekrempelt und bearbeitete mit wildem Ingrimm den Boden. Sie sah ihm zu, bis er den Spaten sinken ließ, sich mit dem Ärmel den Schweiß von der Stirn wischte und sich erschöpft an die Gartenmauer lehnte. Glücklich sah er nicht aus. Mary wandte sich abrupt ab, damit er sie nicht bemerkte. Ihre Entdeckung verstörte sie; fast fühlte sie sich, als hätte sie ihn in einem Moment der Trauer ertappt.

An den nächsten Abenden beobachtete sie ihre Gastgeber mit neuer Wachsamkeit. Charlotte, äußerlich unbewegt wie immer, lächelte ihren Mann immer wieder kurz hingebungsvoll an. Aber Mr Collins wirkte unruhig, stellte Mary fest. Ihr fiel auf, wie oft er versuchte, Charlottes Blick einzufangen oder sie in ein Gespräch zu verwickeln, und wie sie diesen Bemühungen konsequent auswich, wenn auch mit größter Höflichkeit. Irgendwann verlor er dann sämtlichen Mut, sagte nichts mehr und starrte stattdessen schweigend vor sich hin. Mary hatte keinen Zweifel mehr, was seine seelische Verfassung anging. Sie war zu vertraut mit dem Gefühl der Verzweiflung, um deren Zeichen an anderen nicht zu erkennen. Aber was, fragte sie sich, machte Mr Collins so unglücklich? Er hatte ein behagliches Zuhause, die Ehefrau, die er sich gewünscht hatte, und einen gesunden Sohn. Was mochte so schwer auf seinem Gemüt lasten? Gewiss, Charlotte war keine übermäßig zärtliche Ehefrau und schien nicht zu öffentlichen Beweisen ihrer Gefühle zu neigen, aber sie bewies stets die größte Rücksicht für jeden seiner Wünsche, und nie entschlüpfte ihr ein Wort der Gereiztheit oder des Tadels. Marys Eltern waren nicht immer gut miteinander ausgekommen, aber die Gründe für ihre Unzufriedenheit waren leicht verständlich gewesen. Was jedoch Mr Collins bedrückte, war nicht annähernd so leicht zu erkennen.

Vielleicht hatte es gar nichts mit seinen Lebensumständen zu tun, und er hatte einfach einen Hang zur Melancholie? Trotz ihrer eher begrenzten Lebenserfahrung war Mary bewusst, dass selbst Menschen, die ein Leben im Wohlstand führten, unglücklich sein konnten, während sich andere noch unter den schwierigsten Bedingungen ein fröhliches Wesen bewahrten. Lydia zum Beispiel war nie wirklich niedergeschlagen, obwohl ihre Situation kaum als einfach bezeichnet werden konnte. Während sie selbst … Mary wollte diesen Gedanken nicht zu Ende führen, sondern zog es vor, die Frage abstrakter zu formulieren. *Wie*, überlegte sie, *können wir Glück definieren und wie erkennen, worauf es gründet? Wird es von unserem Charakter bestimmt? Oder ist die Fähigkeit, Glück zu empfinden, nur eine Frage des Zufalls, eine Eigenschaft, die beliebig an manche Menschen weitergegeben wird und an andere nicht? Kommt es auf unsere Lebensumstände an? Sind Schönheit und Reichtum eher Ursache für Glück als Güte und Hingabe? Und gibt es irgendetwas, das ein Mensch tun kann, um sein persönliches Empfinden von Zufriedenheit und Behagen zu steigern?*

Als Mary über diese Fragen nachdachte, kam ihr der Gedanke, es könnte sich lohnen, sich eingehender damit auseinanderzusetzen. Es war eine Weile her, seit sie sich einer gewichtigen intellektuellen Herausforderung gestellt hatte, und diese schien ihr für ihre momentane Situation besonders geeignet. Die Bibliothek ihres Vaters verfügte über die philosophischen Werke, die sie dafür bräuchte, und momentan gab es nichts, was ihre Zeit in Anspruch nahm. Außerdem freute sie sich auf die Möglichkeit, ihren Verstand zu beschäftigen, indem sie sich mit einer Thematik befasste, die ihre ganze Konzentration erforderte. Sie leugnete nicht, dass ein derartiges Studium auch einen starken persönlichen Aspekt hatte. Eine Erforschung der Natur des Glücks könnte ihr zu einem besseren Verständnis ihrer Situation verhelfen und ihrer starken Neigung zum Verzweifeln entgegenwirken.

Am nächsten Nachmittag, als Charlotte in der Halle stand und einen Hut aufprobierte, den sie anlässlich eines Besuchs bei Lady Lucas tragen wollte, fragte Mary, ob es ihr erlaubt sei, ein paar Stunden in der Bibliothek zu verbringen. Der kleine William tollte derweil zu ihren Füßen und schlug mit seinem Lieblingsspielzeug auf die Treppenstufen. Charlotte nahm ihn in die Arme und lachte.

»Ich kann mir zwar nicht vorstellen, wie man die Ruhe der gemütlichen Bibliothek einem Nachmittag in Gesellschaft meiner Mutter und diesem unartigen Bengel vorziehen kann, aber natürlich. Benutze sie, sooft du willst. Du hättest nicht um Erlaubnis fragen müssen.«

Die Haustür war kaum hinter Charlotte und ihrem Sohn ins Schloss gefallen, als Mary auch schon der Bibliothek entgegenstrebte. Sie öffnete die Tür und stand einen Moment lang regungslos da, um den Raum zu betrachten, in dem sie so viele Stunden verbracht hatte. Da war der Schreibtisch ihres Vaters, jetzt frei von seinen Büchern und den Papieren, die ihn immer bedeckt hatten. Was hatte er wohl gelesen, wenn er dort saß, meistens mit undurchdringlicher Miene, aber manchmal über einen geheimen Witz schmunzelnd, unzugänglich für alle außer Lizzy? Mary würde nie erfahren, was ihrem Vater dieser Ort bedeutet und womit er sich hier beschäftigt hatte.

Sie straffte die Schultern und trat an die Bücherregale. Es war ein seltsames Gefühl, darin zu stöbern, ohne zu spüren, wie Mr Bennets Blick auf ihr ruhte. Ohne Angst zu haben, er könnte sich ärgern, weil sie zu lange suchte oder zu viel Lärm machte.

Unbefangen ging sie von Regal zu Regal, bis sie schließlich fand, was sie brauchte. Dann setzte sie sich an den Tisch, an dem sie immer gesessen und gelesen hatte, und schlug das Buch auf.

Kapitel 37

Anfangs hatte Mary die Bibliothek ganz für sich allein. Normalerweise betrat sie sie im Laufe des Vormittags, richtete sich dort häuslich ein und verließ den Raum erst, wenn es Zeit war, sich zum Dinner umzuziehen. Bald gewöhnte sie sich an diese Stunden des Alleinseins und fand irgendwann sogar Gefallen an ihnen. Deshalb traf es sie völlig unerwartet, als eines Nachmittags überraschend Mr Collins hereinplatzte, in den Händen einen Stoß Papiere und offenkundig mit der Absicht, in der Bibliothek zu arbeiten. Er hatte den Papierstapel schon auf den Schreibtisch geworfen und sich auf den alten Stuhl ihres Vaters fallen lassen, als er Mary entdeckte.

»Meine liebe Miss Bennet! Ich hatte ja keine Ahnung, dass Sie hier sind! Ich kann mich für mein unmanierliches Eindringen gar nicht genug entschuldigen. Wenn Sie gestatten, ziehe ich mich umgehend zurück.«

Mary stand verlegen auf. »Nein, Sir, ich bin es, die sich entschuldigen muss. Das hier ist Ihr Reich, und ich bin der zu tadelnde Störenfried. Mrs Collins gab mir zu verstehen, die Bibliothek werde kaum genutzt. Nie hätte ich meine Bücher hier ausgebreitet, hätte ich gewusst, dass sie Ihnen als Arbeitsraum dient.«

Weitere gegenseitige Entschuldigungen wurden ausgesprochen und abgewehrt, und irgendwann wurde entschieden, dass Mary bleiben könne, wo sie war, dass ihre Anwesenheit Mr Collins nicht im Geringsten störe und er auf den leisesten Wink ihrerseits hin das Feld räumen werde. Da Mary nicht den Wunsch hatte, ihn aus seiner eigenen Bibliothek zu verbannen, war bald nichts mehr zu hören als das Kratzen seiner Feder und ihr Umblättern der Seiten, bis Mr Collins seine Arbeit erledigt hatte und sich höflich von ihr verabschiedete.

Als Mary wenig später ihre Bücher säuberlich aufeinanderlegte und die Bibliothek verließ, um sich umzuziehen, traf sie Charlotte in der Halle.

»Zu meinem Bedauern musste ich hören, dass du heute von Mr Collins bei deinen Studien gestört wurdest. Ich weiß, wie furchtbar leid ihm das tut. Soll ich ihn bitten, an einem anderen Ort zu arbeiten? Der kleine Salon wäre eine Möglichkeit, dort hält sich nachmittags nie jemand auf.«

»Das ist wirklich nicht nötig, schließlich ist es seine Bibliothek. Und falls ihm meine Anwesenheit nichts ausmacht, könnte ich vielleicht einfach im hinteren Teil des Raums weiterstudieren, meinst du nicht? Dort liegen schon alle meine Bücher, und ich habe einen behaglichen Winkel für mich geschaffen. Ich verspreche, nichts zu tun, was deinen Mann verärgern könnte.«

»Ich kann mir beim besten Willen nicht vorstellen, wie du bei ihm Ärger oder Gereiztheit hervorrufen könntest«, gab Charlotte brüsk zurück. »Aber gut, dann werde ich Mr Collins vorschlagen, dass ihr die Bibliothek gemeinsam nutzt, jedoch jeder in seinem eigenen Bereich. Ein bewunderungswürdiges Arrangement, das auch in anderer Hinsicht eine perfekte Lösung sein kann.«

Oben in ihrem Zimmer sann Mary über Charlottes Worte nach, während Mrs Hill ihr das Haar bürstete. Der stetige Rhythmus der Bürste und das freundschaftliche Schweigen ermutigten sie, eine Frage zu stellen, die sie sonst höchstens zögerlich ausgesprochen hätte.

»Mrs Hill, glauben Sie, dass Mr und Mrs Collins eine gute Ehe führen?«

Mrs Hill dachte kurz nach. »Nicht besser und nicht schlechter als die meisten, würde ich sagen. Sie zanken sich nicht, und es gibt nie Probleme.«

»Aber mögen sie einander? Genießen sie die Gesellschaft des anderen?«

»Man merkt gleich, dass Sie noch nicht verheiratet sind, Miss Mary. Die beiden sind schon seit einigen Jahren ein Paar. Da kann man nicht erwarten, dass sie sich wie ein junges Liebespärchen benehmen.«

Die Aussage widersprach Marys Beobachtung in Pemberley. Lizzys und Mr Darcys Hochzeit hatte nicht lange nach der Trauung von Charlotte und Mr Collins stattgefunden, aber die Zeit hatte dem Ausmaß ihrer Zuneigung nichts anhaben können. Selbst Mary, die in Herzensfragen über keinerlei Erfahrung verfügte, konnte nicht umhin zu erkennen, wie sehr die beiden es genossen, zusammen zu sein. Nichts entzückte Mr Darcy mehr als Lizzys Nähe, sie hingegen strahlte vor Freude, wann immer sie ihn sah. Aber in Longbourn lagen die Dinge anders. Hier hatte Mary keine liebevollen Blicke beobachtet, keine heitere Zufriedenheit, kein Verlangen nach der Nähe des anderen. Im Gegenteil, während die Darcys kaum jemals voneinander getrennt waren, sah man Mr und Mrs Collins nur höchst selten zusammen. Natürlich ließ sich nicht leugnen, dass es genug Dinge gab, die Charlottes Zeit in Anspruch nahmen. Da waren ihr kleiner Sohn, der betreut werden, und der Haushalt, der geführt werden musste, wobei ihr weit weniger Personal zur Verfügung stand als Lizzy. Und waren all diese Pflichten erfüllt, kosteten die Verschönerungen am Haus sie die wenigen Mußestunden, die blieben. Es schien immer irgendetwas zu geben, das Charlottes Aufmerksamkeit bedurfte, sie von ihrem Mann weglockte und verhinderte, dass sie ihn begleitete, wenn er außer Haus zu tun hatte, oder einen anderen Zeitvertreib mit ihm teilte.

Und dann dieser Gartenpavillon, der so viel von Mr Collins' Freizeit in Anspruch nahm. Mary hatte sich schon gefragt, ob Charlotte bei diesem Projekt den Hintergedanken gehabt hatte, die Energien ihres Mannes umzulenken und so viel Abstand wie möglich zu ihm zu schaffen. Doch das war ein kleinlicher Gedanke, und Mary versuchte, ihn zu unterdrücken. Aber je mehr von dem Alltag der beiden sie mitbekam, umso begründeter schien ihr der Verdacht, Charlotte könnte ihren Tagesablauf bewusst so gestalten, dass sie möglichst selten mit ihrem Mann zusammentraf.

Mary beobachtete im Spiegel, wie Mrs Hill ihre Haare zu einem adretten Knoten schlang und aufsteckte.

»Sie scheinen einander tagsüber kaum zu Gesicht zu bekommen.«

»Nun, es gibt viele Möglichkeiten, eine Ehe zu führen. Und wenn die beiden sich für diese Art entschieden haben, steht es niemandem zu, nach dem Grund dafür zu fragen.«

»Aber was, wenn sich einer von beiden nicht dafür entschieden hat?«

Mrs Hill seufzte. »Dann werden sie nicht die Ersten sein, die feststellen, dass die Ehe nicht ganz das ist, was sie erwartet hatten, und das Beste daraus machen. So, Miss Mary, wir sind fertig.«

Beim Abendessen schämte Mary sich ein bisschen, als sie erneut beobachtete, wie gewissenhaft Charlotte für das leibliche Wohl ihres Mannes sorgte. Ihre Neugier schien ein schlechter Dank für Charlottes Gastfreundschaft zu sein; auf jeden Fall war es unhöflich, ja sogar geschmacklos, auf diese Weise Mutmaßungen über das Privatleben ihrer Gastgeber anzustellen. Aber je länger sie die beiden zusammen erlebte, desto stärker wurde ihre Überzeugung, dass eine Mauer zwischen dem Ehepaar stand, eine Mauer, die – und das war viel überraschender – bei all ihrer Zuvorkommenheit von Charlotte errichtet worden war. Hinter der stillen Fassade der fügsamen Ehefrau verbarg sich eine selbstbestimmte Person. Nichts, was Mr Collins sagte oder tat, berührte Charlotte; ihre Gefühle waren tief in ihrem Inneren verschlossen und für ihren Mann unerreichbar. Als Mary verstohlen zu Mr Collins spähte, erkannte sie an seiner resignierten Miene, dass er das wusste und die Traurigkeit, die sie ihm ansehen konnte, das Resultat dieses Wissens war.

In jener Nacht war Mary zu aufgewühlt, um Schlaf zu finden. Als sie in Longbourn eintraf, war sie davon ausgegangen, dass es allein von Charlottes Gefühlen abhing, ob ihre Ehe mit Mr Collins ein Erfolg war. Es war ihr nicht eingefallen, Mr Collins' Gefühle in Betracht zu ziehen. Er hatte sein Ziel, eine achtbare Frau zu finden, die bereit war, ihn zu heiraten, erreicht – war das nicht genug? Was hätte er sich mehr erhoffen können? Etwa Liebe?

Mary hatte ihm keine tieferen Gefühle zugetraut und musste jetzt einsehen, dass sie sich geirrt hatte. Charlotte hatte alle notwendigen Zugeständnisse gemacht, um sich mit einer Vernunftehe abzufinden, und war, wenigstens oberflächlich betrachtet, mit der Situation zufrieden. Ihr Mann war es, der mit der Verbindung, die er selbst angestrebt hatte, unglücklich war.

Kapitel 38

Eines Morgens saß Mary in der Bibliothek und freute sich, den Raum für sich allein zu haben. Sie hatte soeben gedacht, dass ihr Gastgeber an diesem Tag anscheinend nicht die Absicht hatte, sich zu ihr zu gesellen, als Mr Collins wider Erwarten in der Tür erschien.

Er wirkte verlegen. »Miss Bennet, wie ich von Mrs Collins hörte, würde es Sie nicht stören, wenn ich ein paar Stunden an meinem Schreibtisch arbeite. Sollte dies doch der Fall sein, sagen Sie es mir bitte. Dann ziehe ich mich augenblicklich zurück.«

Mary versicherte ihm, wie sie es schon einmal getan hatte, dass sie nicht das Geringste dagegen einzuwenden habe, den Raum mit ihm zu teilen, und schließlich setzte er sich an seinen Schreibtisch und begann, seine Papiere zu ordnen. Sie widmete sich wieder ihren Büchern und war schon bald so in ihre Lektüre vertieft, dass das erste Geräusch, das sie Stunden später wahrnahm, Charlotte war, die sie beide zum Tee rief.

Als Mr Collins sich erhob, strahlte er Mary an. »Ich bin Ihnen äußerst dankbar, Miss Bennet. Ihre Anwesenheit hat mich ganz und gar nicht gestört. Sie waren so still, dass man fast hätte glauben können, außer mir wäre niemand im Raum.«

»Wie erfreulich, dass meine Anwesenheit so … leicht zu ignorieren ist.«

Er machte ein bestürztes Gesicht. »Ich habe das nicht unhöflich gemeint. Nicht viele Menschen begreifen, wie förderlich Schweigen der Konzentration ist. Es ist eine absolute Voraussetzung für jeden, der ernsthafte Studien betreiben will, leider aber nur den wenigsten gegeben, wie ich zu meinem Bedauern feststellen muss, insbesondere beim schönen Geschlecht. Sie jedoch scheinen sich nicht viel aus müßigem und oberflächlichem Geplapper zu machen.«

»Das höre ich gern, Sir. Und Sie haben recht, ich habe keine besondere Begabung für höfliche Konversation.«

Mr Collins schien ein wenig verwirrt, als er ein kurzes Lachen ausstieß, bevor er davoneilte. Aber anscheinend hatte er an der gemeinsamen Nutzung seiner Bibliothek nichts auszusetzen, denn am nächsten Tag und auch an den darauffolgenden erschien er dort jeden Morgen, um sich pflichtbewusst seiner Korrespondenz zu widmen. Am vierten Tag trat er zwei Stunden, nachdem er in die Bibliothek gekommen war, zu Marys Überraschung an ihren kleinen Tisch.

»Ich fürchte, meine Neugier triumphiert über meine Manieren. Dürfte ich Sie fragen, Miss Bennet, was Sie mit derart großem Interesse lesen?«

Mary blickte erstaunt auf. Nie hätte sie vermutet, dass er es sein würde, der das Schweigen brach.

»Nun, ich beschäftige mich mit den Werken, an denen ich mich erfreut habe, als ich noch hier im Haus lebte. Bücher, die ich als erhellend und nützlich empfand.«

»Nichts wirkt belebender auf einen wachen Geist, als in vergangenen Freuden zu schwelgen.«

»Wohl wahr. Aber ich verfolge auch eine bestimmte Absicht. Man könnte sagen, ich betreibe Forschungen.«

Seine Skepsis stand ihm ins Gesicht geschrieben. »Tatsächlich? Auf dem Gebiet der Wissenschaft? In diesem Fall könnte ich

Ihnen vielleicht behilflich sein. Ich stehe jederzeit denen zur Verfügung, die nach Wissen streben, und bin gerne bereit, die unsicheren Schritte derjenigen, die mit anspruchsvoller Literatur kaum vertraut sind, in die richtige Richtung zu lenken.«

Mary war es nicht gewohnt, ihre geistigen Interessen mit anderen zu erörtern, sodass ihr erster Impuls war, nicht weiter auf sein Angebot einzugehen. Zudem irritierte sie Mr Collins' gönnerhafte Selbstgefälligkeit. Sie hob den Kopf und blickte ihn direkt an.

»Ich interessiere mich für menschliches Glück, Sir, für ein besseres Verständnis davon, wie es sich definieren lässt und wie es erzielt werden kann. Ich möchte der Frage nachgehen, ob der glückliche Zustand einer ist, der sich aus dem beliebigen Zusammentreffen gewisser Umstände ergibt, oder eine Situation, die wir kraft unseres Willens herbeiführen können. Ich möchte verstehen, wie wir Glück zu erkennen vermögen, wenn es in unserer Reichweite ist, und auf welche Art und Weise wir lernen können, ohne Glück zu leben, wenn es uns versagt bleibt.«

Mr Collins war sichtlich erschüttert. »Also wirklich! In der Tat eine ungewöhnliche Beschäftigung für eine junge Dame! Ich hätte ja nie vermutet, dass Ihre Interessen derart philosophischer Natur sind. Wenn ich ehrlich bin, muss ich gestehen, dass ich den Verdacht hatte, dass Sie heimlich Romane lesen und sich für einen so frivolen Zeitvertreib schämen.«

»Es würde mir nichts ausmachen, mich zu jedem Buch zu bekennen, das ich meiner Zeit und Hingabe für würdig erachte, auch wenn ich im Allgemeinen für Unterhaltungsliteratur nicht viel übrighabe. Ich habe festgestellt, dass Sachbücher meinen Neigungen eher entgegenkommen.«

»Tatsächlich?« Mr Collins setzte sich und griff nach der kleinen Auswahl an Büchern, die sich vor Mary auf dem Tisch stapelten. »Darf ich mir wohl ansehen, in welche Richtung Ihr Geschmack geht?«

Er nahm ein Buch nach dem anderen in die Hand und las die Autoren laut vor. »Locke, Paley, Rousseau … sogar Hume! Sie dringen in äußerst interessante Gebiete vor, Miss Bennet. Wusste Ihr Vater, dass Sie diese Werke studieren?«

»Möglicherweise, aber ich glaube nicht, dass er an anderen Studien als seinen eigenen interessiert war.«

Mr Collins befingerte seinen Stehkragen. »Es überrascht mich, dass diese Bücher überhaupt in seinen Regalen zu finden sind. Sie deuten auf einen Verstand hin, der mit der christlichen Lehre nicht gänzlich einverstanden ist. Es sollte mir leidtun, wenn das der Fall gewesen wäre, und noch mehr täte es mir leid zu erfahren, dass Sie von derartigem Gedankengut beeinflusst wurden.«

»Oh, mein Glaube ist zu fest verankert, um durch diese Lektüre ins Wanken gebracht zu werden. Ich bin auch nicht der Meinung, dass es falsch von meinem Vater war, solche Bücher zu besitzen oder mir zu erlauben, sie zu studieren. Selbst Dr. Fordyce sagt, es sei wünschenswert, vor geistigen Herausforderungen nicht zurückzuschrecken, da wir nur dadurch lernen, gute Argumente von schlechten zu unterscheiden.«

»Sie vertreten Ihre Sache recht überzeugend, Miss Bennet. Und diese Forschung, die Sie betreiben, diese Studie über menschliches Glück … darf ich fragen, ob es sich dabei um eine rein intellektuelle Tätigkeit handelt? Oder spielt vielleicht ein persönliches Motiv hinein?«

Eine derart direkte Frage hatte Mary nicht erwartet. »Nun, ich denke, jede Forschung ist eine Mischung aus intellektuellem wie persönlichem Interesse«, erwiderte sie. »Wie sollen wir wissen, wo das eine aufhört und das andere beginnt?«

Jetzt war es Mr Collins, der den Blick abwandte. »Ein interessanter Gedanke. Ich werde darüber nachdenken, Miss Bennet.« Er nickte, stand auf und verließ den Raum.

Mary starrte noch eine Weile aus dem Fenster und ließ das Gespräch nachwirken. Dann schlug sie das dickste und schwierigste der Bücher auf, die vor ihr lagen, setzte ihre Brille auf und fing an zu lesen.

Kapitel 39

Mary war sich nicht sicher, ob Mr Collins nach ihrem Gespräch die Bibliothek wieder aufsuchen würde, wenn sie selbst dort arbeitete. Ihr war bewusst, dass ihre Worte eine für ihn schmerzliche Wahrheit gestreift hatten, weshalb er vielleicht in Zukunft ihre Nähe meiden würde. Doch am nächsten Tag erschien er zur gewohnten Stunde. Er sprach sie nicht an, und nichts störte die Stille in der Bibliothek, bis er diese einige Stunden später wieder verließ. Am nächsten Tag war es das Gleiche, genauso wie auch am übernächsten. Erst am dritten Morgen räusperte Mr Collins sich und trat mit einem Buch in der Hand an ihren Tisch.

»Miss Bennet, ich habe eine Weile über die Unterhaltung nachgedacht, die wir unlängst führten, und nach reiflicher Überlegung entschieden, dass ich nichts falsch mache, wenn ich Ihnen diesen kleinen Band überreiche. Ich denke, Sie werden ihn äußerst erhellend finden. Es handelt sich um Aristoteles' *Ethik*. Kennen Sie das Werk?«

Mary schüttelte den Kopf.

Mr Collins setzte sich und schob ihr das Buch über den Tisch hin. »Ich bin der Überzeugung, dass Ihre Studien davon nur profitieren können. Aristoteles hat sehr viel über das Glück zu sagen, und alles davon ist hochinteressant. Viele christliche Gelehrte schätzen ihn sehr, obwohl er nicht den Vorzug genoss, das Wort

Gottes zu hören. Aus diesem Grund scheue ich nicht davor zurück, Ihnen diese Schrift ans Herz zu legen.«

Mary griff zögernd nach dem Buch.

»Ich würde Ihnen raten, jeden Tag nur ein wenig davon zu lesen, um sich an seinen Stil zu gewöhnen. Und am Ende der Woche können wir uns darüber unterhalten, was Sie gelernt haben. Ich habe das Gefühl, der Band wird Ihnen viel Freude bereiten.«

Er kehrte an seinen Schreibtisch zurück und vertiefte sich in seine Papiere. Mary blieb gerade lange genug in der Bibliothek, um durch ihr überstürztes Gehen nicht unhöflich zu erscheinen, bevor sie nach oben in ihr Zimmer eilte, um das Buch dort ungestört zu studieren. Ihr Herz schlug schneller. Seit sie denken konnte, hatte sie sich nach einem Menschen gesehnt, der an ihren geistigen Interessen Anteil nahm. Dass es nun ausgerechnet Mr Collins sein sollte, der dafür einen Funken Neugier zeigte, war überaus erstaunlich. Bei seinem Antrittsbesuch in Longbourn hatte er jeden ihrer Versuche, ihn für ihre Interessen zu gewinnen, geflissentlich ignoriert. Aber diese Wunden waren verheilt, und wenn sie sich auch noch manchmal bemerkbar machten, als wollten sie Mary an ihr Vorhandensein erinnern, erschienen sie im Vergleich zu den wesentlich schlimmeren Qualen später nicht mehr ganz so arg. Als sie jetzt das Werk von Aristoteles aufschlug, empfand sie nichts als Dankbarkeit für Mr Collins, da er dieses Buch extra für sie ausgewählt hatte.

Schon bald wurde ihr klar, dass er mit seiner Warnung, sie werde eine Weile brauchen, um sich in den Text einzulesen, recht gehabt hatte. Aber sie ließ nicht locker, und allmählich gewöhnte sie sich an die präzise, anspruchsvolle Sprache des großen Philosophen. Das Buch war keine leichte Kost, doch sie genoss die Herausforderung der Lektüre, und am Ende der Woche brannte sie darauf, das Gelesene zu diskutieren. Als sie in die Bibliothek geeilt kam, wartete Mr Collins schon auf sie.

»Miss Bennet! Ich bin gespannt zu erfahren, was Sie aus Ihrer ersten Begegnung mit einem der profundesten Denker der Antike gelernt haben.«

»Ich habe das Buch mit großem Interesse gelesen, Sir. Und ich habe mir ein paar Notizen gemacht.«

»Eine ausgezeichnete Angewohnheit für einen Gelehrten, die Ihnen, wie ich hoffe, ermöglichen wird, mir klar und deutlich zu erklären, was Sie von Aristoteles über das Glück erfahren haben.«

»Sie wollen, dass ich meine Eindrücke beschreibe?«

Mr Collins nickte.

Einen Moment lang zögerte Mary, dann holte sie kurz Luft und fing an. »Aristoteles sagt uns, dass wahre Glückseligkeit allein auf Tugendhaftigkeit beruhen kann. Ich denke, er meint damit, dass unser Verhalten darauf ausgerichtet sein sollte, unsere Güte zu fördern und unsere besten Eigenschaften zum Vorschein zu bringen.«

»So ist es. Fahren Sie fort.«

»Aber oft fällt es uns schwer, Tugend zu erkennen, weil wir dazu neigen, sie mit Genuss zu verwechseln. Genuss kann uns Freude bereiten – eine Empfindung, die mit gutem Essen, guten Gesprächen, der Betrachtung von Schönheit einhergeht –, aber diese Dinge schwinden. Genuss ist vergänglich, wahres Glück hingegen von Dauer. Das ist der grundlegende Unterschied.«

»Und was schlägt Aristoteles vor, um diesen Zustand von Glückseligkeit zu erreichen?«

»Nun, es ist nicht leicht, seine Gedankengänge in knappe Worte zu fassen, ohne die Subtilität seiner Erkenntnisse aus den Augen zu verlieren.«

»Aber wenn ich darauf bestehe, Miss Bennet?«

»Dann würde ich Folgendes antworten: Aristoteles sagt uns, dass wir nur dann, wenn wir uns selbst kennen, einen Zustand wahren Glücks erreichen können. Erst wenn wir unsere Stärken und Schwächen erforscht und begriffen haben, wenn wir ehrlich genug sind, um zuzugeben, was wir uns wirklich vom Leben wünschen, erst dann haben wir die Chance, glücklich zu sein.«

Mr Collins war entzückt. »Bravo, Miss Bennet! Eine höchst überzeugende Zusammenfassung. Wir werden noch eine klassische Gelehrte aus Ihnen machen!«

Mary erwiderte sein Lächeln. Sie war ein bisschen verlegen, aber durchaus erpicht darauf, mit diesem Projekt fortzufahren. »Glauben Sie, wir könnten in dieser Manier weitermachen, Sir? Bis zum Ende des Buchs?«

»Ich glaube sogar, das müssen wir unbedingt, sonst werden wir nie erfahren, wie sich Aristoteles' Ideen entwickeln. Sie setzen die Lektüre fort, und in Bälde tauschen wir uns wieder darüber aus.«

Je mehr Mary las, desto größer wurde ihr Selbstvertrauen. Bei ihrer nächsten Diskussion mit Mr Collins sprach sie ihre Gedanken schon bereitwilliger und mit größerer Klarheit aus. Das Schweigen, das früher stets in der Bibliothek geherrscht hatte, wich Gesprächen, die so lebhaft geführt wurden, dass sie irgendwann auch Charlotte auffielen. Als sie eines Nachmittags mit Mary im Garten arbeitete, ließ sie die Bemerkung fallen, dass es das erste Mal seit über einer Woche war, dass sie zusammen das Haus verlassen hatten.

»Du scheinst eine recht interessante Zeit verbracht zu haben. Ich hoffe nur, Mr Collins langweilt dich nicht. Er neigt dazu, allzu enthusiastisch zu werden, wenn es um Themen geht, die ihn interessieren, und das kann sehr ermüdend sein. Ich will dir damit sagen, dass du dich nicht verpflichtet fühlen musst, ihm Gesellschaft zu leisten.«

»Aber ich langweile mich kein bisschen, mein Wort darauf! Im Gegenteil, ich finde unsere Gespräche außerordentlich interessant und bin dankbar für die Zeit, die Mr Collins mir opfert, und die Mühe, die er nicht auf sich zu nehmen scheut.«

Bei diesen Worten hob Charlotte den Kopf und warf einen scharfen Blick in Marys Richtung. Mary, die gerade versuchte, der Erde ein besonders hartnäckiges Unkraut zu entreißen, bemerkte ihn nicht.

»Würdest du nicht auch gern Studien irgendeiner Art betreiben, Charlotte? Mr Collins stellt alles so leicht verständlich dar, und ich bin mir sicher, du würdest diesen Zeitvertreib ebenso anregend finden wie ich. Warum gesellst du dich nicht zu uns?«

»Ich fürchte, es gibt schon genug Dinge, die meine Anwesenheit erfordern … der Haushalt, das Kind. Ich habe nicht die Muße, meine Vormittage der Philosophie zu widmen. Was hätte Aristoteles wohl dazu zu sagen?«

Mary, die immer noch mit der Gartenschaufel die harte Erde lockerte, entging der bittere Unterton in der Stimme ihrer Freundin. »Sehr wenig, nehme ich an. Du hast schon recht, Aristoteles zeigt nicht viel Interesse an der Frage, wie Frauen das Glück finden – oder an Frauen im Allgemeinen. Ich werde Mr Collins bei unserem nächsten Gespräch dazu befragen.«

Abrupt stand Charlotte auf, ließ ihre Gartenschere in ihre Schürzentasche fallen und reichte Mary den Korb. »Ich muss mich um das Dinner kümmern. Bitte sei so nett und bring die Blumen hinein.«

Ohne ein weiteres Wort und ohne ein Lächeln drehte sie sich um und marschierte davon. Mary schaute ihr verwirrt hinterher. Sie hatte keine Ahnung, wodurch sie ihre Freundin gekränkt haben könnte.

Als sie sich abends an den Tisch setzte, war sie immer noch ein bisschen verunsichert, weil sie befürchtete, Charlotte verärgert zu haben. Aber diese schien wieder ganz die Alte zu sein und saß mit ihrer üblichen Ruhe der Tafel vor. Oder war da doch eine fast unmerkliche Veränderung an ihrem Verhalten? Eine neue Wachsamkeit, noch so schwach ausgeprägt, dass Mary nicht hätte sagen können, ob sie sie sich nicht nur einbildete? Im Laufe der Mahlzeit versuchte sie, sich davon zu überzeugen, dass sie sich täuschen musste, aber eine gewisse Nervosität blieb, und sie war froh, als sie sich endlich vom Tisch erheben konnte.

Später, als Mrs Hill ihr das Haar bürstete, reagierte Mary nicht auf die Versuche der Haushälterin, sie in ein Gespräch zu verwickeln. Ihre Gedanken kreisten unentwegt um Charlotte, bis sie glaubte, jede Möglichkeit, ihr Benehmen zu verstehen, ausgelotet zu haben. Dann beschloss Mary, nicht mehr an sie zu denken. Sobald Mrs Hill gegangen war, griff sie nach ihrem Aristoteles und las noch ein paar Zeilen, bevor sie die Kerze ausblies und einzuschlafen versuchte.

Kapitel 40

Mary beobachtete Mr Collins aufmerksam, als er in die Bibliothek kam. Sie wollte sehen, ob irgendetwas an seinem Verhalten darauf hinwies, dass Charlotte ihm den Grund für ihre Verstimmung anvertraut hatte. Aber er wirkte völlig unbefangen, ja sogar recht aufgekratzt.

»Ich habe Ihnen einen Vorschlag zu unterbreiten, Miss Bennet. Da Sie offensichtlich Geschmack an den Lehren des klassischen Altertums gefunden haben, habe ich mir überlegt, dass es vielleicht eine gute Idee wäre, Sie mit diesem Wissensschatz der Menschheit noch näher bekannt zu machen.«

Er setzte sich zu ihr. »Ich habe reiflich darüber nachgedacht und bin in Anbetracht Ihres gefestigten Charakters zu dem Schluss gekommen, dass daraus kein Schaden erwachsen kann.«

Er zog ein kleines und ziemlich abgegriffenes Büchlein aus seiner Jackentasche und legte es vor sie hin. »Dies hier ist ein Wörterbuch des Griechischen mit einer angefügten Grammatik für Anfänger. Wie Sie sehen können, ist das Buch nicht mehr das jüngste, aber meiner bescheidenen Meinung nach immer noch das beste seiner Art. Es hat mir bereits gehört, als ich ein Schuljunge war. Ich hatte einen hervorragenden Lehrer, der mir diese Sprache nahebrachte, und er war es auch, der mir dieses Büchlein schenkte. Es ist nicht leicht, die griechische Sprache zu erlernen, aber man wird für seine Mühen reich belohnt.«

Mary legte ihren Federhalter auf den Tisch und sah Mr Collins erstaunt an. »Sie schlagen mir vor, Griechisch zu lernen, Sir?«

»Ganz recht. Mir ist bewusst, dass es im Allgemeinen nicht als passende Disziplin für junge Damen erachtet wird, aber ich habe noch keine Frau mit einem derart ausgeprägten Interesse für klassische Studien kennengelernt wie Sie, wenn Sie mir diese Bemerkung erlauben. Ich denke, Sie sind der Anforderung durchaus gewachsen.«

Er beugte sich vor und schlug das Buch auf. »Sehen Sie, das hier ist das griechische Alphabet, sämtliche Buchstaben von Alpha bis Omega. Diese Begriffe sind Ihnen sicher bekannt, nicht wahr? Und zwischen den beiden finden Sie alle anderen Buchstaben samt Lautschrift, damit man weiß, wie sie ausgesprochen werden.«

Mary rieb ihre Brille an ihrem Ärmel sauber und starrte wie gebannt die fremdartigen Zeichen an.

»Was meinen Sie, Miss Bennet? Wenn Sie es wünschen, bin ich gerne bereit, gemeinsam mit Ihnen den Versuch zu wagen.«

Einen Moment lang zögerte sie. Wäre es mit diesen ganz fremdartigen Buchstaben nicht so, als müsste sie wieder lesen lernen? Was, wenn sie versagte? Aber dann wurde sie von Begeisterung gepackt, und sie wusste, dass sie nicht widerstehen konnte. »O ja, Mr Collins! Ich würde mich dieser Herausforderung schrecklich gern stellen!«

Er lächelte. »Ich auch, Miss Bennet. Ich auch.«

Marys erste Übung bestand darin, das griechische Alphabet zu lernen. Mit der kleinen Grammatik und einem Stoß Papier saß sie allein in der Bibliothek, starrte die Buchstaben an, bis ihr die Augen tränten, malte sie sorgfältig ab und murmelte sie dabei halblaut vor sich hin. Manchmal verlangte Mr Collins, dass Mary sie laut vor ihm aufsagte. Zuerst hatte sie Angst, sich zu blamieren, aber davon wollte er nichts wissen, und schon bald hatte sie ihre Befangenheit abgelegt und sprach die Buchstaben klar und deutlich und ohne jede Verlegenheit aus. Sie machte rasch große Fortschritte, und eines Nachmittags, als sie alle beim Tee saßen, fragte Mr Collins seine Frau, ob sie nicht gern hören würde, wie ihre Freundin das griechische Alphabet aufsagte.

»Sie hat hart gearbeitet, und ich bin sicher, liebe Charlotte, Sie werden staunen, wie weit ihre Kenntnisse gediehen sind.«

Als Mary leicht errötend aufblickte, bemerkte sie Charlottes Gesichtsausdruck. Und plötzlich wusste sie mit absoluter Sicherheit, dass Charlotte ganz und gar nicht darauf erpicht war, ihre frisch erworbenen Kenntnisse der griechischen Sprache zu hören. Unbeholfen stolperte sie durch das Alphabet, verunsichert von Charlottes unverwandtem, abschätzigem Blick, der jedes Mal strenger wurde, wenn Mr Collins Mary leise soufflierte. Als sie fertig war, klatschte nur er Beifall.

»Bravo, Miss Bennet! Sie legen Zeugnis für den Wert harter Arbeit ab und sind eine wahre Zierde für Ihr Geschlecht! Was meinen Sie, Charlotte? Hat sie ihre Sache nicht gut gemacht?«

Charlotte musterte Mary mit einem Blick, als würde sie ihre Freundin zum ersten Mal richtig sehen.

»Wie mir scheint, hast du deine Zeit in der Bibliothek gut zu nutzen gewusst. Bisher war mir nicht ganz klar, womit du dich dort beschäftigst, aber jetzt begreife ich so manches. Gut gemacht, Mary. In der Tat.«

»Wir machen noch eine Gelehrte aus Ihnen, Miss Bennet!«, rief Mr Collins. »Davon bin ich felsenfest überzeugt. Aber nicht mehr heute. Mrs Collins, Sie werden sich gewiss erinnern, dass ich später nicht beim Dinner zugegen sein werde, da ich geschäftlich in Hertford zu tun habe. Sie müssen sich also zu zweit amüsieren.«

Mit einem Lächeln der Freude über die Fortschritte seiner Schülerin auf den Lippen stand Mr Collins auf und verließ den Tisch. Charlotte schenkte sich den letzten Rest Tee ein, ohne ihn vorher Mary angeboten zu haben.

»Ich denke, da Mr Collins nicht hier ist, werde ich heute Abend früh zu Bett gehen. Ich habe keinen Appetit, aber Mrs Hill bringt dir bestimmt etwas, wenn du willst.«

»Das tut mir leid, Charlotte. Kann ich dir vielleicht irgendeine Arbeit abnehmen? Ich habe den Rest des Tages nichts zu tun.«

»Nein danke. Ich bin sicher, ich komme allein zurecht. Ich denke nicht, dass wir heute noch viel voneinander zu sehen bekommen; ich habe einiges zu erledigen.«

Danach sagte Charlotte nichts mehr, und kurz darauf erhob sie sich und verabschiedete sich mit einem reichlich kühlen Nicken.

Mary sah ihr beunruhigt nach. Diesmal konnte kein Zweifel an Charlottes frostigem Ton oder der Quelle ihrer Gereiztheit bestehen. Es missfiel ihr, dass Mary in der Bibliothek so viel Zeit mit Mr Collins verbrachte. Das Wort »Eifersucht« tauchte in Marys Gedanken auf, aber sie verdrängte es hastig. Eine lächerliche Vermutung, zu albern und abwegig, um etwas mit der Realität zu tun haben zu können. Es war schwer, sich zwei Menschen vorzustellen, die sich weniger irgendeines unmoralischen Verhaltens hätten schuldig machen können, als Mr Collins und sie selbst. Sie war nicht der Typ Frau, um den sich Männer bemühten, und er war schwerlich der Mann, der Annäherungsversuche machte.

Wenn ihr Zorn erst einmal verflogen war, würde Charlotte das bestimmt auch so sehen. Sobald sie ruhig überlegte, musste sie doch selbst von der Ungerechtigkeit ihrer Verdächtigungen überzeugt sein. Mary hatte Charlotte immer als das ausgeglichenste und nüchternste aller weiblichen Wesen betrachtet, und ihre Gefühle für ihren Mann schienen nicht leidenschaftlich genug, um ihre objektive Urteilskraft zu beeinträchtigen. Unter diesen Voraussetzungen konnte ihre Verstimmung einfach nicht andauern. Schon bald würde Charlotte wieder ganz sie selbst sein, vernünftig und gefasst und imstande, über eine Idee zu lachen, die einfach zu absurd war. Mary selbst würde sich dazu nicht äußern. Schließlich war weder mit Worten noch mit Gesten die Grenze des Anstands zwischen ihr und Mr Collins überschritten worden. Und das war die Wahrheit. Sie würde etwaige andere Vermutungen nicht dadurch würdigen, dass sie sich zu rechtfertigen versuchte; sie würde nicht einmal mehr an sie denken.

Um auf andere Gedanken zu kommen, ging sie in die Bibliothek, legte Papier und Feder zurecht und begann, die griechischen Buchstaben zu üben. Als sie nach ihrem kleinen Wörterbuch griff, zögerte sie einen Moment, bevor sie es aufschlug. Was, wenn Charlotte es sah und fragte, woher sie es hatte? Aber das war lachhaft. Sie hatte nichts Unrechtes getan und würde sich kein schlechtes Gewissen einreden lassen. Sie lehnte das Buch gegen ein anderes und fing an zu schreiben.

Kapitel 41

Am Ende des Tages hatte Mary Seite um Seite mit griechischen Buchstaben gefüllt, und ihr brannten die Augen, als sie die Brille abnahm. Sie beschloss, das Geschriebene mit nach oben zu nehmen und es dort zu begutachten. Es wäre sicher interessant festzustellen, ob in ihren jetzigen Bemühungen eine Verbesserung zu ihrem anfänglichen Gekritzel festzustellen war.

In ihrem Zimmer breitete sie die Seiten auf ihrem Frisiertisch aus und zündete zwei Kerzen an. Sie verglich gerade ihre Arbeiten, als Mrs Hill hereinkam. Zuerst machte sich die Haushälterin daran, Kleidungsstücke zusammenzulegen und glatt zu streichen, aber schon bald stellte sie sich hinter Mary und spähte ihr neugierig über die Schulter.

»Was ist das? So eine Schrift habe ich noch nie gesehen.«

»Das ist Altgriechisch, Mrs Hill. Die Sprache großer Philosophen und Dichter, sie wurde in der Antike gesprochen.«

»Und das bringt Mr Collins Ihnen bei? Griechisch zu lesen und zu schreiben?«

»Ja, er ist so nett, mich zu unterrichten, wann immer er Zeit dafür findet.«

Mrs Hill richtete sich auf und sah Mary direkt an. »Die scheint er oft genug zu finden, oder? Wenn ich mich nicht täusche, sind Sie an den meisten Nachmittagen zusammen in der Bibliothek.«

»Es sind nur ein paar Stunden am Tag. Das schränkt ihn nicht in seinen anderen Verpflichtungen ein, und ich habe ansonsten wenig genug zu tun.«

»Er sieht mehr von Ihnen als von Mrs Collins. Die beiden widmen sich keinen gemeinsamen Studien, nicht wahr?«

Mary spürte, wie sich Unruhe in ihr regte. Ihr Mund wurde trocken, und ihr Herz schlug schneller. »Das liegt nur daran, dass sie an dieser Art des Lernens keinen Geschmack findet. Sie interessiert sich nicht dafür.« Sie ließ sich aufs Bett sinken.

Mrs Hill, die sah, wie verstört sie war, lief zu ihr. »Ich wollte Sie nicht beunruhigen, wirklich nicht!«

»Hat Mrs Collins mit Ihnen in irgendeiner Weise darüber gesprochen?«

»Lieber Himmel, nein! Sie ist sehr verschlossen und gibt kaum etwas von sich preis. Und denken Sie bitte nicht, Miss Mary, ich wäre der Meinung, Sie täten etwas Unrechtes. Ich weiß, dass so etwas nicht Ihrem Wesen entspricht. Aber Sie verstehen noch nicht, wie es in dieser Welt zugeht. Die Leute zählen zwei und zwei zusammen und erhalten als Ergebnis fünf. Manchmal reicht schon der äußere Anschein, um ein Unheil heraufzubeschwören.«

Mary erstarrte. Sie brachte kein Wort heraus, so sehr schämte sie sich.

»Ich habe Sie viel zu gern, um Sie nicht zu warnen«, fuhr Mrs Hill fort.

Mary nickte.

Da sie offensichtlich nicht die Absicht hatte, noch etwas zu sagen, verließ Mrs Hill das Zimmer und zog leise die Tür hinter sich ins Schloss. Mary vergrub ihr Gesicht in den Kissen. Wie hatte sie bloß so dumm sein können? Nur weil sie selbst ganz genau wusste, dass an den nachmittäglichen Lehrstunden nichts Unrechtes war, hatte sie nicht daran gedacht, wie diese auf andere wirken könnten. Sie hatte den Unterricht so sehr genossen, dass ihre Freude ihr gesundes Urteilsvermögen getrübt hatte. Hatte sie denn von der Erfahrung, die sie mit John Sparrow gemacht hatte, gar nichts gelernt? Sie hatte sich doch geschworen, nie wieder so unüberlegt zu handeln. Sie war eine Närrin, eine unwissende, naive Närrin, zu unbedacht oder zu starrsinnig, um die Konsequenzen ihres Verhaltens in Betracht zu ziehen.

Sie legte sich aufs Bett und dachte an Charlotte. Wenn schon Mrs Hill aufgefallen war, wie viel Zeit Mr Collins mit Mary verbrachte und wie viel Vergnügen ihm ihre Gesellschaft bereitete, dann war es seiner Frau zweifellos nicht entgangen. Charlottes Gereiztheit am Teetisch war kein abrupter Zornesausbruch gewesen, den Mr Collins mit seinem taktlosen Lob Marys provoziert hatte, sondern die Folge eines Grolls, der schon längere Zeit in ihr schwelte. Geschürt durch die Stunden, die Mary mit ihrem Mann verbrachte, die Zufriedenheit auf ihren unschuldigen, ahnungslosen Gesichtern, wenn sie nach dem Unterricht aus der Bibliothek kamen. Hatte Mary noch bis vor Kurzem geglaubt, es wäre unmöglich, Eifersucht wegen eines Mannes zu empfinden, den man nicht liebte, sah sie sich jetzt eines Besseren belehrt.

Es kostete sie fast die gesamte Nacht, einen Entschluss zu fassen. Eine mutigere Frau als sie wäre zu Charlotte gegangen und hätte versucht, dieses Missverständnis zu klären. Aber Mary wusste, dass sie dazu nicht imstande war. Sich direkt an Charlotte zu wenden würde der Situation eine Bedeutung verleihen, die sie nicht verdiente; außerdem befürchtete Mary, unter Charlottes strengem Blick ins Stammeln zu geraten. Sie würde nach den richtigen Worten suchen und sich verhaspeln und dadurch möglicherweise erst recht schuldig wirken. Charlotte würde unerbittlich sein, und Mary fühlte sich ihrem Zorn nicht gewachsen. Sie fürchtete sich vor der Person, zu der Charlotte geworden war, und war überzeugt, dass ein derartiges Gespräch kein gutes Ende nehmen konnte.

Aber irgendetwas musste geschehen, und Mary erkannte schnell, was. Die Griechischstunden mussten beendet werden; und sie durfte keine Zeit mehr mit Mr Collins allein verbringen. Allein in der Dunkelheit ihres ehemaligen Zimmers wusste sie, dass das die richtige Entscheidung war, die einzige Möglichkeit. Aber als sie sich vor Augen führte, was das für sie bedeutete, sank ihr der Mut. Wieder einmal musste sie aus Rücksicht auf andere auf etwas verzichten, das ihr am Herzen lag. Sie hatte John Sparrow abgewiesen, als es der Anstand zu erfordern schien. Und jetzt war sie im Begriff, ihre neuen Studien, die ihr so viel Befriedigung verschafft hatten, abzubrechen, um einer vermeintlichen Intimität, die sie weder initiiert hatte noch als solche empfand, ein Ende zu setzen.

Wie schon so oft in ihren schlaflosen Nächten fragte sie sich, ob sie sich etwas vormachte, und forschte in ihrem Herzen gewissenhaft nach einem noch so winzigen Hinweis darauf, dass sie sich von Mr Collins mehr als Freundschaft erwartete. Nein, da war nichts, nicht der kleinste Beweis für unterdrückte zarte Gefühle. Aber Longbourn rief Empfindungen in ihr hervor. Wenn sie durch die gepflegten Zimmer ging, wenn sie Charlotte im Gemüsegarten beobachtete, und vor allem wenn sie sah, wie ihre Freundin den kleinen William in die Arme nahm und einen Kuss auf seinen flaumigen Scheitel drückte, dann durchzuckte sie ein Gefühl von solcher Intensität, dass sie glaubte, jeder müsse es ihr ansehen. Es war ein heftiges, zorniges Verlangen. Ein Verlangen nach dem Leben, das sie hätte führen können, wäre alles anders gekommen. Ein Verlangen nach einem Zuhause, einem sicheren Platz in der Welt. In diesem Moment war sie so überzeugt wie nie zuvor, dass sie nie in diesen Genuss kommen würde, dass sie immer ein Gast im Leben anderer sein würde, gezwungen, sich den Vorstellungen jener Menschen anzupassen, auf die sie angewiesen war.

Sicher hingegen war, dass sie ihre Meinung über Mr Collins geändert hatte. Sie hatte sich an seine Gesellschaft gewöhnt und zu ihrer Überraschung festgestellt, dass seine unangenehmeren Wesenszüge weit weniger stark hervortraten, wenn er nicht darauf bedacht war, auf andere Eindruck zu machen. Er hatte sich als geduldiger Lehrer erwiesen, und seine Wertschätzung ihres Verstands war sehr befriedigend gewesen. Nie zuvor hatte jemand sie mit derart unverhohlenem Enthusiasmus gelobt. Fast war es zum Lachen, fand Mary, dass sie ihm jetzt wesentlich mehr zugetan war als zu der Zeit, als sie noch die Hoffnung gehegt hatte, seine Frau zu werden. Er war ihr heute viel sympathischer als damals, nicht zuletzt deshalb, weil sie wusste, wie unglücklich er war, und ihn aufrichtig bedauerte. Aber mehr als das fühlte sie nicht für ihn. Sie beide verband nichts anderes als die Freundschaft von zwei gleich gesinnten Menschen. Insofern schien das, was nun geschehen musste, ihnen beiden gegenüber gleichermaßen ungerecht. Doch sie wusste, dass es getan werden musste, und zwar schnell, bevor sie der Mut verließ.

Am nächsten Tag war Mr Collins bis nach der Teestunde beschäftigt, und so war es schon später Nachmittag, als sie die Tür zur Bibliothek öffnete. Er saß bereits am Schreibtisch, vor sich Feder und Papier.

»Nur zu, Miss Bennet«, begrüßte er sie. »Wir haben Verben zu deklinieren und Substantive in den verschiedenen Fällen durchzugehen.«

Sie setzte sich, unfähig, sein Lächeln zu erwidern. »Ich fürchte, wir können unsere Lektionen leider nicht fortsetzen, Mr Collins.

Es erscheint mir unpassend, dass wir so viel Zeit miteinander verbringen.«

Er war so erstaunt, dass ihm einen Moment lang die Worte fehlten.

»Meine liebe Miss Bennet, wie darf ich das verstehen?«, fragte er dann, als er sich wieder gefangen hatte. »Unseren Studien haftet nicht der leiseste Hauch eines Fehlverhaltens an. Und in meiner Eigenschaft als Geistlicher der Kirche von England dürfte ich über jeden Verdacht erhaben sein. Außerdem lasse ich die Tür immer einen Spalt breit offen stehen, wie Sie sicher bemerkt haben.«

»Gewiss, Sir. Und ich bin schwerlich der Typ Frau, für die ein Mann vergisst, was er sich selbst und seiner Familie schuldig ist. Aber mir ist einfach nicht mehr wohl dabei. Wir beide wissen, dass wir uns nichts vorzuwerfen haben, aber der äußere Schein könnte gegen uns sprechen.«

Mr Collins machte ein bestürztes Gesicht. »Hat es Gerede gegeben? Klatsch? Ist … ist etwas an andere Ohren gedrungen?«

»Nein«, behauptete Mary mit mehr Überzeugung, als sie empfand. »Ich spreche einzig und allein meine Befürchtungen aus.«

Sie hoffte, damit das Gespräch beendet zu haben, und schickte sich an aufzustehen, aber zu ihrer Überraschung erhob sich Mr Collins und begann, in unerwartet gemessenem Ton zu sprechen.

»Bleiben Sie noch einen Moment, Miss Bennet. Ich bitte Sie, mir zuzuhören, ehe Sie gehen. Ich werde nicht versuchen, Sie umzustimmen. Wenn Sie der Ansicht sind, dass unser Unterricht enden muss, so habe ich Ihnen nicht zu widersprechen. Ihr Zartgefühl reicht Ihnen zur Ehre. Ich muss gestehen, dass ich selbst nichts Unrechtes in unserem Unterricht sehen kann. Zu gern würde ich vorschlagen, unsere Lektionen fortzusetzen, aber ich bin kein mutiger Mensch. Ich kenne mich selbst gut genug, um zu wissen, dass ich nicht die Entschlossenheit hätte, diesen Standpunkt konsequent zu vertreten, sollte er infrage gestellt werden.«

Mary nahm wieder Platz. Bis auf das stetige Ticken der Kaminuhr ihres Vaters war kein Laut zu hören.

»Aber ich kann nicht erlauben, dass unsere gemeinsame Zeit ein Ende nimmt, ohne Ihnen gesagt zu haben, wie sehr ich sie genossen habe. Für eine Frau haben Sie einen ungewöhnlich überlegenen Verstand, und es war mir ein Vergnügen, Sie zu unterweisen.«

Sie wollte etwas erwidern, aber er hob eine Hand, um sie daran zu hindern. »Mehr noch, war mir Ihre Gesellschaft in jeder erdenklichen Weise angenehm. Mit jemandem reden zu können, der Interesse an meinen Gedanken zu haben scheint, der mich nicht verachtet oder ignoriert … das war eine neue Erfahrung für mich. Eine Erfahrung, die ich, wie ich zu meinem Bedauern sagen muss, in meinem bisherigen Leben nicht oft machen durfte.«

Er trat ans Fenster und beobachtete mit starrem Blick die Krähen in den Bäumen. »Ich habe schon immer gewusst, dass ich nicht die Gabe besitze, Freunde zu finden. Mein Vater, müssen Sie wissen, war ein verbitterter und enttäuschter Mann. Es gab vieles, was ihn erzürnte, und ich fürchte, dass hauptsächlich ich seinen Zorn erregte. Er machte keinen Hehl daraus, dass ich von den vielen Enttäuschungen in seinem Leben für ihn die größte war. Oft genug sagte er mir, ich sei wertlos, und schon bald lernte ich, diese Einschätzung meiner Person zu übernehmen. Dann starb er, und ich dachte, es liege in meiner Macht, mein Leben grundlegend zu ändern.«

Mary war von der unerwarteten Wendung des Gesprächs überrascht. Sie spürte, dass Mr Collins die Dinge, die er jetzt sagte, noch nie vor anderen ausgesprochen hatte. Nein, entschied sie, sie würde nicht wie beabsichtigt die Bibliothek verlassen. Mr Collins hatte sie mit großer Güte behandelt, und sie schuldete ihm in diesem Moment ihre ungeteilte Aufmerksamkeit.

»Und was haben Sie gemacht, Sir?«

»Ich ging auf die Universität und wurde zum Geistlichen ordiniert. Ich dachte, wenn ich erst einmal Teil dieser Welt wäre, könnte ich ein anderer Mensch werden, umgänglich und unbefangen, aber diese Hoffnung erwies sich als falsch. Anderen Männern schien dies mit Leichtigkeit zu gelingen, doch ich blieb steif und hölzern und unbeholfen. Sosehr ich mich auch bemühte, ich traf immer – und tue es nach wie vor, denke ich – den falschen Ton.«

Mary senkte verlegen den Blick.

»Ich sehnte mich danach, so zu sein wie die anderen, charmant und liebenswürdig. Eine Weile glaubte ich, ich könnte lernen, was anderen von Natur aus gegeben war. Ich stellte mir vor, dass ich diese Eigenschaften tatsächlich irgendwann mein Eigen nennen würde, wenn ich nur den äußeren Anschein von Selbstvertrauen erweckte. Aber natürlich war dem nicht so. Erinnern Sie sich noch, wie mich Ihr Vater eines Abends beim Dinner fragte, ob ich mir die Komplimente, die ich den Damen machte, im Voraus zurechtlegen würde? Ich war so dumm, ihm die Wahrheit zu sagen. Natürlich tat ich das! Wie hätte ein Mann wie ich sich Liebenswürdigkeiten auch einfach aus dem Ärmel schütteln können?«

Die Dämmerung brach herein, und in der Bibliothek wurde es allmählich dunkler. Mary konnte von draußen die Kühe hören, die von der Weide in den Stall getrieben wurden.

»Ich tröstete mich mit dem Gedanken, um wie viel besser mein Leben aussehen würde, wenn ich eines Tages Longbourn erbte. Dann würde ich ein schönes Haus besitzen und eine gute

Frau, denn ich bezweifelte nie, dass das eine die andere mit sich bringen würde. Und nun habe ich beides und muss feststellen, dass ich um nichts weniger einsam bin als zuvor.«

Er seufzte, drehte sich aber nicht um. »Natürlich ist da mein William. Meine Hoffnung ruht darauf, dass ich bei ihm mehr Erfolg haben werde als bei anderen Menschen, wenn er erst einmal älter ist und lernt, mich ein wenig gernzuhaben. Diese Aussicht hat mich in meinen unglücklichsten Stunden aufrecht gehalten. Ansonsten hätte ich längst resigniert. Ich erwartete nichts mehr.« Er wandte sich abrupt um und sah Mary direkt an. »Aber dann kamen Sie, und wir begannen mit unserem Unterricht. Anfänglich versprach ich mir nicht viel davon. Aber Sie waren wissbegierig und gescheit, und das gefiel mir. In Ihrer Gegenwart war ich unbefangen; die Zeit in Ihrer Gesellschaft tat mir gut.«

»Bitte, Sir, sagen Sie nichts mehr! Es macht mich so traurig.«

»Wir sind geistesverwandt, Mary. Wir teilen denselben Geschmack. Irgendwann musste ich daran denken, wie anders mein Leben hätte verlaufen können, wäre ich, als ich zum ersten Mal in Longbourn war, um nach einer Frau Ausschau zu halten, nicht so dumm gewesen. Damals wusste ich nicht, was eine gute Ehe ausmacht. Ich sah nicht, was direkt vor meinen Augen war. Wäre ich weniger unbedacht, weniger hastig vorgegangen, hätte ich jemanden wählen können, der im Lauf der Zeit vielleicht gelernt hätte, mich zu lieben. Ich hätte Sie wählen können.«

Mary brachte kein Wort heraus. Zwei so machtvolle Gefühle stiegen in ihr auf, dass sie die Augen schloss und wartete, bis sie ein wenig abgeklungen waren. Das erste war Mitleid. Es rührte sie, wie Mr Collins sein geheimes Ich ihr preisgab, seine Einsamkeit und Verzweiflung eingestand. Derartige Empfindungen waren ihr nicht fremd und riefen in ihr tiefes Verständnis und Anteilnahme hervor. Aber gleichzeitig erfüllte sie Zorn, ein so rasender Zorn, dass sie mit Fäusten auf Mr Collins hätte einschlagen können. *Warum waren Sie so blind? Warum haben Sie mich nicht zur Kenntnis genommen, als ich alles tat, um Ihre Aufmerksamkeit zu erregen? Warum haben Sie nicht begriffen, dass ich von allen die Einzige –* die Einzige! *– war, die zu Ihnen passte? Warum haben Sie nicht mich um meine Hand gebeten? Dann wäre ich jetzt hier, in sicheren Verhältnissen, glücklich und zufrieden, und wir hätten ein besseres Leben geführt, als Sie es jetzt haben, weil ich dankbarer und gütiger gewesen wäre als sie …* All das hätte sie ihm am liebsten an den Kopf geworfen. Aber sie wusste, was die Etikette ihr gebot zu sagen. Sie holte tief Luft und blickte ihn an.

»Ich bin von Ihren Worten zutiefst bewegt, Sir. Sie sprechen so inbrünstig, dass ich unmöglich ungerührt bleiben kann. Genau wie Sie habe auch ich nicht viel Zuneigung erfahren, und schon aus diesem Grund werde ich immer mit großer Wärme an das zurückdenken, was Sie gesagt haben. Aber ich denke, Sie wissen genauso gut wie ich, dass das zu nichts führen kann.«

Sie griff nach dem kleinen griechischen Wörterbuch und hielt es in der Hand, während sie weitersprach. »Auch ich habe unseren Unterricht sehr genossen und großes Vergnügen an Ihrer Gesellschaft gehabt. Aber bitte, Sir, lassen Sie sich davon nicht beirren. Sie sehen mich in einem zu rosigen Licht. Ich fürchte, meine Anziehungskraft besteht vor allem darin, dass ich eine Abwechslung darstelle. Ich bin wie eine Prise Salz und Pfeffer, ein neuer Geschmack in einem Leben, das Ihnen vertraut geworden ist. Wenn Sie sich erst einmal an mich gewöhnt hätten, würden all meine Unzulänglichkeiten nur allzu offensichtlich werden, dessen bin ich überzeugt.«

Mr Collins wollte ihr ins Wort fallen, aber Mary ließ es nicht zu.

»Es betrübt mich sehr, Sie so niedergeschlagen zu sehen. Aber tatsächlich glaube ich, dass Ihr Glück durchaus in Reichweite ist, wenn Sie nur danach greifen. Ich hege keinerlei Zweifel daran, dass Charlotte über alle Eigenschaften verfügt, die nötig sind, um die Ehefrau zu werden, die Sie sich wünschen. Die Gefährtin, nach der Sie sich sehnen. Sie ist unerschütterlich und großzügig und gutherzig, und ich bin mir sicher, dass sie sich ebenso nach Zuwendung sehnt wie Sie. Dürfte ich Ihnen ans Herz legen, mit ihr genauso zu sprechen, wie Sie in den letzten Wochen Ihre Worte an mich gerichtet haben? Dann wird Ihnen gewiss nicht verwehrt bleiben, was Sie sich erhoffen.« Plötzlich bebte ihre Stimme. »Und damit habe ich alles gesagt, was ich zu sagen hatte. Es tut mir leid, aber jetzt muss ich wirklich gehen.«

Sie verließ eilig den Raum, und Mr Collins machte keine Anstalten, sie aufzuhalten. Allein und in Gedanken versunken saß er noch eine Weile am Fenster, bevor er die Läden vor dem dunkelnden Abend schloss.

Am Ende des Gartens saß Charlotte auf einer kleinen Bank, von der sie freie Sicht in die Bibliothek hatte. Sie hatte beobachtet, wie ihr Mann und Mary so angeregt miteinander sprachen, dass keiner von ihnen sie in der Abenddämmerung bemerkte. Eine Weile saß sie regungslos da und starrte auf den Boden. Als ihr zu kalt wurde, ging sie zum Haus zurück, ihr Tuch eng um die Schultern geschlungen, ihre Miene ebenso entschlossen wie ihre Schritte.

Kapitel 42

Mary war sorgfältig darauf bedacht, Mr Collins nach diesem Gespräch zu meiden, und hoffte, es würde niemandem auffallen. Sie spürte, dass es ihm ähnlich erging; wenn sie einander auf der Treppe begegneten, wich er ihrem Blick aus und verbeugte sich nur stumm, bevor er seinen Weg fortsetzte. Beim Dinner war er freundlich, wenn auch distanziert, und beschränkte seine Konversation auf die höfliche Frage, wie Miss Bennet ihren Tag verbracht habe. Zu Marys Überraschung war es Charlotte, die sich nun am gesprächigsten zeigte. Munter plauderte sie über alles, was der kleine William angestellt hatte, und achtete darauf, keine Gesprächspausen entstehen zu lassen, die ansonsten zu Peinlichkeiten hätten führen können. Nie spielte sie auf das plötzliche Ende der Lektionen in der Bibliothek an; tatsächlich schien sie all die Herzlichkeit und Wärme wiedergefunden zu haben, mit der sie Mary bei ihrer Ankunft empfangen hatte. Mary war zuerst verwirrt, weil sie sich diesen Umschwung in Charlottes Verhalten nicht erklären konnte, beschloss aber, dem Beispiel ihrer Freundin zu folgen und einen ähnlich heiteren Ton anzuschlagen, wenn sie auf deren Bemerkungen einging. Vielleicht, dachte sie, hatte sich der Sturm ja verzogen, und alles würde wieder so werden, wie es einmal gewesen war. Sie wünschte sich dies sehnlichst, und manchmal, wenn sie das Ehepaar Collins verstohlen beobachtete, glaubte sie, ihre Hoffnungen wären berechtigt.

Charlotte schien sich sehr viel mehr um ihren Mann zu bemühen. Sie lächelte ihn öfter an, lauschte ihm mit größerem Interesse und berührte sogar gelegentlich seine Hand, wenn sie bei Tisch saßen. Mary konnte sehen, wie sich Mr Collins' Gesichtsausdruck von überrascht zu dankbar wandelte und zaghafte Freude ausdrückte, wenn Charlotte ihm ein Zeichen von Zuneigung schenkte. Die Angst, die Mary seit Mrs Hills Warnung gequält hatte, begann nachzulassen. Vielleicht war das Schlimmste überstanden.

Kurz danach traf sie eines Nachmittags Charlotte in der Halle. Ihre Freundin trug eine Schürze über ihrem Kleid und hielt einen Korb mit ihren Gartenhandschuhen und ein dickes Notizbuch in der Hand.

»Tut mir leid, Mary, aber ich fürchte, du musst dir die Zeit bis zum Abendessen allein vertreiben. Mr Collins und ich wollen im Garten arbeiten, solange das schöne Wetter anhält. Ich habe den neuen Pavillon besichtigt und möchte ihn so elegant und einladend wie möglich gestalten. Ich habe sogar Pläne gezeichnet. Was hältst du davon?« Sie schlug das Notizbuch auf und reichte es Mary, die bedächtig die Seiten umblätterte.

»Sehr charmant«, stellte sie fest. »Der Pavillon wird Longbourn noch hübscher machen.«

»Das glauben wir auch. Ehrlich gesagt hatte ich schon immer das Gefühl, dass hier so etwas fehlt. Zum Glück sind meine Entwürfe ganz nach Mr Collins' Geschmack. Er sagt, sie würden ihn förmlich beflügeln, was mich nicht wirklich überrascht. Ich halte es im Großen und Ganzen für keine gute Idee, wichtige Dinge gänzlich den Ehemännern zu überlassen. Selbst die besten unter ihnen können auf Abwege geraten. Manchmal brauchen sie Anleitung, eine feste Hand, um zu erkennen, was die beste Lösung für kleine Probleme ist, die gelegentlich auftauchen mögen.«

Sie setzte ihren Hut auf und knotete das Hutband unter dem

Kinn zusammen. »Aber wer kann schon von sich behaupten, er hätte noch nie aus den Augen verloren, was uns die Pflicht abverlangt? Ich bin jedenfalls sicher, ich habe mich dessen genauso schuldig gemacht wie Mr Collins.«

Energisch streifte sie ihre Gartenhandschuhe über. »In dieser Hinsicht könnte man den Pavillon durchaus als eine Art Mahnmal unserer Versäumnisse betrachten. Aber diese liegen nun hinter uns. In Zukunft werden Mr Collins und ich unsere Kräfte vereinen und uns ganz und gar darauf konzentrieren, gemeinsam Schönes zu erschaffen. Die frische Luft wird uns beiden guttun. Wenn du willst, nutze die Zeit doch für deine Studien in der Bibliothek. Ich denke, du wirst sie von jetzt an stets für dich allein haben.« Mit einem abschließenden strahlenden Lächeln trat Charlotte in den sonnigen Garten hinaus.

Mary blieb einen Moment in der Halle stehen und schaute ihr nach, bevor sie in die Bibliothek ging. Dort griff sie nach ihrem Aristoteles, fand aber keine Ruhe. Die Stille, die früher einer Bibliothek angemessen schien, ließ sie sich jetzt einsam fühlen. Sie vermisste den unbefangenen Austausch von Meinungen, den Klang einer anderen Stimme. Ohne einen gleich gesinnten Gefährten, der sie zum Lernen ermunterte, bereitete ihr das Studium des griechischen Lexikons nicht dieselbe Freude wie früher. Es verschaffte ihr keine Befriedigung, die Buchstaben laut auszusprechen, wenn niemand da war, um sie zu korrigieren. Ungefähr eine Stunde lang versuchte sie, sich ihren Studien zu widmen, dann gab sie auf und trat ans Fenster. In der Ferne konnte sie Mr und Mrs Collins bei der Arbeit am Pavillon sehen. Er lehnte sich auf seinen Spaten, während sie die Punkte ihres Entwurfs, den sie zu Papier gebracht hatte, auf dem Boden markierte. Sie sahen glücklich zusammen aus. Mary saß noch eine Weile am Fenster und starrte zu den beiden hinaus, das Ticken der Kaminuhr im Rücken.

Kapitel 43

Einige Tage später verkündete Mr Collins beim Dinner, dass sie demnächst mit Besuch rechnen durften. »Wir werden die Ehre haben, Lady Catherine de Bourgh, meine vormalige Gönnerin, zu empfangen. Sie reist nächste Woche nach Derbyshire und hat den Wunsch geäußert, die Fahrt für ein paar Stunden hier zu unterbrechen, um mit eigenen Augen zu sehen, wie meine liebe Charlotte und ich uns in unserem neuen Zuhause eingelebt haben.«

»Wir sind entzückt über so viel Herablassung«, murmelte Charlotte, wobei sie es vermied, ihren Mann anzuschauen.

»Ganz recht. Der einzige Wermutstropfen – und zwar ein sehr großer, möchte ich meinen – ist die Tatsache, dass ich selbst nicht anwesend sein kann, um Lady Catherine zu begrüßen. Der Bischof hat für diesen Tag eine Konferenz einberufen, und obwohl ich ihn bat, mich von der Pflicht der Anwesenheit zu entbinden, blieb seine Exzellenz unerbittlich. Ich habe Lady Catherine bereits schriftlich über diesen unglücklichen Umstand in Kenntnis gesetzt, und sie hat mir mit größter Liebenswürdigkeit versichert, dass sie durchaus bereit wäre, mit Mrs Collins vorliebzunehmen.«

Er lächelte Charlotte an, die seine Hand nahm und drückte. »Ich hege keinerlei Zweifel, dass Sie sich bewundernswert schlagen werden, meine Liebe. Dasselbe gilt natürlich für Sie, Miss

Bennet. Lady Catherine hält nichts von großem Zeremoniell, und Sie dürfen sich auf das Privileg freuen, ihr vorgestellt zu werden.«

Mary lächelte höflich, hatte aber eher gemischte Gefühle. Von Lizzy hatte sie viel über Lady Catherine gehört und befürchtete, dass sich ihre viel gerühmte Gönnerhaftigkeit nicht auf unscheinbare, unverheiratete Mädchen wie sie richten würde. Am besten wäre es, dachte sie, so wenig Aufmerksamkeit wie möglich zu erregen, nichts zu sagen oder zu tun, was Lady Catherines Neugier oder Verachtung wecken könnte, da Ersteres mit Sicherheit zu Letzterem führen würde.

Am nächsten Morgen, als im Haus alles für den hohen Besuch vorbereitet wurde, hatte Mary reichlich Gelegenheit, sich in der Kunst des Unsichtbarmachens zu üben. Charlotte forderte sie nicht auf, sie bei den Vorbereitungen zu unterstützen, und Mary zwang ihr ihre Nähe nicht auf. Sie wusste nicht recht, was sie von Charlottes wechselhaften Stimmungen halten sollte. Manchmal war sie munter und vergnügt, manchmal kühl und förmlich. Es schien am besten, sich zu absentieren, wann immer es ging, und so war Mary auf der Suche nach einem Platz, wo sie niemandem lästig fiel. Sie war gerade auf dem Weg zum Obstgarten, als sie mit Mr Collins zusammenstieß, der aus der entgegengesetzten Richtung kam.

»Miss Bennet! Ich bitte um Verzeihung! Glauben Sie mir, es war nicht meine Absicht, mich Ihnen aufzudrängen.«

»Aber nein, Sir, die Schuld liegt ganz bei mir. Schließlich ist es Ihr Garten.«

Seine Miene wurde milder. Mary wollte eben weitergehen, als er sie erneut ansprach.

»Ich habe nicht den Wunsch, Sie noch mehr in Verlegenheit zu bringen, aber gestatten Sie mir bitte, Ihnen kurz etwas zu sagen. Mir ist bewusst, dass mein Verhalten letzte Woche in der Bibliothek völlig unangemessen war, und ich hoffe schon seit Langem auf eine Gelegenheit, Sie um Verzeihung zu bitten. Es tut mir leid, wenn ich Ihnen Kummer bereitet habe – obwohl ich mich nicht dafür entschuldigen kann, Ihnen gesagt zu haben, wie sehr ich Ihre Gesellschaft genossen habe, denn das war die volle Wahrheit.«

»Es ist sehr freundlich von Ihnen, mich das wissen zu lassen, Sir, aber …«

»Sie dürfen nicht glauben, ich hätte die Absicht, andere Bemerkungen, die mir an jenem Nachmittag entschlüpft sind, zu wiederholen. Mein Wunsch ist lediglich, Ihnen für den klugen Rat zu danken, den Sie mir gegeben haben, bevor Sie die Bibliothek verließen. Er war von unschätzbarem Wert für mich. Ich habe bereits begonnen, in diesem Sinne zu handeln, mit ermutigenden Resultaten, wie ich zu hoffen wage. Ich werde Ihnen ewig dankbar sein, für Ihr Zartgefühl ebenso wie für Ihren Scharfsinn. Und in der Zukunft werde ich Sie nicht mehr belästigen.«

Damit verneigte er sich und entfernte sich mit raschen Schritten. Mary sah ihn erst wieder, als sie aus ihrem Schlafzimmerfenster blickte. Sie beobachtete, wie sein Pferd gebracht wurde und er zu seinem Termin beim Bischof davonritt. Kurz darauf rollte eine prächtige Kutsche die Einfahrt hinauf. Mary strich ihr Kleid glatt und ging die Treppe hinunter, auf die Begegnung mit Lady Catherine de Bourgh so gut vorbereitet, wie es ihr denn möglich war.

Da sie Charlotte nicht das Privileg streitig machen wollte, in der Eingangstür zu stehen, um ihren Gast zu begrüßen, wartete sie im Salon. Schon bald kam Lady Catherine hereingerauscht, groß, gebieterisch und in Kleidern aus den kostbarsten Seidenstoffen, die Mary je gesehen hatte. Sie ließ sich auf dem bequemsten Sessel nieder und begutachtete alles in ihrer Umgebung mit scharfem Blick.

»Ich muss Ihnen zu den Änderungen gratulieren, die an diesem Raum vorgenommen wurden, seit ich ihn zum letzten Mal gesehen habe, Mrs Collins. Er strahlt Eleganz ohne Anmaßung aus und verfügt über Komfort ohne modischen Firlefanz. Sie können Mr Collins ausrichten, dass alles meine Billigung hat, leider mit Ausnahme dieser Vorhänge. Die Fenster gehen nach Süden, die Sonne wird den Chintz also ausbleichen. Sie sollten sie durch etwas Helleres ersetzen.«

»Danke, Mylady, für diesen eminent klugen Rat. Bevor ich Erfrischungen bringen lasse, darf ich Sie vielleicht mit Miss Mary Bennet bekannt machen, die uns zurzeit einen Besuch abstattet. Sie hat mit ihrer Familie hier in Longbourn gelebt, bevor Mr Collins und ich den Besitz übernahmen.«

Lady Catherine musterte Mary lang und hart. »Sie sind eine Schwester der gegenwärtigen Mrs Darcy? Sie ähneln ihr nicht besonders.«

»Das habe ich schon öfter gehört, Ma'am. Ich bin sehr erfreut, Ihre Bekanntschaft zu machen. Elizabeth hat häufig von Ihnen gesprochen.«

Lady Catherine runzelte die Stirn. »Ach ja? Es würde mich freuen zu hören, dass dies in höflicher und respektvoller Form geschehen ist. Ihre Schwester hat eine sehr eigenwillige Art, sich auszudrücken. Da Sie ganz offenkundig ihr Aussehen nicht teilen, darf man hoffen, dass Ihnen auch ihre vorwitzige Art fremd ist.«

»Ich habe nie gehört, dass Mrs Darcy anders als mit dem größten Taktgefühl über Sie gesprochen hätte.«

Lady Catherine verzichtete darauf, näher auf das unerfreuliche Thema Mrs Elizabeth Darcy einzugehen. Der Tee wurde gebracht, und sie ließ sich überreden, ein kleines Stück Kuchen zu nehmen. Doch als beides, Tee wie Gebäck, zu ihrem Nachteil mit allem, was die Küche von Rosings zu bieten hatte, verglichen und Charlotte angewiesen worden war, einen besseren Lebensmittelhändler und eine erfahrenere Köchin zu finden, wandte Lady Catherine ihre Aufmerksamkeit erneut Mary zu.

»Und was ist der Zweck Ihres Besuchs, Miss Bennet? Wie lange haben Sie vor zu bleiben?«

»Miss Bennet ist in unserem Haus willkommen, solange es ihr beliebt«, warf Charlotte elegant ein. »In ihrem ehemaligen Heim wird es immer einen Platz für sie geben.«

»Und ihr Heim könnte es ohne dieses unglückselige Erbrecht nach wie vor sein. Es wundert mich, dass Ihr Vater keine Möglichkeit gefunden hat, es außer Kraft zu setzen. Ein geschickter Anwalt vermag schließlich so einiges. Für Ihre Mutter und Ihre Schwestern ist es ein sehr schweres Los, so unversorgt zurückgelassen worden zu sein. Einfach bedauerlich.«

»Ganz so schlimm ist es nun auch nicht, Ma'am. Alle meine Schwestern sind mittlerweile verheiratet, und sowohl Mrs Bingley wie auch Mrs Darcy haben meiner Mutter ein behagliches Zuhause angeboten.«

»In der Tat, Ihre beiden älteren Schwestern haben sich sehr vorteilhaft verheiratet. Und das trotz des Skandals um die jüngste, die ja wohl mit diesem Mann durchgebrannt ist. Die Sache wurde sehr geschickt vertuscht, nicht wahr? Wo lebt sie jetzt?«

»Mrs Wickham und ihr Mann wohnen in Newcastle, wo sein Regiment stationiert ist. Catherine, meine andere Schwester, hat einen Geistlichen aus Derbyshire geheiratet.«

»Wie angenehm für sie, so nahe bei ihren Geschwistern zu sein. Dann sind also nur noch Sie übrig?«

Charlotte schenkte ihrem Gast Tee nach. »So ist es, Lady

Catherine«, antwortete sie an Marys Stelle. »Mary ist die einzige Tochter der Familie Bennet, die noch unverheiratet ist.«

»Und was planen Sie, deswegen zu unternehmen, Miss Bennet? Ihr Aussehen wird Ihnen nicht helfen, und soweit ich weiß, hat Ihr Vater Ihnen praktisch nichts hinterlassen. Keine Mitgift und keine Schönheit – eine solche Kombination wirkt auf die meisten jungen Männer nicht sehr verlockend.«

»Verzeihung, Ma'am, aber ich glaube, Sie unterschätzen Miss Bennet«, bemerkte Charlotte zuckersüß. »Sie besitzt etliche vortreffliche Eigenschaften, die Ihnen nicht bekannt sein können. Sie ist zu bescheiden, um es selbst zu erwähnen, aber sie ist ohne Zweifel die junge Dame, die in der Nachbarschaft über die meiste Bildung verfügt. Sie spielt sehr gut Klavier und ist äußerst belesen. Zu jedem Thema hat sie Bücher studiert, von Geschichte bis hin zu Philosophie und Theologie. Vor Kurzem hat sie sogar angefangen, Griechisch zu lernen.«

»Griechisch!«, rief Lady Catherine. »Nicht doch! Eine *höchst* unpassende Beschäftigung für eine junge Dame. Wäre ich zurate gezogen worden, hätte ich mich dagegen ausgesprochen, ohne zu zögern. Das klassische Altertum gilt mit Fug und Recht als Domäne der Gentlemen.«

Mary, die endlich ihre Stimme wiedergefunden hatte, versuchte, das abschreckende Bild abzuschwächen, das Charlotte mit ihrem übertriebenen Lob von ihr gemalt hatte. »Nun, Mrs Collins beurteilt meine Fähigkeiten viel zu großzügig. Es stimmt, dass ich viel lese und sehr gern Klavier spiele, aber ich fürchte, meine Freude an beidem übertrifft bei Weitem meine Leistungen.«

»Ihr Mangel an Stolz gereicht Ihnen zur Ehre, Miss Bennet. Auch darin unterscheiden Sie sich wohltuend von Ihrer älteren Schwester.«

»Tatsächlich ist Mary ein sehr angenehmer Gast«, fuhr Charlotte fort. »Sie ist stets bereit, sich den Wünschen anderer unterzuordnen, und drängt sich nie in den Vordergrund. Umso bedauerlicher, dass sie noch immer kein Zuhause hat, wo sie nach ihrem wahren Wert geschätzt wird.«

Mary starrte Charlotte fassungslos an, aber ihre Freundin war mit der Teetafel beschäftigt und sah ihren Blick nicht. Lady Catherine, die sich noch ein Stück des von ihr geschmähten Kuchens nahm, bemerkte von alldem nichts.

»Ich glaube kaum, dass Sie in Pemberley willkommen wären. Es scheint mir zweifelhaft, dass man den Wunsch hätte, Sie in den intimen Kreis aufzunehmen, der dort entstanden ist. Auch kann ich mir nicht vorstellen, dass Sie gern in zu großer Nähe zu Ihrer Mutter leben möchten. Und Ihre zwei jüngeren Schwestern stellen aus anderen Gründen keine Lösung dar. Mir dünkt, Sie befinden sich in einer diffizilen Situation, Miss Bennet.«

»Ich bin Ihnen dankbar für Ihre Anteilnahme, Lady Catherine. Aber ich habe noch nicht entschieden, wie es weitergehen soll, denn noch bereiten mir meine Aussichten nicht solche Sorgen wie anscheinend Ihnen.«

»Sie leiden nicht an einem Überangebot an Möglichkeiten«, fuhr Lady Catherine fort, als hätte sie Mary nicht gehört, »aber es gäbe etwas, wofür Sie sich meiner Meinung nach hervorragend eignen würden. Mrs Collins hat Ihnen vielleicht nicht erzählt, dass ich großes Interesse daran habe, jungen Damen mit Talent und einer raschen Auffassungsgabe dabei zu helfen, einen Posten als Gouvernante zu finden.«

Charlotte neigte leicht den Kopf, sagte aber nichts. Mary spürte, wie sich leise Furcht in ihr regte.

»Ich behaupte«, sprach Lady Catherine weiter, »dass in Bereichen wie Erziehung und Bildung nichts ohne regelmäßige Anleitung zu erreichen ist, und niemand vermag dafür besser Sorge zu tragen als eine Gouvernante. Sie würden staunen, wie vielen Familien ich in dieser Hinsicht bereits behilflich sein konnte.«

»Aber ich will keine Gouvernante werden«, protestierte Mary schwach. »Ich glaube nicht, dass ich mich dafür auch nur im Geringsten eigne, und weiß, dass mir die Tätigkeit ganz und gar nicht zusagen würde.«

»Eben erst habe ich vier Nichten von Mrs Jenkinson, alle unverheiratet, woran sich vermutlich auch nie etwas ändern wird, zu ganz wunderbaren Stellungen verholfen. Und erst kürzlich konnte ich eine andere junge Person, die mir gegenüber rein zufällig erwähnt wurde, weiterempfehlen, und die Familie ist hochzufrieden mit ihr.«

»Wirklich, Ma'am, ich bitte Sie, mich nicht in derartige Pläne einzubeziehen. Meine Neigungen gehen absolut nicht in diese Richtung.«

»Habe ich Ihnen eigentlich erzählt, Mrs Collins, dass Lady Metcalfe mir gestern einen Besuch abgestattet hat, um mir zu danken? Sie hält Miss Pope für einen Schatz. ›Lady Catherine‹, hat sie gesagt, ›Sie haben mir zu einem wahren Schatz verholfen.‹ Ich bin überzeugt, Miss Bennet, dass Sie durchaus über das Potenzial verfügen, ein ebensolcher Schatz zu werden wie Miss Pope.«

»Verzeihung, wenn ich Ihnen widerspreche, Ma'am, aber ich fürchte, dem ist nicht so. Ich kann gar nicht oft genug wiederholen, dass ich mir ein derartiges Leben für mich nicht vorstellen kann.«

Einen Moment lang starrte Lady Catherine Mary verständnislos an. »Aber, liebe Miss Bennet, welche anderen Möglichkeiten stehen Ihnen denn sonst offen?«, fuhr sie dann fort. »Sie sind eine unscheinbare Frau, mittellos, aber mit Verstand. Dass eine

Ehe für Sie höchst unwahrscheinlich ist, liegt auf der Hand. Wollen Sie den Rest Ihres Lebens etwa Ihren Freunden und Verwandten zur Last fallen? Nein, vertrauen Sie mir, der Beruf der Gouvernante ist die Lösung für Sie. Wenn Sie erst einmal in aller Ruhe darüber nachgedacht haben, werden Sie mir sicherlich recht geben. Mrs Collins, ich bin Ihnen außerordentlich dankbar, dass Sie mich mit Miss Bennet bekannt gemacht haben. Es wird mir ein Vergnügen sein, eine Stelle für Sie zu finden, und das binnen kürzester Zeit. Wenn eine derartige Entscheidung getroffen werden muss, ist es nicht ratsam, lange zu zögern.«

Den Rest ihres Besuchs war Lady Catherine geradezu wohlwollend, so sehr erfreute sie die Aussicht, sich in das Leben einer Frau einzumischen, die zu schwach war, um sich dagegen zu wehren. Als sie aufbrach, war sie in Hochstimmung.

»Ich danke Ihnen, Mrs Collins, für einen überaus erfreulichen und, wie ich meinen möchte, produktiven Nachmittag. Miss Bennet, ich schreibe Ihnen, sobald es etwas Neues in Ihrem Fall zu berichten gibt, was vermutlich nicht allzu lange dauern wird. Nein, danken Sie mir nicht, warten Sie, bis Sie anständig untergebracht sind, bevor Sie Ihren tief empfundenen Dank ausdrücken.«

Kapitel 44

Mary begleitete Charlotte nicht zur Tür, um Lady Catherine in die Kutsche steigen und abfahren zu sehen. Nervös zerkrümelte sie den Rest eines Kuchenstücks, während sie mit wachsender Ungeduld auf Charlottes Rückkehr wartete.

»Ich finde, das ist sehr gut gegangen«, verkündete diese, als sie in den Salon zurückgeeilt kam. »Lady Catherine schien sehr von dir eingenommen zu sein. Ich glaube wirklich, sie wird sich große Mühe geben, eine passende Stellung für dich zu finden.«

Zum ersten Mal, seit sie nach Longbourn gekommen war, erhob Mary ihre Stimme. »Aber sie bietet mir etwas an, das ich gar nicht will, etwas, das mich mit Sicherheit unglücklich machen würde! Du kannst unmöglich glauben, dass ich Gouvernante werden möchte, Charlotte! Warum in aller Welt hast du ihr bloß diese Idee in den Kopf gesetzt?«

Charlotte berührte leicht die Teekanne und entschied, dass sie gerade noch warm genug für eine weitere Tasse war. Sie bot Mary an, ihr einzuschenken, doch die schüttelte den Kopf.

»Wenn ich das tat, geschah es gewiss nicht absichtlich. Aber ich kann nicht leugnen, dass mir bei näherer Überlegung die Vorteile einer solchen Stellung klar geworden sind. Du bist immer stolz auf deine geistigen Fähigkeiten gewesen und hast hart gearbeitet, um sie zu perfektionieren. Warum sollten sie dir jetzt nicht zugutekommen?«

»Weil sie benutzt werden, um mich in ein Leben zu drängen, das ich verabscheuen würde! Ich möchte nicht im Haus von Fremden leben, abhängig von ihrem Wohlwollen und ohne einen Moment Zeit, über den ich frei verfügen kann.«

Charlotte nippte an ihrem Tee. »Nun, die Schwierigkeiten einer solchen Stellung sind mir durchaus bewusst. Aber – du wirst mir verzeihen, wenn ich ganz unverblümt spreche, Mary – deine momentane Situation unterscheidet sich davon nicht allzu sehr. Du hast kein eigenes Zuhause. Die Möglichkeiten, die Jane oder Lizzy dir anbieten, sind nicht nach deinem Geschmack. Ich verstehe dein Zögern, aber dir bleibt kaum eine andere Wahl. Kitty hat keinen Platz, und Lydia … nun, bei ihr einzuziehen kommt aus einleuchtenden Gründen nicht infrage. Wo willst du also hin? Natürlich bist du uns als Gast willkommen, aber ich denke, wir wissen beide, dass deine Anwesenheit hier keine dauerhafte Lösung sein kann.«

Charlotte wischte sich die Hände an ihrer Serviette ab, die sie anschließend sorgfältig zusammenfaltete. »Unter diesen Umständen solltest du dich fragen, ob es nicht wünschenswert wäre, einer Beschäftigung nachzugehen, wenigstens so lange, bis sich etwas anderes ergibt. Und ich muss dich warnen: Wenn Lady Catherine sich erst einmal etwas in den Kopf gesetzt hat, ist sie kaum davon abzubringen. Falls dir also etwas anderes vorschwebt, rate ich dir dringend, schnellstmöglich zu handeln.«

Marys Gesicht brannte vor Scham, als sie den Kopf senkte, um zu verbergen, wie gedemütigt sie sich fühlte. Zu ihrer Überraschung rückte Charlotte mit ihrem Sessel näher an sie heran und legte sanft einen Arm um ihre Schultern.

»Ich weiß, für dich sieht es so aus, als wollte ich dir wehtun, aber glaube mir, das ist nicht der Fall. Ich habe schon einmal versucht, dich dazu zu bringen, die Welt so zu sehen, wie sie ist. Ich weiß, es hat eine Weile gedauert, bis du meinen Rat angenommen hast, und ich weiß auch, dass du das Gefühl hattest, ich hätte dich verraten, indem ich eine Möglichkeit nutzte, die du gerade erst selbst für dich erkannt hattest. Du warst der Überzeugung, ich hätte dir die Augen für eine Chance geöffnet, nur um sie dann selbst zu ergreifen. Aber ich habe mein Bestes gegeben, um dir meine Beweggründe zu erklären.«

Sie blickte Mary sehr ernst in die Augen. »Damals habe ich dir gesagt, dass ich bei aller Sympathie, die ich für dich empfinde, keine andere Wahl hatte, als meine Interessen voranzustellen. Dass Frauen wie wir manchmal gezwungen sind, egoistisch zu handeln. Und jetzt sehe ich mich erneut gezwungen, egoistisch zu sein. Mir ist klar, wie schwierig die Lage ist, in der du dich befindest, und das tut mir aufrichtig leid, aber ich kann nicht zulassen, dass du weiterhin unser Leben in Longbourn störst.«

Sie zog ihren Arm zurück und seufzte. »In mancherlei Hinsicht war mir dieses Zwischenspiel, wenn wir es so nennen wollen, dienlich, das gebe ich zu. Es hat mich veranlasst, mein Verhalten näher zu betrachten. Ich wusste, dass ich nicht in Mr Collins verliebt war, als ich diese Ehe einging. Ich war nie romantisch veranlagt. Aber jetzt ist mir klar, dass ich liebevoller zu meinem Gemahl hätte sein können. Du hast mir gezeigt, dass es in meiner Macht liegt, unser Zusammenleben angenehmer zu gestalten, als es bislang war, und ich denke, davon werde ich ebenso profitieren wie Mr Collins. Er wäre mir gern näher, wenn ich es nur zuließe, und ich glaube, es wird uns beide glücklicher machen, wenn ich diese Nähe erlaube. Dafür stehe ich in deiner Schuld, Mary. Zwar war es nicht deine Absicht, eine derartige Veränderung herbeizuführen, dennoch bin ich dir dankbar.«

Charlotte führte ihre Teetasse an ihre Lippen und nippte daran. »Aber leider bin ich zu der Überzeugung gekommen, dass ohne deine Anwesenheit hier unsere Chance auf ein glückliches Miteinander wesentlich größer ist. So, jetzt habe ich dir die Ehre erwiesen, offen zu sein. Und nun noch der allerletzte Ratschlag, den ich dir je geben werde. Triff eine Entscheidung und sei dabei nicht zaghaft. Vielleicht wird dies zur Folge haben, ein neues Leben als Gouvernante zu beginnen, vielleicht auch nicht. Aber ich rate dir eindringlich, eine Möglichkeit für einen Neuanfang in Betracht zu ziehen, in einer anderen Umgebung, unter anderen Menschen. Mach dir über deine Zukunft Gedanken, denn ich glaube, erst dann wirst du imstande sein, deine Vergangenheit hinter dir zu lassen.«

Mary rieb sich die Augen. Charlottes Offenheit war erfrischend gewesen. Sie zwang sie, gründlich nachzudenken und ihre Emotionen in den Griff zu bekommen. »Danke, Charlotte. Ich werde mir alles, was du gesagt hast, gut durch den Kopf gehen lassen.«

»Wahrscheinlich habe ich viel zu viel gesagt. Aber ich kann dir versichern, dass ich es gut gemeint habe.«

Kapitel 45

Mary hatte das Gefühl, es nicht ertragen zu können, an diesem Abend am Essen teilzunehmen. Stattdessen blieb sie in ihrem Zimmer und versuchte, zu einer Entscheidung zu gelangen. In Longbourn zu bleiben war ausgeschlossen. Charlotte war ehrlich, aber auch unnachgiebig ihr gegenüber gewesen. Doch wo sonst könnte sie bleiben? Pemberley kam nicht infrage, und Mary sank der Mut, wenn sie sich vorstellte, zu den Bingleys zurückzukehren und erneut den Klagen ihrer Mutter und den Quälereien Caroline Bingleys ausgesetzt zu sein. Aber an wen sollte sie sich dann wenden? Erst am nächsten Morgen fiel ihr eine mögliche Lösung ein.

Könnten nicht die Gardiners sie aufnehmen? Ihr Onkel und ihre Tante waren unzweifelhaft die großzügigsten unter ihren Verwandten. Mr Gardiner war alles, was seine Schwester Mrs Bennet nicht war: stets guter Dinge, warmherzig und frei von jeder Überheblichkeit. Und seine Frau hatte wie er einen gütigen und vernünftigen Charakter. Da sie in London lebten, hatte Mary sie seit einigen Jahren nicht gesehen, aber Jane und Elizabeth hatten häufig darüber gesprochen, wie gastfreundlich sie die Familie Gardiner aufgenommen hatte, wenn sie Kummer litten und der Enge ihres Elternhauses entkommen wollten. Vielleicht wären Mr und Mrs Gardiner ja bereit, sich auch ihrer Schwester Mary anzunehmen.

Je länger sie über diese Möglichkeit nachdachte, desto optimistischer wurde sie. Nach Mr Bennets Tod hatte Mary von Mrs Gardiner einen Beileidsbrief erhalten, und das aufrichtige Mitleid mit Mary wegen ihres Verlustes und die korrekte Einschätzung ihrer Lage berührten Mary tief. Das Schreiben schloss mit der Einladung, ihren Onkel und ihre Tante zu besuchen, wann immer sie Lust dazu verspüre. Dann hatte Mrs Gardiner noch hinzugefügt, sie könne sich vorstellen, dass Mary, die bisher nur selten in London gewesen sei, vor einem Aufenthalt in der Metropole zurückschrecke, aber sie solle wissen, dass sie das Haus der Gardiners in der Gracechurch Street immer als zweites Daheim betrachten durfte.

Mary war sich schnell darüber im Klaren, dass die Gardiners ihre größte, wenn nicht einzige Chance darstellten. Es fiel ihr nicht leicht, ihnen zu schreiben und an ihre Gastfreundschaft zu appellieren, aber die Aussicht auf eine weitere Begegnung mit Lady Catherine überwog jede Scheu. Sie wusste, dass sie Longbourn verlassen musste, bevor diese sie unerbittlich und ohne Beachtung ihrer Einwände in ein Schulzimmer verbannen und fröhlich die Tür hinter ihr schließen würde. Mary hatte keine Vorstellung, was in London aus ihr werden sollte, aber sie freute sich über die Entdeckung, dass sie über genügend Mut verfügte, eine ungewisse Zukunft einem Leben vorzuziehen, das sie mit Sicherheit unglücklich machen würde.

Schon gegen Ende der Woche traf die Antwort ein, die genau so ausfiel, wie Mary sie sich erhofft hatte. Mrs Gardiner schrieb, sie wären entzückt, sie wiederzusehen, und sie solle so schnell kommen, wie es ihr möglich sei. Sie werde ein Zimmer auf der Rückseite des Hauses beziehen, wo der Stadtlärm sie nicht allzu sehr stören werde, und falls sie die Kutsche von Meryton nähme, würde Mr Gardiner sich glücklich schätzen, sie in Charing Cross zu erwarten.

Charlotte nahm Marys Neuigkeit mit Gelassenheit auf. Sie gab keinen Kommentar zu ihrer Entscheidung ab, bemerkte lediglich, sie werde Lady Catherine schreiben und ihr erklären, dass familiäre Umstände Mary aus Hertfordshire abberufen hätten, womit es ihr unmöglich wäre, das freundliche Angebot anzunehmen, eine Stellung für sie zu suchen. Tatsächlich kehrte nun, da Charlotte wusste, dass Mary abreisen würde, viel von ihrer ursprünglichen Warmherzigkeit zurück. Sie achtete darauf, dass Marys Sachen ordentlich eingepackt wurden, half ihr, ihre Bücher zusammenzusuchen, lieh ihr das Geld für die Postkutsche und gab ihr sogar eine Dose Lavendelpolitur als Geschenk für Mrs Gardiner mit. Mrs Hill war sehr viel betroffener, als sie von Marys Abreise erfuhr.

»Es wäre mir unerträglich, wenn das Gespräch, das wir vor einer Weile geführt haben, der Grund für Ihren überstürzten Aufbruch wäre. Ich hatte nie die Absicht, Ihnen Kummer zu bereiten.«

»Sie trifft nicht die geringste Schuld, Mrs Hill. Wenn überhaupt, so ist es meine eigene Schuld. Ich habe manches nicht erkannt, und Ihre Worte haben mir bewusst gemacht, welches Risiko ich eingehe.«

»Sie sollten nicht die ganze Schuld bei sich suchen. Verzeihen Sie, wenn ich das sage, aber ich finde, Mr Collins hätte sich korrekter verhalten müssen.«

»Ich glaube, wir haben beide falsch gehandelt«, sagte Mary bekümmert. »Ich war dumm. Ich dachte, ich hätte in ihm einen Freund gefunden, jemanden, der meine Interessen teilt und dem es Freude bereitet, mich zu unterrichten. Nie ist mir der Gedanke gekommen, die miteinander verbrachte Zeit könnte in irgendeiner anderen Art ausgelegt werden. Ich bin nicht der Typ Frau, in den sich Männer verlieben.«

»Sie schätzen sich selbst zu gering. Es macht mich traurig, wenn Sie so daherreden.«

»Dann sage ich jetzt nichts mehr. Aber ich bin froh, dass Mr und Mrs Collins jetzt besser miteinander auszukommen scheinen als früher.«

Durch das Fenster konnten sie das Ehepaar Collins im Garten sehen, wie so oft mit den Arbeiten am kleinen Pavillon beschäftigt. Charlotte hielt die Pläne in der Hand, während ihr Mann einen Schössling pflanzte. William tobte lachend und laut schreiend um die beiden herum.

Plötzlich nahm Mrs Hill Marys Hände und hielt sie fest. »Eines Tages kommen Sie als verheiratete Frau hierher zurück, ganz gewiss. Sie haben es verdient. Und wenn es so weit ist, werde ich mit großer Freude auf Ihr Wohl trinken.«

Mary beugte sich vor und küsste sie auf die Wange. »Sollen wir Mr Hill bitten, mein Gepäck nach unten zu bringen?«

Wenig später stand Mary auf der Vordertreppe und sah zu, wie ihre Habseligkeiten in der Kutsche verstaut wurden. Schnell war alles erledigt. Die ganze Familie Collins hatte sich eingefunden, um sich von ihr zu verabschieden. William gab ihr einen klebrigen Kuss, Charlotte klopfte ihr auf die Wange und beschwor sie, ihr zu schreiben, sobald sie in London eingetroffen war, und Mr Collins machte seine übliche Verbeugung. Er hatte nur wenige Worte mit ihr gewechselt, seit sie ihren Entschluss, Longbourn zu verlassen, bekanntgegeben hatte. Sie hegte den Verdacht, dass er sich noch immer ein wenig der Intimität schämte, die sie in der Bibliothek geteilt hatten. Dennoch war er ihr beim Einsteigen behilflich, und als sie auf der Sitzbank Platz genommen hatte, legte er wortlos ein kleines Päckchen auf den Platz neben ihr, bevor er wieder zu seiner Frau und seinem Sohn trat.

Alle drei winkten ihr nach, als sich die Kutsche in Bewegung setzte. Mary winkte zurück und warf dabei einen letzten Blick auf das Haus. Während sie beobachtete, wie Longbourn und die Gestalten von Mr und Mrs Collins und William immer kleiner wurden, kam ihr der Gedanke, dass sich Charlottes Einstellung ihrem Mann gegenüber mit ihren Ambitionen für das Haus selbst vergleichen ließ. Beide, Mann wie Anwesen, waren in ihren Augen Objekte, die der Verbesserung bedurften. Es gab Äußerlichkeiten, die ihr nicht gefielen, aber sie war klug genug, um zu erkennen, dass in beiden Fällen eine vielversprechende Basis vorhanden war. Eine Frau mit Weitblick und Geduld mochte in der Lage sein, aus diesem Rohmaterial etwas von Wert zu erschaffen, und auch wenn das Resultat vielleicht nie allerhöchsten Ansprüchen gerecht werden oder unzählige bewundernswerte Details aufweisen würde, könnte es doch solide und verlässlich sein und jenen, die sich mit eher bescheidenen Vorzügen zufriedengaben, Komfort und Sicherheit bieten. Charlotte hatte offensichtlich eine Schwäche dafür, sich Projekten zu widmen, und Mary bezweifelte nicht, dass sie bei Mr Collins ebenso erfolgreich wirken würde wie in Longbourn.

Die Kutsche hatte schon einen Gutteil der Strecke nach Meryton zurückgelegt, als Mary sich an das kleine Päckchen von Mr Collins erinnerte. Als sie vorsichtig das Papier zurückschlug, entdeckte sie das kleine griechische Wörterbuch. Zwischen den Seiten lugte ein schmaler Streifen Papier hervor, darauf eine Zeile in Mr Collins' Handschrift. Mary musste ihre Brille aufsetzen, um zu erkennen, dass es Griechisch war. Es dauerte ein paar Minuten unter der Zuhilfenahme des Lexikons, bevor sie sicher war, dass sie den Inhalt richtig verstand. Sie kannte das Zitat; Mr Collins und sie hatten oft darüber diskutiert.

Unser Glück liegt in unserer eigenen Hand.

Sie nahm die Brille ab und legte ihre Wange an das kalte Fenster. Sie war entschlossen gewesen, nicht zu weinen, als sie in Longbourn eintraf, und würde nun, da sie es wieder verließ, auch nicht in Tränen ausbrechen. Sie nahm den Papierstreifen, steckte ihn behutsam zwischen die Seiten des Wörterbuchs und verwahrte beides in ihrer Tasche. Während die Kutsche dahinfuhr, versuchte sie, nicht daran zu denken, was vor ihr lag. Morgen würde sie in London sein, und Longbourn wäre sehr weit entfernt.

TEIL 3

Kapitel 46

Es dunkelte bereits, als Mary in der Gracechurch Street eintraf. Die Kutsche war voll besetzt gewesen, die Fahrt lang und ermüdend. Mary war erschöpft, als sie in das Speisezimmer der Gardiners geleitet wurde, und überzeugt, keinen Bissen hinunterzubringen. Aber der lebhafte Empfang, den ihr ihre vier jungen Cousins und Cousinen bereiteten, munterte sie auf, und die aufrichtige Wärme, mit der ihr Onkel ihre Hand schüttelte und ihre Tante sie in die Arme schloss, hob ihre Stimmung. Zu ihrer eigenen Überraschung sah sie sich imstande, eine üppige Portion von geschmolzenem Käse auf Toastbrot zu sich zu nehmen, bevor sie sich in ihr Zimmer begab und dankbar aufs Bett sank.

Mrs Gardiner hatte für Mary wie versprochen ein Zimmer im hinteren Teil des Hauses vorbereiten lassen. Dort war es tatsächlich ruhiger als in den Räumen zur Straße hin, aber Marys Ohren, die an ländliche Stille gewöhnt waren, nahmen die gedämpften Geräusche menschlicher Betriebsamkeit dennoch wahr. Als sie endlich einschlief, zweifelte sie in keinster Weise daran, tatsächlich in London zu sein. Sie hatte um diese Chance gebeten, und man hatte sie ihr gewährt, und jetzt musste sie tun, was in ihrer Macht stand, um sich dieser Gefälligkeit würdig zu erweisen.

Das Haus der Gardiners war aus gelben Ziegeln erbaut, besaß eine dunkelgrüne Eingangstür und hohe Fenster und ragte hoch und schmal hinter einem schwarzen Gusseisenzaun auf. Es stand in der Gracechurch Street, nicht weit von der Cheapside entfernt. Vor langer Zeit hatte Marys Onkel ihr erzählt, dass es sich hierbei um die beiden besten Einkaufsstraßen Londons, wenn nicht gar Europas, handelte. Alles, was das Herz begehrte, von den einfachsten Notwendigkeiten bis zu den prachtvollsten Luxusgütern, ließe sich in einer der zwei Straßen finden, sofern man über genügend finanzielle Mittel verfügte.

Als sie beim Frühstück saßen und Kaffee tranken, wiederholte Mr Gardiner voller Stolz diese Behauptung. Mary hatte den Verdacht, dass es sich dabei um ein Lieblingsthema ihres Onkels handelte, aber seine Frau ließ sich nicht anmerken, dass sie ihn schon öfter darüber reden gehört hatte. Lächelnd hörte sie zu, wie ihr Mann bis ins Detail die Vielfalt an Waren beschrieb, die erworben werden konnten, die luxuriöse Ausstattung der Geschäfte und den Einfallsreichtum der Händler, die diese belieferten. Mr Gardiners kleine Schrullen und Eigenheiten störten ihre Tante nicht, stellte Mary fest. Sie reagierte darauf mit Nachsicht, nicht mit Ärger.

»Nun, Mary«, sagte Mrs Gardiner, während sie ihre Serviette zusammenschlug und auf ihren Teller legte, »jetzt hast du so viel von all diesem Wunder gehört, dass du sicher schon darauf brennst, es mit eigenen Augen zu sehen. Du warst noch ein Kind, als wir dich zum letzten Mal dorthin mitnahmen.«

»Ich erinnere mich an ein großes Spielzeuggeschäft«, sagte Mary wehmütig. »Ein wahrer Palast voller Puppen, wenn ich mich recht entsinne.«

»Ah, ja, das dürfte Dunnett's gewesen sein«, nickte Mr Gardiner. »Ein Geschäft, das unseren Kindern nur zu vertraut ist.«

Sobald der magische Name ausgesprochen war, erhob sich lautes Gejohle am hinteren Ende des Tischs, wo die Kinder saßen.

Vier Stimmen verlangten lauthals zu wissen, ob sie heute dorthin dürften, denn ganz bestimmt hätten sie das verdient, brav, wie sie waren. Mrs Gardiner überließ es ihrem Mann, das Für und Wider dieses Verlangens zu klären, und rückte mit ihrem Stuhl näher an Mary heran, um sich besser verständlich zu machen.

»Mr Gardiner hat ganz recht«, sagte sie. »Die Geschäfte in der City sind wahrhaftig eine der größten Attraktionen der Stadt. Sollen wir heute Morgen nicht einmal hinfahren und uns alles anschauen?«

Mary stimmte bereitwillig zu, und schon eine Stunde später tauchte sie, ihrer Tante folgend, in die Menschenmenge ein, die sich auf der Gracechurch Street drängte. Einige Kunden, die offensichtlich ein bestimmtes Ziel vor Augen hatten, marschierten forsch drauflos, aber die meisten schienen es zu genießen, langsam von einem Laden zum nächsten zu bummeln und hier und dort stehen zu bleiben, um die gut bestückten Auslagen zu betrachten. Während Mary hinter ihrer Tante herschlenderte, ertappte sie sich dabei, es diesen Leuten gleichzutun, wie gebannt von der reinen Anzahl und Vielfalt der ausgestellten Waren. Schon nach wenigen Schritten war sie fasziniert von all den Strümpfen, Hüten, Pelzen, Schuhen, Uhren und sogar Eisenwaren. Wie gern wohl Charlotte Collins eine halbe Stunde bei all diesen Feuerrosten und Kaminplatten verbracht hätte?, fragte Mary sich fast liebevoll. Vor der Tür jedes Ladens forderten adrett gekleidete junge Männer die Passanten höflich auf einzutreten. Es sei unmöglich, alles, was sie hätten, in den Schaufenstern zu zeigen; in den Verkaufsräumen gebe es noch viel mehr zu entdecken.

Mary hatte das Gefühl, noch nie so viele Menschen auf einmal gesehen zu haben. Es kam einem wahren Wunder gleich, dass sie nicht übereinanderstolperten, aber jeder schien genau zu wissen, wie er sich bewegen musste, um einen Zusammenstoß zu vermeiden. Allmählich passte sich Mary dieser Gangart an – eigentlich war es eher ein Tanz, der durchaus sinnvoll schien, sowie man die Schritte beherrschte –, und das Treiben und die Geschäftigkeit, die sie zuerst eingeschüchtert hatten, fingen an, belebend auf sie zu wirken. Sie hatte eben erst begonnen, den Trubel zu genießen, als Mrs Gardiner abrupt vor einer besonders prachtvollen Hausfront stehen blieb.

»Da«, verkündete sie stolz. »Was sagst du dazu?«

Es war mindestens zehn Jahre her, dass Mary zum letzten Mal vor den Geschäftsräumen der Firma Edward Gardiner & Sons, Lieferant von feinem Haushaltsleinen, gestanden hatte. Schon damals hatte sie das Gebäude mit seinen vielen Stockwerken und dem von Säulen flankierten Eingang beeindruckt. Jetzt war es sogar noch schöner, als Mary es in Erinnerung hatte, mit einer eleganten Fassade und gestreiften Markisen über dem Bürgersteig, um Kunden vor Regen zu schützen. Hinter einer der großen Fensterscheiben hingen Fuß um Fuß einfarbige Leinenstoffe jeder Schattierung, von milchigem Cremeweiß bis hin zu schlichtem Braun. In einem zweiten Schaufenster wurden gemusterte Jacquardgewebe gezeigt, vom tiefsten Rot bis zum zartesten Rosa aufgefächert. Ein Schild machte die Kundschaft höflich darauf aufmerksam, dass jedem Wunsch entsprochen werden konnte, vom kostbarsten Damast bis hin zum robusten Kattun; selbst Stoffe, die zurzeit nicht ausgestellt würden, könnten auf Anfrage besorgt werden.

Mrs Gardiner stand da und betrachtete so interessiert das gesamte Gebäude von oben bis unten, als hätte sie es noch nie wirklich wahrgenommen. Schließlich wandte sie sich mit einer Mischung aus Stolz und Zufriedenheit zu Mary um. »Auch wenn ich es bin, die das sagt, aber es sieht wirklich großartig aus, findest du nicht?«

Mary folgte dem beifälligen Blick ihrer Tante und ließ die Größe des Geschäfts, die Qualität der angebotenen Waren und den allgemeinen Eindruck von Wohlstand auf sich wirken. Diese gut ausgestatteten Geschäftsräume, dachte sie, waren die Grundlage für den gediegenen Komfort des Hauses in der Gracechurch Street, für die vergoldeten Spiegel über den Kaminen ebenso wie für die vielen Porträts der Gardiners, welche die Wände zierten und die Ehepartner einzeln und gemeinsam und im Kreis ihrer glücklichen Familie zeigten, Herr und Herrin über ihr kleines häusliches Reich mit ihren fröhlich spielenden Kindern. Dieses Geschäft lieferte die Mittel für das edle Porzellan, auf dem die Mahlzeiten serviert wurden, das Besteck mit den eingravierten Initialen, die weichen Teppiche auf den Böden und die chinesische Tapete im Salon. Die eher simplen Stoffe, die in Rollen, Längen und Ballen vor ihr ausgestellt wurden, ermöglichten die bequemen Betten, die beste Matratze, auf der Mary je geschlafen hatte, die schweren Leinentücher und die seidenen Überdecken. Der diskrete Wohlstand, der jeden Bereich des Lebens im Hause Gardiner durchdrang, hatte hier seinen Ursprung. Das Warenhaus bezahlte alles.

»Ich habe nur selten ein schöneres Geschäft gesehen«, bestätigte Mary. »Sie müssen sehr stolz darauf sein.«

»Das sind wir tatsächlich«, erwiderte Mrs Gardiner schlicht. »Als wir anfingen, wohnten wir direkt neben dem Laden. Es war nicht immer leicht. Aber wenigstens für den Moment habe ich das Gefühl, dass sich all unsere Mühen gelohnt haben.«

»Dann sehen Sie sich und Mr Gardiner also als Partner in diesem Unternehmen?«

»Natürlich. Konvention und unzählige kleinliche Bedenken hindern uns Frauen daran, ein solches Unterfangen allein zu wagen. Aber ich schmeichle mir damit, dass Mr Gardiner ohne meine Hilfe nicht so erfolgreich wäre. Er sagt mir oft, dass ihm mein Urteil in Fragen des Geschmacks, der Qualität und der Preisgestaltung von größtem Nutzen war.«

In diesem Moment erkannte der Angestellte, der neben der Tür stand, Mrs Gardiner und machte eine tiefe und sehr respektvolle Verbeugung. Sie erwiderte seinen Gruß genauso formell und überlegte dann einen Moment lang, bevor sie fortfuhr.

»Ja, wie bei allen guten Geschäften – und wie ich hinzufügen möchte, bei allen guten Ehen – sind Mr Gardiner und ich tatsächlich Partner.«

Mary dachte, dass die Verbindung ihrer Eltern beim besten Willen niemand mit diesen Worten beschrieben hätte. Es war eine schmerzliche Erinnerung, und um ihr nicht länger nachzuhängen, fragte sie, ob sie nicht in den Laden gehen und sich dort umschauen könnten. Mrs Gardiner erwiderte entschuldigend, heute würde es nicht recht passen. Sie müssten nach Hause, da der Vormittagsunterricht der Kinder bald anfange. Aber sie werde Mary sehr gern ein anderes Mal mitnehmen.

»Und wenn du ein eigenes Haus einzurichten hast«, fügte sie mit einem Augenzwinkern hinzu, »werde ich dir mit Vergnügen die besten Leinenstoffe zeigen, die du dir vorstellen kannst. Dann werden wir auf lange gemeinsame Streifzüge durch die Lager gehen.«

Mary brachte kein Lächeln zustande, aber Mrs Gardiner schien es nicht aufzufallen.

»Einstweilen jedoch gibt es eine Menge anderer schöner Dinge, die besser zu deiner gegenwärtigen Situation passen. Dieses Jahr werden sehr hübsche bedruckte Baumwollstoffe angeboten. Dazu einige der schönsten Seiden, die ich seit Langem gesehen habe. Beides ist wie geschaffen für eine junge Frau wie dich.«

Auf einmal wurde sich Mary ihres abgetragenen Mantels und

des häufig gewaschenen Kleids bewusst und schlang beides ein wenig fester um sich.

»Ich bin mir nicht sicher, ob kostbare Stoffe zu mir passen. Ich glaube, etwas Schlichtes, Zurückhaltendes entspricht eher meinem Naturell.«

»Mag sein«, erwiderte Mrs Gardiner. »Aber lass dir sagen, dass gute Dinge nicht laut oder auffallend sein müssen. Manchmal wirkt der beste Stoff eher unscheinbar, bis man ihn näher betrachtet. Erst dann erkennt man seine wahre Qualität.«

Als sich ihre Blicke begegneten, verriet Mrs Gardiners Gesichtsausdruck nichts. Falls ihre Worte eine tiefere Bedeutung enthielten, ließ sie es sich nicht anmerken.

»Aber das ist allein deine Sache. Lass uns fürs Erste nicht mehr darüber sprechen. Kämpfen wir uns wieder nach Hause zurück?« Sie streckte ihren Arm aus.

Mary konnte sich nicht erinnern, jemals mit einer so freundlichen Geste zum Gehen aufgefordert worden zu sein, und zögerte. Aber Mrs Gardiner zog ihren Arm nicht zurück, sodass Mary sich schüchtern bei ihr einhängte. Anfangs fühlte es sich seltsam an, aber bald gewöhnte Mary sich daran und empfand es als ausgesprochen angenehm, in derart vertrauter Nähe miteinander zu schlendern. Ihre Meinung von Mrs Gardiner wurde mit jedem Schritt höher. Sie hatte oft gehört, wie Jane und Lizzy ihr Loblied sangen, und obwohl sie erst einen Vormittag allein in ihrer Gesellschaft verbracht hatte, wusste Mary schon jetzt mit Sicherheit, dass die beiden nicht übertrieben hatten, was die guten Eigenschaften betraf. Mrs Gardiner war lebhaft und freundlich, verfügte über eine schnelle Auffassungsgabe und nahm aufrichtig Anteil an den Belangen jener, die ihr am Herzen lagen. Sie war interessiert, aber nicht aufdringlich. Sie nutzte ihre Intelligenz, um zu verstehen, was andere dachten und fühlten, ja mehr noch, um ihnen zu helfen, wenn es in ihrer Macht stand. Mit ihrem eigenen Leben durch und durch zufrieden, wünschte sie sich, dass die Menschen in ihrer Umgebung genauso glücklich waren wie sie selbst. Als sie wieder in dem Haus in der Gracechurch Street eintrafen, dachte Mary bei sich, dass sie noch nie jemanden kennengelernt hatte, der es einem so leicht machte, ihn gernzuhaben. Es schien keinen Grund zu geben, der Liebenswürdigkeit ihrer Tante nicht zu trauen, und obwohl Mary gelernt hatte, ihren Gefühlen und denen anderer mit Skepsis zu begegnen, war sie in diesem Fall zuversichtlicher. Mary war jetzt schon überzeugt davon, dass auf Mrs Gardiner Verlass war, und erlaubte sich sogar zu hoffen, sie könnte die Freundin werden, nach der sie sich so verzweifelt sehnte.

Kapitel 47

Das Familienleben in der Gracechurch Street unterschied sich stark von jenem, das Mary daheim in Longbourn gekannt hatte. Schon nach kurzer Zeit konnte sie feststellen, dass Mrs Gardiner ihrem Mann und ihren Kindern in hingebungsvoller, beständiger Liebe zugetan war. Ihre Gefühle wurden voll und ganz erwidert, und weder sie noch Mr Gardiner scheuten davor zurück, diese offen zu zeigen. In der Gracechurch Street gab es genug Zuneigung für jeden. Es versetzte Mary einen Stich, als ihr auffiel, dass ihr Onkel und ihre Tante keines ihrer Kinder bevorzugten, sondern sie gleichermaßen liebten. Sie schimpften nur selten mit ihren zwei aufgeweckten Töchtern und ihren beiden munteren Söhnen, weil sie die Ansicht vertraten, die Kinder sollten lieber ein bisschen fröhlicher und lebhafter und weniger still und diszipliniert sein, als es der allgemeinen Vorstellung von korrektem Benehmen entsprach. Infolgedessen wurde bei den Gardiners viel herumgetollt und getobt und gescherzt, was einem sensiblen Gemüt den Aufenthalt vermutlich zu anstrengend gestaltet hätte. Aber auf einen Menschen, der sich nach Wärme und Zärtlichkeit sehnte, wirkte das Haus wie ein einzigartiger Hort der Geborgenheit. Je mehr Zeit Mary in dieser liebevollen Umgebung verbrachte, desto besser verstand sie, warum sich sowohl Jane als auch Elizabeth hier so gut erholt hatten.

Denn auch wenn Mrs Gardiner das Wohlergehen ihrer Nichten sehr am Herzen lag, war ihr doch bewusst, dass es nicht immer klug war, diese Sorge gegenüber den jungen Frauen allzu offen zu zeigen. Es war beinahe zwanzig Jahre her, seit sie selbst ein junges Mädchen gewesen war, aber sie hatte nicht vergessen, wie unangenehm es war, ständig mit Fragen bestürmt zu werden. Sie war zu dem Schluss gekommen, dass irgendetwas in Longbourn Mary aus der Fassung gebracht hatte, versuchte aber nicht, der Sache sofort auf den Grund zu gehen. Stattdessen verwöhnte sie ihre Nichte mit schmackhaften Mahlzeiten, ermutigte sie, morgens lang auszuschlafen, und ließ ihr all die unaufdringliche Zuwendung zukommen, die ihren Charakter auszeichnete. In den ersten Tagen war Mary noch zu erschöpft, um diese Aufmerksamkeit zu schätzen zu wissen, aber nach und nach begriff sie, mit welcher Güte sie behandelt wurde, und eine Woche nach ihrer Ankunft in der Gracechurch Street versuchte sie, Mrs Gardiner dafür zu danken.

Da ihre Dankbarkeit alles war, was sie anbieten konnte, lag Mary sehr viel daran, sie möglichst gefühlvoll auszusprechen. Im Geist verfasste sie eine kleine Rede, aber es war nicht leicht, den richtigen Moment zu finden, um diese zu halten. Schließlich ergriff sie eines Morgens nach dem Frühstück, als das Kindermädchen die kleinen Gardiners bereits mitgenommen hatte, um sie zu waschen und anzukleiden, die Gelegenheit.

»Ich möchte Ihnen gern sagen, wie unbeschreiblich dankbar ich für die große Güte bin, die Sie mir entgegengebracht haben«, begann sie. »Ich bin mir bewusst, dass Ihre Großmut umso größer ist, da ich mich selbst in Ihr Haus eingeladen habe und Sie mich dennoch mit offenen Armen empfangen haben. Man sagt oft, die Gastfreundschaft gegenüber Fremden wäre die edelste aller Tugenden, und es gibt wenige Menschen, die sie so aufrichtig ehren wie Sie und Mr Gardiner.«

»Nun, du kannst kaum als Fremde bezeichnet werden«, erwiderte Mrs Gardiner, die gerade die Bücher ihrer Kinder vom Fußboden aufhob, wo sie liegen geblieben waren, als ihre jungen Besitzer ins Kinderzimmer gebracht wurden. »Und ich möchte nicht, dass du das Gefühl hast, du wärst uns zu größtem Dank verpflichtet«, fuhr Mrs Gardiner fort, während sie die kleinen Bände aufeinanderstapelte und aufs Sofa legte. »Wir freuen uns, dass du unter unserem Dach lebst. Deinen Schwestern stand es frei, so lange bei uns zu bleiben, wie sie wollten, und natürlich gilt für dich dasselbe.«

»Ich hoffe nur, ich kann diese Freundlichkeit auf irgendeine Weise vergelten«, sagte Mary. »Ich weiß, dass ich nicht so amüsant wie Lizzy und auch nicht so tüchtig wie Jane bin, aber irgendetwas muss es doch geben, das ich für Sie tun könnte.«

Mrs Gardiner hielt abrupt inne und blickte auf. »Ich mag es gar nicht, wenn du so von dir sprichst, Mary. Es macht mich richtiggehend traurig. Wir hätten dich nicht zu uns eingeladen, wenn uns deine Anwesenheit nicht angenehm wäre. Das ist dir hoffentlich klar?«

»Tut mir leid«, stammelte Mary. »Es ist nur so … Ich wollte mir nicht anmaßen …«

»Du bist der am wenigsten anmaßende Mensch, den ich kenne«, fiel ihre Tante ihr ins Wort, während sie weitere Bücher zu den anderen aufs Sofa legte. »Und bitte keine herabsetzenden Kommentare mehr zu deinem Charakter! Die einzige Bedingung, die ich für die Dauer deines Besuchs stelle, ist die, dass du versuchst, besser von dir selbst zu denken. Was meinst du, kannst du sie wohl erfüllen?«

Mary biss sich auf die Lippe. Sie konnte sich nichts Schöneres vorstellen, als länger in diesem einladenden Haus zu bleiben, wo sie sich allmählich daheim fühlte.

»Ich … ich werde es auf jeden Fall versuchen.«

Die zögernd ausgesprochenen Worte wurden der Stärke ihrer Gefühle kaum gerecht, aber bevor sie mehr sagen konnte, geriet der Bücherturm, den ihre Tante so sorgfältig auf dem Sofa arrangiert hatte, ins Schwanken und kippte langsam, aber unaufhaltsam um. Die Bücher fielen auf den Boden.

Mrs Gardiner hatte mit einem resignierten Lächeln zugesehen. »Dann bist du so lange hier willkommen, wie du magst … oder du es aushältst. Wie du siehst, geht es hier manchmal buchstäblich drunter und drüber, und wir halten nichts von Förmlichkeit. Aber wenn dir das nichts ausmacht, wirst du dich vermutlich bei uns wohlfühlen. Wir freuen uns auf jeden Fall, dich bei uns zu haben.«

Marys Herz war übervoll, sodass sie kein Wort herausbrachte. Stattdessen kauerte sie sich neben ihre Tante auf den Boden und half ihr, die Bücher der Kinder aufzuheben.

Kapitel 48

Zunächst fiel es Mary schwer, an ihr Glück zu glauben. Sie konnte kaum fassen, dass sie nicht gezwungen sein würde, erneut zur Feder zu greifen, um ihrer Mutter oder den Bingleys zu schreiben und, wieder einmal vom Schicksal enttäuscht und eingeschüchtert, darum zu bitten, sich erneut in Derbyshire verkriechen zu dürfen. Aber nun, da sie wusste, dass sie bei den Gardiners bleiben konnte, war sie entschlossen zu tun, worum ihre Tante sie gebeten hatte. Sie wollte versuchen, sich selbst nicht mehr schlechtzumachen, und hatte tatsächlich vor, noch weiter zu gehen. Sie würde alles tun, um sich der Stimmung in diesem Haus anzupassen und den gleichen Frohsinn an den Tag zu legen wie die Gardiners. Wenn diese Familie sie schon aufnahm, war es nur recht und billig, dass sie ihre gute Laune nicht durch kummervolle Blicke und gehemmtes Schweigen trübte. Sie würde es sich zur Aufgabe machen, sich ihrer Großzügigkeit würdig zu erweisen, indem sie so aktiv wie möglich am Leben in der Gracechurch Street teilnahm.

In einem ersten Schritt bot Mary an, ihre kleinen Cousinen beim Erlernen des Klavierspielens zu unterstützen. Mrs Gardiner zögerte. Sei Mary klar, was das bedeute? Zu ihrem Leidwesen müsse sie gestehen, dass keines der Mädchen auch nur einen Hauch von musikalischem Talent zeige. Wäre es Mary nicht lieber, zu ihrem eigenen Vergnügen auf dem Instrument zu spielen?

Aber Mary ließ sich nicht beirren, und schließlich gab ihre Tante nach.

»Wenn du entschlossen bist, dieses Opfer zu bringen, werde ich mich dir nicht in den Weg stellen. Marianne und Jane sollten viel mehr üben, und wenn du ihnen ein paar Stunden widmen könntest, um darauf zu achten, dass sie die Tonleitern spielen, wäre ich dir zu großem Dank verpflichtet.«

Am nächsten Morgen und in der Folge an jedem weiteren Tag saß Mary um elf Uhr neben ihren kleinen Cousinen am Klavier, um für sie den Takt zu schlagen und ihre Fingerhaltung zu korrigieren. Zuerst waren sie und die Mädchen etwas befangen; aber die beiden waren freundlich und von sonnigem Gemüt, und schon bald war jede Zurückhaltung vergessen. Bereits bei der dritten Lektion plapperten die Mädchen fröhlich und unbefangen daher. Entgegen ihren Erwartungen stellte Mary fest, dass ihr der Unterricht Spaß machte, insbesondere als ihre Schülerinnen anfingen, deutliche Fortschritte zu zeigen. Hatte Lady Catherine vielleicht recht gehabt, und sie hätte tatsächlich eine gute Gouvernante abgegeben?

Sie begann sogar, sich auf die im Kreis der Familie eingenommenen Mahlzeiten zu freuen. Sie waren ganz anders als die qualvollen Stunden, die sie in ihrem Elternhaus ausgestanden hatte, denn an Mr Gardiners Tafel gab es keine boshaften oder verächtlichen Bemerkungen. Er hatte es gern, wenn die Mahlzeiten genauso heiter verliefen wie alles andere in seinem Leben. Je besser sie ihn kennenlernte, desto schwerer fiel es Mary zu glauben, dass er der Bruder ihrer Mutter war. Er war so vernünftig, so freundlich und umgänglich, dass eine derart nahe Verwandtschaft geradezu ausgeschlossen schien. Er pochte nicht auf seine Würde und war häufig auf dem Teppich hockend anzutreffen, wenn er mit seinen Kindern spielte, sie in die Arme nahm oder ihnen das

Haar zerzauste. Sie hatten keine Angst vor ihm und plauderten in seiner Gegenwart ganz offen und unbefangen. Eines Abends, als er versuchte, seine lärmenden Söhne von seinem Schoß zu schubsen, um sein Essen einnehmen zu können, fing er Marys Blick auf.

»Von diesen Kindern lässt sich wohl kaum sagen, dass man sie nicht sehen oder hören kann.«

»Umso besser für sie, würde ich sagen. Sie wirken immer sehr glücklich und vergnügt.«

»Das will ich auch hoffen. Ich hasse es, wenn Kinder durch ständige Ermahnungen eingeschüchtert und zum Schweigen verurteilt werden. Ich finde, ein Zuhause sollte ein Ort voller Freude und Lachen sein. Was sagst du dazu, George? Und Edward, was ist deine Meinung?«

Die Jungs, die in Gedanken schon bei einem anderen Spiel waren, nickten bloß zustimmend. Mary blickte auf und sah, wie Mrs Gardiner über die Kerzenleuchter hinweg ihren Mann und ihre Söhne anschaute. Mr Gardiner fing den Blick seiner Frau auf und lächelte sie an. Es war eine winzige Geste, aber für Mary schien sie die ganze Tiefe der Gefühle zu enthalten, die diese beiden Menschen füreinander empfanden. Seltsam, dachte sie, aber sie selbst kam sich durch diese Zuneigung nicht ausgeschlossen vor wie in Pemberley, wo die leidenschaftliche Liebe der Darcys ihr ihre Einsamkeit schmerzlich bewusst gemacht hatte. In der Gracechurch Street hatte die innige Beziehung ihres Onkels und ihrer Tante auf alle Familienmitglieder eine wohltuende Wirkung. Mary hegte keinerlei Zweifel, dass ihre Cousins und Cousinen genauso empfanden wie sie und davon profitierten.

Langsam, aber sicher tauten ihre so lang erstarrten Gefühle auf, und Mary spürte, wie sich in ihr Neugierde regte, die Umgebung des Hauses der Gardiners zu entdecken. Zunächst begnügte sie sich mit kurzen Spaziergängen bis zum Ende der Straße, aber schon bald verlangte es sie nach mehr. Die Menschenmassen der Großstadt machten ihr keine Angst mehr, und sie traute sich weitere Erkundungen zu. Erst wollte Mrs Gardiner das nur gestatten, wenn sie sicher sein konnte, dass ihre Nichte die Gegend gut genug kannte, um sich allein zurechtzufinden. Aber schließlich erlaubte sie es doch, allerdings unter der Bedingung, dass Mary sich strikt an ihre Ratschläge hielt – »Geh nicht zu weit weg, sprich mit niemandem, und wenn du dich unsicher fühlst, wende dich an eine respektabel aussehende Frau und bitte sie um Hilfe«.

Mit diesen Worten im Ohr war Mary in kurzer Zeit mit den interessantesten Straßen der näheren Umgebung vertraut. Schnell wurde es für sie zu einer lieben Gewohnheit, den Hut aufzusetzen und von der Gracechurch Street zur Cheapside und noch weiter zu gehen, mit keinem anderen Ziel vor Augen, als sich an jedem Ort, den sie neu für sich entdeckte, zu erfreuen. Nie hätte sie für möglich gehalten, dass es ihr so viel Spaß machen könnte, sich in der Menschenmenge zu verlieren. Die Anonymität vermittelte ein Gefühl von Freiheit, schloss sie. Es war erleichternd, eine unter vielen zu sein, zu wissen, dass man die Menschen, die so dicht, aber völlig desinteressiert an einem vorbeigingen, wahrscheinlich nie wiedersehen würde. Sie konnte sich keinen größeren Unterschied zu Meryton vorstellen. Dort waren der eigene Name und die eigene Geschichte Allgemeingut, und die Vergangenheit ließ einen nie los. Hier kümmerte so etwas niemanden, und Mary empfand diesen Gedanken als ein klein wenig beängstigend, aber auch als sehr spannend.

Kapitel 49

Eines Nachmittags im Frühling, als Mary von einem ihrer Spaziergänge zurückkehrte, rief Mrs Gardiner, sie möge doch bitte zu ihr in den Salon kommen. Mary fand sie dort mit nachdenklich gerunzelter Stirn auf dem Sofa sitzend vor. Das war ungewöhnlich, da ihre Tante selten aus der Ruhe zu bringen war. Und als Mary neben ihr Platz nahm, regte sich in ihr die leise Angst, Mrs Gardiner könnte ihr etwas Unangenehmes mitzuteilen haben.

Eine Weile plauderten sie darüber, was Mary während ihres Ausflugs alles gesehen hatte, aber irgendwann brachte Mrs Gardiner das Thema zur Sprache, das anscheinend der Grund war, weshalb sie Mary zu sich gerufen hatte.

»Seit du bei uns im Haus bist, haben wir ein recht ruhiges Leben geführt, aber das wird sich bald ändern. Wenn es Frühling wird, geben wir kleine Dinnerpartys und Ähnliches für Freunde und Verwandte, die wir gern um uns haben.«

Marys Herz schlug schneller. Sie war sich sicher, dass gleich ein Problem angesprochen werden würde. Wenn sie erriet, worum es ging, und zuerst das Wort ergriff, könnte sie ihrer Tante vielleicht die Verlegenheit ersparen, das heikle Thema selbst anzuschneiden.

»Wir haben nicht viel für Extravaganz üblich, alles gestaltet sich eher gemütlich und ungezwungen«, fuhr Mrs Gardiner fort.

»Aber es wird nicht mehr die Ruhe im Haus herrschen, die du bisher gewohnt bist.«

»Ich hoffe, Sie fühlen sich nicht verpflichtet, mich einzubinden«, warf Mary hastig ein. »Ich bleibe gern oben bei den Kindern. Ich habe meine Bücher, damit bin ich glücklich und zufrieden.«

Mrs Gardiner sah sie erstaunt an. »Nimmst du im Ernst an«, fragte sie, »dass wir ein nettes Dinner für unsere Familie und Freunde geben und dich nach oben ins Exil verbannen?«

»Dafür hätte ich auf jeden Fall Verständnis«, erwiderte Mary. »Ich sprühe bei derartigen Anlässen nicht unbedingt vor Charme und Esprit, fürchte ich.«

»Vielleicht sagt das mehr über die Dinnerpartys aus, an denen du bisher teilgenommen hast, als über dich selbst«, meinte Mrs Gardiner. »Im Übrigen ist in unserem Haus niemand verpflichtet, zu sprühen und zu funkeln. Eine Einstellung, die meiner Meinung nach die Wahrscheinlichkeit erhöht, dass dies doch der Fall ist. Du wirst uns bei diesen Gelegenheiten doch hoffentlich Gesellschaft leisten?«

Mary wusste, dass jetzt nicht der richtige Moment war, ihrer Tante zu gestehen, mit welcher Panik sie die Aussicht auf größere Gesellschaften erfüllte, dennoch zögerte sie.

»Komm schon, Mary, tu mir den Gefallen. Vielleicht hast du ja sogar Spaß dabei.«

Nie hätte Mrs Gardiner auch nur angedeutet, dass sie der Meinung war, ihre Nichte wäre verpflichtet, ihrem Wunsch nachzukommen, aber für Mary bestand kein Zweifel, dass sie unmöglich ablehnen konnte. Vor allem in Anbetracht der großen Güte, mit der man sie in der Gracechurch Street aufgenommen hatte.

»Danke«, erwiderte sie. »Ich würde mich freuen, mit von der Partie zu sein. Und ich werde mir große Mühe geben, Sie nicht zu enttäuschen.«

»Ich weiß, dass du mich nie enttäuschen könntest«, sagte ihre Tante, während sie nach der Glocke griff und nach dem Tee läutete. Nachdem er serviert worden war, kam sie auf ihr ursprüngliches Anliegen zurück.

»Du hast mich zwar vorhin missverstanden, dennoch hast du dich in der Annahme, ich hätte dir etwas Wichtiges mitzuteilen, nicht getäuscht.«

Mary stellte ihre Teetasse behutsam auf den Tisch. Sie konnte sich nicht vorstellen, was nun kommen würde.

»Wenn du dich häufiger in Gesellschaft bewegst«, verkündete Mrs Gardiner, »brauchst du entsprechende Kleidung. Wir müssen dir also etwas Neues kaufen.«

»Neue Kleidung?«, wiederholte Mary. »Ich fürchte, ich verstehe nicht …«

Auch ihre Tante stellte ihre Tasse ab und musterte Mary mit der resignierten Geduld eines Menschen, der nicht erwartet, sein Anliegen problemlos vorzubringen.

»Du bist eine vernünftige junge Frau, Mary, deshalb kann ich offen mit dir reden. Was du jetzt trägst, mag für den Alltag auf dem Land angebracht sein, nicht aber für Abendgesellschaften in der Stadt. Ich denke, wir müssen deine Garderobe ein bisschen modischer gestalten, meine Liebe.«

Mary errötete. Anscheinend war es ihr nicht einmal in der Gracechurch Street vergönnt, dem lästigen und demütigenden Thema ihres Aussehens zu entkommen.

Mrs Gardiner streckte ihr tröstend die Hand entgegen. »Ich weiß, dass dies nichts ist, worüber du gern sprichst, aber lass dir sagen, was ich darüber denke. Mir ist durchaus bewusst, dass dir an Mode nicht viel liegt – dass es dir unangenehm ist, Aufmerksamkeit auf dich zu ziehen. Aber manchmal ist es am besten, den Erwartungen deiner Mitmenschen zu entsprechen, um nicht aufzufallen. Du bist vernunftbegabt, sodass du einsehen wirst, dass es durchaus sinnvoll ist, sich zumindest an einige Regeln zu halten, wenn man sich in Gesellschaft bewegt.«

Mary nickte. »Das ist mir schon vor einer ganzen Weile klar geworden.«

»Und warum, wenn ich fragen darf, hast du nicht nach dieser exzellenten Einsicht gehandelt?«

»Ich verlor den Mut. Ich wurde überredet, mir ein neues Kleid zu kaufen, und als ich es zum ersten Mal trug, behandelte ich einen Menschen, der es besser verdient hatte, sehr schlecht. Also entschied ich, dass ich es nicht verdient hatte, schöne Kleider zu tragen, da ich mich nicht darauf verlassen konnte, mich in ihnen angemessen zu benehmen.«

Mrs Gardiner war von der Antwort so überrascht, dass sie beinahe laut gelacht hätte. »Lieber Himmel, Mary! Wenn dieses Gesetz allgemeingültig wäre, dürfte sich nicht eine einzige Frau in London anständig kleiden.«

Aber Mary erwiderte ihr amüsiertes Lächeln nicht, und Mrs Gardiner, die ihr ansah, wie unglücklich sie war, erkannte, dass diese Wunde sehr tief war.

»Es tut mir leid. Ich wollte mich nicht über dich lustig machen. Aber denke bitte noch einmal darüber nach, ob deine Reaktion auf diesen Vorfall angemessen war. Das Kleid, das du trugst … es war doch schön, hoffe ich?«

»Eher ganz nett als schön«, murmelte Mary. »Aber mir hat es gefallen.«

»Das höre ich gern. Dennoch ist der Gedanke, dass jedes Mal, wenn du etwas Hübsches trägst, etwas Ähnliches passieren könnte, einfach absurd. Und da du dir offenbar bereits gründlich Gedanken über dein damaliges Verhalten gemacht hast, scheint es mehr als unwahrscheinlich, dass du es wiederholen wirst.«

Mary schlang beide Arme um ihre Knie und dachte nach. Es war schwer, sich der Logik ihrer Tante zu entziehen, und es ließ sich nicht leugnen, dass ihre eigene Schlussfolgerung, laut ausgesprochen, nicht unbedingt vernünftig klang.

Es klopfte an der Tür, und das Stubenmädchen trat ein, um das Teeservice abzuräumen, aber Mrs Gardiner, die das Gespräch offensichtlich nicht unterbrechen wollte, schüttelte den Kopf, und das Mädchen zog sich diskret zurück. Marys Tante füllte ihre Tassen mit dem restlichen Tee, der noch in der Kanne war.

»Er hat schon ein bisschen zu lange gezogen«, sagte sie, als sie Mary ihre Tasse reichte. »Aber ich persönlich trinke meinen Tee gern stark.«

Sie beugte sich über den kleinen Tisch, der zwischen ihnen stand, und sprach mit leiser, aber fester Stimme weiter.

»Ich bin mir bewusst, wie heikel die Angelegenheit ist«, sagte sie, »aber davon werde ich mich nicht beirren lassen. Ich weiß, man hat dir immer gesagt, der Wert einer Frau ließe sich nur an ihrer Schönheit messen, an der Art, wie sie sich der Welt präsentiert. Aber du kannst mir glauben, Mary, dass es einen Mittelweg zwischen der Fixierung auf das eigene Aussehen und dem kompletten Ignorieren desselben gibt. Ich halte mich nicht für eitel, aber ich gebe zu, es macht mir Freude, mich gut zu kleiden. Und ich fände es schön, wenn es dir irgendwann genauso gehen würde.«

Mary betrachtete die schlanke Gestalt ihrer Tante. Mrs Gardiner war keine Schönheit, aber das, stellte Mary fest, tat dem vorteilhaften Eindruck, den sie auf andere machte, keinen Abbruch. Ihre Kleider standen ihr; sie waren bewundernswert gut auf sie und ihre Stellung zugeschnitten, und sie sah in ihnen genau so aus, wie sie sollte: elegant und doch ungezwungen. Und all das erreichte ihre Tante ohne das große Getue oder den Aufwand, der in Longbourn um Aussehen und Kleidung betrieben worden war. Mary starrte auf ihr eigenes altbekanntes Baumwollkleid. Unwillen regte sich in ihr, und ihr Entschluss, sich hinter langweiligen Kleidungsstücken in unauffälligen Farben zu verstecken, geriet ins Wanken. Vielleicht hatte Mrs Gardiner recht. Vielleicht war die Zeit reif, diese Sachen abzulegen und etwas Neues auszuprobieren.

»Ich denke an nichts übertrieben Aufwendiges«, fuhr Mrs Gardiner fort. »Wir könnten mit drei, vier Tageskleidern und zwei für den Abend beginnen. Dazu eventuell ein neuer Mantel und natürlich mehrere Hüte. Ein Strohhut oder auch zwei. Strümpfe aus Seide statt aus Baumwolle. Und wir könnten uns bei Mr Dolland nach einer etwas gefälligeren Brille für dich umsehen.«

Das vage Bild von ihr selbst in hübscheren Kleidern, das eben vor Marys geistigem Auge entstanden war, zerplatzte. Mrs Gardiner fuhr fort, all die Dinge aufzuzählen, die Mary ihrer Meinung nach bräuchte, um voller Selbstvertrauen am Gesellschaftsleben der Metropole teilzunehmen, aber Mary wusste, dass sich nichts davon verwirklichen lassen würde. Selbst wenn sie sich einredete, dass sie es wert war, sich neue Sachen zu kaufen, selbst wenn sie akzeptierte, dass sie nicht dazu verdammt war, den Rest ihres Lebens in Kleidern herumzulaufen, die ihr weder schmeichelten noch gefielen, selbst dann konnte sie den Wünschen ihrer Tante nicht nachkommen. Denn sie konnte sich eine neue Garderobe schlicht und einfach nicht leisten.

»Ich verstehe, was Sie meinen«, begann Mary vorsichtig. »Und ich gebe zu, dass meine Ansichten albern erscheinen, wenn man sie einer Prüfung durch den gesunden Menschenverstand unterzieht.«

»Wie schön, endlich wieder einen Blick auf die vernünftige Mary von früher zu erhaschen«, sagte Mrs Gardiner. »Ich gestehe, ich hatte mich schon gefragt, was aus ihr geworden ist.«

»Aber dass Sie mich eines Besseren belehrt haben«, fuhr Mary fort, »wird keinen Unterschied machen, fürchte ich. Ich verfüge nicht über das Geld, um mir all diese Dinge leisten zu können.«

»Aber ich«, verkündete Mrs Gardiner. »Und es wäre mir ein Vergnügen, sie dir zu schenken. Ein großes Vergnügen sogar!«

Mary schüttelte den Kopf. »Daran ist gar nicht zu denken. Ich stehe schon so sehr in Ihrer Schuld und könnte es nicht ertragen, wenn Sie noch mehr für mich täten.«

»Ich bin der Meinung, dass bei Menschen, die einander wirklich mögen, von Schuld keine Rede sein kann.«

»Sie sind sehr gütig, aber ich kann Ihr Angebot nicht annehmen.«

Mrs Gardiner stand auf und strich ihr Kleid glatt. »Mit dieser Reaktion habe ich gerechnet, und ich verstehe dein Widerstreben, auch wenn ich es für unnötig halte. Aber da ist noch jemand anders, der dir gern helfen würde, jemand, dessen Unterstützung du annehmen könntest, ohne deshalb in Verlegenheit zu geraten, wie ich finde.«

Mary war erstaunt. Sie bat ihre Tante, ihr zu sagen, wer diese Person war und woher sie von ihrer misslichen Lage wusste. Aber Mrs Gardiner ignorierte all ihre Fragen und läutete stattdessen nach dem Dienstmädchen.

»Wir haben lang genug hier gesessen. Sarah kann jetzt abräumen.« Sie hielt ihre Hand Mary hin. »Ich weiß, dass du bereits einen Spaziergang gemacht hast, aber ich verspüre das Bedürfnis nach frischer Luft. Kennst du schon den hübschen kleinen Park am Finsbury Circus? Nein? Dann ist er jetzt unser Ziel. Dort können wir uns ungestört unterhalten.«

Kapitel 50

Mary bestürmte ihre Tante mit tausend Fragen, als sie das Haus verließen, aber Mrs Gardiner lehnte es unerbittlich ab, sie zu beantworten, ehe sie den Park erreicht hatten. Also blieb Mary nichts anderes übrig, als mit ihrer Tante über dies und jenes zu plaudern, während sie die Gracechurch Street entlang und anschließend durch das Gewirr kleiner Gassen hinter der breiten Hauptstraße schlenderten. Erst als sie in einem ruhigen Winkel der Grünanlage auf einer Bank unter ein paar stattlichen Bäumen Platz genommen hatte, war Mrs Gardiner zu einer näheren Erklärung bereit.

»Ich muss dir gestehen, Mary, dass ich seit deiner Ankunft in der Gracechurch Street regelmäßig mit Lizzy korrespondiere.«

Mary scharrte mit der Stiefelspitze in den Wegkieseln. »Und in dieser Korrespondenz geht es um mich?«

»Ja. Sie war beunruhigt, als sie von deiner plötzlichen Abreise aus Longbourn hörte. Sie befürchtete, dass etwas Unvorhergesehenes dort vorgefallen sein könnte.«

Mrs Gardiner machte eine Pause und sah ihre Nichte erwartungsvoll an, aber Mary hielt ihren Blick unverwandt auf zwei Tauben gerichtet, die sich um ein Stück altbackenes Brot zankten. Sie brachte es nicht übers Herz, mit irgendjemandem, nicht einmal mit ihrer Tante, darüber zu sprechen, was sie bewogen hatte, ihr ehemaliges Zuhause zu verlassen.

»Wie auch immer«, fuhr Mrs Gardiner fort, als sie merkte, dass Mary sich nichts entlocken ließ. »Sie wollte wissen, wie es dir geht, und ich konnte ihr glücklicherweise mitteilen, dass du dich bei uns anscheinend recht gut eingelebt hast.«

»Wie nett von ihr, sich nach mir zu erkundigen.«

»In der Tat. Als Lizzy immer öfter schrieb, fragte ich mich allerdings, ob nicht mehr dahintersteckte als reine Anteilnahme. Mir schien, als haftete ihren Briefen ein Hauch Schuldbewusstsein an, als wäre sie der Meinung, dir in irgendeiner Weise unrecht getan zu haben, und wollte sich versichern, dass du keinen Schaden erlitten hast.«

Mary sprang so unvermittelt auf, dass die Tauben erschraken. Mit lauten Flügelschlägen flatterten sie davon und ließen das Stück Brot zurück.

»Ich würde es vorziehen, nicht über diese Dinge zu reden.«

»Ich habe nicht die Absicht, aufdringlich zu sein«, gab ihre Tante milde zurück. »Komm, setz dich wieder hin. Ich werde dich nicht drängen, dich dazu zu äußern.«

Doch Mary schien sie nicht gehört zu haben. Geistesabwesend lief sie zu der Stelle, wo sich eben noch die Tauben gezankt hatten.

»Es stimmt, dass Lizzy mir einmal sehr wehgetan hat«, sagte sie schließlich leise. »Das war schon vor einer ganzen Weile, noch vor dem Tod unseres Vaters. Damals hat es mich tief getroffen, aber ich hätte nicht gedacht, dass sie sich deswegen immer noch Vorwürfe macht.«

»Ich finde, wir können voraussetzen, dass sie sehr wohl daran denkt«, erwiderte Mrs Gardiner. »Tatsächlich erklärt das so einiges.« Wieder klopfte sie auf den leeren Platz an ihrer Seite, und diesmal setzte sich Mary. »Lizzy hat mich gefragt, ob sie nicht etwas tun könnte, um dir das Leben zu erleichtern. Als sie mir diese Frage zum dritten Mal stellte, sagte ich ihr die Wahrheit –

dass du Kleidung benötigst, die sich für einen Aufenthalt in London eignet, und ich den Eindruck hätte, du würdest sie dir nicht von uns schenken lassen. Es wird dich sicher nicht überraschen zu hören, dass sie das großzügige Angebot gemacht hat, die Kosten dafür zu begleichen.«

»Aber ich kann kein Geld von ihr annehmen!«

»Dann erlaube mir, den Versuch zu machen, dich vor deinen Skrupeln zu schützen«, sagte Mrs Gardiner freundlich. »Lizzy ist reich genug, um nicht einmal das Zehnfache der Summe zu vermissen, die sie dir überlassen will. Und der Gedanke, sie könnte dazu beitragen, dich glücklich zu machen, wäre sehr tröstlich für sie.«

»Also soll *ich* in Verlegenheit gebracht werden, damit Lizzy sich besser fühlt?«, rief Mary erzürnt.

»Da ich nicht weiß, was zwischen euch vorgefallen ist, kann ich mich kaum dazu äußern. Aber falls sie nicht ein unverzeihliches Unrecht an dir begangen hat, kann ich nichts Beschämendes darin sehen, ein Geschenk von einer Schwester anzunehmen, die dir, aus welchen Gründen auch immer, eine Freude machen möchte.« Mrs Gardiner öffnete ihre Tasche und entnahm ihr einen Brief. »Dem letzten Schreiben hat sie eine kurze Nachricht an dich beigelegt, die ich dir geben soll.«

Sie reichte den Brief Mary, die ihre Brille aufsetzte und den Umschlag öffnete.

Liebe Mary,
die Tatsache, dass Du das hier liest, ist der Beweis, dass Du genau so reagiert hast, wie ich es vorausgesagt habe, und mein Geschenk zurückweist. Es gereicht Dir durchaus zur Ehre, dass Dein Taktgefühl Dir verbietet, es anzunehmen, aber ich hoffe, Du wirst Deine Meinung ändern. Es wäre eine große Freude

für mich, wenn Du mir erlaubtest, Dir gegenüber großzügig zu sein und auf diese Weise eine kleine Wiedergutmachung für einen Augenblick zu leisten, in dem ich mich Dir gegenüber nicht sehr nett benommen habe, wie mir sehr wohl bewusst ist. Ich denke, wir wissen beide, was ich meine. Ich rede mir nicht ein, dass diese Gabe mein Benehmen rechtfertigt, aber ich hoffe, Du erweist mir den Gefallen, sie als Entschuldigung zu betrachten.
E.

Mary ließ den Brief sinken. Sie wusste nicht, was sie denken sollte. Es berührte sie zutiefst, dass Lizzy wusste, wie sehr Mary an jenem Abend in Netherfield gelitten hatte, und ihren Anteil daran eingestand. Und noch mehr bewegte es sie, dass Lizzy ihr Verhalten nicht nur bereute, sondern sich sogar um eine Geste des Verzeihens von ihr, Mary, bemühte. Dennoch war sie sich nicht sicher, ob sie deshalb verpflichtet war, Lizzys Geld anzunehmen. Mit düsterer Miene faltete sie den Bogen zusammen und nahm ihre Brille ab. Ihre Tante sah sie erwartungsvoll an.

»Ich sehe ein, dass Lizzy es gut meint«, begann Mary. »Aber es ist nicht leicht, Almosen anzunehmen, selbst wenn sie von einer Schwester kommen. Eine solche Unterstützung erinnert mich nicht nur daran, wie abhängig ich von anderen bin, sondern macht mir zudem bewusst, wie man mich wahrnimmt. Findet denn wirklich jeder, dass ich so furchtbar gekleidet bin? Ist meine Erscheinung so schäbig, so verbesserungswürdig, dass sie Gesprächsstoff für die ganze Familie bietet?«

Ihre Stimme bebte leicht. Sie befürchtete, ihre Tante mit ihrer Reaktion zu verärgern, aber Mrs Gardiner blieb gelassen.

»Da du eindeutig lieber die Wahrheit als abgedroschene Phrasen zu hören wünschst, will ich dir so aufrichtig antworten, wie es mir möglich ist. Zu sagen, du würdest einen schäbigen Anblick abgeben, wäre übertrieben, aber nichts an deinem Äußeren weist darauf hin, dass du Wert auf dein Erscheinungsbild legst. Du weißt, ich bin weit davon entfernt zu behaupten, eine Frau sollte nur nach ihrer Kleidung beurteilt werden. Einige von uns schenken dem, was sie tragen, keinerlei Beachtung und treten dabei mit der größten Nonchalance auf. Auf dich trifft das jedoch nicht zu. Deine Erscheinung ist nicht Ausdruck einer heiteren Gelassenheit, sondern zeugt vielmehr von einer bewussten Entscheidung. Du kleidest dich, wie du es tust, weil du glaubst, nichts Besseres zu verdienen, und vermittelst dadurch jedem Betrachter die geringe Meinung, die du von dir selbst hast. Wenn du dich entschließen könntest, einige Vorschläge für Verbesserungen anzunehmen, würde das viel mehr bedeuten als lediglich den Wunsch, modischer auszusehen. Nämlich die Bereitschaft, dir die Selbstachtung zuzugestehen, die du verdient hast und die du dir schon so lange vorenthältst.«

Mrs Gardiner schien keine Antwort zu erwarten, und Mary gab keine.

Nach einer Weile nahm ihre Tante das Gespräch in dem für sie so typischen heiteren Ton wieder auf. »Ich denke, ich habe fürs Erste genug gesagt. Aber bevor wir uns wieder auf den Rückweg machen, habe ich noch eine Kleinigkeit zu erledigen.«

Sie holte aus ihrer Tasche ein Tuch aus feinem Musselin, in das etliche Stücke altbackenes Brot eingeschlagen waren. Schwungvoll warf sie sie ins Gras und beobachtete lächelnd, wie ein Schwarm Tauben von den Bäumen flatterte und eifrig zu picken begann.

»Wenn ich herkomme, bringe ich ihnen immer etwas mit«, bemerkte sie, während sie sich Brotkrümel von ihrem Kleid wischte. »Ich bilde mir gern ein, dass sie mich kennen. Was meinst du, gehen wir nach Hause? Ich verspreche auch, dir wegen der Kleider nicht mehr zuzusetzen. Wenn du es nicht mit deinem Gewissen vereinbaren kannst, Lizzys Geschenk anzunehmen, verzichte eben darauf. Aber denk bitte noch einmal in Ruhe darüber nach, was ich gesagt habe, bevor du eine Entscheidung triffst.«

Sie bot ihr ihren Arm, und Mary hängte sich bei ihr ein. Beide waren in Gedanken versunken, als sie zur Gracechurch Street zurückgingen, und sprachen nur wenig.

Kapitel 51

Zu Hause ging Mary sofort auf ihr Zimmer, legte sich aufs Bett und dachte nach, bis es fast schon Zeit war, zum Dinner hinunterzugehen. Erst dann stand sie auf und trat an ihren Schrank. Ganz hinten, in Seidenpapier eingeschlagen, lag das Kleid aus dem cremefarbenen Stoff mit den Goldfäden. Sie nahm es heraus und drapierte es über eine Sessellehne, wo es in der hereinbrechenden Dämmerung blass schimmerte. Mary entzündete zwei Kerzen, stellte sie neben den hohen Spiegel und musterte mit starrem Blick ihr Spiegelbild, um ihr Haar und ihre Figur zu begutachten. Dann hielt sie sich das Kleid an und konnte selbst im Halbdunkel des Zimmers erkennen, wie gut es ihr stand. Einer momentanen Eingebung folgend schlüpfte sie aus ihrem verwaschenen Kleid aus bedrucktem braunem Kattun und streifte sich das in Creme über. Da sie die Bänder am Rücken ohne Hilfe nicht schnüren konnte, ließ sie sie offen. Sie warf die Schultern zurück, wie sie es bei Lizzy beobachtet hatte, straffte den Rücken und hielt den Kopf hoch erhoben. Sie zwang sich, einen anderen Gesichtsausdruck aufzusetzen, weniger unterwürfig, deutlich selbstbewusster. Kaum zu glauben, welche Veränderung allein das bewirkte – einen Moment lang war sie ein anderer Mensch.

Als Mary sich an den Frisiertisch setzte, überschlugen sich ihre Gedanken. Was ihre Tante über Selbstachtung gesagt hatte, hatte sie zutiefst aufgewühlt, zumal ihre Worte sie stark an jene von Charlotte Lucas in Longbourn erinnerten: »Es ist meine Situation, die mir missfällt, nicht ich selbst.« Von ihr, Mary, ließ sich das nicht behaupten, das wusste sie. Sie hatte so oft gehört, nichts wert zu sein, dass sie irgendwann angefangen hatte, es selbst zu glauben. Eine Frau mit ihren Unzulänglichkeiten verdiente weder schöne Kleider, noch hatte sie Anspruch auf die anderen Freuden, die das Leben lebenswert machten, allen voran Liebe und Zuwendung. Auch davon war sie aufgrund ihrer Fehler ausgeschlossen, und daran würde sich auch in Zukunft nichts ändern.

Genau so hatte sie ihre Situation gesehen, seit sie sich erinnern konnte, aber Mrs Gardiners sachliche Argumente hatten dieser altbekannten deprimierenden Sicht der Dinge einiges an Kraft genommen. Zum ersten Mal seit Jahren war Mary geneigt, infrage zu stellen, warum sie sich bereitwillig mit einem derart erbärmlichen Schicksal abgefunden hatte. Wo stand geschrieben, dass ihre Zukunft besiegelt war? Was hinderte sie daran, sie selbst in die Hand zu nehmen?

Sie fröstelte und wusste, dass ihr Erschauern nicht nur auf die Kälte im Zimmer zurückzuführen war. Auch der Schock war ein Grund dafür. Der Schock, als sie begriff, dass die bedrückenden Gewissheiten, an denen sie so lange festgehalten hatte, allmählich von ihr abfielen. Sie schlang das Kleid enger um sich, damit es ihr nicht von den Schultern rutschte, und versuchte nachzudenken. Plötzlich fiel ihr der Satz ein, den Mr Collins für sie übersetzt hatte.

Unser Glück liegt in unserer eigenen Hand.

Das Zitat war ihr mehr als vertraut. Sie hatte es unzählige Male gelesen und es sogar in ihre eigenen Aufzeichnungen übertragen. Aber als es ihr jetzt durch den Kopf ging, wurde ihr klar, dass sie seine Bedeutung nie wirklich erfasst hatte. Es hatte auf die Art und Weise, wie sie sich selbst sah, keine Wirkung gehabt. In dieser Hinsicht hatten die Vorstellungen ihrer Mutter eine größere Macht über sie besessen als die von Aristoteles. Sie war unfähig gewesen, sich von Mrs Bennets Überzeugung freizumachen, dass Glück allein davon abhing, die Gewinnlose in der Lotterie des Lebens zu ziehen, und insbesondere die eines hübschen Gesichts und einer anmutigen Gestalt.

Aber dann war sie in das Haus in der Gracechurch Street gekommen, und auf einmal hatte sich alles geändert. Hier erkannte sie, was wahres Glück bedeutete, und verstand zum ersten Mal, wie es sich anfühlte, in einer Atmosphäre voller Wärme aufgenommen zu werden. In Pemberley war sie nur Beobachterin gewesen und hatte vom Rande des Geschehens aus die Zufriedenheit der anderen gesehen, aber im Haus der Gardiners wurde sie in die Familie aufgenommen und mit warmer Zuneigung umhüllt. Eine Weile hatte sie sich damit zufriedengegeben, ein derart ungewohntes Vergnügen einfach nur zu genießen, aber schon bald erwachte ihr Interesse, und sie begann, sich zu fragen, wie es den Gardiners gelungen war, diesen beglückenden Zustand zu erreichen. Doch erst jetzt begriff sie wirklich, und genauso schlagartig wurde ihr klar, dass Aristoteles eine wesentlich bessere Vorstellung davon hatte, wie wahres Glück erlangt werden konnte, als Mrs Bennet.

Das Glück und die Zufriedenheit, die das Leben in der Gracechurch Street prägten, gründeten nicht auf Schönheit, Reichtum oder Zufall. Es traf zu, dass die Gardiners einige dem Glück zuträgliche Posten für sich verbuchen konnten, unter anderem soliden Wohlstand und verlässliche Gesundheit. Aber keiner von ihnen war auffallend schön, und sie verfügten auch weder über beträchtlichen Grundbesitz noch über weitläufige Parkanlagen. Tatsächlich, dachte Mary, könnte man durchaus sagen, dass ähnliche Vorzüge auch in Longbourn existiert hatten, ohne jedoch einen vergleichbaren Zustand des Glücks herbeigeführt zu haben. Nein, stellte sie fest, als ihre Gedanken langsam Form annahmen, der Unterschied bestand darin, dass die Gardiners hart dafür arbeiteten. Für sie war Glück nicht abhängig vom Zufall oder der Vorsehung. Stattdessen taten sie alles, was in ihrer Macht stand, um es zu hegen und zu pflegen, setzten Großmut über Kleinlichkeit, Güte über Groll und ermutigten zum Lachen statt zum Klagen. Das Resultat war das glücklichste Zuhause, das Mary je kennengelernt hatte. Wenn sich von jemandem sagen ließ, er hätte sein Glück selbst geschaffen, dann von ihrem Onkel und ihrer Tante.

Sie setzte sich kerzengerade auf. Wenn die Gardiners das geschafft hatten, warum sollte sie nicht ihrem Beispiel folgen? Sie könnte damit beginnen, einige der Eigenschaften zu übernehmen, die ihnen so gut zu Gesicht standen. Keiner der Gardiners schämte sich seiner selbst. Ob sie wohl imstande wäre, ein kleines bisschen ihres Selbstvertrauens auf ihre eigene Person zu übertragen? Sie könnte versuchen, mehr zu lächeln und weniger oft die Stirn zu runzeln und sich nicht ständig einzureden, dass alles, was sie zu sagen hatte, ungeschickt ausgedrückt und langweilig war. Es würde nicht leicht sein, die Zurückweisungen und Herabsetzungen eines ganzen Lebens abzuschütteln, aber sie war auf jeden Fall bereit, einen Versuch zu wagen.

Aufgeregt lief sie zum Fenster, hob den Schieberahmen nach oben und lehnte sich in die Abenddämmerung hinaus. Die Lichter der Geschäfte auf der Gracechurch Street erzeugten einen gelben Lichthauch, und in der Luft hing der stechende Geruch vom Rauch der Kohleöfen, aber nichts davon störte Mary. Nie hätte sie sich träumen lassen, dass ihr London dermaßen ans Herz wachsen würde. Aber allem, was es hier zu sehen und zu hören gab, allem, was anfangs so überwältigend auf sie gewirkt hatte, wohnten jetzt Verlockungen und Verheißungen inne. Sie konnte sich nicht erinnern, wann sie sich zum letzten Mal so lebendig und tatendurstig gefühlt hatte.

Mary holte noch einmal tief Luft, bevor sie das Fenster schloss. Die erste Angewohnheit, die sie ablegen musste, war, sich mit ihrem Elend abzufinden. Nichts war dem Glück so abträglich wie die tief in ihr verwurzelte Überzeugung, es wäre nicht für sie bestimmt. Sie würde kämpfen müssen, um sich davon zu befreien.

Als sie am Spiegel vorbeiging, erhaschte sie einen flüchtigen Blick auf sich selbst. Ihr Kleid hing lose von ihren Schultern, ihr Tuch war verrutscht, ihr Gesicht von der Abendluft leicht gerötet. Sie sah aufgeregt aus, stellte sie fest, während sie in eine Falte des golden schimmernden Kleids griff und den Stoff sanft durch ihre Finger gleiten ließ. Es war ein Genuss, die zarte Seide auf ihrer Haut zu spüren. Wenn sie sich für die Aussicht auf Glück öffnen wollte, wäre der Kauf neuer Kleider vielleicht wirklich der beste Anfang. Sie würde Lizzy gleich morgen schreiben und ihr freundliches Angebot dankend annehmen. Es sollte ein heiterer Brief werden, entschied sie. Sie würde ihn so beginnen, wie sie weiterzuleben beabsichtigte.

Kapitel 52

Als die Kutsche vor einem imposanten Gebäude mit Stuckornamenten und einem hohen Säulenportal vor dem Eingang stehen blieb, war Mary überzeugt, dass der Kutscher sich in der Adresse geirrt haben musste.

»Sind wir hier auch wirklich richtig? Auf mich wirkt es eher wie ein Palast, nicht wie ein Geschäft.«

Mrs Gardiner, die es kaum erwarten konnte, sich in die Einkäufe zu stürzen, griff nach Umhang und Handschuhen. »Genau das soll man auch denken. Aber es ist wirklich ein Kaufhaus, wenn auch ein sehr exklusives. Mr Gardiner sagt immer, es gäbe auf der ganzen Welt nichts, was Harding and Howell gleichkäme, und ich bin ganz seiner Meinung. Wenn wir hier nicht das finden, wonach wir suchen, finden wir es nirgendwo!«

Seit nunmehr drei Wochen in London etabliert hatte Mary geglaubt, bei ihren Spaziergängen auf der Cheapside bereits alles an exquisiten Waren bestaunt zu haben, was die Hauptstadt zu bieten hatte. Aber als sie jetzt ihrer Tante durch die breiten Flügeltüren in das Geschäft folgte, wurde ihr klar, dass sie sich getäuscht hatte. Etwas wie Harding and Howell hatte sie noch nie gesehen. Das Kaufhaus war einfach unvergleichlich, was seine Größe wie auch seine Pracht betraf. Ein Raum nach dem anderen öffnete sich ihr, jeder davon mit seinem ganz eigenen Sortiment schöner Dinge. Die Ladentische waren aus Mahagoni und glänzten im Sonnenlicht, das durch die hohen Fenster fiel. Vor einigen standen Herren und begutachteten Krawatten, vor anderen musterten Damen Strümpfe.

»Gut, dass wir so früh gekommen sind«, bemerkte Mrs Gardiner, als sie an einer Präsentation von Hüten vorbeischlenderten. »Wenn man nach elf Uhr eintrifft, stehen die Kunden schon überall Schlange.«

Als sie den Saal betraten, in dem Stoffe verkauft wurden, bot sich ihnen ein nahezu überwältigender Anblick. Die Wände säumten deckenhohe Regale, in deren Fächern sich alle erdenklichen Stoffe stapelten: Kattun, Popelin, Musselin und Leinen. Lange Bahnen Seide hingen von hohen Stangen herab und wetteiferten mit Farben und Mustern um die Aufmerksamkeit der Käufer. Auf einem Tisch in der Mitte des Raums waren die schönsten Paisley-Schals ausgebreitet worden, die Mary je gesehen hatte. Dieser Tempel schillernder Waren hatte mit dem engen, dunklen Kurzwarenladen in Meryton nicht das Geringste gemein.

»Großartig, nicht wahr?«, wisperte Mrs Gardiner, als sie vor einem der breiten Ladentische Platz nahmen. Sie wurden von einem sehr herablassenden Angestellten bedient, dessen makellose Kleidung Mary schmerzlich bewusst machte, wie dürftig es um ihre eigene bestellt war. Sie glaubte zu sehen, wie sein Blick abschätzig über ihr unansehnliches Kleid glitt, aber als er erfuhr, welche Summe Mrs Gardiner auszugeben beabsichtigte, war er sofort ganz Zuvorkommenheit.

Sie fingen mit Musselin an. Mary konnte kaum fassen, wie viele unterschiedliche Sorten dieses Stoffs vor ihr ausgebreitet wurden, allesamt luftig und leicht. Zuerst schien gerade diese Vielfalt ihr eine Entscheidung praktisch unmöglich zu machen. Immer wieder gab es etwas Neues zu entdecken. Aber allmählich gewann sie den Überblick und konnte beurteilen, was ihr am besten gefiel. Mit wachsendem Selbstvertrauen wählte sie zuerst einen Musselin in getupftem Zartrosa und dann einen in einem warmen Cremeton. Beim Kattun gestaltete es sich schwieriger, da der Baumwollstoff in unglaublich vielen Farben und Mustern vorrätig war und jede Variante noch verlockender schien als die vorige. Schließlich entschied sich Mary für einen gelb-weiß gestreiften und einen lavendelfarbenen mit hellem Blattmuster, aber bei ihrer letzten Wahl wusste sie beim besten Willen nicht, ob sie den Kattun mit dem grün-goldenen oder dem blau-grauen Muster nehmen sollte.

Während sie die Stoffmuster hin und her drehte, wurde ihr bewusst, wie viel Spaß ihr eine Beschäftigung machte, die sie noch vor gar nicht allzu langer Zeit als frivol abgetan hatte. Wie sich das wohl erklären ließ? Zum Teil ganz einfach, dachte sie. Sie hatte ihre Ohren vor ihren üblichen Skrupeln verschlossen und sich den Luxus erlaubt, sich an diesen schönen Dingen zu erfreuen.

Aber sie wusste, dass sie nie auch nur den Versuch gewagt hätte, wären ihre Mutter oder Lydia zugegen gewesen. Die beiden hätten sich über diesen Sinneswandel bestimmt lustig gemacht. Mrs Bennet hätte verächtlich die Nase gerümpft und Lydia sich die Gelegenheit nicht entgehen lassen, das Ganze als guten Witz zu betrachten. Doch hier in London gab es niemanden, der sie verurteilte. Hier konnte sie alles an sich ändern, wenn sie wollte, und wenn das bedeutete, dass sie plötzlich Gefallen an hübschen Stoffen fand, warum nicht? Bald war sie wieder so darin vertieft, die verschiedenen Muster zu vergleichen, dass ihr der junge Mann gar nicht auffiel, der auf sie zukam und dabei die Hand zum Gruß hob.

Mrs Gardiner sprang erfreut auf. »Thomas Hayward! Was in aller Welt machst du denn hier?«

»Nichts Besonderes, fürchte ich«, antwortete der Mann mit einer höflichen Verbeugung. »Ich bin von daheim mit dem festen Vorsatz aufgebrochen, mir ein Paar Handschuhe zu kaufen, aber bisher habe ich nichts anderes getan, als herumzubummeln.«

Mrs Gardiner lachte. »Männer verlieren gern das Ziel aus den Augen, wenn es um Einkäufe geht. Wir hingegen waren fleißig und haben schon eine beachtliche Zahl an Käufen getätigt.«

»Kurz, Sie haben so angefangen, wie Sie weiterzumachen gedenken?«

»So ist es.« Mrs Gardiner wandte sich zu Mary um, die etwas unsicher aufblickte, sich aber große Mühe gab, ein liebenswürdiges Lächeln aufzusetzen. »Thomas, darf ich dir meine Nichte Miss Mary Bennet vorstellen? Wenn sie nicht gerade mit mir in Musselin oder Kattun schwelgt, ist sie bei uns in der Gracechurch Street zu Gast. Mary, das ist Mr Thomas Hayward, der Sohn einer Cousine von mir, ein guter Freund aller Gardiners und ein häufiger Gast in unserem Haus.«

Mr Hayward war groß und breitschultrig und hatte einen dichten Schopf dunkler Haare. Er war nicht wirklich hübsch, aber sein Gesichtsausdruck war so liebenswürdig und heiter, dass es einem auf den ersten Blick gar nicht auffiel.

»Ich bin stolz, sowohl entfernter Verwandter wie naher Freund zu sein«, verkündete er. »Man könnte sogar sagen, das eine hat zum anderen geführt. Sie sind vom Land, Miss Bennet?«

Mary bemühte sich, klar und deutlich zu sprechen, ohne auch nur im Geringsten zu erröten oder zu nuscheln. »Ja, Sir, ich bin erst seit Kurzem in der Stadt.«

»Und wie gefällt es Ihnen bei uns?«

»Am Anfang war ich ein bisschen überwältigt, aber je besser ich die Stadt kenne, desto lieber bin ich hier.«

»Genau die richtige Antwort! Ich bin ein eifriger Verfechter

Londons und höre nicht gern, wenn man es kritisiert. Wo sonst könnten wir uns schließlich in einem Gebäude wie diesem wiederfinden, wo uns unter einem Dach das Beste präsentiert wird, was Industrie und Handel zu bieten haben?«

Sein Enthusiasmus war so freimütig und ansteckend, seine Art so ermutigend, dass Mary ganz unbefangen antwortete. »Ich muss gestehen, Sir, dass ich etwas Ähnliches in der Tat noch nie gesehen habe. Es gibt hier Baumwoll- und Seidenstoffe in jeder Farbe des Regenbogens, manche davon so ausgefallen, dass mir nicht einmal die Bezeichnung einfiele.«

»Vielleicht sollten wir uns zur Aufgabe machen, diesen Mangel zu beheben«, überlegte Mr Hayward laut. »Es ist höchst unerfreulich, nicht in der Lage zu sein, genau das zu verlangen, was man will. Was halten Sie von ›Coromandel‹ für die feurige Schattierung zwischen Rot und Orange, die da drüben hängt? Oder ›Jonquille‹ für den reichlich ungesunden Gelbton links von Ihnen?«

»Also wirklich, Tom«, sagte Mrs Gardiner streng. »Verschone die arme Miss Bennet mit deinen Scherzen, bis sie dich besser kennt. Sie weiß dich gewiss noch nicht einzuschätzen.«

Unbekümmert zog Mr Hayward einen Stuhl heran und setzte sich neben die beiden Damen an den Ladentisch.

»Da haben Sie wohl recht«, gab er zu. Seine gute Laune war völlig ungetrübt, was darauf hinwies, dass er nicht zum ersten Mal in dieser Weise von Mrs Gardiner gerügt worden war. »Ich verspreche, mich von nun an durch ein Benehmen auszuzeichnen, das weder überraschen noch unterhalten kann. Vielmehr werde ich genauso langweilig sein, wie es die Höflichkeit gebietet.«

»Ich bin sicher, es gäbe auch eine goldene Mitte«, bemerkte Mrs Gardiner trocken.

»Dann werde ich mich bemühen, sie zu finden.« Er lächelte

Mrs Gardiner an, und Mary erkannte sofort, wie gern sich die beiden hatten.

»So, Miss Bennet«, fuhr er in einem etwas förmlicheren Ton fort, »hier befinden Sie sich am besten Ort für Stoffe aller Art. Alles in diesem Haus ist von hervorragender Qualität. Dürfte ich mir vielleicht ansehen, was Sie gewählt haben?«

»Ist das Ihr Ernst, Sir?«, fragte Mary ungläubig. »Sie wollen die Stoffe wirklich sehen?«

»Unbedingt«, bestätigte Mr Hayward. »Ich gelte allgemein als anerkannter Experte in Sachen Kattun und Musselin. Seide ist allerdings ganz und gar nicht mein Gebiet.«

Mary warf ihm einen verstohlenen Blick zu, um zu sehen, ob er sich über sie lustig machte, reichte ihm aber gehorsam das Musterbuch, das sie begutachtet hatte. »Momentan können wir uns nicht zwischen dem blauen und dem grünen Kattun entscheiden«, sagte sie.

Es war ein seltsames Gefühl, mit einem Mann, den sie eben erst kennengelernt hatte, über so etwas zu reden, aber Mr Hayward schien nichts dabei zu finden. Er musterte beide Stoffstücke eingehend und befühlte sie.

»Nehmen Sie den grünen. Er wird länger halten.«

»Jetzt ziehen Sie mich aber auf, Sir.«

Er klappte das Musterbuch zu, als wäre alles entschieden. »Nun ja, vielleicht ein bisschen. Aber Sie sollten wirklich den grünen nehmen, nicht der Zweckmäßigkeit, sondern der Schönheit wegen. Das Muster ist sehr hübsch. Ich glaube, es würde Ihnen ausgezeichnet stehen.«

Mary spürte, dass sie rot wurde, und senkte verlegen den Blick. »Wie kommt es, dass Sie so viel über Baumwollstoffe wissen, Sir?«, fragte sie. »Sind Sie selbst in dieser Branche tätig?«

»O nein«, sagte er lachend. »Aber ich habe eine sehr gute Lehre hinter mir. Mit vier älteren Schwestern war es praktisch unmöglich, nicht etwas über die Feinheiten von Damenbekleidung zu lernen. Ich bin inmitten von Säumen und Rüschen aufgewachsen.«

»Eine ausgezeichnete Qualifikation«, stellte Mrs Gardiner fest. »Aber ist sie ausreichend, um seinen Rat anzunehmen?«

Mary zögerte. Sie war unschlüssig, ob sie einfach auf einen Mann hören sollte, der ganz anders war als irgendjemand sonst, den sie kannte.

»Wie ich sehe, habe ich die Dinge verkompliziert, indem ich meiner Meinung zu entschieden Ausdruck verliehen habe«, sagte Mr Hayward begütigend. »Bitte erlauben Sie mir, diesen Fehler wiedergutzumachen. Dürfte ich die Damen vielleicht zum Tee einladen? Es gibt hier einen Raum mit Erfrischungen und einer bewundernswerten Aussicht auf den Park. Ich bin sicher, dort könnte Miss Bennet bei gerösteten Rosinenbrötchen in Ruhe über die jeweiligen Vorzüge der zur Auswahl stehenden Baumwollstoffe nachdenken.«

»Ich denke, unter diesen Umständen«, sagte Mrs Gardiner, »ist es wohl das Mindeste, was du tun kannst.«

Kapitel 53

Mary und ihre Tante entschuldigten sich bei dem Verkäufer, der ihnen versprach, die Stoffmuster für sie bis zu ihrer Rückkehr bereitzuhalten, und gingen dann mit Mr Hayward durch mehrere Räume mit Kolonnaden, bis sie einen Salon erreichten, dessen hohe Fenster den Blick auf die Bäume und Wiesen des St. James's Park freigaben. Nachdem sie sich gesetzt hatten und Tee und Kuchen serviert worden waren, wandte sich Mrs Gardiner an Mr Hayward.

»Es ist schon eine Weile her, seit ich das Vergnügen hatte, etwas von deiner Hand zu lesen. Ist denn etwas ›im Werden‹, wie ihr Autoren euch ausdrückt, wenn ich richtig informiert bin?«

Marys Interesse war sofort geweckt. Sie stellte ihre Teetasse ab. »Sie sind Schriftsteller, Sir?«

»Allerdings ist er das«, antwortete Mrs Gardiner. »Er hat mehrere hochinteressante Texte verfasst.«

»Ihre Tante ist zu gütig«, sagte Mr Hayward, während er sein Stück Obstkuchen samt Gabel auf den Teller zurücklegte, »aber ich fürchte, ich verdiene diese Bezeichnung nicht. Es klingt nach mehr, als es ist. Ich habe einige Artikel in Magazinen veröffentlich, aber als Rezensent der Werke anderer, nicht als Verfasser eigener.«

»Aber das ist doch auch von Wert«, meinte Mary vorsichtig. »Die Arbeit eines Kritikers ist für die Bildung und Verfeinerung des Geschmacks sehr wichtig. Ich stelle es mir wundervoll vor, sich seinen Lebensunterhalt mit Schreiben zu verdienen.«

»Das ist es ganz gewiss, Miss Bennet. Aber auch das kann ich nicht für mich in Anspruch nehmen. Ich bin Anwalt.« Er schenkte sich noch eine Tasse Tee ein und wandte sich wieder seinem Kuchen zu.

»Und zwar ein sehr guter«, ergänzte Mrs Gardiner. »Mr Hayward hat seine Prüfungen abgelegt und ist jetzt Rechtsanwalt.«

»Allerdings fürchte ich, dass ich mich noch recht weit unten auf der Karriereleiter befinde.«

»Ganz sicher nicht mehr lange«, sagte Mrs Gardiner freundlich. »Wir setzen große Hoffnungen in dich, Tom.«

»Dann schreiben Sie über juristische Dinge?«, fragte Mary. »Über Verfassungsfragen vielleicht?«

»Nein. Recht und Gesetz sind mein Beruf, aber meine Liebe gehört der Dichtkunst.«

Mary traute ihren Ohren kaum. Einen Mann kennenzulernen, der Artikel für Zeitschriften schrieb, war ungewöhnlich genug, aber noch dazu zu entdecken, dass er sich dabei mit Lyrik befasste, war außerordentlich erstaunlich. Sie wusste nicht recht, wie sie sich das Aussehen eines Menschen mit einer solchen Vorliebe vorgestellt hatte, aber Mr Hayward entsprach mit seiner offenen, unbefangenen Art, den dunklen Locken und dem gesunden Appetit jedenfalls nicht ihren Erwartungen.

»Dichtkunst, Sir?«

»Dichtkunst, Ma'am. Interessieren Sie sich vielleicht auch dafür?«

»Das könnte ich nicht behaupten. Ich habe früher recht oft in den *Night Thoughts* von Edward Young gelesen, aber schon seit vielen Jahren keinen Blick mehr hineingeworfen.«

»Wenn dieses trübselige Machwerk Ihre einzige Erfahrung mit

Lyrik darstellt, wundert es mich nicht, dass Sie Ihr Interesse daran verloren haben. Haben Sie wirklich keine Publikationen der jüngeren Zeit gelesen?«

»Ich fürchte, nein, oder ich erinnere mich nicht mehr daran.«

Zum ersten Mal, seit Mary ihn kennengelernt hatte, war Mr Hayward jetzt ganz ernst. So ernst, dass er von seinem zweiten Stück Kuchen abließ und seine Serviette auf den Tisch warf.

»Also wirklich, Miss Bennet, das ist äußerst bedauerlich. Um nichts in der Welt dürfen Sie in diesem Zustand der Unwissenheit verharren – Sie müssen mir erlauben, Sie mit neueren Werken bekannt zu machen! Wenn meine Favoriten Sie nicht genauso ansprechen wie mich, wenn Sie nach ihrer Lektüre nicht sprachlos vor Bewunderung sind, dann werde ich nie wieder ein Wort darüber verlieren, das verspreche ich Ihnen.«

»Fangen wir jetzt lieber nicht mit Poesie an«, meinte Mrs Gardiner, wobei sie Mr Hayward mit einem sprechenden Blick bedachte. »Sonst finden wir nie ein Ende, und wir haben schließlich noch Einkäufe zu tätigen.«

Mr Hayward machte ein verlegenes Gesicht. »Stimmt«, gab er zu. »Ich gestehe, ich neige dazu, andere mit diesem Thema zu langweilen, wenn mich nicht irgendjemand bremst.«

»Nicht doch, Sir«, sagte Mary ernst. »Es ist sehr aufregend, jemanden mit solchem Enthusiasmus über geistige Interessen sprechen zu hören.«

Mr Haywards dankbares Lächeln ermutigte sie weiterzureden.

»Meine Unkenntnis moderner Lyrik ist ein großes Manko in meiner Bildung, und ich würde es gern beheben«, sagte sie hastig, als wollte sie loswerden, was ihr auf dem Herzen lag, bevor sie der Mut verließ. »Wenn Sie so freundlich wären, mir einige Werke zu empfehlen, können Sie sicher sein, dass ich mich gewissenhaft mit ihnen auseinandersetzen werde.«

»Es wird mir eine Ehre sein«, sagte Mr Hayward. »Ich glaube allerdings, Sie werden schon bald feststellen, dass Ihr Verstand Ihnen nur bis zu einem gewissen Grad dabei helfen kann, Dichtung wertzuschätzen. Gedichte müssen ebenso mit dem Herzen gelesen werden wie mit dem Kopf.«

Er sah sie ruhig an. Mary war es, die zuerst den Blick abwandte. Dann trat der Kellner an ihren Tisch, um sich zu erkundigen, ob sie noch etwas wünschten. Da ihm offensichtlich daran gelegen war, dass sie aufbrachen, machte sich Mrs Gardiner zum Gehen bereit.

»Wie es scheint, sind wir länger geblieben als erwünscht«, sagte sie. »Also werden wir uns nun wieder mit Seide und Baumwolle befassen, aber Tom und du könnt euer Gespräch bei unserem nächsten Dinner fortsetzen. Mr Hayward ist regelmäßig unser Gast, er wird also jede Gelegenheit haben, dich bei seinem nächsten Besuch in der Gracechurch Street davon zu überzeugen, seine Leidenschaft zu teilen.«

Mr Hayward stand auf und verbeugte sich. »Das hoffe ich. Ich werde mir die größte Mühe geben, eine Liebhaberin der Dichtkunst aus Ihnen zu machen, Miss Bennet. Und ich rate Ihnen dringend zu dem Stoff mit den grünen und goldenen Streifen. Glauben Sie mir, Sie werden es nicht bereuen.«

Mary sagte ihm Lebewohl und folgte ihrer Tante zur Tür, wo sie dem Drang nicht widerstehen konnte, einen Blick zurückzuwerfen. Mr Hayward war damit beschäftigt, die Rechnung zu begleichen, während ein ungeduldiges Pärchen schon auf den frei gewordenen Sesseln Platz nahm. Hastig wandte Mary sich ab. Sie wäre zutiefst beschämt gewesen, hätte er sie dabei ertappt, wie sie in seine Richtung schaute. Sie war froh, als ihre Tante sie am Arm nahm, um gemeinsam mit ihr zu den Stoffen zurückzuschlendern.

»Tom Hayward ist einer meiner absoluten Lieblinge«, vertraute Mrs Gardiner ihr an, als sie an einem großen Sortiment von Herrentaschentüchern vorbeigingen. »Er ist einer der gutmütigsten Männer, die mir bekannt sind – zusammen mit Mr Gardiner, versteht sich. Ich kenne ihn, seit er ein kleiner Junge war, und kann mich nicht erinnern, je ein böses Wort von ihm gehört zu haben.«

»Heute war er jedenfalls bester Laune«, erwiderte Mary. »Es schien, als fände er alles in seiner Umgebung höchst amüsant.«

»Ja«, stimmte ihre Tante ihr zu. »Wenn Tom einen Fehler hat, dann vielleicht seine Neigung zu Übermut. Er treibt gern Schabernack; manchmal, um andere zu unterhalten, manchmal, glaube ich, einfach, um sich selbst zu amüsieren. Ich habe es ihm gegenüber mehrfach erwähnt – auch heute, wie du bestimmt bemerkt hast –, aber ich fürchte, was ich sage, kümmert ihn nicht im Geringsten.«

Plötzlich blieb Mrs Gardiner stehen, weil ihr Blick auf ein Paar Handschuhe gefallen war, die aus einer gewissen Entfernung genau das zu sein schienen, wonach sie schon länger suchte. Doch bei näherer Begutachtung stellte sich heraus, dass sie nicht den erwünschten Gelbton hatten. Die beiden Damen gingen weiter, und Mrs Gardiner kam wieder auf Mr Hayward zu sprechen.

»Tom ist von Natur aus sehr lebhaft«, fuhr sie fort, »und demonstriert gern, wie geistreich und witzig er sein kann. Es wäre jedoch ein großer Fehler, davon auszugehen, dass er ernsthafter Gefühle unfähig ist, nur weil er zum Scherzen neigt. Hinter der heiteren Fassade steckt ein sehr nachdenklicher junger Mann, so beständig und vernünftig, wie man es sich nur wünschen kann.«

»Zwei Eigenschaften, die für einen Anwalt unabdinglich sind, wenn er es in seinem Beruf zu etwas bringen will, denke ich.«

»So ist es, und soweit ich weiß, hält man in der Anwaltskammer sehr viel von ihm. Mr Gardiner sagt, in seiner Eigenschaft als Rechtsanwalt ist Tom stets peinlich genau und korrekt, ganz anders als der leichtlebige Bursche, der er unter Freunden ist.«

Mittlerweile hatten sie zu ihrem vorherigen Ladentisch zurückgefunden. Wieder wurden für sie Stühle herangerückt, und wieder zückte der Angestellte das Musterbuch, das sie bereits studiert hatten, um es schwungvoll vor sie auf den Tisch zu legen. Doch Mrs Gardiner hatte offenbar nicht vor, das interessante Thema Tom Hayward fallen zu lassen und ihre Aufmerksamkeit Kattun und Musselin zuzuwenden.

»Es ist seltsam, Mary, aber meiner Erfahrung nach sehen sich die meisten Männer gern als ernsthafte Geschöpfe. Sie kultivieren eine gewisse Würde und genießen es, seriös und gediegen zu erscheinen. Mit Tom verhält es sich genau umgekehrt. Er zieht es vor, die ernstere Seite seines Wesens zu verbergen. Hin und wieder kommt sie natürlich zum Vorschein, aber es liegt ihm nicht, sie zur Schau zu stellen.«

»Vielleicht«, meinte Mary, »hat der häufige Umgang mit Juristen seinen Appetit auf Seriosität erschöpft. Vielleicht fürchtet er, so hochtrabend wie sie zu werden, wenn er nicht eine etwas beschwingtere Einstellung zum Leben pflegt.«

»Gut möglich«, bemerkte Mrs Gardiner. »Und da er aus einer recht großen Familie stammt, blieb ihm vermutlich nichts anderes übrig, als den Mund aufzumachen und ein, zwei Witze zu erzählen, um sich Gehör zu verschaffen.«

»Er ist ein Verwandter von Ihnen, sagten Sie?«

»Seine Mutter ist eine Cousine von mir, ein bisschen älter als ich. Sie hat Toms Vater geheiratet; für ihn war es die zweite Ehe. Bis zu seinem Tod vor zwei Jahren waren sie ein sehr glückliches Paar. Ich habe sie seither nicht gesehen, aber wir schreiben einander regelmäßig.«

Mrs Gardiner schlug das Musterbuch auf, um sich erneut der

Frage nach dem richtigen Baumwollstoff zu widmen, aber jetzt war es Mary, die das interessante Thema, das Mr Hayward darstellte, nicht aufgeben wollte.

»Und die Schwestern, die Mr Hayward erwähnte? Sind sie die Töchter aus erster Ehe oder die Ihrer Cousine?«

»Sie sind die Töchter meiner Cousine. Mittlerweile sind alle verheiratet. Ihr Mann hatte einen Sohn aus erster Ehe, der den Familienbesitz geerbt hat. Als jüngerer Sohn wusste Tom von jeher, dass er auf eigenen Füßen stehen muss. Und – Ehre, wem Ehre gebührt – er hat sich bewundernswert gemacht.«

Mary schwieg einen Moment und dachte über das Gehörte nach. »Und die Dichtkunst?«, fragte sie dann. »Woher hat er diese Leidenschaft?«

»Lieber Himmel!«, rief Mrs Gardiner. »Ich habe wirklich keine Ahnung. Eine zu tiefschürfende Frage, als dass ich sie beantworten könnte. Am besten fragst du ihn bei der nächsten Begegnung selbst.«

Sie warf einen Blick auf die große Wanduhr. »Und damit müssen wir uns einstweilen von Tom ab- und uns wieder unseren Einkäufen zuwenden. Hast du dich schon entschieden?«

Mary betrachtete die Muster noch einmal kurz und klappte dann das Buch zu, zur großen Erleichterung des Angestellten, der erwartungsvoll zu ihnen getreten war.

»Mr Hayward könnte recht gehabt haben«, sagte Mary. »Ich denke, wir nehmen den grünen Stoff.«

Sobald Marys Kleider bei der Schneiderin in Auftrag gegeben waren, richtete Mrs Gardiner ihre Aufmerksamkeit auf Marys Brille und stattete mit ihr Mr Dolland, dem Brillenmacher, einen Besuch ab. Er untersuchte Marys Augen neuerlich und begutachtete sorgfältig ihre Brille.

»Für eine ländliche Praxis sind diese Linsen hervorragend gearbeitet«, stellte er schließlich fest. »Aber ich denke, wir könnten für Sie ein Gestell anfertigen, das ein wenig modischer ist.«

»Die Brille wurde von einem sehr talentierten jungen Mann hergestellt«, erwiderte Mary mit gesenkter Stimme. »Ich glaube, er studiert zurzeit an einem der Krankenhäuser hier in London.«

»Wo er sich zweifellos sehr gut machen wird, sofern das hier ein Beispiel für seine Fähigkeiten ist. So, Ma'am, wenn ich Sie jetzt bitten dürfte, in diese Richtung zu schauen?«

Mary setzte eine Brille nach der anderen auf. Nachdem die Konsultation beendet war, wählte sie zwei hübsche Gestelle mit zarten Silberrahmen aus, die ihr Mr Dolland ans Herz gelegt hatte.

»Sehr viel geeigneter für ein junges Gesicht, würde ich sagen. Wollen Sie die alte Brille behalten? Ich entsorge sie gern, wenn Sie es wünschen.«

Mr Dolland hielt ihr die alte Brille auf einem sauberen weißen Tuch hin. Im Vergleich zu den zwei neuen wirkte sie schwer und vielleicht ein bisschen plump, aber Marys Herz zog sich bei dem Anblick leicht zusammen.

»Ich würde sie gern behalten, wenn es Ihnen nichts ausmacht.«

Der Optiker reichte die alte Brille seinem Gehilfen, der sie sorgfältig in einen Baumwollstreifen einschlug.

Daheim in der Gracechurch Street trug Mary das kleine Päckchen in ihr Zimmer und wickelte die Brille vorsichtig aus ihrem Schutz. Als sie sie in der Hand hielt, musste sie daran denken, was seit jenem Tag passiert war, an dem John Sparrow ihr im Salon in Longbourn schüchtern angeboten hatte, die Linsen persönlich für sie herzustellen. Diese Welt gab es so nicht mehr, ihre Bewohner hatten sich in alle Richtungen zerstreut. Sie würde nie wieder auferstehen. Was geschehen war, war geschehen.

Mary hob die Brille an ihre Lippen und hauchte einen Kuss darauf, bevor sie sie wieder in den Stoffstreifen wickelte. Dann zog sie ihre Kommodenschublade auf und legte die Brille behutsam hinein, ganz nach hinten, direkt neben das kleine griechische Wörterbuch.

Was Mr Hayward anging, so gestattete sie sich nicht, auch nur an ihn zu denken. Erst als sie abends die Kerze ausgeblasen hatte und schon eingeschlafen war, tauchte er ungebeten auf. Es gab nichts, was sie dagegen tun konnte, dass er ihr im Traum erschien und sie fragend anblickte, in einer Hand einen Band mit Gedichten, in der anderen eine Bahn des grün-goldenen Baumwollstoffs.

Kapitel 54

Am Abend des ersten festlichen Dinners der Gardiners sah sich Mary in der ungewohnten Lage, unter verschiedenen neuen Kleidern wählen zu können. Sie brauchte nicht lang, um sich für das Kleid aus dem cremefarbenen Musselin zu entscheiden, den sie bei Harding and Howell gekauft hatte. Es war genauso schlicht und elegant ausgefallen, wie sie gehofft hatte, ohne Rüschen oder Spitzenbesatz. Mrs Gardiners Zofe steckte Marys Haar zu einem glatten Chignon auf, dessen Strenge durch wenige zarte Strähnen gemildert wurde, die ihr Gesicht umspielten. Mary stand vor dem Spiegel und begutachtete das Resultat ihrer Bemühungen, als Mrs Gardiner erschien.

»Ah, das ist schon viel besser! Die Farbe verleiht deinem Teint ein wenig Wärme, und der Schnitt steht dir vorzüglich. Der Gesamteindruck ist wirklich gut.«

Einer schönen, an extravagante Komplimente gewöhnten Frau wäre dieses Lob vermutlich eher dürftig vorgekommen, aber Mary war gerührt. Vor allem deshalb, weil sie wusste, dass die Worte ihrer Tante von Herzen kamen und ehrlich gemeint waren. Sie warf einen letzten Blick in den Spiegel und entschied, dass auch sie mit ihrem Aussehen zufrieden war. Die Gardiners würden sich ihrer nicht schämen müssen; in dieser Aufmachung konnte sie ihren Platz unter den Gästen mit genauso viel Selbstbewusstsein einnehmen wie jeder andere. Sie war nervös, aber das Wissen, dass sie bei ihrem ersten größeren Dinner in London nicht unangenehm auffallen würde, gab ihr den notwendigen Mut, sich diesem Ereignis tapfer, wenn nicht gar voller freudiger Aufregung zu stellen.

Zwanzig Gäste saßen bei Tisch, und Mary stellte zu ihrer Erleichterung fest, dass alle gesprächig und lebhaft wirkten. Es waren Leute aus der Londoner City, die einander zu gut kannten, um Wert auf Förmlichkeiten zu legen, und schon bald entwickelten sich zwanglose Unterhaltungen. Früher einmal hätte eine derartige Gesellschaft Mary schmerzlich bewusst gemacht, wie einsam sie sich unter so vielen Menschen fühlte, aber zu ihrer Erleichterung hatte man sie neben Mr Hayward platziert, an dessen Seite sie sich schnell entspannte. Er machte sie mit ihren Tischnachbarn bekannt, sorgte dafür, dass ihr Weinglas nie leer war, und servierte ihr Austernpasteten, als das Dinner begann. Mit leiser Stimme erklärte er ihr, wer die Anwesenden waren, indem er diskret auf den vermögenden Bankier, den einflussreichen Ratsherrn, den gebildeten Teeimporteur und die Ehefrau des größten Gemüsehändlers von London zeigte. Seine Art war so angenehm und seine Bemerkungen so anregend, dass Mary schon bald völlig unbefangen war. Als sie sich im prachtvollen Speisesaal umsah, hell erleuchtet von unzähligen Kerzen, deren Licht sich in den vergoldeten Spiegeln und Bilderrahmen brach, verkroch sie sich nicht wie sonst in sich selbst und fragte sich insgeheim, wann das Essen endlich vorbei sein würde. Stattdessen wurde ihr bewusst, dass sie den Abend von ganzem Herzen genoss, ohne auch nur einmal zu denken, dass sie fehl am Platz war.

Als das Thema der anderen Gäste erschöpft war, ergab es sich wie von selbst, dass Mr Hayward und sie über sich selbst sprachen, und als der Hauptgang aufgetragen wurde, fragte Mary ihn, warum er sich für den Beruf des Juristen entschieden hatte. Noch bevor er etwas erwidern konnte, wurde eine Platte mit einer prächtigen Kalbsschulter an sie weitergereicht, und erst nachdem er darauf geachtet hatte, dass ein ausreichend großes Stück Fleisch auf Marys Teller lag, zeigte er sich bereit, ihre Frage zu beantworten.

»Man sagt oft, uns jüngeren Söhnen stünden bei der Berufswahl nur drei Möglichkeiten offen – die Kirche, die Armee oder das Gesetz. Und da ich mich für die ersten beiden als völlig ungeeignet erachtete, blieb mir nur die dritte.«

»Wirklich, Mr Hayward?« Ein Diener füllte ihr Glas erneut mit Wein. Vielleicht war es der Alkohol, der Mary Mut verlieh fortzufahren. »Sie kommen mir nicht wie ein Mann vor, der sich für einen Beruf entscheidet, nur weil er … nun ja, ich möchte nicht sagen, das geringste von drei Übeln ist, weil das der Geistlichkeit gegenüber respektlos wäre. Aber ich denke, Sie wissen, was ich meine?«

Mr Hayward wirkte belustigt. »Ja, das kann ich nicht leugnen. Nun, es gab etliche andere Überlegungen, die mich in meinem Entschluss bestärkt haben. Wie Ihnen nicht entgangen sein dürfte, erfreue ich mich am Klang meiner eigenen Stimme, eine wesentliche Voraussetzung für einen Anwalt der Krone.«

»Das habe ich gehört«, sagte Mary, »aber ich kann nicht glauben, dass Eloquenz die einzige Eigenschaft ist, über die ein Anwalt verfügen sollte. Eine schnelle Auffassungsgabe und eifriges Studieren, um die vielen Fakten zu lernen, sind ebenfalls erforderlich.«

»Sie sprechen so, als würden Sie mir das nicht zutrauen.«

»Aber nein, Sir. Um ein derartiges Urteil zu fällen, kennen wir einander nicht lange genug. Möchten Sie etwas Käse? Wenn Sie wollen, reiche ich ihn Ihnen gern.«

»Also wirklich, Miss Bennet, ich fühle mich zutiefst gekränkt! Sie wollen mir anscheinend unterstellen, dass ich nicht imstande bin, mich ernsten Dingen zu widmen. Ich kann unmöglich von diesem Stilton kosten, bis mir nicht gestattet worden ist, meinen Charakter als den eines ebenso emsigen wie langweiligen Studenten zu verteidigen!«

»Sie werden entschuldigen, wenn ich bereits etwas davon probiere.« Mary nahm sich ein sehr kleines Stück Käse und legte es vorsichtig auf einen von Mrs Gardiners schönsten Wedgwood-Tellern.

»Ich wollte keineswegs andeuten, Sie wären nicht fähig, ernsthafte Studien zu betreiben. Im Gegenteil, ich kann mir nicht vorstellen, dass Sie ohne Fleiß Ihren gegenwärtigen Platz in Ihrer Profession erreicht haben. Sie müssen lang und hart dafür gearbeitet haben. Und das verrät mir, dass Sie Ihren Beruf mehr lieben, als Sie zugeben wollen. Ich glaube, Sie haben sich nicht für eine juristische Laufbahn entschieden, weil Ihre Möglichkeiten begrenzt waren oder Sie in diesem Beruf Ihr Geschick im Argumentieren demonstrieren können. Vielmehr vermute ich, dass irgendetwas an diesem Gebiet Ihre Neigungen anspricht.«

Mr Hayward, der sie nicht aus den Augen gelassen hatte, während sie sprach, lachte. »Treffer!«, rief er. »Und zwar mitten ins Schwarze! Ich denke, Sie haben Ihre eigene Berufung eindeutig verfehlt, Miss Bennet. Sie wären eine höchst eindrucksvolle Bereicherung für das Rechtswesen.« Er griff nach der Käseplatte und schnitt sich ein Stück ab. »Natürlich haben Sie ganz recht«, fuhr er fort. »Ich habe Rechtswissenschaften studiert, weil ein Teil von mir das Gebiet als höchst befriedigend empfindet. Ich liebe die Präzision und Exaktheit des Gesetzes, das Streben, jede Eventualität vorauszusehen, eine Lösung für jedes potenzielle Ereignis anzubieten, und zwar mit so viel kühler, ruhiger, man könnte schon sagen, indifferenter Rationalität wie irgend möglich. Mich fasziniert die Sprache der Rechtsprechung, die viele Menschen als langweilig und trocken empfinden.«

»Habe ich es doch gewusst, dass Sie sich nicht einem Beruf zuwenden würden, an dem Sie im Grunde kein Interesse haben«, verkündete Mary triumphierend. »Es hat ein wenig Mühe gekostet, Ihnen dieses Geständnis zu entlocken, aber ich war mir meiner Sache von vornherein sicher.«

»Ich weiß nicht recht, ob das eigene Gefallen an den verstaubten Ecken und Winkeln der Jurisprudenz etwas ist, das man gern in der Öffentlichkeit zugibt«, sagte Mr Hayward reumütig. »Aber da ich dadurch anscheinend in Ihrer Achtung gestiegen bin, war ich bereit, es zu tun.«

Mary spürte, wie sich ihre Wangen röteten. Sie war sich nicht sicher, ob der Grund dafür Mr Haywards belustigter Blick oder der Wein ihres Onkels war, dem sie deutlich häufiger zugesprochen hatte als sonst. Die lärmenden Stimmen am Tisch schienen darauf hinzudeuten, dass sie damit nicht allein war. Gerade erhob sich lauter Jubel, weil drei große, üppige Schichtkuchen hereingetragen wurden.

»Und doch haben Sie keine Hemmungen, sich zu Ihrer Liebe zur Dichtkunst zu bekennen.«

»Nein, dafür habe ich mich noch nie geschämt.«

»Darf ich fragen, woher diese Leidenschaft kommt?« Mary konnte selbst kaum glauben, dass sie ihm immer noch Fragen stellte, aber sie konnte einfach nicht aufhören. »Haben Sie schon immer Gefallen daran gefunden?«

»Seit ich mich erinnern kann«, antwortete Mr Hayward einfach. »Schon als kleiner Junge habe ich Gedichte geliebt.«

»Und schreiben Sie Gedichte genauso gern, wie Sie sie lesen? Ich glaube, beide Impulse treten oft gemeinsam auf, nicht wahr?«

»Tatsächlich passen sie so gut zusammen wie dieses exzellente Trifle und das Kännchen Sahne. Nehmen Sie ein Stück?«

Mary schüttelte den Kopf; sie konnte sich nicht vorstellen, jemals wieder einen Bissen hinunterzubringen. Selbst Mr Hayward schien gesättigt. Er schob seinen Teller beiseite.

»Ja, ich habe versucht zu schreiben«, sagte er, »und mir dabei größte Mühe gegeben. Wie jeder andere junge Dummkopf dachte ich, ich müsste, weil ich Gedichte so sehr liebe, auch imstande sein, selbst welche zu verfassen. Aber das war ein Irrtum. Ich konnte es nicht.«

»Das hat Sie bestimmt sehr traurig gestimmt.«

»Damals dachte ich, es wäre das Ende der Welt.« Bei der Erinnerung an seinen jugendlichen Kummer musste er lächeln. »Jetzt bin ich dankbar, dass ich meine Grenzen so früh erkannt habe. Und obwohl ich nicht das Genie besitze, selbst ein Kunstwerk zu erschaffen, so ist es mir doch wenigstens gegeben, die Kunst anderer zu schätzen. Es ist besser, sich daran zu erfreuen, was man kann, als hoffnungslos Dingen nachzutrauern, derer man nicht fähig ist. ›Erkenne dich selbst‹, wie die alten Griechen zu sagen pflegten.«

Mary murmelte kaum hörbar etwas vor sich hin.

»Nanu, Miss Bennet, das hat ja nach Griechisch geklungen«, bemerkte Mr Hayward überrascht. »Wäre das möglich? Das Griechische ist keine Sprache, mit der junge Damen für gewöhnlich vertraut sind.«

»Oh!« Mary war verlegen, weil sie eine Fähigkeit enthüllt hatte, die man bei ihr nicht vermutete. »Ich kann wirklich sehr wenig Griechisch, nur das Alphabet, ein bisschen Grammatik und einige Zitate der großen Philosophen. Ein … ein Freund der Familie hat es mir beigebracht.«

»Sie stecken voller Überraschungen, meine Liebe«, sagte Mr

Hayward. »Ich rechne zuversichtlich damit, demnächst zu erfahren, dass Sie im Stil der Chinesen zeichnen oder vor Kurzem etwas von Goethe übersetzt haben.«

Mary versteifte sich. Machte er sich über sie lustig? Das könnte sie nicht ertragen.

Mr Hayward fiel ihre Veränderung auf. »Wie ich sehe, habe ich Sie aus der Fassung gebracht. Bitte glauben Sie mir, dass das nicht meine Absicht war.«

Er wirkte auch noch aufrichtig bestürzt, als er versuchte, seinen Schnitzer wiedergutzumachen. »Meine Worte waren schlecht gewählt. Ich versuche immer, witzige Bemerkungen zu machen, auch wenn diese nicht angebracht sind. Aber ich wollte Sie nicht aufziehen. Ein gebildeter Verstand ist etwas Wunderbares bei einer Frau und sollte stets gefördert, nicht verachtet werden. Es würde mir leidtun, hätte ich den Eindruck vermittelt, ich könnte anders denken, und möchte Sie um Entschuldigung bitten.«

An seiner Ehrlichkeit war ebenso wenig zu zweifeln wie an seiner Sorge, sie möge ihm verzeihen, und Mary fiel ein Stein vom Herzen. Sie konnte sich nicht erinnern, die Gesellschaft eines anderen Menschen je so genossen zu haben, und es hätte sie bekümmert, hätte der Abend mit einer solchen Unstimmigkeit geendet. Denn es konnte kein Zweifel daran bestehen, dass sich das Dinner seinem Ende zuneigte. Die Teller waren abgeräumt, die Krümel vom Tisch gefegt worden. Zum ersten Mal, seit sie denken konnte, war Mary nicht froh darüber, eine Gesellschaft hinter sich gebracht zu haben, und hatte auch nicht den Wunsch, sich eilends zu verabschieden.

»Sie sind zu freundlich. Aber die Schuld, wenn man es denn so nennen kann, an dieser Situation liegt nicht nur bei Ihnen. Auch ich muss Sie um Verzeihung bitten, weil ich Sie über so viele Dinge wie die Dichtung und das Rechtswesen ausgefragt habe.

Sie haben meine Neugierde mit größter Geduld über sich ergehen lassen.«

»Wenn wir uns dann also beide gleichermaßen schuldig gemacht haben«, sagte Mr Hayward, dessen gute Laune sofort wiederhergestellt war, »dürfte ich vielleicht eine Art Wiedergutmachung vorschlagen. Sie empfehlen mir ein Buch, von dessen Lektüre ich Ihrer Meinung nach in irgendeiner Weise profitieren werde, und ich tue dasselbe für Sie. Die Bedingungen sind wie folgt: Das Werk muss vollständig, ohne jedes Überblättern, gelesen werden, und jeder von uns erstattet dem anderen innerhalb von vierzehn Tagen Bericht über die Gefühle, die diese Lektüre bei ihm ausgelöst hat. Einverstanden?«

Mary war entzückt. Nichts hätte ihr mehr Freude bereiten können. »Ich nehme die Bedingungen sehr gern an und werde tun, was ich kann, um meiner Verpflichtung wie vereinbart nachzukommen.«

Der Lärmpegel am anderen Ende des Tischs war mittlerweile dermaßen angestiegen, dass eine normale Unterhaltung nicht mehr möglich war, denn einer von Mr Gardiners Freunden hatte seine Absicht verkündet, die Anwesenden mit einem Lied zu erfreuen. Mr Hayward, der wusste, dass eine Geste als Antwort genügen musste, hob schweigend sein Glas, um auf ihre Vereinbarung anzustoßen, und Mary folgte schüchtern seinem Beispiel.

Kapitel 55

Mary brauchte nicht lange, um ein Buch auszuwählen. In Mr Gardiners Bibliothek stieß sie auf eine Ausgabe von Mrs Macaulays *History of England* in zwei Bänden, dem Werk, das sie so tief beeindruckt hatte, als sie es zum ersten Mal in Longbourn entdeckte. Sie schlug es auf und konnte nicht umhin festzustellen, dass es nicht so aussah, als wäre oft darin gelesen worden, aber schließlich hatte Mr Gardiner im Gegensatz zu ihrem Vater ein Geschäft zu führen. Möglicherweise zog er in seinen Mußestunden leichtere Kost vor. Jedenfalls erhob er keine Einwände, als Mary ihn fragte, ob sie sich die Bücher ausleihen dürfe. Sie nahm sie mit in ihr Zimmer und freute sich auf den Augenblick, wenn sie sie Mr Hayward präsentieren würde.

Wenige Tage später – Mrs Gardiner und sie saßen gerade im Salon – wurde sein Besuch gemeldet. Die Kinder, die eigentlich lesen sollten, sprangen aufgeregt auf. Es war allgemein bekannt, dass Mr Hayward gern Pfefferminzbonbons mitbrachte, wenn er sie besuchte, und einmal hatte er, von allen bis zum heutigen Tag unvergessen, sogar jedem von ihnen eine kandierte Orange überreicht. Mary war beinahe so aufgeregt wie die kleinen Gardiners, wie ihre Tante feststellte.

»Du siehst so erwartungsvoll aus«, bemerkte sie. »Hoffst du, dass Tom auch dir Süßigkeiten mitbringt?«

»O nein, der Grund dafür ist ein viel besserer. Mr Hayward

und ich haben einander eine kleine Aufgabe gestellt. Er soll ein Buch meiner Wahl lesen, und ich anschließend eines, das er ausgesucht hat.«

Mrs Gardiner runzelte die Stirn. »Armer Tom. Ich fürchte, da hat er sich auf einen schlechten Handel eingelassen. Ich hoffe, du hast nicht vor, ihn mit etwas allzu schwer Verdaulichem zu beglücken?«

»Nur mit Mrs Macaulays *History of England*«, gab Mary leichthin zurück. »Bloß zwei Bände, er hat also nichts zu befürchten.«

Als Mr Hayward hereingeschlendert kam, ahnungslos, was ihm blühte, stürzten sich von allen Seiten die Kinder auf ihn und wollten wissen, was er ihnen mitgebracht hatte. Oje, erwiderte er, es sei zu schlimm, er habe Zitronendrops mitbringen wollen, aber das sei ihm tatsächlich entfallen. Und dann habe er daran gedacht, Fruchteis zu kaufen, sei aber abgelenkt worden. Er könne nur hoffen, dass sie ihm verzeihen würden. Schließlich, als die Kinder sich gerade mit dieser Enttäuschung abfinden wollten, zog er eine nicht gerade kleine Tüte mit Zuckerpflaumen hervor, mit denen sich die jungen Gardiners sofort selig in eine Ecke des Zimmers verzogen, wo sie mit stiller Genugtuung ihre Beute verzehrten.

»Du verwöhnst sie, Tom.«

Mr Hayward zuckte gutmütig die Achseln und setzte sich auf eines von Mrs Gardiners hellen Sofas. »Ich bin hier, um zu erfahren, was für eine Aufgabe Miss Bennet für mich bereithält. Sie haben gewiss schon davon gehört?«

»Ja. Wie ich es verstanden habe, ist die Abmachung bindend, und es gibt kein Entkommen für dich.«

Mary sprang eifrig auf. »Ich dachte, wir könnten vielleicht mit meiner Wahl für Sie beginnen«, sagte sie. »Die Bücher liegen oben in meinem Zimmer.«

Mr Hayward erklärte sich einverstanden, und Mary lief auf ihr Zimmer, um Mrs Macaulays Werk zu holen. Als sie die zwei Bücher vor ihm auf den Tisch legte, machte Mr Hayward ein langes Gesicht.

»Kommen Sie, Miss Bennet, was soll das? Zwei Bände? Wir haben uns auf ein einzelnes Buch geeinigt, wenn ich mich recht entsinne.«

»Das stimmt, aber ich hatte gehofft, ich könnte Sie überreden, die Kapitel über den Bürgerkrieg zu lesen. Ich brenne darauf, Ihre Meinung dazu zu hören. Und ich fürchte, die eine Hälfte des Krieges befindet sich in dem ersten und die andere im zweiten Band.«

Mr Hayward nahm die beiden Bücher und hielt sie so in seinen Händen, als wollte er abwägen, ob er der Änderung ihrer Abmachung zustimmen sollte.

»Ich bin mir nicht sicher, ob das nicht als Vertragsbruch gewertet werden kann«, sagte er schließlich.

»Aber es entspricht doch sinngemäß unserer Vereinbarung«, wandte Mary ein, »wenn auch nicht dem Wortlaut.«

»Ich denke, Sie werden feststellen, dass es der Wortlaut ist, der zählt, was das Gesetz angeht«, bemerkte Mr Hayward trocken. Vorsichtig legte er die Bücher auf den Tisch zurück, erhob sich und trat ans Fenster, wo er mit todernster Miene auf die Straße starrte. »Wenn Sie so gut wären, mir einen Moment zu gönnen, Miss Bennet. Ich muss meine Position überdenken.«

Mary wusste, dass er sich einen Spaß machte, war aber zu aufgeregt, um darauf einzugehen. »Bitte sagen Sie, dass Sie die Kapitel lesen werden!«

»Ich glaube, das musst du tatsächlich«, warf Mrs Gardiner ein, »wenn du nicht als Mann von schwachem Geist und mangelnder Konzentration dastehen willst.«

»Sei's drum«, verkündete Mr Hayward schließlich. »Dann

unterwerfe ich mich eben der Gnade dieses hohen Gerichtshofs. Ich erkläre mich bereit, die Kapitel bis zu und einschließlich der Wiedereinsetzung Charles II. zu lesen, aber keine Zeile mehr.«

Er hielt Mary seine Hand hin, und nach kurzem Zögern schüttelte sie sie.

Es dauerte zehn Tage, bis Mr Hayward wiederkam, ausgestattet mit den zwei Bänden von Mrs Macaulay, einem Notizbuch voller Anmerkungen und Pfefferminzbonbons für die Kinder. Mr Gardiner hatte seine Bibliothek zur Verfügung gestellt, sodass Mary und Mr Hayward den Nachmittag dort über das diskutieren konnten, was er gelesen hatte.

Anfangs schaute Mrs Gardiner gelegentlich vorbei, um ihnen Tee anzubieten und zu sehen, wie Mr Hayward sich schlug, aber jedes Mal fand sie die beiden in einer angeregten Diskussion vor, mal über die Rolle von Staat und Kirche, mal über die Schuld von Charles I. oder die Vorzüge Oliver Cromwells. Nachdem sie sich vergewissert hatte, dass Mr Hayward keiner Hilfe bedurfte und sich tatsächlich genauso gut zu unterhalten schien wie Mary, beschloss sie, die zwei sich selbst zu überlassen. Sie kamen erst wieder zum Vorschein, nachdem Mr Gardiner in der Tür gestanden und ihnen mitgeteilt hatte, es werde bald Dinner geben und er nehme doch an, dass Tom ihnen beim Essen Gesellschaft leisten würde.

Als sie sich an den Tisch setzten, fühlte sich Mary so erfrischt, als hätte sie gerade einen langen und sehr forschen Spaziergang auf dem Land gemacht.

»Na, Tom«, sagte Mr Gardiner, während er am Kopfende der Tafel den Braten anschnitt, »du scheinst deine Begegnung mit Mrs Macaulay ja überlebt zu haben.«

»Ich glaube, er fand sie nicht annähernd so mühsam, wie er

befürchtet hatte«, erklärte Mary, während sie Mr Hayward einen triumphierenden Blick zuwarf. »Jedenfalls hat sich eine sehr lebhafte Debatte über ihr Werk entwickelt.«

»Vergiss nicht, dass Tom darin geschult ist zu argumentieren«, erinnerte Mrs Gardiner sie. »Man könnte sagen, die Debatte ist seine Domäne, also konnten wir mit Fug und Recht davon ausgehen, dass er seine Sache gut macht.«

Mr Hayward legte sein Besteck hin. »Das kann ich so nicht hinnehmen, Ma'am. Dies hier war eine reine Privatangelegenheit, die mit meinem Beruf nichts zu tun hatte. Ich habe mit Miss Bennet aus Freude an der Sache debattiert.«

Er lächelte Mary über die Platte mit Erbsen und Karotten an, die eben herumgereicht wurde, sodass sie eine Woge von Glück verspürte, als sie sich von beiden Gemüsesorten jeweils einen Löffel auf ihren Teller legte. Sie hoffte, dass ihre Freude für die anderen nicht allzu offensichtlich war.

»Es war eine ausgezeichnete Empfehlung«, fuhr Mr Hayward fort. »Mrs Macaulay ist nicht nur ungemein gut informiert, sondern formuliert ihre Gedanken auch noch mit bewundernswertem Können.«

»Ich nehme an, das darf als Lob gelten«, bemerkte Mrs Gardiner, »wenn auch nicht als besonders überschwängliches.«

Mr Hayward, der gerade seine Scheibe Braten in Angriff nahm, verzichtete auf eine Antwort.

»Immerhin hast du eindeutig Nutzen aus der Lektüre gezogen«, stellte Mrs Gardiner fest. »Ich bin schon sehr gespannt, was du Mary im Gegenzug anzubieten hast.«

Alle drehten sich zu ihr um, aber diesmal wandte Mary nicht den Blick ab, wie sie es früher getan hätte.

»Ich hoffe, ich werde mich Ihrer Herausforderung gewachsen zeigen und ebenso viel Enthusiasmus entwickeln wie Sie.«

»Bravo!«, rief Mr Gardiner. »Das ist die richtige Einstellung.«

»Ich habe bereits etwas ausgewählt«, sagte Mr Hayward. »Ein Werk ganz anderer Natur als das von Mrs Macaulay. Es spricht weniger den Verstand als vielmehr das Gefühl an.«

»Verstehe. Und wird es mir gefallen?«

»Ich schicke es Ihnen noch diese Woche, damit Sie nicht zu lange warten müssen, um die Antwort auf Ihre Frage herauszufinden.«

Bei der Nachspeise tat Mary, was sie nur konnte, um Mr Hayward zu überreden, ihr den Titel seiner Wahl zu nennen, aber er ließ sich nichts entlocken. Als schließlich der Kaffee serviert wurde, hatte sie sich damit abgefunden, dass es eine Überraschung bleiben würde. Sie hoffte inständig, es möge sich nicht um Lyrik handeln, befürchtete aber, dass ihre Hoffnung enttäuscht werden würde.

Schon am nächsten Tag wurde ein Päckchen für sie abgegeben. Es fühlte sich nicht schwer genug an, um einen Roman zu enthalten, geschweige denn etwas so Gewichtiges wie ein Sachbuch. Mary sank der Mut. Es konnte kaum ein Zweifel daran bestehen, dass sich in ihm ein Gedichtband befand.

Sie zog das schmale Büchlein heraus und schlug es auf: *Lyrical Ballads* von W. Wordsworth. Der Name war ihr bekannt, aber sie hatte noch nie etwas von ihm gelesen. Mit gerunzelter Stirn blätterte sie durch die Seiten und stieß zwischen ihnen auf eine Nachricht.

Liebe Miss Bennet,
ich hege keinerlei Zweifel, dass sich, da Sie nun das Buch meiner Wahl in Händen halten, Ihre schlimmsten Befürchtungen bestätigt haben. Ich beschwöre Sie jedoch, nicht ersten Eindrücken nachzugeben. Halten Sie vielmehr mit derselben Ausdauer durch,

mit der ich mir Mrs Macaulay einverleibt habe. Mr Wordsworth ist meiner Meinung nach der größte noch lebende Dichter in England. Er verdient unbedingt Ihre vorurteilslose Aufmerksamkeit, um die ich Sie hiermit ausdrücklich bitten möchte. Ich nehme mir nicht die Freiheit, Ihnen vorzuschlagen, welches Gedicht den Anfang machen oder mit der größten Sorgfalt gelesen werden sollte; jedes von ihnen ist es wert, ihm Zeit zu widmen. Manche Gedichte geben ihre Bedeutung nicht auf den ersten Blick preis, aber wenn Sie ihnen offen und unvoreingenommen begegnen, so glaube ich, dass Sie nicht anders können, als beeindruckt zu sein. Denken Sie daran, was ich gesagt habe – dies sind Werke für das Herz, nicht für den Kopf. Das mag Ihnen zunächst unbekannt oder sogar unwillkommen sein, aber ich zweifle nicht daran, dass Sie die Gabe besitzen, die Verse zu schätzen. Die Zeit wird beweisen, dass ich recht habe.
Tho. Hayward

Mary betrachtete das Buch in ihrer Hand. Die direkten Worte Mr Haywards machten sie betroffen. Sie stellte sich vor, wie er sie aussprach, seine grauen Augen – mittlerweile wusste sie, dass sie grau waren – unverwandt auf sie gerichtet, und hörte im Geist den unbekümmerten Ton seiner Stimme. Aber nein … eine solche Vorstellung geziemte sich nicht. Sie griff nach ihrem Tuch und schlang es eng um sich. Sie freute sich nicht auf die Aufgabe, die vor ihr lag. Es erschien ihr höchst unwahrscheinlich, dass sie Gefallen an Mr Wordsworths Versen finden würde, aber es war ihre Pflicht, sie so offen und unvoreingenommen zu lesen, wie es ihr Mr Hayward ans Herz gelegt hatte. Sie würde ihr Möglichstes tun, um seiner Bitte nachzukommen, und gleich morgen mit der Lektüre beginnen.

Kapitel 56

Die nächsten Tage verbrachte Mary hauptsächlich in Mr Gardiners Bibliothek, um die *Lyrical Ballads* zu studieren. Eines Nachmittags zur Teestunde, als ihre Tante sie suchen kam, war sie so sehr in ihre Lektüre vertieft, dass sie bei ihrem Auftauchen zusammenfuhr.

»Tut mir leid, Mary«, sagte ihre Tante. »Ich wollte dich nicht erschrecken. Du musst über diesem Buch alles andere vergessen haben.« Sie warf einen Blick auf den Titel. »Es ist also Lyrik, wie du schon befürchtet hattest. Wie findest du es?«

»Einige Gedichte sind recht leicht zu erfassen und zu genießen, andere machen mich hingegen ratlos. Ich habe sie wieder und wieder gelesen, weiß aber immer noch nicht, was ich von ihnen halten soll.«

»Eine ganz neue Erfahrung für dich, nicht wahr?«, meinte Mrs Gardiner, der die Verwirrung ihrer Nichte nicht entging. Es hatte keinen Sinn, sie jetzt zu bitten, einen Blick auf die Versuche des kleinen George, das Alphabet abzuschreiben, zu werfen; sie war mit ihren Gedanken weit weg. »Ich sollte dich besser warnen: Ein derartiges Geständnis wird für Tom unwiderstehlich sein. Dann wird er dir die Gedichte in aller Ausführlichkeit erklären, und zwar von jetzt bis zum Abendessen, wenn du ihm nicht Einhalt gebietest.«

Mary lächelte höflich und wandte sich wieder dem kleinen

Buch zu. Sie war sich nicht sicher, ob ihr eine Erklärung im herkömmlichen Sinn eine große Hilfe sein würde. Vielmehr regte sich in ihr der Verdacht, dass die eher unverständlichen Gedichte sich einer Analyse entzogen, zumindest einer rein rationalen, mit der sie selbst am ehesten vertraut war. Die Verse schienen etwas ganz anderes von ihrem Leser zu verlangen. Was es war, wusste sie noch nicht, aber sie würde tun, was sie konnte, um dahinterzukommen. Sie war fest entschlossen, etwas Intelligentes zu sagen zu haben, wenn Mr Hayward ihnen wieder einen Besuch abstattete, um sich mit ihr über Mr Wordsworths Werke zu unterhalten.

Er kam an einem sonnigen Samstagmorgen, von seinen Pflichten im Büro befreit und sehr darauf erpicht, über etwas anderes als Recht und Gesetz zu sprechen. Mrs Gardiner war oben im Kinderzimmer mit ihren Sprösslingen beschäftigt, Mr Gardiner hatte in der Bibliothek seine Korrespondenz zu erledigen, sodass Mary und Thomas Hayward den Salon für sich allein hatten. Mr Hayward sah sich kritisch um, bevor er unbekümmert einen der diversen Beistelltische, die überall im Zimmer standen, direkt vor die hohen Fenster rückte. Nachdem er sich davon überzeugt hatte, dass der Tisch nun direkt im hellen Morgenlicht stand, ergänzte er ihn um zwei Stühle. Mary holte von der Anrichte den Krug mit Zitronenwasser, den sie hatte bringen lassen, und bald saßen die beiden einträchtig am Tisch, jeder eine Ausgabe der *Lyrical Ballads* in der Hand.

»Ein bisschen fühle ich mich an die Vorbereitungen für eine Prüfung erinnert«, bemerkte Mr Hayward. »Also, wo fangen wir an? Wie haben Ihnen die Balladen gefallen?«

»Der Anfang war ein bisschen zäh«, gestand Mary. »Mir war nicht klar, dass Lyrik eine ganz eigene Art der Konzentration erfordert. Ich musste erst lernen, die Gedichte richtig zu lesen, bevor ich auch nur daran denken konnte, mich an ihnen zu erfreuen.«

»Ja, ein Gedicht verlangt nach besonderer Aufmerksamkeit, wenn man es schätzen will. Aber muss ich etwa befürchten, dass Sie nicht durchgehalten haben?«

»O nein, ich habe nicht lockergelassen und wurde belohnt. Es gab viele Gedichte, die mich ansprachen. Die einfacheren … über einfache Menschen.«

Mary schlug das Buch auf und begann zu blättern. »Sehr gut gefallen hat mir *We are Seven*. Niemand, der ein mitfühlendes Herz hat, könnte davon unberührt bleiben.«

Sie fand die entsprechende Stelle und fing an, laut zu lesen.

»›Ihr Grab ist grün; man kann es sehn‹,
Sie mir zur Antwort gab.
›Von Mutters Tür zwölf Schritt zu gehn,
Da ruhn sie Grab an Grab.
Oft nehme ich mein Strickzeug hin
Und säume dort mein Tuch,
Setz mich dann, wenn ich müde bin,
Sing ihnen einen Spruch.‹«

Mit glänzenden Augen blickte Mary auf. »Ergreifend, nicht wahr? Aber es finden sich andere in dem Band, die, wie Sie angedeutet haben, ihre Geheimnisse nicht so leicht preisgeben. Ich musste sie immer wieder lesen, bevor ich ihre Bedeutung auch nur erahnen konnte.«

Sie griff nach ihrem Glas und füllte es mit Zitronenwasser. Ihre Hand zitterte leicht. Sie wusste, wenn sie erst einmal anfing zu schildern, was geschehen war, welche unglaubliche Entdeckung sie gemacht hatte, würde es ihr schwerfallen aufzuhören.

»Aber, Mr Hayward, wenn man endlich versteht … wenn ein Gedicht endlich zu einem spricht, wie gestern Abend eines zu mir sprach … oh, dann ist das wundervoll, nicht wahr?«

Sie sehnte sich danach, ihm zu erzählen, wie es passiert war, wie die Erkenntnis sie wie ein Blitz getroffen hatte, als sie im Bett lag und las, und wie die Erregung sie erfasste, als sie verstand, was der Dichter mit seinen Worten ausdrücken wollte, wie die reine Freude, es endlich erkannt zu haben, sie durchströmte – aber das alles wäre zu viel gewesen, selbst Mr Hayward gegenüber.

»Dann hat die Poesie Sie also ergriffen?«, erwiderte er mit einem verschmitzten Lächeln. »Die Barriere Ihres rationalen Denkens durchbrochen?«

»Es ist nicht nett, mich zu veralbern, Sir. Und auch nicht sehr großmütig.«

»Da haben Sie recht«, gab er zu, und seine Miene wurde ernster. »Tatsächlich bin ich entzückt. Sie haben eine Erfahrung gemacht, ohne die ich, wie ich weiß, nicht leben könnte, und ich freue mich außerordentlich für Sie. Wollen Sie mir nicht sagen, welches Gedicht es war, das Sie so stark berührt hat?«

Mary schlug eine Seite auf, die sie mit einem Streifen Papier markiert hatte. »Das hier.« Sie beugte sich vor und reichte ihm das Buch.

»*Tintern Abbey.*« Er hob den Kopf, und ihre Blicke begegneten sich. »Was für ein ungewöhnlicher Zufall. Dies ist auch mein Lieblingsgedicht von Mr Wordsworth.«

In der Ferne war das gedämpfte Treiben der Großstadt, über ihnen das Getrappel vom Gardiner-Nachwuchs in der Kinderstube zu hören. Im Kontrast dazu war es im Salon auffallend still. Plötzlich nahm Mary Mr Haywards Nähe sehr eindringlich wahr, seine Hände, die das Buch hielten, seine Manschetten, die sich strahlend weiß von seiner dunklen Jacke abhoben.

»Es macht mich sehr glücklich«, sagte er leise, »dass wir dieses Gedicht gleichermaßen schätzen, dass es Sie ebenso berührt wie mich. Ich glaube, Sie sind sehr starker Empfindungen fähig, wenn Sie sie sich nur erlauben.«

Mary wusste nicht, was sie sagen sollte.

Auf der Straße bot eine Frau mit einer Schubkarre Kirschen zum Verkauf an. »Süß und rund, fünf Pence das Pfund!« Ihre Stimme war klar und rein und sehr laut.

Mr Hayward zuckte zusammen und schien sich zu sammeln. Er reichte Mary das Buch zurück, nahm sein eigenes Exemplar und blätterte, bis er *Tintern Abbey* fand.

»Bevor wir über das Gedicht selbst sprechen«, sagte er mit ruhiger Stimme, »würde mich interessieren zu erfahren, wie es Ihnen gelungen ist, die Kraft dieser Worte zu ermessen?«

Mary dachte nach. Früher hätte sie instinktiv dazu geneigt, durch ihre Antwort so wenig wie möglich von ihrem Wesen preiszugeben. Aber jetzt beschloss sie mit neuem Mut, ganz offen zu sprechen.

»Ich nehme an, es ist eine Gewohnheit von mir, alles, was ich lese, zu sezieren und zu analysieren«, begann sie. »Tatsächlich ergeben die Dinge auf diese Weise meistens einen Sinn für mich. Aber bei *Tintern Abbey* hat diese Strategie nicht funktioniert. Sosehr ich mich auch bemühte, ich konnte nicht an den innersten Kern der Worte gelangen. Etwas entglitt mir immer wieder.«

Sie rutschte auf ihrem Stuhl hin und her. War das Mieder ihres neuen Kleids nicht doch ein wenig zu eng? Plötzlich wurde ihr warm, aber sie sprach weiter.

»Dann kam mir der Gedanke, dass ich die Lektüre vielleicht gänzlich falsch angehe. Ich hatte versucht, durch Denken die Bedeutung zu erzwingen, und auf einmal fürchtete ich, ich könnte im Begriff sein, dadurch eben das zu zerstören, was ich verstehen wollte. Ich fragte mich, ob ein Gedicht vielleicht ein zu fragiles Konstrukt sein könnte, um einer intensiven rationalen Untersuchung standzuhalten.«

Sie strich mit den Fingern über den glatten Baumwollstoff ihres Kleids und ließ sie mit den plissierten Falten spielen, während sie weitersprach.

»Ich muss gestehen, ich war von dieser Überlegung nicht unbedingt angetan. Vielmehr beunruhigte sie mich. Wenn ich nicht auf meinen Verstand zurückgreifen konnte, um etwas zu verstehen, worauf sollte ich mich dann verlassen?«

»Und was haben Sie getan?«

»Ich traf die Entscheidung, die jemandem wie mir am schwersten fällt. Ich ließ es sein. Ich hörte auf, zu untersuchen und zu unterstreichen. Ich machte mir keine Notizen mehr. Ich erlaubte mir, nicht mehr zu tun, als das Gedicht zu lesen und es auf mich wirken zu lassen. Und dann, ein paar Tage später, als ich es am wenigsten erwartete, veränderte sich etwas. Etwas kippte oder machte einen Sprung. Anders kann ich es nicht erklären.«

»Ah ja!«, rief Mr Hayward. »Der Sprung! Ich weiß genau, was Sie meinen! Das ist der Moment, in dem wir voll und ganz in die Welt des Dichters eintreten und wirklich verstehen, was er meint.«

»Genau«, antwortete Mary leise. »Und das ist passiert. Für mich war das eine höchst erstaunliche Erfahrung, gänzlich anders als alles, was ich je zuvor erlebt hatte.«

»Sie sollten stolz auf sich sein«, erklärte Mr Hayward. »Vielen Menschen gelingt es nie, diese innere Verbindung herzustellen. Ich brenne darauf zu hören, welche Passagen Sie besonders beeindruckt haben. Sagen Sie mir genau, was Sie beim Lesen empfunden haben.«

Mary schenkte sich noch ein Glass Wasser ein und versuchte,

ihre Gedanken zu ordnen. Sie wollte keinen Fehler machen. Sie schlug ihr Buch auf der markierten Seite auf. »Zuerst erscheint das Gedicht sehr schön und sehr einfach. Der Dichter sitzt auf einem hohen Hügel unter einem Baum und blickt auf das Tal und den Fluss tief unter ihm hinab.«

»O schatt'ger Wye«, murmelte Mr Hayward, *»du Wandrer durch die Wälder …«*

Mary fiel auf, dass er nicht in sein Buch sah; er konnte das Gedicht auswendig.

»Mr Wordsworth beschreibt mit großer Brillanz die Landschaft. Wir spüren, wie wir selbst in das Herz der *wilden tiefen Einsamkeit* eintauchen.«

Mr Hayward hörte aufmerksam zu.

Sie holte tief Luft und fuhr fort. »All das ist großartig geschrieben. Aber gerade, wenn wir zu wissen glauben, was der Verfasser sagen will, erkennen wir, dass er uns etwas viel Ungewöhnlicheres mitzuteilen hat.«

Mit wachsender Aufregung blätterte sie die Seiten in ihrem Buch um. »Wir beginnen zu begreifen, dass die Landschaft, deren Bild er so meisterhaft heraufbeschworen hat, ihm nicht nur als ein bewundernswerter Anblick dient, sondern weit mehr als das ist. Sie ist nicht weniger als das Mittel, durch das wir eine Verbindung zu einer höheren Wahrheit herstellen können. Wenn wir uns selbst erlauben, uns ihrer Schönheit auszuliefern, wird sie uns verwandeln, denn dann lassen wir *die ermüdend schwere Last all dessen, was unfassbar auf der Erde* hinter uns und werden, was uns bestimmt ist – *eine Seele, die zum Leben erst erwacht.*«

Sie sprach immer schneller, berauscht von ihrer Erkenntnis. »Denn das ist es doch, oder? Das ist es, was Mr Wordsworth uns zeigen will: Wie wir durch die Natur eins mit der Welt werden – wie unsere Seele zum Leben erwacht!«

»Genau!«, rief Mr Hayward, der genauso aufgeregt wie Mary war. »So ist es, Miss Bennet, so ist es.« Er ließ sich in seinen Sessel zurücksinken. »Verzeihen Sie, dass ich Sie unterbrochen habe, aber ich konnte nicht anders.« Abrupt stand er auf, trat ans Fenster und blickte auf die Straße hinaus.

Mary blieb sitzen. Äußerlich war sie ganz still, aber innerlich freudig erregt und ein wenig schockiert von dem, was gerade passiert war.

Keiner von ihnen sprach, bis Mr Hayward an den Tisch zurückkehrte und wieder Platz nahm. »Ich habe Ihnen schon vor einer Weile gesagt, dass Sie voller Überraschungen stecken, Miss Bennet. Aber ich hatte nicht erwartet, dass Sie mich schon so bald erneut in Erstaunen versetzen würden.«

Mary erlaubte sich einen Moment lang, sich in seinem Lob zu sonnen. Sein bewundernder Blick gab ihr den Mut für eine letzte Enthüllung. »Sie haben mich gebeten, Ihnen zu sagen, was ich beim Lesen des Gedichts empfunden habe, Sir. Ich hoffe, ich kann Ihnen die Wahrheit gestehen, ohne mich lächerlich zu machen, aber … oh, Mr Hayward, in mir wurde eine ungeheure Sehnsucht geweckt, selbst eine zum Leben erwachte Seele zu haben.«

Sie war sich nicht sicher, wie er auf ein derart persönliches Geständnis reagieren würde, und hoffte inständig, dass er weder scherzen noch eine spöttische Bemerkung machen würde. Beides hätte sie nicht ertragen. Aber als er antwortete, stellte sie dankbar fest, dass er mit all dem Ernst sprach, den sie sich erhofft hatte.

»Genau das ist die Macht der Poesie«, sagte er schlicht. »Wenn wir es zulassen, erlaubt sie uns, ein neues Bild von uns zu erschaffen. Sie enthüllt uns die verborgenen Wünsche unserer Herzen.«

Unten von der Straße war noch einmal das Rumpeln des Karrens zu hören, als die Kirschenverkäuferin ihn über die Pflastersteine schob, um sich auf den Heimweg zu machen. Diesmal ließ sie nicht mehr ihren Ruf hören. Hatte sie alle ihre Früchte verkauft?, fragte sich Mary. Oder war sie einfach zu müde, um sie noch weiter lauthals anzupreisen? Es war ein melancholischer Gedanke, der ihre Stimmung dämpfte.

»Es stimmt, all das kann uns ein Gedicht zeigen«, erwiderte sie. »Aber was, wenn wir nicht entsprechend darauf reagieren können? Was, wenn es in uns Sehnsüchte weckt, die wir nie stillen können? Ich denke, ich habe dafür nicht den richtigen Charakter.«

»Wie kommen Sie auf diesen Gedanken?«

»Mr Wordsworth sagt an anderer Stelle, dass aus Büchern nichts von Wert gewonnen werden kann. Für ihn sind unsere Neigungen die einzigen Führer, denen sich zu folgen lohnt.« Sie spürte, wie ihr Tränen in die Augen stiegen. »Und ich bin mir nicht sicher, ob ich diese überhaupt besitze. Oder wenigstens eine, die stark genug ausgeprägt ist, dass ich ihr voller Zuversicht folgen könnte. Vielleicht sind alle meine Neigungen einfach zu schwach … zu erstarrt, um mir dabei zu helfen, meinen Weg zu finden.«

Mr Hayward sah sie so besorgt an, dass Mary einen Moment lang dachte, er würde gleich ihre Hand nehmen. Aber falls das sein Impuls war, unterdrückte er ihn, zog stattdessen den Krug mit Zitronenwasser heran und füllte ihre Gläser.

»Ich fürchte, Sie schaffen eine Problematik, wo es nach keiner verlangt«, sagte er und schob ihr ihr Glas hin. »Darf ich zum Untermauern meiner Argumente mich selbst heranziehen?«

Er verschränkte die Arme und blickte sie über den Tisch hinweg an. Seine Miene war ernst und gütig zugleich. »Meine Leidenschaft für die Dichtkunst ist so stark, dass, wie mir sehr wohl bewusst ist, einige Menschen, vor allem Ihr Onkel und Ihre

Tante, sie ziemlich amüsant und ein wenig abwegig finden. Aber sie hat meinen Appetit auf andere, gänzlich andersartige Autoren nicht geschmälert. Ich glaube nicht, dass meine Liebe zu Mr Wordsworth von mir fordert, keine Wertschätzung … na schön, lassen Sie es mich besser so ausdrücken, keine Achtung für Mrs Macaulay zu empfinden. In meinem Leben ist genug Platz für beide Autoren. Ich denke, dasselbe trifft auf Sie zu.«

Mary klappte ihr Buch zu und legte es behutsam auf den Tisch.

»Mir scheint«, fuhr er fort, »dass es in der realen Welt nicht möglich ist, sich entweder ausschließlich von den Gefühlen oder aber vom Verstand leiten zu lassen. Weder die einen noch der andere dürfte uns glücklich machen. Meiner Meinung nach brauchen wir beides. Die Weisheit liegt, wie ich vermute, darin zu wissen, wann man auf die einen, wann auf den anderen hören sollte.«

»Ich glaube, das zu erreichen wird Ihnen immer leichter fallen als mir«, antwortete Mary. »Sie sind es gewohnt, Ihre Gefühle auszudrücken. Sie haben sie mithilfe der Dichtkunst erprobt und entwickelt, bis sie stark und unerschütterlich und Ihnen auch vertraut waren. Ich habe oft den Eindruck, dass meine Gefühle wie eingefroren sind. Sie sind schwach und mir weitgehend unbekannt.«

Mr Hayward lächelte endlich wieder. »Niemandem, der mit der Leidenschaft spricht, die Sie heute Nachmittag so unverhohlen gezeigt haben, können starke Emotionen fremd sein.«

Plötzlich genierte Mary sich für ihre Offenheit. »Ich habe viel zu viel gesagt!«, rief sie. »Es tut mir leid, ich … ich habe mich mitreißen lassen. Ich kann nicht fassen, dass ich so unbeherrscht war.«

»So sehe ich das keineswegs«, sagte Mr Hayward begütigend.

»Ich bitte Sie, Ihre Worte nicht auf diese Weise zu betrachten. Sie haben sich nicht das Geringste vorzuwerfen. Unser Gespräch war bereichernd und äußerst erhellend. Ich würde sehr gern noch mehr Gedichte mit Ihnen lesen. Dürfte ich Ihnen vielleicht weitere Werke vorschlagen?«

Sein Gesichtsausdruck war so ermutigend und so ehrlich, dass sich ihr Unbehagen verflüchtigte. Sie wusste, dass sie sich nichts Schöneres vorstellen konnte, als mit Thomas Hayward Bücher zu lesen und darüber zu diskutieren.

»Ja«, sagte sie einfach. »Sehr gern.«

»Ich habe die Absicht, alles zu tun, was in meiner Macht steht, um aus Ihnen eine Frau zu machen, die zu ihren Gefühlen steht«, sagte Mr Hayward leichthin. »Warten Sie nur ab, ich werde die Empfindungen befreien, die sich hinter Ihrer Vernunft verbergen.«

Mary errötete, mehr vor Überraschung als vor Verlegenheit. Betroffen stellte sie fest, dass sie ganz und gar nicht gekränkt war, sondern vielmehr hoffte, er würde genau das tun.

Auch nach seinem Abschied fand sie keine Ruhe. Sie fühlte sich freudig erregt, erfrischt, lebendig. Da sie nicht wusste, wie sie sich sonst die Zeit vertreiben sollte, setzte sie sich ans Klavier, hob den Deckel und begann zum ersten Mal seit langer Zeit zu spielen.

Oben im Kinderzimmer hörte Mrs Gardiner die Musik und rätselte zunächst, wer da wohl musizierte. Die Klänge trugen so viel Kraft und Temperament in sich, dass sie nicht auf die Idee kam, es wäre Mary. Als ihr endlich klar wurde, dass es nur ihre Nichte sein konnte, stand sie lauschend in der Tür und fragte sich, während ihre Kinder fröhlich um sie herumtanzten, was eine solche Veränderung ihres Spiels bewirkt haben mochte.

Kapitel 57

Mrs Gardiner unternahm mehrere vorsichtige Versuche, um herauszufinden, wie Mr Hayward und Mary ihren gemeinsamen Nachmittag verbracht hatten, aber Letztere wich jeder noch so unschuldigen Frage aus. Mary selbst wagte kaum daran zu denken, wie viel Freude ihr diese Stunden in der Bibliothek bereitet hatten, weil sie sich nicht sicher war, wie sie Mr Haywards Verhalten deuten sollte. Wies es darauf hin, dass er das gleiche Vergnügen an ihrer Gesellschaft empfand wie sie an der seinen? Es schien möglich, sogar wahrscheinlich, aber darüber hinaus wollte sie keine Vermutungen anstellen. Sie ermahnte sich, nicht zu oft an ihn zu denken, und war in diesem Vorhaben zumindest einige Minuten am Tag erfolgreich. Den Rest der Zeit ging ihr Thomas Hayward nur selten aus dem Kopf. Auch eines Morgens, als die Kinder frühstückten und die Gardiners ihren Kaffee tranken, dachte sie an ihn, sodass sie kaum zur Kenntnis nahm, dass die Post hereingebracht wurde. Erst als ihr Onkel mit allen Anzeichen des Erstaunens einen Brief hochhielt, richtete sie ihre Aufmerksamkeit auf ihn.

»Eine Nachricht von diesem wunderlichen jungen Mann, unserem lieben Tom Hayward. Er bittet mich um einen Gefallen. Meine Liebe, Sie erraten in hundert Jahren nicht, worum es sich dabei handelt.«

»Vermutlich nicht«, stimmte ihm seine Frau zu, während sie

das Brot ihrer jüngsten Tochter mit Marmelade bestrich. »Aber ich hoffe, Sie erzählen es mir.«

»Er fragt an, ob ich so nett wäre, Mary früh am Morgen zur Westminster Bridge zu bringen, wo er sich mit uns treffen will.« Mit ungläubiger Miene wandte er sich Mary zu. »Er schreibt, er will dir die City bei Sonnenaufgang zeigen und dazu einige Verse vorlesen.«

Mary konnte kaum glauben, dass Mr Hayward diesen Vorschlag gemacht hatte, und Mr Gardiner schien es genauso zu gehen.

»Was meint er bloß damit?«, fragte er seine Frau. »Für einen seriösen Anwalt hat er recht ungewöhnliche Einfälle.«

»Ich bin sicher, dass dieser Ausflug als Geschenk gedacht ist«, erwiderte sie. »Eine Gelegenheit, etwas Besonderes zu sehen. Was hältst du von dem Vorschlag, Mary?«

»Der Anblick muss ganz außergewöhnlich sein«, sagte Mary, wobei sie darauf bedacht war, sich nicht anmerken zu lassen, wie hingerissen sie von Mr Haywards Idee war. »Wenn es Mr Gardiner nicht ungelegen kommt, würde ich den Sonnenaufgang sehr gern sehen.«

Ihr Onkel zuckte die Achseln. »Natürlich fahre ich dich dorthin, wenn du es wünschst. Aber ein merkwürdiger Ausflug ist es dennoch, noch dazu einer zu sehr früher Stunde. Dafür schuldet mir Tom eine anständige Flasche Rotwein.«

»Heißt das, wir fahren?«, fragte Mary begierig.

»Ich denke, das heißt es«, antwortete Mr Gardiner. »Manchmal staune ich selbst darüber, wie großmütig ich bin«, fügte er hinzu, während seine Frau ihm die letzte Scheibe Speck anbot.

Es war noch dunkel, als Mary und ihr Onkel ein paar Tage später in der Kutsche saßen und in gemächlichem Tempo durch die morgendlichen Straßen fuhren. Weit davon entfernt, menschenleer zu sein, füllten sich die Bürgersteige bereits. Bauern vom Land schleppten Körbe mit frischem Obst und Gemüse; Handwerker, die Gerätschaften ihrer Zunft in ihre Schürzen eingeschlagen, gingen an ihnen vorbei. In einer Nebenstraße glaubte Mary, ein Milchmädchen zu erspähen, das eine Kuh am Seil führte.

»Ich hatte ja keine Ahnung, Sir, dass in der Stadt um diese Zeit schon so viel Betrieb ist.«

»In London fängt man früh an zu arbeiten. Wer zu lange im Bett bleibt, bringt es zu nichts.«

Als sie am südlichen Ende der Brücke eintrafen, erwartete Mr Hayward sie bereits. Er bedankte sich überschwänglich bei Mr Gardiner und äußerte die Hoffnung, weder er noch Mary würden von ihrem kleinen Ausflug enttäuscht sein.

»Wenn ich es recht verstehe«, fragte Mr Gardiner vorsichtig, »hast du die Absicht, ein Gedicht vorzulesen?«

»Ja, Sir. Aber mit leiser Stimme, um keine unerwünschte Aufmerksamkeit auf uns zu lenken. Zudem ist es recht kurz.«

Einigermaßen erleichtert steckte Mr Gardiner seine Hände in die Hosentaschen und schlenderte ein paar Schritte weiter. Mary starrte über den Fluss auf die City, die sich vor ihnen ausbreitete. Die aufgehende Sonne schob sich allmählich über die Dächer und überhauchte alles mit einem mattgoldenen Schimmer.

»Das ist wunderschön, Mr Hayward. Ich wünschte, ich könnte in Worte fassen, was ich bei diesem Anblick empfinde.«

»Ich schlage vor, wir überlassen es Mr Wordsworth zu sagen, was wir nicht können«, erwiderte er leise. »Ich möchte Sie nur bitten, Miss Bennet, nicht allzu viel über das, was ich vorlese, nachzudenken. Lassen Sie sich stattdessen einfach von Ihren Gefühlen leiten.«

Er zog ein Buch aus seiner Jackentasche und begann, schnörkellos und ungekünstelt zu lesen.

»Nichts Schöneres wird vom Himmel überspannt!
Stumpf ist der Sinn, der hier vorübergeht
An diesem Anblick stiller Majestät.«

Während Mr Hayward die Zeilen vortrug, ließ Mary sich gänzlich vom Rhythmus und Zauber der Worte gefangen nehmen und sah auf einmal die City mit Mr Wordsworths Augen.

»Die Stadt trägt jetzt gleich einem Festgewand
Des Morgens Schönheit, schweigend, wie gebannt,
Ragt Dom und Turm und Tempel wie erhöht
Zum klaren Himmel, den kein Rauch umweht,
Und glänzt und glitzert weit hinaus ins Land.«

Mary lehnte sich an die Brüstung und betrachtete die morgendliche Stadt, das dunkle Wasser unter ihr, die Kirchtürme, die am anderen Ufer der Themse im ersten Sonnenlicht leuchteten. Der Anblick übertraf alles, was sie je gesehen hatte.

»Nie sah die Sonne ich so strahlend schön
Mit ernstem Glanze Tal und Hügel füllen,
Nie hab' ich tiefern Frieden noch gesehn.
Die Themse gleitet sanft, nach eigenem Willen,
Die Häuser scheinen selbst in Schlaf versenkt,
Der dieses ganze mächtige Herz umfängt.«

Mr Hayward klappte das Buch zu und betrachtete einen Moment lang die von Lichtflecken übersäte Stadtlandschaft. Als die Sonne schließlich auf allen Dächern lag, drehte er sich zu Mary um.

»Was für ein Eindruck!«, rief er. »Erzählen Sie mir nicht, Sie wären davon nicht ergriffen oder er habe in Ihnen kein Gefühl von Ehrfurcht und Staunen hervorgerufen!«

»Doch, das hat er«, erwiderte Mary. »Ich bin überwältigt. Sprachlos!«

Sie warfen einen letzten langen Blick auf die vor ihnen liegende Stadt, dann seufzte Mr Hayward und steckte sein Buch ein.

»Was wir gerade erlebt haben, ist eines der außerordentlichsten Erlebnisse, die ich kenne«, sagte er, als sie zur Kutsche zurückgingen, wo Mr Gardiner sich leise mit dem Kutscher unterhielt. »Zum ersten Mal habe ich es gesehen, als ich als junger Bursche frisch aus Hampshire gekommen war.«

Vor Marys geistigem Auge entstand das Bild von Mr Hayward als schlaksigem, aufgeregtem Jungen. Es war nicht schwer, sich vorzustellen, wie er hier im Licht der frühen Morgendämmerung auf der Brücke stand und mit gesenkter Stimme Wordsworths Verse deklamierte. Aus dem Augenwinkel betrachtete sie sein ausdrucksvolles, intelligentes Gesicht.

Sie hatten die Kutsche fast erreicht, als er stehen blieb und sich zu ihr hinunterbeugte.

»Ich hoffe, die Erfahrung des heutigen Morgens ermutigt Sie zu akzeptieren, dass Ihre Fähigkeit, tiefe Gefühle zu empfinden, genauso stark ausgeprägt ist wie bei anderen«, sagte er leise. »Sie haben keinen Grund zur Befürchtung, in irgendeiner Weise stumpf oder unsensibel zu sein. Das sind Sie ganz und gar nicht.«

Er hielt ihr den Wagenschlag auf, und bald saßen sie alle in der Kutsche und fuhren zur Gracechurch Street zurück. Mr Hayward wurde zum Frühstück eingeladen, was er bereitwillig annahm, und dann wurde nicht mehr gesprochen. Mr Gardiner schloss die Augen, Mr Hayward saß geistesabwesend da und schien seinen Gedanken nachzuhängen, während Mary schweigend durch das Fenster auf die Straße starrte. Sie fühlte sich seltsam, einerseits der Welt da draußen ganz nahe, andererseits dem Geschehen entrückt, als würde sie alles vom falschen Ende eines Fernrohrs aus betrachten. Erst als sie zusammen im Frühstückszimmer saßen und ihnen alles serviert wurde, wonach hungrigen Leuten der Sinn stehen mochte, fand sie zu ihrer üblichen geistigen Verfassung zurück.

Mrs Gardiner setzte sich zu ihnen an den Tisch, um ihnen Gesellschaft zu leisten. »War der Ausflug so ungewöhnlich, wie du erwartet hast?«, fragte sie Mary. »Hat sich das frühe Aufstehen gelohnt?«

»O ja, auf jeden Fall!«, rief Mary. »Es war ganz wundervoll. Allein der Gedanke, dass wir dort standen, wo Mr Wordsworth gestanden hat, und dieselbe Szenerie bestaunten, die ihn zu seinen Versen inspiriert hat! Wie mag es sich wohl anfühlen, das Gleiche im Lake District zu tun, Mr Hayward? Ich denke, es muss einfach großartig sein, in dieser wilden Landschaft zu stehen und seine Gedichte zu lesen.«

»Das ist es ganz sicher«, erwiderte Mr Hayward. »Aber ich fürchte, verlässlich kann ich die Frage nicht beantworten. Leider bin ich noch nie dort gewesen, obwohl ich mir schon oft geschworen habe, mir das Vergnügen einer Reise dorthin zu gönnen.«

»Wie schade«, sagte Mary. »Wenn Sie den Lake District so gerne einmal sehen wollen, scheint es höchst ungerecht, dass Sie noch niemals dort waren.«

»Dafür habe ich niemanden zu tadeln als mich selbst«, sagte Mr Hayward. »Ich habe zugelassen, dass mich meine Arbeit in London festhält, und zwar mit dem Resultat, dass ich noch nie einen Fuß in die Gegend gesetzt habe, die ich unbedingt kennenlernen möchte.«

»Auch ich würde die Seen nur zu gern sehen«, warf Mrs Gardiner ein. »Wir hatten schon einmal eine Reise dorthin geplant und waren tatsächlich bereits unterwegs. Aber dann kam etwas Geschäftliches dazwischen, sodass wir unsere Ferien verkürzen mussten und nicht weiter als bis nach Derbyshire kamen.«

Eine Weile herrschte Schweigen, während alle Anwesenden bedauerten, nie die großartige Landschaft der nördlichen Seen und felsigen Hügel gesehen zu haben.

Plötzlich beugte sich Mr Gardiner vor und ergriff zärtlich die Hand seiner Frau. »Es hat mir immer leidgetan, dass Ihnen dieser Wunsch nicht erfüllt wurde, und ich denke, es ist an der Zeit, das zu ändern. Die Tage werden allmählich länger, was also halten Sie von einer Expedition in den Lake District? Am besten so bald wie möglich. Das Geschäft nimmt mich momentan nicht allzu sehr in Anspruch, insofern spricht nichts dagegen. Und das Glück ist mit den Mutigen, wie es so schön heißt.«

Mrs Gardiner erhob sich von ihrem Stuhl, lief um den Tisch herum zu ihrem Mann und küsste ihn auf beide Wangen. »Wenn Sie wirklich glauben, das ließe sich machen, wüsste ich nichts, was mir lieber wäre.«

Erfreut über den Erfolg seines Vorschlags – warum hatte er ihn eigentlich nicht schon längst gemacht?, fragte er sich – wünschte Mr Gardiner sich jetzt nichts sehnlicher, als alle in seiner Umgebung genauso glücklich zu sehen, wie er es war.

»Mary, du begleitest uns natürlich. Und du, Tom? Ich hoffe, das Gesetz kann dich eine Weile entbehren, und du leistest uns ebenfalls Gesellschaft.«

Mr Hayward erklärte, es wäre ihm eine Ehre, sich ihnen anzuschließen, falls es sich arrangieren ließe, und schon bald waren Mr Gardiner und er in ein Gespräch vertieft und diskutierten Daten, Routen und die beste Art, die Reise zu unternehmen.

»Was für eine unerwartete Freude!«, rief Mrs Gardiner. »Ich kann es noch gar nicht glauben. Vielleicht könnte Jane ja die

Kinder für eine kleine Weile bei sich aufnehmen; es würde ihnen nicht zusagen, so weit zu reisen und am Ende nichts als Berge und Seen vorzufinden! Aber du bist ja so still, Mary. Möchtest du nicht mitkommen?«

»Mehr als irgendetwas sonst. Aber Sie haben schon so viel für mich getan, deshalb muss ich einfach fragen: Sind Sie sich sicher, dass Sie mich dabeihaben wollen?«

»Also wirklich«, sagte ihre Tante und schloss sie kurz in die Arme. »Wie sollten wir denn ohne dich zurechtkommen? Du kannst uns während der langen Fahrt nach Norden zerstreuen – bestimmt wirst du uns auf alle möglichen merkwürdigen Felsformationen und historischen Ruinen hinweisen, die wir sonst übersehen würden.«

Mrs Gardiner griff sich das letzte Brötchen. »Und Tom kann uns an all die Orte führen, die schon Dichter inspiriert haben. In der Begleitung von euch beiden wird es uns an wertvollen Informationen nicht mangeln. Wer weiß, vielleicht müssen wir uns nicht einmal einen Reiseführer kaufen!«

Kapitel 58

Thomas Hayward und Mary trafen in den folgenden Wochen häufig zusammen. Mr Hayward kam oft in die Gracechurch Street, manchmal nur auf einen Sprung, um seine Aufwartung zu machen und ein Glas von Mr Gardiners Wein zu trinken, manchmal, um im Kreis der Familie das Dinner einzunehmen. Seine Anwesenheit wirkte so selbstverständlich, dass er bald genauso dazuzugehören schien wie Mary.

Anfangs hatte Mary sich gefragt, ob sie sich nach ihrem Gespräch über Mr Wordsworths Gedicht *Tintern Abbey* in seiner Gegenwart nicht befangen und unsicher fühlen würde. Sie hatte mit ihm offener und ehrlicher gesprochen als mit irgendeinem anderen Mann, den sie kannte, und dabei Facetten ihrer selbst preisgegeben, die sie noch niemandem anvertraut hatte. Als sie sich miteinander unterhielten, schien es das Natürlichste der Welt zu sein, frank und frei zu reden, aber jetzt genierte sie sich ein bisschen, wenn sie daran dachte, fast so, als hätte sie ihm einen Blick auf ihre Unterröcke gewährt. Und würde nicht Mr Hayward selbst, wenn er sich ihr Gespräch noch einmal durch den Kopf gehen ließe, seine eigene Offenheit bereuen?

Schon bald stellte sich heraus, dass ihre Ängste unbegründet waren. Ihre unbeschwerte Beziehung hatte keinen Schaden erlitten. Im Gegenteil, ihre Vertrautheit vertiefte sich, je besser sie einander kennenlernten, indem sie auf dem Sofa saßen und plauderten oder beim Abendessen lachten und redeten. Zuerst beglückwünschte Mary sich, einen so guten Freund gefunden zu haben. Sie sagte sich, sie sei dankbar, einen gleich gesinnten Gefährten zu haben, mit dem sie viele Interessen teilte und dessen Konversation sehr viel faszinierender war als die aller anderen Männer aus ihrem Bekanntenkreis. Aber im Laufe der Zeit wurde Mary klar, dass ihre Zuneigung zu Mr Hayward weit über Freundschaft hinausging. Sie erwartete seine Besuche mit größter Anspannung und fühlte jedes Mal, wenn er angekündigt wurde, eine leise Freude in ihrem Inneren. Wenn er sie auf seine ihm eigene Art anlächelte, wenn er sich beifällig zu einer Bemerkung äußerte, die sie gemacht hatte, wenn er eine Geschichte erzählte, die sie zum Lachen brachte, und ganz besonders, wenn seine Hand beim Überreichen eines Buchs die ihre streifte, dann wusste sie ohne jeden Zweifel, dass ihre Gefühle für ihn gänzlich anderer Art waren als die einer guten Bekannten. Wohlweislich behielt sie diese neue Erkenntnis für sich.

Mrs Gardiner war nicht blind für die Sympathie der jungen Leute füreinander und hatte nichts dagegen einzuwenden. Sie war beiden sehr zugetan und fand, dass sie einander perfekt ergänzten. Aber als sie versuchte, ihre Nichte diesbezüglich ein wenig auszuhorchen, ließ Mary sich nichts entlocken. Sie sagte lediglich, sie sei immer erfreut, Mr Hayward zu sehen, was durchaus der Wahrheit entsprach.

Sie fürchtete, ein Eingeständnis ihrer starken Vorliebe für ihn könnte nahelegen, dass sie der Meinung war, ihre Zuneigung werde erwidert, und das schien in jeder Hinsicht absurd. Zwar gab es Momente, in denen sie glaubte, so viel Wärme in seinem Verhalten zu erkennen, einen Blick aufzufangen, eine Geste oder eine Bemerkung, die ein Hinweis darauf sein könnte, dass auch seine Gefühle über die reiner Freundschaft hinausgingen. Aber sie war sich nie sicher, und eine innere Stimme raunte ihr zu, es sei ausgeschlossen, dass ein Mann wie Mr Hayward Interesse an einer Frau wie ihr haben könnte. Die Stimme war leiser als früher, als sie sie schon einmal vernommen hatte, aber dennoch laut genug, um Mary zur Vorsicht zu ermahnen. Aus diesem Grund erwähnte sie ihrer Tante gegenüber nichts von ihren Gefühlen und Hoffnungen, sondern verschloss sie in ihrem Inneren, um sich allein so lange an ihnen zu erfreuen, bis sie vielleicht irgendwann einmal unbesorgt darüber reden konnte.

Der Frühling war schon recht weit gediehen, als Mr Gardiner eines Abends verkündete, er habe eine große, aufregende Überraschung für sie alle.

»Und ich dachte, unsere Reise in den Lake District wäre Aufregung genug«, bemerkte Mrs Gardiner.

»Hierbei geht es eher um einen Ausflug innerhalb der Stadt. Möchte vielleicht jemand raten, was es sein könnte?«

Die Kinder tobten vor Begeisterung durchs Zimmer und schrien lauthals alles heraus, was ihnen einfiel – ein Ausflug zu den Löwen im Tower, eine Fahrt zum Buckingham Palace, um die Zebras der Königin zu füttern. Als Mr Hayward eintraf, überlegte er, ob es sich möglicherweise darum handeln könnte, das Monument, das 1671 zum Gedenken an den Großen Brand in der Londoner City errichtet worden war, zu erklimmen – eine Aussicht, die von den kleinen Gardiners mit deutlich weniger Enthusiasmus begrüßt wurde – oder aber sich einen Nachmittag in Mr Birchs Bäckerei der Schlemmerei hinzugeben, wobei letztere Möglichkeit sehr viel freudiger aufgenommen wurde.

»Ich fürchte, es ist nichts dergleichen«, sagte Mr Gardiner. »Die Vauxhall Gardens werden bald für die diesjährige Saison geöffnet, und ich habe für uns alle Eintrittskarten besorgt. Wir werden die Wasserspiele und Fontänen sehen, ein bisschen Musik hören und ein gutes Mahl zu uns nehmen. Kinder, ihr dürft so viele Pasteten essen, wie ihr könnt, ohne dass euch schlecht wird, und wenn ihr Glück habt, schauen wir uns noch die Seiltänzer an, bevor wir wieder nach Hause fahren.«

Die Überraschung übertraf die wildesten Erwartungen der kleinen Gardiners, und ihre Begeisterung war ebenso laut wie grenzenlos. Wann würden sie hingehen? Morgen? Schon am nächsten Tag? Sie hatten gehört, es gebe dort einen Hund, der auf seinen Hinterbeinen stehen und jonglieren könne, ob sie den auch sehen würden?

Inmitten des Trubels musste Mr Hayward sich mit erhobener Stimme Gehör verschaffen. »Waren Sie schon einmal in Vauxhall, Miss Bennet?«

»Nein, noch nie«, gestand Mary.

»Es gibt nichts Vergleichbares. Es ist gewissermaßen die Quintessenz von London – laut und glitzernd, ein bisschen ungeschliffen, farbenprächtig und voller Menschen. Ich mag es sehr.«

»Und angeblich kann man dort allen möglichen Spektakeln beiwohnen?«

»Es gibt alles, was Sie sich nur vorstellen können, und noch viel mehr. Einen riesigen Pavillon im chinesischen Stil, elegante überdachte Laubengänge zum Flanieren, Theateraufführungen, Möglichkeiten zum Tanzen, wenn man daran Spaß hat, sogar eigens für die Anlage errichtete Ruinen, die so aussehen, als hätten sie schon immer dort gestanden, jede Menge zu essen und zu trinken, kurz, die Vauxhall Gardens bieten alles, was das Herz eines Londoners nur begehren kann.«

»Und tanzende Hunde«, fügte George hinzu.

»Genauso wie tanzende Pferde«, nickte Mr Hayward. »Ich habe dort sogar einmal ein Schwein gesehen, das mir die Uhrzeit nennen konnte. Wirklich, Miss Bennet, wer könnte da widerstehen?«

»Niemand, der das nicht gesehen hat, darf sich als echten Londoner bezeichnen«, verkündete Mr Gardiner, während die Kinder zu streiten begannen, wer sich am meisten wünschte, die Vauxhall Gardens zu besuchen, und wer dort mehr Spaß haben würde als alle anderen zusammen. Erst als ihr Vater hart mit einem Löffel auf den Tisch klopfte und eine gespielt grimmige Miene aufsetzte, kehrte langsam wieder Ruhe ein.

Einige Tage später konnte man Mary und ihre Tante erneut bei einem Einkaufsbummel bei Harding and Howell sehen. Mrs Gardiner hatte entschieden, dass sie sich unmöglich in die Vauxhall Gardens wagen konnten, ohne sich vorher mit neuen Hüten ausgestattet zu haben, sodass sie jetzt vor einer großen Lade mit Bändern saßen, die sie einer eingehenden Musterung unterzogen hatten. Ihre Hüte hatten sie relativ mühelos gewählt, es war der Aufputz ihres neuen Kopfschmuckes, der sich als problematisch erwies. Mary erwog die jeweiligen Vorzüge von grünen und rosa Borten und dachte gerade, wie sehr sie Mr Haywards Rat bei einer derart schwerwiegenden Frage zu schätzen wissen würde, als sie eine Stimme hörte, die nicht zu verkennen war.

»Ich fürchte, nichts davon ist zufriedenstellend. Ist das alles, was Sie mir zeigen können?«

Eine groß gewachsene Frau saß starr vor Missmut mit dem Rücken zu Mary am Nebentisch.

»Überaus enttäuschend.«

Der Angestellte, der offenbar nicht geneigt war, der Dame weiterzuhelfen, sammelte die Muster wieder ein, eindeutig darauf hoffend, dass sich seine nächste Kundin als umgänglicher erweisen würde. Als die Frau sich verstimmt erhob, senkte Mary rasch den Kopf und starrte angestrengt die vor ihr liegenden Bänder an, um nicht versehentlich dem Blick der anderen zu begegnen. Sie verspürte nicht den Wunsch, von Caroline Bingley erkannt zu werden, schon gar nicht, wenn diese schlecht gelaunt war. Wer konnte schon wissen, ob sie ihrer Gereiztheit nicht freien Lauf ließ, wenn sie ein geeignetes Opfer entdeckte? Mary hielt ihr Gesicht abgewandt, bis das verstummende majestätische Rauschen schwerer Seide ihr verriet, dass sie ungefährdet aufblicken konnte. Sie hob den Kopf und stellte fest, dass Mrs Gardiner Caroline Bingleys Abgang beobachtet hatte.

»War das nicht Miss Bingley, die gerade diesen unerfreulichen Auftritt geliefert hat?«, bemerkte sie.

»Ich fürchte, das stimmt. Sie schätzt es ganz und gar nicht, wenn sie den Eindruck hat, dass ihr nicht genug Beachtung zuteilwird.«

»Ich wollte gerade sagen, wie sehr es mich überrascht, dass sie nicht den Anstand besitzt, dich wissen zu lassen, dass sie in London ist. Aber ich denke, das ist typisch für sie. Sie und ihre Schwester statteten uns einen Besuch ab, als Jane in der Gracechurch Street zu Gast war, und die junge Dame hat uns sehr von oben herab behandelt. Eine ausgesprochen unangenehme Person.«

»Sie versteht sich tatsächlich gut darauf, unangenehm zu sein«, erwiderte Mary. »Es ist sehr verletzend, wenn man das Ziel ihrer Gehässigkeit ist.«

»Dann sollten wir froh sein, dass sie es vorgezogen hat, uns nicht zur Kenntnis zu nehmen, und wir keine Zeit mit ihr verbringen müssen. Ich denke, das ist für uns beide eine große Erleichterung. Also, hast du eine Entscheidung bezüglich der Bänder getroffen?«

Verärgert über ihre eigene Unschlüssigkeit wählte Mary rasch die grüne Borte. Aber ob sie das tat, weil Mr Hayward einmal eine Vorliebe für diese Farbe bekundet hatte oder weil das grüne Band nur näher bei ihr lag als das rosafarbene, hätte sie nicht sagen können.

Kapitel 59

Obwohl die Kinder das Gefühl hatten, die Zeit würde nicht vergehen, war der Abend endlich gekommen, an dem der Ausflug in die Vauxhall Gardens stattfinden sollte. Als sich die Familie auf den Weg machte, waren die kleinen Gardiners kaum zu bremsen. Schon die Fahrt war ein Abenteuer, denn sie schloss die Überquerung der Westminster Bridge ein, um den südlichen Teil der Stadt zu erreichen. Lauter Jubel ertönte, als die Kutsche über die Brücke rollte. Kurz darauf wurde die Familie vor den hohen schmiedeeisernen Toren am Parkeingang abgesetzt und mischte sich unter die Menge eleganter Besucher, die auf und ab schlendernd auf verspätete Freunde und Verwandte warteten. Es dauerte eine Weile, bis sie Mr Hayward entdeckten. Geschickt bahnte er sich einen Weg durch das Treiben und sah dabei aus wie ein Mann, der einen unterhaltsamen Abend erwartete. Sobald Hände geschüttelt, Wangen geküsst und die Haare der Kinder zerzaust worden waren, kurz, nachdem alles Nötige erledigt war, um ihre Bereitschaft zu signalisieren, alles zu genießen, was die Gärten zu bieten hatten, schlugen sie den Weg zu dem großen Drehkreuz ein, wo sie ihre Eintrittskarten vorzeigten und daraufhin in den kühlen grünen Park eingelassen wurden.

Sie spazierten auf Kieswegen durch Alleen mit hohen Bäumen bis zu einem eleganten, weitläufigen Platz, der auf jeder Seite von einer imposanten Kolonnade gesäumt wurde. In der Mitte, auf einem kleinen, mit bunten Lichterketten geschmückten Podium, spielte ein Orchester. Auf einer Seite der kleinen Bühne stand eine Statue von Händel, über der ein einzelner Lampion hing, als sollte damit auf das strahlende Genie des Komponisten hingewiesen werden. Ringsum bummelten andere Besucher, Familien, Freunde, Pärchen, alle in ihren besten Kleidern und fest entschlossen, so modisch und souverän wie nur irgend möglich zu wirken. Anscheinend gehörte es sich nicht, allzu beeindruckt von der Umgebung zu wirken – nur ein Provinzler hätte mit offenem Mund dagestanden und gegafft –, aber Mary, die noch nie etwas Ähnliches gesehen hatte, scheute nicht davor zurück, ihre Bewunderung in Worte zu kleiden.

»Wie wunderschön – die Anordnung der Bäume und der Ausblick dazwischen … einfach unglaublich! Es kommt einem Traum gleich, die Musik hier draußen im Freien zu hören!«

Es war ein schöner Abend und noch warm und hell genug, um auf den Wegen zu wandeln und sich an der Musik zu erfreuen, die sie überallhin begleitete.

»Man hat an allen möglichen Stellen Musiker platziert, damit die Besucher immer etwas Schönes hören können«, erklärte Mr Gardiner, der mit den Gärten bereits vertraut war und es für seine Pflicht hielt, derartige Informationen an jene weiterzugeben, die nicht über sein Wissen verfügten. Er führte die kleine Gruppe zur Rotunde, einem riesigen kreisrunden Gebäude mit kunstvoller Innenbemalung. »Zweitausend Menschen finden hier Platz«, verkündete er stolz.

Seine Frau fügte an Mary gewandt hinzu, der Bau sei errichtet worden, um Gästen bei Regen Schutz zu bieten. Mr Gardiner sah daraufhin ein wenig verstimmt aus. Er schien den Eindruck zu haben, dass man der Rotunde etwas von ihrer Würde nahm, wenn man auf ihren praktischen Zweck hinwies.

»Ich würde meinen, das lässt sich von jedem Unterstand mit einem stabilen Dach sagen, aber dieser prachtvolle Bau hat noch dazu Anspruch auf Berühmtheit – er war Schauplatz vieler großartiger Aufführungen bekannter Künstler. Hier war es, wo wir die unvergleichliche Anna Maria Leary singen hörten. Erinnern Sie sich noch, meine Liebe?«

»Selbstverständlich«, antwortete Mrs Gardiner. »Die Sirene von Vauxhall Gardens, so wird sie genannt. Was für ein Talent!«

An diesem Abend wurde jedoch keinen Konzerten gelauscht. Stattdessen schaute man sich einige vorzügliche Pferdedressurakte und eine bemerkenswerte akrobatische Leistung auf dem Seil an, die alle begeisterte, aber nach Meinung der Kinder dennoch nicht mit der nächsten Sensation mithalten konnte. Diese bestand in einer Vorführung, von der sie geträumt hatten: ein Trio Hunde, von denen zwei zur Musik auf ihren Hinterbeinen liefen, während der dritte mit seiner Schnauze Orangen auffing. Allein das rechtfertige bereits den Eintrittspreis, fanden sie.

Nachdem Mr Gardiner mit ihnen noch die schäumenden Fontänen besichtigt hatte, wurde es allmählich Zeit für das Dinner, und sie begaben sich auf den Weg zu den Logen, in denen das Essen serviert werden sollte. Mr und Mrs Gardiner gingen voran, wobei sie ihre Kinder, die um sie herumtollten, nicht aus den Augen ließen, und Mary und Mr Hayward folgten. Zum Zeitvertreib machte es sich Mr Hayward, der in Hochstimmung war, zur Aufgabe, sich imaginäre Charaktere für die Leute auszudenken, denen sie auf dem überfüllten Weg begegneten.

»Da«, raunte er Mary zu und nickte unauffällig in die Richtung eines übertrieben ausstaffierten Gentlemans, dessen Sonntagsstaat mit jedem Schritt, der die Distanz zu ihnen verringerte, schäbiger wirkte. »Das ist Lord Soundso, ein glückloser Spieler, der von seinen Aussichten lebt, am gänzlich falschen Ende der

Brook Street wohnt und keinen Kammerdiener hat, sondern nur einen ungehobelten Knecht. Heute Abend ist er hier, um nach einer reichen Witwe Ausschau zu halten, die dankbar in seine Arme sinken und ihn mit dem Einkommen ausstatten wird, das ihm seiner Meinung nach zusteht.«

Mary musste lachen, wenn auch ein wenig schuldbewusst. »Also wirklich, Mr Hayward, Sie sollten sich schämen! Ich bin sicher, bei dem Mann handelt es sich um einen höchst respektablen Gentleman.«

»Nicht mit diesem Hut und dieser Weste. Beides deutet auf einen Mann hin, der zu verzweifelten Taten fähig ist. Ganz im Gegensatz zu der großen Familie links von uns, die so viel Getöse macht und, wie ich annehme, genau das ist, was sie zu sein scheint. Provinzler, ihrem Akzent nach aus Somerset, auf ihrer alljährlichen Tour in die Hauptstadt, wo sie auf Schritt und Tritt gnadenlos übervorteilt werden, aber jedes Ärgernis mit größter Gutmütigkeit hinnehmen. Ich glaube, es könnten Verwandte von Squire Allworthy sein. Erinnern sie Sie nicht an ihn?«

»Ich fürchte, ich kenne keine Allworthys. Sind Sie mit ihnen bekannt?«

»Nur durch Mr Fieldings fantastisches Buch. Sie haben *Tom Jones* also nicht gelesen, Miss Bennet?«

»Leider nicht«, gestand Mary, die sich für dieses Versäumnis sogleich ein wenig schämte. »Ich glaube, ich habe Ihnen bereits gesagt, dass ich mit Romanen nicht besonders vertraut bin.«

»Natürlich, aber Fielding nicht zu kennen, wenn Sie so viele andere Dinge wissen! Ihre Lektüre ist wie ein zweibeiniger Hocker, Miss Bennet, in manchen Gebieten überraschend gut, in anderen völlig unzulänglich. Ich sehe schon, wir müssen unseren Lesestoff um ein paar Romane ergänzen.«

Ihr Unbehagen darüber, ihre Wissenslücken aufgedeckt zu

sehen, wich sofort der Freude über seinen Vorschlag, diesen Mangel zu beheben. Bald fühlte Mary sich mutig genug, bei seinem kleinen Spiel mitzumachen, indem sie seine Aufmerksamkeit auf eine Gruppe modisch gekleideter Damen lenkte, die lachend und scherzend auf dem gegenüberliegenden Weg spazierten. »Und welche Geschichte haben Sie für diese Damen bereit, Mr Hayward?«

Er schaute zu der fröhlichen kleinen Schar, nur um von einer der Frauen mit einem kühlen, unverwandten Blick bedacht zu werden. »Ich bin mir nicht sicher, ob es Damen sind, wenigstens nicht solche, die Sie kennen würden.« Er senkte seine Stimme. »Vielmehr Mädchen der Straße, fürchte ich. Die diskreteren dieser Schwesternschaft dürfen in den Gärten lustwandeln, vorausgesetzt, sie wahren den Anstand.«

Mary warf erneut einen schnellen Blick zu den Frauen hinüber, die ohne Eile und ohne jede Verlegenheit weiterschlenderten. »Du lieber Himmel, Sir, ich kann wirklich behaupten, heute Abend einiges von der Welt gesehen zu haben! Wenn Sie es mir nicht gesagt hätten, wäre ich nie auf diese Idee gekommen. Sie sehen so elegant aus.«

»Ich nehme an, sie bewegen sich auf einer der oberen Stufen ihres Gewerbes. In Miss Burneys Buch begegnet Evelina einer ähnlichen Gruppe, erinnern Sie sich?«

»Wieder muss ich Sie enttäuschen. Ich habe zwar versucht, Miss Burneys Bücher zu lesen, es aber nie bis zum Ende geschafft.«

»Das überrascht mich. In vielerlei Hinsicht ist sie genau die richtige Autorin für Sie – mit einem scharfen Verstand, einem ausgeprägten Empfinden für Recht und Unrecht sowie einem großen Interesse an Menschen und ihrem Verhalten. Wenn ich es mir genau überlege, erinnert sie mich stark an Sie.«

»Sie malen ein so strenges Bild von Miss Burney, dass ich mir nicht sicher bin, ob der Vergleich als Kompliment gelten darf.«

»Und ob. Miss Burney ist geistreich und witzig, übrigens der erfreulichste Aspekt ihrer Arbeit.«

»Jetzt weiß ich, dass Sie sich über mich lustig machen. Ich kann mir wirklich nicht vorstellen, womit ich eine solche Beschreibung verdient hätte.«

»Nein, das können Sie wohl nicht«, gab Mr Hayward zurück, »aber ich. Und da Sie es gewohnt sind, Ihr Licht unter den Scheffel zu stellen, betrachte ich es als meine Pflicht, Sie von Zeit zu Zeit an Ihre vortrefflichen Eigenschaften zu erinnern.« Er lächelte sie an, dann gingen sie weiter.

Mary sagte nichts, aber innerlich jubilierte sie. Wie hätte sie nicht glücklich sein können, da Mr Hayward ihr ein Kompliment gemacht hatte? Als sie bei der Loge eintrafen, die Mr Gardiner reserviert hatte, war sie mehr als bereit, sich an allem und jedem zu erfreuen, und wurde nicht enttäuscht. Die geräumige Loge stand ihnen allein zur Verfügung und befand sich in einem Arkadengang, der auf den Hauptplatz der Gärten ging. Von hier aus hatte man Gelegenheit, sich uneingeschränkt einem der größten Vergnügen an diesem Ort hinzugeben – die anderen Besucher zu betrachten, während sie Arm in Arm herumspazierten und sich nichts sehnlicher wünschten, als zu sehen und gesehen zu werden. Nachdem dieser Zeitvertreib an Reiz eingebüßt hatte, gab es die Loge selbst zu bewundern, die mit schönen Wandmalereien geschmückt war.

»Diese hier wurden nach Entwürfen von Mr Hogarth gemalt«, bemerkte Mr Gardiner und beugte sich vor, um das Bild, auf das er gezeigt hatte, näher zu betrachten. »Ich glaube, das ist *The Milkmaid's Garland*. Es muss älter als ich sein und hat durch den Zahn der Zeit und durch die Dummheit der Leute stark gelitten – sie fassen es einfach an, noch dazu oft mit fettigen Fingern –, aber ihr müsst zugeben, dass die Darstellungen noch immer sehr schön sind.«

Mr Gardiner war so klug gewesen, dem Oberkellner bereits im Vorfeld ein großzügiges Trinkgeld zu geben, um sicherzustellen, dass ihr Mahl sich nicht durch die berüchtigt dürftigen Portionen auszeichnete. Infolgedessen waren die Schinkenscheiben, die ihnen serviert wurden, dick und saftig, die Hühnchen groß und goldbraun und die Johannisbeertorte, die als Nachtisch folgte, üppig mit Schlagsahne verziert. Kurz und gut, dank Mr Gardiners Voraussicht und Großzügigkeit ließ ihr Abendessen nichts zu wünschen übrig, und alle waren satt und zufrieden, als schließlich der letzte Teller abgeräumt wurde. Mittlerweile war es dunkel geworden, und Mr Gardiner zückte seine Uhr.

»Wenn ich mich nicht irre, werden wir gleich Zeugen eines bemerkenswerten Schauspiels«, sagte er zu seiner Frau.

Als eine Uhr neun schlug, ertönte ein lautes Pfeifen, und alle Lichter in den Gärten erstrahlten gleichzeitig. Die kleinen Wachskerzen in den Bäumen, die großen Lampen an den Wegen, alle waren im selben Moment entzündet worden. Laute des Staunens ertönten, und die erfolgreiche Durchführung dieses Unterfangens, das selbst den anspruchsvollsten Besucher beeindrucken musste, wurde mit einer Woge des Beifalls belohnt.

»Das passiert so jeden Abend«, sagte Mr Gardiner, der immer hochzufrieden war, wenn eine komplizierte Aufgabe gut bewältigt wurde. »Anscheinend hat es noch immer geklappt.«

Mr Hayward begann, Mary zu erklären, wie dieses Kunststück bewerkstelligt wurde, nämlich mithilfe von Zündschnüren und einer äußerst exakten Zeitkontrolle. Sie lauschte mit großem Interesse und blickte nur kurz auf, um an ihrem Kaffee zu nippen, als ihr ein junger Mann auffiel, der zielstrebig ihre Loge ansteuerte.

Als er vor ihnen stand, rief er mit der Vertrautheit alter Freunde: »Dachte ich's mir doch, Tom, dass du es bist! Ich hatte dich schon von Weitem erspäht und rief zehn Minuten lang deinen Namen. Schließlich sah ich mich gezwungen, meine Gesellschaft im Stich zu lassen und zu dir zu eilen.«

Mr Hayward erhob sich und schüttelte dem anderen lächelnd die Hand, der erwartungsvoll in die Runde blickte.

»Darf ich Ihnen meinen Freund Mr William Ryder vorstellen? Wir haben vor einigen Jahren zusammen studiert. Mr Ryder: Mr und Mrs Gardiner, diverse kleine Gardiners und Miss Bennet.«

Während Mr Hayward die Anwesenden vorstellte, machte Mr Ryder vor jedem eine Verbeugung, auch vor den Kindern, die hinter vorgehaltenen Händen kicherten. Daraufhin verbeugte er sich noch einmal schwungvoll und zwinkerte ihnen vergnügt zu, was wie beabsichtigt weiteres entzücktes Gelächter hervorrief. Ohne sich davon aus der Fassung bringen zu lassen, wandte er sich anschließend an den Rest der Tischgesellschaft.

»Ich bitte um Entschuldigung, falls ich störe. Ich hoffe, Sie werden mir verzeihen, dass ich einfach in Ihre Privatsphäre eindringe, aber Ihr kleiner Kreis sah zu einladend aus, sodass ich einfach nicht widerstehen konnte.«

»Wir freuen uns immer, einen Freund von Mr Hayward kennenzulernen«, erwiderte Mr Gardiner. »Wollen Sie nicht ein Glas Wein mit uns trinken? Wir werden allerdings nicht mehr lange bleiben. Die Lichter sind entzündet worden, für Familien ist es also ratsam, sich bald auf den Heimweg zu machen.«

Wie es schien, hatte Mr Ryder ganz und gar nichts gegen etwas Wein einzuwenden, und binnen Kürze saß er in ihrer Runde, vor sich ein Glas, dessen Inhalt rapide dahinschwand, und plauderte auf die lebhafteste Weise. Innerhalb einer Viertelstunde hatten seine Gastgeber erfahren, dass er die letzten Monate auf dem

Land verbracht hatte, gewöhnlich in der Brook Street lebte – bei dieser Erwähnung konnte Mary nicht umhin, verstohlen zu Mr Hayward zu spähen, der ernst nickte – und oft und gern die Vauxhall Gardens besuchte. Sein Redefluss gab anderen zwar wenig Gelegenheit, ihn zu unterbrechen, war aber so angenehm und gefällig, dass er es nicht verfehlte, sich bei seinen Zuhörern beliebt zu machen. Und so dauerte es nicht lange, bis Mr Ryder sich für die kommende Woche eine Einladung zum Tee in der Gracechurch Street gesichert hatte. Er schickte sich gerade an zu gehen, als in der Nähe sein Name gerufen wurde.

Mary hob den Kopf. Diese Stimme kannte sie doch! Auf dem Weg stand Caroline Bingley und starrte mit nahezu unverhüllter Feindseligkeit in Richtung der Loge der Gardiners. Als ihre Blicke einander begegneten, gestattete sich Miss Bingley anstelle einer Begrüßung ein kühles Nicken. Neben ihr standen ihre Schwester Mrs Hurst und deren Mann, und keiner der beiden wirkte erfreut.

»Ah, wie ich sehe, verlangt man nach mir«, murmelte Mr Ryder. Er verabschiedete sich und wurde von seinen Freunden rasch davongeführt.

Miss Bingley warf dabei noch ihren Kopf in den Nacken, um unmissverständlich kundzutun, was sie davon hielt, auf diese Art und Weise im Stich gelassen worden zu sein. Ihre unfreundliche Geste durfte zweifellos als Affront von allen Mitgliedern der kleinen Gruppe aufgefasst werden, aber Mary wurde das Gefühl nicht los, dass sie im Besonderen ihr selbst galt.

»Was für ein Zufall, Miss Bingley hier wiederzusehen«, bemerkte Mrs Gardiner, als sie ihre Loge verließen. »Es war recht unmanierlich von ihr, sich so abweisend zu geben, insbesondere wenn man bedenkt, dass sie bereits Gast in unserem Haus war. Es überrascht mich freilich nicht.«

Sie wirkte so, als würde sie sich gerne weiter über dieses Thema auslassen. Aber es war nicht zu übersehen, dass Mr Gardiner schon öfter Gelegenheit gehabt hatte, sich eine Auflistung von Miss Bingleys Fehlern anzuhören, und bei aller Liebe zu seiner Frau nicht gewillt war, eine weitere über sich ergehen zu lassen.

»Dein Freund ist wirklich recht gesprächig«, sagte er schnell zu Mr Hayward, um das Thema zu wechseln. »Eine Eigenschaft, die ihm in seinem Beruf sicherlich nicht zum Nachteil gereicht, oder?«

»Das könnte sich wohl so verhalten, hätte er sein Studium denn abgeschlossen«, antwortete Mr Hayward. »Aber er hat nicht durchgehalten, und ich glaube auch nicht, dass es Ryder in die Wiege gelegt wurde, Rechtsanwalt zu werden.«

»Und wovon lebt er?«, wollte Mrs Gardiner wissen.

»Er verfügt über ein privates Einkommen. Außerdem gibt es da eine Tante in Kent, eine Dame von hohem Rang, die ihm eine Apanage zahlt, welche es ihm ermöglicht, so zu leben, wie er will.«

»Sagen Sie, Sir, ist Mr Ryders Wohltäterin zufällig Lady Catherine de Bourgh?«, fragte Mary, in deren Kopf sich auf einmal einzelne Stücke eines Puzzles zu einem Ganzen zusammenfügten. »Meine Schwester Elizabeth ist durch ihre Heirat mit ihr verwandt, und sie ist Freunden von mir gut bekannt. Ob Mr Ryder dadurch Miss Bingley kennengelernt hat? Wenn er ein Liebling von Lady Catherine ist, könnten sie sich bei Familienzusammenkünften in Derbyshire begegnet sein.«

»Das mag wohl der Name seiner Gönnerin sein«, erwiderte Mr Hayward, »aber sicher bin ich mir nicht.«

Mary wollte schon weiter nachfragen, aber dann wurde ihr bewusst, dass sie die unheilvolle Präsenz Lady Catherines durch eine erneute Erwähnung nicht in ihrer fröhlichen Runde heraufbeschwören wollte.

Nun, da es dunkel geworden war, veränderte sich die Atmosphäre in den Gärten auf eine Art, die für die Anwesenheit von Familien ganz und gar nicht geeignet war. Es waren mehr junge Männer als zuvor unterwegs, und die hübschen Dämchen mit den kecken Augen, deren Profession Mary jetzt voll und ganz begriff, paradierten nun mit unmissverständlichen Absichten durch die Kolonnaden. Es war Zeit für die Gardiners aufzubrechen, und als sie auf den gewundenen und von Tausenden winzigen Lichtern erhellten Pfaden zu ihrer Kutsche zurückgingen, fand sich Mary erneut an Mr Haywards Seite wieder. Nur in seiner Anwesenheit hatte sie das Gefühl, ihrer Neugier bezüglich seiner Freundschaft mit Mr Ryder nachgeben zu können.

»Wenn Mr Ryder und Sie nicht mehr das gemeinsame Interesse an der Rechtsprechung verbindet, was macht dann Ihre Freundschaft aus?«

Mr Hayward warf ihr einen seltsamen Blick zu. »Sie stellen wahrlich die ungewöhnlichsten Fragen!«

»Sie haben vorhin angedeutet, ich hätte Interesse an der menschlichen Natur, und jetzt versuche ich nur, mein Wissen zu erweitern.«

Er wandte das Gesicht ab, um seine Heiterkeit zu verbergen. »Ich bin mir nicht sicher, ob ich es Ihnen sagen soll. Vermutlich werden Sie mich auslachen.«

»Ganz gewiss nicht.«

»Nun denn. Um die Wahrheit zu sagen, war es die Dichtkunst, die uns zusammengeführt hat. Als Studenten haben wir unermüdlich alles gelesen, was uns in die Finger kam, um uns von der ermüdenden Last des Delikt- und des Fallrechts abzulenken. Ich glaube, es war meine Leidenschaft, die sein Interesse daran weckte«, fuhr Mr Hayward fort. »Damals bedeutete mir Poesie sogar noch mehr als heute, wenn so etwas überhaupt vorstellbar ist.

Aber manchmal frage ich mich, ob ich Ryder einen guten Dienst erwiesen habe, als ich ihn ermutigte, meine Hingabe zu teilen. Ich zweifle daran, dass ihm dieser Rat gutgetan hat.«

Die Nachtluft wurde spürbar kühler und feuchter. Mary schlang ihren Mantel enger um sich und setzte ihre Schritte vorsichtig, um zu vermeiden, versehentlich ins nasse Gras zu treten.

»Ich verstehe nicht recht. Inwiefern hätte es Mr Ryder schaden können, etwas kennenzulernen, zu dem er später eine Liebe entwickelte?«

»Für einen Charakter wie den meinen, der, wie ich glaube, grundsätzlich ruhig und beständig ist, war die Poesie wie ein gewaltiger, ohrenbetäubender Donnerschlag«, erwiderte Mr Hayward. »Sie erweckte mich gewissermaßen und machte mich auf Gefühle aufmerksam, von denen ich nicht wusste, dass ich sie hatte – und schon gar nicht hatte ich die Worte, um sie zu beschreiben. Ich bezweifle nicht, dass alles, was mich die Dichtkunst lehrte, einen besseren Menschen aus mir gemacht hat. Ohne sie wäre ich wohl recht langweilig.«

Sie könnten nie langweilig sein, dachte Mary liebevoll. *Noch nie habe ich jemanden kennengelernt, auf den dieses Attribut weniger zutrifft als auf Sie.*

»Aber ich glaube, auf Ryder hatte die Dichtkunst eine ganz andere Wirkung«, fuhr Mr Hayward fort. »Er war schon immer lebhaft und unbeständig. Er bedurfte keiner weiteren Ermunterung, seine Gefühle auszuleben. Er hat sich selbst nie Einhalt geboten, nie innegehalten und versucht, in aller Ruhe darüber nachzudenken, was er will. Bei ihm besaß das Herz schon immer mehr Gewicht als der Kopf. Ich fürchte, die Gedichte, die wir beide gelesen haben, haben diese Neigung nur noch verstärkt, und das mit einem Ergebnis, das nicht unbedingt wünschenswert war.«

Eine Weile gingen sie schweigend weiter, bevor Mary wieder sprach. »Das scheint mir eine zu große Verantwortung zu sein, die Sie der Dichtkunst anlasten wollen. Wenn Mr Ryder nur genötigt gewesen wäre, einen Beruf auszuüben, irgendeiner sinnvollen Betätigung nachzugehen, hätte er mit Sicherheit andere Gewohnheiten entwickelt.«

»Das habe ich mir auch oft gedacht«, stimmte Mr Hayward ihr zu. »Die Annehmlichkeiten der Umstände, in denen er lebt, haben sich vielleicht nicht allzu günstig ausgewirkt. Die Welt hat ihm großzügig alles zur Verfügung gestellt, was er sich wünscht, sodass er sich nie sonderlich anstrengen musste. Er ist es gewohnt zu bekommen, was er will, indem er einfach darum bittet – obwohl ich zugeben muss, dass er seine Bitten immer auf höchst charmante Art vorträgt und es ein Vergnügen zu sein scheint, ihm einen Gefallen zu erweisen.«

Sie näherten sich jetzt dem Ausgang, und Mary konnte trotz der Dunkelheit die vielen Besucher sehen, die hinaus auf die Straße und zu den wartenden Kutschen strömten.

Plötzlich blieb Mr Hayward stehen. »Ich gestehe, ich schäme mich, wenn ich höre, wie ich in einer so unschönen, kleinlichen Art und Weise über einen Freund spreche. Ich weiß nicht, was mich bewogen hat, etwas Derartiges zu sagen. Zu meiner Verteidigung kann ich nur anführen, dass ich zu Ihnen mit einer Offenheit spreche, die ich sonst niemandem gegenüber an den Tag lege. Mir fällt es sehr leicht – möglicherweise zu leicht –, Ihnen anzuvertrauen, was in mir vorgeht. Ich hoffe, Sie machen es mir nicht zum Vorwurf.«

»Das könnte ich nie, Mr Hayward.«

»Außerdem habe ich wirklich ein sehr einseitiges Bild von Ryder gezeichnet. Seine Natur ist großzügig, und es ist nicht ein Funken Bösartigkeit in ihm.«

»Das höre ich gern«, erwiderte Mary, dachte allerdings ganz und gar nicht an Mr Ryder, sondern nur an dessen Freund. Als sie nebeneinander unter den Bäumen standen, sehnte sie sich danach, ihren Arm auszustrecken und seine Hand zu nehmen. Einen Herzschlag lang glaubte sie, er wäre im Begriff, das zu tun, was sie nicht konnte, aber genau in diesem Moment kam ihre Tante zu ihnen geeilt. Mr Gardiner habe ihre Kutsche gefunden, und wolle Mr Hayward nicht mit ihnen zurückfahren?

Kapitel 60

Einige Tage später stellte sich Mr Ryder in der Gracechurch Street ein, um die ihm versprochene Tasse Tee zu trinken. Mary hatte nicht gedacht, dass er so prompt erscheinen würde, aber da saß er nun auf Mrs Gardiners Sofa und genoss ihren besten chinesischen Tee. Er war so groß wie Mr Hayward, aber nicht dunkelhaarig wie sein Freund, sondern blond, mit wachen Augen und ausdrucksstarkem Gesicht. Insgesamt verströmte er so viel gute Laune, dass er in dem hübschen Salon überdurchschnittlich viel Platz in Anspruch zu nehmen schien. Er gab sich völlig unbefangen, beglückwünschte Mrs Gardiner zu ihrem exzellenten Geschmack, was den Tee betraf, ebenso wie zu den Vorzügen eines Fensters, das direkt auf die Straße ging, wo man der menschlichen Natur in all ihren Erscheinungsformen ansichtig werden konnte.

»Nicht in *jeder* Erscheinungsform, so hoffe ich doch«, entgegnete Mrs Gardiner. »Wir befinden uns hier schließlich in einer der besseren Gegenden der Stadt.«

»Gewiss, Ma'am, aber wer kann schon sagen, welches Ausmaß an Emotionen sich hinter den seriösesten Mienen selbst der achtbarsten Bürger verbergen mag? Der Kaufmann kann genauso tief empfinden wie der Dichter, auch wenn seine Gesichtszüge es nicht enthüllen mögen.«

Mrs Gardiner bestätigte ein wenig zögernd, das sei wohl möglich, und versprach, in Zukunft die Physiognomie der Passanten eingehender zu studieren.

Mary schenkte ihnen Tee nach. »Mr Hayward hat uns erzählt, dass Sie seine Leidenschaft für die Poesie teilen, Sir«, sagte sie dann.

»So ist es. Wir haben zusammen die Liebe zur Dichtung entdeckt, als wir noch über unseren Gesetzesbüchern brüteten. Manchmal glaube ich, das allein hat mich davon abgehalten, mich meiner selbst zu entledigen.«

»Also wirklich, Mr Ryder!«, protestierte Mrs Gardiner.

»Na ja, vielleicht übertreibe ich ein wenig.«

»Haben Sie die Rechtswissenschaften denn als derart quälend empfunden?«, fragte Mary.

»Ich fürchte, so war es. Ein Temperament wie das meine eignet sich nicht für eine derart trockene Materie.«

»Wie ich höre, erlauben Ihre Umstände es Ihnen, nicht auf eine geregelte Tätigkeit angewiesen zu sein«, bemerkte Mrs Gardiner.

»Dem ist so, wie ich zu meiner Freude sagen kann. Ich bin in der glücklichen Lage, über meine Zeit frei verfügen zu können, und wenn ich sehe, wie hart Tom arbeitet, weiß ich mein Glück voll und ganz zu schätzen. Nun, Miss Bennet, ich glaube, jetzt ist es an mir, ein bisschen über Sie zu erfahren. Hayward sagt, Sie seien eine eifrige Leserin ernsthafter Bücher. Erzählen Sie mir bitte, welche Sie am liebsten mögen, und warum.« Er setzte seine Tasse ab, verschränkte die Arme vor der Brust und wartete.

Mary, die nicht damit gerechnet hatte, in dieser Weise verhört zu werden, wurde unter seinem erwartungsvollen Blick ein wenig nervös. »Meine Lieblingsbücher … also, das ist eine schwerlich zu beantwortende Frage. Ich werde immer die allergrößte Wertschätzung für Mrs Macaulay haben. Für Mr Hume natürlich auch. Ich mag geschichtliche Werke und einige der Philosophen.

Und gerade habe ich mit einer neuen Lektüre begonnen, mit Mr Godwins *Political Justice*. Ich hielt es für eine gute Idee, ein Buch zu lesen, das erst vor Kurzem erschienen ist und somit von unserer Zeit spricht.«

»Sind Sie etwa eine Radikale, Miss Bennet? Nach allem, was ich gehört habe, ist es ein äußerst gefährliches und revolutionäres Buch.«

Mary, die nicht gewillt war, auf seinen scherzhaften Ton einzugehen, wandte sich ab und rückte das Geschirr auf dem Teetablett zurecht. »Das ist der Ruf, in dem es steht, aber tatsächlich ist es ein sehr nüchternes, gut durchdachtes Werk«, sagte sie und goss heißes Wasser in die Teekanne. »In ihm finden sich einige sehr interessante Gedanken darüber, wie die Beziehungen zwischen Männern und Frauen verbessert werden könnten, wenn die Gesellschaft denn generell zu einem rationaleren Verhalten fände.« Mr Ryders spöttischer bis gönnerhafter Ton hatte sie geärgert, dennoch hoffte sie, dass ihre Antwort nicht zu gestelzt geklungen hatte.

Ihr Gast wirkte jedoch nicht im Geringsten pikiert. »Ich fürchte, Mr Godwins Buch ist mir erheblich zu lang«, erwiderte er und hielt ihr seine Tasse hin. »Kurze Werke liegen meiner Natur eher. Und ich habe sehr wenig Zeit für Philosophien, die allein auf dem Verstand gründen, insbesondere dann, wenn sie versuchen wollen, die Beziehungen zwischen den Geschlechtern zu reformieren. Im Verhältnis zwischen Mann und Frau sollte nur das Herz sprechen, nicht die Vernunft.«

»Und ich fürchte, das macht aus Ihnen einen ebenso großen Feind der guten Gesellschaft wie Mr Godwin«, bemerkte Mrs Gardiner. »Wenn Regeln nur darin bestehen, was wir zu einem bestimmten Zeitpunkt fühlen, kann das Resultat nichts anderes als Anarchie sein.«

»Das ist natürlich ein Standpunkt«, stimmte Mr Ryder ihr freundlich zu, ließ aber durchblicken, dass es nicht der seine war. »Es gibt jedoch noch viele andere, die eine derartige Veränderung nicht nur willkommen heißen, sondern sie sogar mit offenen Armen empfangen würden, um eine neue Ära längst überfälliger Freiheit einzuleiten. Ich persönlich bin durchaus dafür, die abgenutzten alten Regeln abzuschaffen, die die natürlichen Bekundungen unseres Seelenlebens einschränken, und sie durch die Freiheit zu ersetzen, unseren Neigungen zu folgen, wie und wann es uns gefällt.«

»Ich denke, Sie werden feststellen, Mr Ryder«, fiel Mrs Gardiner ihm ins Wort, »dass diese Form von Freiheit im Allgemeinen von Männern in Anspruch genommen wird, während die Konsequenzen von den Frauen getragen werden – in vielen Fällen buchstäblich. So, und wenn wir jetzt nicht das Thema wechseln, werde ich erklären müssen, dass mein Anstandsgefühl durch unsere Unterhaltung verletzt wird, und die Glocke läuten. Also?«

Mit einem amüsierten Blick zu Mary, den sie geflissentlich ignorierte, stimmte Mr Ryder bereitwillig zu, entschuldigte sich, falls er etwas Falsches gesagt haben sollte, und behauptete fröhlich, sich liebend gern einem anderen Thema zuzuwenden. Mary konnte nicht umhin, den Charme zu bewundern, mit dem ihm die Überleitung gelang, denn schon bald waren sie in ein Gespräch vertieft, das für den Teetisch weitaus besser geeignet war als das vorherige. Mary und ihre Tante erfuhren, dass Mr Ryder tatsächlich ein Verwandter von Lady Catherine de Bourgh war und Miss Bingley auf Rosings, ihrem Landsitz in Kent, kennengelernt hatte. Mittlerweile wusste er, dass sie und Miss Bennet durch Heirat miteinander verwandt waren. Mary gefiel die Vorstellung gar nicht, welchen Genuss es Caroline Bingley bereitet haben musste, ihm detailliert die weniger erfreulichen Ereignisse in der jüngeren Familiengeschichte der Bennets zu schildern. Andererseits, dachte sie sich, wenn Mr Ryder denn tatsächlich so sehr dafür eintrat, den Leidenschaften zu folgen, würde er es vielleicht nicht einmal besonders anstößig finden, dass Lydia mit Mr Wickham durchgebrannt war.

Der Besuch verlief sehr angenehm, bis es sich für Mr Ryder schickte, Lebewohl zu sagen. Er wusste genau, wann dieser Moment gekommen war, und brach auf, bevor es notwendig gewesen wäre, ihn taktvoll darauf hinzuweisen, dass er sich nun lieber verabschieden sollte.

Mrs Gardiner ließ sich in ihren Sessel zurücksinken, legte ihre Füße auf das Sofa gegenüber und stieß einen tiefen Seufzer der Erleichterung aus. »Der Himmel bewahre mich vor wilden jungen Männern mit gefährlichen Ideen!«

»Finden Sie ihn denn wirklich wild oder gefährlich?«, fragte Mary. »Ich gebe zu, seine Gedanken über Männer und Frauen sind ein wenig unorthodox, aber darüber hinaus war an ihm nichts auszusetzen. Und Mr Hayward sagt, er habe ein gutes Herz.«

»Dass er ein angenehmer Gesellschafter ist und ein gutes Herz haben soll, was ich ihm keineswegs absprechen will, macht ihn für eine leicht zu beeindruckende junge Frau eher zu einem größeren als kleineren Risiko. Und natürlich sieht er sehr gut aus, wenn man gegen eine etwas breitere Statur nichts einzuwenden hat.«

»Ich könnte nicht behaupten, dass ich seinem Aussehen viel Beachtung geschenkt hätte.«

»Wenn dem so ist, höre ich es gern. Aber ich glaube, er hat deines sehr wohl zur Kenntnis genommen.«

Mary war ehrlich überrascht und setzte ihre Tasse ab. »Mein Aussehen? Was meinen Sie damit? Daran ist schließlich nichts Bemerkenswertes.«

»Wenn das einmal so war, so hat sich das geändert. Du bist hübsch ausstaffiert, siehst überaus ansprechend aus und lächelst viel häufiger als früher. Man könnte sagen, du bist in letzter Zeit geradezu aufgeblüht.«

Mary war erfreut und verlegen zugleich wegen dieser Bemerkung, und da sie nicht wollte, dass ihre Tante ihr die eine oder andere dieser Empfindungen ansah, starrte sie auf ihre Schuhspitzen. »Ich weiß nicht, was ich sagen soll.«

»Ich hoffe, du fasst es als Kompliment auf, denn so habe ich es gemeint. Aber«, Mrs Gardiner wurde ernst und beugte sich zu Mary vor, »ich bitte dich, bei Mr Ryder ein wenig auf der Hut zu sein. Eine etwas naive junge Frau wie du kann sehr anziehend auf einen jungen Mann wirken, der sich einbildet, über den Gesetzen zu stehen, die für den Rest von uns maßgeblich sind. Mag sein, dass er ohne Arg ist, aber wahre die Distanz zu ihm. Insbesondere, weil es da einen anderen jungen Mann gibt, der sehr viel mehr wert ist.«

Mary hatte schon vor einer ganzen Weile beschlossen, nie mehr zu erröten, weil es ihr als Zeichen von Schwäche erschien. Aber jetzt spürte sie, wie sie unter dem milden Lächeln ihrer Tante rot wurde. Mrs Gardiner wartete schweigend, ob Mary sich zu ihrer Bemerkung äußern würde, aber als sie merkte, dass ihre Nichte dazu anscheinend nicht bereit war, sprach sie munter weiter, als wäre nichts geschehen.

»So, damit ist meine kleine Predigt auch schon zu Ende. Und denk dran, ich habe das gerade eben nur aus Zuneigung zu dir gesagt.«

Kapitel 61

Eine Woche lang ließen sich weder Mr Hayward noch Mr Ryder in der Gracechurch Street blicken. Mr Hayward musste sich um eine besonders komplizierte berufliche Angelegenheit kümmern und ließ seinen Freunden ausrichten, er müsse auf ihre Gesellschaft verzichten, bis die Sache erledigt sei. Mr Ryder hingegen war schlichtweg unterwegs, mal hier, mal da, und mit all den kleinen Verpflichtungen und Vergnügungen beschäftigt, die seine Tage ausfüllten. Einmal traf Mary ihn zu ihrer Überraschung auf einem ihrer regelmäßigen Spaziergänge in der City. Sie hatte beschlossen, den Vormittag damit zu verbringen, die St. Paul's Cathedral zu erkunden, und stand gerade staunend vor dem hoch aufragenden Gebäude mit der gewaltigen Kuppel, als sie neben sich eine Stimme vernahm.

»Miss Bennet! Wie reizend, Sie hier anzutreffen! Offensichtlich sind Sie genau wie ich ein Verehrer schöner Bauwerke.«

Mr Ryder trat zu ihr und blickte hingerissen in den klaren blauen Himmel, wo ein für die Jahreszeit ungewöhnlich scharfer Wind einige weiße Wolken jagte. Mary war gezwungen, ihren Hut festzuhalten und zu hoffen, dass die vielen Nadeln, die sie an diesem Morgen in ihr Haar gesteckt hatte, ihre Kopfbedeckung an Ort und Stelle halten würden – wenigstens eine Weile.

»Ein überwältigender Anblick, nicht wahr?«, schwärmte er. »Ich liebe ihn ganz besonders. Als ich feststellen musste, dass keiner meiner Freunde die Kathedrale je besichtigt hat – stellen Sie sich das bloß vor, Miss Bennet, wenn Sie es denn können –, war ich schlichtweg entsetzt. Es blieb mir nichts anderes übrig, als diesem bedauerlichen Versäumnis mit aller zu Gebote stehenden Eile abzuhelfen. Also nichts wie hinein in eine Kutsche, und da sind wir nun! Meine Bekannten müssen bald wieder zurück sein, und ich bin mir sicher, Sie, liebe Miss Bennet, werden entzückt sein, sie zu sehen, zumal sie Ihnen schon bestens bekannt sind.«

Mary sank der Mut, und es dauerte nicht lang, bis sich ihre böse Vorahnung bestätigte. Zwei Damen, auch sie um den festen Sitz ihrer Hüte besorgt, kamen die Treppenstufen, die zum Eingang der Kathedrale führten, hinuntergeschlendert, und gleich darauf fand sich Mary erneut in der Rolle der unwilligen Empfängerin von Miss Bingleys und Mrs Hursts frostiger Begrüßung wieder.

»Wie schade, dass wir uns Ihnen unlängst in Vauxhall nicht anschließen konnten«, begann Miss Bingley honigsüß. »Aber wir hatten an diesem Abend noch eine andere Verpflichtung. Zudem fürchte ich, dass wir die begrenzten Attraktionen, die die Gärten zu bieten haben, bereits genossen hatten. Aber Ihre kleine Gesellschaft wirkte ganz zufrieden.«

»Ich habe schon oft beobachtet«, warf Mrs Hurst ein, »dass gerade Leute aus der City Vauxhall mögen. Auch Sie und Ihre Gesellschaft schienen sich dort sehr wohlzufühlen.«

Mary verzichtete darauf, die kleinen Sticheleien der beiden Damen zur Kenntnis zu nehmen. »Sie haben recht mit Ihrer Beobachtung«, sagte sie einfach. »Der Besuch hat uns großen Spaß gemacht.«

»Und nichts anderes hätte ich erwartet«, sagte Miss Bingley. Sie wandte sich zu Mr Ryder um, der den von Säulen getragenen Portikus der Westfront betrachtete, und berührte ihn mit ihrer behandschuhten Hand leicht am Ärmel. »Wenn Mr Hurst sich auch noch zu uns gesellt hat, wird es allmählich Zeit zu gehen.«

»Ich glaube nicht, dass wir in Eile sind«, entgegnete Mr Ryder. »Außerdem brenne ich darauf, Miss Bennets Gedanken zu diesem Gebäude zu hören. Kommen Sie, erzählen Sie uns, welche Eindrücke St. Paul's bei Ihnen hinterlässt.«

Mary dachte nach. Was für eine Antwort sie auch gab, sie würde bei Miss Bingley mit Sicherheit eine höhnische Bemerkung hervorrufen. Vielleicht sollte sie gar nichts sagen oder sich auf die banalsten Allgemeinplätze beschränken und einfach hoffen, dadurch der Verachtung der Dame zu entgehen. Doch zu ihrer Überraschung bemerkte sie, dass sie nicht geneigt war, sich von ihr einschüchtern zu lassen. Sie würde aussprechen, was sie dachte. Sollte Miss Bingley daraus machen, was ihr beliebte.

»Es ist zweifellos ein prachtvolles Bauwerk«, begann sie, »und niemand, der es sieht, könnte unbeeindruckt von ihm bleiben. Dennoch kann ich mich des Gefühls nicht erwehren, dass es eine gewisse Kälte ausstrahlt. Es wurde errichtet, um bewundert, nicht, um geliebt zu werden. Ich ziehe Westminster Abbey vor. Natürlich ist die Abtei ein im Laufe der Jahrhunderte gewachsenes Sammelsurium, ein wahres Flickwerk verschiedener Stilrichtungen, dennoch muss ich gestehen, dass sie mich zutiefst berührt hat. Ein ähnliches Gefühl hat sich hier nicht bei mir eingestellt, sosehr ich es mir auch gewünscht habe.«

»Höchst bedauerlich für St. Paul's«, murmelte Caroline Bingley, »dass die Kathedrale nicht Ihren Beifall findet. Ich persönlich denke, sie ist ungewöhnlich schön. Aber ich könnte nicht von mir behaupten, von diesen Dingen etwas zu verstehen.«

Sie warf Mr Ryder von der Seite einen Blick zu, aber er schien sie nicht gehört zu haben, denn es war Mary, nicht Miss Bingley, an die er sich wandte.

»Ich kann durchaus verstehen, dass die klassischen Linien nicht jedermanns Sache sind. Aber es überrascht mich, dass ausgerechnet Sie sich für den gotischen Charme der Abtei starkmachen. Ich hätte gedacht, die Strenge von St. Paul's wäre weit eher nach Ihrem Geschmack.«

»Früher wäre es tatsächlich so gewesen. Aber es ist nicht wirklich sinnvoll, unseren Geschmack auf das zu beschränken, was wir schon kennen. Mir liegt vielmehr daran, alles zu würdigen, was ansprechend und interessant ist, wo auch immer man es finden mag.«

»Wie überaus faszinierend«, bemerkte Miss Bingley. »Ich hoffe, Sie versäumen nicht, all Ihren Freunden die Resultate Ihrer Reflexionen mitzuteilen.«

»Ich bin ganz Ihrer Meinung, Miss Bennet«, stimmte Mr Ryder Mary zu, indem er Miss Bingley erneut ignorierte. »Wir sollten unsere Wertschätzung immer aufrichtig zeigen, selbst wenn sie von gänzlich überraschenden Gegenständen inspiriert wird.«

Der Wind fegte über die Stufen der Kathedrale und ließ die Bänder, die Miss Bingleys Hut hielten, in alle Richtungen flattern und deren Unmut wachsen.

»Also wirklich, wo bleibt Mr Hurst nur? Ich hatte ja keine Ahnung, dass er sich so für Kirchenarchitektur interessiert. Er wird wohl einen Küster gefunden haben, der ihm einen Humpen Bier gebracht hat. Komm, Schwester, wir werden ihn suchen, sonst müssen wir womöglich noch ewig hier stehen. Einen guten Tag noch, Miss Bennet.« Sie bedachte Mary zum Abschied mit einem kurzen Nicken und rauschte davon, Mrs Hurst in ihrem Kielwasser.

»Wie es scheint, muss ich Sie nun ebenfalls verlassen!«, rief Mr Ryder Mary zu, während er den beiden schon hinterhereilte.

»Aber ich hoffe, recht bald wieder das Vergnügen Ihrer Gesellschaft zu haben.«

Mary beobachtete die kleine Gruppe, die zur Kathedrale zurückhastete. Aus jedem ihrer Schritte sprach Miss Bingleys Verstimmung, und Mary ertappte sich bei dem Wunsch, Mr Hurst möge tatsächlich einem Bier zugesprochen haben. Vielleicht würde es ihm so leichter fallen, das volle Ausmaß des Ingrimms seiner Schwägerin zu ertragen, der sich mit Sicherheit über ihn ergießen würde.

Während sie in forschem Tempo zur Gracechurch Street zurückging, stellte Mary fest, dass ihre Gedanken zu Mr Ryder und seinem Charme gewandert waren. Jetzt begriff sie, was Mrs Gardiner gemeint hatte, als sie sie vor ein paar Tagen vor ihm warnte. Es war etwas sehr Anziehendes an einem Mann, der einem seine ungeteilte Aufmerksamkeit schenkte, und es war schier unmöglich, in dessen Gegenwart nicht aus sich herauszugehen, wenn er sich mit jedem Anzeichen von Aufrichtigkeit nach der eigenen Meinung erkundigte. Innerlich musste sie bei dem Gedanken lachen. Aber würde eine solche Aufmerksamkeit jeder Frau schmeicheln, oder waren nur weibliche Wesen wie sie selbst, die gern und viel lasen, dafür empfänglich? Sie vermutete, dass ein Mann wie Mr Ryder nur zu gut wusste, wie man sich angenehm gab, und sein Benehmen an die unterschiedlichsten Temperamente und Neigungen anpasste.

Aber eigentlich, fand Mary, als sie über die Cheapside ging, war der letzte Gedanke kleinlich. Er unterstellte Mr Ryder eine gewisse Berechnung, und je mehr sie darüber nachdachte, desto sicherer war sie, dass eine solche seinem Verhalten nicht vorausging. Sie wusste, dass sie wenig Ahnung davon hatte, wie die Welt funktionierte, aber sie erkannte in seiner Aufmerksamkeit nicht die wohlüberlegte Schmeichelei eines geübten Verführers.

Nein. Mr Ryder war liebenswürdig, aber nicht etwa, weil er dunkle Zwecke verfolgte, sondern einfach, weil er so und nicht anders war. Sein Charme war keine Waffe, die er zu seinem Vorteil einsetzte, sondern ein grundlegender Charakterzug. Er hatte es gern, wenn andere glücklich waren, und wusste intuitiv, wie sich das bewerkstelligen ließ. Und wenn das alles darin resultierte, dass man ihm mit Nachsicht und Zuneigung begegnete … nun, dann war ihm das schwerlich zur Last zu legen.

Mary konnte sehr gut verstehen, dass man Mr Ryders Charme leicht erliegen konnte, und beglückwünschte sich, gegen eine derartige Gefahr gefeit zu sein. Sie würde Mr Ryder nie in Betracht ziehen, solange es Mr Hayward gab. Er war seinem Freund in jeder Hinsicht überlegen. Miss Bingley, fand sie, könne ihn ruhig haben. Denn selbst im Verlauf dieser kurzen Begegnung war offensichtlich geworden, dass sie Mr Ryder als ihren höchstpersönlichen Besitz betrachtete. Ob diese Einstellung auf ihrer Wertschätzung seiner anziehenden Persönlichkeit oder dem Wissen gründete, dass er überaus gut versorgt war, wusste Mary nicht. Jedenfalls war nicht zu übersehen, dass Caroline Bingley ihm genauso hartnäckig nachstellte wie früher Mr Darcy. Auch in dessen Anwesenheit hatte sie unzählige Gelegenheiten gefunden, ihm zu schmeicheln, ihn zu necken und ihn mit sanfter Gewalt zu drängen, in ihr eine potenzielle Ehefrau zu sehen. Mary nahm an, dass Caroline Bingley bei Mr Ryder ebenso gute Chancen auf Erfolg hatte wie jede andere Frau. Sie sah ansprechend aus, war nicht dumm und auf eine eher formelle, pompöse Weise sehr elegant. Allerdings war sie auch sehr unliebenswürdig, aber Mary hatte schon oft beobachten können, dass Männer diese Eigenschaft nicht als so starken Makel empfanden, wie man hätte meinen können, vorausgesetzt, sie wurde durch ein hübsches Gesicht und eine anständige Mitgift ausgeglichen.

Allen Bemühungen Miss Bingleys zum Trotz sah es dennoch nicht danach aus, als hätte sie ihre Beute dingfest gemacht. Mr Ryder behandelte sie mit der gleichen heiteren Unbeschwertheit, die er allen zukommen ließ. Er war unfehlbar charmant und jederzeit bereit, als Begleiter, Fremdenführer oder Gast zu agieren. Er lächelte höflich über ihre milderen Bemerkungen und schien ihren gehässigeren keine Beachtung zu schenken, aber es gab keinerlei Anzeichen dafür, dass er zarte Gefühle für sie hegte. *Ihre* Meinung über St. Paul's hatte ihn offenbar nicht interessiert, stellte Mary fest. Sie wusste, dass dieser Gedanke nicht besonders nett war, aber bevor sie es verdrängen konnte, spürte sie, wie sich etwas Neuartiges in ihr regte – ein geradezu überwältigendes Triumphgefühl. Heute war sie ihrer Feindin vorgezogen worden, und das gefiel ihr. Nicht sie war es, die man brüskiert und ignoriert hatte, sondern Miss Bingley. Die Freude darüber war nicht unbedingt eine Zierde, und sie befürchtete, keiner der großen Denker, die sie studiert hatte, würde eine solche Reaktion billigen – außer vielleicht Machiavelli, der voll und ganz verstanden hätte, warum sie jetzt, als sie durch die mittlerweile vertrauten Straßen Londons ging, den Kopf ein wenig höher hielt als sonst und ein leichtes Lächeln ihre Lippen umspielte.

Kapitel 62

Am nächsten Abend stellte sich Mr Hayward in der Gracechurch Street ein. Der Fall, der so viel von seiner Zeit in Anspruch genommen hatte, war endlich zugunsten der Partei entschieden worden, die er vertreten hatte, und der junge Anwalt war in Hochstimmung.

»Die Details sind ermüdend, deshalb will ich Sie mit ihnen nicht langweilen. Vielmehr soll es genügen, wenn ich sage, dass ich sowohl mit dem Ergebnis als auch mit mir zufrieden bin, da ich das Gefühl habe, mein Klient hätte das eine nicht ohne den anderen erzielen können.«

»Ich hoffe, du hast ihn unmissverständlich auf diesen doppelten Glücksfall hingewiesen?«, erkundigte sich Mr Gardiner, der in den Salon gekommen war, um seine Glückwünsche auszusprechen und allen Anwesenden ein Glas Wein anzubieten.

»Ich fürchte, das habe ich. Ein Anwalt auf der Suche nach Klienten kann es sich nicht leisten, bescheiden zu sein. Irgendjemand muss sein Loblied singen, und sei es auch er selbst.«

Als alle ihre Gläser hoben, um auf Mr Haywards Erfolg anzustoßen, musterte Mary ihn verstohlen. Er war ein gescheiter Mann, dachte sie wohlwollend, so aufgeweckt, so geistreich und so viel schätzenswerter als Mr Ryder. Die beiden ließen sich überhaupt nicht miteinander vergleichen.

»Man hat dich hier sehr vermisst, Tom«, sagte Mrs Gardiner,

»aber denke ja nicht, wir wären während deiner Abwesenheit einsam gewesen. Dein Freund Mr Ryder hat sich bereitgefunden, uns zu zerstreuen.«

»Nun, das ist eine besondere Gabe von ihm, und er kann über seine Zeit sehr viel freier verfügen als ich über die meine. Er braucht an nichts anderes als an sein eigenes Vergnügen zu denken. Was mich recht passend zum Zweck meines Besuchs bringt. Ryder hat die Absicht, ein kleines Dinner zu geben, und mich gebeten, Ihnen auf den Zahn zu fühlen, ob Sie wohl überredet werden könnten, daran teilzunehmen. Sollte es Ihnen nicht angenehm sein, will er Sie mit einer direkt ausgesprochenen Einladung nicht in Verlegenheit bringen.«

Mrs Gardiner stellte ihr Glas ab. »Wissen wir denn, wer die anderen Gäste sein werden?«, fragte sie vorsichtig.

»Ich denke, es wird ein kleiner, aber erlesener Kreis sein. Ehrlich gesagt sind Ryders Räumlichkeiten schön, aber nicht besonders groß.«

»Ich nehme an, die Hursts und Miss Bingley werden dazugehören?«

»Meine Liebe, es ist nicht fair, Tom diese Frage zu stellen«, meinte ihr Mann. »Er kann schwerlich für Mr Ryders Gäste verantwortlich gemacht werden.«

»Ich halte es für sehr wahrscheinlich, dass sie eine Einladung bekommen«, gab Mr Hayward zu. »Hätten Sie dagegen etwas einzuwenden?«

»Nun, ich könnte nicht behaupten, dass Miss Bingley mir sonderlich sympathisch ist«, erwiderte Mrs Gardiner.

»Ich denke, wir sind nicht verpflichtet, ihr mehr Zeit zu widmen, als es die Höflichkeit gebietet«, beschwichtigte sie ihr Gemahl. »Na, Mary, was meinst du? Sollen wir Mr Ryder mit unserer Anwesenheit beehren?«

Obwohl Mary ihrer Tante ansah, dass es ihr lieber wäre, wenn Mary die Einladung ablehnen würde, zögerte sie. Sie hatte jetzt mehr Erfahrung als früher, was gesellschaftliche Ereignisse anging, und genoss es, an der Tafel der Gardiners zu sitzen, den angeregten Gesprächen zu lauschen und gelegentlich selbst einen Beitrag beizusteuern. Es wäre aufregend, einmal an einem Dinner teilzunehmen, das nicht in der Gracechurch Street stattfand, und warum sollte sie sich dieses Vergnügen durch Miss Bingleys Anwesenheit entgehen lassen?

»Es wäre nicht sehr nett, Mr Ryders Einladung abzulehnen, weil uns nicht alle seine Bekannten sympathisch sind. Ich bin durchaus gewillt, es mit Miss Bingley aufzunehmen, wenn alle anderen es ebenfalls sind.«

»Nun denn, ich beuge mich deinen Wünschen«, sagte Mrs Gardiner. »Wenn du einen Abend in Anwesenheit von Miss Bingley aushältst, wird es mir wohl auch gelingen.«

»Ich glaube, Tom, du kannst Mr Ryder mitteilen, dass wir gern kommen werden, wenn er uns denn eine Einladung schickt«, sagte Mr Gardiner, während er eine weitere Flasche Rheinwein öffnete.

»Das vernehme ich mit Freuden, auch wenn es mir leidtut zu hören, dass Freunde von Ryder so unmanierlich sind, dass es augenscheinlich Mut erfordert, ihre Gesellschaft zu ertragen.«

»Ach, Tom!«, rief Mrs Gardiner. »Wenn wir alle vollkommen wären, worüber sollten wir dann noch reden? Mr Gardiner und ich sind gegen alle spitzen Bemerkungen gefeit, die diese Dame möglicherweise an uns richtet. Und da Mary erklärt hat, der Herausforderung ebenfalls gewachsen zu sein, werden wir ihr in nichts nachstehen. Aber, Mary, du musst mir versprechen, sofort zu mir zu kommen, wenn dir ihre Bosheiten zu viel werden. Gegen uns beide hat sie keine Chance, das lass dir gesagt sein.«

Kapitel 63

Als Mary und die Gardiners bei Mr Ryders Apartment eintrafen, stellte Mary belustigt fest, dass sich seine Wohnung genau am richtigen Ende der Brook Street befand. Es bestand keine Gefahr, er könnte gezwungen sein, den Glücksspieler, dessen Bild Mr Hayward in den Vauxhall Gardens so fröhlich gezeichnet hatte, als Nachbarn erdulden zu müssen. Mary war nicht überrascht. Auch wenn Mr Ryder sich gern als Freigeist bezeichnete, der sich nicht um strenge moralische Konventionen scherte, wollte er sich ihrer Einschätzung nach den Regeln der Mode kaum widersetzen. Mit Sicherheit würde er eine kleine Unterkunft an der besten Adresse immer einer Villa in einer weniger angesehenen Wohngegend vorziehen. Als sie in seine Räumlichkeiten im ersten Stock des Hauses gebeten wurden, stellte Mary fest, dass sie sich nicht geirrt hatte.

Sie traten gerade ein, da kam ihnen Mr Ryder auch schon entgegen, bekundete seine Freude, sie zu sehen, und erwies ihnen jede erdenkliche Aufmerksamkeit. Der Salon war nicht groß, aber gut proportioniert, mit hohen Fenstern und Decken. Die Möblierung war geschmackvoll, jedoch nicht angeberisch, und vermittelte eine Atmosphäre von Behaglichkeit und Komfort, die Mary durchaus zusagte. Durch eine geöffnete Doppeltür erblickte sie in dem gedämpften Licht, das von zwei silbernen Kandelabern stammte, einen auf Hochglanz polierten Esstisch. Mr

Ryder führte sie in den wärmsten Teil des Raums, wo sich schon eine kleine Gruppe von Gästen versammelt hatte. Auch Mr Hayward war darunter. Er war in ein angeregtes Gespräch mit zwei gleichermaßen lebhaften Bekannten vertieft, eilte aber sofort zu ihnen, als er Mary und die Gardiners erblickte.

»Ich kann nicht vorgeben, viele der Gäste zu kennen, aber diese beiden Gentlemen möchte ich Ihnen doch gern vorstellen. Sie sind Juristen wie ich und gute Bekannte. Wir diskutieren gerade die konkurrierenden Verdienste der Verse von Lord Byron und Mr Wordsworth.«

»Ich denke, wir müssen nicht fragen, wessen Partei du ergreifst, Tom?«, sagte Mr Gardiner milde.

»Nein, wirklich nicht, Sir«, bemerkte einer der jungen Männer gut gelaunt. »Tom verteidigt seinen Helden mit größter Verbissenheit.«

»Sind denn alle Männer des Gesetzes so große Verehrer der Literatur und Poesie im Besonderen?«, fragte Mr Gardiner. »Das hätte ich nicht erwartet.«

»Wir denken kaum an etwas anderes«, verkündete der zweite junge Mann. »Schließlich brauchen wir etwas, das uns von unserer Arbeit ablenkt. Ich fürchte, wir haben nur die Wahl zwischen Versen und der Flasche.«

Mary lachte, und Mr Hayward wollte gerade eine Bemerkung machen, als eine gewisse Unruhe an der Tür sie alle verstummen ließ. Caroline Bingley betrat den Raum, groß, stattlich und mit hoch erhobenem Kopf, in einem Kleid aus tiefroter Seide, das einen starken Kontrast zu ihren weißen Schultern bildete. In ihrem dunklen Haar und an ihrem Hals funkelte Granatschmuck. Mary glaubte, noch nie jemanden gesehen zu haben, der so elegant und gleichzeitig so einschüchternd wirkte. Mr Ryder, der Miss Bingley hereinführte, wirkte an ihrer Seite fast unbedeutend, und Mr und Mrs Hurst, die in Caroline Bingleys Kielwasser folgten, verblassten vollends neben ihrer eisigen Pracht.

Miss Bingley taute erst ein wenig auf, als Mr Ryder sie mit einigen der Gäste bekannt machte. Jenen, die sie als ebenbürtig ansah, begegnete sie mit genügend Höflichkeit, um beinahe freundlich zu wirken, vergeudete aber keine Zeit damit, das Wohlwollen derer zu erlangen, die es in ihren Augen nicht wert waren. Stattdessen nahm sie mit einem liebenswürdigen Lächeln Mr Ryders Arm und rauschte mit ihm davon, um vor einem großen Porträt innezuhalten, das über dem Kamin hing. Mary, die außerstande war, ihren Blick von Miss Bingleys glanzvoller Erscheinung zu wenden, erkannte in der Dargestellten Mr Ryders Verwandte Lady Catherine de Bourgh. Da der Raum nicht groß und Miss Bingleys Stimme klar und laut war, war für Umstehende, die in kein Gespräch vertieft waren, nicht zu überhören, was geredet wurde. Auch Mary, die ein wenig abseits von den anderen Gästen stand, konnte alles verstehen.

»Mein lieber Mr Ryder, ich bin froh, dass Sie meinen Rat befolgt haben. Lady Catherine kommt an dieser Stelle fabelhaft zur Geltung.«

»Sie sieht sehr imposant aus – ganz wie in Wirklichkeit, könnte man sagen.«

»Die Würde, die sie ausstrahlt, darf man von einer Frau ihres Rangs und ihrer Position auch mit Fug und Recht erwarten.«

Dass Mr Ryder offenbar keine Erwiderung einfiel, schien Miss Bingley nichts auszumachen.

»Ich würde mich sehr freuen«, fuhr sie in vertraulichem Ton fort, »Ihnen weitere Vorschläge für kleine Änderungen in der Einrichtung Ihrer Räumlichkeiten zu machen. Mein Geschmack gilt allgemein als hervorragend.«

Mr Ryder dankte ihr für das Angebot und versprach, dass er

nicht zögern würde, sich an sie zu wenden, sollte es sich ergeben, dass er Hilfe benötigte.

Seine Antwort reichte aus, um Miss Bingley zufriedenzustellen und sie zu ermutigen, ihrem Gastgeber mitzuteilen, dass sie gern einen Blick ins Speisezimmer und auf die Tafel werfen wollte, bevor die Gäste Platz nehmen würden.

Mary war nicht bewusst gewesen, dass Miss Bingley und Mr Ryder auf so gutem Fuß standen, und dasselbe traf offensichtlich auf Mr Ryder zu, den Miss Bingleys Vertraulichkeit ein wenig aus der Fassung zu bringen schien. Dennoch folgte er ihr gehorsam ins Esszimmer.

Als die beiden kurz darauf wieder herauskamen, vermied Mary es tunlichst, Miss Bingleys Blick zu begegnen. Dennoch war es unmöglich, die Genugtuung zu übersehen, die sich auf deren Gesicht zeigte, als sie an ihr vorbeirauschte – mit Sicherheit kein gutes Zeichen für einen oder eine der Anwesenden, dachte Mary.

Es dauerte nicht lang, bis sie entdecken musste, dass sie selbst Miss Bingleys Opfer war. Als die Gäste zu Tisch gebeten wurden, stellte Mary zu ihrer Enttäuschung fest, dass sie weit weg von all ihren Freunden saß. Während er sie zu ihrem Platz geleitete, erklärte Mr Ryder, der sich offensichtlich über dieses Arrangement wunderte, dass Mary ursprünglich näher bei ihm selbst und Mr Hayward platziert gewesen sei, Miss Bingley aber behauptet habe, Mary würde sehr viel lieber neben Mr Hurst sitzen.

»Sie meinte, Sie hätten nicht oft Gelegenheit, sich mit ihm zu unterhalten«, murmelte er, als er ihren Stuhl zurückzog. »Deshalb würde es Sie entzücken, es jetzt zu tun. Natürlich habe ich Ihnen diesen Gefallen gern erwiesen.«

Als sie sich setzte, schaute sich Mary in dem Zimmer um, das sich rasch füllte. Am anderen Ende der Tafel, viel zu weit weg, um mit ihr eine Unterhaltung zu führen, saß Mr Hayward. Auch ihn schien ihr Exil zu verwundern, denn er sah sie fragend an. Zwischen ihm und Mr Ryder saß Miss Bingley. Als ihr auffiel, dass Mary sie ansah, erwiderte sie deren Blick mit einem kühlen, selbstgefälligen Lächeln. Dann wandte sie sich zu Mr Ryder um und sprach mit ihm, wobei ihre Hand, wie Mary nicht entging, häufig seinen Arm berührte.

Zuerst war Marys Enttäuschung groß. Die Aussicht auf angeregte Gespräche war der Hauptgrund für ihr Kommen gewesen, und angesichts ihrer uninteressanten Tischnachbarn standen die Chancen dafür eher schlecht. Zu ihrer einen Seite saß der Ehemann eines Paars aus Mr Ryders Heimatort in Kent, höflich, aber keineswegs mit dem Witz und Esprit ausgestattet, auf den sie gehofft hatte. Zur anderen Seite saß Mr Hurst, der bis jetzt nicht mehr getan hatte, als ihr kurz zuzunicken, bevor er sich ein großes Glas Wein einschenkte. Sie wollte schon alle Hoffnung fahren lassen, da fiel ihr auf, dass Miss Bingley erneut in ihre Richtung schaute. Sie war zu gut erzogen, um ihren Triumph offen zur Schau zu stellen, aber zu entzückt, um ihn gänzlich zu verbergen. Auf einmal regte sich Zorn in Mary. Warum sollte diese intrigante, rachsüchtige Person die Genugtuung bekommen, Mary stumm dasitzen zu sehen, während sie selbst sich an der Gesellschaft von zwei ungemein gesprächigen Tischnachbarn erfreuen durfte? Warum sollte sie Miss Bingley dieses Vergnügen gönnen?

Kurz entschlossen wandte sie sich zu Mr Hurst um. Es musste doch irgendein Thema geben, das ihn interessierte! Was es auch sein mochte, sie würde es herausfinden, zum Teil um ihrer selbst willen – wenn Miss Bingley das nächste Mal in ihre Richtung schaute, sollte sie sehen, wie Mary sich angeregt unterhielt –, aber auch, weil Mr Hurst ihr leidtat. Zugegeben, seine Manieren sprachen nicht unbedingt für ihn; er war schroff, wortkarg und trank mit einer Stetigkeit, die Mary beunruhigend fand. Aber wann immer sie auf Menschen traf, die einsam und unbeachtet schienen, erwachte ihr Mitgefühl. Sie erinnerte sich noch gut daran, wie schmerzlich es für sie gewesen war, am Tisch ihres Vaters zu sitzen und inständig zu wünschen, jemand würde ein freundliches Wort an sie richten. Auch hatte sie nicht vergessen, wie ihre schlichte Bereitschaft zuzuhören aus Mr Collins einen wesentlich liebenswerteren Zeitgenossen gemacht hatte. *Alles, was sich jeder von uns wünscht, ist ein bisschen Beachtung*, dachte sie, als sie eine Miene des höflichen Interesses aufsetzte.

Mr Hurst schien die Fähigkeit, einfach nur der Unterhaltung wegen zu reden, verlernt zu haben, und so musste Mary etliche Fehlschläge verbuchen, bevor sie endlich das eine Thema anschnitt, das ihren Tischherrn fesselte. Als der erste Gang aufgetragen wurde, wusste sie praktisch nichts über Pferderennen; als die Nachspeise abgeräumt wurde, hatten sich ihre Kenntnisse in der Materie vervielfacht. Sie wusste nicht nur, über welche unterschiedlichen Eigenschaften ein Pferd verfügen musste, um bei normalen Rennen beziehungsweise bei Hindernisrennen Erfolg zu haben, sondern auch, worauf man achten musste, wenn man einen Einjährigen begutachtete, und warum Newmarket als Rennplatz York unbedingt vorzuziehen war. Außerdem musste sie Mr Hurst versprechen, nie eine größere Summe auf einen vielversprechenden Kandidaten zu setzen, ohne zuvor seinen Rat eingeholt zu haben. Sie konnte zwar nicht behaupten, dass der Abend genauso erfreulich verlaufen war, wie es der Fall gewesen wäre, hätte sie auf dem Platz gesessen, den Mr Ryder ihr ursprünglich zugedacht hatte, aber sie kam gut über die Runden, wie Mr Hurst sich vielleicht ausgedrückt hätte. Durch ein klein wenig Initiative ihrerseits hatte sie es nicht nur vermieden, während des Essens in stummer Verzweiflung auf ihren Teller zu starren, sondern noch dazu einem Mann, der eine derartige Rücksichtnahme nicht gewohnt war, eine kleine Freude gemacht. Als sich die Damen erhoben, um im Nebenzimmer ihren Kaffee einzunehmen, und die Herren ihrem Portwein und Brandy überließen, war Mary sehr zufrieden mit sich und noch dazu voller Genugtuung, da Mr Hurst ihr mit jedem Anzeichen des Bedauerns Lebewohl sagte.

Kapitel 64

Als Mary den Salon betrat, suchte sie direkt ihre Tante auf. Sie brannte darauf, ihr alles über ihre Bemühungen, sich bei Tisch halbwegs gut zu unterhalten, und das hinterhältige Manöver, das sie dazu genötigt hatte, zu erzählen, wurde aber von Miss Bingley daran gehindert, die sie zu Marys Überraschung am Arm nahm und in die entgegengesetzte Richtung lotste. Vor dem Kamin blieb sie stehen und setzte sich auf eines der zwei Sofas, die dort einander gegenüberstanden. Mary nahm widerstrebend auf dem anderen Platz.

»Ich hoffe, Sie verzeihen mir, dass ich Sie so einfach entführe«, begann Miss Bingley, »aber ich kann diesen Abend unmöglich verstreichen lassen, ohne mich ungestört mit Ihnen unterhalten zu haben, ein Vorzug, den ich eine ganze Weile nicht mehr genossen habe.«

»Wirklich schade, dass wir beim Essen so weit voneinander entfernt saßen«, gab Mary zurück. »Ansonsten hätten wir nach Herzenslust plaudern können.«

»Ach ja, die Geheimnisse der Tischordnung, wer versteht sie schon?« Caroline Bingley ließ das Thema mit einem Lächeln fallen und umfasste mit einer weit ausholenden Geste den Raum. »Sagen Sie, was halten Sie von Mr Ryders Wohnung? Ausgesprochen elegant, nicht wahr?«

»Sie ist sehr geschmackvoll eingerichtet, gewiss.«

»Die meisten Möbel stammen aus Rosings. Lady Catherine war so liebenswürdig, sie Mr Ryder zu überlassen, als er hierher in die Brook Street zog.« Miss Bingleys Blick glitt liebevoll über den kleinen Beistelltisch neben dem Sofa und eine mit Intarsien geschmückte Anrichte. »Sie hängt sehr an ihm, müssen Sie wissen.«

»Wie schön für Mr Ryder.«

»Als ich Lady Catherine unlängst traf, erzählte sie mir, sie habe Ihre Bekanntschaft gemacht, als sie Longbourn einen Besuch abstattete.«

Auf einmal schien es im Zimmer unerträglich warm zu werden. Die Vorstellung, dass Caroline Bingley und Lady Catherine sich über sie unterhielten, konnte einen nur verstören, aber Mary wusste, wie fatal es wäre, sich jetzt eine Blöße zu geben. Sie atmete einmal so leise tief durch, dass es nicht zu hören war, und antwortete so gelassen wie nur möglich.

»Das stimmt. Wir haben uns kennengelernt, als ich bei Mr und Mrs Collins zu Gast war. Sie beehrte uns eines Nachmittags mit ihrer Anwesenheit.«

»Ich weiß. Lady Catherine ist erstaunt, wie sehr Sie sich von Ihrer Schwester unterscheiden. Sie meint, Sie seien nicht annähernd so hübsch wie Elizabeth – allerdings auch nicht so provokant.«

»Diese Bewertung lässt an Offenheit nichts zu wünschen übrig.«

»Lady Catherine ist bekannt für ihre Unverblümtheit«, bemerkte Miss Bingley und wandte sich dabei zu dem Porträt derselbigen um, als erwartete sie, dass es ihre Worte bestätigte. »Und sie nimmt großen Anteil an Ihnen. Sie ist der Meinung, dass Sie überdurchschnittliches Potenzial hätten – als Gouvernante.«

Mary war fassungslos. Die Entdeckung, dass Caroline Bingley

in die Details dieses beschämenden Gesprächs eingeweiht war, bestürzte sie. Um sich irgendwie zu beschäftigen, während sie sich eine Antwort zurechtlegte, griff Mary in eine Porzellanschale, die auf dem Tisch neben ihr stand, nahm ein paar getrocknete Lavendelzweige heraus und hielt sie fest umklammert.

»Aber leider«, fuhr Miss Bingley fort, »haben Sie ja Longbourn verlassen, ehe Lady Catherine die Angelegenheit regeln konnte. Sie war sehr enttäuscht. Es wäre eine exzellente Möglichkeit für Sie gewesen, meinte sie.«

»Ich war Lady Catherine sehr dankbar für ihr Interesse«, erwiderte Mary, »aber ich glaube nicht, dass ich mich für den Posten einer Gouvernante eigne, wie ich ihr bereits erklärt habe. Es ist nicht die Art von Leben, die ich wählen würde.«

»Sie überraschen mich. In einer solchen Position wären Ihnen all Ihre Studien, die Sie mit solchem Eifer betrieben haben, doch von größtem Nutzen gewesen. Aber wenn Sie das Schulzimmer nicht in Betracht ziehen, dann denken Sie wohl an die Ehe?«

»Ich habe nichts dergleichen gesagt. Das sind Ihre Worte, nicht meine.«

»Nun, da Sie eine der wenigen Beschäftigungen ablehnen, die Damen aus gutem Hause offenstehen, ist schwer vorstellbar, was Ihnen sonst vorschweben mag. Oder haben Sie sich gar endgültig mit dem Schicksal einer alten Jungfer abgefunden?«

Eine Erinnerung blitzte in Marys Gedanken auf, das Bild ihrer Klavierlehrerin, der armen, geplagten Miss Allen, wie sie in ihrem schäbigen schwarzen Mantel, ihre schweren Notenbücher unter den Arm geklemmt, die Auffahrt von Longbourn hinaufeilte.

»Ihr Schweigen spricht Bände«, sagte Miss Bingley spitz. »Gehen wir einfach davon aus, dass wir letzten Endes alle heiraten müssen, selbst kluge Frauen wie Sie. Würden Sie mir vielleicht erlauben, Ihnen für diesen Fall einen kleinen Rat zu geben?«

»Ich denke, Sie werden es ohnehin tun, ob ich es Ihnen nun erlaube oder nicht.«

»Mir scheint«, begann Miss Bingley, »dass häufig viel Zeit damit verschwendet wird, eine Verbindung anzustreben, die von vornherein zum Scheitern verurteilt ist. Ich spiele dabei auf jene Fälle an, wo der Unterschied zwischen dem Rang des Herrn und dem der Dame einfach zu groß ist, um überwunden zu werden. Die harmonischsten Beziehungen ergeben sich dort, wo die Beteiligten gleichen Standes sind.«

Plötzlich wurden sie von lauten Männerstimmen unterbrochen. Die Gentlemen waren der ausschließlichen Gesellschaft von Geschlechtsgenossen augenscheinlich überdrüssig geworden und wollten sich jetzt zu den Damen gesellen. Mr Ryder kam als Erster zur Tür herein. Er winkte Mary und dann Miss Bingley fröhlich zu, die ihre Schultern straffte und ihm ein einladendes Lächeln zuwarf. Bezüglich ihrer Absichten, was ihn betraf, konnte kein Zweifel bestehen. Marys Blick wanderte zu Mr Ryder und dann zurück zu Miss Bingley, so selbstsicher und erhaben in ihrem dunkelroten Kleid. Sie hatte keine Lust, sich wie schon viel zu oft von dieser Person schikanieren zu lassen.

»Die Bedeutung Ihrer Worte ist leider ein wenig unklar. Ich nehme an, sie beziehen sich auf mich, aber ich wüsste nicht, in welchem Zusammenhang. Wenn ich mich hier umschaue, sehe ich nur Gentlemen. Und da ich die Tochter eines Gentlemans bin, kann ich keine gravierenden Unterschiede im Rang erkennen.«

»Dass Sie sich in diesem Punkt blind stellen, heißt nicht, dass die Unterschiede nicht vorhanden sind«, gab Miss Bingley zurück.

»Ich sehe nicht ein, inwiefern Sie das tangieren sollte. Es sei denn, ich stelle in irgendeiner Weise, die mir selbst nicht bewusst ist, ein Hindernis für Ihre eigenen Heiratspläne dar.«

»Ich glaube, Sie wissen sehr gut, was ich sagen will.«

»Wollen Sie damit andeuten, ich würde Mr Ryder nachstellen? Oder dass er an mir interessiert wäre? Falls das Ihre Befürchtung ist, kann ich Ihnen versichern, dass die eine Vermutung so unbegründet ist wie die andere.«

Diesmal war es Miss Bingley, die den Blick abwandte. Ihre Hand flog an ihr Haar, um gedankenlos darüberzustreichen, bevor sie erneut zum Angriff überging. »Tatsächlich? Und doch scheinen Sie alles Erdenkliche zu tun, um sich bei ihm beliebt zu machen. Ich kann mir nicht vorstellen, warum er sonst so von Ihnen sprechen sollte, wie er es tut. Anscheinend haben *Sie* Bildung und Verstand und sehr viel Interesse an der Welt. *Sie* haben weder gekünstelte Manieren noch versprühen aufgesetzten Enthusiasmus. Und an *Ihnen* ist nichts oberflächlich oder affektiert. Sie müssen sich wahrlich große Mühe gegeben haben, bei ihm einen so vorteilhaften Eindruck zu hinterlassen.«

Keine Frau lässt es unberührt, wenn sie erfährt, dass ein Mann ihre guten Eigenschaften gepriesen hat, insbesondere dann, wenn sie Bewunderung nicht gewöhnt ist. Folglich empfand Mary Genugtuung, als sie Mr Ryders Worte aus Miss Bingleys Mund hörte, ließ sich deshalb aber nicht von ihrer Erwiderung abhalten.

»Sie befinden sich mit Ihren Unterstellungen ganz und gar im Irrtum. Mr Ryder spricht über jeden Menschen nur Gutes. So ist er nun einmal. Sie, die Sie ihn so sorgfältig studiert haben, sollten das am besten wissen. Es bedeutet nichts, dass er sich so wohlwollend über mich geäußert hat. Damit meint er gar nichts.«

Miss Bingley war nicht überzeugt. »Wie lässt sich dann Ihr eigenes Verhalten erklären? Sie scheinen ihm immer mit großem Vergnügen zuzuhören. Außerdem kleiden Sie sich sehr viel modischer, seit ich Sie zum letzten Mal sah. Was könnte wohl anderes dahinterstecken als der Wunsch, Ihre Aussichten in dieser oder jener Hinsicht zu verbessern?«

Mary war auf einmal so zornig, dass sie sich nicht zutraute, auch nur einigermaßen der Höflichkeit entsprechend zu antworten. Schon gewann Miss Bingley einen Großteil der Selbstsicherheit zurück, die sie kurzfristig im Stich gelassen hatte.

»Beschränken Sie sich auf die Sphäre, die Ihnen vertraut ist, Miss Bennet. Überschreiten Sie keine Grenzen, wenn doch keine Hoffnung auf Erfolg besteht. Bringen Sie nicht sich selbst und Ihre Freunde in Verlegenheit, indem Sie eine Verbindung anstreben, die zum Scheitern verurteilt ist. Eine derartige Vermessenheit in Herzensangelegenheiten kann nur zu Enttäuschung und Demütigung führen.«

Mary hatte sich gelobt, sich nicht von Caroline Bingley provozieren zu lassen, sich nicht auf ihr Niveau zu begeben und Beleidigungen auszutauschen, aber jetzt konnte sie sich nicht länger beherrschen. Damals, als Mr Darcy Miss Bingleys Annäherungsversuche konsequent ignorierte, weil er nur an Lizzy interessiert war, hatte Mary sie fast ein wenig bedauert. Obwohl Caroline Bingley ihr nicht sympathisch gewesen war, hatte es ihr leidgetan, sie so gedemütigt zu sehen. Jetzt war jedes Mitgefühl wie ausgelöscht.

»Sie scheinen recht viel über Zurückweisung zu wissen«, erwiderte Mary. »Ist das eine Lektion, die Sie durch ausführliche Studien gelernt haben, oder verdanken Sie Ihre Kenntnisse vielleicht persönlichen Erfahrungen?«

Miss Bingley zuckte zusammen. Ganz offensichtlich hatte sie nicht erwartet, dass Mary einen solchen Treffer landen würde, und es war nicht zu übersehen, dass sie vor Wut kochte. Mary hatte den Eindruck, dass Miss Bingley sie geohrfeigt hätte, wäre ein derartiges Benehmen in feiner Gesellschaft nicht absolut undenkbar gewesen. Stattdessen raffte sie ihre roten Röcke um sich, als könnte sie sich dadurch vor weiteren Beleidigungen schützen.

»Ich spreche nur von Dingen, die ich beobachtet habe«, stieß sie Mary schließlich entgegen. »Ich denke, dieses Wissen ist den meisten bekannt.«

Dann erhob sie sich mit einem verächtlichen Nicken und rauschte davon, um sich zu Mr Ryder und den anderen Gentlemen zu gesellen. Mary beobachtete, wie sie so nahe an den Gastgeber herantrat, wie es der Anstand erlaubte, und ihn zum Opfer all ihrer kleinen Flirtversuche machte, mit denen sie früher schon versucht hatte, Mr Darcys Aufmerksamkeit auf sich zu lenken. Obwohl die ganze Länge des Raums zwischen ihnen lag, konnte Mary den neckischen Tonfall in Caroline Bingleys Stimme ebenso wie den schelmischen Tadel erahnen, mit dem Mr Ryder charmant zurechtgewiesen wurde, und beinahe die leichte Berührung ihres Fächers auf seinem Arm fühlen. Die Geste sprach so deutlich von ihrem Besitzwunsch, dass Miss Bingley ihre Absichten genauso gut laut hinausposaunen hätte können.

Mary war noch immer so erschüttert von der Heftigkeit des Schlagabtauschs, dass sie sitzen blieb. Sie rieb die Lavendelzweige aneinander, bis sie ihren starken, reinen Duft verströmten, den sie tief einatmete, um sich zu beruhigen. Sie konnte nicht fassen, was gerade passiert war. Kaum zu glauben, dass Miss Bingley ausgerechnet in ihr eine Rivalin um Mr Ryders Gunst sah, und noch verwunderlicher, dass sie selbst die Schmähungen, mit denen Miss Bingley ihre Anschuldigungen begleitete, nicht demütig hingenommen hatte. Sie hatte sich zur Wehr gesetzt, noch dazu mit einiger Schärfe. War sie zu grausam gewesen? Sie dachte ernsthaft darüber nach, bis ihr die zahllosen kleinen Gemeinheiten einfielen, die Miss Bingley ihr zugefügt hatte, die vielen

Kränkungen, die sie durch sie erlitten hatte. Nein, Mary war keineswegs zu grausam gewesen.

Sie steckte die Lavendelzweige in die Schärpe ihres Kleids, erhob sich gelassen und machte sich, hochzufrieden mit ihrem Verhalten, auf die Suche nach Onkel und Tante.

Kapitel 65

Mary entdeckte Mr und Mrs Gardiner behaglich in einem ruhigeren Winkel des Salons, wo sie sich mit dem Ehepaar aus Kent unterhielten. Ihre Tante bedeutete ihr, sich zu ihnen zu setzen, und zog, sobald es die Höflichkeit gestattete, ihre Nichte an ihre Seite, um sie im Flüsterton zu fragen, was zwischen ihr und Miss Bingley vorgefallen war.

»Ich konnte euer Gespräch beobachten«, begann sie, »und war ein wenig beunruhigt. Ich hoffe, sie hat sich zu benehmen gewusst?«

»Oh, im Grunde war sie so wie immer«, sagte Mary. »Sie wünschte, ein paar Dinge mit mir zu besprechen.«

»Tatsächlich?«, gab Mrs Gardiner zurück. »Das sieht ihr gar nicht ähnlich. Bisher hat sie noch nie den Wunsch geäußert, mit uns Konversation zu machen.« Sie sah ihre Nichte fragend an.

Mary war unschlüssig, wie viel sie von dem Gespräch mit Miss Bingley enthüllen sollte. Zum Teil war sie versucht, ihrer Tante alles zu beichten, weil es niemanden gab, dem sie mehr vertraute, aber ihr war auch klar, dass jedes Geständnis ihrerseits unerwünschte Konsequenzen haben würde. Mrs Gardiner betrachtete Mr Ryder als unverbesserlichen Charmeur und Freigeist und beäugte ihn schon jetzt mit Argwohn. Wenn Mary ihr von Miss Bingleys Eifersucht erzählte, würde sich ihre Tante in ihrem Urteil nur bestätigt sehen. Und dass er von einer Frau bewundert wurde, die sie selbst strikt ablehnte, würde sie kaum veranlassen, ihre Meinung über ihn zu ändern. Vermutlich würde Mrs Gardiner sich sogar dagegen aussprechen, ihn weiterhin in der Gracechurch Street zu empfangen, und diese Aussicht behagte Mary ganz und gar nicht. Sollte Mr Ryder nicht mehr bei ihnen seine Aufwartung machen, würde Miss Bingley das zweifellos als großen Sieg betrachten. Ihr würde es so erscheinen, als hätte sich Mary trotz ihrer großen Worte ihrem Willen gebeugt, indem sie Mr Ryder ihre Gesellschaft vorenthielt. Marys Züge verhärteten sich, als sie sich vorstellte, wie sehr sich Miss Bingley darüber freuen würde, und sie beschloss, ihr diese Genugtuung auf keinen Fall zu gönnen. Sie würde ihre Tante nichts wissen lassen, was zu einer Antipathie gegen Mr Ryder führen könnte, sondern im Gegenteil tun, was in ihrer Macht lag, um dafür zu sorgen, dass er auch in Zukunft genauso oft wie bisher bei ihnen zu Gast sein würde.

Mary war sich selbst gegenüber ehrlich genug, um sich einzugestehen, dass ihr Widerstreben bei dem Gedanken, Mr Ryder nicht mehr so oft zu sehen, nicht nur darauf beruhte, dass sie Miss Bingley die Stirn bieten wollte. Mr Ryder war ein höchst unterhaltsamer Besucher, amüsant, spritzig, faszinierend; selbst seine offenen Bekenntnisse, die ihre Tante so schockiert hatten, fand Mary spannend. Noch nie hatte sie jemanden kennengelernt wie ihn, einen Menschen, der so selbstbewusst zu seinen Überzeugungen stand und sich so wenig um die Kritik anderer scherte. Es war etwas Erfrischendes an der heiteren Sorglosigkeit seines Wesens, an der Art, wie er mühelos jeder Schwierigkeit auswich, um sich stattdessen angenehmeren Dingen und natürlich seiner eigenen Person zu widmen. Hastig rief sich Mary in Erinnerung, dass er keine der noblen Eigenschaften besaß, die Mr Hayward auszeichneten. Dennoch ließ es sich nicht leugnen, dass Mr Ryder von Natur aus glücklich zu sein schien, und Mary hatte die Entdeckung gemacht, dass es ihr guttat, mit glücklichen Menschen zusammen zu sein. Allein schon aus diesem Grund hätte es sie betrübt, ihn nicht mehr in der Gracechurch Street zu treffen.

All diese Überlegungen bestärkten sie in ihrem Entschluss, den Wortwechsel mit Miss Bingley für sich zu behalten, und es gelang ihr, ein leidlich munteres Lächeln aufzusetzen, als sie ihrer Tante antwortete. »Ach, eigentlich war es nichts Besonderes. Nichts, was zu berichten sich lohnen würde.«

Mrs Gardiner wirkte nicht ganz überzeugt, aber bevor sie Mary weiter befragen konnte, trat Mr Ryder persönlich zu ihnen, um sich zu erkundigen, ob das Dinner nach ihrem Geschmack gewesen war. Beide Damen versicherten ihm, sie hätten es sehr genossen, obwohl Mrs Gardiner sich bedauernd darüber äußerte, dass Mary so ungünstig platziert worden war.

»Ich habe mich dennoch sehr wohlgefühlt«, warf Mary rasch ein. Es schien, als wäre Mr Ryder im Begriff, eine Erklärung für ihre Verbannung abzugeben, und sie wollte nicht, dass ihre Tante von Miss Bingleys Manöver erfuhr.

»Da mir das Vergnügen versagt blieb, mich heute Abend mit Ihnen zu unterhalten«, sagte Mr Ryder, »hoffe ich, das Versäumte nachzuholen, indem ich Ihnen morgen einen Besuch abstatte?« Er blickte Mrs Gardiner fragend an.

Mary sah, dass Miss Bingley sie vom anderen Ende des Salons aus scharf beobachtete, und beschloss, um jeden Preis zu verhindern, dass Mrs Gardiner eine ablehnende Antwort gab.

»Aber ja, wir würden uns außerordentlich freuen, Sie zu sehen, nicht wahr, Tante?«

»Gewiss«, sagte Mrs Gardiner. »Sie sind uns zum Tee oder Kaffee herzlich willkommen, Mr Ryder – solange das Thema der ungezügelten Leidenschaften vermieden wird.«

»Ich verspreche Ihnen, nicht ein einziges Wort über Leidenschaften zu verlieren, Ma'am, ob über ungezügelte oder andere.«

Mrs Gardiner sah Mr Ryder kühl nach, als er sich entfernte. »Ich verstehe nicht ganz, warum du so erpicht darauf bist, diesen jungen Mann wieder bei uns im Haus zu empfangen.«

»Es schien mir einfach eine Frage der Höflichkeit zu sein. Immerhin hat er uns heute Abend zu sich eingeladen.«

»Da hast du wohl recht«, erwiderte Mrs Gardiner unsicher. »Für meinen Geschmack ist er dennoch ein bisschen zu vorwitzig.«

Plötzlich breitete sich ein Lächeln auf ihrem Gesicht aus, und als Mary den Kopf wandte, sah sie, dass Mr Hayward sich näherte. Er trug zwei Gläser Wein, die er vor ihnen auf dem Tisch abstellte, bevor er selbst auf einem Sofa Platz nahm.

»Ach, Tom!«, rief Mrs Gardiner und warf Mary dabei einen Seitenblick zu. »*Du* bist stets willkommen in der Gracechurch Street, zum Frühstück, zum Dinner, sogar zum Abendessen der Kinder, wenn du den Mut dazu hast.«

»Falls Brot und Butter im Angebot sind, birgt die Einladung für mich keinen Schrecken. Und wenn es dazu noch Mirabellenmarmelade gibt, bin ich vollauf zufrieden. Die bekomme ich in meiner Unterkunft nie.«

»O weh, die Sorgen eines Junggesellen«, klagte Mrs Gardiner. »Wenn sich dein Familienstand einmal ändert, darfst du dir von deiner Frau jede erdenkliche Marmelade wünschen. Das ist ein Privileg von Ehemännern.«

»Eines, dem ich mit freudiger Erwartung entgegensehe. Was ist Ihre Meinung, Miss Bennet? Sicher haben Sie eine, selbst wenn es nur um Marmelade geht.«

»Meine Lieblingssorte ist Himbeermarmelade«, gestand Mary. »Und wenn diese nicht verfügbar ist, tröste ich mich mit Erdbeermarmelade. In exotische Bereiche wage ich mich eher nicht vor.«

»Das höre ich aber gar nicht gern«, sagte Mr Hayward. »Also könnte mir, selbst wenn wir verheiratet wären, mein Herzenswunsch – Mirabellenmarmelade zum Frühstück – nicht erfüllt werden.«

Mary lächelte. Die Vorstellung, Mr Hayward und sie könnten als Ehepaar zusammen am Frühstückstisch sitzen und Marmeladenbrote essen, war derart ansprechend, dass sie den kleinen Strauß Lavendel aus ihrer Schärpe zog und die Zweige zwischen ihren Fingern rieb, um auf andere Gedanken zu kommen.

»Woher haben Sie die?«, fragte Mr Hayward.

»Von da drüben aus einer Schale«, antwortete Mary. »Ich hoffe, das macht mich nicht zur Diebin.«

»Nun, wer besitzt, ist angeblich immer zu neun Zehnteln im Recht.« Er beugte sich ihr entgegen. »Riecht sehr gut. Dürfte ich einen Zweig haben?«

Mary hielt ihm einen hin. Er nahm ihn und steckte ihn in sein Knopfloch.

»Dein Freund Mr Ryder hat sich für morgen zu uns in die Gracechurch Street eingeladen«, sagte Mrs Gardiner. »Ich kann dich wohl nicht überreden, auch zu kommen?«

Mr Hayward sah ehrlich enttäuscht aus. »Nichts wäre mir lieber, aber leider ist es mir unmöglich. Im Moment habe ich zu viel zu tun, als dass ich die Arbeit auch nur kurz vernachlässigen könnte. Es tut mir aufrichtig leid.«

»Schade, denn Mr Ryder kann dich nicht ersetzen. Wir vermissen dich, Tom. Nicht wahr, Mary?«

»Ja«, sagte Mary leise. »Das tun wir wirklich.«

Kurz darauf erreichte Mr Ryders Abendessen jenen niemals öffentlich angekündigten, aber stets allgemein bekannten Punkt, an dem jeder wusste, dass es an der Zeit war aufzubrechen. Bald stand Mary in der Diele und wartete auf Onkel und Tante, die sich noch von ihrem Gastgeber verabschiedeten. Mr Hayward brachte ihr ihren Mantel.

»Ich hoffe, Ryder wird nicht zu einer Belastung für Sie und Mrs Gardiner«, sagte er, als er ihr beim Anziehen behilflich war. »Er stürzt sich gern mit großem Enthusiasmus in neue Bekanntschaften, wenn ihm die Leute sympathisch sind, weiß aber nicht immer, wann er ihre Gastfreundschaft über Gebühr strapaziert. Ich bin sicher, ich könnte ihm einen Wink geben, wenn er die Intervalle zwischen seinen Besuchen ein wenig vergrößern soll.«

»Ach, ich glaube, das wird nicht nötig sein«, erwiderte Mary, die immer noch daran denken musste, wie gern sie Miss Bingley eins auswischen wollte. »Er macht wirklich keine Umstände, und ich würde nur ungern seine Gefühle verletzen.«

»Verstehe«, sagte Mr Hayward ein wenig erstaunt. »Wenn Sie es nicht wünschen, werde ich ihn natürlich nicht darauf ansprechen.«

Sofort wusste Mary, dass er sie missverstanden hatte. Sie hatte keineswegs andeuten wollen, dass sie es nicht ertragen könnte, Mr Ryders Besuche auch nur für kurze Zeit zu entbehren, aber genau dies schien Mr Hayward aus ihren Worten herauszuhören. Sie wollte gerade etwas hinzufügen, um diesen unglücklichen Eindruck zu korrigieren, als sie zu ihrer Überraschung hörte, wie am unteren Treppenabsatz mit dröhnender Stimme ihr eigener Name fiel. Zuerst erkannte sie die Stimme nicht, doch dann sah sie Mr Hurst und seine Frau in der Tür stehen, und ihr war klar, dass er es war, der gesprochen hatte. Die Stimme seiner Frau war hingegen zu leise, um gehört zu werden.

»Sie und Ihre Schwester, Sie mögen sagen, was Sie wollen«, erklärte Mr Hurst voller Überzeugung, »aber meiner Meinung nach hat sich die kleine Bennet prächtig gemacht. Es war ein Vergnügen, neben ihr zu sitzen.«

Die Antwort seiner Frau war erneut nicht zu hören, und zu Marys Bestürzung redete Mr Hurst daraufhin noch lauter als zuvor.

»Also, ich finde sie überhaupt nicht unscheinbar. Durchaus passabel, wenn Sie mich fragen. Ist nicht zu übersehen, dass Ryder sich für sie interessiert. Wenn ich an seiner Stelle wäre, würde ich sie mir schnappen, bevor es ein anderer tut.«

Zu Marys Erleichterung stiegen die Hursts anschließend in ihre Kutsche und fuhren davon. In dem Schweigen, das folgte, trat erneut Mr Hayward zu ihr.

»Miss Bennet«, stieß er betroffen hervor, »ich muss mich entschuldigen. Ich hätte eingreifen und ihm sagen müssen, dass man ihn hören kann! Aber ich war zu langsam.«

»Ich bin sicher, er hat es nicht so gemeint. Er hat ... während des Essens recht viel Wein getrunken.«

»Es tut mir dennoch schrecklich leid, dass Sie so etwas hören mussten«, sagte Mr Hayward erzürnt.

»Wirklich, Mr Hayward, es war nicht Ihre Schuld. Mr Hurst ist kein besonders verständiger Mann. Wer weiß, was er sonst noch alles daherredet.«

Auf einmal fühlte Mary sich sehr erschöpft und konnte kaum noch klar denken. Zuerst Miss Bingley und dann das.

»Ich glaube, ich möchte jetzt gehen. Wenn Sie so nett wären, mich zur Kutsche meines Onkels und meiner Tante zu bringen? Ich werde dort auf sie warten. Und ... Mr Hayward? Erzählen Sie ihnen bitte nicht, was gerade geschehen ist.«

Tom Hayward nahm ihren Arm und ging mit ihr die Treppe hinunter. Mr Ryder wurde nicht mehr erwähnt, aber Mary fand, dass Mr Hayward geistesabwesend wirkte. Als ob ihm etwas durch den Kopf ging, was ihm gar nicht gefiel, und er überlegte, was er dagegen tun sollte.

Er half ihr in die Kutsche und wünschte ihr höflich eine gute Nacht. Mary ließ sich auf den Sitz sinken und schloss die Augen. Wenn es so anstrengend war, seinen Gefühlen zu folgen, sprach möglicherweise doch einiges für kühles, rationales Denken.

Kapitel 66

Am nächsten Morgen war Mary beim Frühstück sehr still und ihre Tante klug genug, sie nicht nach der Ursache ihres Schweigens zu fragen. Die Erfahrungen, die sie mit Jane wie auch mit Elizabeth gemacht hatte, hatten sie gelehrt, dass die beste Taktik, die man bei unglücklichen jungen Frauen verfolgen konnte, häufig darin bestand, gar nichts zu tun. Also begnügte sie sich damit, Mary Kaffee anzubieten, verzichtete auf einen Kommentar, als ihre Nichte höflich ablehnte, und nahm ebenfalls stillschweigend hin, dass Mary erklärte, sie werde sie und die Kinder nicht auf den Ausflug in den Park begleiten.

Von den Angestellten, die ungeduldig darauf warteten, abräumen zu können, vom Frühstückstisch vertrieben, setzte sich Mary in den Salon, wo sie ein Buch nahm und zu lesen versuchte. Aber es gelang ihr einfach nicht, sich zu konzentrieren. Immer wieder schweiften ihre Gedanken zu den Geschehnissen des vergangenen Abends ab. Warum hatte sie nicht noch einmal mit Mr Hayward gesprochen, als sich ihr die Gelegenheit dazu bot? Einige wenige wohlgewählte Worte hätten klargemacht, dass sie nicht im Geringsten hatte andeuten wollen, auf Mr Ryders Gesellschaft gesteigerten Wert zu legen. Und hätte sie diese Worte noch vor Mr Hursts unseligen Bemerkungen herausbekommen, umso besser. Denn danach war sie einfach zu bedrückt und zu müde gewesen, um überhaupt noch etwas zu sagen. Als Mr Hayward ihr schweigend in die Kutsche der Gardiners geholfen hatte, war seinem Gesichtsausdruck nicht zu entnehmen gewesen, was in ihm vorging. Und wieder hatte sie geschwiegen. Diesen Fehler würde sie nicht noch einmal begehen. Wenn sie ihm das nächste Mal begegnete, würde sie Sorge tragen, lange genug mit ihm allein zu sein, um zu erklären, was passiert war. Dann fiel ihr ein, dass er gemeint hatte, dringliche Geschäfte würden ihn eine ganze Weile daran hindern, sich in der Gracechurch Street einzustellen – was, wenn er wochenlang nicht erschien?

Sie dachte gerade über die fürchterlichen Konsequenzen dieser Möglichkeit nach, als es unten an der Tür läutete. Mary zuckte zusammen und ließ vor Schreck ihr aufgeschlagenes Buch fallen. Es war viel zu früh für eine Rückkehr der Gardiners – könnte es vielleicht Mr Hayward sein? Sie wusste, wie unwahrscheinlich das war; zu dieser Zeit war er sicher in der Kanzlei, dennoch regte sich Hoffnung in ihr. Möglich wäre es. Vielleicht war er gerade zufällig in der Nähe oder hatte geschäftlich nahe der Cheapside zu tun. Nichts davon war sehr wahrscheinlich, trotzdem sank Marys Stimmung schlagartig auf den Nullpunkt, als nicht Tom Hayward, sondern Mr Ryder angekündigt wurde.

»Mr Ryder! So früh haben wir sie nicht erwartet. Es tut mir leid, aber Mrs Gardiner ist ausgegangen.«

Mary gab sich große Mühe, sich die Enttäuschung nicht anmerken zu lassen, die sie ganz grundlos empfand. Offensichtlich gelang es ihr, denn Mr Ryder schien nicht zu ahnen, dass er nicht der Besuch war, den sie sich herbeigesehnt hatte.

»Wie schade. Ich hatte gehofft, jetzt wäre der ideale Moment für einen Kaffee.«

Er sah sie erwartungsvoll an, aber Mary war sich nicht sicher, ob sie an diesem Morgen der Aufgabe gewachsen war, höfliche Konversation zu machen, noch dazu mit Mr Ryder.

»Ich fürchte, die Angestellten sind noch damit beschäftigt, den Frühstückstisch abzuräumen.«

»Dann müsste eine Kanne Kaffee doch eigentlich in greifbarer Nähe sein, oder?«

Er sprach mit seiner gewohnten Nonchalance, schien aber fest entschlossen, sich nicht abfertigen zu lassen. »Ich brauche nur eine ganz kleine Tasse, wissen Sie. Und es macht mir überhaupt nichts aus, meinen Kaffee lauwarm zu trinken.«

Mary schwankte. Sie konnte Mr Ryder nicht einfach seiner Wege schicken, nicht nach einer so bescheidenen Bitte. Zudem wäre es einfacher, ihn jetzt zu bewirten, statt ihn hinauszukomplimentieren, und ohnedies würde sein Besuch von kurzer Dauer sein. Sie wies eines der Dienstmädchen an, Kaffee zu bringen, und schon bald war Mr Ryder genau dort, wo er sein wollte, nämlich auf Mrs Gardiners bestem Sofa mit dem Bezug aus goldgelbem chinesischem Chintz.

»Ich bin gekommen, um mich zu erkundigen, wie Ihnen das gestrige Dinner gefallen hat, Miss Bennet.«

»Sehr gut, Sir. Es war in jeder Hinsicht ein höchst interessanter Abend.«

»Ich glaube, es hätte Ihnen an unserem Ende des Tischs noch besser gefallen; dort ist es recht lebhaft zugegangen.«

»Ja«, erwiderte Mary. »Es sah ganz so aus, als würde Ihre Konversation deutlich weniger Anstrengung erfordern als die meine.«

»Es hat mich gewundert, dass Sie ausdrücklich wünschten, neben Mr Hurst zu sitzen. Ich hätte nicht gedacht, dass Sie viele gemeinsame Interessen haben.«

»Ausdrücklich gewünscht habe ich es mir eigentlich nicht, aber ich muss sagen, dass ich dank dieses Arrangements nun sehr viel mehr über Pferderennen weiß als noch vor einer Woche.«

»Wenn ich mich recht entsinne«, bemerkte Mr Ryder, »war es

Miss Bingley, die behauptete, Sie würden sich an seiner Seite wohler fühlen. Ich war überzeugt, dass sie in Ihrem Sinne spricht.«

»Ich bin sicher, sie hat getan, was sie für das Beste hielt.« Mary hatte nicht den Wunsch, die Verstimmung zwischen Miss Bingley und ihr allgemein bekannt zu machen. »Vermutlich hielt sie es für eine freundliche Geste, zumindest für eine von uns.«

Mr Ryder stellte seine Tasse hin und zwinkerte Mary verschwörerisch zu. »Mir ist nicht aufgefallen, dass freundliche Gesten typisch für Miss Bingley wären.«

Mary musste unwillkürlich lachen. Sofort bereute sie es und versuchte, eine angemessen zerknirschte Miene aufzusetzen. »Wie unschön von Ihnen, eine so unfreundliche Bemerkung zu machen!«

»Die Bemerkung kam von mir, das stimmt«, murmelte Mr Ryder. »Aber allein Sie haben gelacht.«

»Sie haben recht«, gab Mary zurück, »und jetzt schäme ich mich dafür.«

»Natürlich tun Sie das«, sagte Mr Ryder und musterte sie mit einer Eindringlichkeit, die Mary irritierte. »Es fällt Ihnen nicht leicht, unmanierlich zu sein. *Ihnen* macht es keinen Spaß, unfreundlich zu sein.«

Das Gespräch, das Mary sich heiter, unbeschwert und eher oberflächlich erhofft hatte, schien plötzlich eine völlig andere Wendung zu nehmen, und sie war sich nicht im Klaren, ob sie diese Wendung guthieß.

»Wirklich, Mr Ryder, Sie kennen mich doch kaum. Sie können unmöglich wissen, wie ich in bestimmten Situationen handeln oder mich benehmen würde.«

»Ich muss Ihnen widersprechen, Miss Bennet. Ich glaube, ich habe ein sehr gutes Gespür dafür entwickelt, wer Sie sind. Und bevor Sie protestieren, werde ich Ihnen sagen, warum ich dieser

Meinung bin. Erstens habe ich mich vom Urteil meines Freundes leiten lassen. Tom hat eine sehr hohe Meinung von Ihnen. Er spricht stets in den höchsten Tönen über Sie, und es gibt niemanden, dessen Menschenkenntnis ich mehr vertraue. Zweitens höre ich auf das, was mir mein eigener Instinkt sagt. Mein Herz versichert mir, dass Sie genau das sind, was Sie zu sein scheinen, und das glaube ich nur allzu gern. Sie sind frei von jeder Verstellung, Miss Bennet. Ihre Eigenschaften treten klar hervor. Sie sind von der falschen Politur der Welt weder getrübt noch überdeckt worden. Ich muss Sie nicht besser kennen, als ich es bereits tue, um zu wissen, dass dies die Wahrheit ist.«

Mary hielt es nicht länger aus, dem unangenehm unverwandten Blick Mr Ryders ausgesetzt zu sein. Sie wandte den Kopf, um das Buch aufzuheben, das ihr aus der Hand gefallen war, und legte es behutsam neben sich auf das Sofa. »Das sind Beobachtungen sehr persönlicher Natur«, sagte sie.

»Mir ist bewusst, dass dies kein Gespräch ist, wie man es normalerweise in einem Salon führt«, entgegnete er. »Aber wie Sie wissen, habe ich keine sehr hohe Meinung von den kleinlichen Regeln, denen wir uns im Namen der guten Manieren oder der Höflichkeit unterwerfen.«

Mary nickte. »Ich glaube, Sie haben etwas dergleichen schon einmal erwähnt.«

Mr Ryder, der sich anscheinend für das Thema erwärmte, stand auf und begann, im Salon auf und ab zu gehen, während er weitersprach.

»Es ist meine Überzeugung, Miss Bennet, dass unsere Unfähigkeit zu sagen, was wir meinen, also die Wahrheit über das auszusprechen, was wir denken und fühlen, dass all dies ein Fluch unserer Zeit ist. Wir behaupten, Offenheit und Ehrlichkeit zu ehren, dennoch wird weder das eine noch das andere in unserem

Handeln sichtbar. Stattdessen verstecken wir uns hinter tausend Heucheleien und Ausflüchten, die wir gern Höflichkeit nennen, und verharren in einem Zustand gewollter Ignoranz über unsere wahren Empfindungen, wenn das Wissen um sie doch unser Leben für immer hätte ändern können, hätten wir denn nur von ihrer Existenz gewusst.«

Er blieb vor der Anrichte stehen und lehnte in eleganter Pose seinen Arm daran. »Das, Miss Bennet, ist, was ich glaube. Und heute bin ich hergekommen, um diese Überzeugung in die Tat umzusetzen und die grobe Ungehörigkeit zu begehen, Ihnen zu sagen, was ich wirklich über Sie denke.«

»Ist das denn klug, Mr Ryder? Es mag Situationen geben, in denen aus reinen Vernunftgründen manche Dinge ungesagt bleiben sollten.«

»Hier kann ich Ihnen nicht zustimmen. Ich habe die Absicht, mein Leben kühneren Prinzipien unterzuordnen.« Er hielt einen Moment inne, vielleicht um sich die Vielfalt an Möglichkeiten vor Augen zu führen, die dieser Gedanke beinhaltete, bevor er sich wieder Mary gegenüber auf das Sofa setzte.

»Ich habe mir Gedanken darüber gemacht, wie ich dieses Ziel erreichen könnte«, erklärte er ein wenig versonnen, »und bin zu der Erkenntnis gelangt, dass Dichtung die beste Möglichkeit sein könnte, das auszudrücken, was ich sagen will. Ich habe versucht, selbst einige Zeilen zu Papier zu bringen, aber das Resultat vermochte mich nicht zu befriedigen. Dann fielen mir Verse von Mr Wordsworth ein, und als ich sie nachschlug, fingen sie Ihr Wesen, Ihren Geist, Miss Bennet, so wunderbar ein, dass ich wusste, ich würde nicht länger suchen müssen.« Er zog ein Blatt Papier aus seiner Jackentasche. »Dürfte ich sie Ihnen vorlesen?«

Mary zögerte. Die von Mr Ryder so unverblümt geschmähten Anstandsregeln drängten sie, seinen Vorschlag abzulehnen, andererseits war ihre Neugierde geweckt. Welches Gedicht würde er vortragen? Was wollte er ihr sagen? Sie brachte es nicht über sich, ihm seinen Wunsch abzuschlagen, also nickte sie zustimmend, und Mr Ryder begann.

»Sie wohnt vom breiten Wege fern,
Wo scheu die Taube baut,
Das Mädchen hatten wenige gern,
Weil wenige sie geschaut.

Ein Veilchen an dem moosigen Stein,
Wohin der Blick nicht dringt,
Schön wie der Stern, wenn er allein
Am Abendhimmel blinkt.«

Er las überraschend gut, gemessen und mit aufrichtigem Gefühl. Mary war überrascht und infolgedessen auf die Wirkung, die das Gedicht auf sie hatte, nicht vorbereitet.

»Ich glaube, die Zeilen fangen etwas von Ihrem wahren Ich ein«, sagte er schlicht, während er das Papier zusammenfaltete.

»Dann sehen Sie mich also als einsame Gestalt?«, fragte Mary.

»Eher isoliert. ›*Sie wohnt vom breiten Wege fern …*‹«

Mary wusste, dass sie dagegen ankämpfen musste, sich von den Gefühlen, die die Verse in ihr hervorgerufen hatten, überwältigen zu lassen. Wenn sie diesen Gefühlen nachgab, würde sie vor Mr Ryder womöglich die Fassung verlieren, und das war undenkbar.

»Ich bin in Hertfordshire aufgewachsen, Sir«, sagte sie heiter. »Die Straße nach London verlief keine fünf Meilen entfernt.«

»Wie ich höre, ist es möglich, sich selbst in großer Nähe zu einer Stadt einsam zu fühlen.«

»Für meinen Heimatort«, fuhr sie fort, »trifft: ›*Das Mädchen hatten wenige gern, weil wenige es geschaut‹*, ganz und gar nicht zu. Meine Schwestern und ich wurden von vielen Leuten *›geschaut‹*, und ich denke, nicht wenige hatten uns recht gern, auch mich, nicht nur meine schöneren Schwestern.«

Mr Ryder dachte einen Moment nach. »Das führt uns zu den nächsten Zeilen. Vielleicht haben Sie neben Ihren Schwestern tatsächlich wie das Veilchen im Moose gewirkt, und nun, da Ihre Schwestern Sie nicht mehr überstrahlen, sieht man Sie endlich so, wie Sie es verdienen: *›Schön wie der Stern, wenn er allein am Abendhimmel blinkt.‹«*

Mary stockte der Atem. Seine Worte erinnerten sie lebhaft daran, was Mrs Hill einmal zu ihr gesagt hatte, um sie in jenen Tagen zu trösten, als sie sich so allein und unglücklich fühlte. Mr Ryder hatte sie erstaunt; nie hätte sie erwartet, dass er so präzise die Hoffnungen und Ängste anderer erkennen und benennen könnte. War vielleicht doch mehr an ihm, als sie gedacht hatte? Unter gesenkten Lidern betrachtete sie ihn. Breite Schultern, gut gebaut, helles Haar, in dem sich die Morgensonne fing, kurz, er war eine auffallend anziehende Erscheinung.

»Sie sind sehr direkt, Mr Ryder. Sie halten mit nichts zurück.«

»Wie ich vorhin bereits sagte, sind wir es uns schuldig, die Wahrheit auszusprechen, die unser Herz uns diktiert. Miss Bennet. Ich glaube, Sie sind im Begriff, unter Ihrem ganz persönlichen moosigen Stein hervorzukommen und zum ersten Mal sichtbar zu werden. Und ich wäre sehr gern Zeuge, wenn Sie ein wenig blinzelnd ins Licht treten.« Es schien ihm zu gefallen, dass er sie aus der Fassung gebracht hatte. »Ich denke, für einen Vormittag habe ich genug gesagt. Behalten Sie bitte das Gedicht. Ich hoffe, es wird Ihnen helfen, meiner freundlich zu gedenken. Einen schönen Tag wünsche ich noch!« Mit einer Verbeugung verließ er den Salon.

Als er die Treppe hinunterging, hörte Mary, wie Mrs Gardiner und die Kinder heimkehrten und Mr Ryder ein paar höfliche Floskeln mit ihrer Tante wechselte, bevor er sich auch von ihr verabschiedete. Schnell stopfte sie das Gedicht in ihre Tasche und bemühte sich, so ruhig und gelassen wie möglich zu erscheinen, als ihre Tante hereingeeilt kam.

»Was in aller Welt hat sich Mr Ryder bloß dabei gedacht, uns so früh einen Besuch abzustatten? Wenn du mich fragst, gibt der junge Mann seinen Neigungen viel zu bereitwillig nach.«

»Ich glaube, es verlangte ihn lediglich nach Kaffee und Gesellschaft. Er ist nicht lange geblieben.«

Als Mary aus dem Fenster blickte, sah sie Mr Ryder frohgemut die geschäftige Straße hinunterbummeln. Sie wusste nicht, was sie denken sollte. Nach diesem Vorfall konnte kein Zweifel mehr daran bestehen, dass er Zuneigung für sie empfand. Welcher Art seine Gefühle waren, wusste sie nicht, auch nicht, wie tief sie reichten, aber seine Sympathie war unleugbar. Und genauso wenig ließ sich leugnen, dass diese Begegnung mit ihm sehr aufregend gewesen war.

Doch noch während sie sich dem ungewohnten Vergnügen hingab zu wissen, dass sie von einem Mann bewundert wurde, fragte Mary sich unwillkürlich, was diese Bewunderung wert war. War Mr Ryders Verhalten nicht doch zu unbekümmert und sorglos, um von echten Gefühlen zu zeugen? Konnten wahrhaft tiefe Empfindungen so leichthin ausgesprochen werden? Sie hielt ihn nicht für unaufrichtig, hatte aber den Eindruck, dass er sich darin gefiel, die Rolle eines Mannes mit tiefen Emotionen zu spielen, und dass ein Teil seiner selbst seinen Auftritt beobachtet hatte und er in der Überzeugung das Haus verlassen hatte, seine Sache ziemlich gut gemacht zu haben.

Es war ein Glück, dachte Mary, dass sie keine starke Zuneigung zu ihm verspürte. Zwar war es unmöglich, nicht eine gewisse Wärme für einen Mann zu empfinden, der so offen in seinen Bekenntnissen war. Aber tief im Inneren wusste sie, dass nicht er es war, von dem sie Derartiges hören wollte. Hätte sie nur den Mut gehabt, ihn zu fragen, was Mr Hayward über sie gesagt hatte! Der Gedanke, dass er einem Freund gegenüber gut über sie gesprochen hatte, entzückte sie zwar, aber viel wichtiger wäre ihr gewesen zu wissen, wie Mr Hayward jetzt von ihr dachte.

»Mary«, sagte Mrs Gardiner. »Mary, hörst du mir überhaupt zu?«

Mary blickte auf und stellte fest, dass Mrs Gardiner sie fragend ansah. Anscheinend war sie so tief in Gedanken gewesen, dass sie ihre Tante nicht gehört hatte.

»Ich habe mich erkundigt, was Mr Ryder über sein gestriges Dinner zu sagen hatte. War er der Meinung, dass es gut gelaufen ist?«

»Ja«, antwortete Mary, »er schien recht zufrieden.«

Mrs Gardiner ließ sich auf dem Sofa nieder, stieß einen tiefen Seufzer der Erleichterung aus, weil sie endlich sitzen konnte, und legte ihre Füße auf einen kleinen gepolsterten Hocker. Sie sah aus, als wollte sie noch mehr sagen. Aber Mary wusste, dass sie es nicht ertragen könnte, würde sie ihr noch weitere Fragen zu Mr Ryder stellen.

»Wenn Sie mich bitte entschuldigen wollen, Tante? Es tut mir leid, aber ich muss rasch etwas holen. Es dauert auch nicht lange, ich bin gleich wieder da.«

Mrs Gardiner seufzte, als ihre Nichte aus dem Salon lief. Es hatte nicht den Anschein, als hätte sich deren seelische Verfassung verbessert, seit sie mit den Kindern in den Park aufgebrochen war. Im Gegenteil, Mary wirkte noch zerstreuter als beim Frühstück.

Kapitel 67

Eine Woche später tauchte Mr Ryder erneut in der Gracechurch Street auf und legte es auch während dieses Besuchs darauf an, sich so charmant wie möglich zu präsentieren. Er brachte ein Pfund feinsten Kaffee mit und überreichte seine Gabe mit großer Geste Mrs Gardiner, wobei er die Hoffnung äußerte, sich damit für all die Tassen Kaffee zu revanchieren, die er in ihrem Haus bereits genossen hatte. Er war so liebenswürdig, dass sogar Mrs Gardiner weich wurde und später zugab, dass Mr Ryder, wenn er wollte, ein überaus anregender Besucher sein konnte. Mary widersprach ihrer Tante nicht, denn Mr Ryder war in der Tat sehr amüsant. Wenn er von dem Pomp erzählte, den Lady Catherine de Bourgh auf Rosings pflegte, musste sie immer lachen, auch wenn sie wusste, dass es falsch war – Dr. Fordyce hätte eine so unpassende Leichtfertigkeit gewiss nicht gebilligt. Auf diese Weise verstrichen die Tage recht angenehm, und Mr Ryder wurde zu einem häufigen Gast im Hause Gardiner. Aber es war sein Freund, nach dem Mary sich sehnte. Doch Mr Hayward ließ sich immer noch nicht blicken.

Er schickte den Gardiners eine schriftliche Entschuldigung für sein Fernbleiben. Schuld daran sei ein Fall, der ihm nach wie vor schwer zu schaffen mache, erklärte er, aber er hoffe, recht bald wieder genug freie Zeit zur Verfügung zu haben, um an ihren exzellenten Abendessen teilnehmen zu können. Es war ein freundlicher, mitteilsamer Brief, der mit den Worten endete: *Mit all meiner Liebe, Tom.*

Mary verbrachte viel Zeit damit, über die genaue Auslegung dieses Briefendes nachzugrübeln und zu entscheiden, wie groß der Anteil an Zuneigung sein mochte, der in diesem Gruß ihr galt. Zwar schrieb Mr Hayward, dass er sie hoffentlich alle bald wiedersehen werde, aber da weder eine nähere Zeitangabe gemacht noch ein bestimmtes Datum genannt wurde, schöpfte Mary daraus nicht viel Trost.

Letzten Endes war es Mr Gardiner, der eines Abends beim Dinner allen heimlichen Mutmaßungen Marys ein Ende setzte. »Ich bin heute zufällig Tom Hayward begegnet«, erzählte er, während er am Tisch stand und eine sehr appetitliche Lammkeule anschnitt. »Ich war in der Nähe der Chancery Lane, als sich unsere Wege kreuzten. Tom war in größter Eile – in dunkler Robe, Papiere unter dem Arm –, aber er übersendet seine besten Grüße. Sagt, er vermisst uns alle sehr.«

Mary griff nach ihrer Serviette und breitete sie sorgfältig auf ihrem Schoß aus.

»Ich finde es sehr unschön von ihm, uns so lange zu vernachlässigen«, bemerkte Mrs Gardiner. »Kann er nicht wenigstens ab und zu ein paar Stunden für uns erübrigen?«

Mr Gardiner legte die Fleischstücke auf die Teller und reichte diese herum. »Ich weiß, dass Sie nur scherzen, meine Liebe«, sagte er, wobei nur der leiseste Hauch eines Tadels in seiner Stimme mitschwang. »Aber selbst das ist nicht ganz fair. Tom hat wirklich keine Wahl. Der Fall, mit dem er sich derzeit befasst, ist für ihn von größter Bedeutung, und er muss jede Minute seiner Zeit darauf verwenden.«

»Ich sehe mich gerügt«, erwiderte seine Frau. »Aber meine Bemerkung war weniger eine Beschwerde als vielmehr ein Geständnis, wie sehr ich ihn vermisse. Ich glaube, uns allen geht es so.«

Sie spähte zu Mary, die ihrem Blick auswich.

»Worum geht es bei diesem Fall«, fragte diese endlich, »und warum ist er für Mr Hayward so wichtig?«

Mr Gardiner, der die Aufgabe des Tranchierens und Servierens bewältigt hatte, nahm Platz und schenkte sich ein Glas Wein ein. »Über die Details kann ich nicht viel sagen«, antwortete er, »da die Rechtsprechung nicht mein Gebiet ist. Aber soweit ich weiß, ist Tom einer von einer ganzen Gruppe von Anwälten, die gemeinsam einen großen Handelskonzern vertreten – nun, ich darf wohl sagen, dass es sich um die East India Company handelt. Grund der Auseinandersetzung vor Gericht sind Verträge, die abgeschlossen oder nicht abgeschlossen, eingehalten oder nicht eingehalten wurden.«

»Das klingt nach einem sehr großen Schritt für ihn«, meinte Mrs Gardiner.

»Das ist es tatsächlich«, bestätigte ihr Mann. »Er hat in diesem Jahr bereits einen beachtlichen Sieg errungen. Wenn er diesen Fall genauso erfolgreich abschließt, wird es von großem Vorteil für ihn sein.« Mr Gardiner griff nach seinem Besteck. »Sowohl, was seinen Ruf als Anwalt betrifft, als auch finanziell.«

»Dann könnte er sich damit also einen Namen machen?«, fragte Mary.

»Ich denke schon. Er hat mir anvertraut, dass ein Erfolg zu einer deutlichen materiellen Verbesserung seiner Umstände führen könnte.«

»Dabei wünschen wir ihm natürlich viel Glück«, sagte Mrs Gardiner, »dennoch freue ich mich schon sehr darauf, ihn wieder in unserer Mitte zu haben, und hoffe, dass wir nicht mehr allzu lange darauf warten müssen.«

»Das könnte sogar früher passieren, als Sie denken«, erwiderte Mr Gardiner. »Ich habe nämlich die Gelegenheit genutzt, Tom auf unsere Reise in den Lake District anzusprechen.«

Ursprünglich war geplant gewesen, im August aufzubrechen, um der Stadt in der wärmsten und unangenehmsten Jahreszeit zu entfliehen. Aber wie Mr Gardiner nun erklärte, schien dieses Datum zusehends ungewisser, da seine Geschäfte wieder einmal seine Anwesenheit genau zum angedachten Zeitpunkt ihrer Reise in London zu erfordern drohten.

»Aber ich konnte mich nicht mit dem Gedanken abfinden, dass Sie erneut eine Enttäuschung erleben«, fuhr er mit einem liebevollen Blick auf seine Frau fort, »und habe deshalb andere Arrangements getroffen, damit dieses Mal Ihr Herzenswunsch in Erfüllung geht.«

Mr Gardiner hatte entschieden, dass es vor diesem Hintergrund am besten wäre, die Reise auf die erste Juliwoche vorzuverlegen. So könnten ihre Ferien beendet sein, noch bevor seine geschäftlichen Angelegenheiten seine Anwesenheit in London notwendig machten.

Als Mrs Gardiner von dem neuen Plan erfuhr, sprang sie auf, lief zu ihrem Mann und küsste ihn innig auf die Wange. »Wie lieb von Ihnen, all das zu bedenken!«, rief sie. »Aber dann sind es bis zu unserer Abreise nur noch zwei Wochen! Können wir das denn schaffen?«

Mr Gardiner hielt es durchaus für möglich. Er hatte bereits einige der wichtigsten Vorkehrungen getroffen – Zimmer in Gasthäusern gemietet, Plätze in Kutschen reserviert, kurz, er hatte alles getan, damit Bewegung in die Sache kam, natürlich nur unter der Voraussetzung, dass Mrs Gardiner einverstanden war. Während seine Frau ihm noch versicherte, nichts könne ihr lieber sein, war Mary mit ihren Gedanken bereits ganz woanders.

Sie kreisten um die einzige Frage, die sie tatsächlich beschäftigte: Würde Mr Hayward mit von der Partie sein oder in London bleiben?

»Ich habe Tom bei unserem Treffen natürlich über meine Pläne ins Bild gesetzt«, fuhr Mr Gardiner fort, als hätte er Marys Gedanken gelesen. »Ich hoffte, er würde uns begleiten, denn es wäre für uns alle ein Verlust, auf seine Gesellschaft zu verzichten. Und er sagte mir tatsächlich, dies sei kein Problem, da sein Fall bis dahin abgeschlossen sein dürfte.«

»Ach, das freut mich aber!«, rief Mary erleichtert. Sie würde Mr Hayward sehen und mit ihm Gespräche führen können! Sie würden für die gesamte Dauer der Reise zusammen sein!

»Er wird allerdings nicht mit uns zusammen reisen, weil er noch nicht genau weiß, ab wann er abkömmlich ist. Aber wir werden ihn in unserem Gasthaus treffen und eine sehr gemütliche kleine Gruppe bilden«, schloss Mr Gardiner, hochzufrieden darüber, dass sein Plan so gut aufgenommen worden war.

Er wollte sich gerade ein zweites kleines Stück von der Lammkeule nehmen, als ihm noch etwas einfiel. »Ach, Mary, beinahe hätte ich es vergessen. Das hier hat mir Tom für dich mitgegeben.« Aus seiner Tasche zog er ein kleines Buch, noch ungelesen und in der Verpackung des Buchhändlers.

Mary nahm es und hielt es einen Moment lang fest in der Hand. Sie war so hingerissen von dem Geschenk, dass sie fast Angst hatte, es auszuwickeln.

»Was ist es?«, wollte Mrs Gardiner wissen, als Mary das Büchlein auswickelte. »Wieder einmal ein Gedichtband?«

»Nicht ganz. Es ist ein Reiseführer für den Lake District. Aber Mr Wordsworth ist der Verfasser, also nehme ich an, dass er auch Gedichte enthält.« Sie schlug das Buch auf und strich sanft über die erste Seite. »In dem Band findet sich alles, was man als

Reisender wissen muss – Empfehlungen für Wanderungen, Ausritte und sogar Gasthäuser!«

»Das stimmt«, sagte Mr Gardiner. »Ich habe die Unterkünfte, in denen wir nächtigen werden, diesem Buch entnommen, das auch in unserer Bibliothek steht.«

Ihr Onkel wandte sich ihrer Tante zu und schilderte ihr detailliert die diversen Gasthäuser mitsamt allen Annehmlichkeiten, die sie verhießen. Mary hörte ihm nicht zu. Zwischen den Seiten des Buchs hatte sie ein kleines zusammengefaltetes Blatt Papier entdeckt – eine Nachricht von Mr Hayward.

Meine liebe Miss Bennet,
anbei eine Kleinigkeit, die Ihnen auf der Fahrt gen Norden die Zeit vertreiben mag.
Studieren Sie das Buch sorgfältig, denn ich werde Ihnen sicher Fragen dazu stellen, wenn wir zusammentreffen!
Es tut mir leid, dass ich in den letzten Wochen so wenig Zeit für Sie hatte. Aber wenn wir uns wiedersehen, werden wir auf Wordsworths Spuren wandeln, was Ihnen hoffentlich genauso viel bedeuten wird wie mir.
Nehmen Sie bitte zur Kenntnis, dass ich die Absicht habe, in der Zeit, die wir dort verbringen werden, so viele grüne Hügel wie nur möglich zu erklimmen. Vielleicht einige davon gemeinsam mit Ihnen, was meinen Sie?
Tho. Hayward

Mary blickte auf. Hatten die Gardiners sie beim Lesen des Briefes beobachtet? Als sie sah, dass beide noch immer völlig in ihr Gespräch vertieft waren, schob sie das Papier vorsichtig in das Buch zurück. Freude und Erleichterung überwältigten sie. Er hatte sie nicht vergessen. Er dachte immer noch an sie. Als sie sich im

Zimmer umschaute, stellte sie fest, dass sie in ihrem ganzen Leben noch nie so glücklich gewesen war wie in den letzten Monaten in der Gracechurch Street. Während ihr Blick über das behagliche Interieur glitt und sie den lebhaften Stimmen ihres Onkels und ihrer Tante lauschte, die angeregt über die Reise redeten, auf die sie sich schon so sehr freuten, wurde Mary bewusst, dass sie einen Großteil ihrer neu gefundenen Zufriedenheit den Gardiners und den heilenden Kräften ihres Zuhauses verdankte. Aber noch etwas wurde ihr in diesem Moment klar: Wenn man von jemandem behaupten konnte, ihr Glück vollkommen gemacht zu haben, dann von Mr Hayward. Vor dem Hintergrund war es nicht verwunderlich, dass Mary den Reiseführer über den Lake District an diesem Abend mit ins Bett nahm und unter ihr Kopfkissen legte, um das Büchlein hin und wieder zu berühren und sich zu vergewissern, dass es noch da war.

Kapitel 68

Bald wurde mit den Reisevorbereitungen begonnen, und in der Gracechurch Street ging es drunter und drüber. Sobald ihre eigenen Sachen gepackt waren, erkannte Mary schnell, dass sie bei allem, was sonst noch zu tun war, eher hinderlich als hilfreich war. Nichts irritiert eine geplagte Hausfrau mehr als das beharrliche Bitten einer nutzlosen Person, man möge ihr doch sagen, wie sie helfen könne, und da Mary ihrer Tante bei der Erledigung der zahlreichen Aufgaben nicht zur Last fallen wollte, stahl sie sich leise zur Haustür hinaus.

Sie war noch nicht weit gegangen, als ein Stück vor ihr auf der Straße eine vertraute Gestalt auftauchte. Es war unmöglich, Mr Ryders eleganten Gang nicht zu erkennen, das Schlendern eines Mannes, der niemandem als sich selbst zu Gefallen sein will. Als er Mary entdeckte, war sein Lächeln so strahlend und echt, dass sie nicht anders konnte, als es zu erwidern.

»Miss Bennet! Was für ein Zufall! Ich war gerade auf dem Weg zu Ihnen.«

»Dann muss ich Sie leider enttäuschen. Das Haus ist in Aufruhr, und meine arme Tante ebenso. Ich glaube, die Aussicht, heute Morgen einen Gast zu bewirten, würde ihre Kräfte und die der Dienerschaft übersteigen.«

Mr Ryder zeigte sich sofort besorgt und verlieh seiner Hoffnung Ausdruck, dass niemand krank oder von einem anderen

Unglück befallen war. Mary beeilte sich, ihm zu erklären, dass genau das Gegenteil der Fall und das Chaos im Hause Gardiner die Folge ihrer Reisepläne war. Sie erzählte ihm von ihrer Absicht, den Lake District zu besuchen, und erklärte, wie es dazu gekommen war und wie aufgeregt sie schon alle waren.

»Ich muss gestehen, Sie machen mich neidisch«, sagte Mr Ryder. »Wird Tom denn mit von der Partie sein?«

»Ja. Er ist ein so alter Freund der Familie, dass es unmöglich gewesen wäre, ihn auszuschließen.«

»Dann kann er sich glücklich schätzen. Ich beneide Sie wirklich alle, Miss Bennet. Ich kann mir nichts Schöneres vorstellen, als all die Orte kennenzulernen, die eines der größten Genies unserer Zeit inspiriert haben!«

Mr Ryders Augen glühten förmlich, und Mary fiel es schwer zu entscheiden, ob sein Enthusiasmus liebenswert oder lächerlich war. Vielleicht ein wenig von beidem, dachte sie. Dann war sein Ernst von einem Moment auf den anderen verschwunden, und er war wieder heiterer Stimmung.

»Sagen Sie, Miss Bennet, mögen Sie gern Eis?«

»Um ehrlich zu sein, habe ich es bisher nur wenige Male gekostet – unter anderem im Haus meiner Schwester in Derbyshire –, aber ich muss sagen, es hat köstlich geschmeckt.«

»In diesem Fall möchte ich Ihnen einen Vorschlag unterbreiten. Nicht weit von hier befindet sich Angell's, ein ausgezeichneter Konditor, der ganz fabelhaftes Speiseeis in allen erdenklichen Geschmacksrichtungen anbietet. Ich würde Sie dort sehr gerne auf ein Eis einladen.«

Ihm fiel auf, dass sie zögerte. »Ich schwöre, es handelt sich um einen höchst respektablen Ort, absolut passend für Damen. Wenn ich eine altjüngferliche Tante hätte, ich würde nicht zögern, mit ihr dort ein Eis zu essen.«

Mary wusste, dass sie eigentlich ablehnen sollte, aber der heutige Tag schien an Vergnügungen nicht viel zu bieten zu haben. Bei dem Durcheinander, das im Haus der Gardiners herrschte, würde sie keine Ruhe zum Lesen finden und allen anderen nur im Weg sein.

Mr Ryder ließ nicht locker. »Wenn Ihnen nicht gefällt, was Sie sehen, begleite ich Sie unverzüglich nach Hause, versprochen. Aber schauen Sie nur, Miss Bennet, der Himmel ist blau, und die Sonne scheint von ihm herab. Genießen wir das Wetter, solange wir es können.«

Seine gute Laune war ansteckend und sein Lächeln so gewinnend, dass Mary zustimmte. Allerdings stellte sie eine ganze Reihe von Bedingungen: Sie wolle nur ein Eis, sie werde nicht länger als eine halbe Stunde bleiben, und er müsse sie sofort in die Gracechurch Street zurückbringen, wenn sie darum bat. Und so fand sie sich zwanzig Minuten später bei Angell's wieder, wo sie mit großem Genuss ein Eis der Sorte Bergamotte verzehrte.

Ihr Gespräch war weit ungezwungener und unterhaltsamer als von Mary erwartet. Da sie kein Verlangen verspürte, Mr Ryder zu beeindrucken, war sie in seiner Gegenwart nicht nervös, und weil sie sich gegen seinen Charme gefeit fühlte, zögerte sie nicht, ihren kleinen Ausflug ein bisschen zu genießen. Irgendwann führte ihre Unterhaltung unvermeidlich von den Büchern, die sie schon gelesen hatten, über jene, die sie gerade lasen, hin zu denen, die sie noch lesen wollten, wobei Mr Ryder erneut betonte, dass längere Werke nicht nach seinem Geschmack waren.

»Ich glaube, die Kürze der Dichtkunst ist ihre größte Tugend«, verkündete er, während er den Rest seines Pfirsicheises aß und dann den Löffel hinlegte. »Der Leser ist nicht gezwungen, es mit Unmengen von Seiten aufzunehmen, die, so viele wir davon auch umblättern, nie weniger zu werden scheinen. Mit einigen wenigen bemerkenswerten Ausnahmen, auf die man nicht zurückkommen muss – ich zum Beispiel werde *Paradise Lost* nicht so bald wieder in die Hand nehmen –, sind Gedichte eher kurz und eignen sich deshalb perfekt für einen so unsteten Geist wie meinen.«

Mary blickte von ihrem Eis auf, das genauso gut schmeckte wie von Mr Ryder versprochen. »Wenn Sie die Dichtung so sehr lieben, wie Sie sagen«, erwiderte sie, »dann erweisen Sie sich keinen Gefallen. Meiner Erfahrung nach verlangt sie uns wesentlich mehr Einsatz und Hingabe ab als manch philosophisches Werk. Ohne Konzentration finden wir keinen Zugang zu ihr.«

»Ah, Miss Bennet!«, rief er. »Ich habe nichts dagegen, alles zu umarmen, was in die *Tiefe* geht – das birgt für mich keinen Schrecken –, nein, es ist die *Länge*, die mich besiegt.« Er faltete seine Serviette zusammen, legte sie auf den Tisch und verschränkte die Arme. »Sehen Sie, die Gabe der Ausdauer fehlt mir. Ich bin ein hoffnungsloser Fall.«

»Aber nur, weil Sie entschlossen sind, sich als solchen zu sehen.« Mary aß ihr Eis auf, indem sie die Rillen des kleinen Glasbechers, in dem es serviert worden war, mit ihrem Löffel nach einem letzten Rest absuchte. »Ich bin überzeugt, Sie hätten genug Disziplin, um alles zu tun, was Sie wollen, wären Sie nur bereit, sie einzusetzen.«

Mr Ryder machte ein nachdenkliches Gesicht. »Das mag sein, aber ich bin mir dessen nicht so sicher. Doch, wahrscheinlich haben Sie recht; ich könnte es wohl. Die Frage ist tatsächlich nur, ob ich es will.«

»In diesem Fall sind Sie leider dazu verdammt, so zu bleiben, wie Sie sind«, gab Mary ein wenig schroff zurück. »Denn wo die Bereitschaft fehlt, sich Mühe zu geben, besteht im Allgemeinen wenig Hoffnung auf Erfolg.«

Mr Ryder hob eine Hand und bestellte Tee. »Wie ich sehe,

sind Sie unzufrieden mit mir«, sagte er. »Aber zu meiner Verteidigung will ich anführen, dass es nicht nur die Trägheit meinerseits ist. Ich glaube, dass ich absolut imstande bin, Anstrengungen auf mich zu nehmen, wenn es um etwas geht, das ich liebe. Aber was mir widerstrebt, ist, mich mit jener Einstellung abzufinden, die bewusst Erfüllung in Dingen sucht, die langweilig und ermüdend sind, die in allem, was trocken und unbelebt ist, eine Tugend an sich sieht.«

»Es ist immer leichter, sich auf das zu konzentrieren, was wir lieben und woran wir uns erfreuen können«, sagte Mary. »Es erfordert sehr wenig Disziplin, uns diesen Dingen zuzuwenden.«

»Sie sagen das, als wäre es ein Versagen, wenn wir uns mit dem beschäftigen, was wir mögen«, sagte Mr Ryder. »Ich sehe das ganz anders. Ich bin entschlossen, meine Energie nicht an etwas zu verschwenden, das mich weder bewegt noch anspricht. Ich möchte nicht, dass meine Lebensfreude zugrunde geht, indem ich sie mit lästigen Pflichten belade.«

»Sie sind in der glücklichen Lage, eine derartige Wahl treffen zu können.«

»Wohl wahr«, gab er zu. »Und ich habe die Absicht, das Beste aus diesem glücklichen Umstand zu machen.«

Ein Kellner trug die leeren Eisbecher ab und säuberte ihren Tisch.

»Ich spüre, dass ich Sie nicht von der Richtigkeit meiner Argumente überzeugen konnte.«

»Nicht ganz, Mr Ryder.«

»Dann frage ich mich, ob Sie mir, bevor wir aufbrechen, noch erlauben würden, Ihnen eine Geschichte zu erzählen, die, wie ich hoffe, ein wenig Licht darauf wirft, warum ich so und nicht anders empfinde.«

Mary erlaubte es ihm. Auch wenn sie Mr Ryders Prinzipien

nicht unbedingt guthieß, gefiel ihr doch, wie offen er darüber sprach. Als er sie jetzt anlächelte, registrierte sie, was für ein schönes Profil er hatte, und genierte sich noch im selben Moment dafür, dass es ihr aufgefallen war. Vermutlich war genau das die Situation, vor der Mrs Gardiner sie gewarnt hatte. Sie musste gut achtgeben, sich nicht von Mr Ryders Charme betören zu lassen. Zwar hielt sie sich nicht für gefährdet, aber es konnte schließlich nicht schaden, auf der Hut zu sein.

Mr Ryder, der von Marys innerem Kampf nichts ahnte, machte es sich auf seinem Stuhl bequem und fing an, in weit ernsterem Ton zu sprechen, als es sonst seine Gepflogenheit war.

»Mein Vater«, begann er, »erbte einen kleinen Besitz in Sussex, der für ihn allerdings nicht weiter von Interesse war. Er war ein Mann der Wissenschaften und widmete seine ganze Zeit dem Studium aller erdenklichen merkwürdigen Insekten. Seine Leidenschaft galt insbesondere einer bestimmten Käferart – ihre lateinische Bezeichnung ist mir entfallen. Mein Vater war ständig unterwegs, um Exemplare dieses Käfers zu fangen, zu töten und zu präparieren. Ein sehr verbissener Zeitvertreib, der ihn völlig in Anspruch nahm. Er verließ kaum jemals sein Studierzimmer, und wir Kinder bekamen ihn nur selten zu Gesicht. Dann starb er, ganz unerwartet, wenn ich mich recht entsinne. Ich war damals fünfzehn Jahre alt.«

Der Tee wurde serviert, und Mary schenkte ihnen ein. Als sie damit fertig war, fuhr Mr Ryder fort.

»Am Tag seiner Beerdigung, als alle anderen im Salon saßen und Wein tranken und traurige Gesichter machten, ging ich in seine Bibliothek. Dort traf ich drei unserer Diener an, alle wie ich in Schwarz. Sie waren damit beschäftigt, jede einzelne der Schubladen hinauszutragen, in denen sich seine Käfer befanden. Es müssen zwanzig bis dreißig gewesen sein, in jeder davon Reihe um Reihe von Insekten, fein säuberlich aufgespießt, damit man das Muster auf ihren Flügeln erkennen konnte. Die Männer verrichteten ihre Arbeit sehr ehrerbietig. Ich weiß nicht, wohin sie die Käfer brachten, aber ich habe sie nie wieder gesehen. Wahrscheinlich wollte meine Mutter sie nicht im Haus haben.«

Er nahm einen Schluck Tee. »Nachdem die Diener fertig waren, saß ich eine Weile in dem düsteren Zimmer und betrachtete die leeren Fächer, in denen sich zuvor die Schubladen befunden hatten. Dann öffnete ich die Tür zur Terrasse und lief in den Garten. Die Sonne war so gleißend hell, dass ich einen Moment lang wie geblendet war. Der Tag war strahlend schön und warm. Ich blieb zwischen den Bäumen und inmitten von Blumen stehen und atmete in all dem Grün die klare Luft ein. Ich spürte die Wärme der Sonne auf meinem Rücken. Ich roch den Duft von frisch geschnittenem Gras. Und ich blickte zu dem dunklen Zimmer zurück, aus dem ich gerade gekommen war, und dachte mir, was für eine traurige Verschwendung das Leben meines Vaters doch gewesen war. All die Stunden des emsigen Studiums, all die Mühe … und wozu? Alles dahin in einem einzigen Augenblick.«

»Was Sie mir da erzählen, stimmt mich traurig«, sagte Mary leise.

»Mich hat es auch betrübt«, sagte Mr Ryder. »Aber nicht sehr lange. Ich schlenderte durch den Garten, zog meine schwarze Jacke aus, warf mich ins Gras und blickte in den Himmel. Und in diesem Moment hatte ich das Gefühl, mehr vom Sinn des menschlichen Daseins zu verstehen, als mein Vater in einem ganzen Leben voller Gelehrsamkeit gelernt hatte. Jahrelange harte Arbeit hatte ihm nicht das Glücksgefühl bescheren können, das ich in diesem Augenblick empfand. Ich hatte mich dem reinen, unverfälschten Wesen der Welt geöffnet, das er ein Leben lang geleugnet hatte.«

Der Kellner kehrte an ihren Tisch zurück, und Mr Ryder bat um die Rechnung. Als sie ihm präsentiert wurde, zahlte er zerstreut und gab ein großzügiges Trinkgeld, mit dem der Kellner mehr als zufrieden zu sein schien. Dann nahm er den Faden seiner Erzählung wieder auf.

»Diese Erfahrung hat bei mir einen gewaltigen Eindruck hinterlassen. Und als ich alt genug war, um selbst zu entscheiden, wie ich mein Leben gestalte, schwor ich mir, mich nicht so wie mein Vater in die Irre führen zu lassen. Das Leben ist zu kurz, Miss Bennet, um es nicht jenen Dingen zu widmen, die uns Freude und Erfüllung bringen. Und das heißt für mich, dass wir unsere Sinne ebenso befriedigen müssen wie unseren Geist schulen. Wir hören oft, dass sinnliche Freuden nicht von Dauer sind, aber ich habe selbst erlebt, dass das genauso auf die Früchte harter Arbeit zutrifft. Am Ende wird alles zu Staub. Im philosophischen Sinne warten irgendwo immer schon Diener darauf, unsere Käfersammlung wegzutragen und sie Gott weiß wo zu entsorgen. Ich denke, wir sollten uns auf jeden Fall ein bisschen Spaß gönnen, bevor sie sich an die Arbeit machen.«

Mary wusste zunächst nicht recht, was sie darauf erwidern sollte. Ihr war klar, dass Mr Ryder ihr etwas sehr Bedeutsames über seine Person erzählt hatte, und sie konnte nicht umhin, sich von seinem Vertrauen geschmeichelt zu fühlen. Aber sosehr sie sich auch wünschte, die Aufrichtigkeit seiner Geschichte respektieren zu können, zog sie daraus doch nicht dieselben Schlussfolgerungen wie er.

»Ich verstehe Ihre Argumentation«, sagte sie. »Aber man könnte auch sagen, dass das, was Sie beschreiben, lediglich eine Rechtfertigung für Selbstsucht ist. Manchmal sind wir verpflichtet, Dinge zu tun, die uns keinen Spaß machen, und zwar den Menschen in unserer Umgebung zuliebe.«

»Ich habe gehört«, erwiderte Mr Ryder, »dass man auch Freude daran haben kann, ein Opfer zu bringen. Vorausgesetzt, es erfolgt freiwillig. Wenn daraus aber eine Pflicht erwächst, wird diese schnell lästig.«

Mary war nicht überzeugt, begnügte sich aber mit einem vagen, skeptischen Lächeln. Sie wartete einen Moment, bevor sie weitersprach. »Es ist ein sehr trauriger Gedanke, dass die Sammlung Ihres Vaters auseinandergerissen und fortgeschafft wurde.«

»Es stimmt«, sagte er, »dieses Erlebnis hat mich nachhaltig geprägt.«

»Ich sehe ein, dass Ihnen die Käfer wie der Inbegriff von Nutzlosigkeit erschienen«, fuhr Mary fort. »Aber woher wollen Sie wissen, ob es Ihrem Vater nicht sehr viel Freude gemacht hat, sie zusammenzustellen? Vielleicht waren sie für ihn der Zeitvertreib, den er sich selbst aus freien Stücken ausgesucht hatte. Wir wissen so wenig darüber, was andere wirklich fühlen.«

»Nun, ich hatte nicht den Eindruck, dass sie ihm großes Vergnügen bereiteten«, sagte Mr Ryder. »Aber falls es so war, kann ich nur sagen, dass dies nicht die Art Vergnügen ist, die mir zusagen würde – nein, ich wünsche mir etwas wesentlich Spannenderes. Und wenn Sie meinen, wir wüssten nicht, was in anderen vorgeht – ich habe es schon einmal gesagt, Miss Bennet: Es ist eines der großen Übel unserer Zeit, nicht frank und frei über unsere Gefühle zu sprechen. Wir wären alle glücklicher, wenn wir aufrichtiger miteinander umgehen würden. Davon bin ich felsenfest überzeugt, und ich gebe mir große Mühe, diesem Grundsatz treu zu sein, wann immer ich kann. Tatsächlich habe ich vor, es auch in diesem Moment zu sein.«

Noch ehe sie wusste, wie ihr geschah, nahm Mr Ryder ihre Hand in seine und hielt sie fest. »Unser Gespräch hat mich sehr glücklich gemacht, Miss Bennet.«

»Möglicherweise, weil *Sie* die meiste Zeit geredet haben.«

»Man wird Sie vermissen, wenn Sie im Lake District sind. Ohne Sie wird London sehr leer erscheinen.«

»Ich bin überzeugt, es wird Ihnen nicht an Gesellschaft mangeln, Sir. Sie scheinen immer einen Kreis guter Bekannter um sich zu haben.«

»Mag sein, dennoch werde ich *Ihre* Abwesenheit immer spüren.«

Mary entzog ihm ihre Hand, und Mr Ryder ließ sie ohne jedes Anzeichen von Verlegenheit los. Mary entschuldigte sich – sie müsse zurück und Mrs Gardiner bei den Reisevorbereitungen helfen, sie dürfe sich nicht länger aufhalten, er müsse nicht die Mühe auf sich nehmen, sie zu begleiten –, verabschiedete sich höflich und eilte davon. Sie war die Straße schon ein ganzes Stück hinuntergegangen, als sie über die Schulter zurückblickte. Es missfiel ihr nicht, dass Mr Ryder draußen vor dem Laden stand und ihr nachsah, bevor er sich umdrehte und in die andere Richtung ging.

TEIL 4

Kapitel 69

Die Fahrt von der Gracechurch Street zum Haus der Bingleys, wo die Familie Gardiner ihre Reise kurz unterbrechen wollte, verlief ohne Probleme oder Unfälle. Mary wurde zusehends stiller, je näher sie ihrem Ziel kamen. In den Tagen kurz vor der Abfahrt war sie im Geist schon bei den berühmten Seen, den Ausflügen und Sehenswürdigkeiten gewesen und hatte nicht an die Zeit gedacht, die sie vorher noch bei den Bingleys verbringen würden. Erst als sie schon auf der Straße dahinrollten, begann sie, darüber nachzudenken, wie sich ihr Aufenthalt gestalten könnte. Sie gab sich größte Mühe, nicht der nervösen Anspannung nachzugeben, die allmählich an ihrem Selbstvertrauen nagte. Meine Güte, was hatte sie schon zu befürchten? Caroline Bingley würde nicht da sein, um sie zu quälen, und die Gardiners, auf deren Güte sie sich stets verlassen konnte, waren an ihrer Seite. Mr Bingley war immer vergnügt und guter Dinge, und es würde nett sein, Janes schönes Gesicht wiederzusehen. Während die Kutsche gen Norden rumpelte, ertappte Mary sich dabei, sich auf die Begegnung mit Schwester und Schwager fast schon zu freuen. Aber sie waren nicht die einzigen Verwandten, die sie bei ihrer Ankunft antreffen würde. Auch ihre Mutter würde da sein.

Als sie endlich vor dem Haus der Bingleys anhielten, wurden sie von Jane bereits erwartet. Die kleinen Gardiners entstiegen steifbeinig der Kutsche und rannten schon bald lachend und johlend umher, um sich nach der langen Fahrt auszutoben. Es dauerte ein paar Minuten, ehe sie wieder eingefangen und mit dem Versprechen auf frischen Toast und ein Körbchen voll kleiner Kätzchen, die sie bewundern und streicheln durften, weggelockt werden konnten. Die älteren Reisenden folgten ihnen gesitteter, aber um nichts weniger dankbar für die Aussicht auf eine Tasse Tee und einen Sitzplatz, der nicht unter ihnen hin und her schwankte. Mr Bingley gab mit gewohnter Liebenswürdigkeit den Hausherrn, und innerhalb einer knappen halben Stunde waren alle glücklich und zufrieden.

Nachdem man sich gestärkt hatte, wurde die Konversation lebhafter. Mr Gardiner stellte fest, dass man Mrs Bennet noch gar nicht gesehen habe; die Nerven seiner Schwester seien hoffentlich nicht wieder angegriffen? Mr Bingley lächelte in seinen Tee, während Jane gelassen erwiderte, ihre Mutter sei so weit wohlauf, spare sich lediglich ihre Kräfte für das Dinner und freue sich bereits darauf, alle ein wenig später zu begrüßen. Ein kurzes Schweigen folgte, während diese Nachricht verdaut wurde, und danach schienen die beiden Männer der Meinung zu sein, der Höflichkeit Genüge getan zu haben. Sie erhoben sich gemeinsam von der Tafel, um eine Anpflanzung neuer Bäume zu begutachten, zu deren Zustand Mr Bingley unbedingt Mr Gardiners Meinung einholen wollte.

Als sie gegangen waren, bedachte Jane ihre Schwester mit einem sanften, beifälligen Blick. »Ich muss sagen, Mary, du siehst in diesem Kleid überaus schick aus. Ich glaube, ich habe es noch nie an dir gesehen.«

Mary war beinahe entfallen, dass sie sich seit ihrer letzten Begegnung mit Jane eine neue Garderobe zugelegt hatte. Es war seltsam. Nun, da sie sehr viel besser gekleidet war, schenkte sie ihrem Aussehen kaum noch Beachtung. Sie starrte nicht mehr in den Spiegel, um nach Gründen zu suchen, ihre äußere Erscheinung zu kritisieren. Tatsächlich schaute sie kaum noch in den Spiegel, aber nicht etwa, weil ihr missfiel, was sie dort sah. Eher lag es daran, dass sie im Großen und Ganzen mit ihrem Aussehen zufrieden war, vielmehr so zufrieden, wie es ihrer Meinung nach die meisten Frauen waren, die Schönheit für sich nicht in Anspruch nehmen konnten. Nachdem sie einem Regiment von Klagen und Kritik entronnen war, akzeptierte Mary sich selbst nun, wie sie war, und war damit nicht unglücklich.

Janes aufrichtiges Lob freute sie, und sie erwiderte das Lächeln ihrer Schwester. »Schön, dass dir das Kleid gefällt. Mrs Gardiner hat mir zugeredet, es zu kaufen.«

»Sehr weise«, nickte Jane. »Es steht dir ausgezeichnet.«

»Meiner Meinung nach ist Mary in den letzten Monaten regelrecht aufgeblüht«, verkündete Mrs Gardiner stolz. »Ich hoffe nur, das wird *jeder*, der sie sieht, zu schätzen wissen. Und du, Jane?«, fügte sie hinzu. »Wie geht es dir?«

Jane blickte ein wenig verlegen, aber sehr stolz auf. »Nun, ich habe Grund zu der Annahme … Das heißt, ich glaube … Also, ich bin mir sogar ziemlich sicher, dass ich ein Kind bekomme.« Sie lächelte ihre Tante und Mary scheu an, als hätte sie ihnen das Großartigste mitgeteilt, das sie sich je zu hören wünschen könnten.

Mrs Gardiner sprang auf und umarmte sie. »Meine Liebe, wie mich das für dich freut – und für Mr Bingley natürlich auch! Wie wundervoll für euch beide!«

Früher einmal hätte Mary nach einem Aphorismus oder einem Zitat eines ihrer Lieblingsautoren gesucht, um dieser Neuigkeit gerecht zu werden. Heute war ihr klar, dass Jane so etwas nicht hören wollte. Stattdessen fand sie den Mut, einfach das zu sagen, was sie empfand.

»Ich freue mich auch für dich, Jane. Kein Kind könnte auf eine bessere Mutter hoffen. Ich wünsche euch beiden von ganzem Herzen alles Gute.«

Jane errötete. »Alles ist so gekommen, wie ich es mir immer erträumt habe: Ich habe ein schönes Zuhause, einen liebenden Ehemann und bald auch noch ein Baby. Ich weiß wirklich nicht, womit ich dieses Glück verdient habe, und ich hoffe, dass dir eines Tages ein ähnliches beschieden sein wird, Mary.«

Mary war so gerührt, dass sie kein Wort herausbrachte. Sie konnte sich nicht erinnern, dass Jane jemals mit so inniger Zuneigung zu ihr gesprochen hatte.

»In der Tat«, bestätigte Mrs Gardiner mit Nachdruck. »Das hoffe ich auch. Es gibt keine dauerhaftere Zufriedenheit als das Wissen, den richtigen Partner fürs Leben gefunden zu haben.«

Später am Tag kleidete sich Mary in ihrem Schlafzimmer zum Dinner so sorgfältig, als sollte sie an diesem Abend einen Raum voller kritischer Fremder betreten. Während Janes Zofe letzte Hand an ihre Frisur legte, versuchte Mary, ihre Nerven zu beruhigen. Ihre Haare waren in dem Stil frisiert, den sie jetzt bevorzugte, glatt und schlicht, ohne das kleinste Löckchen, und dazu passend hatte sie ein gleichermaßen schlichtes Kleid in Blassgelb mit mattgoldenen Streifen gewählt. Als die Zofe das Zimmer verließ, setzte sich Mary vor den Spiegel, drehte den Kopf hin und her und versuchte, sich die Kommentare ihrer Mutter vorzustellen. Sie sagte sich, dass es albern von ihr war, nach all den Jahren von ihrer Seite so etwas wie Anerkennung zu erwarten, aber bei aller Entschlossenheit, daran nicht einmal zu denken, sehnte sie sich doch nach der Billigung ihrer Mutter. Ein freundliches Wort, ein beifälliges Nicken, das würde ihr schon genügen. Selbst das Ausbleiben eines Stirnrunzelns würde sie zufriedenstellen. Sie griff nach ihrem Tuch, dann ließ sich der Moment nicht länger hinausschieben. Nach einem letzten Blick auf ihre Frisur verließ sie das Zimmer und ging nach unten in den Salon.

Als Mary ihn betrat, fand sie ihn verlassen vor. Warum nur war sie immer die Erste? Reumütig dachte sie an Caroline Bingley auf Mr Ryders Dinnerparty und an das Aufsehen, das ihr sorgfältig geplantes Eintreffen hervorgerufen hatte. Sie wusste, dass sie nie das Selbstbewusstsein haben würde, erst im letzten Moment zu erscheinen; nervöse, unsichere Gäste, wie sie selbst einer war, waren dazu verurteilt, pünktlich zu sein, um ein bewunderndes Publikum für jene abzugeben, die so selbstsicher oder so modisch waren, dass sie der Uhrzeit keine Beachtung schenkten.

Um innere Ruhe bemüht, schlenderte sie durch den Salon und bewunderte die schönen Dinge, die ihre Schwester geschmackvoll arrangiert hatte: das teure Porzellan, das feine Glas. Mit einer Hand strich sie über ein besticktes Stuhlkissen – zweifellos von Jane persönlich gefertigt – und betrachtete das Porträt ihrer Schwester, das über dem Kamin hing und mit dem für sie typischen sanften, etwas abwesenden Blick den Raum beherrschte. So sehr war sie in die Betrachtung des Bilds vertieft, dass sie zusammenschrak, als die Tür zum Salon geschlossen wurde.

»Na, Mary«, bemerkte Mrs Bennet gemessen, während sie zum Sofa schritt, »da bist du also wieder.« Sie bot ihrer Tochter die Wange zum Kuss.

Als Mary sich zu ihr vorbeugte, stellte sie fest, dass sich ihre Mutter überhaupt nicht verändert hatte. Einige vereinzelte graue Haare waren vielleicht neu, mehr nicht. Ein Hauch von Schwarz am Ausschnitt und an den Manschetten ihres Kleids, mehr war von ihrer Trauerkleidung nicht geblieben. Wie eine Witwe sah sie nicht mehr aus.

»Ich freue mich sehr, Sie zu sehen, Mama. Ich hoffe, Sie sind bei guter Gesundheit?«

»Dr. Gower, der Hausarzt der Bingleys, versichert mir, dass ich völlig in Ordnung bin. Aber ich fürchte, er kann einfach nicht ermessen, wie sehr ich leide.« Sie ließ sich auf eines von Janes bestickten Kissen plumpsen und machte es sich auf dem Sofa bequem.

»Aber Jane und Mr Bingley sind Ihnen gegenüber doch sehr aufmerksam, nicht wahr?«

»Jane ist natürlich ein Engel, und Mr Bingley tut, was er kann. Aber keiner von ihnen hat auch nur die geringste Ahnung, wie man ordentlich haushaltet. Mr Bennet pflegte zu sagen, beide seien so vertrauensselig, dass sie sich von jedem übervorteilen lassen würden, und ich fürchte, er hatte recht. Ich habe angeboten, die Dinge in die Hand zu nehmen, aber davon wollen sie nichts wissen. Mein Rat wird wie immer ignoriert.«

»Vielleicht befürchten sie, Sie könnten sich überanstrengen. Ich bin mir sicher, dass sie nur um Ihr Wohl besorgt sind.«

»Mag sein.« Mrs Bennets Miene ließ vermuten, dass sie noch viel mehr zu diesem Thema sagen könnte, aber sie schürzte nur die Lippen. »Und jetzt lass dich erst einmal anschauen.«

Das war der Moment, vor dem Mary gegraut hatte. Da sie wusste, dass es kein Entkommen gab und sie wie schon so oft in ihrem Leben von ihrer Mutter beurteilt werden würde, bemühte sie sich, ruhig zu atmen und nicht den Blick zu senken. Es schien eine Ewigkeit zu dauern, bis Mrs Bennet wieder das Wort an sie richtete.

»Mrs Gardiner hatte mir bereits geschrieben, du hättest dich deutlich zu deinem Vorteil verändert. Wie ich sehe, hat sie nicht gelogen.«

Mary erlaubte sich ein kleines Lächeln, das von ihrer Mutter, die sie immer noch prüfend musterte, nicht erwidert wurde.

»Das Kleid schmeichelt deiner Figur, und die Farbe steht dir auch gut. Ein Segen, dass du dich endlich gerade hältst und nicht mehr den Kopf hängen lässt. Ich fände es natürlich schöner, wenn dein Haar zu Locken gedreht wäre, aber so sieht es auch erträglich aus. Insgesamt strahlst du eine Frische aus, die dir früher gefehlt hat.«

»Danke, Mama.«

»Du wirst natürlich nie eine Schönheit sein wie Jane«, Mrs Bennet betrachtete verzückt das Porträt über dem Kamin, »aber wenn du so weitermachst, könntest du leidlich passabel werden.«

Mary ärgerte sich fast über die Intensität der Emotionen, die die Worte ihrer Mutter in ihr hervorriefen. Sie wusste, dass sie allen Frauen, die an großzügigere Komplimente gewöhnt waren, recht dürftig erschienen wären, aber für sie kamen sie tatsächlich einem hohen Lob gleich. Das Urteil »leidlich passabel« war auf jeden Fall sehr viel besser, als mit dem Wort »unansehnlich« abgestempelt zu werden. Außerdem war die Bewertung für Mary umso wertvoller, weil sie wusste, dass sie der Wahrheit entsprechen musste. Ihre Mutter machte sich nicht genug aus ihr, um ihr zuliebe eine höfliche Lüge zu bemühen.

»Ich nehme an, das alles haben wir meiner Schwägerin Gardiner zu verdanken«, fuhr Mrs Bennet verstimmt fort. »Warum du ihrer Meinung Beachtung schenkst, aber auf mich nie gehört hast, weiß ich wirklich nicht. Niemand kann behaupten, ich hätte mir keine Mühe gegeben. Das ist in der Tat sehr ärgerlich.«

In dieser Tonart lamentierte Mrs Bennet weiter, bis Mr und Mrs Bingley erschienen und sich das Gespräch bald um Janes neuen Zustand drehte. Mary machte es nichts aus, einfach nur dazusitzen und zuzuhören. Sie war der vollen Wucht von Mrs Bennets Missbilligung entgangen und daher geradezu in Hochstimmung, als sie schließlich zu Tisch saßen.

Es war Marys Frohsinn, der ihr durch die nächsten Tage half und es ihr ermöglichte, Mrs Bennets Nörgeleien mit Anstand hinzunehmen. Sie ließ sich durch keine der Bemerkungen provozieren, die sich auf Verehrer in London bezogen oder ihr mahnend in Erinnerung riefen, wie wichtig es war, stets gut auszusehen, weil ein derartiges Exemplar jeden Moment auftauchen könnte – »eine Frau kann es sich nicht leisten, Risiken einzugehen, Mary, du musst immer vorbereitet sein«. Auch den Hinweis auf die absolute, unumstößliche Notwendigkeit, *niemals, unter gar keinen Umständen* in Gegenwart eines männlichen Wesens ihre Brille zu tragen, bis der Bund der Ehe geschlossen war, nahm sie schweigend hin.

Trotzdem wünschte Mary sich den Zeitpunkt ihrer Abreise schnell herbei, und ihr Wunsch wurde ihr schon bald erfüllt. Als sie eines Nachmittags mit den Kindern inmitten von Spielkarten und den verstreuten Teilen eines Puzzles im Salon auf dem Teppich hockte, trat Mr Gardiner ein. In der Hand schwenkte er einen Brief, während er verkündete, das Schreiben stamme von Mr Hayward, der London verlassen habe und jetzt unterwegs zu den Seen sei, wo er zu ihnen stoßen wolle.

»Er ist bester Laune«, sagte ihr Onkel, während er den Brief seiner Frau reichte. »Wie es scheint, hat sich die harte Arbeit gelohnt – er hat den Prozess gewonnen, der ihn so viel Zeit und Mühe gekostet hat!«

Mrs Gardiner war begeistert; die Kinder, die Mr Hayward aufgrund seiner Großzügigkeit in puncto Süßigkeiten sehr gern hatten, jubelten laut, und Mr Gardiner, der Tom Hayward mit geradezu väterlicher Fürsorge zugetan war, strahlte vor Stolz. Marys Herz machte einen Satz. Es berührte sie zutiefst, dass Mr Hayward diese weitere Stufe zum beruflichen Erfolg erklommen hatte.

»Wird er seine Perücke aufhaben, wenn er uns das nächste Mal besucht?«, fragte Edward, der ältere der beiden Söhne der Gardiners, der die Kopfbedeckung bereits hatte aufsetzen dürfen. »Ich würde sie zu gern noch einmal tragen.«

»Für derlei Späße wird er dann viel zu bedeutend sein«, meinte Mr Gardiner, während er sich bückte, um ein Puzzleteil an der richtigen Stelle einzufügen. »Wenn ihr ihn das nächste Mal seht, wird er der Inbegriff des ernsten, gesetzten Rechtsanwalts sein.«

Die Kinder starrten ihn bestürzt an. In ihren Ohren klang das nicht nach einer Verbesserung der Person Thomas Hayward.

»Es sei denn«, fuhr ihr Vater fort, »es ist niemand in der Nähe. Dann könnte es wohl sein, dass du die Perücke noch einmal aufsetzen darfst, vorausgesetzt, du benimmst dich.« Er wandte sich wieder an Mary und seine Frau. »Tom schreibt, dass seine Reise zügig vonstattengeht, und warnt uns, dass er, falls er vor uns im Gasthof eintreffen sollte, keinerlei Bedenken haben wird, das beste Zimmer für sich zu beanspruchen, und wir uns dann mit dem begnügen müssen, was übrig bleibt.« Er warf einen letzten Blick auf den Brief, bevor er ihn wieder einsteckte. »Ich denke, er macht nur Spaß, aber bei ihm kann man nie wissen. Also, meine Lieben, falls wir nicht im Hühnerstall nächtigen wollen, müssen wir morgen bei Sonnenaufgang raus aus den Federn und uns auf die Landstraße begeben.«

Und tatsächlich waren die Reisenden am nächsten Morgen schon in der Dämmerung bereit zum Aufbruch. Die Kinder, die bei den Bingleys bleiben sollten, waren umarmt, geküsst und liebevoll verabschiedet worden, ihren Gastgebern wurde von ganzem Herzen gedankt, und um sechs Uhr waren sie unterwegs. Sie saßen noch nicht lange in der Kutsche, als Mrs Gardiner, den Kopf an die Schulter ihres Mannes gelehnt, schon wieder einnickte. Da Mr Gardiner binnen Kürze ihrem Beispiel folgte, holte Mary ihre Ausgabe von Mr Wordsworths Reiseführer und ihre Brille aus ihrer Tasche, die sie trotz des Anstoßes, den sie bei einem potenziellen Bewunderer erregen könnte, unverzagt aufsetzte. Die Vorstellung, es könnte aus heiterem Himmel ein Verehrer auftauchen, amüsierte sie so, dass sie lächelnd das kleine Buch aufschlug. Sie hatte schon so oft darin gelesen, dass es ihr vertraut war, aber die Szenerien, die darin beschrieben wurden, verfehlten noch immer nicht, sie zu beeindrucken, zumal es jetzt nicht mehr lange dauern würde, bis sie sie mit eigenen Augen sah. Sie schlug die erste Seite auf und begann zu lesen.

Bei den Vorbereitungen für dieses Handbuch war es dem Verfasser vor allem ein Anliegen, einen Führer oder Gefährten für Personen mit Geschmack und einem Gespür für Landschaften zu verfertigen.

Geschmack, Gespür, Landschaften. Mary lehnte sich in ihrem Sitz zurück. Gab es Worte, die lebhafter Mr Haywards Bild heraufbeschwören konnten? Ja, dachte sie, er wird sich dem ungezähmten Norden mit der richtigen Einstellung nähern, bereit, das Großartige zu bestaunen oder vor dem Erhabenen zu verstummen. Mr Wordsworth konnte sich keinen eifrigeren Schüler wünschen. Aber was war mit ihr selbst? War sie fähig, mit einer ähnlichen Intensität ihre Gefühle zu spüren?

Müdigkeit bemächtigte sich Mary. Aber bevor sie ihr nachgab und einschlief, wurde ihr noch eines klar: Wenn sie jemals ihren Gefühlen freien Lauf lassen wollte, dann war der Lake District mit Sicherheit der richtige Ort dafür.

Kapitel 70

Die Vorfreude der kleinen Gruppe nahm mit jeder Meile zu, die sie weiter nach Norden brachte, und beim Anblick der ersten richtigen Berge, die in der Ferne im Morgendunst auftauchten, wären sie beinahe in Jubel ausgebrochen. Nachdem sie das Städtchen Kendal hinter sich gelassen hatten, wurde die Landschaft zusehends rauer, und das Wissen, dass ihr Ziel nicht mehr weit war, steigerte ihre Spannung erneut. Während die Kutsche über die Straße nach Bowness rollte, redeten sie aufgeregt durcheinander, bis Lake Windermere vor ihnen auftauchte. Wie auf ein verabredetes Zeichen hin verstummten sie, so grandios war der Anblick. Riesig, hell und im frischen Licht der Julisonne leuchtend lag der See vor ihnen. Mary hatte das Gefühl, noch nie etwas so Schönes gesehen zu haben. Ein paar Inseln mit dichtem grünem Baumbewuchs bildeten einen grandiosen Kontrast zum Blau des Wassers; zerklüftete graue Berghänge fielen zum See hinab.

Mr Gardiner gab dem Kutscher ein Zeichen zum Anhalten, und die drei stiegen aus. Nichts außer dem Zwitschern der Vögel und dem Knirschen ihrer Schuhe auf den kleinen Kieseln war zu hören, als sie zum Ufer gingen. Niemand sprach. Mary war so ergriffen, dass sie hätte lachen oder weinen können. Angesichts einer derartigen Naturschönheit fühlte sie sich gleichzeitig erhaben und unbedeutend. Ihre kleinen menschlichen Sorgen schienen vor einer so schroffen, unbewegten Pracht wie den Bergen nicht mehr zu zählen; zugleich versetzte es sie geradezu in einen Glückstaumel, sich von dem majestätischen Anblick überwältigen zu lassen, sich völlig in etwas zu verlieren, das sie nicht verstehen konnte.

»Meine Liebe«, sagte Mr Gardiner zu seiner Frau, »das hätte ich um nichts in der Welt missen wollen. Unglaublich, nicht wahr, Mary?«

Sie war so gebannt von allem, was sie sah, dass sie ihn nicht verstand, und als er weitersprach, wünschte sie ihn unwillkürlich weit, weit weg. Das war unfair, denn ihr Onkel war der netteste Mann, den sie sich vorstellen konnte, aber an diesem wilden Ort traf er den ganz falschen Ton. Mary war froh, als er seine Frau am Arm nahm und langsam mit ihr zur Kutsche zurückging, wobei er mit gedämpfter Stimme darüber spekulierte, ob es heute Abend etwas Annehmbares zu essen geben würde. Mary folgte den beiden nicht, sondern blieb am Ufer stehen und starrte dorthin, wo die Berggipfel den Himmel berührten.

Wäre Mr Hayward hier, er hätte mit Sicherheit verstanden, was in ihr vorging. Sie verharrte regungslos und lauschte den Vögeln, bis Mrs Gardiner sie rief: »Komm jetzt, Liebes, sonst fahren wir ohne dich weiter, und du musst den Weg zum Gasthof allein finden.«

Als sie schließlich dort eintrafen, war ihre Unterkunft so hübsch und sauber, wie sie sie sich erhofft hatten. Außerdem wies zu Mr Gardiners Erleichterung alles darauf hin, dass am Abend ein anständiges Mahl auf den Tisch des Hauses kommen würde. Mr Hayward war tatsächlich vor ihnen angekommen – der Gastwirt glaubte, dass er draußen auf den Hügeln einen Spaziergang machte –, hatte aber anscheinend seine Drohung, das beste Zimmer im Haus in Beschlag zu nehmen, nicht wahr gemacht, denn schon bald waren alle in äußerst komfortablen Räumen untergebracht.

Auch Marys Zimmer war hell und freundlich, und wenn sie aus dem Fenster schaute, konnte sie ein kleines Stück vom See erkennen. Es war nur ein schmaler blauer Streifen, aber das genügte, um in ihr den Wunsch zu wecken, mehr zu sehen. Sie lief zu Onkel und Tante, die es sich bereits im Gastraum bei einer großen Kanne Tee gemütlich machten. Keiner von beiden war bereit, sich von ihrem Ruheplatz weglocken zu lassen, um die Umgebung zu erkunden, aber der Wirt versicherte ihnen auf ihre Nachfrage hin, es sei nichts zu befürchten, wenn Mary ihrem Wunsch nachgäbe, in der Nähe allein spazieren zu gehen. Die Felder hinter dem Gasthof seien sicher und böten einen herrlichen Ausblick auf den See. Der jungen Dame könne dort nichts geschehen.

Bevor Mr und Mrs Gardiner noch Zeit hatten, ihre Erlaubnis zu überdenken, war Mary im Freien. Binnen Kürze fand sie den Pfad, der den sanften Hügel hinaufführte, an dessen Fuß der Gasthof lag. Forschen Schrittes marschierte sie Richtung Kuppe, wo sie bald genau das fand, wonach sie sich gesehnt hatte – einen freien, ungehinderten Blick auf den See, der sich vor ihr ausbreitete, und einen Felsen, der sich bestens als Sitzplatz und Beobachtungsposten eignete. Der Wind, der im Tal leicht geweht hatte, ging hier oben kräftiger und drohte ihr den Hut vom Kopf zu blasen. Mary verknotete die Hutbänder fester unter ihrem Kinn, legte die Arme um ihre Knie und starrte in die Ferne, um sich ganz der Atmosphäre dieses Orts hinzugeben.

Sie war in ihrem Vorhaben so erfolgreich, dass sie Mr Hayward erst bemerkte, als er fast schon neben ihr stand. Er trug einen weiten Mantel, in dem Mary ihn in London noch nie gesehen hatte, und hielt seinen Hut, der im Gegensatz zu ihrem nicht mit Bändern gesichert werden konnte, in der Hand. Er wirkte sehr groß und überaus glücklich. Sein Haar wehte im Wind, und sein Gesicht hatte von der Sonne oder der Bewegung Farbe angenommen. Mary fand, dass er nie besser ausgesehen hatte.

»Miss Bennet! Endlich sind Sie da!«

»Schauen Sie nur, Mr Hayward! Ist das nicht unglaublich? Ist es nicht einfach das Großartigste, was man sich vorstellen kann?«

Er setzte sich neben sie auf den großen Felsen und schaute vom Himmel auf den See und zu den Hügelketten und dann wieder zurück. »Ich habe nie etwas Ähnliches gesehen.«

»So ist es!«, rief Mary. »Ich hatte Angst, wir könnten enttäuscht sein, wenn wir erst einmal hier sind und all das mit eigenen Augen sehen, dass unmöglich ein Ort existieren kann, der«, sie machte eine weit ausholende Armbewegung, »nun ja, der so gewaltig ist wie dieser. Aber diese Landschaft ist genauso gewaltig, wie ich sie mir immer vorgestellt habe.«

»Ja«, stimmte er zu, »›gewaltig‹ trifft es genau. Und von den höheren Bergen ist der Ausblick noch beeindruckender. Von einigen der Gipfel sieht man sogar das Meer, habe ich mir sagen lassen.«

»Das Meer? Wie gern würde ich das sehen! Ist der Aufstieg auch für eine Dame zu schaffen?«

»Wenn sie so entschlossen ist wie Sie und über robustes Schuhwerk verfügt, wüsste ich nicht, warum es ihr nicht gelingen sollte. Wagen wir uns an den Abstieg?«

Er bot ihr seinen Arm, Mary hängte sich bei ihm ein, und gemeinsam schlenderten sie langsam zum Gasthof zurück. Unterwegs glaubte Mr Hayward eine Lerche zu hören, aber Mary war der Meinung, dass es sich um eine Drossel handelte. Während sie den Pfad hinuntergingen, diskutierten sie lebhaft die Art jedes

Vogels, der an ihnen vorbeiflog oder seinen Gesang anstimmte, aber als sie ihr Ziel schon fast erreicht hatten, gestand Mr Hayward überraschend, dass der einzige Vogel, den er mit gutem Gewissen benennen könnte, eine Londoner Taube war. Mary lachte laut auf.

»Für jemanden, der die Schönheiten der Natur so leidenschaftlich liebt, wissen Sie erstaunlich wenig über sie.«

»Es stimmt, ich muss zugeben, dass ich sie bisher nur von Weitem verehrt habe. Aber da ich sie hier so unmittelbar vor Augen habe … also, ich glaube, jetzt spüre ich endlich ihre ganze Kraft.« Andächtig blickte er zu den Hügeln hinauf. »Sie fühlen es auch, nicht wahr?«

»Das tue ich«, antwortete sie in einem Ton, der genauso ernst war wie seiner.

Er drehte sich zu ihr um, und sie sah sofort, dass seine Stimmung umgeschlagen war. Er war jetzt aufgeregt und strahlte vor Freude.

»Dann wollen wir gemeinsam die Natur erkunden, Mary! Uns von ihrem Zauber einhüllen lassen, bis wir beide völlig in ihrem Bann stehen!« Der Wind zauste sein Haar, als Mr Hayward auf sie hinabblickte und grinste.

»Das werden wir tun!«, rief sie. »Nichts könnte mir mehr Freude bereiten.«

Erst als sie längst wieder im Gasthof waren und mit den Gardiners Tee tranken, fiel Mary auf, dass Mr Hayward sie mit ihrem Vornamen angesprochen hatte. Das hatte er vorher noch nie getan. Ihre Hand zitterte leicht, als sie nach ihrer Tasse griff, aber sie glaubte nicht, dass die anderen es bemerkten.

Kapitel 71

Am nächsten Morgen schien die Sonne, und alle waren sich einig, dass der Tag ideal zum Zeichnen war. Bis auf Mr Gardiner war jeder im Besitz eines Zeichenblocks, und so verließen sie früh ihre Unterkunft, um sich an den Orten niederzulassen, die laut Mr Wordsworths Reiseführer die gefälligsten Ansichten zum Skizzieren boten. Mr Gardiner zog es vor, angeln zu gehen, und Mary beschlich schon bald der Verdacht, ihr Onkel könnte die richtige Wahl getroffen haben. Sosehr sie sich auch bemühte, ihre Zeichnungen sträubten sich hartnäckig dagegen, der Landschaft zu ähneln, die sie umgab. Ihre Versuche, die Skizzen zu verbessern, machten alles nur noch schlimmer, und nach ungefähr einer Stunde klappte sie ihren Zeichenblock zu. Kurz darauf erschien Mr Hayward und setzte sich neben sie. Auch er wirkte niedergeschlagen.

»Ich hoffe, Ihre Versuche waren von mehr Erfolg gekrönt als die meinen.«

»Dürfte ich mir Ihre denn anschauen?«

»Lieber nicht. Danach wäre es Ihnen unmöglich, mich jemals wieder für einen Mann mit Gefühl zu halten.«

»Dann müssen also alle Männer mit Gefühl begabte Künstler sein?«

»Das habe ich immer angenommen. Früher redete ich mir ein, die Erklärung für mein ungenügendes Talent im Zeichnen wäre der Mangel an lohnenden Motiven. Aber heute habe ich die Wahrheit erkannt – ich verfüge ganz einfach über kein solches.«

Mary lachte. »Auch ich habe keine Begabung. Ich habe versucht, meine Skizzen zu überarbeiten, aber ohne großen Erfolg, wie dieses kümmerliche Ergebnis beweist.«

»Dann sind wir übel dran«, erwiderte Mr Hayward. »Wenn unser Versagen bekannt wird, müssen wir damit rechnen, Ziel des allgemeinen Spotts zu werden.«

»So ist es«, pflichtete Mary ihm bei. »Niemand kehrt von den Seen ohne ein Album voller Skizzen zurück, das unter Freunden herumgereicht wird. Aber was sollen wir tun, wenn unsere Ergebnisse zu dürftig sind, um gezeigt zu werden?«

»Wir könnten behaupten, sie wären uns auf der Straße nach Keswick abhandengekommen.«

»Von Dieben gestohlen.«

»Von Schafen gefressen!«

Sie lachten so schallend, dass Mrs Gardiner aufblickte. Die beiden jungen Leute froh und unbeschwert zusammen zu sehen entlockte ihr ein Lächeln. Sie konnte sich nicht erinnern, ihre Nichte je so glücklich gesehen zu haben. Mary schien sogar vergessen zu haben, dass sie ihre Brille trug, und als sie sie schließlich abnahm und, immer noch fröhlich plaudernd, in ihre Tasche steckte, sah sich Mrs Gardiner in ihrer Überzeugung bestärkt, dass sie sich in Thomas Haywards Gesellschaft gänzlich unbefangen fühlte.

Am späten Nachmittag ließen sie sich in einem Boot auf den See hinausrudern. Das Wetter war schön und die Luft klar. Nichts war zu hören außer den Bootsleuten, die ihnen die Namen der Felsen und Gipfel nannten, die hoch über dem Wasser in den Himmel ragten. In der Mitte des Sees zogen die Ruderer die Riemen ein. Das Boot schwankte in der Brise leicht auf den

Wellen. Als ein Fisch vor ihnen aus dem Wasser sprang, erkundigte sich Mr Gardiner bei den Männern, wie es um das Fischvorkommen bestellt sei und ob sich der Fang lohne. Mary tauchte derweil ihre Hand ins Wasser. Sie hatte nicht das Bedürfnis, etwas zu sagen oder zu tun, nur den Wunsch, sich der Schönheit dieses Augenblicks hinzugeben. Sie war immer noch ganz darin versunken, als sich Mr Hayward zu ihr umwandte und sie so leise ansprach, dass nur sie es hören konnte.

»Ich mag nicht imstande sein, diese Schönheit auf Papier zu bannen, aber der Anblick bewegt mich zutiefst.«

»Ja«, erwiderte sie schlicht. »Es überrascht mich, wie glücklich es mich macht, das alles nur zu sehen.«

»Das freut mich. Ich mag es, wenn Sie glücklich sind.«

Ihr Herz machte einen Satz, aber bevor sie etwas antworten konnte, wollte Mr Gardiner von Mr Hayward wissen, welchem Fisch er den Vorzug gebe – Lachs oder Forelle, Barsch oder Hecht? –, und infolgedessen wurde Letzterer unerbittlich in das Gespräch mit den Bootsleuten hineingezogen. Aber nur einen Moment später bedachte er Mary mit einem liebevollen Blick, und sie zögerte nicht, ihn mit einem innigen Lächeln zu erwidern.

In der darauffolgenden Nacht setzte sich Mary an das winzige Fenster ihres Schlafzimmers und betrachtete den Streifen des dunklen Sees. Erschöpft von frischer Luft und Sonnenschein hätte sie längst schlafen sollen, aber sie fand einfach keine Ruhe. Ein großer Gedanke nahm in ihrem Inneren Gestalt an und forderte gebieterisch, zur Kenntnis genommen zu werden. Eine Weile widerstand sie seiner Forderung, weil sie es nicht einmal sich selbst eingestehen mochte, dass es sich so verhielt. Aber als plötzlich ein Strahl hellen Mondlichts durch die Wolken brach und sie mit einem Blick auf das Wasser belohnte, das in dem kalten, bleichen Licht schimmerte, gab sie ihren Widerstand auf und gestattete sich, dem Gedanken endlich den Raum zu geben, nach dem er verlangte. Sie liebte Mr Hayward. Was sie für ihn empfand, war mehr als Freundschaft, mehr als Bewunderung, mehr als bloßes Vergnügen an seiner Gesellschaft. Es war Liebe. Sie spürte so etwas wie Erleichterung, als sie die Worte im Geist aussprach. Es konnte kein Zweifel daran bestehen – sie liebte ihn.

Sie öffnete das Fenster und atmete die kühle Nachtluft ein. Ihre Gefühle für Mr Hayward anzunehmen, und sei es auch nur sich selbst gegenüber, war bereits ein großer Schritt. Aber da sie nun schon einmal begonnen hatte, in diese Richtung zu denken, konnte sie nicht mehr damit aufhören. Sie hielt es nicht für ausgeschlossen, eher sogar für wahrscheinlich, dass ihre Gefühle erwidert wurden. Sie hielt es für möglich, dass Mr Hayward sie auch liebte.

Je länger sie darüber nachdachte, desto stärker wurde ihre Gewissheit. Er hatte ihr schon immer besondere Aufmerksamkeit geschenkt, ihre Nähe gesucht und sich häufig zu ihr gesetzt, um mit ihr zu reden und zu lachen oder ihr vorzulesen. Und hier im Lake District hatte sich seine Zuneigung zu ihr noch offener gezeigt, in einer Vielzahl kleiner, bezaubernder Gesten. Und dann war da noch der Moment, als er sie mit ihrem Vornamen angesprochen hatte. Mary umfasste ihre Knie mit ihren Armen und wiegte sich im mondhellen Zimmer sanft hin und her, während sie daran dachte, welche Gefühle dies bei ihr ausgelöst hatte.

Plötzlich fröstelte sie, und sie merkte, wie kalt es geworden war. Hastig lief sie zum Bett, kuschelte sich unter die schwere Decke und gönnte sich den Luxus, weiter an Thomas Hayward zu denken.

Sie passten einfach in jeder Hinsicht perfekt zusammen, sagte sie sich. Wenn sie an die Ähnlichkeit ihrer Temperamente dachte, an die Interessen, die sie teilten, und an die Freude, die ihr Zusammensein ihnen bereitete, dann ließ sich unmöglich leugnen, dass sie, wie es so schön hieß, »füreinander geschaffen« waren. Selbst Charlotte Collins würde das zugeben müssen. Mary lächelte in sich hinein, als sie sich vorstellte, wie ihre alte Freundin alles, was Mary und Tom Hayward gemeinsam hatten, beifällig vermerken und ihr versichern würde, sie beide würden alle erforderlichen Voraussetzungen für eine funktionierende Vernunftehe mitbringen.

Aber eines wusste Mary: Falls sie Mr Hayward heiraten sollte, würde sich ihre Beziehung nie auf reine Kameradschaft beschränken, sondern weit darüber hinausgehen. Noch scheute sie davor zurück, sich einzugestehen, wie stark die Anziehungskraft war, die er auf sie ausübte. Dass es sie immer häufiger danach verlangte, seine Hand zu nehmen oder über sein Haar zu streichen. Diese Empfindungen schienen sich seit ihrer Ankunft im Lake District verstärkt zu haben, es fühlte sich an, als wären all die üblichen Benimmregeln in dieser rauen Umgebung außer Kraft gesetzt. Früher einmal hätte Mary sich ermahnt, derart ungestüme Emotionen zu unterdrücken, aber in dieser ungezähmten Landschaft konnte und wollte sie es nicht mehr. Im Gegenteil, sie gab sich der Hoffnung hin, dass die Ehrlichkeit, mit der sie sich ihre Gefühle eingestand, die Wahrscheinlichkeit erhöhen würde, dass ihre Wünsche in Erfüllung gingen.

Man hätte meinen sollen, dass Empfindungen von so großer Intensität und ihre neuen Einsichten Mary eine ruhelose Nacht bescheren würden, aber sie lösten in ihr keine Unruhe, sondern freudige Erwartung aus, und schon bald schlief sie tief und fest.

Kapitel 72

In den folgenden Tagen wanderten Mary und Mr Hayward zusammen mit den Gardiners über sanfte Bergrücken, schlenderten an dem grünen Ufer des Sees entlang oder machten Ausritte auf den kleinen Ponys, die sie klaglos über das harte Sumpfgras der Pfade im Tal trugen. Je öfter sie zusammen waren, desto enger schien das Band zwischen ihnen zu werden, ja, es schien sich mit jedem Gespräch, jedem Lächeln, jeder noch so winzigen Geste zu verstärken. In Mary wuchs die Überzeugung, dass Mr Hayward die Absicht hatte, sich zu erklären – denn wie sonst ließen sich all seine Aufmerksamkeiten und seine Wärme deuten, wenn nicht mit dem Wunsch, sie um ihre Hand zu bitten?

Es ist allgemein bekannt, dass Menschen, die eben erst festgestellt haben, dass sie verliebt sind, sich einbilden, niemand außer ihnen selbst könnte die tiefen Gefühle erkennen, die ihnen deutlich ins Gesicht geschrieben stehen. Mary bildete hierin keine Ausnahme von der Regel. Sie war überzeugt, dass nur sie selbst wahrnahm, wie glücklich sie war, aber natürlich war ihrer Tante nicht entgangen, wie es um Mary stand. Mrs Gardiner hatte mit großem Wohlwollen beobachtet, wie Mr Hayward und ihre Nichte einander immer näherkamen. Sie und ihr Mann konnten sich für Mary nichts Schöneres vorstellen als eine Verbindung mit Thomas Hayward, und die Freude der beiden über dieses mehr als wahrscheinliche Ereignis kam von ganzem Herzen.

Bisher hatte Mrs Gardiner es tunlichst vermieden, in irgendeiner Weise auf Marys Situation anzuspielen, aber allmählich hatte sie das Gefühl, dass die Dinge weit genug gediehen waren, um sich dazu zu äußern. Sie ermutigte Mary diskret in ihrer Wertschätzung Mr Hayward gegenüber, indem sie nicht nur seinen guten Charakter erwähnte, der so wichtig bei einem Gefährten war, sondern auch seine Güte, Intelligenz, rasche Auffassungsgabe und seine soliden beruflichen Aussichten hervorhob, die durch seine jüngsten Erfolge noch vielversprechender geworden waren. Mit unzähligen zarten Pinselstrichen malte Mrs Gardiner von Tom Hayward das Bild des idealen Gatten für ihre Nichte.

Mary konnte gar nicht genug lobende Worte über Mr Hayward hören und hatte keine Scheu, sich anmerken zu lassen, wie sehr sie sich darüber freute. Sie erwiderte kaum etwas darauf, war insgeheim aber entzückt. Mrs Gardiners Worte wiesen darauf hin, dass auch sie es für wahrscheinlich hielt, dass Mr Hayward Mary einen Antrag machen würde, und die Aussicht erfüllte sie mit einer köstlichen Nervosität, die sie noch nie zuvor verspürt hatte.

Mr Hayward war ebenfalls bester Laune, begeistert von jedem neuen Berg und Tal, gesprächig, amüsant und stets bereit, anderen gefällig zu sein. Infolgedessen herrschte eine ungewöhnlich heitere Stimmung in der kleinen Gruppe, durchsetzt mit der Erwartung, dass noch größere Freuden zu erwarten waren, wenn sich die Dinge so entwickelten, wie jeder zu hoffen schien. Sie alle waren froh und munter und ausgesprochen unternehmungslustig und lauschten daher mit großem Interesse, als Mr Hayward einen weiteren Ausflug vorschlug.

»Ich habe mir Gedanken über Miss Bennets Wunsch gemacht, den See vom Gipfel eines der höheren Berge aus zu sehen«, begann er. »Und je eingehender ich Mr Wordsworths Führer studiere, desto überzeugter bin ich, dass dieser Wunsch berechtigt ist. Die Aussicht soll atemberaubend sein, das Schönste, was der Lake District zu bieten hat.«

Er fegte mit seiner Serviette die Brotkrumen vom Tisch, holte seine Ausgabe des Reiseführers hervor und legte ihn vor sich hin. »Mr Wordsworth schreibt, dass es nur wenige Plätze gibt, die einen derartigen Ausblick gewähren, und wie es scheint, haben wir das Glück, uns ganz in der Nähe eines dieser Orte zu befinden. Ich bin der Meinung, die Gelegenheit ist zu gut, um ignoriert zu werden – wir sollten also ernsthaft eine Wanderung in Erwägung ziehen.«

Er schlug das Buch auf der entsprechenden Seite auf und reichte es den Gardiners. »Wie Sie sehen, muss man für eine solche Aussicht einen der Hügel erklimmen, den Scafell. Angeblich ist der Ausblick von seinem Gipfel unglaublich.«

»Aber, Tom!«, rief Mrs Gardiner und blickte entsetzt von dem kleinen Buch auf. »Hier steht, dass der Scafell einer der höchsten Erhebungen in England ist! Mr Wordsworth bezeichnet ihn sogar als Berg!«

»Das tut er tatsächlich«, räumte Mr Hayward ein. »Doch wenn Sie ein bisschen weiterlesen, werden Sie sehen, dass die Tour nicht so strapaziös ist, wie die Höhe es vermuten lässt. Der Pfad steigt allmählich an. Und bei gutem Wetter kann man vom Gipfel des Scafell bis nach Schottland sehen.«

»Das muss wundervoll sein!«, rief Mary.

»Außerdem muss man ihn nicht unbedingt in seiner Gänze bezwingen. Mr Wordsworth hat dem Buch einen Brief von jemandem beigefügt, der diese Tour gemacht hat, und darin heißt es, schon die Aussicht von einem tiefer gelegenen Bergkamm wäre spektakulär. Ich denke, bis dorthin können wir mit Leichtigkeit gelangen.«

Mrs Gardiner, die immer noch skeptisch wirkte, reichte das Buch an Mary weiter, die sich mit all dem Enthusiasmus darauf stürzte, den ihre Tante vermissen ließ.

»Es stimmt«, sagte sie. »Selbst von weiter unten ist es möglich, den Solway Firth zu sehen. Wir werden uns fühlen, als wären wir mitten in einem von Mr Wordsworths Gedichten!« Sie klappte den Reiseführer zu und wandte sich an Mr Hayward. »Wie könnten wir heimfahren, ohne das gesehen zu haben?«

Mrs Gardiner hingegen blieb ungerührt. »Ich nehme an, Gentlemen könnten den Anstieg bewältigen, aber ich fürchte, für Damen ist ein solches Abenteuer nichts.«

Mr Hayward griff erneut nach dem Buch. »Ich weiß aus zuverlässiger Quelle, dass der Verfasser des Briefs, der den Aufstieg beschreibt, niemand anderes ist als Mr Wordsworths Schwester, auch wenn er sie nicht beim Namen nennt. Sie unternahm die Wanderung mit einer Freundin und ihrer Dienerin, und gemeinsam schafften sie es bis auf den Gipfel, ohne Schaden zu nehmen – viel weiter, als wir gehen würden.«

»Aber vielleicht waren sie erfahrene Wanderer und regelmäßig in den Bergen unterwegs«, wandte Mrs Gardiner ein und drehte sich zu ihrem Mann. »Was meinst du, sollen wir es wirklich wagen?«

»Eine Versuchung ist die Tour ganz gewiss. Die Gelegenheit, etwas so Bemerkenswertes zu sehen, wird sich so bald nicht wieder ergeben.« Mr Gardiner griff nach der Weinkaraffe und schenkte ihnen den Rest des Rotweins ein. »Dennoch habe ich Verständnis für derlei Bedenken. Bevor wir eine Entscheidung treffen, sollten wir uns umfassend informieren. Ich schlage vor, morgen früh unseren Wirt dazu zu befragen und uns anzuhören, was er davon hält.«

Später, als Mary im Licht einer einzelnen Kerze ihr Haar ausbürstete, konnte sie an nichts anderes als den aufregenden Ausflug denken, der ihr möglicherweise bevorstand. Sie zweifelte nicht daran, dass Mr Hayward seinen Kopf durchsetzen würde und sie schon bald gemeinsam auf einem majestätischen Gipfel mit Ausblick auf die ferne, funkelnde See stehen würden. Sie schlief schnell ein, und obwohl sie wenige Stunden später vom Rumpeln einer Kutsche, die in den Hof rollte, und von den gereizten Rufen nach den Angestellten geweckt wurde, störte sie der Lärm nicht wirklich. Schon bald war sie wieder eingeschlafen und bekam nichts mit vom Treiben der späten Ankömmlinge und der verdrießlichen Ungeduld, mit der sie in ihre Betten fanden.

Kapitel 73

Der Ausflug auf den Scafell bildete auch am nächsten Morgen das Hauptgesprächsthema. Mrs Gardiner war sich ganz und gar nicht sicher, ob sie daran teilnehmen sollte; sie glaubte, die Höhe nicht zu vertragen; Mary hingegen könnte es ihrer Meinung nach vielleicht versuchen, aber nur, wenn sich ein Paar anständige Stiefel für sie auftreiben ließe. Außerdem müssten sie unbedingt einen Bergführer finden, der die Gegend gut kannte. So vertieft waren sie in ihre Unterhaltung, dass Mary glaubte, es müsse etwas mit ihrer geplanten Tour zu tun haben, als der Gastwirt zu ihnen an den Tisch trat. Tatsächlich brachte er einen Brief für Mr Hayward. Anscheinend hatte einer der Gäste, die in der vergangenen Nacht noch so spät eingetroffen waren, nach ihm gefragt und sich unverzüglich darangemacht, ihm zu schreiben, als er erfuhr, dass Mr Hayward tatsächlich Gast in diesem Hause war.

Mr Hayward nahm das Schreiben entgegen und sah so entgeistert aus, als er es las, dass Mrs Gardiner ihn fragte, ob er schlechte Neuigkeiten enthalte.

»Nein, nichts dergleichen. Aber die Nachricht kommt doch reichlich unerwartet. Warten Sie, ich lese Ihnen den Brief vor.

Lieber Tom,
ich nehme an, Du wirst genauso erstaunt sein, diesen Brief zu

erhalten, wie ich es war, als ich ihn schrieb. In den letzten Wochen hatten mich Familienangelegenheiten nach Kent verschlagen. Nachdem alles geklärt war, machte ich mich auf den Weg nach London, voller Sehnsucht nach guter Gesellschaft, vorzugsweise der Deinen, nur um festzustellen, dass Du nicht in der Stadt warst. Dann fiel mir wieder ein, dass Miss Bennet mir erzählt hatte, Du würdest mit den lieben Gardiners gen Norden reisen. Als ich mich erinnerte, mit welch freudiger Erregung sie von dieser Reise sprach, beschloss ich noch im selben Moment, zu Euch zu stoßen. Ich selbst hatte schließlich seit Langem den Wunsch gehegt, das Land zu sehen, das den genialen Dichter, den wir beide verehren, nachhaltig inspiriert hat. Nichts konnte mich mehr in der Stadt halten; um es kurz zu machen, ich brach sofort auf. Da ich davon ausging, dass Ihr der Route folgen würdet, die der große Dichter in seinem Führer vorgibt, suchte ich alle Gasthöfe auf, die er empfiehlt. Bei den ersten beiden zog ich eine Niete, aber beim dritten wurden meine Mühen belohnt! Mir ist bewusst, dass meine plötzliche Ankunft eine Überraschung sein dürfte, und kann nur hoffen, dass es eine angenehme ist. Sicher wird es Dich freuen zu hören, dass ich nicht allein komme. Miss Bingley und Mr und Mrs Hurst erklärten sich freundlicherweise bereit, mich auf meiner Spritztour zu begleiten. Bestimmt empfindest Du ihre Anwesenheit ebenso wie ich als große Bereicherung. Ich bin überzeugt, wir werden eine gesellige kleine Gruppe abgeben!
Wm. Ryder«

»Also wirklich, Tom!«, rief Mrs Gardiner. »Dein Freund ist tatsächlich ein höchst unternehmungslustiger junger Mann.«

»Ich weiß gar nicht, was ich sagen soll«, erwiderte ihr Neffe. »Ich kann mich nur dafür entschuldigen, dass er sich in dieser

Art und Weise aufdrängt. Weiß der Himmel, was ihn dazu bewogen hat.«

»Es wird schon nicht so schlimm werden«, meinte Mr Gardiner. »Ich denke, wir können von diesen Leuten so viel oder so wenig sehen, wie wir wollen. Und vielleicht verhindert ihre Ankunft ja, dass wir zu festgefahren in unseren Urlaubsgewohnheiten werden.«

Er blickte lächelnd in die Runde, aber seine Worte stießen auf wenig Zustimmung. Nichts in Mr Haywards Gesichtsausdruck deutete darauf hin, dass ihm dieser Zuwachs ihrer kleinen Gruppe willkommen war, und Mrs Gardiner, die weder für die Hursts noch für Miss Bingley etwas übrighatte, trug eine ähnlich missbilligende Miene zur Schau.

Mary sorgte sich, weil Mr Ryder in seinem Brief ihren Namen erwähnt hatte. War es etwa ihre Schuld, dass er ihnen gefolgt war? Wenn sie die geplante Reise nicht in so leuchtenden Farben geschildert hätte, wäre er vielleicht nie auf die Idee gekommen, den Gardiners nachzufahren.

»Es tut mir aufrichtig leid, dass ich mit Mr Ryder so überschwänglich von unserer Reise gesprochen habe«, sagte sie. »Aber Sie können mir glauben, dass ich ihm gewiss keinen Grund zu der Annahme gegeben habe, ich wünschte, er solle sich uns anschließen.«

Mrs Gardiner erklärte sofort, es sei Unsinn, darüber auch nur nachzudenken, und ihr Mann tätschelte Marys Arm und ermahnte sie, sich nicht immer gleich so zu beunruhigen. Mr Hayward hingegen griff schweigend nach dem Brief und studierte ihn sorgfältig, als suchte er darin eine geheime Bedeutung. Über Mr Ryder wurde kein Wort mehr verloren, und schon bald entschuldigten Mr Gardiner und Mr Hayward sich, um den Wirt zu suchen und ihn nach seiner Meinung zu einer Wanderung auf den Scafell zu fragen. Sobald sie verschwunden waren, griff Mrs Gardiner nach der letzten Scheibe Toast.

»Das Brot ist wirklich köstlich. Ein Glück, dass wir noch etliche Wanderungen und Spaziergänge vor uns haben, sonst wäre es um meine Figur geschehen.«

Sie strich die Butter dicker auf die Scheibe, als sie es normalerweise zu Hause tat, und begann mit sichtlichem Behagen zu essen. »Du scheinst dich über unsere unerwarteten Besucher nicht unbedingt zu freuen.«

»Wir hatten es so nett und behaglich miteinander«, sagte Mary, »und ich kann mir beim besten Willen nicht vorstellen, dass unsere Stimmung durch diese Leute nicht beeinträchtigt wird. Ich gebe gern zu, dass es mehr Gleichmut erfordert, als ich besitze, gut von Miss Bingley zu denken. Zudem haben auch die Hursts wenig vorzuweisen, was für sie spricht.«

Mrs Gardiner legte den Rest ihrer Toastscheibe auf den Teller und schenkte sich Tee nach. »Meine Liebe, ich frage mich, ob es wirklich nur die Anwesenheit der beiden bösen Schwestern ist, die dich irritiert. Hat vielleicht auch Mr Ryders Ankunft etwas damit zu tun?«

Einen Moment lang war nur das Klappern von Geschirr zu hören, als das Personal die anderen Tische abräumte.

»Mr Ryder?«, fragte Mary dann. »Tut mir leid, aber ich verstehe nicht ganz, warum er mich irritieren sollte.«

»Ich glaube, er mag dich. Und die offensichtliche, unverhohlene Zuneigung eines gut aussehenden jungen Mannes ist eine recht aufregende Erfahrung.«

Mary wollte widersprechen, aber ihre Tante hob eine Hand. »So etwas kann alle möglichen Empfindungen hervorrufen, ganz besonders dann, wenn eine andere Frau ein Auge auf diesen Mann geworfen hat. Das Wissen, dass sie etwas will, das man selbst mit Leichtigkeit haben könnte, lässt dieses Objekt auf einmal wertvoller erscheinen. Und je deutlicher die andere zeigt, wie sehr sie den Mann will, umso begehrenswerter wird er.«

Mrs Gardiner begutachtete die Marmeladen, die noch auf dem Tisch standen, nahm von einer Sorte einen kleinen Klecks und verstrich ihn sorgfältig auf dem letzten Stück ihres Brots. »Ich fürchte, das wirft kein sehr gutes Licht auf uns Frauen, aber so ist es nun mal.«

»Sie sprechen sehr freimütig.«

»Manchmal sind wir zu Offenheit verpflichtet. Mir – und auch dir, denke ich – war schon in London klar, dass Miss Bingley es auf Mr Ryder abgesehen hat. Dass sie ihn jetzt auf dieser Reise begleitet, bestätigt diese Vermutung nur. Sie hätte wohl kaum einige Hundert Meilen Fahrt auf schlechten Straßen auf sich genommen, nur um des Vergnügens willen, *uns* zu sehen.«

»Das halte ich auch für wenig wahrscheinlich«, gab Mary zu.

»Sie ist entschlossen, sich Mr Ryder zu angeln. Und ich glaube, sie erkennt klar und deutlich, wer ihr bei ihrem Plan im Weg steht.«

»Wenn Sie meinen, was ich vermute, kann ich nur sagen, dass Sie beide sich irren, Sie genauso wie Miss Bingley. Ich betrachte Mr Ryder nur als guten Freund.«

»Wenn er nicht in deiner Nähe ist, ganz gewiss, davon bin ich überzeugt. Aber in seiner Anwesenheit könnte es dir nicht mehr ganz so leichtfallen. Mr Ryder verfügt über beträchtlichen Charme und eine sehr gewinnende Art. Ich könnte mir vorstellen, dass er es versteht, sehr überzeugend von Herzensangelegenheiten zu sprechen – im Gegensatz zu anderen, die zwar viel über Gefühle und Empfindungen reden, aber Mühe haben zu sagen, was tatsächlich in ihnen vorgeht, geschweige denn, ihrem Herzen zu folgen und zu handeln.«

Mary nahm ein Stück Brot, das liegen geblieben war, und begann geistesabwesend, damit zu spielen. »Ich weiß nicht recht, was Sie meinen«, begann sie stockend. »Ich denke, Sie vermuten, dass ich, nun ja, dass ich sehr viel von Mr Hayward halte. Ich dachte … also, ich habe zu hoffen gewagt, dass meine Zuneigung erwidert wird.« Mary konnte ihrer Tante nicht in die Augen schauen, als sie ihr größtes Geheimnis laut aussprach. »Aber jetzt scheinen Sie anzudeuten, dass er möglicherweise nicht sprechen wird, dass es ihm dazu an Mut oder an Überzeugung fehlt. Habe ich seine Gefühle also missverstanden? Täusche ich mich, wenn ich glaube, dass er mich mag?«

Als sie den Kopf hob, sah sie so ängstlich, so verzweifelt aus, dass Mrs Gardiner sich vorbeugte und ihre Hand nahm.

»Das habe ich ganz und gar nicht gemeint«, sagte ihre Tante freundlich. »Es ist meine aufrichtige Überzeugung, dass Tom dich gernhat, sehr gern sogar. Ich habe tausenderlei Dinge beobachtet, die darauf hinweisen. Aber ich kenne ihn jetzt seit vielen Jahren, lange genug, um zu wissen, dass sich hinter der forschen Fassade, die er der Welt präsentiert, ein recht schüchterner junger Mann verbirgt. Er ist sich seiner selbst nicht so sicher, wie er gern vorgibt. Er verfügt über viel Feingefühl – oder einen Mangel an Anmaßung, wenn man so will –, und das lässt ihn dort zurückhaltend auftreten, wo andere freiheraus sprechen.«

Sie zog ihre Hand zurück. Als sie merkte, dass sie etwas Marmelade auf Marys Fingern hinterlassen hatte, wischte sie sie mit ihrer Serviette weg. »Ich wollte wirklich nicht andeuten, dass Tom keine tiefe Zuneigung zu dir empfindet, aber ich fürchte, er könnte in dieser Beziehung langsamer und vorsichtiger agieren als jene, die von Natur aus ungestümer sind. Deshalb wollte ich dich warnen, dass jene, die mit größter Unbefangenheit über ihre Gefühle sprechen, nicht immer diejenigen sind, die sie am tiefsten empfinden. Es würde mir leidtun, Tom am letzten Hindernis straucheln zu sehen – wie Mr Hurst es vielleicht ausdrücken würde –, weil andere redegewandter und überzeugender sind als er.«

Mary wich betroffen zurück. »Sie glauben doch nicht im Ernst, ich würde Mr Ryder ihm vorziehen?«

»Nein«, erwiderte Mrs Gardiner. »Ich glaube nicht, dass das jemals deine Absicht wäre. Aber das Leben lehrt uns, dass enttäuschte Hoffnungen das Herz krank machen. Und in einer derartigen Situation könnte ein Mann, der so anziehend ist wie Mr Ryder, gefährlich werden. Ich würde all das nicht sagen, wenn ich glauben könnte, dass er gut zu dir passt«, fuhr sie fort. »Ich bin überzeugt, dass du nur mit einem Mann glücklich werden kannst, dessen Gefühle genauso stark und stetig und unveränderlich sind wie die deinen. Und manchmal handeln Männer mit einem solchen Charakter langsamer als ihre Rivalen.«

Bevor Mary sich dazu äußern konnte, trat ein Dienstmädchen an ihren Tisch und bat um die Erlaubnis, das Geschirr abzuräumen. Weder Mary noch ihre Tante sagten etwas, bis diese Arbeit getan war. Dann stand Mrs Gardiner auf und setzte sich neben ihre Nichte.

»Wie gewöhnlich hast du meinen Vortrag mit größter Geduld über dich ergehen lassen«, sagte sie. »Von nun an werde ich dich nicht mehr mit meinen Ansichten belästigen. Aber ich bitte dich, über das nachzudenken, was ich gesagt habe. Der Mann, der ungeniert über seine Zuneigung spricht, ist nicht zwingend der, dessen Gefühle wirkliche Tiefe haben.«

Mary wollte ausrufen, dass die Warnungen ihrer Tante vollkommen überflüssig seien, aber in diesem Moment kehrten Mr Gardiner und Mr Hayward zu ihnen an den Frühstückstisch zurück.

»Alles ist unter Dach und Fach«, verkündete Mr Gardiner triumphierend. »Der Gastwirt hat uns versichert, dass die Tour zum unteren Bergrücken des Scafell bei stabilem Wetter leicht zu bewältigen ist; außerdem kann er uns einen Bergführer empfehlen, einen verlässlichen Mann, der die Route gut kennt und keine Risiken eingehen wird.«

»Er sagt, es wird den Großteil des Vormittags dauern, unser Ziel zu erreichen«, fügte Mr Hayward hinzu. »Aber wenn wir frühmorgens aufbrechen und das Wetter uns wohlgesinnt ist, könnten wir schon zu Mittag einen Blick auf die See erhaschen.«

Er sah Mary erwartungsvoll an, aber sie war im Geist immer noch bei Mrs Gardiners Ermahnungen.

»Stellen Sie sich nur vor, Miss Bennet – wir werden mit eigenen Augen sehen, was Mr Wordsworth sah, werden genau dort stehen, wo er einst stand!«

Mary riss sich zusammen. »Das würde mir wirklich gut gefallen«, erwiderte sie. »Aber wäre es nicht korrekt zu sagen, wo *sie* stand – denn haben Sie uns nicht erzählt, es wäre Mr Wordsworths Schwester gewesen, die auf der Route aufgestiegen ist, die im Buch erwähnt wird?«

»Sie haben natürlich recht«, sagte Mr Hayward, der erleichtert darüber war, dass Mary ihre Begeisterung für den Ausflug anscheinend wiedergefunden hatte. »Und ich bin gerne bereit, in die Fußstapfen einer Dame zu treten, insbesondere einer so furchtlosen wie Miss Wordsworth.«

Mr Gardiner lachte. »Klingt so, als würde Enthusiasmus ausreichen, euch beide den Berg hinaufzubefördern. Der Rest von uns wird wohl gezwungen sein, einen stabilen Wanderstock zu Hilfe zu nehmen.«

»Und ein Paar feste Stiefel«, fügte Mrs Gardiner hinzu. »Die sind unerlässlich.«

Kapitel 74

Den Rest des Tages verbrachte die kleine Gruppe aus der Gracechurch Street damit, über sanfte, anspruchslose Hügel zu wandern und sich so ein bisschen, wie Mr Hayward es ausdrückte, auf ihre große Tour vorzubereiten. Während sie über grüne Wege spazierten und an den Ufern rauschender Wildbäche entlangschlenderten, bemühte Mary sich, Mr Haywards Verhalten so objektiv zu studieren, wie es ihr möglich war, um die Innigkeit seiner Gefühle für sie abzuschätzen. Sie versuchte, dabei möglichst kritisch zu bleiben, aber alles an seinem Gebaren zeugte von wärmster Zuneigung – seine Worte, sein Lächeln, seine vielen kleinen Gesten der Aufmerksamkeit. Als er ihr einen Geißblattzweig reichte, damit sie ihn unter ihr Hutband steckte, bestanden für sie keine Zweifel mehr, und die Verunsicherung, die Mrs Gardiners Warnung in ihr ausgelöst hatte, verebbte. Mary fürchtete nicht mehr, dass die Erfüllung ihrer Hoffnungen auf sich warten lassen würde, jedenfalls nicht sehr lange. Sie hatte jeden Grund zu der Annahme, dass Mr Hayward sich erklären würde, bevor sie alle wieder nach London aufbrachen.

Die kleine Wandergruppe nutzte das schöne Wetter weidlich aus und war fast den ganzen Tag unterwegs. Erst zum Dinner kehrte sie wieder im Gasthof ein und traf dort Mr Ryder und seine Reisegefährten an. Als sie die Wirtsstube betraten, stürzte Mr Ryder, der offensichtlich auf sie gewartet hatte, herbei, um sie zu begrüßen. Zuerst bat er Mrs Gardiner um Verzeihung für seine Dreistigkeit.

»Madam, ich muss mich dafür entschuldigen, mich einfach in dieser Weise aufzudrängen, aber wahrhaftig, ich konnte nicht anders. Die Aussicht, Sie alle hier an diesem herrlichen Ort zu treffen, war einfach unwiderstehlich. Meine einzige Hoffnung besteht darin, dass wir Ihre Freude möglicherweise vergrößern werden – oder sie zumindest nicht wesentlich schmälern.«

»Ich glaube, das wäre nicht möglich«, antwortete Mrs Gardiner gemessen.

Erfreut wandte sich Mr Ryder sodann an Mary und schenkte ihr ein strahlendes Lächeln. »Ich kann mir nicht denken, Miss Bennet, dass Sie bei unserer letzten Begegnung in der Cheapside damit gerechnet hätten, mich so bald wiederzusehen. Aber kaum hatten Sie mir die Idee einer Reise zu den Seen in den Kopf gesetzt, war es mir kaum noch möglich, an etwas anderes zu denken. Folglich sind wir nun alle hier, und nach allem, was ich bisher auf der Fahrt gesehen habe, hat sich die Mühe mehr als gelohnt.«

Er war so beflissen, sich bei allen Liebkind zu machen, dass es schwerfiel, ihm zu grollen.

»Und du, Tom, mein Guter, auch dich muss ich um Nachsicht bitten.« Er nahm Mr Haywards Hand und schüttelte sie energisch. »Wie ich höre, hast du vor Gericht einen fabelhaften Sieg errungen. Es heißt, du würdest es in deiner Profession noch weit bringen, aber ich habe nie etwas anderes erwartet. Jedenfalls freue ich mich für dich und möchte dir von ganzem Herzen gratulieren.«

Mr Hayward, dem das überschwängliche Lob seines Freundes peinlich zu sein schien, dankte ihm schnell. »Aber sag einmal, Will«, fuhr er dann fort, »was ist los mit dir? Dreihundert Meilen sind ein weiter Weg, um einer Laune zu folgen, insbesondere auf Straßen wie den hiesigen.«

»Ich würde meinen Entschluss nicht als Laune bezeichnen«, erwiderte Mr Ryder, »denn das würde ihn dumm und kindisch wirken lassen. Nein, ich ziehe es vor, darin eine beflügelte Entscheidungsfreude zu sehen. Die Idee wurde geboren, ich handelte dementsprechend, setzte meinen Plan in die Tat um, und mein Wunsch ging dementsprechend in Erfüllung.«

»Verfolgen Sie das, was Sie sich wünschen, immer mit solcher Tatkraft?«, fragte Mary.

»Unweigerlich«, antwortete Mr Ryder.

»Will glaubt, man kann alles bekommen, wenn man nur danach verlangt.« Mr Hayward lachte.

»Wer nicht wagt, der nicht gewinnt, Tom. Ich bin mir sicher, dass du den Spruch schon mal gehört hast.«

»Allerdings, und am häufigsten von dir.«

Mary beobachtete, wie sich die beiden jungen Männer mit all der unbekümmerten Scherzhaftigkeit alter Freunde unterhielten, bis Mr Ryder ankündigte, er habe sich die Freiheit genommen, Dinner für sie alle zu bestellen, er habe nach den besten Speisen verlangt, die die Küche des Hauses zu bieten hatte – einem schönen Rinderbraten, gefolgt von Käsekuchen –, und hoffe sehr, dass alle damit einverstanden wären. Als er sah, dass niemand Einspruch erhob, lotste er sie in einen kleinen Privatsalon, in dem eine lange, mit frischem weißem Leinen gedeckte Tafel stand. An ihr saßen bereits recht steif die übrigen Mitglieder von Mr Ryders Reisegruppe. Sie alle schienen von der Situation weit weniger begeistert zu sein als ihr liebenswürdiger Gastgeber.

»Sie werden sich sicher noch an Mr und Mrs Hurst erinnern«, sagte Mr Ryder. »Und natürlich an Miss Bingley.«

Mary war ein bisschen nervös, als die üblichen höflichen Begrüßungsfloskeln gewechselt wurden. Miss Bingley und sie waren nach Mr Ryders Dinnerparty nicht unbedingt im besten Einvernehmen auseinandergegangen, und es war nicht vorherzusehen, wie viel sich jene Dame heute von ihrer Verstimmung anmerken lassen würde. Mary hoffte, dass sie sich nicht zu offener Feindseligkeit hinreißen lassen würde, denn ein solches Verhalten würde Mrs Gardiner mit Sicherheit auffallen, und dann würde sie Erklärungen einfordern. Miss Bingley sah aus wie immer, sie war perfekt gekleidet und gab insgesamt eine imposante Erscheinung ab. Wie üblich musterte sie Mary von oben bis unten mit einem abschätzigen Blick, als wäre sie noch unentschlossen, wie sie die andere behandeln sollte. Schließlich bedachte sie sie mit einem knappen Nicken.

Also hat sie sich entschieden, dachte Mary. *Für den Anschein von Höflichkeit und gegen den Verstoß gegen gutes Benehmen. Welche Erleichterung!*

»Ich hoffe, Ihre Reise nach Norden war nicht allzu strapaziös«, begann Mary, um zu zeigen, dass auch sie bereit war, mit keinem Wort auf das anzuspielen, was zwischen ihnen vorgefallen war. »Es ist ein weiter Weg, aber die Schönheit des Landes macht diese Mühe wett.«

»Für mich war es keine Mühe«, gab Miss Bingley zurück. »Ich wünschte mir schon seit Langem, den Ort zu sehen, der zu so großartiger Dichtung inspiriert hat. Die wenigen Unannehmlichkeiten während der Reise sind ein kleiner Preis für diesen Lohn.«

»Dann lesen Sie auch gern Gedichte? Ich hatte ja keine Ahnung, dass Sie sich für Lyrik interessieren.«

»Eine Leidenschaft, die ich nur mit meinen Freunden teile.« Miss Bingley starrte über Marys Kopf hinweg in den Raum, als hoffte sie, dort einen interessanteren Gesprächspartner zu entdecken. Kurz fing sie den Blick von Mr Ryder auf und bedachte ihn mit einem reizenden Lächeln, das jedoch sofort erlosch, als sie sich wieder an Mary wandte. »Sobald Ryder diese Reise erwähnte, teilte ich ihm mit, dass er sie unter keinen Umständen allein antreten dürfe. Mein Verlangen, den Lake District mit eigenen Augen zu sehen, war genauso groß wie das seine und *musste* befriedigt werden. Er erklärte sofort, nicht im Traum daran zu denken, ohne mich – und Mr und Mrs Hurst, versteht sich – aufzubrechen.«

»Wie nett von ihm.«

»In der Tat, aber keine Überraschung für mich. Mr Ryder erwähnte bereits des Öfteren, dass er keine Unternehmung genießen kann, an der ich nicht teilnehme.«

»Nun«, sagte Mary gelassen, »ich hoffe, Sie und er finden hier vieles, das Ihnen gemeinsam Freude bereitet. Wir haben schon etliche schöne Ausblicke genossen, und auch eine Bootsfahrt auf dem Lake Grasmere sollte man nicht versäumen. Ich kann mich nicht erinnern, je etwas so Schönes erlebt zu haben.«

»Das klingt ganz wundervoll für Leute mit einem Hang zu Bequemlichkeit und faden Vergnügungen. Aber ich hoffe, etwas wesentlich Spannenderes zu erleben. Es verlangt mich nicht danach, mich mit den üblichen Sehenswürdigkeiten zu begnügen.«

»Ich denke, Sie werden feststellen, dass selbst die bekannteren Ausblicke sehr viel zu bieten haben«, sagte Mary, entschlossen, sich von Miss Bingleys Provokationen nicht aus der Ruhe bringen zu lassen. »Ich habe hier noch nichts zu sehen bekommen, das ich nicht bewundern hätte können. Alles hier begeistert mich.«

»Davon bin ich überzeugt«, murmelte Miss Bingley, ohne sich die Mühe zu machen, ihren Wunsch zu verhehlen, dieses Gespräch zu beenden. »Wie auch immer, falls Sie keine Vorschläge für ein wenig wildere, ungezähmtere Unternehmungen beizusteuern haben – Sie wissen schon, was ich meine –, erkundige ich mich lieber bei Mr Ryder, ob ihm diesbezüglich etwas eingefallen ist.«

Bevor Mary etwas erwidern konnte, erhob sich Miss Bingley, schwebte auf die andere Seite des Raums und trat so nahe an Mr Ryder heran, wie es der Anstand erlaubte. Sie hatte kaum ihren Platz verlassen, als Mr Hayward an Marys Seite auftauchte.

»Es ist weder höflich noch großmütig von mir, so etwas zu sagen, aber ich fürchte, ich mache mir nicht besonders viel aus Miss Bingley.«

»Sie verhält sich nicht sehr angenehm«, gab Mary zu. »Wenigstens mir gegenüber.«

»Die Dame gibt sich sehr überlegen. Es würde mich nicht wundern, wenn sie mir auftragen würde, ihr ein Glas Wein zu bringen oder ihren Umhang zu holen. Ich glaube, sie ist der Meinung, dass es sich nicht lohnt, gute Manieren an mich zu verschwenden.«

»Um ihre gute Meinung zu erringen, müssten Sie über ein Einkommen von mindestens zehntausend Pfund im Jahr verfügen«, meinte Mary nachdenklich. »Ansonsten wird sie Ihnen keinen zweiten Blick gönnen.«

Ein Diener trug etliche Flaschen herein, die er eine nach der anderen auf die Anrichte stellte. Durch sein Eintreten wirkte das recht kleine Zimmer auf einmal überfüllt, und Mary und Mr Hayward zogen sich in eine Ecke zurück, um ihr Gespräch fortzusetzen, worauf er großen Wert zu legen schien.

»Und Sie, Miss Bennet?«, fragte er. »Denken Sie ähnlich? Glauben auch Sie, dass eheliches Glück von einem gut gefüllten Bankkonto abhängt?«

»Lizzy hat einmal gesagt, dass ihr erst bewusst wurde, wie sehr sie Mr Darcy liebt, als sie zum ersten Mal Pemberley sah.«

Mary hatte gehofft, Mr Hayward mit dieser Bemerkung zum

Lächeln zu bringen, aber er machte ein langes Gesicht, und sie erkannte, dass sie seine Stimmung falsch eingeschätzt hatte.

»Das war natürlich ein Scherz. Wenn Sie die beiden zusammen sehen könnten, wüssten Sie das. Sein Reichtum, sein hoher Rang, nun, es ist eine lange Geschichte, aber weder das eine noch das andere hat etwas mit der Liebe zu tun, die Lizzy für ihn empfindet.«

Mr Hayward wirkte nicht überzeugt. »Ich denke, es gibt nicht viele Frauen, die über genügend Charakterstärke verfügen, um bei der Aussicht auf ein prachtvolles Haus und ein hohes Einkommen gleichgültig zu bleiben.«

»Und nicht viele Männer«, gab Mary zurück, die sich ein bisschen ärgerte, dass ihr Geschlecht so geringschätzig beurteilt wurde, sei es auch von Mr Hayward. »Ich habe bei männlichen Verehrern nämlich bisher auch nicht gerade Widerstreben beobachten können, wenn es darum geht, eine Erbin zu erobern.«

Mr Haywards ernste Miene wurde milder, und er lachte. »Ein Punkt für Sie, Miss Bennet. In diesen Dingen besteht für uns Männer tatsächlich kein Grund, sich aufs hohe Ross zu setzen. Außerdem muss ich gestehen, dass ich diejenigen unter uns beneide, die materiell so hervorragend gestellt sind. Ich fürchte, ich werde nie eine so gute Partie wie Mr Darcy sein.«

»Es mag wohl Frauen geben, für die ein solcher Umstand ins Gewicht fällt«, sagte Mary ruhig. »Aber ich versichere Ihnen, Mr Hayward, nicht alle meines Geschlechts denken so.«

Sie sah ihn erwartungsvoll an und glaubte schon, er sei im Begriff zu sprechen, als die Zimmertür aufgestoßen wurde und der Wirt eine Platte mit einem gewaltigen Braten hereintrug. Zwei Mägde mit Schüsseln voller Gemüse und einem großen Krug Sauce folgten. Als alle sich zu Tisch setzten, um das Mahl zu beginnen, wusste Mary, dass jede Chance, Mr Haywards Erwiderung auf ihre Worte zu hören, vorbei war.

Kapitel 75

Mr Ryder nahm seine Pflichten als Gastgeber der kleinen Abendgesellschaft überaus ernst. Er scheute keine Mühen, um die letzten Vorbehalte der Gardiners ihm gegenüber zu zerstreuen. Er lauschte den Geschichten von Mr Gardiner, die sich ausgiebig seiner Angelpassion widmeten, mit dem Anschein von größtem Interesse, bat Mrs Gardiner, mehr von den Schmetterlingen zu berichten, die sie auf ihrem Spaziergang gesehen hatte, und forderte Mary auf, die Schönheiten zu beschreiben, die sie während ihres Spaziergangs am See bewundert hatten. Als sie fertig war, erhob er sein Glas.

»Ausgezeichnet, Miss Bennet! Ihre Darstellungsweise ist unnachahmlich. Ich habe alles durch Ihre Augen gesehen – als wäre ich selbst dort gewesen.«

Über den Tisch hinweg fing Mary den Blick von Mrs Gardiner auf; sie erwiderte ihn nicht.

»Ich habe nicht alles mitbekommen, was Sie erzählt haben, Miss Bennet«, sagte Mr Hurst. »Den Teil über die Inseln habe ich verpasst. Wären Sie wohl so freundlich, ihn zu wiederholen?«

»Vielleicht ein anderes Mal«, warf Miss Bingley beißend ein.

»Haben Sie denn auch Skizzen oder Zeichnungen vom See angefertigt?«, fragte Mr Ryder.

»Ich fürchte, dafür habe ich kein Talent«, gab Mary zu. »Mit Zeichenstift und Pinsel hatte ich noch nie Erfolg.«

»Wie bedauerlich«, sagte Miss Bingley. »Ich hätte Ihre Werke zu gern betrachtet.«

Mr Ryder wies die Bediensteten an, die Tafel abzuräumen und mehr Wein zu bringen. »Ich muss gestehen«, sagte er, »Ihre Geschichten haben mir Lust auf mehr gemacht. Planen Sie denn in den nächsten Tagen weitere Abenteuer, oder müssen wir dazu Mr Wordsworths Reiseführer befragen?«

»Tatsächlich denken wir an einen weiteren Ausflug«, antwortete Mr Gardiner. »Der Weg verspricht herrliche Aussichten, bedarf aber großer Ausdauer vonseiten der Wanderer. Tom, warum erzählst du unseren Gästen nicht davon?«

Die Runde lauschte andächtig, während Mr Hayward den Aufstieg auf den Scafell beschrieb; seine Schwierigkeit, die raue Schönheit der Landschaft, die man dabei durchquerte, und den majestätischen Blick vom Gipfel. Als er begann, von der Aussicht aufs Meer zu erzählen, die man nach dem bewältigten Aufstieg genießen könnte, verkündete Mr Ryder, er habe genug gehört, sein Entschluss stehe fest – wenn es nach ihm ginge, sollten sie alle am besten schon am nächsten Morgen, aber auf jeden Fall am Tag darauf losziehen. Mr Hayward, der mit dem Enthusiasmus seines Freundes wohlvertraut war, wartete, bis dessen Begeisterung abgeklungen war, bevor er milde einwarf, dass es sich nicht um einen Spaziergang handele, den man unvorbereitet unternehmen sollte. Denn obwohl der Pfad nicht allzu steil war, war er doch lang und voller Geröll.

»Aber der Gastwirt hat einen vertrauenswürdigen Bergführer empfohlen«, fuhr er fort. »Zudem hat er uns versichert, dass absolut nichts gegen die Wanderung spricht, wenn man sich ihm anvertraut.«

»Dann ist doch alles geklärt!«, rief Mr Ryder. »Warum sonst sind wir hierhergekommen, wenn nicht, um solche Abenteuer zu erleben? Wären wir zu kleinmütig, so etwas zu wagen, hätten wir zu Hause bleiben sollen. Also, Tom, wann soll es losgehen?«

»Nicht, bevor wir die nötigen Vorkehrungen getroffen haben«, erwiderte Mr Hayward mit Nachdruck. »Ich stimme dir darin zu, dass wir hier sind, um Abenteuer zu erleben – aber nicht solche der unliebsamen Art. Ich bin bereits ein wenig über die Anhöhen gewandert und habe mit eigenen Augen gesehen, wie abschüssig und unwegsam die Pfade sein können.«

»Mr Hayward würde es wohl vorziehen, wenn wir uns mit glatten Seen und einfachen, ländlichen Aussichten begnügten«, murmelte Miss Bingley. »Ich bin ganz der Meinung von Mr Ryder und sehne mich geradezu danach, auf einem Berggipfel zu stehen.«

»Sie missverstehen mich«, sagte Mr Hayward streng. »Jeder, der es wünscht, soll die Tour machen und hat meinen Segen. Aber niemand sollte den Aufstieg wagen, ohne sich zuvor über die Risiken informiert oder sich die Mühe gemacht zu haben, Vorsorge zu treffen.«

»Hier spricht der bedächtige Anwalt!«, rief Mr Ryder. »Aber mein lieber Tom, wir sind hier weit entfernt von der Chancery Lane, Gott sei's gedankt! Lass uns in dieser Umgebung nicht den staubigen alten Angewohnheiten anhängen, denen wir doch gerade entkommen wollten. Denk nur, was Mr Wordsworth in dieser Situation sagen würde? Ich bin mir sicher, er würde uns drängen zu gehen, ebenso wie ich es tue.«

Mr Hayward erwiderte nichts mehr darauf; Mary konnte sehen, dass ihn die Andeutung seines Freundes, er sei langweilig und nicht unternehmungslustig, getroffen hatte. Nach dem Abendessen, als die Gesellschaft sich zerstreute, trat er zu Mary, eindeutig beunruhigt von den Ereignissen.

»Als es nur um uns ging, hatte ich wenig Bedenken, was den

Aufstieg betrifft. Aber nun, da wir eine so große Gruppe sind, bin ich mir weniger sicher, ob wir ihn wagen sollen. Will Ryder ist mein Freund und oftmals gutmütiger und großzügiger, als ihm zuträglich ist. Aber er denkt nur selten an die Folgen seines Handelns, besonders wenn sie einem Vergnügen im Weg stehen könnten. In einem solchen Fall sind seine Manieren so überaus einnehmend, dass er all jene, die seine Begeisterung nicht teilen, wie Narren erscheinen lässt.«

»Ich stimme Ihnen zu«, sagte Mary. »Er besitzt eine eher impulsive Natur.«

Mr Haywards nachdenkliche Miene machte ihr deutlich, dass er sich tatsächlich fragte, ob sie ihren Plan nicht lieber verwerfen sollten. In den meisten Dingen hätte sie seinem Urteil rückhaltlos vertraut, aber in diesem Fall war sie sich nicht so sicher. Sollte der Ausflug nicht stattfinden, verpasste sie die Gelegenheit, zu zweit Zeit mit ihm zu verbringen. Das allein genügte, um Mary für den Aufstieg einzunehmen. Aber sie war sich des aufgeregten Kribbelns bewusst, das sie immer wieder überkam, seit Mr Hayward das Vorhaben zum ersten Mal erwähnt hatte. Vielleicht war es der Einfluss der Landschaft, so rau und doch so schön, der sie dazu brachte, ihrer üblichen Vorsicht kein Gehör zu schenken und sich blindlings ins Unbekannte zu stürzen. Vielleicht war es aber auch Mr Wordsworth – sie hatte so viel Zeit damit verbracht, die Welt durch seine Augen zu sehen, dass sie sich danach sehnte, so leidenschaftlich wie er zu empfinden. Auf jeden Fall wünschte sie sich inständig, den Scafell zu besteigen und den Ausblick von seinem Gipfel zu genießen. Würde ihr das nun verwehrt bleiben, wäre das einfach nur schrecklich. Aber all das konnte sie Mr Hayward nicht erklären, zumindest nicht im überfüllten kleinen Salon eines Gasthauses, in dem ständig Mägde an ihnen vorbeieilten. Stattdessen näherte sie sich dem Thema behutsam.

»Ich verstehe Ihren Wunsch nach größter Umsicht«, begann sie. »Und natürlich müssen wir für diese Unternehmung entsprechend gerüstet sein. Aber wenn dies gegeben ist, sollten wir es dann nicht einfach versuchen? Vielleicht tut es uns, die wir von Natur aus zur Vorsicht neigen, manchmal gut, über unsere Grenzen zu gehen.«

Ihre Antwort entsprach eindeutig nicht Mr Haywards Erwartungen, aber bevor er sie bitten konnte, sich deutlicher zu erklären, stieß Mr Ryder zu ihnen.

»Nun, Miss Bennet, was ist Ihre Meinung zu dem geplanten Ausflug auf den Hügel?«

»Es ist mehr als ein Hügel, Will«, gab Mr Hayward zu bedenken. »Vielleicht kein wirklicher Berg, wie ich bereits Miss Bingley gesagt habe, aber doch etwas dazwischen.«

»Nun, was immer es auch ist – Berg, Anhöhe oder Maulwurfshügel –, sollen wir es besteigen? Kommen Sie, Miss Bennet, sagen Sie mir Ihre Meinung.«

»Ich denke, Mr Hayward hat recht damit, uns vor den Herausforderungen zu warnen, die uns erwarten«, sagte sie, wobei sie ihre Worte mit Bedacht wählte. »Es ist unbedingt notwendig, Vorsicht walten zu lassen. Aber ich muss zugeben, dass ich gerne den Versuch wagen würde. Der Anblick vom Meer in der Ferne wird nicht leicht zu vergessen sein.«

Mr Ryder klopfte seinem Freund auf die Schulter. »Na also, selbst die besonnene Miss Bennet findet dich zu ängstlich! Und ich vertraue ihrem Urteil blind – wie keinem anderen sonst.« Er blickte Mary voller Bewunderung an.

Mr Hayward hingegen hatte Marys Reaktion eindeutig aus der Fassung gebracht. Anscheinend hatte er nicht erwartet, dass sie Partei für Mr Ryder ergreifen würde.

Ungeachtet des Schweigens seines Freundes redete Mr Ryder

begeistert weiter. »Ich für meinen Teil bin fest entschlossen«, verkündete er. »Und wenn wir die Anhöhe erreichen, habe ich vor, direkt neben Ihnen zu stehen, Miss Bennet, genau dann, wenn Sie den ersten Blick auf das Meer erhaschen. Um nichts in der Welt würde ich das verpassen.«

Ohne eine Antwort abzuwarten, wandte er sich an Mr Hayward und fuhr in einem völlig anderen Ton fort. »Tom, ich frage mich, ob ich dich um einen Gefallen bitten darf – können wir nachher kurz unter vier Augen reden? Es gibt da einige Familienangelegenheiten, in denen ich gerne deinen Rat einholen möchte. Rechtliche Fragen, du weißt schon. Vielleicht könnten wir uns auf ein Glas zusammensetzen, wenn der Rest der Gesellschaft schon zu Bett gegangen ist. Der Wirt hat einen recht anständigen Rotwein im Keller, der vielleicht wiedergutmachen kann, dass ich zu einer solchen Stunde an einem solchen Ort über Geschäftliches reden will.«

Etwas später, als Mary mit den anderen Mitgliedern ihrer Gesellschaft zu ihrem Zimmer ging, blickte sie über die Schulter und sah, wie sich die zwei Männer in einer ruhigen Ecke der Stube niederließen. Der Wirt brachte persönlich den Wein und schenkte ein.

Nachdem Mary sich umgezogen und ihr Haar gebürstet hatte, lag sie eine Weile in ihrem winzigen Zimmer im Bett, doch der Schlaf wollte sich nicht einstellen. Sie wusste kaum, was sie tat, als sie sich ein Tuch um die Schultern schlang und über den Flur zum Treppenabsatz huschte. Hier konnte sie, vor den Blicken der anderen Gäste verborgen, Mr Hayward und Mr Ryder sehen, die bereits dem guten Wein zugesprochen hatten. Mr Ryder redete lebhaft, während sein Freund ihm aufmerksam lauschte und hin und wieder eine Frage einwarf. Er sah sehr ernst drein. Mary beobachtete die beiden eine Weile, bevor die Lächerlichkeit ihres

Tuns sie wieder in ihr Zimmer zurücktrieb. Sie war beunruhigt, hätte aber nicht sagen können, weshalb.

Kapitel 76

Der Bergführer, der im Gasthaus eintraf, machte durch sein ruhiges, besonnenes Auftreten einen ausgezeichneten ersten Eindruck auf die Reisegesellschaft. Er sprach bedächtig, aber mit Autorität, erklärte, er habe schon viele Damen und Herren ohne Zwischenfall auf die Anhöhe geführt und werde auch diese Gruppe gerne dorthin bringen. Nichtsdestotrotz sei es notwendig, dass sie seine Bedingungen akzeptierten. Die Tour sei nicht gefährlich, aber durchaus lang; man dürfe sich dabei aber nicht übereilen, sodass ein ganzer Tag eingeplant werden müsse. Sein Sohn werde ihn begleiten und Proviant mitnehmen. Das Wichtigste sei jedoch, dass es beim folgenden Punkt keine Unklarheiten gäbe: Seine Anweisungen müssten in jeder Hinsicht befolgt werden, denn er kenne das Gelände, sie hingegen nicht.

Man war sich sofort einig, den Mann zu engagieren, und es wurde für die Unternehmung ein Termin in den nächsten Tagen vereinbart. Nun, da der Ausflug feststand, konnte man die Aufregung der Gesellschaft regelrecht spüren. Nachdem ihr Bergführer sich verabschiedet hatte, verkündete Mr Ryder, einen besseren Mann hätte man nicht finden können. Mr Gardiner stimmte ihm zu; unter der Aufsicht eines solch wackeren Burschen würden sie nicht fehlgehen können. Mr Ryder wiederholte daraufhin seine ungeduldige Erwartung, die Anhöhen zu erblicken, und Miss Bingley beteuerte, jede Anstrengung auf sich nehmen zu wollen, nur um in diesem Augenblick an seiner Seite zu stehen. Selbst die Hursts ließen vernehmen, dass sie es wohl auf den Versuch ankommen lassen wollten. Nur Mr Hayward schien wenig zu sagen zu haben. Als die kleine Gruppe sich auflöste, schlenderte er allein in den Garten vor dem Haus. Nach einigen Minuten, als wirklich jeder andere der Gruppe seiner Wege gegangen war, folgte Mary ihm. Sie entdeckte Mr Hayward an einer Steinmauer lehnend und über das Tal in die Ferne blickend.

»Sie sind ja so still«, bemerkte sie, als sie sich ihm näherte. »Haben Sie immer noch Vorbehalte gegen die Wanderung?«

Gedankenverloren starrte er vor sich hin. »Ich bin tatsächlich nicht ganz frei davon, und zwar wegen all der Gründe, die ich Ihnen bereits mitgeteilt habe.«

»Aber nun haben wir doch einen vortrefflichen Führer, das sollte Sie von einigen Sorgen befreien. Und falls Sie Mr Ryders Unbesonnenheit immer noch belastet – nun, sie wird durch Mr Gardiners Anwesenheit mit Sicherheit ausgeglichen werden. Mein Onkel würde sich niemals zu einer gefährlichen Unternehmung hinreißen lassen.«

»Sie haben natürlich recht«, antwortete er und wandte sich endlich zu ihr um. »Um Ihnen die Wahrheit zu sagen, Miss Bennet, ist dieser Ausflug zurzeit nicht das, was mich am meisten beschäftigt. Heute Morgen sind meine Gedanken ganz woanders.«

Es überraschte Mary, ihn so bedrückt zu sehen. Zum ersten Mal, seit sie ihn kannte, schien seine natürliche Lebhaftigkeit spurlos verschwunden. Seine Niedergeschlagenheit berührte sie zutiefst. Sie sehnte sich danach, seine Hand zu ergreifen und ihn zu bitten, ihr sein Herz auszuschütten; stattdessen trat sie einen Schritt näher und sprach in einer Weise, von der sie hoffte, sie möge das Ausmaß ihres Mitgefühls vermitteln.

»Kann ich Ihnen irgendwie helfen?«

»Ich fürchte, nein. Um diese Angelegenheit muss ich mich allein kümmern. Aber ich danke Ihnen.« Er versuchte zu lächeln, doch nur mit geringem Erfolg. Dann wünschte er ihr höflich einen guten Morgen und kehrte ins Gasthaus zurück.

Mary folgte ihm nicht, sondern lehnte sich an seiner statt an die Mauer und betrachtete die Hügel. Sie konnte sich eines unbehaglichen Gefühls nicht erwehren. Irgendetwas war vorgefallen. Sie bückte sich, riss einen Grashalm aus und wand ihn sich um die Finger. Vielleicht irrte sie sich ja auch. Eine Weile stand sie reglos da und dachte nach, bis eine Wolke über den Himmel zog und die Sonne verdeckte. Dann warf sie den Halm zu Boden und ging zurück in die Wirtsstube.

Mr Hayward sah sie an jenem Morgen nicht wieder. Wahrscheinlich war er allein ausgegangen. Im Gasthaus war es ruhig; die meisten Gäste waren andernorts beschäftigt. Miss Bingley und ihre Schwester unternahmen einen Spaziergang zum See, und Mrs Gardiner hatte ihren Gatten überredet, die Angel ruhen zu lassen und sie nach Keswick zu begleiten. Auf sich allein gestellt griff Mary nach einem Buch. Sie hoffte, die Lektüre würde sie genügend ablenken, damit ihre Gedanken nicht pausenlos um Mr Hayward und den unerklärlichen Umschwung seiner Stimmung kreisten. Sie ließ sich auf der Fensterbank nieder und setzte sich direkt in die strahlende Sonne, die die Wolken wieder vertrieben hatte. Mit einem Kissen im Rücken und angezogenen Knien begann sie zu lesen.

So fand Mr Ryder Mary vor, als er in die Gaststube zurückkehrte, erhitzt von seinem Spaziergang und mit dem Ruf nach einem kühlen Getränk auf den Lippen. Nachdem er sein Glas in einem schnellen Zug geleert hatte, bemerkte er Mary in ihrem Versteck. Er stellte das Glas ab, zog ohne ein weiteres Wort einen

Stuhl an ihre Seite und warf einen Blick auf das Buch in ihren Händen.

»*Evelina*. Eine ausgesprochen passende Lektüre für eine junge Dame auf Reisen.«

Mary schwang die Beine von der Bank und versuchte, eine etwas sittsamere Position einzunehmen. »Also wirklich, Mr Ryder, Sie haben mich total überrumpelt!«

»Ich wollte Sie nicht stören. Sie sahen so entspannt aus«, erwiderte er, ohne im Geringsten verlegen zu wirken. »Mit diesem alten Fenster als Hintergrund ähnelte die Szene ein bisschen einem niederländischen Gemälde. Sind Sie eine Verehrerin von Miss Burneys Werken?«

Mary, die spürte, dass Mr Ryders Blick auf ihr ruhte, zupfte ihren Kragen zurecht. »Nicht unbedingt. Ich habe viele ihrer Romane begonnen, aber keinen einzigen zu Ende gelesen.« Sie steckte ein Stück Papier zwischen die Seiten des Buches, um die Stelle zu markieren, an der sie unterbrochen worden war. »Aber ich gebe nicht auf. Ich bin fest entschlossen, mich an ihren Büchern zu erfreuen, wenn es in meiner Macht steht.«

»Eine Bemerkung, die nur aus Ihrem Mund kommen kann!«, rief Mr Ryder. »Ist Ihnen denn nicht klar, dass Miss Burneys Werke der Unterhaltung dienen? Ihre Romane sind keine mühsamen Aufgaben, die man bewältigen muss, sondern Annehmlichkeiten, die man schlichtweg genießt. Wenn Sie wissen, dass Sie dieser Autorin nichts abgewinnen können, warum lesen Sie dann noch etwas von ihr?«

»Ich habe das Gefühl, es ist Versagen meinerseits, dass ich sie nicht so schätzen kann wie andere Leser. Ich hatte die Hoffnung, ich könnte mir beibringen, diese Lektüre zu genießen.«

»Aber so funktioniert Genuss nicht«, sagte Mr Ryder sanft. »Man kann ihn nicht erzwingen. Er entsteht frei nach unseren

Neigungen, die man nicht den Geschmäckern anderer Menschen unterwerfen kann.«

Er nahm ihr das Buch aus der Hand und legte es auf die Bank. »Es ist recht einfach, wenn man es sich einmal zur Gewohnheit gemacht hat. Kommen Sie, lassen Sie mich Ihnen zeigen, wie man es anstellen muss. Da draußen ist ein wunderschöner Tag. Ich schlage vor, wir nutzen ihn und spazieren ein wenig herum. Nur über die Felder hinter dem Gasthof bis zum Gatter, nicht weiter.«

Er streckte ihr seine Hand entgegen. Marys erster Impuls war, die Einladung abzulehnen. Doch draußen schien die Sonne, und die Vögel zwitscherten. Und sosehr sie es auch versuchen mochte, sie wurde das Gefühl nicht los, dass Miss Burney und sie nie zueinanderfinden würden. Außerdem hatte ihr Mr Ryder ihrer Meinung nach die Erlaubnis erteilt, den Roman zu verschmähen, also konnte sie *Evelina* mit gutem Gewissen ruhen lassen. Sie wusste, dass es ihr draußen an der frischen, lieblichen Luft ungemein gefallen würde, also verschloss sie ihre Ohren vor der inneren Stimme, die sie ermahnte, Nein zu seiner Aufforderung zu sagen, und sprang auf, um ihren Hut zu holen.

Kapitel 77

Mary genoss den Spaziergang mit Mr Ryder. Die warme Sonne im Gesicht war angenehm, und ihr Begleiter bemühte sich, sie zu unterhalten, indem er von all den Büchern erzählte, die er vergeblich zu Ende hatte lesen wollen. Er tat dies auf eine so charmante Art und Weise, dass Mary überzeugt war, nie wieder ein schlechtes Gewissen zu haben, wenn sie ein angefangenes Buch beiseitelegte. Zugegeben, Mr Ryder neckte sie ab und zu, aber selbst in seinen scherzhaften Bemerkungen ließ sich eine gewisse Wertschätzung ihrer Person erkennen, und er teilte ihr mehrfach mit, wie froh er war, sich in ihrer Gesellschaft zu befinden. Es wäre einem Ding der Unmöglichkeit gleichgekommen, sich von so unverhohlener Bewunderung nicht geschmeichelt zu fühlen, und als sie den kleinen Hügel hinter dem Gasthof erklommen hatten, plauderte Mary höchst angeregt mit Mr Ryder und strahlte vor guter Laune. In der Tat lachte sie gerade über eine seiner Bemerkungen, als sie um eine Ecke bogen und auf Mr Hayward stießen, der sich eben auf dem Rückweg zu ihrer Unterkunft befand.

Mary schien es, als erhaschte sie einen überraschten Blick von ihm, als er sie entdeckte, gefolgt von einem anderen – der Trauer, Unmut oder Bedauern ausdrückte? –, doch Mr Hayward hatte sich so schnell wieder im Griff, dass sie sich nicht sicher sein konnte. Falls es ihm missfiel, sie in Begleitung von Mr Ryder anzutreffen, tat er jedenfalls sein Bestes, es sich nicht anmerken zu lassen.

»Tom!«, begrüßte Mr Ryder, dem offenbar nichts Ungewöhnliches an seinem Freund aufgefallen war, diesen in seiner ihm eigenen überschwänglichen Art. »Wie herrlich es hier ist! Die Luft ist so klar und rein, man könnte davon trinken! Ich habe Miss Bennet überreden können, nach draußen zu kommen und mir Gesellschaft zu leisten – die Erfahrung ist zu schön, um sie allein zu machen.«

»Die frische Luft scheint Ihnen gutzutun, Miss Bennet«, erwiderte Mr Hayward ernst. »Der Sonnenschein hat Sie regelrecht aufblühen lassen.«

Er kam Mary ebenso unglücklich vor wie am Morgen, und ihre eigene Heiterkeit schwand. Was konnte einen solchen Wandel in ihm ausgelöst haben? Wie oft schon hatte sie gehört, dass jemand sagte: »Mein Herz litt für ihn«, doch nie zuvor hatte sie die Wahrheit dieses Satzes so stark empfunden wie in diesem Moment.

»Es war ein überaus angenehmer kleiner Spaziergang«, sagte sie in der Hoffnung, Mr Hayward würde auffallen, dass sie die Kürze ihres Ausflugs hervorhob. »Aber zwanzig Minuten genügen mir an einem so warmen Tag. Wir wollten gerade in der Hoffnung umkehren, eine Nachmittagserfrischung zu uns nehmen zu können. Ich hoffe, Sie begleiten uns?«

Er schwieg einen Moment, als müsste er erst überlegen.

»Du wirst eine so charmante Einladung doch gewiss nicht ausschlagen«, empörte sich Mr Ryder. »Ich weiß, ich könnte es nicht. Jetzt komm schon mit – vielleicht gibt es sogar Kuchen!«

Daraufhin stimmte Mr Hayward zu, und gemeinsam gingen sie den Hügel hinab. Auf dem Weg sprachen sie von Reisen, von den Freuden und Ärgernissen, die mit ihnen verbunden waren, und betonten, wie sehr sie dazu beitrugen, den eigenen Horizont zu erweitern. In ihrer Unterhaltung gab es kaum Pausen, aber meist war es Mr Ryder, der sprach. Hin und wieder meldete sich Mr Hayward zu Wort, aber er hatte an diesem Nachmittag anscheinend nur wenig zum Gespräch beizutragen. Selbst als sie sich im Gasthaus niederließen und an einem der kleinen Tische vor dem Erkerfenster Tee tranken, schien er in Gedanken versunken. Mary hatte ihn noch nie so in sich gekehrt erlebt. Mr Ryder plauderte hingegen munter weiter und wandte sich, da er nur noch einsilbige Antworten von seinem Freund erhielt, mehr und mehr an Mary. Er berichtete ihr von den Orten, die er bereist hatte, und schwärmte von jenen, die er noch zu besuchen hoffte. Kein Mann von Rang, so behauptete er, könne sich als vollständig gebildet betrachten, bevor er nicht in Griechenland die Ruinen der klassischen Antike besichtigt habe. Dennoch sei es Italien, das seine Fantasie am meisten beflügele.

»Von allen Ländern der Welt ist es Italien, das ich am liebsten kennenlernen möchte.«

»Das kann ich verstehen«, sagte Mary. »Jeder, der Mr Gibbon gelesen hat, muss den Wunsch hegen, Rom zu besuchen.«

»Es muss in der Tat ein außergewöhnliches Gefühl sein, auf den Plätzen zu stehen, über die einst die Cäsaren schritten«, sagte Mr Ryder. »Aber ich würde gerne die gesamte Grand Tour machen – Florenz, Assisi, Venedig –, kurz, überall dort hinfahren, wo man Schönheit, Kunst und gutes Wetter erwarten darf.«

Mary blickte in Mr Haywards Richtung, um zu sehen, was er von Mr Ryders Plänen hielt, und stellte fest, dass er sie beide anstarrte, als versuchte er, die Lösung eines Rätsels oder die Antwort auf eine knifflige Frage zu finden, und es einfach nicht schaffte.

»Würden Sie gerne nach Italien fahren, Mr Hayward?«, fragte sie ein wenig verhalten.

Er antwortete nicht sofort.

»Tom!«, rief Mr Ryder. »Hast du Miss Bennet nicht gehört? Wie steht es mit einem kleinen Ausflug nach Italien?«

»Verzeihung, aber ich war in Gedanken.« Er sammelte sich. »Ich glaube, eine solche Reise wäre bei der derzeitigen Situation auf dem Kontinent kein leichtes Unterfangen.«

»Eine typische Hayward-Antwort«, lachte Mr Ryder. »Der Triumph des Pragmatismus über die Leidenschaft! Aber ich weigere mich, mich davon umstimmen zu lassen. Eines Tages werde ich mit einem Glas Rotwein in der Hand auf einer Terrasse stehen, aufs Meer blicken und auf den Sonnenuntergang anstoßen.«

Darauf wusste Mr Hayward offensichtlich nichts zu erwidern; er entschuldigte sich bald und ging auf sein Zimmer, um Briefe zu schreiben.

»Na, so etwas«, sagte Mr Ryder erstaunt. »Tom ist nicht gerade bester Stimmung. Was mag nur mit ihm los sein?«

Diese Frage quälte auch Mary, und sie fürchtete, dass es Mr Hayward nicht unbedingt aufgemuntert hatte, sie in Gesellschaft von Mr Ryder anzutreffen. Jetzt wünschte sie, sie wäre nicht mit ihm spazieren gegangen; und noch mehr wünschte sie, sie wären auf dem Rückweg nicht Mr Hayward begegnet.

Dieser erschien nicht zum Abendessen; in seiner Nachricht an Mrs Gardiner erklärte er, er leide unter Kopfschmerzen, hoffe aber, morgen wiederhergestellt zu sein.

Als Mary später am Abend im Bett lag, wälzte sie sich ruhelos hin und her, während sie versuchte, diesem verwirrenden und enttäuschenden Tag einen Sinn zu geben. Sie überlegte hin und her, wie sich Mr Haywards Traurigkeit erklären ließe, doch keine der Möglichkeiten, die ihr einfielen, vermochte sie zu überzeugen. Wenn seiner Familie etwas zugestoßen wäre, hätte er es mit Sicherheit erzählt, und falls es ein berufliches Problem gegeben hätte, hätte er vermutlich Mr Gardiner ins Vertrauen gezogen. Oder lag es etwa an ihr? Sein Verhalten ihr gegenüber war den ganzen Tag über merkwürdig gewesen und völlig von ihrem üblichen ungezwungenen Umgang miteinander abgewichen. Er hatte kaum mit ihr gesprochen und selten ihre Nähe gesucht, sondern es vorgezogen, allein einen Spaziergang zu machen und schließlich nicht zum Abendessen zu erscheinen. Mied er sie etwa?

Der Gedanke war so entsetzlich, dass sie fröstelte. Aber da er ihr einmal in den Sinn gekommen war, wurde sie ihn nicht mehr los, und sie verbrachte einige Stunden damit, sich darüber den Kopf zu zerbrechen. Es dämmerte bereits, als sie endlich einschlief, erschöpft, ratlos und voller Sorge.

Nach dieser ruhelosen Nacht war es keine Überraschung, dass sie erst spät aufwachte und als eine der Letzten zum Frühstück in der Gaststube erschien. Außer Mr Ryder und Miss Bingley, die einen Gedichtband in der Hand hielt, saß niemand mehr am Tisch. Mr Ryder schien erfreut, Mary zu sehen, Miss Bingley weniger.

»Guten Morgen, Miss Bennet«, begrüßte Mr Ryder sie. »Sie kommen im richtigen Moment. Miss Bingley fragte mich gerade zu meiner Meinung über die in diesem kleinen Band versammelten Gedichte. Ich bin mir sicher, Ihre Gedanken dazu würden uns beide interessieren.«

Miss Bingley blickte von ihrem Porridge auf und durchbohrte Mary mit einem messerscharfen Blick. »O nein, ich möchte Miss Bennet nicht damit behelligen. Gewiss hat sie Erhabeneres im Sinn, als sich über ein paar Verszeilen Gedanken zu machen.«

Sie hob das Kinn, als hätte sie eine Herausforderung ausgesprochen, und in gewisser Weise war das wohl der Fall, so deutete Mary ihre Äußerung. Aber heute Morgen würde sie sich auf kein Scharmützel mit Miss Bingley einlassen.

»Meiner Erfahrung nach«, sagte sie mit einer Stimme, die genauso mild und farblos war wie die Milch, die sie in ihren Kaffee goss, »sind beim Thema Poesie Ratschläge meist unerwünscht. Wenn es um Verse geht, ist unser eigener Geschmack häufig der beste und sicherste Richtwert.«

Als Miss Bingley erkannte, dass die Klingen heute nicht gekreuzt werden würden, wandte sie sich wieder ihrer Lektüre zu. Mary zerkrümelte ihr Milchbrötchen und tunkte die Stücke gedankenverloren in den Kaffee. Die widersprüchlichen Gedanken, die sie bereits in der Nacht wach gehalten hatten, beschäftigten sie immer noch, und sie war so darin versunken, dass sie es nicht einmal bemerkte, als der Gegenstand ihrer Mutmaßungen an den Tisch trat. Mr Haywards Mantel war feucht, und in seinem Haar, das unter dem Hut hervorspitzte, glitzerten noch Tropfen des Morgentaus, der eben in der Sonne zu verdunsten begann.

»Mein Gott, Tom!«, rief Mr Ryder. »Warst du heute etwa schon unterwegs?«

»So ist es. Ein kurzer Marsch ist immer noch das beste Mittel, um einen klaren Kopf zu bekommen.«

»Hatten Sie denn so viel zu überdenken?«, fragte Mary. »Mussten Sie eine wichtige Entscheidung treffen?«

Mr Hayward nahm seinen Hut ab, schüttelte den Mantel aus, setzte sich und schenkte sich eine Tasse Kaffee ein. »Ja. Eine Entscheidung von großer Wichtigkeit, die mich in letzter Zeit sehr beschäftigt hat. Aber jetzt habe ich eine Lösung gefunden und bin entschlossen, nach dieser zu handeln.«

»Das muss eine Erleichterung für Sie sein.«

»Ich fürchte, das Gegenteil ist der Fall. Meine Vernunft sagt mir, dass ich das Richtige tue, aber ich kann nicht vorgeben, besonders glücklich darüber zu sein.«

Mary zögerte. Sie hatte sofort erkannt, dass er zutiefst betrübt war und nur mühsam die Fassung bewahrte. »Man sagt oft, dass die Gewissheit, korrekt gehandelt zu haben, einen gewissen Trost mit sich bringt«, sagte sie dann. »Vielleicht werden Sie das auch erfahren.«

»Vielleicht. Doch ich bezweifle es.«

»Ich möchte nicht aufdringlich sein, aber kann ich Ihnen vielleicht mit meinem Rat dienen?«

Er lächelte, und seine Miene, die vor allem von Bedauern geprägt war, berührte Mary zutiefst.

»Vielleicht würde es Sie erleichtern, über Ihre Sorgen zu sprechen?«, ließ sie nicht locker.

Er starrte auf den Teller vor sich, und es vergingen einige Sekunden, bevor er den Kopf hob und ihren Blick erwiderte. »Ihr Angebot ist überaus großzügig. Aber mit dieser Angelegenheit werde ich wohl selbst fertigwerden müssen. Ich habe mich zwar noch nicht ganz mit der getroffenen Entscheidung abgefunden, aber das werde ich schon noch.«

Während dieser Unterhaltung hatte Miss Bingley hartnäckig Mr Ryder zu überreden versucht, sich mit ihr in einen ruhigen Winkel zurückzuziehen, um dort ihr Gespräch über Poesie unter vier Augen fortzuführen. Doch ihre Bemühungen waren erfolglos geblieben, sodass sie jetzt den Gedichtband zuklappte und sich unwirsch umblickte.

»Nun, das ist ja ein recht netter Anblick, den wir hier bieten. Es ist elf Uhr vormittags, und wir haben noch keinen Plan für den Rest des Tages. Was haben Sie vorzuschlagen, meine Herren?«

Es war Miss Bingley wohl nicht in den Sinn gekommen, Mr Ryder könnte einen Ritt nach Keswick vorschlagen, um dort den Viehmarkt zu begutachten, oder dass Mr Hayward lustlos anbieten würde, ihn zu begleiten. Aber genau das war der Fall, und so kam es, dass sich Mary und Miss Bingley allein am Tisch wiederfanden. Eine Situation, die keine von ihnen in die Länge zu ziehen wünschte. Miss Bingley erhob sich als Erste, um ihre Schwester und Mr Hurst zu suchen. Mary folgte kurze Zeit später ihrem Beispiel und verbrachte den Tag mit den Gardiners, hauptsächlich, indem sie ihrem Onkel beim Angeln Gesellschaft leistete. Trotz Mr Ryders Ratschlägen nahm sie *Evelina* mit in der Hoffnung, der Roman würde die Angst verdrängen, die das Gespräch mit Mr Hayward in ihr ausgelöst hatte. Aber das Unterfangen war aussichtslos. Selbst die talentierteste Schriftstellerin der Welt hätte sie nicht von den sorgenvollen Fragen ablenken können, die Stunde um Stunde durch ihren Kopf spukten – zu Mr Hayward, den Sorgen, die ihn offensichtlich plagten, und dazu, welche Rolle sie selbst wohl bei alledem spielen mochte.

Kapitel 78

Am Vorabend der Wanderung auf den Scafell beschloss Mrs Gardiner, den Rest der Gruppe bei diesem Abenteuer nicht zu begleiten. Der Weg würde mit Sicherheit lang und anstrengend werden; der Bergführer hatte gesagt, der Pfad sei mit Geröll übersät, und sie bezweifelte, dass ihre Fesseln kräftig genug wären, um den Aufstieg zu bewältigen, ohne Schaden zu nehmen. Sofort befürchtete Mary, dass ihre Tante in letzter Minute versuchen würde, sie von ihrer Teilnahme abzuhalten, aber Mrs Gardiner dachte nicht daran. Sie bestand nur darauf, dass Mary die Stiefel mit den festen Sohlen trug, die sie ihr in Keswick gekauft hatte, und wies eines der Dienstmädchen an, den Saum von Marys schlichtestem Kleid hochzunähen. Mary wusste dennoch, dass es Mrs Gardiner sicher lieber wäre, wenn ihre Nichte bei ihr im Gasthaus bleiben würde; immer wieder ließ sie Bemerkungen fallen, wie angenehm es doch wäre, es sich am nächsten Tag zu zweit gemütlich zu machen, Tee zu trinken und zu lesen, während der Rest der Gesellschaft unterwegs war.

Doch Mary ließ sich nicht umstimmen. Sie teilte ihrer Tante mit, sie sei entschlossen, die grandiosen Ausblicke zu genießen, die sie sich von der Wanderung versprach. Den zweiten Grund, der sie auf ihrem Entschluss beharren ließ, nannte sie jedoch niemandem. Sie konnte nicht länger im Zweifel darüber sein, dass Mr Haywards Verhalten ihr gegenüber sich vollständig gewandelt hatte. Zwar war er stets höflich, zeigte keine Anzeichen von Verstimmung oder Groll und war immer noch zuvorkommend und freundlich, aber er war nicht mehr derselbe. Er suchte nicht mehr wie zuvor ihre Nähe, nahm nicht mehr bei jeder Gelegenheit neben ihr Platz oder stand an ihrer Seite. Nur selten sprachen sie unter vier Augen, noch seltener lachten sie zusammen. Bei Tisch hob er nicht mehr den Kopf, um ihren Blick aufzufangen, wenn etwas gesagt wurde, von dem er wusste, es würde sie amüsieren. Langsam, aber sicher war er ihr entglitten; selbst wenn er ihr nah war, blieb er auf Distanz.

Wieder und wieder grübelte Mary über jede mögliche und unmögliche Erklärung für diesen Wandel nach. Keine davon stellte sie zufrieden. Sie wusste, dass Mr Hayward weder grausam noch falsch war. Niemals wäre er in der Lage, grundlos unfreundlich zu handeln. Falls sie selbst bei dieser Kehrtwendung seiner Gefühle eine Rolle gespielt hatte, konnte sie sich nicht erklären, wie das geschehen war. Hatte sie sich vielleicht nur eingebildet, dass er etwas für sie empfand? Waren ihre Empfindungen in Wahrheit einfach viel stärker gewesen als die seinen, und nun wollte er sich mit größtmöglichem Takt aus einer ihm unangenehmen Situation befreien? Bei dem Gedanken kamen ihr die Tränen. Das wäre doch möglich. Aber als sie daran dachte, wie glücklich sie bei ihrer Ankunft im Lake District gewesen waren, wie einträchtig und unbeschwert sie gemeinsam die Zeit verbracht hatten, wie sie über ihre stümperhaften Skizzen und seine Unfähigkeit, einen Vogel von einem anderen zu unterscheiden, gelacht hatten – nein, als sie sich dies alles in Erinnerung rief, konnte sie nicht glauben, dass seine Zuneigung ihr gegenüber nicht echt gewesen war.

Als sie den Punkt erreichte, an dem ihr keine Möglichkeiten mehr einfielen, über die sie hätte spekulieren können, wusste sie nicht, was sie tun sollte. Nachts in das pechschwarze Westmorland zu starren, anstatt zu schlafen, brachte ihr keine Erleichterung. Schließlich kam sie zu dem Entschluss, sich nicht länger zu quälen. Stattdessen würde sie wie ein rationaler Mensch handeln und Mr Hayward einfach fragen, warum sich sein Verhalten so sehr verändert hatte.

Ihr war bewusst, dass ihre Entscheidung sehr mutig war. Sie würde damit in ihrer Beziehung zu ihm unverfroren eine unsichtbare Grenze überschreiten, denn obwohl sie sich ein Leben ohne ihn kaum noch vorstellen wollte, kannten sie einander noch nicht sehr lange. Auch war es keineswegs üblich, als Frau einen Mann danach zu fragen, wie es um seine Gefühle stand. Nun, sie würde es trotzdem tun. Wissen, sagte sie sich, war dem Unwissen stets vorzuziehen, selbst wenn es schmerzlicher Natur war.

Allerdings konnte sie eine solche Unterhaltung unmöglich hier im Gasthaus führen. Die Gefahr, belauscht oder unterbrochen zu werden, war einfach zu groß. Auf dem Weg den Scafell hinauf würde sich hingegen bestimmt endlich die Möglichkeit ergeben, ungestört mit Mr Hayward zu sprechen, mit Feldhasen und Falken als einzigen Mithörern, die zu hoch oben in der Luft oder zu weit unten im Gras waren, um sie zu stören. Mary hätte nicht einmal sagen können, was sie eigentlich von ihm zu erfahren hoffte. Sie war schlichtweg ratlos. Das Einzige, was sie mit Sicherheit wusste, war, dass Mr Hayward mit seinem Rückzug auch nicht glücklich zu sein schien. Denn wenn sie Gelegenheit fand, ihn unbemerkt zu beobachten, was häufig geschah, sah er so geistesabwesend und verstört aus, wie sie sich selbst fühlte.

Der Morgen am Tag des Aufstiegs war klar und sonnig. Bald waren alle bereit zum Aufbruch; der Proviant war gepackt, festes Schuhwerk angezogen und Mr Wordsworths Reiseführer in die

Tasche gesteckt worden. Mrs Gardiner winkte ihnen vom Gasthaus zu, und die übrig gebliebene Gesellschaft machte es sich in der engen Kutsche des Wirts so bequem wie möglich. Sie rumpelten über die ausgefahrenen Straßen und waren froh, dass der Weg nach Seathwaite nicht lang war. Dort trafen sie ihren Bergführer und begannen mit dem Aufstieg.

Der Pfad verlief hinter einigen Häuschen, bevor er bergauf führte. Der Boden war uneben, das Gras gelb und struppig, und zwischen dessen Büscheln verbargen sich dunkle Wasserpfützen, die eigens dafür gemacht schienen, die Socken und Schuhe unachtsamer Wanderer zu durchnässen. Schon bald war Mary froh über die robusten Stiefel, die Mrs Gardiner für sie gekauft hatte. Vor ihnen lag die Natur, und der Himmel war strahlend blau, nur mit einigen kleinen weißen Wolken durchsetzt, die in der Ferne und weit über ihnen hinwegzogen. Zuerst wurden die Wanderer vom Gesang der Feldlerchen begleitet, aber als sie an Höhe gewannen, ließen sie diese zurück, und nur noch die Schreie von Falken waren zu hören. Mary schritt allein dahin; ihre eigene Gesellschaft war ihr im Moment lieber als die der anderen. Mr Hayward ging ihr etwas voraus, genauso schweigsam wie sie, genauso allein. Nun waren sie also beide unglücklich, dachte Mary, als sie ihn stirnrunzelnd betrachtete. Und warum? Was hatte die Freude verdorben, die sie aneinander gefunden hatten? Was hatte diesen unerklärlichen Wandel seiner Gefühle verursacht? Jeder Schritt bestärkte sie in ihrem Entschluss herauszufinden, was geschehen war.

Der Bergführer und sein Sohn, ein groß gewachsener Junge von ungefähr zwölf, dreizehn Jahren, gingen voran und gaben das Tempo vor. Mr Gardiner hielt mit ihnen Schritt und befragte sie neugierig, wie es seine Art war, eifrig zur Gegend und dem Wild, das man hier antreffen konnte.

Dahinter folgte Mr Ryder. Sein Enthusiasmus zeigte sich in jeder seiner lebhaften Gesten. Immer wieder drehte er sich zu Mary um, begierig, seine Freude mit ihr zu teilen. »Was gibt es Schöneres als das, Miss Bennet? Dieser Himmel! Diese Luft!«

Seine Begeisterung war so ansteckend, dass Mary ihm trotz ihrer Sorgen ein Lächeln schenkte, was ihr einen beleidigten Blick von Miss Bingley eintrug. Sie hatte zu Mr Ryder aufgeschlossen und eilte neben ihm her wie ein übereifriger kleiner Terrier, fand Mary. Sie wäre nicht überrascht gewesen, hätte die Dame die Zähne gebleckt und sie angeknurrt.

Der Gedanke an Miss Bingleys Feindseligkeit lenkte sie dermaßen ab, dass sie ganz überrascht war, als sie auf einmal Mr Haywards leise, verhaltene Stimme vernahm.

»Der Marsch scheint Ihnen keine Probleme zu bereiten«, sagte er. »Es sieht so aus, als wären Sie den Anstrengungen des Aufstiegs durchaus gewachsen.«

Ihr Herz schlug schneller, als er sie in der alten, vertrauten Art ansprach. Aber sie war entschlossen, Ruhe zu bewahren. Sie durfte nicht die Nerven verlieren; sie würde all ihren Mut brauchen, um ihm die Frage zu stellen, die sie so beschäftigte.

»Ja«, erwiderte sie mit einem Gleichmut, den sie nicht empfand, »wenigstens bis jetzt. Aber das ist der leichteste Teil des Wegs. Ich bin mir sicher, dass der Anstieg bald schwieriger werden wird.«

Sie tauschten ein paar Höflichkeiten aus, die sich ganz und gar nicht mit ihrem früher üblichen fröhlichen Geplauder und ihren Scherzen vergleichen ließen. Marys Herz schmerzte, weil das Verhalten ihr die Abkühlung ihrer Beziehung nochmals aufs Deutlichste vor Augen führte. Doch sie weigerte sich, sich durch ihren Kummer von ihrem Ziel abbringen zu lassen. Wenn sie nur dafür sorgen konnte, dass Mr Hayward sich länger mit ihr unterhielt, würde sich sicher eine Gelegenheit bieten, ihn zu fragen, wie sie sein Verhalten zu verstehen habe.

»Mr und Mrs Hurst scheinen mit dieser Ausdauer nicht gesegnet zu sein.«

Mary wandte den Kopf und stellte fest, dass das Ehepaar etwas weiter unten auf dem Weg nur mit Mühe vorankam. »Das tut mir leid. Der Aufstieg ist wohl anstrengender, als die beiden angenommen hatten.«

»Ich habe Mrs Hurst bereits meinen Arm geboten, als wir den Bach überquerten, aber sie schlug ihn beiseite.«

»Anscheinend besitzt sie das gleiche sanfte Naturell wie ihre Schwester.«

Mary sah, wie ein Lächeln über Mr Haywards Gesicht huschte und dann sogleich erlosch. Fast schien es, als versuchte er mit aller Kraft, sich ihrer alten Vertrautheit zu entziehen. Plötzlich fühlte sie, dass der Moment gekommen war, ihn auf sein verändertes Verhalten anzusprechen. Sie musste den Grund dafür erfahren.

»Mr Hayward …« Mary schluckte. Gerade hatte sie sich dazu durchgerungen weiterzusprechen, als sie Schritte vernahm.

»Entschuldige, Tom!«, rief Mr Ryder. »Aber ich habe hier etwas für Miss Bennet.« Er öffnete seine Hand und offenbarte eine kleine blassgelbe Blüte, etwas zerdrückt, aber immer noch als Teil einer Primel erkennbar. »Unser Führer sagt, das ist eine der letzten Blüten des Jahres. Es waren zwei, eine habe ich Miss Bingley überreicht, aber diese hier ist für Sie.«

»Ich danke Ihnen, Mr Ryder.«

»Man könnte die Blüte pressen und als Lesezeichen benutzen. Vielleicht heitern Sie damit die Seiten von Miss Burney auf, die Sie so langweilig finden.« Und damit schritt er voran, zurück zu seinem Platz an der Spitze ihrer kleinen Gruppe neben Miss Bingley.

»Die armen Primeln«, sagte Mary und betrachtete die zerdrückte Blüte. »Was für ein trauriges Ende für so hübsche Pflänzchen.« Sie blickte zu Mr Hayward auf. »Wissen Sie, ich habe den Geißblattzweig behalten, den Sie mir gegeben haben. Er steht in einer Schale in meinem Zimmer und duftet immer noch sehr süß.«

Er schien sie kaum zu hören, so unverwandt sah er seinem Freund nach.

»Ryder weiß sich in Szene zu setzen. Er wird immer einen Weg finden, die Aufmerksamkeit auf sich zu ziehen.«

»Das klingt ein wenig harsch. Ich glaube, seine Freude über das Geschenk war ernst gemeint.«

»Da bin ich mir sicher.«

Mary war von Mr Haywards düsterem Ton so überrascht, dass ihr keine Erwiderung einfiel.

»Er scheint Ihren Literaturgeschmack ja recht gut zu kennen.«

»Ich habe neulich *Evelina* gelesen, und er hat mich darauf angesprochen.«

Einen Moment sah es so aus, als wollte Mr Hayward mehr dazu sagen, dann besann er sich eines anderen. In Gedanken versunken stand er da, bevor er erklärte, er wolle den Bergführer bitten, bald eine Rast einzulegen, da er den Eindruck habe, dass die Hursts recht erschöpft waren.

Damit ging er, und auf einmal traf Mary die blitzartige Erkenntnis, dass Mr Hayward eifersüchtig war – eifersüchtig auf seinen Freund. Der Gedanke kam so unerwartet, dass sie einen Moment brauchte, um ihn zu verarbeiten. Es schien lachhaft, ja geradezu vermessen, sich einzubilden, zwei Männer könnten genug für sie fühlen, um Eifersucht zu empfinden. Eine leise Stimme, die sie in ihr tiefstes Inneres verdrängt zu haben glaubte, raunte ihr zu, dass nur Schönheit solche Gefühle bewirken konnte, eine Frau wie sie sei dazu nicht fähig. Aber sie fand einfach keine andere Erklärung für Mr Haywards Verhalten in den letzten Tagen. Sein Unbehagen, als er sie mit Mr Ryder antraf, war nicht zu übersehen gewesen. Sein schweigender Rückzug im Gasthaus, seine offensichtliche Verstimmung gerade eben, die völlig untypisch für sein sonst so sonniges Naturell war – was konnte anderes dahinterstecken als Missmut über die Annäherungsversuche seines Freundes?

Mary schlang ihren Mantel enger um sich. Vom Berg wehte ein frischer Wind herab. Sie war zu lange wie angewurzelt stehen geblieben, sie musste jetzt weitergehen, sonst würde sie die anderen aus dem Blickfeld verlieren. Sogar die Hursts hatten sie inzwischen überholt.

Während sie bergauf hastete, wirbelten ihre Gedanken so wild durcheinander, dass sie den Pfad vor sich kaum wahrnahm. In gewisser Weise sollte ihre Entdeckung ihr wohl Hoffnung machen. Wäre Mr Hayward tatsächlich eifersüchtig, waren seine Gefühle für sie wohl doch nicht völlig erloschen. Denn wenn sie ihm gleichgültig wäre, würde es ihn kaum kümmern, dass Mr Ryder sich für sie interessierte. Aber je mehr sie darüber nachdachte, umso deutlicher stellte sie zu ihrer Überraschung fest, dass diese Schlussfolgerung, obwohl völlig logisch, sie weder erleichterte noch dankbar machte. Stattdessen fühlte sie Ärger in sich aufsteigen. Was gab Mr Hayward das Recht, sich so aufzuführen?

Mary holte mehrmals tief Luft, um sich zu beruhigen. Vorsichtig schritt sie weiter auf dem Pfad mit dem Geröll. Hier zu stolpern könnte gefährlich sein. Während sie sich ganz darauf konzentrierte, nicht zu Fall zu kommen, legte sich ihr Zorn allmählich. Nun gut, wenn die Anschuldigung im Raum stand, Mr Ryder und sie gäben Anlass zur Eifersucht, galt es zunächst einmal, die Beweise zu überprüfen. Erst dann würde sich herausstellen, ob die Anklage auch Hand und Fuß hatte.

Sie musste zugeben, dass Mr Ryders Verhalten auf eine Zuneigung seinerseits hindeutete. Seine häufigen Besuche in der Gracechurch Street wiesen ebenso darauf hin wie sein Bestreben, Mary so oft wie möglich in ein Gespräch zu verwickeln. Und auch die Art, wie er mit ihr sprach, könnte als Bestätigung gelten; da war eine spielerische Vertrautheit in seinem Umgang, der sogar ihr vermittelte, dass Interesse vorhanden war. Natürlich hatte das auch Mrs Gardiner wahrgenommen und sie zweimal vor Mr Ryders Charme gewarnt. Und wenn sie es bemerkt hatte, warum sollte es Mr Hayward entgangen sein?

Marys erste Reaktion war, Mr Hayward so schnell wie möglich zu finden, jede Vorsicht in den Wind zu schlagen und ihn davon zu überzeugen, dass sie für seinen Freund nichts empfand und seine Ängste unbegründet waren. Doch irgendetwas in ihr sträubte sich dagegen. Sie hatte nichts Unrechtes getan. Sie hatte die Aufmerksamkeiten seines Freundes nicht gesucht und schon gar nicht erwidert.

Und wenn Mr Hayward verunsichert war, warum hatte er sie nicht direkt gefragt, ob sie Mr Ryders Zuneigung erwiderte? Sie hätte ihm nur zu gern erklärt, dass dies nicht der Fall war. Aber das hatte er nicht getan. Stattdessen hatte er sich von ihr abgewandt und sie mit seiner Reaktion ratlos und unglücklich gemacht. Und nun sollte sie es sein, die die Aussöhnung mit ihm suchte? Sie sollte kleinlaut Abbitte für etwas leisten, das nicht ihre Schuld war? Auf gar keinen Fall! Wenn jemand sein Verhalten zu erklären hatte, war er es.

Zorn war für Mary ein gänzlich neues Gefühl. In der Vergangenheit hatte sie sich das Recht abgesprochen, etwas so Entschiedenes zu empfinden. Sie hatte immer angenommen, jeder Fehler, jede Schwierigkeit sei ihre Schuld, und ihre erste Reaktion auf jede Form der Herausforderung war es gewesen, sich zu entschuldigen. Aber jetzt hatte sie mit der Unterwürfigkeit gebrochen. Ihr Ärger hatte sie wachgerüttelt, hatte ihren Stolz geweckt. Mr Hayward hatte ihr jedes erdenkliche Zeichen gegeben, ernsthafte Gefühle für sie zu hegen, hatte sie immer wieder in diesem Glauben bestärkt, aber offiziell erklärt hatte er sich nie, sosehr sie auch darauf gehofft hatte. Hingegen hatte er nicht gezögert, seinen Unwillen zu demonstrieren, als Mr Ryder Interesse an ihr zeigte. Vielleicht hätte er besser daran getan, sich seiner Gefühle für sie klar zu werden und dann in diesem Sinne wie ein Ehrenmann zu handeln. Hätte er so gehandelt – aber auch nur dann! –, stünde ihm sein Verhalten vielleicht zu, das, wie sie jetzt voller Überzeugung sagen konnte, auf reiner Eifersucht gründete.

Kapitel 79

Mary schob einige Haarsträhnen unter ihren Hut und drückte ihn sich fest auf den Kopf. Das Vorwärtskommen wurde immer mühsamer, die Sonne brannte heiß vom Himmel, und ihre Beine schmerzten, aber sie stieg unbeirrt weiter, immer weiter bergauf. Ihr Zorn trieb sie an und schien sie mit neuer Kraft zu erfüllen, dennoch war sie erleichtert, als der Bergführer entschied, eine Pause einzulegen. Da sie endlich den Rest der Gruppe eingeholt hatte, ließ sie sich aufatmend auf einer der Decken nieder, die der Führer ausgebreitet hatte. Als sein Sohn Flaschen mit dünnem Tee und kaltem Bier verteilte, die ebenso kühl wie heiß begehrt waren, trank Mary genauso gierig wie die anderen.

»Wir haben schon ein gutes Stück Weg zurückgelegt«, stellte der Bergführer fest. »Jetzt ist es nicht mehr weit bis zu unserem Ziel. Wenn Sie dort hinüberschauen – ja, Madam, genau dorthin, wohin ich zeige, Sie können es nicht übersehen –, sehen Sie schon Ashridge, die große graue Anhöhe. Allerdings wird der Weg von hier aus noch schwerer und steiler. Wenn also jemand umkehren möchte, ist jetzt der richtige Zeitpunkt dafür. Mein Junge wird Sie ins Tal begleiten, er kennt den Weg so gut wie ich selbst.«

Niemand war überrascht, als die erschöpften Hursts nach einer kurzen Unterredung bekanntgaben, dass sie in der Tat genug hatten und umdrehen wollten. Aber Mr Gardiners Ankündigung, sich ihnen anzuschließen, kam äußerst unerwartet. Die Herren taten ihr Bestes, ihn von seiner Entscheidung abzubringen – das Ziel sei schließlich schon in Sicht, er werde seinen Entschluss bestimmt bereuen, es zu verpassen –, aber er blieb eisern.

»Ich fürchte, mein Stolz ist meinen schmerzenden Beinen unterlegen. Ich gestehe es nur ungern ein, aber diese Tour ist für jüngere und beweglichere Zeitgenossen gemacht als für mich. Wenn ich jetzt umkehre, bleibt mir vielleicht noch etwas Zeit, meine Angel am See auszuwerfen; eine solche Beschäftigung entspricht einem älteren Herrn wie mir viel besser.« Er hob die Hand, um ihre Protestrufe zu unterbinden. »Falls die jungen Damen ohne mich weitergehen wollen und zufrieden sind, mit unserem hervorragenden Bergführer und natürlich unseren zwei jungen Männern hier vorliebzunehmen, steht mein Entschluss fest. Ich bedaure, dass mir der Ausblick auf den See verwehrt bleiben wird, aber als Angelfreund, der die vierzig hinter sich hat, kann ich nicht abstreiten, dass ich Fische höher schätze als Berggipfel.«

Und so kam es, dass nur vier Mitglieder der Reisegesellschaft dem Bergführer auf den steilen, gewundenen Pfaden folgten. Man ging jetzt langsamer, war aber immer noch entschlossen, das Ziel zu erreichen. Manchmal, wenn der Weg es erlaubte, schritten sie nebeneinander, öfter gingen sie im Gänsemarsch. Gesprochen wurde wenig. Alle waren erhitzt und erschöpft. Mary sah, dass Mr Hayward irgendwo einen Ast aufgehoben hatte und ihn von Zeit zu Zeit durch das Gras zog oder von einer Hand in die andere gleiten ließ. Er wirkte angespannt und nervös. Mary unterdrückte eine Anwandlung von Mitleid. Es lag an ihm, die Situation zu ändern. Würde er nur aussprechen, was er empfand, wären alle Probleme aus der Welt. Sie dachte an das kleine Stück

Papier mit dem Zitat von Aristoteles, das Mr Collins ihr gegeben hatte. *Unser Glück liegt in unserer eigenen Hand.* Aber wie ließe sich das erreichen?, fragte sie sich, in einer Welt, in der Offenheit so selten war, und die Angst, die eigenen Gefühle auszusprechen, so allgegenwärtig? Es fiel ihr schwer, es zuzugeben, aber war Mr Ryders Einstellung vielleicht die richtige?

Sie war so sehr in ihre Gedanken vertieft, dass sie erschrocken auffuhr, als der Bergführer sie alle laut ansprach und sie damit unvermittelt in die Wirklichkeit zurückholte.

»Meine Damen und Herren, wir sind bald am Ziel.« Er wies in die Richtung eines Plateaus, das nicht weit entfernt vor ihnen lag. »Knapp zehn Minuten noch, wenn wir jetzt wacker ausschreiten.«

Und tatsächlich, im Handumdrehen waren sie da. Endlich auf dem kleinen Fleck Erde angekommen, für den sie so große Anstrengungen auf sich genommen hatten, standen sie triumphierend beisammen, die Augen mit den Händen gegen die Sonne abgeschirmt, und betrachteten in ehrfürchtigem Schweigen den Lohn ihrer Mühen in all seiner Glorie. Es schien, als täte sich die ganze Welt unter ihnen auf. Hügel um Hügel wogte bis zum fernen Horizont, nur hin und wieder vom silbrig aufblitzenden Wasser eines Sees unterbrochen. Ihr Bergführer zeigte ihnen erst, was es in der einen Richtung zu sehen gab – Keswick, Borrowdale und Bassenthwaite –, bevor er sich in die andere Richtung wandte und auf die Gipfel Skiddaw, Helvellyn und Saddleback deutete. Zuletzt wies er mit der Geste eines Magiers, der seinen beliebtesten Trick vorführt, auf einen dünnen blauen Streifen am Horizont.

»Und das, meine Damen und Herren, ist der Solway Firth. Dahinter liegt Schottland.«

Mary fühlte sich, als wäre sie am Boden festgefroren. Sie konnte den Blick nicht abwenden.

»Also sehen wir endlich *die ferne See*, wie wir es uns erhofft hatten«, erklang eine männliche Stimme.

Mr Hayward war zu ihr getreten. Sie drehte sich nicht zu ihm um, sondern blickte wie verzaubert weiterhin auf die Landschaft vor sich.

»Ja«, erwiderte sie. »Ein wahrhaft grandioser Anblick.«

»So grandios wie erwartet?«

»Ich habe noch nie etwas so Schönes gesehen.«

»Es ist alles, was ich mir erträumt hatte, und irgendwie noch mehr. Die Natur übertrifft meine Vorstellungskraft, indem sie etwas so Herrliches geschaffen hat.« Er machte noch einen Schritt auf sie zu. »Ich bin sehr glücklich«, fuhr er leise fort, »dass wir dies gemeinsam sehen können.«

Mary wusste nicht, was sie antworten sollte, und konnte eine leichte Gereiztheit nicht unterdrücken. Die Innigkeit seiner Worte nach so viel Kälte fachte ihren Unwillen nur noch mehr an. Was fiel ihm ein, auf einmal so zärtlich mit ihr zu sprechen, wenn er bisher sein Bestes getan hatte, um sie mit kühler Höflichkeit auf Abstand zu halten? Wie sollte sie sein Verhalten deuten?

Ein Teil von ihr war zutiefst verbittert und verletzt, und doch berührte sie seine Nähe, und seine offensichtliche Traurigkeit traf sie bis ins Herz. Es kostete sie große Selbstbeherrschung zu schweigen, ihm nicht zu erklären, dass er sich irrte, dass alles so sein könnte, wie er es sich erhoffte. Ihr Herz sagte ihr, dass der Augenblick gekommen war. *Sprich jetzt! Wenn du dein Schicksal in die Hand nehmen, wirklich deines Glückes Schmied sein willst, dann sprich! Das ist deine Chance, vielleicht kommt keine andere mehr. Sag ihm, was du empfindest – wenn er dazu nicht fähig ist, zeig ihm, dass du es bist!*

Fast hätte sie es getan; sie war so knapp davor, dass ihr die Worte schon auf der Zunge lagen, doch dann regte sich ihr Stolz und brachte Furcht und Scham und Groll mit sich, und schon verließ sie der Mut. Ihre Antwort war kühl, sie sprach mit einer Distanziertheit, die sie nicht empfand.

»Ich denke, wir dürfen einander gratulieren, dass wir es geschafft haben.« In ihrer Stimme lag eine gespielte Gleichgültigkeit, die selbst in ihren Ohren falsch klang. Aber sie würde nicht nachgeben, sie würde nicht weich werden.

»Wir haben heute Morgen noch nicht viel Gelegenheit gehabt, miteinander zu reden.«

»Ebenso wenig wie gestern oder vorgestern.«

»Sehr wahr. Ich war in letzter Zeit ein wenig abgelenkt.«

»Das habe ich bemerkt.« Mary stand ganz still neben ihm, kerzengerade und steif. Das war nun Mr Haywards Gelegenheit zu tun, was sie nicht vermocht hatte – zu sprechen, sich zu erklären und sich in ihren Augen zu rehabilitieren. Vor Anspannung ballte sie die Hände zu Fäusten. Einige Sekunden verstrichen. Nichts passierte. Er besaß keinen Funken Mut mehr als sie. Sie beschloss, nicht länger auf Erklärungen zu warten, die anscheinend nicht ausgesprochen werden sollten.

»Nun«, sagte sie mit aufgesetzter Fröhlichkeit, »unsere Wanderung hat mich wahrlich hungrig gemacht. Ich denke, ich werde unseren Bergführer aufsuchen und herausfinden, was er an Proviant dabeihat.«

Bevor sie auf dem Absatz kehrtmachte, sah sie, wie sich Überraschung auf seinen Zügen abzeichnete, gefolgt von Betroffenheit, aber sie blieb stark und blickte nicht noch einmal zurück.

Kapitel 80

Der Bergführer hatte diesmal auf einem flachen Felsen seine Decken ausgebreitet und darauf ein paar Äpfel, Brot und Käse angerichtet. Caroline Bingley streckte eben die Hand nach einem Apfel aus, als Mary zu dem Rest der Gruppe trat. Kein Wort kam über die Lippen von Miss Bingley, doch Mr Ryder sprang sofort auf, um sie zu begrüßen.

»Soll mir mal jemand weismachen, es gäbe etwas Besseres als ein Mahl an der frischen Luft! Kann ich Ihnen irgendwie behilflich sein, Miss Bennet?«

Mary nahm etwas Käse und einen Apfel. Da sie nicht den Wunsch hatte, mit Miss Bingley aneinanderzugeraten, entfernte sie sich mit ein paar höflichen Worten wieder und suchte einen Platz, wo sie in Ruhe ihre Stärkung zu sich nehmen konnte. Schnell fand sich eine Stelle mit trockenem Gras und einem Felsen, der zum Anlehnen einlud. Dankbar ließ sie sich dort nieder, nahm ihren Hut ab und schüttelte den Kopf, als könnte sie sich dadurch der schweren Last ihrer Enttäuschung entledigen. Sie fühlte sich unsagbar müde. Zu müde sogar, um über Mr Hayward nachzugrübeln. Schon ihr ganzes Leben hatte sie das Gefühl, Teil eines Spiels zu sein, dessen Regeln sie nicht verstand und in dem alle Karten gezinkt waren, sodass sie nur verlieren konnte. Sie hatte sich bemüht zu lernen, was von ihr erwartet wurde, geriet aber trotzdem immer wieder ins Straucheln.

Während sie über die Hügel in der Ferne blickte, wurde ihr klar, wie sehr sie sich danach sehnte, sich von all dem zu befreien, Heuchelei und Affektiertheit, Tricks und Kniffe hinter sich zu lassen. Wieder kamen ihr Mr Ryders Worte in den Sinn. Warum konnte das Verhältnis zwischen Mann und Frau nicht von allen Unklarheiten befreit werden? Warum konnte es nicht etwas Natürliches sein, so einfach und ehrlich wie das Atmen? Mary zog die Knie an und schloss die Augen. Die Sonne brannte ihr auf den Nacken, ihre Gedanken schweiften ab, und in wenigen Momenten war sie eingeschlafen.

Sie wusste nicht, was sie weckte, aber sie war äußerst erstaunt, Mr Ryder zu sehen, als sie die Augen öffnete. Er saß nicht weit entfernt, einen Grashalm im Mundwinkel, und starrte schweigend Richtung Horizont. Erschrocken richtete sie sich auf.

»Liebe Güte, Sir, ich muss eingenickt sein! Ich hoffe, ich habe nicht zu lange geschlafen?«

»Nicht mehr als fünf Minuten«, sagte er. »Vielleicht auch zehn.«

Mary griff nach ihrem Hut und machte Anstalten aufzustehen, aber Mr Ryder hob eine Hand, um sie davon abzuhalten.

»Ich glaube, es gibt keinen Grund zur Eile. Tom unterhält sich mit unserem Bergführer über die Landschaft, und Miss Bingley ist froh, sich noch etwas auszuruhen. Genießen Sie doch einen weiteren Moment den Ausblick mit mir.«

Seine gelassene Art wirkte beruhigend auf Mary, und sie fand nicht den Willen, ihm zu widersprechen. Zusammen betrachteten sie die Schatten, die die über den Himmel eilenden Wolken auf die grünen Berghänge warfen. In der Ferne war kaum auszumachen, wo das grau wogende Meer endete und der blaue Himmel begann. Ein schönerer Ort ließ sich kaum denken.

»Mir scheint es, als könnte selbst ich hier Gedichte ersinnen«, murmelte Mr Ryder. »Als wäre es beinahe unmöglich, es nicht zu tun. Dieser Ort könnte aus uns allen Poeten machen.«

»Der Himmel allein ist genug, um jemanden zu bewegen, nach der Feder zu greifen.«

»Auch Sie, Miss Bennet? Können wir also ein paar Verse von Ihnen erwarten? Vielleicht mit dem Titel *Der Aufstieg zum Scafell* oder dergleichen?«

»Ich bezweifle, dass ich ein solches Talent besitze.« Mary entdeckte einige Gänseblümchen im Gras, pflückte erst eines, dann noch eines und begann, eine Kette aus den Blüten zu winden.

Mr Ryder schaute ihr mit stillem Vergnügen zu. »Verzeihen Sie mir, wenn ich das sage, aber das bezweifle ich. Ich bin mir sicher, Sie können alles erreichen, was Sie sich in den Kopf setzen.«

»Sie sind sehr gütig, Mr Ryder, doch ich fürchte, damit liegen Sie ganz falsch. Ja, vielleicht wäre ich sogar in der Lage, einige Zeilen zu Papier zu bringen. Aber wahres lyrisches Talent ist eine Seltenheit, und ich weiß, dass ich es nicht besitze.«

»Tom behauptet dasselbe«, bemerkte Mr Ryder. »Er hat mir oft gesagt – meist nachdem er etwas gelesen hatte, das von mir stammte –, dass das Verlangen, Gedichte zu schreiben, nicht immer mit der entsprechenden Fähigkeit einhergeht. Und dass man lieber die Finger davon lassen soll, wenn es einem an Talent mangelt.«

»Ja, das klingt ganz nach ihm«, sagte Mary leise.

»Nun, wenn ich denn nie in den Genuss kommen soll, Ihre Gedanken zu dieser herrlichen Landschaft zu lesen, warum erzählen Sie mir nicht einfach, was Sie empfinden?«, fuhr Mr Ryder fort. »Was denken Sie, wenn Sie sich umblicken?«

Mary sah so unverwandt in das schimmernde Blau in der Ferne, als wollte sie es sich genau einprägen. »Mein erster Eindruck gilt der Schönheit der Gegend. Den Farben, dem Licht, der klaren Luft. Und je länger man sich umsieht, desto mehr erstaunt das Ausmaß all dessen, was uns umgibt. Es ist so gewaltig, so majestätisch; im Vergleich dazu sind wir klein und bedeutungslos.«

»Ganz meine Meinung!«, rief Mr Ryder. »Diese Landschaft ist von wahrer Majestät und doch harsch und gleichgültig uns Menschen gegenüber. Wir sind nichts gegen sie. All unsere alltäglichen Belange und Sorgen, die strikten Regeln, nach denen wir leben, all das bedeutet nichts vor dieser Naturschönheit.«

»Wenn ich diese Aussicht betrachte, kann ich verstehen, warum Sie so denken.«

»Nun, so denke ich wahrhaftig, Miss Bennet. Diese Landschaft lässt uns alles aus einer ganz neuen Perspektive sehen und verdeutlicht uns, wie unbedeutend wir letztlich im großen Ganzen sind. Für diese Berge sind wir und alles, was wir erschaffen, schon in einem einzigen Augenblick Geschichte.«

»Ein bedrückender Gedanke, Sir.«

»Im Gegenteil, ich finde ihn höchst erhebend. Für mich lässt diese Beobachtung nur eine Schlussfolgerung zu: Tu, was du willst, und folge deinem Herzen, denn tot sind wir alle lang genug.«

Er zupfte den Halm aus seinem Mundwinkel, warf ihn fort und lehnte sich Mary entgegen. »Unser Leben währt so kurz, und dennoch verbringen wir so viel Zeit damit, Regeln zu befolgen, die wir nicht gemacht haben. Der Geist dieses Ortes drängt mir einfach die Frage auf, was es bedeuten würde, wahrhaft frei zu leben. Frei zu reden und zu handeln, nicht nach den Vorgaben der Etikette, sondern nur unseren Wünschen folgend, die wir uns ehrlich eingestehen.«

Mary war ein wenig verwirrt, ihre eigenen Gedanken so klar formuliert zu hören. »Wenn sie jetzt hier wäre, würde Mrs Gardiner Ihnen sagen, dass Ihre Rede nichts als die Gedanken eines

Freigeists ist, eine Rechtfertigung für jede Form von Zügellosigkeit.«

»Können Sie mir denn guten Gewissens versichern – und ich beschwöre Sie, ehrlich zu antworten –, dass Sie nie etwas Ähnliches empfunden haben? Eine Ungeduld unseren heutigen Zuständen gegenüber, besonders denen, die das Verhältnis zwischen Mann und Frau betreffen?«

Mary fügte ein weiteres Gänseblümchen ihrer Kette hinzu und legte sie sorgsam in ihren Schoß. »Ich kann mir nicht vorstellen, was Sie auf einen solchen Gedanken gebracht haben mag.«

»Hin und wieder entdecke ich etwas davon in Ihrem Gesichtsausdruck, bevor Sie derartige Anwandlungen auf die Ihnen eigene Art wieder unterdrücken.«

Ihre Selbstbeherrschung geriet ins Wanken. »Sie bringen mich in Verlegenheit, Sir.«

»Nur weil ich etwas an Ihnen bemerkt habe, das Sie sich vermutlich nicht einmal selbst eingestehen.«

»Sie gehen zu weit.«

»Dann höre ich jetzt auf. Ich hatte nicht die Absicht, Sie zu beunruhigen. Aber vorher möchte ich noch eines sagen: Es scheint mir offensichtlich, dass Sie sich nach Glück und Freiheit sehnen. Allerdings befürchte ich, um Ersteres zu erlangen, müssen Sie sich erst Zweiteres zugestehen. Und dazu gehört ein gutes Stück Mut. Besonders für eine Frau.«

Er erhob sich und klopfte den Staub von seinem Mantel. »Ich denke, für Sie würde es sich lohnen, das Risiko einzugehen. Sie sind nicht dafür geschaffen, ein langweiliges und gewöhnliches kleines Leben zu führen.«

»Hätte ich das Glück, einen Mann, den ich liebe, an meiner Seite zu haben, wäre mein kleines Leben weder langweilig noch gewöhnlich.«

Mr Ryder lächelte. »Wenn Sie Bemerkungen dieser Art machen, bewundere ich Sie am meisten.«

Er verabschiedete sich, so ruhig und gelassen, als hätten sie gerade banale Nichtigkeiten am Teetisch ausgetauscht, und schlenderte davon, um sich zu den anderen zu gesellen. Mary folgte ihm nicht, sondern blieb noch eine Weile sitzen. Sie starrte die Hügel vor sich an, als hoffte sie, auf diese Weise Antwort oder Rat zu finden. Aber nichts dergleichen geschah, und schon bald stand auch sie auf und schloss sich dem Rest der Wandergruppe an.

Kapitel 81

Als sie zu den anderen trat, begrüßte sie nur Mr Hayward. Er sah verhalten drein, fast vorwurfsvoll. Alle anderen blickten unverwandt in den Himmel.

»Wir betrachten die Wolken«, erklärte Mr Hayward ihr. »Will meint, in ihnen Dinge erkennen zu können – Schiffe, Pferde und so weiter.«

»Alle, die Fantasie besitzen, können so etwas sehen«, versetzte Mr Ryder. »Kommen Sie, Miss Bennet, strapazieren Sie Ihren Geist und sagen Sie uns, was Sie entdecken können.«

»Ich fürchte, so eine Beschäftigung ist viel zu albern für Ihren Geschmack«, erwiderte Miss Bingley. »Ich bitte Sie, Miss Bennet, fühlen Sie sich nicht verpflichtet, bei einem so kindischen Unterfangen mitzumachen.«

Mary schenkte ihr keine Beachtung, sondern richtete ebenfalls ihren Blick gen Himmel. »Ich sehe … Formen wie Baumwipfel, dicht an dicht. Ein riesiger Wald in der Luft!«

»Eine himmlische Waldlandschaft«, murmelte Mr Ryder und betrachtete erst die Wolken und dann Mary. »Ich würde nur zu gerne darin wandeln.«

»Ich sehe nichts«, meinte Mr Hayward. »Nur Wolken.«

»Es würde schon funktionieren, wenn du dich nur mit dem Konzept anfreunden könntest, Tom«, drängte ihn Mr Ryder. »Ich bin mir sogar sicher, du würdest dann Erstaunliches erkennen.«

»Ich finde die Wolken hübsch genug, wie sie sind. Wenn ich etwas sehe, das von Natur aus schön ist, empfinde ich keinen Drang, es zu etwas anderem zu machen.«

Mr Ryder zuckte mit den Schultern. »Nun gut, ich kann dich nicht zwingen, an unserem Spiel teilzuhaben.« Er beschirmte die Augen mit der Hand und blinzelte wieder in den Himmel. »Mir scheint, ich sehe im Umriss dieser Wolke dort ein Schiff mit vollen Segeln – können Sie es auch erkennen?«

Miss Bingley eilte an seine Seite und bestätigte sofort, ja, sie sehe es ebenfalls. Sie könne sogar jedes Detail ausmachen, jedes Seil an den Masten und jede windgeblähte Falte der Segel. Ihr Wunsch, sich einzuschmeicheln, war so offensichtlich, dass Mary sich ihrer schämte und sich von den beiden entfernte. Wieder einmal fand sie sich an Mr Haywards Seite wieder. Ihre Blicke trafen sich, aber keiner von beiden schien zu wissen, wie sie eine Unterhaltung anfangen sollten, und beide waren erleichtert, als der Bergführer, den Hut in den Händen, zu ihnen kam.

»Wie ich sehe, beobachten Sie die Wetterlage. Sie tun gut daran, sich darüber Gedanken zu machen. Das Wetter schlägt um. Langsam sollten wir an den Abstieg denken.«

Die anderen wandten den Blick vom Himmel ab und drehten sich erstaunt zu ihm um.

»Jetzt schon?«, fragte Miss Bingley. »Aber wir sind doch gerade erst angekommen.«

»Ich weiß, Miss. Trotzdem müssen wir aufbrechen. Und zwar bald, wenn's recht ist.«

»Aber der Himmel ist doch strahlend blau«, gab Mr Ryder zu bedenken. »Und diese Wolken über uns … also, die sehen nicht gerade gefährlich aus.«

»Nein, Sir, diese nicht«, erwiderte ihr Führer beharrlich, wenn auch nachsichtig. »Aber wenden Sie Ihren Blick mal in die andere Richtung, zum Meer hin. Dort braut sich der Regen zusammen.«

Mary konnte nichts erkennen außer einer verschwommenen blauen Linie am Horizont, wo der Himmel auf die See traf.

»Ich glaube, ich sehe etwas«, sagte Mr Hayward, der aufmerksam den Horizont studierte. »Nebelfetzen oder Wolken in der Ferne.«

»Genau, Sir«, sagte der Bergführer. »Ein Sturm braut sich zusammen, und er kommt direkt auf uns zu. Entweder wird er schnell vorüberziehen oder sich hier austoben, aber wie auch immer, wir sollten uns dem Unwetter hier oben nicht aussetzen.«

»Das scheint mir wenig glaubwürdig«, wandte Mr Ryder ein. »Wir sitzen noch im herrlichsten Sonnenschein, und die Luft ist ganz klar.«

»Aber so wird es nicht bleiben. So läuft es in der Höhe nun mal, ein Unwetter kann wie aus dem Nichts kommen.« Der Bergführer blickte von Mr Ryder zu Mr Hayward. »Bitte, meine Herren, wir sollten jetzt wirklich gehen.«

»Ich denke, das ist ein guter Rat«, sagte Mr Hayward. »Der Mann kennt sich hier am besten aus, wir sollten auf ihn hören.«

Doch Mr Ryder war von seiner Meinung nicht abzubringen. »Also wirklich, Tom, schau dich doch um! Glaubst du allen Ernstes, wir sind in Gefahr, dass ein Unwetter uns durchnässt?«

»In Dingen von Wichtigkeit«, erwiderte Mr Hayward, der sichtlich entschlossen war, sich nicht provozieren zu lassen, mit fester Stimme, »ziehe ich es vor, mich auf die Meinung von Experten zu verlassen, anstatt meinem eigenen Instinkt zu vertrauen. Ich schlage vor, genau das auch jetzt zu tun.«

»Wie üblich sollen wir uns also den Zwängen der Vorsicht und der Abwägung unterwerfen, wenn es nach dir geht!«, rief Mr Ryder. »Aber es wäre doch zu schade, den Freuden dieser Höhen zu entsagen, die wir nach dem langen Aufstieg gerade erst begonnen haben zu genießen.«

»Das Vergnügen, bis auf die Knochen nass zu werden, scheint mir doch ein sehr zweifelhaftes«, bemerkte Mr Hayward trocken.

»Und selbst wenn es zu regnen beginnt«, fuhr Mr Ryder fort, »warum sollten wir vor dem Wetter Reißaus nehmen? Ein Sturm in einer so atemberaubenden Lage ist mit Sicherheit ein außergewöhnliches Naturschauspiel – vielleicht sollten wir bleiben mit der Absicht, es zu erleben?« Er wandte sich an Mary. »Miss Bennet, ich bin mir sicher, Sie haben Ihre Ausgabe des Reiseführers dabei. Würden Sie mir freundlicherweise erlauben, kurz einen Blick hineinzuwerfen?«

Mary holte das kleine Buch hervor und reichte es ihm.

»Wenn ich dich nicht überzeugen kann, Tom, so vermag es vielleicht dein großes Vorbild. Ah, hier ist ja die Stelle. Mr Wordsworth schreibt, dass kein Reisender geringe Unbequemlichkeiten scheuen soll, um *den Anblick oder die Laute eines Unwetters, das sich ankündigt oder im Abklingen ist* zu erleben. Er sagt, es handele sich um eine unvergleichliche Erfahrung.«

»Ich bezweifle doch stark, dass er meinte, man solle diese Erfahrung ungeschützt auf einem Berg machen«, entgegnete Mr Hayward. »Oder dass Damen einer so unerfreulichen Situation ausgesetzt werden sollten.«

»Mir würde es gewiss nichts ausmachen«, verkündete Miss Bingley. »Was ist schon ein bisschen Regen? Ich werde gerne bleiben, Mr Ryder, wenn ich dadurch etwas so Ungewöhnliches erleben kann.«

»Ihnen muss aber doch klar sein, wie unsinnig das ist«, erwiderte Mr Hayward, dessen Ärger immer offensichtlicher wurde. »Bestimmt verstehen Sie, welche Gefahren mit einem solchen Unterfangen verbunden sind. Ich bitte Sie, überlegen Sie sich das noch einmal. Das hier ist kein Gedicht, das man in der Behaglichkeit einer warmen Stube studieren kann – das ist echt, das wahre Leben.«

»Darin liegt eben der Unterschied zwischen dir und mir«, gab Mr Ryder mit der gleichen Leidenschaft zurück. »Du willst den geistigen Gehalt vom tatsächlich Erlebten trennen. Mich hingegen drängt es, beides zusammenzuführen.«

Als Mr Hayward erkannte, dass seine Argumente auf seinen Freund keinen Eindruck machten, wandte er sich an Mary. »Miss Bennet, ich bitte Sie ... Sie sind doch ein vernünftiger Mensch – sicherlich erkennen Sie die Torheit dieser ganzen Argumentation?«

Er sah sie so innig und bittend an, dass Marys erster Instinkt war, ihn zu unterstützen. Ihr gesunder Menschenverstand sagte ihr, dass er recht hatte und sie es ihm schuldete, ihm zuzustimmen. Aber dann kehrte urplötzlich ihr Zorn zurück und überwog jede Vernunft. Mr Hayward weigerte sich, ihr die Gründe für seinen Rückzug zu erklären, glaubte aber, er könne sich noch immer an sie wenden, wenn er Unterstützung brauchte? Wenn sie ihm nützlich sein konnte, durfte sie also die Stimme der Vernunft und Zurückhaltung sein. Nun, damit war es vorbei. Sie hatte es satt, die Urteile anderer zu bestätigen und jene, die lebhafter waren als sie selbst, auf den schmalen Pfad der Pflichterfüllung zurückzudrängen. Sie würde Mr Hayward nicht zustimmen, auch wenn ihr Verstand ihr dazu riet. Dieses eine Mal sollte ihr Herz regieren. Sie würde ihre übliche Befangenheit ablegen und sich dem Unbekannten und Unvorhersehbaren öffnen. Sie wollte nicht mehr länger sie selbst sein.

»Ich würde den außergewöhnlichen Anblick, den Mr Wordsworth erwähnt, sehr gerne mit eigenen Augen sehen. Es wäre doch bedauerlich, kehrten wir nach einem so langen Weg wieder um, bevor sich so etwas Spektakuläres ereignet.«

»Meine Rede!«, rief Mr Ryder. »Wir werden uns ansehen, was auch immer uns die Natur zu bieten hat.«

Mr Hayward starrte Mary an, als traute er seinen Ohren nicht. Aber sie hatte sich entschlossen, nicht nachzugeben.

»Vermutlich werden wir nie wieder die Gelegenheit haben, so etwas zu sehen«, fuhr sie fort. »Vielleicht könnten wir nur so lange bleiben, bis der Sturm sich sichtlich nähert, und mit dem Abstieg beginnen, bevor er uns erreicht. Dann dürften wir wohl dem Schlimmsten entkommen, ohne auf die grandiosen Anblicke zu verzichten, die Mr Wordsworth beschreibt.«

Mr Ryder hielt dies für einen ausgezeichneten Plan und informierte den Bergführer, der sich während ihrer angeregten Diskussion zurückgezogen hatte, von diesem Beschluss. Miss Bingley eilte ihm hinterher und hielt nur kurz inne, um Mary einen Blick zuzuwerfen, der ebenso gebieterisch wie verächtlich war. Nur Mary und Mr Hayward blieben zurück.

»Mary«, sagte er so leise, dass sie Mühe hatte, ihn zu verstehen. »Was tun Sie da? Sie können einem Unwetter nicht davonlaufen! Das müssen Sie doch wissen!«

»Ich bin mir nicht mehr sicher, was ich weiß oder nicht weiß. Zurzeit habe ich große Schwierigkeiten, Wahres von Falschem zu unterscheiden.«

»Ich verstehe Sie nicht.«

»Ich bin es müde, ständig irgendwelchen Sachen auf den Grund gehen oder Verhaltensweisen ergründen zu müssen, die mir unerklärlich scheinen. Ich habe mich entschieden, das Denken für einige Zeit aufzugeben. Jetzt will ich die Dinge nur noch empfinden.«

»Das sieht Ihnen nicht im Geringsten ähnlich.«

»Oh, das will ich doch stark hoffen. Ich habe meine alte Persönlichkeit satt und bin entschlossen, es mit einer neuen zu versuchen. Ich hoffe, sie wird mir mehr Glück und Zufriedenheit bringen als die alte.«

»Es tut mir leid, das zu hören. Ich hatte die alte Mary sehr gern.«

Er trat einen Schritt näher, aber sie wich zurück.

»Das werde ich ihr ausrichten. Ich glaube, sie hat sich oft gefragt, welcher Art Ihre wahren Gefühle für sie sein mögen, es wird sie also sicher freuen, das endlich zu hören.«

Mr Hayward stand nur reglos da; ein Bild des Jammers. Er nahm seinen Hut ab und fuhr sich mit den Händen aufgebracht durchs Haar, aber kein Wort kam über seine Lippen. Das Einzige, was zu hören war, war der Streit, der zwischen Mr Ryder und ihrem Bergführer entbrannt war. Offenbar konnte der Mann kaum glauben, was ihm vorgeschlagen wurde.

»Wie es aussieht, muss ich Sie nun allein lassen«, sagte Mr Hayward steif. »Wir sind unserem Führer eine Erklärung schuldig, warum wir ihn aufgrund seiner Erfahrung und Geländekenntnis angeheuert und ihm versichert haben, uns an seine Anweisungen zu halten, nur um dann seinen Rat mit der albernsten und dünnsten Begründung der Welt nicht zu befolgen.«

Mary beobachtete, wie er zu den zwei Männern trat und sein Bestes gab, um den reichlich fassungslosen und verärgerten Bergführer zu besänftigen. Er schickte Mr Ryder fort und drückte dem Mann etwas Bargeld aus seiner Hosentasche in die Hand, während er so lange weiter ruhig auf ihn einredete, bis der Bergführer sich schließlich mit ihrem Entschluss abzufinden schien. Mary schluckte schwer. Sie hoffte, sie war nicht so töricht gewesen, wie es ihr Verstand ihr nun zuraunte.

Kapitel 82

Das Unwetter ließ nicht lange auf sich warten. Der Dunst am Horizont verdichtete sich zu dicken grauen Wolken, die über den Himmel jagten, die Sonne verdeckten und ihre Schatten auf die Hügelkuppen warfen. Die Gipfel ragten in einem Moment in gleißendem Licht vor ihnen auf, um im nächsten in tiefem Dunkel zu versinken; die grünen Hänge verwandelten sich in ein Flickwerk wechselnder Farben. Ein pechschwarzer Regenvorhang schimmerte in der Ferne, Donnergrollen hallte durch die Täler.

Zuerst war Mary hingerissen. Mr Wordsworth hatte recht gehabt, dachte sie. Ihnen bot sich wirklich ein außergewöhnlicher Anblick. Wie gebannt betrachtete sie die scheinbar lebendige Landschaft, als Mr Ryder zu ihr trat, offenbar genauso fasziniert wie sie.

»Großartig, nicht wahr? Die Urgewalt von Mutter Natur! Um sie zu erleben, sind wir hier!«

Er wandte ihr sein Gesicht zu, das vor Begeisterung glühte, und ohne Vorwarnung sprang der Funke seiner Leidenschaft auf sie über. Plötzlich nahm sie nichts mehr wahr außer einer Fülle von Empfindungen, so intensiv, dass ihr der Atem stockte – Furcht und Freude, Ehrfurcht und Staunen, sie spürte alles in einem Moment. Sie wusste nicht, woran es lag oder wie es sich beschreiben ließ, aber als sie das Schauspiel vor sich betrachtete, fühlte sie sich groß und klein zugleich und einerseits der Welt verbunden wie nie zuvor, aber andererseits auch auf eine wundervolle und einzigartige Weise ganz wie sie selbst. Sie schloss die Augen, um sich von diesem Gefühl durchströmen zu lassen, vollständig darin zu versinken, bis sie glaubte, nur noch aus ihren Sinnen zu bestehen.

Eine Minute mochte vergangen sein, bis die extreme Intensität dieser Empfindung allmählich abebbte. Mary atmete aus, öffnete die Augen und war ganz still. Bevor sie hierher in den Lake District gereist war, hatte sie viel über das Sublime gelesen, über Sinneswahrnehmungen, die man nicht angemessen beschreiben, sondern nur erleben konnte. Nie hätte sie erwartet, selbst jemals eine derartige Erfahrung zu machen, dafür schien ihr ihr Geist zu schwerfällig, zu schlicht. Jetzt wusste sie, dass sie sich getäuscht hatte, und war dafür unendlich dankbar.

Dann setzte der Regen ein. Er war von ganz anderer Art als die sanften Schauer, die Mary aus Hertfordshire kannte. Wahre Sturzfluten ergossen sich über sie, durchnässten ihren Hut und ihre Kleidung – und rissen sie aus ihrer Trance. Die Tropfen prasselten mit einer solchen Wucht auf sie nieder, dass ihre Augen brannten. Wie benommen stand sie da, bis sie sah, wie Mr Hayward mit dem Bergführer im Schlepptau zu ihr gelaufen kam.

»Miss Bennet, wir müssen sofort aufbrechen. Darüber gibt es keine lange Diskussion. Miss Bingley, Sie kommen mit. Rasch, wenn ich bitten darf. Und du, Will, schließt dich uns entweder an oder musst den Weg nach unten allein finden. Wir werden hier nicht länger bleiben.«

Sein Ton duldete keinen Widerspruch. Mary, die jetzt doch verängstigt war, versuchte, sich den Regen aus dem Gesicht zu wischen, und wandte sich zum Gehen. Auch Miss Bingley gehorchte, sogar ohne spitze Bemerkungen oder vernichtende

Blicke, und selbst Mr Ryder riss sich von dem Anblick los und folgte ihnen.

Die ersten zwanzig Minuten stiegen sie so schnell ab, wie es der Pfad erlaubte, um von dem Plateau in flacheres Gelände zu gelangen. Der Aufstieg war anstrengend gewesen, und wie Mary schon bald feststellte, war der Abstieg keinen Deut leichter. Der Regen sammelte sich in Pfützen auf der feuchten Erde, und es erforderte ihre ganze Aufmerksamkeit, ihre Schritte sicher zwischen das rutschige Geröll zu setzen.

Ihr Führer drängte unerbittlich zur Eile und ermahnte sie, dass sie schneller vorankommen müssten, wenn sie nicht in dem Wolkenbruch ertrinken wollten. Aber bald erkannte selbst er, dass die Damen in ihren vor Nässe triefenden Kleidern und Hüten einen Moment benötigten, um zu Atem zu kommen.

»Vielleicht finden wir da drüben Schutz!«, rief er und zeigte auf mehrere große Felsbrocken, die etwas abseits vom Weg lagen. »Wenn wir uns in den Windschatten der Felsen ducken, bekommen wir vielleicht nicht alles von dem Guss ab.«

Sie hasteten zu den Steinen und pressten sich schon bald dicht an sie, wobei Mr Hayward Mary und Miss Bingley an die Stelle lotste, die den meisten Schutz bot. Der Bergführer, der zugleich niedergeschlagen und verärgert wirkte, zog sich seine Kapuze über den Kopf.

Nur Mr Ryders Stimmung schien völlig ungetrübt. »Ich gehe einen Moment auf den Weg zurück und schaue ins Tal. Das Unwetter muss seinen Höhepunkt erreicht haben, und das möchte ich mir nicht entgehen lassen.«

»Ist das klug?«, fragte Miss Bingley. »Sie werden bis auf die Haut durchnässt werden.«

»Noch nasser, als ich es schon bin, kann ich kaum noch werden«, gab Mr Ryder leichthin zurück. »Da an meinem Leib nichts mehr trocken ist, schrecke ich vor weiterer Nässe nicht zurück.«

Miss Bingley lächelte schwach, als Mr Ryder sich entfernte, aber Mr Hayward schwieg. Seit sie ihren Abstieg begonnen hatten, hatte er nicht mehr gesagt als notwendig. Mary sah ihm an, wie wütend er war, und wenn sie bedachte, in welcher Lage sie sich befanden und welche Schwierigkeiten ihnen auf ihrem Weg ins Tal noch bevorstanden, musste sie zugeben, dass sein Zorn gerechtfertigt war. Seine Einschätzung ihrer Situation war zutreffend gewesen, aber niemand hatte auf ihn hören wollen. Auch sie hatte sich gegen ihn ausgesprochen.

»Wir haben zu lange auf dem Bergrücken Rast gemacht«, sagte sie leise. »Das ist mir jetzt klar. Wir hätten früher aufbrechen sollen.«

»Sie sagen das, als wäre es unsere Schuld«, entgegnete Miss Bingley. »Aber woher hätten wir denn wissen sollen, was passieren würde? Dass wir ein solches Pech hatten, kann man uns nicht zum Vorwurf machen.«

Sie sah Mr Hayward herausfordernd an, der ihrem Blick unbeirrt standhielt.

»Ich fürchte, da muss ich widersprechen«, sagte er scharf. »Man hat uns einen ganz eindeutigen Rat gegeben, dem wir nicht gefolgt sind.«

»Das klingt, als wollten Sie Mr Ryder die Schuld geben, Sir.«

»Jeder, der bereit war, den Worten unseres Bergführers keine Beachtung zu schenken, trägt zum Teil für unsere Situation die Verantwortung. Dabei spreche ich mich selbst von Kritik nicht frei. Ich hätte beharrlicher darauf drängen sollen, rechtzeitig den Rückweg anzutreten.«

Marys Hochgefühl war vom Regen fortgespült worden. Als sie die Rinnsale betrachtete, die durch einen schmalen Spalt zwischen den Felsen flossen, fühlte sie sich ebenso gedemütigt wie beschämt. Sie warf Mr Hayward, der ein Stück entfernt stand und in den Regen starrte, einen verstohlenen Blick zu. Trotz allem, was zwischen ihnen vorgefallen war, konnte sie die Vorstellung nicht ertragen, dass er schlecht von ihr dachte. Der Zorn und die Empörung, die sie empfunden hatte, waren verflogen; geblieben war ein dumpfer Schmerz der Traurigkeit und des Bedauerns. Es war schlimm genug zu denken, dass sie seine Zuneigung verloren hatte, aber dass sie sich auch seine Achtung verscherzt haben könnte, war unerträglich. Wenn sie wieder im Gasthof waren, musste sie eine Möglichkeit finden, ihm ihr Verhalten auf dem Bergkamm zu erklären, versuchen, ihm begreiflich zu machen, wie sehr sie sein verletzendes Verhalten erzürnt und gekränkt hatte, und ihn bitten, endlich eine Erklärung dafür abzugeben. Diesmal, gelobte sie sich, würde sie nicht davor zurückschrecken, sondern herausfinden, wie es tatsächlich um sie beide bestellt war.

Eine halbe Stunde verging, bevor der Himmel allmählich etwas heller wurde und der Regen nicht mehr ganz so heftig fiel. Mittlerweile waren alle Wanderer bis auf die Haut durchnässt. Marys Mantel und Kleid klebten kalt und schwer an ihrem Leib. Ihr Hut tropfte, und durch ihre Schuhsohlen drang Wasser. Als der Bergführer verkündete, seiner Meinung nach sei das Schlimmste überstanden, empfand sie kaum Erleichterung. Sie wusste, dass sie sich nun alle in dieser elenden Verfassung an den Abstieg machen mussten, und bei dieser Vorstellung graute ihr. Aber sie stand tapfer auf, fest entschlossen, einen Fuß vor den anderen zu setzen, solange sie dazu noch in der Lage war.

Es war eine trübselige Prozession, die schweigend den Weg antrat, als Vorhut der Bergführer, der die Route gewählt hatte, die ihnen die geringste Anstrengung abverlangen würde, gefolgt von

Mr Ryder und Miss Bingley. Letztere hatte die Gelegenheit genutzt, die ihr der riskante Abstieg bot, um sich fest bei Mr Ryder unterzuhaken, und hatte ganz offenkundig nicht vor, ihn loszulassen, ehe sie wieder ebenen Boden unter den Füßen hatten. Mr Ryder schien es nichts auszumachen; er hatte sich seinen Herzenswunsch erfüllt, nämlich die Naturgewalten in all ihrer Majestät zu erleben, und war glücklich und zufrieden, wenigstens so lange, bis er einen neuen Wunsch haben würde. Hin und wieder lächelte er Mary aufmunternd an, aber Miss Bingleys Griff war beharrlich, und er gab sich keine große Mühe, sich aus ihm zu befreien.

Mary hielt ein wenig Abstand zu Mr Hayward. Sie fühlte sich außerstande, ihre Erklärung unter derartigen Umständen abzugeben, und wusste nicht, was sie sonst zu ihm sagen sollte. Mit jedem Schritt wurde sie müder und unglücklicher, bis ihr seelisches und ihr körperliches Leid sich die Waage hielten. Auf einmal verlor sie den Halt, glitt im Schlamm aus und fiel langsam, aber unaufhaltsam auf ihre Knie.

Vor Schreck schnappte sie nach Luft. Aber noch bevor sie in Tränen ausbrechen konnte, spürte sie, wie Mr Hayward ihre Hand nahm. Er half ihr sanft, aber entschlossen auf die Beine und strich den schlimmsten Schmutz von ihrem Mantel.

»Sind Sie verletzt? Haben Sie Schmerzen?«

»Nein, eigentlich nicht. Ich habe mir wohl nur ein bisschen das eine Knie aufgeschürft.«

»Können Sie es bewegen?«

Sie probierte es, bog das Knie leicht und nickte stumm.

Mr Hayward nahm ihren Arm und schob ihn fest in seine Armbeuge. »Keine Widerworte, bitte. Auf diese Weise bringen wir Sie am besten heil nach Hause.«

Sie wollte schon etwas sagen, dachte dann aber, dass sie nicht mehr aufhören könnte, wenn sie erst einmal damit anfing. Es war ganz leicht, seine Hilfe anzunehmen, ihm zu erlauben, sie durch die Unwägbarkeiten zu lotsen, die unterwegs lauerten – »Hier bitte aufpassen« – »Ein klein bisschen höher treten« – »Achten Sie auf den spitzen Stein dort« –, und so den mühseligen Abstieg zu bewältigen.

Sie waren schon eine ganze Weile gegangen, als Mary glaubte, von weiter unten Rufe zu vernehmen. Auch der Bergführer hörte sie, stürmte los und machte sich lauthals bemerkbar.

»Ich glaube, dort wartet Hilfe auf uns«, sagte Mr Hayward. »Das heißt, ich hoffe es.«

Mary stieß einen Seufzer der Erleichterung aus. Die Stimmen wurden lauter, als ihre Retter näher kamen, aber der Regen fiel immer noch so dicht und stetig, dass weitere zehn Minuten vergingen, bevor die Helfer tatsächlich aus dem Nebel auftauchten. Der Gastwirt bildete die Vorhut des kleinen Trupps, dicht gefolgt von einem aufgeregten Mr Gardiner und zwei Knechten, von denen jeder ein stämmiges kleines Pony am Zügel führte.

»Mary! Gott sei Dank!« Mr Gardiner lief mit so unverhohlener Sorge auf sie zu, dass Mary sich trotz ihres erbarmungswürdigen Zustands ein schwaches Lächeln abrang.

»Ach, Onkel, wie gut, Sie zu sehen!«

»Ich kann dir gar nicht sagen, wie froh ich bin, dass du unverletzt bist – das bist du doch, oder?«

»Ich habe mir ein bisschen das Knie aufgeschürft, aber das ist nicht weiter schlimm. Mr Hayward hat mich gestützt. Er war überaus freundlich.«

Mr Gardiner packte Mr Haywards Hand und hielt sie fest umklammert. »Gut gemacht, Tom, gut gemacht! Etwas anderes hätte ich von dir auch nicht erwartet.«

Mr Gardiner wandte sich wieder an Mary. »Deine arme Tante

ist außer sich, seit dieser starke Regen eingesetzt hat. Sie hat keine Ruhe gegeben, bis wir uns auf den Weg machten, um nach euch zu suchen.«

In dieser Tonart plauderte er weiter, entsetzte sich über den Schlamm überall und bedauerte sie wegen ihrer nassen Kleider, bevor er Mary behutsam auf eines der kleinen Ponys setzte, während Miss Bingley auf dem anderen Platz fand. Der Wirt bot Mr Ryder und Mr Hayward aus einer kleinen Flasche etwas zu trinken an, Brandy, vermutete Mary, die selbst ganz und gar zufrieden mit dem süßen, kalten Tee war, den er für die Damen mitgebracht hatte. Selbst Mr Ryder schien nichts dagegen zu haben, vor dem Unwetter gerettet zu werden, und freute sich eindeutig auf die eher irdischen Genüsse einer trockenen Jacke und eines prasselnden Kaminfeuers. Mary war sich nicht sicher, wann genau Mr Hayward von ihrer Seite gewichen war. Verabschiedet hatte er sich nicht von ihr. Sie beobachtete, wie er mit seinem Onkel sprach, wahrscheinlich, um ihm zu erklären, welche Umstände zu ihrer Notlage geführt hatten. Mary bezweifelte, dass er Mr Gardiner die ganze Geschichte erzählen würde. Es war unvorstellbar, dass Mr Hayward anderen für etwas die Schuld geben würde; ein derartiges Verhalten entsprach nicht seinem Charakter.

Ihre Ankunft im Gasthof versetzte den Haushalt in höchste Aufregung. Wasser für heiße Bäder wurde aufgesetzt, schmutzige Kleidung zusammengerafft und in die Waschküche gebracht, Betten wurden angewärmt und Feuer entzündet. Mrs Gardiner rang vor Angst, Mary könnte sich eine schwere Erkältung zugezogen haben, verzweifelt die Hände. Selbst Miss Bingley wurde in ihre Besorgtheit mit einbezogen und musste sich wie Mary ihrer Anweisung fügen, sofort zu Bett zu gehen und dort so lange zu bleiben, wie sie es aushielt.

Tatsächlich bedurfte es bei Mary keiner großen Überredung. Sie fühlte sich kraftlos und matt und kroch dankbar unter ihre Bettdecke. Ihr einziges Bedauern galt dem Umstand, dass sie keine Gelegenheit gehabt hatte, mit Mr Hayward zu sprechen, bevor sie in ihr Zimmer geschickt worden war. Ihr letzter Gedanke, bevor der Schlaf sie überwältigte, war, dass sie am nächsten Tag versuchen würde, ihm unter vier Augen alles zu sagen, was ihr auf dem Herzen lag. Morgen, dachte sie, während ihr schon die Augen zufielen, morgen würde sie mit ihm reden, komme, was wolle.

Kapitel 83

Als Mary aufwachte, sah sie am Einfall des Sonnenlichts in ihr Zimmer, dass sie weit länger als sonst geschlafen hatte. Sie wusch sich, kleidete sich rasch an und eilte in den Frühstücksraum, wo sie nur noch ihre Tante und Mr Ryder am Tisch antraf.

Mrs Gardiner sprang auf und musterte Mary prüfend, bevor sie ihr die Hand an die Stirn legte. »Kein Fieber, Gott sei Dank! Und deinem Aussehen nach hast du dich gut von den gestrigen Strapazen erholt.«

»Ja, danke. Ich fühle mich wieder ganz wie ich selbst.«

»Da bin ich wirklich erleichtert. Und es wird dich freuen zu hören, dass auch Miss Bingley den Ausflug unbeschadet überstanden hat.«

»Allerdings bevorzugt sie es heute, ihr Frühstück im Bett einzunehmen«, sagte Mr Ryder. »Ich denke, alles in allem dürfen wir unsere Exkursion als Erfolg verbuchen. Wir haben einem grandiosen Naturereignis in nächster Nähe beigewohnt, und alle unserer kleinen Gesellschaft haben das Abenteuer überlebt und werden diese fantastische Geschichte erzählen können!«

»Ich bin noch nicht so weit, Ihr sogenanntes Abenteuer als Erfolg zu sehen, Mr Ryder«, erwiderte Mrs Gardiner schroff. »Ich möchte nicht noch einmal die Ängste erleben, die ich gestern Nachmittag ausgestanden habe.«

Zerknirscht bat Mr Ryder Mrs Gardiner um Verzeihung,

zwinkerte dabei aber Mary verstohlen zu. Sie wich seinem Blick aus, indem sie sich darauf konzentrierte, sich Tee einzuschenken. Sie hatte nicht vor, sich von ihrem einzig wichtigen Vorsatz dieses Tages ablenken zu lassen: Mr Hayward zu suchen und mit ihm mit all der Aufrichtigkeit und Offenheit zu sprechen, derer sie fähig war.

»Die anderen Gentlemen sind schon unterwegs?«, fragte sie. »Sie müssen sehr früh aufgebrochen sein.«

»Bei Mr Gardiner ist dies der Fall«, antwortete ihre Tante. »Sobald er sich vergewissert hatte, dass dir nichts fehlt, hat er sich mit seiner Angelrute zum See begeben. Mr und Mrs Hurst sind nach Grasmere gegangen, um sich im Dorf umzuschauen, aber Tom habe ich heute noch nicht gesehen.«

»Er unternimmt häufig vor dem Frühstück einen Spaziergang«, sagte Mr Ryder. »Bestimmt wird er jeden Moment auftauchen und nach einem starken Kaffee verlangen.«

Wieder versuchte er, Marys Blick einzufangen, und wieder widmete sie sich ihrem Tee. Sie beschloss, den Rest des Vormittags in der Nähe des Gasthofs zu bleiben und auf Mr Haywards Rückkehr zu warten. In Gedanken war sie so sehr damit beschäftigt, was sie ihm sagen wollte, dass sie den Wirt kaum bemerkte, als er zu ihnen an den Tisch trat. Er reichte Mrs Gardiner einen Brief, den sie las und dann wortlos Mary reichte.

Liebe Mrs Gardiner,
zu meinem großen Bedauern muss ich Ihnen mitteilen, dass ich wegen dringlicher Geschäfte nach London zurückberufen wurde. Sie verstehen sicher, dass mich nur eine Verpflichtung von größter Wichtigkeit bewegen konnte, so überstürzt aufzubrechen. Es bekümmert mich sehr, mich nicht persönlich von Ihnen verabschieden und Ihnen für die übergroße Güte danken zu können,

mit der Sie mich in den letzten Wochen an Ihrer Reise teilhaben ließen.

Sobald besagte geschäftliche Angelegenheit erledigt ist, habe ich die Absicht, meiner Mutter in Hampshire einen Besuch abzustatten und eine Weile dortzubleiben. Ich hoffe, Sie zu einem späteren Zeitpunkt in der Gracechurch Street wiederzusehen, und bitte Sie, in meinem Namen Mr Gardiner, Mr Ryder und den anderen Mitgliedern unserer kleinen Gruppe Lebewohl zu sagen und ihnen zu versichern, dass nur die Notwendigkeit, die Kutsche in Keswick rechtzeitig zu erreichen, mich daran hindert, jedem persönlich zu schreiben.

Meine Empfehlungen an Miss Bennet.

In Eile

Ihr Tho. Hayward

Kapitel 84

Die Lebensgeister der Reisegruppe erholten sich nie ganz von Mr Haywards plötzlicher Abreise. Er wurde schmerzlich vermisst, seine Abwesenheit häufig von den Gardiners beklagt, auch wenn Mrs Gardiner darauf achtete, ihr Bedauern nicht allzu lebhaft auszudrücken. Sie war zu scharfsinnig, um nicht zu bemerken, dass es zwischen Mr Hayward und ihrer Nichte zu einem Bruch oder Missverständnis gekommen war, und bezweifelte nicht, dass dies für Mr Hayward der Grund gewesen war, seinen Aufenthalt im Lake District zu beenden. Aber da sie nicht den Wunsch hatte, Marys Kummer, der nicht zu übersehen war, zu vergrößern, behielt sie ihre Gedanken für sich. Mr Ryder schien eine derartige Möglichkeit nicht in den Sinn zu kommen, ob mit Absicht oder aus Arglosigkeit, ließ sich nicht feststellen. Sein Benehmen war unbekümmert und freimütig wie eh und je, und nichts wies darauf hin, dass er an seinen Freund anders dachte als mit Bedauern für seine Situation und leichtem Staunen über die Fassung, mit der er sein Los trug.

»Tom war schon immer äußerst verantwortungsbewusst«, bemerkte er, als sie ein paar Tage später alle abends bei Tisch saßen. »Er arbeitet stets sehr gewissenhaft, und es entspricht nicht seiner Natur, etwas unerledigt zu lassen oder eine Verpflichtung zu ignorieren.«

»Das höre ich gern«, sagte Mr Gardiner. »Eine solche Einstellung ist im Geschäftsleben von größter Bedeutung, und ich nehme an, in seiner Profession verhält es sich ebenso. Manchmal haben berufliche Anforderungen Vorrang vor Privatvergnügen.«

»Wie ich nur zu gut weiß«, murmelte Mrs Gardiner.

»Aber, aber, meine Liebe«, erwiderte ihr Gatte. »Sie haben dafür doch Verständnis. Manchmal hat ein Mann einfach keine andere Wahl, als sich um derlei Dinge zu kümmern, ganz gleich, ob ihm der Sinn danach steht oder nicht.«

»Es muss sehr unerfreulich sein, ständig für jedermann auf Abruf bereitstehen zu müssen«, warf Miss Bingley zuckersüß ein. »Unter den vielen Unannehmlichkeiten für diejenigen, die im Handel tätig sind, ist das Wissen, niemals sein eigener Herr zu sein, wohl die misslichste.« Sie bedachte die Runde mit einem strahlenden und reichlich unverfrorenen Lächeln.

Die Anwesenden verdauten ihre gehässige Bemerkung schweigend. Mr Gardiner runzelte die Stirn, Mrs Gardiner war von dieser unverhohlenen Brüskierung sichtlich betroffen, Mary außer sich vor Zorn. Sie hatte gelernt, Miss Bingleys Sticheleien zu ignorieren, wenn diese sich gegen sie selbst richteten, aber sie war nicht bereit, sich stillschweigend anzuhören, wie Menschen, die sie liebte, von ihr gekränkt wurden.

»Ich könnte mir vorstellen, dass Sie häufig Gelegenheit hatten, derartige Erfahrungen zu machen«, versetzte sie mit einer kühlen Gelassenheit, die der von Miss Bingley in nichts nachstand. »Da Ihr Vater selbst Geschäftsmann war, wird er häufig genötigt gewesen sein, seine persönlichen Wünsche den Erfordernissen seiner Profession unterzuordnen.«

Es dauerte einen Moment, bis Miss Bingley sich wieder so weit im Griff hatte, um antworten zu können. »Ich kann mich an nichts dergleichen erinnern«, erwiderte sie immer noch sichtbar erregt, während sie sich damit beschäftigte, ihr Brot zu buttern.

»Mein Vater war dieser Notwendigkeit längst enthoben, als ich alt genug war, um etwas darüber wissen zu können.«

Bald hatte sie ihr übliches Selbstbewusstsein wiedererlangt, aber Mary wusste, dass sie, indem sie so unbekümmert vor anderen auf die Ursprünge der Familie hinwies, Miss Bingleys Hass nur verstärkt hatte. Diese würde ihre Bemerkung nicht vergessen und Mary irgendwann dafür bezahlen lassen. Aber das war ihr egal. Sie war froh, dass sie den Mund aufgemacht hatte.

Als das Dinner beendet war und die anderen die Tafel verließen, blieb Mary zurück und grübelte wieder einmal über Mr Haywards unerwartete Abreise nach. Sie hatte an nichts anderes gedacht, seit er fort war, und war bald zu derselben Schlussfolgerung wie ihre Tante gelangt. Sie selbst war der Grund, dass er nicht länger bei ihnen war. Ihr war bewusst, dass ihre Weigerung, sich bei der Auseinandersetzung auf dem Scafell auf seine Seite zu stellen, ihn tief enttäuscht hatte, und ihre unkluge Unterstützung von Mr Ryder musste ihn ebenso schockiert wie verletzt haben. Aber war das wirklich Grund genug für sein Verhalten?

Sie wusste nicht, was sie denken sollte. Sie konnte sich nicht vorstellen, dass sie Mr Hayward gänzlich gleichgültig war. Die Art und Weise seines Aufbruchs, völlig überstürzt vor Tau und Tag und ohne höfliche Verabschiedung oder Entschuldigung, entsprach nicht dem Handeln eines Mannes, der nichts für sie empfand. Im Gegenteil, ein solches Verhalten wies auf eine starke, tief empfundene Leidenschaft hin. Vielleicht hatte ihn sogar die Eifersucht, die sie entdeckt zu haben glaubte, getrieben, aber wie ließ sich eine solche Möglichkeit mit dem auffallenden Zartgefühl und der Rücksicht vereinbaren, die er ihr gegenüber während des Abstiegs vom Bergrücken bewiesen hatte? Nichts dabei hatte auf Abneigung oder Groll hingewiesen. Mr Hayward hätte nicht gütiger, nicht fürsorglicher sein können. Allein bei der Erinnerung hätte sie weinen mögen, und sie versagte sich strikt, an seinen Arm zu denken, den er ihr so liebevoll dargeboten hatte. Warum hatte er nicht einfach in diesem Moment sein Herz sprechen lassen und ihr enthüllt, was er für sie empfand? Hätte er das getan, hätte sie ihrerseits nicht gezögert, ihm die Antwort zu geben, die ihn ihrer Meinung nach erfreut hätte. Stattdessen aber hatte er sich ohne jedes erklärende Wort davongemacht und es ihr überlassen, sein Verhalten zu deuten. Was mochte er damit bezwecken? Sie dachte an nichts anderes mehr, aber ein Tag folgte dem anderen, ohne dass sie einer Antwort auf diese Frage nähergekommen wäre.

Sie tat, was sie konnte, um ihren wachsenden Kummer vor den Menschen in ihrer Umgebung zu verbergen. Sie ging nicht auf Miss Bingleys häufige Mutmaßungen über die möglichen Gründe für Mr Haywards Abreise ein, sondern nahm sie mit einer Miene gespielter Gleichgültigkeit zur Kenntnis, die nichts von ihren inneren Qualen offenlegte. Mr Ryders häufige Einladungen, mit ihm an die frische Luft zu gehen, lehnte sie ab, weil sie wusste, dass sie außerstande wäre, sich seiner fröhlichen Sorglosigkeit anzupassen. Es hatte keinen Sinn, ihm wegen der Dinge, die vorgefallen waren, Vorwürfe zu machen; schließlich hatte er nie verborgen, nach welchen Prinzipien er lebte, und sie konnte sich kaum beschweren, wenn er wie an jenem Tag auf dem Scafell dementsprechend handelte. Es war ihre Entscheidung gewesen, seinem Beispiel zu folgen, und jetzt musste sie mit den Konsequenzen leben. Aber wenn sie beobachtete, wie er heiter in den Tag hineinlebte, völlig ohne Schuldgefühle oder Reue, konnte sie einen gewissen Groll nicht unterdrücken. Mr Ryder war seinen Neigungen gefolgt, ohne dass ihm daraus irgendein Schaden erwachsen war, während sie an Kummer und Reue fast erstickte. Und deshalb würde sie weder mit ihm den Hügel hinunterwandern noch einen kurzen Spaziergang nahe dem Gasthaus machen. Mary fand unzählige Möglichkeiten, um ihre Ablehnungen mit ausgesuchter Höflichkeit zu formulieren.

Viel schwerer war es, in Anwesenheit ihres Onkels und ihrer Tante zu überspielen, was in ihr vorging. Mary wusste, dass die beiden sich Sorgen um sie machten. Schon mehrmals hatte sie sie dabei ertappt, wie sie in ein Gespräch vertieft waren, das sie sofort abbrachen, wenn ihre Nichte auftauchte. Worum es dabei ging, war leicht zu erraten. Nur ein einziges Mal versuchte Mrs Gardiner, das Thema direkt anzusprechen, indem sie Mary fragte, ob sie nicht auch finde, dass Toms abrupte Abreise ihm gar nicht ähnlichsehe. Aber als Mary unverkennbar davor zurückscheute, über etwas zu sprechen, das ihr so naheging, ließ es ihre Tante dabei bewenden. Mary war Mrs Gardiner für ihr Taktgefühl dankbar und mehr als einmal versucht, ihr alles anzuvertrauen. Aber so nett Mrs Gardiner auch war, Mary wusste, dass es keinen Sinn hätte, sich ihr zu öffnen. Das einzige Gespräch, das ihr helfen konnte, war das mit Mr Hayward, doch ein solches würde erst möglich sein, wenn sie wieder in London waren. Als Mr Gardiner schließlich meinte, die Zeit sei wohl gekommen, wieder nach Hause zurückzukehren, musste Mary sich Mühe geben, um sich ihre Erleichterung nicht anmerken zu lassen. Die Gardiners hatten ihr eine wunderschöne Reise ermöglicht, und sie wollte auf keinen Fall undankbar erscheinen.

Mr Gardiner war nicht der Einzige, der das Gefühl hatte, der Aufenthalt im Lake District habe sein Ende gefunden; alle waren sich einig, dass man aufbrechen sollte, und schon bald waren sie für die Abfahrt bereit. Mr Ryder und seine Begleiter machten Anstalten, als Erste aufzubrechen. Miss Bingley befleißigte sich kühler Höflichkeit, als sie in die Kutsche stieg; ganz offenkundig hoffte sie, in nächster Zeit nicht wieder dazu gezwungen zu werden, Miss Bennets unerwünschte Gesellschaft zu ertragen. Im Gegensatz dazu schien Mr Ryder geradezu erpicht auf ein baldiges Treffen in London.

»Ich hoffe sehr, Sie in der Stadt wiederzusehen, Miss Bennet. Vielleicht besuchen wir als kleine Gruppe wieder einmal Vauxhall Gardens, was meinen Sie? Sagen Sie nur ein einziges Wort, und ich kümmere mich um den Rest.«

»Das ist wirklich nett von Ihnen, aber ich habe in nächster Zeit nicht vor, häufig auszugehen. Ich glaube, ich möchte eine Weile lieber zu Hause bleiben.«

»Dürfte ich Ihnen dann einen Besuch abstatten? Wir könnten zusammen Gedichte lesen.«

»Gern, wenn Sie es wünschen.«

Es war keine ausgesprochen herzliche Einladung, aber Mr Ryder gab sich damit zufrieden. Er sprang in den Wagen, der Kutscher ließ die Peitsche schnalzen, und schon ging es los. Während Mary der sich entfernenden Kutsche hinterhersah, streifte sie der Gedanke, wie richtig sie doch mit ihrem Gefühl der Unruhe gelegen hatte, das sich bei der unerwarteten Ankunft dieser Leute in ihr ausgebreitet hatte. Sie hatten nichts als Ärger gebracht.

TEIL 5

Kapitel 85

Es dauerte zwei Tage, bis sie bei den Bingleys eintrafen, um die Kinder abzuholen, und zwei weitere, bis sie London erreichten. Während der langen Fahrt dachte Mary an kaum etwas anderes als an Mr Hayward. Sie vermisste ihn mehr, als sie in Worte fassen konnte, und verstand die Situation einfach nicht, in der sie sich befand. Immer wieder ging sie im Geist die Umstände durch, durch die sie beide sich entfremdet hatten, um eine Erklärung für das Vorgefallene zu finden, aber vergeblich. Nach Hause – denn so betrachtete sie das Heim der Gardiners mittlerweile – zurückzukehren, während noch alles derart in der Schwebe war, alle Probleme gänzlich ungelöst, alle Fragen ungeklärt, empfand sie als eine einzige Qual. Die Ungewissheit war kaum noch zu ertragen, aber was konnte sie schon tun? Sie war hilflos; selbst wenn sie wollte, konnte sie nichts unternehmen. Es war ihr unmöglich, Mr Hayward aufzusuchen, da er sich zurzeit nicht in der Stadt aufhielt. Aber auch wenn er in London gewesen wäre, wäre ein Besuch bei ihm nicht infrage gekommen. Ehrbare junge Frauen betraten die Wohnungen unverheirateter Männer nicht uneingeladen. Schreiben konnte sie ihm auch nicht. Natürlich könnte sie Mrs Gardiner nach der Adresse seiner Familie in Hampshire fragen, aber ihre Tante würde sie ihr höchstwahrscheinlich nicht geben. Eine Korrespondenz mit ihm zu führen verbot sich ebenfalls; es wäre ein Verstoß gegen jede

Regel von Anstand und Sitte. Ihr blieb also nichts anderes übrig, als zu warten.

In der Gracechurch Street bemühte sich Mary, die langen Tage erträglich zu gestalten. Sie holte ihre Bücher hervor und versuchte zu lesen, aber es fehlte ihr an der nötigen Konzentration, und schon bald legte sie sie wieder beiseite. Sie las den kleinen Gardiners Geschichten vor und half den älteren bei ihren Hausaufgaben. Geduldig saß sie neben dem Klavier, wenn die Mädchen ihre Tonleitern und Arpeggien übten, und machte ihnen Mut, wenn sie ein paar einfache Lieder klimperten. Sie selbst spielte nicht; sie war nicht in der richtigen Stimmung.

Sie versuchte, Mrs Gardiner im Haushalt zu helfen, indem sie sich erbot, die Wäscheschränke zu inspizieren. Aber zerstreut, wie sie war, verwechselte sie die guten Leinentischdecken mit denen, die gestopft werden mussten, sodass zu guter Letzt das ganze mühselige Durchsehen und Sortieren von vorn begann. Sie erklärte sich bereit, das feine Porzellan zu spülen, das zu kostbar war, um Dienstboten anvertraut zu werden, aber ein nasser Teller entglitt ihren fahrigen Händen und zerbrach in tausend Stücke. Mary sah so zerknirscht aus, dass ihre Tante es nicht übers Herz brachte, sie zu schelten, aber da sie das Gefühl hatte, dass die Wertstücke in ihrem Haus eine weitere Behandlung durch ihre Nichte nicht überleben würden, redete sie ihr zu, in ihren Mantel zu schlüpfen und einen Spaziergang zu machen.

Mary erfüllte folgsam Mrs Gardiners Wunsch, aber die geschäftigen Straßen der City übten auf sie nicht mehr den Reiz von früher aus. Die Schaufenster, die sie einst so verzaubert hatten, schienen jetzt altbekannt, sogar geschmacklos. Die Straßen waren schmutzig, auf den Bürgersteigen herrschte Gedränge. Jeder war in Eile; sie wurde angerempelt und geschubst. Das Einzige, was sie sich zu sehen wünschte, war Mr Hayward, wie er in dem langen braunen Mantel, den er im Lake District getragen hatte, zur Gracechurch Street schlenderte. Aber so inständig sie auch darauf hoffte, weit und breit war von ihm nichts zu sehen.

Mary war seit über einer Woche wieder in London, als sie eines Nachmittags staubig und entmutigt von einem weiteren ihrer pflichtgetreuen Ausflüge zurückkehrte. Als sie die Halle betrat, sah sie eines der Dienstmädchen mit einem Herrenmantel über dem Arm in Richtung Garderobe gehen. Sie hielt sich nicht damit auf zu fragen, wer der Besucher war, sondern rannte die Treppe hinauf zum Salon. Ihr ging das Herz über, als sie vor der Tür stand, aber als sie sie öffnete, war es nicht Mr Hayward, der aufsprang, um sie zu begrüßen. Es war sein Freund Mr Ryder.

»Meine liebe Miss Bennet! Wie sehr ich mich freue, Sie zu sehen! Ich bin hier, um Ihnen endlich meine Aufwartung zu machen. Ich wäre früher gekommen, aber ich war in Kent, wieder einmal in einer Familienangelegenheit. Doch ich hoffe, jetzt ist alles erledigt.«

»Mr Ryder! Ich dachte … Ich glaubte … Verzeihen Sie, aber ich hatte Sie nicht erwartet.«

»Ich hoffe, ich komme nicht ungelegen, wie es so oft mein Geschick zu sein scheint.«

Mary, die Mühe hatte, Haltung zu bewahren, bat Mr Ryder, Platz zu nehmen, und läutete nach dem Tee. Als er schließlich gebracht wurde, hatte sie ihre Fassung halbwegs wiedergefunden.

»Ich hoffe, Sie hatten eine angenehme Zeit in Kent, Sir. Ich selbst war noch nie dort. Ist es eine schöne Gegend?«

»Ganz hübsch, würde ich sagen. Felder und Obstgärten und Schafe, Sie wissen schon. Keineswegs mit der grandiosen Schönheit der Seen vergleichbar, versteht sich.«

Während er fortfuhr, voller Wärme von den hohen grauen

Bergen und dem strahlend blauen Himmel zu sprechen, entspannte sich Mary. Außer einem gelegentlichen Lächeln oder einem zustimmenden Nicken schien Mr Ryder keine Antwort zu erwarten, und so verlief die Unterhaltung recht angenehm. Nur gelegentlich warf Mary eine Frage ein.

»Würden Sie gern noch einmal dorthin fahren?«, erkundigte sie sich. »Vielleicht in einen anderen Teil des Lake District?«

»Um Ihnen die Wahrheit zu sagen, Miss Bennet, will ich ins Ausland, wenn ich das nächste Mal eine Reise antrete. Wenn möglich, nach Italien. Wenn schon die Bergkämme Westmorlands einen solchen Eindruck auf uns gemacht haben, stellen Sie sich nur vor, welche Wirkung die Alpen hätten!«

»Ich weiß nicht recht, ob mir noch der Sinn nach Bergen steht. Unser Abstieg vom Scafell bei diesem Unwetter scheint mir den Appetit auf weitere Bergtouren verdorben zu haben.«

Mr Ryder lachte höflich. Offensichtlich hielt er es nicht für nötig, weiter auf den mühevollen Abstieg einzugehen.

»Und wie steht es mit Ihnen, Miss Bennet? Wie haben Sie sich seit unserer Rückkehr die Zeit vertrieben? Was lesen Sie im Moment?«

»Zu meiner Schande muss ich gestehen, dass mir zurzeit die Hingabe, die ein ernsthaftes Buch erfordert, abhandengekommen zu sein scheint.«

»Das klingt ganz und gar nicht nach Ihnen. Aber ich denke, ich habe die perfekte Lösung. Was Sie brauchen, ist ein Journal. Das ist in Ihrem Fall genau das Richtige, man kann in den Artikeln stöbern und lesen, was einem gefällt, so als würde man nach der reifsten Birne in der Obstschale suchen. Ich werde Ihnen eine Auswahl vorbeibringen. Was ist Ihnen lieber, der *Edinburgh Review* oder das *Quarterly Magazine*?«

»Mr Hayward hat mir manchmal den *Edinburgh Review* mitgebracht, meinte aber, man könne sich nicht gänzlich auf sein Urteil verlassen.«

»Das liegt daran, dass die Literaturkritiker dieses Blatts nicht immer freundlich mit seinem vergötterten Wordsworth umgegangen sind. Sie wissen ja, wie loyal Tom ist, wenn er erst einmal seine Liebe für etwas entdeckt hat.«

Mary wandte den Blick ab und setzte den Deckel wieder auf die Zuckerdose. »Haben Sie ihn gesehen, seit wir wieder aus dem Norden zurück sind?«

»Nein«, antwortete Mr Ryder. »Ich nehme an, er ist noch bei seiner Familie. Es wird Sie kaum überraschen zu hören, dass er ein äußerst pflichtbewusster Sohn ist.«

Mehr hatte Mr Ryder über den Verbleib seines Freundes nicht zu sagen, auch ließ er sich nicht dazu bewegen, eine Vermutung darüber zu äußern, wann Mr Hayward wieder bei ihnen sein würde. Anscheinend hatte er das Gefühl, dieses Thema erschöpfend behandelt zu haben, denn kurz darauf kündigte er an, nun gehen zu müssen.

»Ein Termin bei meinem Bankier. In letzter Zeit besteht mein Leben nur noch aus Geschäften und noch mehr Geschäften, was mir das Gefühl gibt, selbst mein kurzer Besuch bei Ihnen wäre ein gestohlenes Vergnügen – als hätte ich eine Schulstunde geschwänzt.«

Er trank seinen letzten Schluck Tee und stand auf. »Ich werde Ihnen Ausgaben beider Magazine mitbringen, dann können Sie selbst entscheiden, welches Ihnen besser gefällt. Übrigens ein ausgezeichneter Vorwand für mich, recht bald wiederzukommen!«

Wenige Tage darauf erschien er mit der versprochenen Zeitschriftenauswahl. Natürlich verstand es sich von selbst, ihm Tee anzubieten, und während sie ihn zu sich nahmen, erklärte er, in Kürze erneut einen Besuch in der Gracechurch Street machen zu wollen, um zu erfahren, was Mary von ihrer neuen Lektüre hielt. Bald war Mr Ryder bei den Gardiners ein ebenso regelmäßiger Gast, wie sein Freund es einmal gewesen war.

»Sie müssen sehr viel Zeit zur Verfügung haben«, stellte Mrs Gardiner fest, als sich Mr Ryder eines Nachmittags erneut in ihrem Salon eingestellt hatte, um ihren Tee zu trinken und ihren Kuchen zu essen. »Natürlich freuen wir uns immer sehr, Sie zu sehen – was sollten wir sonst auch mit unseren Johannisbeertörtchen anfangen? –, aber Ihr Verhalten macht auf mich den Anschein, als fühlten Sie sich zurzeit ein wenig einsam. Was ist mit Miss Bingley? Ich habe sie eine ganze Weile nicht gesehen.«

»Sie ist gerade zu Besuch bei ihrem Bruder, kehrt aber demnächst zurück, glaube ich.«

»Und haben Sie Nachricht von Mr Hayward? Wir haben nichts mehr von ihm gehört, seit wir im Lake District waren.«

Mr Ryder schnippte ein paar Krümel von seiner Weste. »Nein, keine Zeile. Aber ich rechne damit, dass er sich bald meldet. Es sieht Tom nicht ähnlich, sich für längere Zeit still zu verhalten.«

Mary legte ihre Hände in den Schoß und hoffte, damit den Eindruck von heiterer Gelassenheit zu vermitteln, die sie keineswegs empfand. Der Umgang mit Mr Ryder hatte ihr nur bewusst gemacht, wie schmerzlich sie seinen Freund vermisste, wie alleingelassen sie sich fühlte. Je besser sie Mr Ryder kennenlernte, desto mehr sehnte sie sich nach Mr Hayward.

Nicht, dass ihr Mr Ryders Nähe unangenehm gewesen wäre. Er war ihr jetzt vertraut. Sie schätzte seine guten Eigenschaften und ärgerte sich über seine weniger liebenswerten Züge nicht mehr so sehr wie früher.

Selbst seine Ichbezogenheit irritierte sie jetzt weniger; nach einer Weile schien diese Eigenschaft eher so etwas wie innere Ruhe zu vermitteln. Sein Widerstreben, moralische Urteile abzugeben, wirkte gleichermaßen wohltuend, da es ihm ermöglichte, den Fehlern anderer – und eigener – gegenüber Toleranz walten zu lassen. Es war ihm lieber, wenn die Dinge angenehm waren, aber Mary hatte den Verdacht, dass seine Gefühle nicht besonders tief gingen. Er schwelgte in Empfindungen, doch Mary bezweifelte, dass er imstande war, profunde und dauerhafte Leidenschaften zu entwickeln. So etwas wäre mit viel zu viel Aufwand verbunden. Seine Gefühle waren wie eine dünn aufgetragene Marmeladenschicht auf einem Butterbrot – süß und intensiv, aber nicht anhaltend.

Der Kontrast zu Mr Hayward hätte nicht stärker sein können. Seine Zuneigung, dachte Mary, ließe sich eher mit einem Rinderfond vergleichen – zeitaufwendig in der Zubereitung, aber stark und gehaltvoll und von unverkennbarem Geschmack. Sie musste lächeln, als sie sich sagte, wie albern dieser Vergleich doch war. Aber noch im selben Moment spürte sie einen scharfen Stich des Bedauerns. Sie vermisste Mr Haywards leidenschaftlichen Überschwang, der manchmal ganz unerwartet in seinem sonst eher ausgeglichenen Wesen zutage trat. Sie vermisste seinen Scharfsinn und seinen Humor. Sie vermisste sein warmes Lächeln, die Belustigung in seinen Augen, wenn er über den Esstisch hinweg ihren Blick suchte. Sie hatte gehofft, ihn irgendwann, während die Tage zu Wochen wurden, weniger zu vermissen, aber so war es nicht. Vielmehr war das Gegenteil der Fall.

»Haben Sie Mr Hayward geschrieben, Sir? Vielleicht braucht er einen Anstoß, um einen Briefverkehr zu beginnen.«

»Ich fürchte, ich zeichne mich als Verfasser von Briefen nicht eben aus. Nein, in Toms Fall kann man nur warten. Er ist entschlossen, unser aller Geduld auf die Probe zu stellen, aber damit kommen wir zurecht. Ich bin mir sicher, er wird sich melden, wenn er dazu bereit ist, nicht eine Minute früher.«

Mary nickte zustimmend und machte ein so ernstes Gesicht, als nähme sie sich Mr Ryders Worte wirklich zu Herzen. In Wirklichkeit wartete sie jeden Tag auf einen Brief von Mr Hayward und wurde jeden Tag enttäuscht. Wenn die Post eintraf, sortierte Mary sie mit aller Unbefangenheit, derer sie fähig war, und wenn sie feststellte, dass kein Schreiben für sie dabei war, legte sie die Briefe mit einer Gleichgültigkeit auf den kleinen Flurtisch, die niemanden überzeugen konnte. So ging es fast drei Wochen lang, und doch hoffte sie jeden Morgen wider jede Wahrscheinlichkeit, heute wäre der Tag, an dem endlich ein Brief von Mr Hayward eintreffen würde.

Deshalb bemerkte sie eines Morgens, als sie mit ihrer Cousine am Klavier saß, um mit ihr zu üben, sofort den Briefumschlag, den ihre Tante in der Hand hielt, während sie zu den beiden trat.

»Ich habe unerwartete Neuigkeiten«, verkündete Mrs Gardiner. »Wie es aussieht, werden wir bald Besuch bekommen. Deine Mutter reist nach London, Mary, und zwar schon nächste Woche.«

Kapitel 86

Der Grund für Mrs Bennets Reise nach London war nicht etwa, wie Marys Mutter weitschweifig jedem erklärte, der so unklug war, sich danach zu erkundigen, die reine Vergnügungssucht. Wäre es nur nach ihr gegangen, hätte sie das Wagnis nicht auf sich genommen, denn die Fahrt war strapaziös und die Gasthäuser unzulänglich. Aber ihr Arzt hatte darauf bestanden.

»Dr. Gower duldete keinen Widerspruch. ›Ihr Wohlergehen hängt davon ab, Ma'am'‹, das waren seine Worte. Und weil man die Anweisungen eines Mediziners nie ignorieren sollte, bin ich jetzt hier.«

»In der Tat«, pflichtete Mrs Gardiner ihr bei. Sie, Mary und Mrs Bennet saßen recht formell am Tisch und tranken ihren Morgenkaffee. »Es war sehr klug von Ihnen, nach London zu kommen. Und wen sollen Sie hier aufsuchen?«

»Sein Name ist Dr. Simmons«, antwortete Mrs Bennet ehrfürchtig. »Sein Fachgebiet sind vor allem Nervenleiden. Er verlangt eine Guinea pro Konsultation, aber was ist schon Geld, wenn es um die Gesundheit geht?«

Sie ist immer noch sehr hübsch für ihr Alter, dachte Mary, während sie ihre Mutter unter gesenkten Lidern verstohlen betrachtete, *und so stolz auf ihr Aussehen wie eh und je*. Als wollte sie die Wahrheit von Marys Beobachtung bestätigen, warf Mrs Bennet in dem Moment einen kurzen Blick in einen der Wandspiegel ihrer Schwägerin, zupfte leicht an ihrem Haar und rückte ihre Haube zurecht, bevor sie in dem wohligen Wissen, dass alles nach ihrem Geschmack war, wieder den Kopf zurückwandte.

»Sie sehen gut aus, Mama«, sagte Mary. »Ihrem Aussehen nach hätte ich nicht vermutet, dass Ihnen Ihre Nerven so zusetzen.«

»Ich habe nicht erwartet, dass du das verstehst. Du hast keine Ahnung, wie sehr ich leide.«

»Und wie lange wird die Behandlung dauern?«, schaltete sich Mrs Gardiner ein.

»Normalerweise genügt eine Woche, aber bei einem besonders schwierigen Fall kann sie bis zu zehn Tagen dauern. Ich hoffe nur, dass Jane mich so lange entbehren kann.«

»Ich bin mir sicher, sie hat Sie nur äußerst ungern gehen lassen. Noch dazu in ihrem Zustand.«

»Oh, sie war außer sich. Aber Mr Bingley war die Rücksicht selbst und drängte mich förmlich, auch einmal an mich zu denken. Er hat darauf beharrt, dass ich erst zurückkommen darf, wenn ich völlig geheilt bin. *Er* hat Verständnis für meine Verfassung, auch wenn es *anderen* daran mangelt.«

Mary beschloss, den ostentativen Blick ihrer Mutter zu ignorieren, und streckte eine Hand nach einem der kleinen Kuchen aus, die so einladend auf dem Kaffeetisch standen. Sofort schob Mrs Bennet die Kuchenplatte ans andere Tischende.

»Lieber nicht, Mary. Zucker ist einem Teint wie deinem ganz und gar nicht zuträglich.«

Mary seufzte. Offenbar hatte Mrs Bennet an der Bemerkung über ihre Nerven Anstoß genommen und rächte sich jetzt dafür, indem sie ihre Tochter leiden ließ. Und genau wie Mary erwartet hatte, machte es sich ihre Mutter zur Aufgabe, einige weitere unfreundliche Beobachtungen von sich zu geben, nachdem Mrs Gardiner gegangen war, um nach den Kindern zu sehen.

»Man kann nicht behaupten, dass dir eure Ferien gutgetan hätten.« Sie rückte ein Stück näher, um ihre Tochter eingehend zu mustern. »Du siehst nicht annähernd so gut aus wie vor der Reise. Eher wirkst du recht blass, geradezu ausgelaugt.«

»Es tut mir leid, dass ich so einen Eindruck auf Sie mache, Mama.«

»Ein wenig Rouge könnte nicht schaden. Aber nach ihrem eigenen Teint zu urteilen, verwendet Mrs Gardiner selbst keines.«

»Das weiß ich nicht, ich habe sie nie gefragt.«

»Da du immer alles vorziehst, was von ihrer Seite kommt, und meinen Rat ablehnst, werde ich mich dazu nicht weiter äußern. Hast du denn im Lake District ein paar junge Männer kennengelernt?«

»Zu unserer Gruppe gehörten zwei Gentlemen, Mama. Ich glaube, ich habe es Ihnen geschrieben.«

»Tatsächlich? Ich kann mich nicht erinnern. Und keiner von beiden hat dir besondere Aufmerksamkeit geschenkt?«

»Ich bin nicht auf der Suche nach Verehrern in den Norden gefahren«, erwiderte Mary möglichst ruhig, »sondern um die Schönheit dieser Landschaft mit eigenen Augen zu sehen. Damit war ich völlig zufrieden.«

Kühn langte sie über den Tisch und nahm sich einen kleinen Kuchen, hatte aber nicht den Mut, ihn unter dem missbilligenden Blick ihrer Mutter zu verzehren. Sie legte ihn auf den Rand ihrer Untertasse.

»Ach, ja? Dann können wir nur hoffen, dass sich die Dinge für dich nun, da du wieder in der Stadt bist, zum Besseren wenden.« Mrs Bennet beugte sich vor und betätigte die Klingel. »Das Mädchen kann jetzt kommen und Staub wischen. Diese Möbel sind eine Schande.«

Sie strich mit einem Finger über die Platte eines kleinen Beistelltischs und musterte mit scheelem Blick das Resultat. »Du erinnerst dich hoffentlich noch, was ich dir wegen deiner Brille gesagt habe? Hast du sie im Lake District getragen? Falls ja, hast du nur dich selbst dafür zu tadeln, dass du im selben Familienstand zurückgekehrt bist, in dem du aufgebrochen bist. Aber auf meinen Rat gibt ja nie jemand etwas!«

Mrs Bennets Besuche bei Dr. Simmons entsprachen all ihren Erwartungen, denn er zeigte ein höchst zufriedenstellendes Interesse an ihrem Leiden, ohne ihr etwas Unangenehmes zu ihrer Heilung zu verschreiben. Bedauern konnte sie einzig und allein, dass die Konsultationen nicht besonders lang dauerten. Sie nahmen nie mehr als einige wenige Stunden am Vormittag in Anspruch, wodurch ihr viel Zeit zur freien Verfügung blieb, was wiederum für Mary und Mrs Gardiner bedeutete, ihre üblichen Tätigkeiten einzustellen, um Mrs Bennet zu unterhalten. Mit Mrs Gardiner fand Mrs Bennet viele interessante Gesprächsthemen, von der Unzulänglichkeit des Frühstücks für die Kinder bis zu der unverantwortlichen Nachlässigkeit des Stubenmädchens, aber die Unterhaltungen mit ihrer Tochter verliefen in wesentlich engeren Bahnen. Im Großen und Ganzen hatte sie Mary, einmal abgesehen von ihrer Meinung zu ihrem Aussehen und ihren Heiratsaussichten, kaum etwas zu sagen.

Mary hütete sich, weder auf den einen noch den anderen Punkt einzugehen. Vor allem war sie fest entschlossen, Mr Hayward nie auch nur mit einem Wort vor ihrer Mutter zu erwähnen. Sie glaubte nicht, dass sie die Befragungen ertragen könnte, die unweigerlich folgen würden, sollte ihr auch nur ein Wort über ihre Gefühle für ihn entschlüpfen. Mary war überzeugt, dass ihr Geheimnis bei Mrs Gardiner gut aufgehoben war; sie stand ihrer Schwägerin nicht nahe genug, um Vertraulichkeiten mit ihr auszutauschen. Nein, eher fürchtete Mary schon, sich selbst zu verraten. Um ein solches Unglück zu verhindern, tat sie, was sie konnte, um die Stunden, die sie notgedrungen mit ihrer Mutter verbringen musste, auf ein Mindestmaß zu beschränken, weshalb sie erneut ausgedehnte Spaziergänge durch die City unternahm. Auf ihren alten Routen fand sie allmählich zu der Freude zurück, die sie ihr einst bereitet hatten, und kehrte gewöhnlich fröhlicher zurück, als sie aufgebrochen war. Doch als sie eines Morgens das Haus verließ, war das Wetter gegen sie. Dicke graue Wolken hingen tief am Himmel und kündigten Regen an, und Mary war gerade erst bei der St. Paul's Cathedral, als sich die Schleusen öffneten. Eine Weile suchte sie in dem großen Portal Schutz, aber irgendwann blieb ihr nichts anderes übrig, als den Mantelkragen hochzuschlagen und in die Gracechurch Street zurückzugehen.

Als sie das Haus der Gardiners betrat, hörte sie zu ihrer Überraschung aus dem Salon das Lachen ihrer Mutter. Machte der berühmte Dr. Simmons etwa einen Hausbesuch? Aber als sie eintrat, sah sie zunächst nur Mrs Bennet. Sie saß entzückt auf dem Sofa und betrachtete beifällig die elegante männliche Gestalt Mr Ryders. Ihre Tante, die sich auf der anderen Seite des Raums niedergelassen hatte, fing Marys Blick auf und zuckte leicht mit den Schultern. Mrs Bennet bemerkte es nicht. Sie war viel zu hingerissen von Mr Ryder, um irgendetwas außerhalb des Orbits seiner faszinierenden Persönlichkeit wahrzunehmen.

»Miss Bennet!«, rief er und sprang auf, um Mary zu begrüßen. »Wie schön, dass Sie wieder da sind! Es hätte mir ausgesprochen leidgetan zu gehen, ohne das Vergnügen gehabt zu haben, Sie zu sehen.«

»Ich war spazieren«, begann Mary, dann fiel ihr ihre Mutter ins Wort.

»Deine Haare sind ja ganz feucht!«, rief sie und bedachte ihre

Tochter mit einem so liebevollen Lächeln, wie sie es ihr, soweit Mary sich erinnern konnte, noch nie geschenkt hatte. »Sicher möchtest du dich darum kümmern, bevor du dich zu uns gesellst.«

»Ich möchte Sie vielmehr darum bitten, es nicht zu tun«, sagte Mr Ryder eindringlich. »Ihre Haare sehen so einfach charmant aus und stehen Ihnen gut. Sehr natürlich.«

Mrs Bennet verlor ein wenig die Fassung, als sie ein so eindeutiges Kompliment an Mary gerichtet hörte, aber sie erholte sich rasch. »Alle meine Mädchen wurden dazu erzogen, so natürlich wie nur möglich zu sein, Sir. Ich verabscheue Affektiertheit an jungen Frauen.«

»Für die Tugenden Ihrer anderen Töchter kann ich nicht sprechen«, erklärte Mr Ryder gewandt, »da ich bisher nicht das Vergnügen hatte, sie kennenzulernen. Aber ich kann Ihnen versichern, dass Ihre Bemühungen bei *dieser* Miss Bennet von Erfolg gekrönt waren. An ihr ist rein gar nichts gekünstelt.«

Er zwinkerte Mary verstohlen zu, als wollte er ihr zu verstehen geben, dass ihm klar war, welche Erwartungen bei dieser Unterhaltung an ihn gestellt wurden, und er keine Skrupel hatte, diese voll und ganz zu erfüllen.

»Ich könnte hinzufügen«, fuhr er fort, »dass nun, nachdem ich die Ehre hatte, die Bekanntschaft von Mrs Bennet zu machen, auf der Hand liegt, von wem ihre Tochter ihr bezauberndes Wesen geerbt hat.«

»Also wirklich, Mr Ryder!«, rief Mrs Gardiner. »Das ist ein bisschen zu viel des Guten, selbst von Ihnen!«

»Ich scheue nie zurück, dort Lob auszusprechen, wo Lob angebracht ist«, murmelte er.

Mrs Bennet, die keineswegs irritiert schien, rückte auf dem Sofa ein wenig nach vorn.

»Ich würde sehr gern etwas von Ihrer Reise zu den Seen hören, Sir. Schon immer habe ich mich danach gesehnt, diese Landschaft mit eigenen Augen zu sehen, aber bisher blieb mir diese Freude versagt. Meine Wünsche finden nie viel Beachtung, aber solange alle anderen zufrieden sind, soll es mir recht sein.«

Mary strich sich über das Haar und spürte die Feuchtigkeit an ihren Fingern. Mr Ryder machte sich bereitwillig daran, eine lebhafte Schilderung ihrer Reise zum Besten zu geben, wobei er gelegentlich Mary oder Mrs Gardiner aufforderte, ein Detail zu bestätigen. Den Aufstieg auf den Scafell erwähnte er nicht, fiel Mary auf, und dafür war sie ihm aufrichtig dankbar. Gehorsam fügte sie die eine oder andere Kleinigkeit hinzu, hatte aber nicht den Wunsch, in Mrs Bennets Kopf das Bild von ihr und Mr Ryder als unzertrennliche Reisegefährten oder gar mehr entstehen zu lassen. Sie wusste, dass ihre Mutter wahrscheinlich jetzt schon einen potenziellen Verehrer in ihm sah, und wollte diese Annahme auf keinen Fall bestätigen.

Nachdem sich Mr Ryder endlich verabschiedet hatte, konnte Mrs Bennet ihre Aufregung kaum verhehlen. »Was für ein außerordentlich interessanter junger Mann! Diese Manieren, dieses Auftreten, diese Höflichkeit! Es ist lange her, seit ich einen so charmanten Menschen kennengelernt habe.«

»Sie haben recht, Mama, er kann sehr umgänglich sein.«

»Umgänglich? Etwas Besseres fällt dir nicht ein? Wie ist seine Situation? Aus welcher Familie kommt er?«

»Seine Familie lebt in Kent. Ich glaube, er ist recht gut situiert«, antwortete Mary zögerlich. »Jedenfalls ist er aufgrund seines Einkommens nicht verpflichtet, einer geregelten Arbeit nachzugehen.«

Über Mr Ryders Verbindung zu Lady Catherine de Bourgh verlor Mary kein Wort. Sie wusste, dass dieser Umstand den

Appetit ihrer Mutter, sie in Mr Ryders Arme zu drängen, nur noch anfachen würde.

»Dann ist er eine sehr wünschenswerte Partie. Der junge Mann ist doch wohl ungebunden?«

»Das denke ich«, gab Mary zu. »Auch wenn eine andere Dame mehr als bereit zu sein scheint, ihn zu nehmen, könnte er denn überredet werden, sie zu fragen.«

Einen Moment lang herrschte Schweigen, während Mrs Bennet diese Information verdaute.

»Ich traue meinen Ohren kaum!«, rief sie dann, beugte sich vor und fixierte ihre Tochter mit einem ungläubigen Blick. »Hier haben wir nun einen jungen Mann mit allen erdenklichen Vorzügen – er ist reich, liebenswürdig und gut aussehend –, einen Mann, der sich für dich interessiert, sehr sogar, soweit ich es beurteilen kann. Und doch redest du so unbeteiligt von einer anderen Frau, die es auf ihn abgesehen hat, als wäre er ein Pfund Butter.« Fassungslos über eine solche Verbohrtheit ließ sie sich auf dem Sofa zurücksinken.

»Ich sehe in Mr Ryder einen Freund«, antwortete Mary zaghaft. »Einen guten Freund, aber mehr auch nicht.«

»Eine unverheiratete junge Frau kann einen Mann nicht zum Freund haben!«, rief Mrs Bennet. »Er ist entweder ein Verehrer oder nichts! Und egal, was du sagst, in meinen Augen hat dir Mr Ryder ganz eindeutig in seiner Eigenschaft als Verehrer einen Besuch abgestattet.«

Mary stand auf und trat ans Fenster. Ihre Mutter sollte die Wirkung ihrer Worte auf sie nicht sehen. Tief im Inneren wusste sie, dass sie der Wahrheit entsprachen, aber sie hatte nicht den Wunsch, diese Tatsache anzuerkennen – nicht einmal sich selbst gegenüber.

»In diesem Licht habe ich ihn nie betrachtet.«

»Dann solltest du es schleunigst tun, bevor es zu spät ist.« Mit diesem erbosten Ausruf wandte sich Mrs Bennet ab und richtete ihren Groll auf Mrs Gardiner. »Ich bin erstaunt, meine Liebe, sehr erstaunt sogar, dass man mir von diesem jungen Mann bisher nichts erzählt hat. Und kaum erfahre ich von seiner Existenz, muss ich feststellen, dass meine Tochter eine Nebenbuhlerin hat, die sie ausstechen könnte!«

»Sie kann kaum ausgestochen werden, wenn sie Mr Ryder nicht zu heiraten wünscht«, gab Mrs Gardiner zurück. »Und bis heute habe ich von Mary noch nicht gehört, dass eine Ehe mit ihm das ist, was sie will.«

»Natürlich ist es das, was sie will, auch wenn sie es jetzt noch nicht weiß. Eine jede Frau wünscht sich die Ehe, und da Mary in Ihrer Obhut war, wäre es *Ihre* Pflicht gewesen, sie davon zu überzeugen.«

»Ich bin mir nicht sicher, ob eine Einmischung meinerseits hilfreich oder erwünscht gewesen wäre«, entgegnete Mrs Gardiner, die entschlossen war, sich nicht provozieren zu lassen, und deshalb, wenn auch nicht ohne Mühe, ihr Temperament zügelte. »Meiner Erfahrung nach überlässt man die Entscheidung in diesen Dingen am besten den jungen Leuten selbst.«

Mrs Bennet machte eine wegwerfende Handbewegung. »Aber wie sollen sie denn die richtige Entscheidung treffen, wenn sie weder alt noch erfahren genug sind, um zu wissen, was sie wollen? Es ist an uns, ihnen zu zeigen, was das Beste für sie ist, und sie entsprechend zu leiten.«

»Dann stimmen wir in diesem Punkt leider nicht überein«, erwiderte Mrs Gardiner frostig. »Ich denke, Zuneigung sollte nicht erzwungen werden, sondern ihren Weg von allein finden. Alles, was wir tun können, beschränkt sich darauf, das Schlimmste zu verhindern – sprich unsere Töchter von schändlichen Männern fernzuhalten und ihnen genug Vernunft beizubringen, damit sie auf ihre Schmeicheleien nicht hereinfallen.«

Die Worte »durchbrennen«, »katastrophal« und »Lydia« hingen in der Luft, aber Mrs Gardiner war zu taktvoll, sie auszusprechen, und Mrs Bennet war zu aufgebracht, um irgendeine persönliche Anspielung in der Bemerkung ihrer Schwägerin zu erkennen; andernfalls hätte sie das Haus ihres Bruders vermutlich noch am selben Abend verlassen, wenn nicht früher.

»Sie irren sich«, widersprach Mrs Bennet. »Das klügste Mädchen kann manchmal mit Blindheit geschlagen sein; schauen Sie sich nur Lizzy an. Immerhin habe ich vier Töchter gut unter die Haube gebracht, ich denke also, man darf mir auf diesem Gebiet einige Erfahrung zubilligen.«

Mrs Gardiner hielt es für klug, nichts mehr zu sagen, aber Mrs Bennet war noch nicht fertig. »Und was hast du selbst getan, um die Dinge voranzutreiben?«, fuhr sie Mary an. »Nein, Miss, kein Wort! Ich sehe es ja selbst – rein gar nichts!«

Fassungslos, dass eine Tochter von ihr ihren eigenen Interessen gegenüber so gleichgültig sein konnte, schüttelte sie den Kopf.

»Selbst du, Mary, musst es einsehen«, fuhr Mrs Bennet fort. »Wenn Mr Ryder dieser anderen Dame – die sehr viel besser als du zu wissen scheint, worauf es ankommt – keinen Antrag gemacht hat, dann nur aus dem einen Grund, dass er dich mag.«

»Vielleicht will er keine von uns heiraten, Mama. Haben Sie diese Möglichkeit auch in Betracht gezogen?«

»Mach dich nicht lächerlich, Mary. Ein unverheirateter Mann mit Vermögen *muss* auf der Suche nach einer Ehefrau sein.«

»Wie gesagt, ich betrachte uns lediglich als Freunde, und ich habe keinen Grund zu der Annahme, dass er mehr in mir sieht.« Mary wusste, dass sie nicht die Wahrheit sagte, aber der Eifer ihrer Mutter war beängstigend.

»Unsinn«, gab Mrs Bennet zurück. »Er sieht dich mit echter Bewunderung an. Weil du das nicht gewohnt bist, erkennst du es vermutlich nicht, aber ich kann dir versichern, dass es so ist.« Sie wandte sich an Mrs Gardiner. »Auch Sie müssen mir in diesem Punkt recht geben. Es lässt sich unmöglich bestreiten, dass er sie bewundert, ist es nicht so?«

Mary sah ihrer Tante an, dass sie Mrs Bennet zwar nicht ermutigen, andererseits aber auch nicht belügen wollte. »Mr Ryder hat Mary sehr gern. Er erkennt die Eigenschaften in ihr, die andere Menschen nicht zu schätzen wissen, nicht einmal die, die ihr am nächsten stehen, und das ist ihm hoch anzurechnen.«

»In dem Fall wundert es mich nur noch mehr, dass Sie nichts unternommen haben, um die Sache ins Rollen zu bringen. Aber zum Glück bin ich ja jetzt hier und kann alles in Ordnung bringen, bevor ich zu Jane zurückkehre.«

Kapitel 87

Es dauerte nicht lang, bis Mrs Bennet – vermutlich von Mr Gardiner – erfuhr, dass Mr Ryder ein entfernter Verwandter von Lady Catherine de Bourgh war, was sie in ihrer Entschlossenheit, ihn für ihre Tochter zu sichern, nur bestärkte. Erschien Mr Ryder in der Gracechurch Street, was immer öfter der Fall war, wurde er zu Tee oder Kaffee und Kuchen aller Art genötigt. Auf Mrs Bennets Drängen wurde er zum Dinner eingeladen und bekam Mr Gardiners besten Rotwein vorgesetzt. Er wurde verhätschelt und umsorgt und mit so vielen Leckereien verwöhnt, dass Mary fürchtete, er könnte platzen. Ihm schien es nichts auszumachen; er blieb unverändert fröhlich und unbeschwert, aber nach einem besonders anstrengenden Nachmittag, als Mary glaubte, vor Scham im Boden versinken zu müssen, nahm sie ihren ganzen Mut zusammen und beklagte sich bei ihrer Mutter.

»Ich bitte Sie, Mama, lassen Sie Mr Ryder in Ruhe. Es gehört sich nicht, ihn derart zu ermutigen, wie Sie es tun.«

»Sei nicht albern, Mary!«, rief ihre Mutter. »Wir sind nur nett zu ihm. Man könnte sagen, wir nehmen ihn im Kreis der Familie auf.«

»Aber das ist nicht in Ordnung. Ein solches Verhalten weckt nur falsche Hoffnungen, weil er das Gefühl haben muss, ein besonderes Anrecht auf uns … auf mich zu haben.«

»Und das ist Sinn und Zweck der Übung. Wie sollen wir ihn sonst dazu bringen, dir einen Antrag zu machen?«

Nachdem diese Idee sich erst einmal bei Mrs Bennet festgesetzt hatte, war es schier unmöglich, sie davon abzubringen. Mary wusste, dass sie sich endlos gegen den eisernen Willen ihrer Mutter stemmen könnte, ohne auch nur die leiseste Veränderung ihrer Überzeugungen zu erreichen. Trotzdem ließ sie nicht locker.

»Ich glaube nicht, dass ich ihn heiraten will.«

Mrs Bennet blickte nicht einmal von ihrer Näharbeit auf, als wäre Marys Einwand zu unglaublich, um ernst genommen zu werden. »Unsinn. Besser wirst du es nicht treffen, das kann ich dir versprechen. Du warst bereit, Mr Collins zu nehmen, bevor dieses verschlagene kleine Biest Charlotte Lucas ihn dir vor der Nase weggeschnappt hat. Und Mr Ryder sieht viel besser aus und ist noch dazu wesentlich reicher und umgänglicher als Mr Collins. Wenn du diese Gelegenheit nicht zu deinem Vorteil nutzt, was bleibt dir dann noch?«

Sein Freund!, schrie Mary innerlich. *Wie überglücklich wäre ich, wenn ich seinen Freund heiraten könnte.* Aber Mr Hayward hatte noch immer nicht geschrieben. Vielleicht würde er das nie mehr tun. Vielleicht würde sie ihn nie wiedersehen. Plötzlich überwältigte sie der Kummer. Sie konnte sich nicht länger beherrschen und floh aus dem Salon, hinaus in die Halle, vorbei an einer betroffenen Mrs Gardiner und schließlich die Treppe hinauf in ihr Zimmer, wo sie ihr Gesicht in einem Kissen vergrub, damit niemand sie hören konnte. Und dann weinte und weinte sie, bis keine Tränen mehr kamen.

Erst nach einer halben Stunde hatte sie ihre Fassung wiedererlangt. Sie trocknete sich die Augen und blieb noch eine Weile auf dem Bett liegen, ehe sie aufstand und ihr Kleid glatt strich. Dann wusch sie sich das Gesicht, kämmte ihr Haar und kniff sich in die Wangen, um ein wenig Farbe zu bekommen. Als sie das Gefühl hatte, sich wieder sehen lassen zu können, ging sie nach unten.

Noch bevor sie den Salon betrat, hörte sie in ihm ihre Tante und ihre Mutter mit zornig erregten Stimmen streiten: Mary blieb wie angewurzelt stehen und hielt sich krampfhaft am Treppengeländer fest. Sie war außerstande, sich zu bewegen, obwohl sie wusste, dass es sich nicht gehörte zu lauschen.

»Ich bitte Sie inständig, die Dinge einstweilen ruhen zu lassen«, drang Mrs Gardiner in ihre Schwägerin. »Ich weiß, Sie meinen es gut, aber wenn ich sehe, wie unglücklich Mary ist, fürchte ich, dass jede weitere Einmischung eher Schaden anrichten als Nutzen bringen wird.«

»Ich kann mir wirklich nicht vorstellen, was Sie mit Einmischung meinen. Sie gebrauchen dieses Wort jetzt schon zum zweiten Mal, und ich finde nicht, dass es sich auf das Verhalten einer Mutter anwenden lässt.«

»Mary ist kein Kind mehr!«, rief Mrs Gardiner. »Sie ist eine umsichtige junge Frau. Ein flatterhaftes Mädchen müsste vielleicht dazu bewegt werden, das Richtige zu tun, aber Mary ist viel zu vernünftig, als dass derartige Maßnahmen erforderlich wären. Sie ist durchaus imstande, selbst ihre Wahl zu treffen.«

»Mir ist nicht bewusst, dass es irgendetwas zu wählen gibt. Es ist dieser junge Mann oder keiner.«

Marys Tante antwortete nicht gleich. Als sie sprach, war ihr Ton versöhnlicher. »Ich glaube, es gibt einen weiteren Gentleman, für den Mary in der Tat eine Schwäche hat, einen sehr anständigen, respektablen Mann, der noch dazu ein guter Freund unserer Familie ist. Er hat uns in den Lake District begleitet, und wie es scheint, hat sich während unseres Aufenthalts dort eine aufrichtige Zuneigung zwischen Mary und ihm entwickelt. Ich habe große Hoffnungen auf eine solch glückliche Verbindung gesetzt.«

»Wirklich? Dürfte ich dann vielleicht erfahren, um wen es sich handelt? Ich bin jetzt seit zehn Tagen in der Gracechurch Street und ihm noch kein einziges Mal begegnet.«

»Seine Abwesenheit fällt völlig aus dem Rahmen«, gab Mrs Gardiner zu. »Irgendetwas ist im Lake District vorgefallen, ein Missverständnis oder so etwas wie ein Streit. Ich glaube, das ist auch der Grund, warum Mary so unglücklich ist.«

Mrs Bennet, die einen Sieg witterte, erhob sich, um ihr Urteil zu sprechen. »Nun, wenn der Gentleman nicht hier ist, sagt uns das wohl alles, was wir über die Stärke seiner Gefühle wissen müssen. Mr Ryder hingegen ist sowohl anwesend wie interessiert. Gewissermaßen der Spatz in der Hand, meine Liebe.«

Mary hatte genug gehört. Ihr graute davor, ihre Mutter auf der Treppe zu treffen, wenn diese den Salon verließ, und zerbrach sich den Kopf über ein Versteck. Aber sie fürchtete, wo immer sie im Haus auch Zuflucht suchte, Mrs Bennet würde sie aufspüren und weiter drangsalieren. Ihr blieb nichts anderes übrig, als Hut und Mantel zu nehmen und sich wieder einmal in die City hinauszuwagen. Als sie auf halbem Weg die Gracechurch Street hinunter war, hielt sie für einen Moment erschöpft inne. Die Londoner Luft war verqualmter denn je, und der Kohlenstaub brannte in ihren Augen. Sicher war dies der Grund für die Tränen auf ihren Wangen. Zornig wischte sie sie weg und ging weiter, ohne zu wissen, wohin und was sie tun sollte.

Kapitel 88

Am nächsten Morgen läutete Mr Ryder um punkt elf Uhr an der Haustür. Mary war allein. Ihre Mutter war bei Dr. Simmons, und ihre Tante machte mit den Kindern ihren morgendlichen Spaziergang. Mr Ryder wirkte ob dieses Umstands erfreut. Er sah eleganter aus denn je, trug eine Jacke, die Mary noch nie an ihm gesehen hatte, und das Haar sorgfältig frisiert. Mit größter Unbefangenheit schlenderte er in den Salon und nahm dort, als er aufgefordert wurde, sich zu setzen, auf dem von ihm bevorzugten Sessel Platz.

»Ich bringe Ihnen frischen Lesestoff, neue Ausgaben des *Edinburgh Review* und des *Quarterly Magazine*. Ich dachte, Sie würden sich darüber freuen.«

Mary war so erleichtert, endlich einmal ein anderes Gesprächsthema als eine eventuelle Eheschließung zu haben, dass sie sich förmlich auf die Gelegenheit stürzte. Ermutigt von ihrer wohlwollenden Reaktion präsentierte sich Mr Ryder so vernünftig und urteilsfähig, wie er nur konnte. Am Ende einer angeregten Stunde, in der so unterschiedliche Themen wie die Geschichte des Osmanischen Reichs, eine neue Übersetzung von Dantes Werk *Die göttliche Komödie* und die erstaunlichen Fortschritte bei der Produktion von Kochherden diskutiert worden waren, hatten beide das Gefühl, sich gut geschlagen zu haben.

»Es ist eine Weile her, seit ich das Vergnügen hatte, unter vier

Augen mit Ihnen zu sprechen«, bemerkte Mr Ryder, während er den *Edinburgh Review* so energisch zuschlug, als wollte er damit andeuten, dass ihre Unterhaltung sich nun anderen Gebieten zuwenden würde. »Ich muss gestehen, ich habe es vermisst.«

»Es stimmt, meine Mutter war sehr oft zugegen.« Mary zögerte, entschied dann aber, ganz offen zu sprechen. »Mir tut es leid, wenn ihr Verhalten ein wenig lästig war; ihre Versuche, eine Annäherung zwischen uns herbeizuführen, waren mehr als offensichtlich. So ist sie nun einmal, fürchte ich. Aber ich würde es aufrichtig bedauern, wenn sie Sie damit in Verlegenheit gebracht hat.«

Mr Ryder lachte. »Wirklich, Miss Bennet, ich bin kein Mann, der leicht in Verlegenheit zu bringen ist. Das dürften Sie schon festgestellt haben.«

»Allerdings«, erwiderte sie.

»Die Anspielungen Ihrer Mutter hatten allerdings den Effekt, meine Gedanken zu schärfen.« Er hielt inne und sah ihr ernst in die Augen. »Ich denke, Ihnen muss hier in London wie auch im Lake District aufgefallen sein, wie sehr ich Ihre Gesellschaft genieße. Vielmehr, wie sehr ich Sie bewundere, Miss Bennet.«

Mary wich seinem Blick aus, indem sie ihre Ausgabe des *Review* sorgsam auf den Tisch legte. Sie hoffte inständig, dass Mr Ryder nicht im Begriff war, das auszusprechen, was sie befürchtete.

»Meine Vorliebe für Sie kann kein Geheimnis gewesen sein«, fuhr er fort. »Deshalb nehme ich an, es wird Sie nicht überraschen, wenn ich sage, dass ich eine große Zuneigung zu Ihnen gefasst habe.«

Er sah sie erwartungsvoll an, jetzt vielleicht doch ein bisschen verlegen, aber nicht unzufrieden mit sich selbst. »Ich habe mir die Freiheit genommen«, fügte er gewandt hinzu, »zu glauben, dass meine Gefühle möglicherweise erwidert werden.«

Er lehnte sich ein wenig zurück, ohne den Blick von ihr zu nehmen, und wartete auf ihre Antwort.

»Ja, Sir, bis zu einem gewissen Grad. Was meine Meinung betrifft, so sind wir gute Freunde geworden.«

»Nicht vielleicht ein bisschen mehr als das? Sie scheinen sich über meine Besuche zu freuen, es wirkt, als wäre Ihnen meine Gesellschaft nicht unangenehm. Und auf dem Scafell, als wir allein waren und miteinander sprachen, spürte ich eine tiefe Verbindung zwischen uns. Ich glaube, Ihnen ist es genauso gegangen.«

Mary senkte den Blick. Sie hatte nicht damit gerechnet, dass er sich daran erinnern würde. »Sie haben recht, da war ein Moment, als ich … mir die Dinge, die Sie sagten, zu Herzen nahm.«

»Sie müssen verstehen«, erwiderte Mr Ryder plötzlich erregt, »dass ich all meine Ambitionen ernst gemeint habe – ein selbstbestimmtes Leben führen, all die widerwärtigen Zwänge abstreifen, die uns daran hindern, wahrhaft glücklich zu sein!«

»Mir ist bewusst, dass Sie aufrichtig gesprochen haben.«

»Ich würde alles tun, was in meiner Macht steht, um ein solches Leben zu realisieren. Für uns beide. Ich wünsche mir nicht die Art Existenz, die die meisten Männer zufriedenstellt. Ich will mehr als das. Und ich glaube, Sie wollen es auch.«

»Sie haben nie einen Hehl daraus gemacht, dass ein normales häusliches Leben Ihnen nicht genügen würde.«

Er rückte mit seinem Sessel näher an sie heran, so nahe, dass sie seinen Atem spüren konnte, als er weitersprach.

»Ich habe große Lust, ins Ausland zu gehen, zum Beispiel nach Italien, wie ich bereits erwähnt habe, an einen Ort mit der See vor und Bergen hinter mir. Kommen Sie mit! Wir könnten den ganzen Tag Gedichte lesen und abends Wein trinken und wären unsagbar glücklich!«

Mary konnte kaum fassen, was gerade vor sich ging. Den größten Teil ihres Lebens hatte sie es für ausgeschlossen gehalten, dass je ein Mann in solchen Tönen zu ihr sprechen würde, geschweige denn einer, der so anziehend war wie Mr Ryder. Regungslos saß sie da und ließ ihren Blick durch den Salon wandern. Stellten Mr Ryders Worte nicht eine dramatische Wende in ihrem Leben dar? Nun würde sie nicht sterben, ohne gehört zu haben, dass jemand sie liebte und begehrte. Diese Erfahrung hätte ihre Welt auf den Kopf stellen müssen, aber tatsächlich sah alles um sie herum noch genauso aus wie zuvor. Die Spätsommersonne fiel durch die Fenster des Salons und ließ die winzigen Staubpartikel leuchten, die nie gänzlich verschwanden, egal, wie oft das Zimmer gekehrt und das Mobiliar poliert wurde.

Der Chintz auf dem Sofa schimmerte matt. Die Blumen auf der Anrichte hatten ihre besten Tage hinter sich und mussten dringend ersetzt werden. Alles war wie immer, und auch sie selbst hatte sich nicht verändert. Sie konnte nicht leugnen, dass sie dankbar war, Mr Ryder so sprechen gehört zu haben, dass seine Worte in ihr einen kurzen Schauer – der Erleichterung oder der Befriedigung? – ausgelöst hatten. Aber das war auch schon alles. Sie war nicht überwältigt. Sie spürte keinen Wandel ihrer Empfindungen für ihn. Mr Ryder war nicht der Mann, von dem sie eine innige Liebeserklärung hören wollte.

»Sie sind sehr ehrlich, Mr Ryder, deshalb werde ich mich bemühen, Gleiches mit Gleichem zu vergelten. Ich bin äußerst berührt von der Offenheit, mit der Sie Ihre Gefühle kundgetan haben. Aber ich fürchte, ich bin nicht die Richtige für Sie. Ich mag Sie sehr, aber ich liebe Sie nicht, und es wäre unrecht, etwas anderes vorzutäuschen.«

Mr Ryder runzelte die Stirn, stand auf und trat ans Fenster. Als er auf die Straße hinausblickte, war ihm seine Enttäuschung, vielleicht mit einem Hauch Überraschung durchsetzt, deutlich anzusehen. Vermutlich kam es nicht oft vor, dass ihm etwas abgeschlagen wurde, dachte Mary. Die Erfahrung schien neu und nicht angenehm für ihn zu sein.

»Zu einer anderen Zeit könnten Sie anders empfinden.«

»Das glaube ich nicht. Aber irgendwann, fürchte ich, würde ich Sie langweilen. Ich besitze nicht Ihre Leichtlebigkeit und Unbeschwertheit. Letzten Endes würden Sie mich fade finden.«

»Das würde nie geschehen. Nie.« Er drehte sich zu ihr um. »Ich hätte Ihnen mehr Courage zugetraut.«

»Ich bin tatsächlich nicht besonders mutig, wissen Sie. Und ich glaube nicht, dass mich das Leben, das Sie schildern, glücklich machen würde, wenigstens nicht auf Dauer.«

Er kehrte zu seinem Sessel zurück und ließ sich mit einem Seufzer und der Miene widerstrebender Resignation wieder darauf nieder. »Dann hat es nicht den geringsten Sinn, wenn ich das Thema erneut zur Sprache bringe?«

»Ich bin mir sicher, Sie würden sich vergeblich bemühen. Es tut mir leid, wenn ich Ihnen Schmerz bereitet habe, und ich hoffe, Sie glauben mir, wenn ich sage, dass dies nicht meine Absicht war.«

Mary streckte ihre Hand aus und berührte seinen Arm. Ein paar Minuten saß Mr Ryder niedergeschlagen da, bevor er mit einem reumütigen Lächeln aufstand.

»Ich danke Ihnen für Ihre Offenheit. Vorhin sagte ich, ich würde nicht so leicht in Verlegenheit geraten. Wenn ich ehrlich bin, hatte ich nicht erwartet, in dieser Hinsicht so schnell auf die Probe gestellt zu werden. Aber ich hoffe, mein Selbstvertrauen bald wieder hergestellt zu haben und Sie in Kürze zu besuchen.«

»Das hoffe ich auch. Es würde mir sehr leidtun, Ihre Freundschaft zu verlieren.«

Als er sich verabschiedet hatte, ging Mary zum Fenster und schob es auf. Die Brise, die ihr entgegenwehte, konnte kaum sanft genannt werden, kühlte aber angenehm. Sie ließ sie über ihr Gesicht streichen, während sie über das nachdachte, was gerade geschehen war.

Es dauerte eine Weile, bis sie erkannte, dass die Dinge nicht ganz so waren, wie sie zunächst geglaubt hatte. Als sie sich in Erinnerung rief, was Mr Ryder tatsächlich gesagt hatte, wurde ihr bewusst, dass ihm das Wort »Heirat« nicht ein einziges Mal über die Lippen gekommen war. Einen Moment lang war sie verwirrt. Was hatte er dann gemeint? Und auf einmal ging ihr ein Licht auf: Sein Angebot hatte mit Ehe absolut nichts zu tun gehabt! Sie schnappte nach Luft, als ihr einfiel, dass Mr Ryder in genau diesem Raum Mrs Gardiner versichert hatte, sich auf den Tag zu freuen, an dem Männer und Frauen frei und ungezwungen zusammenkommen könnten, ohne Aufgebot oder Ehegelübde. Hatte er das beabsichtigt? Sie zu seiner Mätresse zu machen? Sie »unter seine Fittiche zu nehmen«, wie es Mr Wickham mit Lydia versucht hatte?

Die Vorstellung war so abwegig, dass Mary beinahe gelacht hätte. Wahrscheinlich sollte sie brüskiert sein, sogar entrüstet, aber es gelang ihr nicht. Hätte er ihr eine Wohnung in Mayfair und eine Apanage von fünfhundert Pfund im Jahr angeboten, wäre sie tatsächlich zutiefst beleidigt gewesen. Aber sie begriff, dass ihm nicht etwa eine diskrete Liaison der eher anrüchigen Art, eine geschäftliche Transaktion, bei der das Geld des einen gegen den guten Ruf der anderen eingetauscht wurde, vorgeschwebt hatte, sondern etwas ganz anderes. Wäre ihm genug Ermutigung zuteilgeworden, um sein Angebot näher zu erläutern, hätte er es in leuchtenden Farben geschildert, das wusste Mary – als Partnerschaft von zwei Seelenverwandten, frei von verstaubten alten

Sitten, ein freies, unabhängiges Leben unter sonnigem Himmel und inmitten von Malern und Dichtern, in dem nur Gefühle zählten. Er hatte sie nicht kränken wollen; zweifellos war er der Überzeugung, dass ein derartiges Arrangement einer Ehe vorzuziehen war. Was er wohl getan hätte, wenn sie sein Angebot akzeptiert hätte? Hätte ihn ihr Wagemut schockiert? Und was würde ihre Mutter sagen, wenn sie dahinterkäme, welcher Natur der Antrag war, den Mr Ryder ihr gemacht hatte? Dann würde es keine liebevollen Blicke, kein ermutigendes Lächeln mehr für ihn geben. Andererseits … vielleicht doch. Vielleicht wäre es Mrs Bennet lieber gewesen, ihre Tochter hätte das Angebot angenommen, in einer fragwürdigen Beziehung mit einem reichen Mann in Italien zu leben, statt durch ihre Anwesenheit in London ständig an den peinlichen Umstand zu erinnern, dass sie die unverheiratete Tochter war, die kein Mann haben wollte. Je länger Mary darüber nachdachte, desto unschlüssiger war sie, welche der zwei Möglichkeiten ihre Mutter mehr enttäuschen würde.

Kapitel 89

Trotz seiner Beteuerung, sich demnächst wieder in der Gracechurch Street einzustellen, hatte Mary nicht erwartet, Mr Ryder in absehbarer Zukunft zu sehen. Ganz gewiss musste selbst sein sorgloses Gemüt durch ihre Ablehnung einen kleinen Dämpfer erlitten haben. Aber nur ein einziger Tag war verstrichen, als er erneut angekündigt wurde, während Mary in Gesellschaft ihrer Mutter und ihrer Tante im Salon saß.

Als er hereinkam, stellte Mary sofort fest, dass sein Auftreten ein ganz anderes als sonst war. Mr Ryder wirkte förmlich, fast ein wenig ernst. Er setzte sich nicht, sondern blieb vor ihrer Mutter und ihrer Tante stehen und bat um die Erlaubnis, unter vier Augen mit Mary zu sprechen.

Mrs Bennet konnte ihre freudige Erregung nicht verbergen und erhob sich flink vom Sofa. »Aber ja, natürlich, wenn Sie es wünschen. Kommen Sie, Schwägerin, überlassen wir die jungen Leute sich selbst.«

Doch Mrs Gardiner ließ sich nicht zur Eile drängen. »Zuerst würde ich gern wissen, ob es Mary auch recht ist. Möchtest du, dass wir gehen, Mary?«

Mr Ryder starrte Mary flehend an. Sie wusste, dass sie nicht ablehnen konnte; das wäre zu demütigend für ihn gewesen.

»Danke, Tante. Ich habe nichts dagegen, allein mit Mr Ryder zu sprechen.«

Entzückt winkte ihre Mutter Mrs Gardiner zu sich, die nicht begeistert schien, aber aufstand und zu ihrer Schwägerin trat.

Schnell huschte Mrs Bennet noch zu Mary, umarmte sie überschwänglich und wisperte ihr deutlich hörbar ins Ohr: »Das ist der große Augenblick, Mary! Er hat die Absicht, sich zu erklären, da bin ich mir ganz sicher!«

Als die Tür ins Schloss fiel und zu hören war, wie Mrs Gardiner Mrs Bennet von der Tür fort und die Treppe hinaufdrängte, entspannte sich Mr Ryder ein wenig.

»Zunächst einmal muss ich Ihnen danken, dass Sie die Güte haben, mich überhaupt zu empfangen. Nicht viele Damen wären nach dem Vorschlag, den ich gestern gemacht habe, so großzügig. Ich bin, wenigstens zum Teil, gekommen, um Sie dafür um Verzeihung zu bitten.«

»Ich muss gestehen, Sir, dass ich erst begriffen habe, was genau Sie mit Ihrem Vorschlag meinten, nachdem Sie gegangen waren. Wäre es mir gleich klar gewesen, hätte ich in meiner Antwort weniger Nachsicht gezeigt.«

Er hatte den Anstand, verlegen auszusehen. »Ich bin ehrlich zerknirscht. Aber ich möchte Ihnen begreiflich machen, dass meine Absichten nicht dergestalt waren, wie sie Ihnen erschienen sein müssen. Ich hatte nichts Schändliches oder Gemeines im Sinn. Mein Kopf war voller Ideale; an ein unehrenhaftes, anstößiges Arrangement habe ich nie gedacht.«

»Das ist mir bewusst, Mr Ryder. Aber ich muss Ihnen sagen, ich bin mir nicht sicher, ob für eine Frau der Unterschied zwischen den beiden Sachverhalten so groß ist, wie Sie gerne glauben wollen. Die Welt wird es anders sehen als Sie.«

»Ich fürchte, Sie haben recht. Die Kluft zwischen der Welt, wie wir sie gerne hätten, und der Welt, wie sie nun einmal ist, existiert nach wie vor und ist so unüberbrückbar wie eh und je.«

Er rang sich ein reumütiges Lächeln ab. »Ich weiß, dass ich Ihre Nachsicht nicht verdiene, aber darf ich Sie trotzdem darum bitten? Können wir uns hinsetzen und einen Moment wie vernünftige Menschen reden?«

Mary stimmte zu. Die Eindringlichkeit, mit der er seine Bitte vorgebracht hatte, machte eine Ablehnung schwer. Sie setzte sich wieder auf das Sofa, während Mr Ryder ihr gegenüber Platz nahm. Jetzt war offensichtlich, dass er nicht nur gekommen war, um sich zu entschuldigen.

»Ich werde nicht um den heißen Brei herumreden, wie es so schön heißt«, begann er, »sondern direkt zur Sache kommen. Den Großteil der Nacht habe ich damit verbracht, gründlich über alles nachzudenken, und bin zu dem Schluss gekommen, das zu tun, was ich schon gestern hätte tun sollen, nämlich Ihnen ein Angebot zu machen, das unmöglich missverstanden werden kann. Ich würde mich sehr geehrt fühlen, Miss Bennet, wenn Sie mir die Ehre erwiesen, mich zu heiraten.«

Mary konnte ihre Überraschung nicht verbergen.

Mr Ryder sah sie bekümmert an. »Ihr Erstaunen ist wohl kein Kompliment für mich, denke ich. Aber ich habe es wohl nicht besser verdient.«

»Tut mir leid, aber ich bin … Also, das heißt, ich hätte nie gedacht, dass Ihnen etwas Derartiges vorschwebt.«

»Und nun, da Sie es wissen, dürfte ich erfahren, was Sie dazu sagen?«

»Ich fürchte, meine Antwort muss dieselbe bleiben wie gestern. Ich bin mir durchaus im Klaren darüber, welche Ehre Sie mir erweisen, wenn Sie mich um meine Hand bitten, da Sie verstanden haben, dass eine Ehe – nicht das, was Sie gestern vorschlugen – das einzige Angebot ist, das ich ernsthaft in Erwägung ziehen könnte. Aber ich liebe Sie nicht, Mr Ryder. Und ich finde, es wäre uns beiden gegenüber nicht fair, würde ich unter diesen Umständen Ihren Antrag annehmen.«

Mr Ryder stand auf und setzte sich zu ihr aufs Sofa. Als er anfing zu sprechen, tat er es in einem ernsten, vertraulichen Ton, den Mary von ihm nicht kannte.

»Ich wusste, dass Sie das sagen würden. Aber ich bitte Sie, noch einmal gründlich nachzudenken. Wir sind gute Freunde, nicht wahr? Und ich frage Sie, Miss Bennet, ob Freundschaft nicht eine solidere Basis für eheliches Glück sein könnte als Liebe, die letzten Endes doch irgendwann erlischt?«

Mary verschränkte ihre Hände. Genau das hatte sie aus ihren Büchern gelernt. Dr. Fordyce vertrat diesen Standpunkt mit großer Vehemenz. Sie hatte geglaubt, bereit zu sein, Mr Collins unter genau diesen Voraussetzungen zu heiraten. Aber nun, da es darum ging, die Theorie bei der wichtigsten Entscheidung, die sie in ihrem Leben noch zu treffen hatte, in die Praxis umzusetzen, musste sie feststellen, dass sie dazu nicht imstande war.

»Als Freunde verstehen wir uns in der Tat ganz wunderbar«, erwiderte sie. »Aber als Mann und Frau …? Ich kann mir nicht vorstellen, dass unsere Wesen je übereinstimmen würden.«

»Sie halten mich für zu frivol? Nicht ernsthaft genug für Sie?«

»Das wäre anmaßend von meiner Seite. Ich will mich nicht mit Tugenden schmücken, die ich ganz sicher nicht besitze. Vielmehr wollte ich damit sagen, dass unsere Charaktere zu unterschiedlich sind, um einen gemeinsamen Nenner zu finden.«

Mr Ryder saß still, während er überlegte, wie er darauf antworten sollte. »Wissen Sie, warum ich Sie heiraten möchte, Miss Bennet?«, fragte er dann.

»Nein, Mr Ryder, offen gestanden begreife ich das nicht ganz.«

»Da sind natürlich all die üblichen Gründe. Ich fühle mich in Ihrer Gesellschaft wohl. Ich finde, Sie sind gütig, ungekünstelt, bescheiden und charmant. Nein, nein, schauen Sie nicht weg, so empfinde ich eben. Aber ich muss gestehen, dass meine Vorliebe für Sie auch eine egoistische Komponente enthält. Ich glaube, Sie würden einen besseren Menschen aus mir machen. Sie sind ernsthaft, während ich kapriziös bin. Sie arbeiten hart, während ich zur Trägheit neige. Sie denken gründlich über alles nach, während ich oberflächlich bin. Stellen Sie sich nur vor, was für eine gute Tat Sie vollbringen würden, würden Sie mich heiraten. Wie Ihr Einfluss mich zu meinem Vorteil verändern würde. Sind Sie nicht aus diesem, wenn schon nicht aus einem anderen Grund geradezu verpflichtet, mich zu nehmen?« Er stand auf, so unbefangen wie eh und je. »Ich werde Sie jetzt nicht um Ihre endgültige Antwort bitten, sondern Ihnen Zeit lassen, diesen Gedanken zu verfolgen. Aber ich wäre Ihnen dankbar, wenn Sie so gütig wären, mir Bescheid zu geben, sobald Ihr endgültiger Entschluss feststeht.«

»Natürlich, Sir.« Marys Stimme bebte leicht, als sie ihm antwortete.

Er verbeugte sich und ging. Mary sah, dass ihre Hände zitterten. Noch nie hatte sie so aufrichtige Worte von Mr Ryder gehört. Was sollte sie bloß davon halten?

Ihr blieb keine Zeit, länger darüber nachzudenken, denn ihre Mutter betrat bereits aufgeregt den Salon.

»Hatte ich recht? Hat er um deine Hand angehalten?«

»Ja, Mama, das hat er.«

»Ich wusste es! Ich wusste es! Habe ich es nicht gleich gesagt?« Mrs Bennet war außer sich vor Freude. »Unglaublich! Ich werde dich also doch noch als verheiratete Frau sehen! Noch dazu mit einem so respektablen und gut aussehenden Mann, wer hätte das gedacht?« Sie beugte sich vor und küsste Mary auf beide Wangen, etwas, was sie noch nie zuvor getan hatte.

Als Mrs Gardiner den Salon betrat, stürzte Mrs Bennet zu ihr, fasste sie an der Hand und platzte mit der guten Neuigkeit heraus. »Mary wird heiraten! Und zwar Mr Ryder! Er hat sie gerade eben gebeten, seine Frau zu werden.«

Mrs Gardiner erschrak. »Wirklich, Mary? Stimmt das? Bist du tatsächlich mit ihm verlobt?«

Mary blickte von ihrer Mutter zu ihrer Tante, registrierte die Begeisterung der einen ebenso wie das Erstaunen der anderen und wappnete sich für das, was sie mit ihrer Antwort auslösen würde.

»Nicht ganz. Er hat mir einen Antrag gemacht, aber ich habe ihn nicht angenommen. Er hat mich gebeten, noch einmal darüber nachzudenken und ihm meine finale Entscheidung so bald wie möglich mitzuteilen.«

Mrs Bennet klammerte sich an Mrs Gardiners Arm, als bräuchte sie einen Halt. Als sie sich wieder unter Kontrolle hatte, ließ sie sich in einen Sessel sinken und starrte Mary fassungslos an.

»Was meinst du damit? Warum in aller Welt hast du nicht akzeptiert? Was, wenn er es sich anders überlegt?«

»Sollte er sich derart schäbig verhalten«, warf Mrs Gardiner ein, »ist er wohl kaum der Typ Mann, den wir Mary als Gatten wünschen.«

»Du musst ihm schreiben, noch in dieser Minute!«, rief Mrs Bennet. »Sag ihm, deine Reaktion wäre mädchenhafter Scheu zuzuschreiben … du wärst völlig überwältigt gewesen, ganz und gar durcheinander, aber jetzt würdest du mit größtem Entzücken Ja sagen, und nichts könnte dich glücklicher machen. Warte, ich hole rasch Papier und Schreibzeug.«

»Bitte, Mama. Ich würde Ihnen wirklich gern den Gefallen tun, aber … ich liebe ihn nicht.«

»Was, bitte schön, hat denn Liebe damit zu tun? Mr Ryder ist ein mehr als annehmbarer Mann und will dir ein Zuhause geben. Mr Collins hättest du zu diesen Bedingungen gern genommen.«

»Das haben Sie schon einmal erwähnt. Aber seit damals … Ich kann es nicht genau erklären, aber ich habe mich verändert.«

»Ach ja? Nun, falls das stimmt, ist es definitiv eine Veränderung zum Schlechteren. Früher warst du immer so stolz auf deine Vernunft, aber jetzt hast du anscheinend jede Fähigkeit verloren, darüber zu urteilen, wo deine wirklichen Interessen liegen sollten.«

Mrs Gardiner legte beschwichtigend eine Hand auf Mrs Bennets Arm, aber Mrs Bennet schüttelte sie ab.

»Pass auf, Mary. Du bist im Begriff, den größten Fehler deines Lebens zu machen.«

Kapitel 90

Der nächste Tag erwies sich als einer der unerfreulichsten, an die Mary sich erinnern konnte. Mrs Bennet ließ keine Gelegenheit aus, ihrer Tochter zuzusetzen. Schon vor dem Frühstück fing sie damit an und folgte Mary von einem Raum in den nächsten, um Mr Ryders Anliegen zu verteidigen. Als ihre Tante sah, dass Mary es kaum noch aushielt, ging sie mit ihr auf ihr Zimmer und schloss die Tür. Die beiden setzten sich aufs Bett, und Mrs Gardiner nahm Marys Hand.

»Bleib lieber eine Weile hier. Du wirst nie in Ruhe nachdenken können, wenn du ständig belästigt und geplagt wirst.«

Mary starrte ihre Tante erstaunt an. »Soll das heißen, Sie glauben, dass es für mich etwas zu überlegen gibt? Dass ich Mr Ryders Antrag ernstlich in Erwägung ziehen soll?«

Mrs Gardiner antwortete nicht gleich, sondern stand ruhig auf und ging zu Marys Frisiertisch. »Dein Haar hat sich im Nacken gelöst, mein Liebes. Warum öffnest du es nicht und lässt es mich bürsten? Ich habe das bei innerer Unruhe immer als sehr wohltuend empfunden.«

Mary machte ein skeptisches Gesicht, aber Mrs Gardiner ließ sich nicht beirren. »Ich stecke es dir nachher wieder auf. Glaub mir, es wird dir guttun.«

Als Mary begriff, dass sie keine Wahl hatte, setzte sie sich an ihren Frisiertisch und zog die Nadeln aus ihrer Frisur. Ihre Tante griff zur Bürste und zog sie mit langen, langsamen Strichen durch ihre Haare.

»Sei bitte nicht böse oder verärgert, wenn ich dir jetzt etwas sage«, begann Mrs Gardiner. »Ich hoffe, du kennst mich gut genug, um zu wissen, dass ich dich nie zu einem Schritt drängen würde, den du selber für falsch hältst. Aber bevor du ihn endgültig ablehnst, solltest du Mr Ryders Antrag so sachlich und gründlich überdenken, wie er es verdient.«

»Ich glaube, das habe ich bereits getan.«

»Ich weiß, dass du seit gestern an kaum etwas anderes gedacht hast. Aber da sind ein paar Punkte, auf die ich dich gern hinweisen möchte. Ich will sicher sein, dass du das Für und Wider genau abgewogen hast, bevor du deine Entscheidung triffst.«

Mary wusste, dass ihre Tante sie niemals einschüchtern würde, und die stetigen Bürstenstriche wirkten tatsächlich beruhigend auf ihre Nerven. Deshalb erhob sie keine Einwände, als Mrs Gardiner weitersprach.

»Ich will ganz offen mit dir sein«, fuhr ihre Tante fort, »weil ich glaube, dass du vernünftig genug bist, um einen guten Rat anzunehmen. Nun, wie wir beide wissen, ist deine Mutter oft selbstsüchtig und dumm, und du hast viel von ihr erdulden müssen. Aber das bedeutet nicht, dass alles, was sie sagt, falsch sein muss, so schwer mir dieses Eingeständnis auch fällt. Tatsächlich könnte Mr Ryder einen vorzüglichen Ehemann für dich abgeben. Er hat viele verdienstvolle Eigenschaften. Er ist liebenswürdig, fröhlich und mag dich offensichtlich sehr. Gewiss, seine Launen und Leidenschaften lassen ihn hin und wieder ein wenig absurd erscheinen, aber dieser Fehler ist ein typisches Merkmal der Jugend, und früher oder später entwachsen wir ihm alle.«

Sie legte die Bürste mit den harten Borsten, die sie benutzt hatte, beiseite und griff nach einer mit weicheren, ehe sie weitersprach.

»Er ist von Grund auf gutmütig und sieht, wie selbst dir nicht entgangen sein dürfte, nicht übel aus. Außerdem scheint es, als würde er über ausreichende Mittel verfügen, um dir ein behagliches Leben und ein schönes Zuhause bieten zu können. Du hättest einen Ort, an den du gehörst und wo du dich wohlfühlen kannst. Das würde dir bestimmt gefallen. Und wenn du Glück hast, bekommst du sogar Kinder. Ich glaube, auch das würde dir gefallen.«

Sie hielt einen Moment inne und sah Mary im Spiegel an. »Ich möchte noch hinzufügen, dass du meiner Meinung nach keine Probleme hättest, mit ihm zurechtzukommen. Dein Verstand ist dem seinen weit überlegen, wie ihr beide sehr wohl wisst.«

»Er hat gemeint, ich könnte ihn zu einem besseren Menschen machen«, murmelte Mary. »Und dass es meine Pflicht wäre, ihn zu heiraten, weil ich Eigenschaften habe, die ihm fehlen.«

»Tatsächlich? Für so scharfsinnig hätte ich ihn nicht gehalten. Das beweist jedoch nur, dass er Fähigkeiten besitzen könnte, von denen wir nichts ahnen.«

»Aber ich liebe ihn nicht. Das wissen Sie. Und Sie wissen auch, wen … wem meine Gefühle in Wirklichkeit gehören.«

»Ja. Das weiß ich.« Mrs Gardiner nahm zwei Kämme und eine Handvoll Haarnadeln und begann, Marys Haare aufzustecken. »Diesbezüglich muss ich dir mitteilen, dass ich vor einer Woche Toms Mutter geschrieben habe, um mich zu erkundigen, wo er sich zurzeit aufhält und wann er nach London zurückzukommen gedenkt.«

Mary schloss die Augen. Allein seinen Namen zu hören ließ ihr Herz schneller schlagen. »Was hat sie geantwortet? Geht es ihm gut? Hat sie Nachricht von ihm?«

»Bis vor einer Woche war er bei seiner Familie, dann ist er allein wieder abgereist. Er meinte, er sei nicht sicher, wohin er wolle, sein Ziel sei aber mit Sicherheit ein Ort, wo er lange Spaziergänge machen könne, nicht gestört werde und Zeit zum Nachdenken habe. Mrs Hayward schien daran nichts Ungewöhnliches zu finden. Sie geht davon aus, dass er losgezogen ist, um ›eine neue poetische Landschaft‹ zu erkunden, wie sie es formulierte.«

»Dann weiß sie nicht, wo er ist?«

»So scheint es. Sie schrieb, er hatte die Absicht, nach seinen Wanderungen direkt nach London zu fahren, konnte aber nicht sagen, wann das sein wird.«

Mary sah Mr Hayward vor sich, wie er mit einem Wanderstock in der Hand durch feuchtes Gras stapfte, allein in einer ansonsten menschenleeren Landschaft.

»Er hat mir nie geschrieben«, sagte sie leise. »Seit er uns im Lake District verlassen hat, habe ich nichts von ihm gehört.«

»Das dachte ich mir, und es tut mir leid, meine Vermutung bestätigt zu hören. So ein Verhalten hätte ich von ihm nicht erwartet.«

»Bis zu unserem Aufenthalt an den Seen hätte ich genauso gedacht.«

»Ich weiß, dass dort etwas vorgefallen sein muss, aber da du offenbar nicht den Wunsch hattest, darüber zu sprechen, wollte ich dich nicht mit Fragen quälen.«

Mrs Gardiner schlang Marys Haar zu einem straffen Knoten. Er sah glatt und elegant aus und wollte nicht so recht zu ihrem blassen, abgehärmten Gesicht passen. Erfreut über das Ergebnis lächelte ihre Tante aufmunternd in den Spiegel, und plötzlich empfand Mary das überwältigende Bedürfnis, ihr Schweigen zu brechen und Mrs Gardiner alles anzuvertrauen, was passiert war. Vielleicht würde sie ja beim Erzählen auf eine Erklärung stoßen, warum das Ganze auf diese Weise geendet hatte. Was machte es jetzt noch aus? Sie beobachtete, wie ihre Tante Bürsten und Kämme an ihren angestammten Platz zurücklegte, sich wieder aufs Bett setzte und sie erwartungsvoll ansah. Diesmal ignorierte Mary die unausgesprochene Aufforderung nicht, sondern nahm neben ihr Platz.

»Sie haben ganz recht«, sagte sie. »Im Lake District ist etwas vorgefallen, aber ich weiß nicht einmal jetzt wirklich, was genau. Als wir dort ankamen … Nun, ich bin in meinem ganzen Leben noch nie so glücklich gewesen. Mr Hayward und ich haben uns so gut verstanden, haben uns zusammen unglaublich wohlgefühlt. Ich glaube, ich habe Ihnen ein wenig davon erzählt. Er war so aufmerksam, so liebevoll … deutete an, dass er Gefühle für mich hat – das dachte ich jedenfalls –, und deshalb wagte ich zu hoffen, dass ich ihm tatsächlich etwas bedeutete und er vielleicht um meine Hand anhalten würde. Aber dann kamen Mr Ryder und seine Begleiter, und alles änderte sich.«

Sie erschauerte leicht und griff nach ihrem Tuch, das auf der anderen Bettseite lag. Vorsichtig legte sie es um ihre Schultern, um ihre Frisur nicht gleich wieder zu ruinieren. »Kurz danach begann Mr Hayward, sich von mir zurückzuziehen. Anders kann ich es einfach nicht beschreiben. Ganz plötzlich und ohne jede Erklärung. Von Tag zu Tag wurde er kühler und distanzierter. Zuerst konnte ich sein Verhalten überhaupt nicht verstehen, aber dann glaubte ich zu wissen, was dahintersteckt. Er war eifersüchtig auf Mr Ryder.«

Mrs Gardiner nahm wieder tröstend die Hand ihrer Nichte, enthielt sich aber jeden Kommentars.

Mary sprach weiter. »Ich tat, was ich konnte, um diskret darauf hinzuweisen, von welcher Art meine Neigung ist, aber er ging nicht darauf ein. Im Gegenteil, er schien immer gleichgültiger zu werden, während Mr Ryder nicht zögerte, seine intensiven

Gefühle zu zeigen. Eine ganze Weile nahm ich es hin, aber irgendwann verlor ich die Geduld mit Mr Hayward. Warum konnte er nicht einfach aussprechen, was er wollte? Und dann gab es auf dem Scafell ein … ein Missverständnis. Ich glaube, einige Dinge, die ich sagte, bestärkten Mr Hayward in seinem Verdacht, ich würde Mr Ryder den Vorzug geben.«

Sie spürte, wie ihr Tränen in die Augen traten. »Ich wünschte, ich hätte diese Dinge nie gesagt. Ich war dumm, erzürnt, unbedacht – alles Eigenschaften, die ich ein Leben lang versucht habe, streng unter Kontrolle zu halten. Was war bloß los mit mir?«

»Du warst unglücklich und enttäuscht«, erwiderte Mrs Gardiner tröstend. »Diese Empfindungen kennen wir alle, egal, wie sehr wir uns bemühen, uns gegen sie zu wappnen.«

»Als wir von unserer Wanderung zurückkehrten«, fuhr Mary fort, »war ich entschlossen, alles wieder in Ordnung zu bringen. Ich dachte, ich könnte Mr Hayward erklären, dass ich unüberlegt gesprochen hatte, dass er meine Worte ebenso wie meine Handlungen falsch gedeutet hatte. Aber bevor ich das tun konnte, war er fort.«

Mrs Gardiner zückte ein Taschentuch und reichte es Mary, die sich damit die Augen tupfte.

»Es ist so ungerecht«, klagte sie. »Ich habe Mr Ryders Aufmerksamkeiten nicht herausgefordert. Ich habe ihn in keiner Weise ermutigt!«

»Davon bin ich überzeugt«, sagte Mrs Gardiner. »Aber falls Tom sich eingeredet hat, es bestehe eine Zuneigung zwischen Mr Ryder und dir, wäre das tatsächlich eine Erklärung für sein Handeln. Oder wenn er, warum auch immer, der Meinung war, es wäre seine Pflicht, sich zurückzuziehen und seinem Freund den Vortritt zu lassen, damit dieser genau das tun könnte, was er jetzt tatsächlich getan hat, nämlich dir einen Antrag zu machen. Ja, damit ließe sich sein langes Schweigen und seine seltsame und verletzende Abwesenheit begründen.«

»Ich verstehe es dennoch nicht!«, rief Mary. »Wenn er befürchtete, ich könnte seinen Freund ihm vorziehen, warum hat er mich nicht einfach gefragt? Ich hätte keine Angst gehabt, darauf zu antworten. Aber er hat geschwiegen. Warum?«

»Meine Liebe, in Angelegenheiten wie dieser können selbst die besten Männer sehr stolz sein. Lieber nehmen sie großes Leid auf sich, als sich einer möglichen Demütigung auszusetzen oder sich in einer Weise zu verhalten, die sie als unehrenhaft erachten, auch wenn sie damit anderen Schmerz zufügen. Ihnen ist nicht immer bewusst, was sie den Menschen in ihrer Nähe zumuten, wenn sie ihre Ehre bewahren wollen.«

Mary vergrub ihr Gesicht in den Händen und fing an zu weinen. »Gibt es denn keine Möglichkeit, alles wieder in Ordnung zu bringen?«

Mrs Gardiner strich ihr sanft übers Haar, aber ihre Miene war ernst. »Ganz ehrlich, ich weiß es nicht. Ich kann nicht vorhersagen, was Tom tun wird. Ich mag ihn sehr und halte ihn für außerstande, sich aus rein egoistischen Gründen falsch zu verhalten. Aber ich bin mir nicht sicher, welche Opfer er bringen würde, wenn er glaubte, es wäre zum Wohl eines Menschen, der ihm am Herzen liegt.«

»Aber wenn dieser Mensch doch gar nicht will, dass er sich opfert?«

»Er könnte genauso wie deine Mutter der Ansicht sein, dass die betreffende Person nicht unbedingt am besten beurteilen kann, wo ihre wahren Interessen liegen.«

»Aber ich bin kein Kind mehr, dem man jede Entscheidung abnehmen muss!«

»Nein«, stimmte Mrs Gardiner ihr zu. »Doch du bist eine

Frau, und im Laufe der Zeit wirst du vermutlich feststellen, dass du dadurch in den Augen eines Großteils der Welt nur auf einer unwesentlich höheren Stufe stehst als ein Kind.«

Sie nahm Marys Gesicht in ihre Hände und sah sie an. »Du musst eine schwierige Wahl treffen, Mary, und was du mir gerade erzählt hast, macht sie nicht einfacher. Ich verstehe und respektiere, was du für Tom empfindest. Aber ich kann dir nicht versprechen, dass er zurückkommt und dann alles gut wird. Vielleicht tut er es, vielleicht auch nicht, und ich fürchte, du kannst nichts tun, um darauf Einfluss zu nehmen. In einer derartigen Situation bleibt einer Frau nichts anderes übrig, als zu warten, und wer weiß, wie lange das Warten dauern wird oder was am Ende dabei herauskommt? Andererseits bietet dir Mr Ryder Sicherheit, ein geregeltes Leben, einen Platz in der Welt. Ich glaube nicht, dass er in aller Ruhe abwarten wird, ob sein Freund zurückkehrt und beschließt, dir ebenfalls einen Antrag zu machen. Er ist zwar ein gutmütiger und meistens verständiger junger Mann, aber das wäre selbst ihm zu viel.«

»Wie es scheint, wollen Sie mir sagen, dass ich gezwungen bin, die wichtigste Entscheidung meines Lebens zu treffen, ohne zu wissen, was Mr Hayward empfindet, weil mir die Konvention verbietet, etwas zu unternehmen!«, rief Mary. »Aber wenn ich ihm nun einfach schreibe und meine wahren Gefühle gestehe? Dann würde ich wenigstens erfahren, was er denkt.«

»Du hast vergessen, dass wir nicht wissen, wo er sich aufhält. Zudem würdest du damit gegen jede Anstandsregel verstoßen. Ein Mann wäre schockiert über einen solchen Brief – und bestürzt über die Unverfrorenheit der Frau, die ihn geschrieben hat.«

»Aber Sie kennen Mr Hayward doch«, beharrte Mary. »Können Sie sich wirklich vorstellen, dass er so unvernünftig reagieren würde?«

»Ich glaube, seine Abwesenheit und sein Schweigen deuten darauf hin, dass wir nicht wissen können, wie er sich verhalten würde. Aber kommen wir noch einmal auf Mr Ryder zurück. Falls du auch nur das geringste Interesse an ihm hast, bist du verpflichtet, seinen Antrag ohne Zögern anzunehmen. Solltest du dich hingegen entscheiden, ihn abzulehnen, muss dir klar sein, dass du, falls Tom nicht wie erhofft doch noch in die Bresche springt, vielleicht nie einen Ehemann haben wirst. Ich denke, ich muss dir nicht lange erklären, wie schwer das Leben einer unverheirateten Frau sein kann. Kurz und gut, Mr Ryder ist der Spatz in deiner Hand, wie deine Mutter sich ausgedrückt hat. Nur du selbst kannst entscheiden, ob du gewillt bist, jeden Anspruch auf ihn für die ungewisse Aussicht auf seinen Freund aufzugeben.« Mrs Gardiner stand auf und tätschelte dabei Marys Wange. »Es sieht so aus, als würden all meine Argumente eine Verbindung mit Mr Ryder favorisieren. Aber sei gewiss, das ist es nicht, was ich beabsichtigt hatte. Ich kann sehen, wie stark deine Gefühle für Tom sind, und erkenne an, dass sie deiner Meinung nach möglicherweise nicht ignoriert werden können. Ich bitte dich nur, daran zu denken, was du zu verlieren hast, wenn du beschließt, deinem Herzen zu folgen.« Sie beugte sich vor und gab ihrer Nichte einen Kuss. »In einer halben Stunde wird Tee serviert. Ich würde mich freuen, wenn du uns Gesellschaft leistest, kann aber durchaus verstehen, wenn du lieber darauf verzichtest.«

Kapitel 91

Mary kam nicht zum Tee nach unten und nahm auch nicht am Dinner teil. Ihre Mutter machte Anstalten, sie in ihrem Zimmer aufzusuchen, aber Mrs Gardiner bestand unerbittlich darauf, dass man Mary in Ruhe lassen müsse, und nach einer Weile ließ sich Mrs Bennet, wenn auch nur unwillig, davon überzeugen, dass nichts Gutes dabei herauskommen konnte, wenn sie fortfuhr, ihre Tochter zu schelten.

Oben in ihrem Zimmer saß Mary am Schreibtisch. Als sie vor so langer Zeit ihrer Mutter gesagt hatte, sie könne sich vorstellen, Mr Collins zu heiraten, hatte sie noch nichts von Gefühlen wie jenen geahnt, die Mr Hayward in ihr geweckt hatte. Selbst ihre kurze Begegnung mit John Sparrow hatte nur andeutungsweise auf die Tiefe der Empfindungen hingewiesen, die sie jetzt spürte. Es war nicht schwer gewesen, die Idee von Liebe aufzugeben, solange sie diese noch nicht am eigenen Leib erfahren hatte, und hätte sie weiter in diesem Zustand verharrt, hätte sie vielleicht gar nicht besonders darunter gelitten. Wenn sie tatsächlich Mrs Collins geworden wäre, hätte sie vermutlich das Beste daraus gemacht und alles getan, was in ihrer Macht stand, um ihre Ehe so harmonisch wie möglich zu gestalten – und ihre Sache sicherlich besser gemacht als Charlotte Lucas anfangs. Hätte sie nichts anderes gekannt, hätte sie nie auch nur geahnt, was wahre Liebe wirklich war, wäre sie wohl mit dem blassen Abklatsch von Glück zufrieden gewesen, den eine Vernunftehe darstellte. Aber nun, da sie Mr Hayward kennengelernt hatte, würde ihr das nicht mehr reichen. Nun, da sie einem Mann begegnet war, den sie wahrhaft liebte, konnte sie unmöglich einen anderen heiraten.

Der Mangel an Liebe war an und für sich schon Grund genug, eine Ehe mit Mr Ryder auszuschließen. Aber je länger sie darüber nachdachte, desto deutlicher erkannte Mary, dass es einen weiteren gewichtigen Grund gab, warum sie seinen Antrag nicht annehmen konnte. Er hatte, ganz wie es seine Absicht gewesen war, bei ihr einen Nerv getroffen, als er meinte, es sei gewissermaßen ihre Pflicht, ihn zu heiraten und zu einem besseren Menschen zu machen. Früher einmal hätte sie diesen Gedanken als verlockend empfunden und hätte eine derartige Aufforderung mit Freuden angenommen. Wozu all die Jahre eifrigen Lernens, wenn nicht, um ihr Wissen praktisch anzuwenden? Und was könnte nobler sein als die Verbesserung des Intellekts und der Moral eines Mitmenschen? Aber jetzt war ihr klar, dass das keine Basis für eine Ehe sein konnte. Sie wollte genauso wenig die Lehrmeisterin ihres Mannes wie seine Schülerin sein. Was sie ersehnte, war die Verbindung zweier Menschen, die einander geistig wie seelisch ebenbürtig waren.

Beim Ehepaar Collins in Longbourn hatte sie mit eigenen Augen gesehen, wie verhängnisvoll sich mangelnder Respekt auf eine Verbindung auswirkte, wie es den guten Willen zerstörte, die Beziehung zwischen Mann und Frau abkühlen ließ und jede Sympathie auslöschte. Sie hatte erlebt, wie Charlottes Gefühle abkühlten, obwohl sie damit ihren Mann in einen Zustand tiefer Verzweiflung stürzte, den er weder verstehen noch abschütteln konnte. Aber das war nicht das erste Mal gewesen, dass sie die schädlichen Auswirkungen von Verachtung in ebendiesem Haus miterlebt hatte. Jetzt erkannte sie, wie diese mangelnde Wertschätzung auch die Ehe ihrer eigenen Eltern vergiftet hatte. Mr Bennets einstudierte Posen der Distanziertheit, die beißende Ironie seiner Bemerkungen, die bittere Belustigung, die er aus dem Scheitern anderer zog, insbesondere seiner Frau und seiner Töchter, die grausamen Scherze, die über seine Lippen kamen, all das gründete auf dem frustrierenden Umstand, dass er eine Frau geheiratet hatte, die er niemals als ebenbürtig betrachten konnte. Einmal hatte ihr Lizzy mit Tränen in den Augen anvertraut, wie ihr Vater ihr eben diese Tatsache gestanden hatte, und zwar an dem Tag, als sie ihn um die Erlaubnis bat, Mr Darcy zu heiraten. »Mach mir nicht den Kummer, erleben zu müssen, dass du deinen Gatten nicht respektieren kannst«, hatte er damals gesagt. Und erst in diesem Moment konnte Mary die Bedeutung dieser traurigen Bitte voll und ganz nachvollziehen.

Sie griff nach Feder und Papier und fing an zu schreiben.

Als sie am nächsten Morgen zum Frühstück herunterkam, lag auf ihrem Teller ein Briefkuvert, auf dem groß und unübersehbar ihr Name prangte. Mary schluckte schwer; sie ahnte, was es enthielt. Sie hatte ihre Nachricht noch gestern Abend von einem Diener, der dafür ein paar Shilling und eine Flasche Bier erhielt, zu Mr Ryders Wohnung bringen lassen. Ihre Antwort war schriftlich ausgefallen, weil sie sich einem weiteren Gespräch nicht gewachsen fühlte und hoffte, in ihrem mit großer Sorgfalt verfassten Schreiben ihre tief empfundene Wertschätzung ebenso deutlich machen zu können wie die Endgültigkeit ihrer Ablehnung.

Sie nahm den Brief und steckte ihn ein, wobei sie, da sie die Erste im Frühstücksraum zu sein schien, hoffte, niemand hätte ihn auf ihrem Teller bemerkt. Sie wähnte sich schon in Sicherheit, als ihre Mutter hereinkam. Mrs Bennet setzte sich ruhig an den Tisch und schenkte sich Tee ein.

»Guten Morgen, Mary. Ich war schon vor einem Moment hier und habe gesehen, dass du einen Brief bekommen hast. Dürfte ich erfahren, von wem er ist? Vielleicht von Mr Ryder?«

»So ist es, Mama.«

»Ich nehme an, es ist die Antwort auf ein Schreiben, das du ihm geschickt hast und das deine Entscheidung enthielt, die seinen Antrag betrifft.«

Mary griff mit aller Gelassenheit, die sie aufbringen konnte, nach der Teekanne. Nun, da sie ihre Entscheidung gefällt hatte, durfte sie unter dem erzürnten Blick ihrer Mutter nicht nachgeben.

»Ich staune, dass du es mir nicht gezeigt hast, bevor du es abgeschickt hast. Ist es mir gestattet zu erfahren, was du ihm mitgeteilt hast?«

»Ich habe ihm für die Ehre gedankt, die er mir mit seinem Antrag erwiesen hat, aber erklärt, dass ich ihn nicht heiraten kann, weil ich ihn nicht liebe. Außerdem habe ich meine Hoffnung ausgedrückt, wir könnten weiterhin Freunde bleiben, wenn er es wünscht, und hinzugefügt, ich sei sicher, dass es ihm keine Mühe bereiten wird, schon sehr bald eine Dame zu finden, die mit Freuden einwilligt, seine Frau zu werden.«

Mrs Bennet saß regungslos da. Aus der Halle war zu hören, wie einer der kleinen Gardiners nach seinem Bruder rief.

»Bestimmt sehr hübsch geschrieben, aber du warst ja schon immer recht geschickt mit der Feder. Obwohl ich dir leider sagen muss, dass es ohne jeden Zweifel das lachhafteste und deinem eigenen Wohl nachteiligste Werk ist, das du je verfasst hast.«

Mary stählte sich, um nicht die Fassung zu verlieren. Sie würde sich von der Missbilligung ihrer Mutter nicht einschüchtern lassen.

»Ich habe kein Geheimnis daraus gemacht, wie meine Antwort ausfallen wird«, sagte sie.

»Du hast keinen meiner Einwände zur Kenntnis genommen.«

»Ich habe mir alles, was Sie mir gesagt haben, aufmerksam angehört, und ich bin überzeugt, richtig gehandelt zu haben.«

»Dass du ein eigensinniges, widerspenstiges Ding bist, habe ich schon immer gewusst, aber für dumm habe ich dich nie gehalten.«

Mrs Bennet schenkte sich Tee ein. Ihre Hand, stellte Mary fest, zitterte nicht im Geringsten.

»Du hast deine letzte und beste Chance auf ein behagliches Auskommen vergeben. Ich habe keine Ahnung, wovon du leben willst. Vermutlich von der Wohltätigkeit deiner Schwestern, denn ich kann dich nicht unterstützen. Was du mit dem Rest deines Lebens anfangen willst, ist mir ein Rätsel.« Sie nahm sich eine Scheibe Brot. »Du hast darauf nichts zu sagen, Miss? Nun, vielleicht hast du recht, wenn du schweigst. Wie man sich bettet, so liegt man. Ich habe alles getan, was eine Mutter nur tun kann, um dir zu helfen – niemand hätte mehr tun können –, aber meine Bemühungen waren nicht erwünscht. Ich werde unverzüglich zu Jane zurückkehren. Vielleicht hat dort mein guter Rat ja noch ein wenig Gewicht.«

»Es tut mir leid, wenn ich Sie erzürnt habe, Mama.«

»Den Zorn habe ich längst hinter mir, Mary. Ich will mit dir nichts mehr zu tun haben.«

Kapitel 92

In den nächsten Tagen, in denen es im Haus der Gardiners wegen der Vorbereitungen für die überstürzte Abreise Mrs Bennets drunter und drüber ging, gelang es Mary recht gut, Ruhe zu bewahren. Sie knickte nicht ein, als Mrs Bennet, noch immer starr vor Entrüstung, in die Kutsche stieg und es ablehnte, ihre ungehorsame Tochter zum Abschied auch nur mit einem Nicken zu bedenken. Auch später, als Mary endlich all ihren Mut zusammennahm und Mr Ryders Brief las, verlor sie nicht die Fassung. Das Schreiben war das eines Gentlemans, das weder Tadel noch Kränkungen enthielt. Nur eine Zeile gab ihr einen Moment lang zu denken. *Hätten Sie mich so genommen, wie ich bin, wäre ich zweifellos eines Tages zu dem Mann geworden, der ich sein sollte. Darum tut es mir leid.* Mary biss sich auf die Lippen, aber es hatte keinen Sinn, sich zu quälen. Sie hatte ihre Wahl getroffen und alles auf eine Karte gesetzt. Jetzt musste sie mit den Konsequenzen leben.

Erst als das Leben wieder seinen normalen Gang ging, begann sie erneut zu leiden. Während Krise, Bedrängnis und Drama hatte sie sich halbwegs gut gehalten, aber nun erwartete sie nichts als der Alltag, wenn sie morgens erwachte. Ihre Stimmung sank. Sie konnte sich nicht mit ihren Büchern beschäftigen. Sie hatte nicht die Energie, den Kindern vorzulesen. Sie musste sich mit einem Dasein abfinden, dessen größter, wenn nicht einziger

Zweck im Warten bestand, und das, stellte sie fest, nagte so sehr an ihr, dass sie sich an manchen Tagen kaum überwinden konnte, ihr Zimmer zu verlassen. Nachts schlief sie nicht, sondern starrte in die Dunkelheit, ein hilfloses Opfer ihrer Zweifel und Ängste. Ihre Mutter hatte recht. Sie war dumm und verbohrt. Sie hatte den einen Mann verloren, der sie wahrhaft glücklich gemacht hätte. Es gab keinen Grund zu der Annahme, dass er auf einmal wieder auftauchen würde. Und sie hatte seinen Freund abgewiesen, der sie vor einer Zukunft hätte retten können, die sie fürchtete, seit sie sich erinnern konnte. Sie würde das von der Gesellschaft am meisten verachtete Geschöpf werden, eine alte Jungfer, und so wie jetzt würde sie sich ein Leben lang fühlen, Jahr für Jahr, bis sie zu alt oder zu unglücklich war, als dass es ihr noch etwas ausmachte.

Wenn Mrs Gardiner auf dem Weg ins Bett an der Tür von Marys Zimmer vorbeiging, hörte sie ihre Nichte oft weinen. Dann blieb sie stehen und überlegte, ob sie hineingehen sollte. Aber welchen Trost konnte sie ihr schon anbieten? Sie fragte ihren Mann, ob sie nicht noch einmal Mrs Hayward schreiben oder auf einem anderen Weg versuchen sollte herauszufinden, wo deren Sohn seine Wanderung machte, doch Mr Gardiner sprach sich dagegen aus. Die ganze Angelegenheit sei äußerst kompliziert. Aber wenn im Herbst die Gerichte wieder öffneten, müsse Tom an seinen Arbeitsplatz zurückkehren, und dann könne Mr Gardiner eventuell versuchen, mit ihm zu reden. Momentan jedoch sei es am besten, sich nicht einzumischen. Dabei könne nichts Gutes herauskommen; die jungen Leute müssten ihre Probleme selbst lösen.

Als Mrs Gardiner Mary nicht mehr ganz so häufig weinen sah, war sie anfangs erleichtert. Aber schon bald war sie sich nicht mehr sicher, ob dieser tränenlose Kummer dem tränenreichen vorzuziehen war. Mangels anderer nützlicher Aufgaben, mit denen sie sich die Zeit hätte vertreiben können, ermutigte sie ihre Nichte, möglichst häufig spazieren zu gehen. Bewegung würde ihr guttun, fand sie, oder zumindest nicht schaden. Mary erhob keine Einwände – was hatte sie sonst schon zu tun? –, und es war während einer dieser ziellosen Touren durch die Stadt, dass sie merkte, wie sich ihr jemand von hinten näherte. Sie drehte sich um und stellte zu ihrer Überraschung fest, dass es Caroline Bingley war, die letzte Person, von der sie erwartet hätte, sie so selbstbewusst eine wenig vornehme Straße in der City entlangschlendern zu sehen.

»Guten Morgen, Miss Bennet. Ich war auf der Suche nach Ihnen, und da ich Sie in der Gracechurch Street nicht antraf, war Ihre Tante so nett, mir zu sagen, wo ich Sie finden könnte.«

Ihre ausgesuchte Höflichkeit wies in keiner Weise auf die Feindseligkeit früherer Begegnungen hin, aber Mary saß nicht dem Irrtum auf, Miss Bingleys Erscheinen für einen glücklichen Zufall zu halten.

»Wenn ich gewusst hätte, dass Sie uns besuchen wollen, wäre ich sicher zu Hause geblieben, um Sie zu empfangen.«

»Aber dann hätte ich nicht das Vergnügen gehabt, durch eine so interessante Gegend Londons wie diese hier zu bummeln«, erwiderte Miss Bingley zuckersüß. »Nicht unbedingt ein Teil der Stadt, mit dem ich vertraut bin. Hier herrscht ein ziemliches Gedränge, nicht wahr?«

Marys Herz raste, aber sie wusste, dass sie sich in Miss Bingleys Gegenwart keinerlei Schwäche oder Nervosität anmerken lassen durfte. Sie sammelte ihren ganzen Mut und setzte ein Lächeln auf, das genauso falsch war wie das ihres Gegenübers.

»Da Sie mich nun gefunden haben, stehe ich zu Ihrer Verfügung. Sollen wir nicht in die Gracechurch Street zurückkehren und dort Tee trinken?«

»Das wäre natürlich ganz reizend«, bemerkte Miss Bingley in einem Ton, der nahelegte, dass sie das Gegenteil dachte. »Aber die Kinder schienen heute Morgen in besonders ausgelassener Stimmung zu sein. Ich denke, die Umgebung wäre einem vertraulichen Gespräch, wie ich es mit Ihnen zu führen hoffe, nicht unbedingt förderlich.« Sie fuhr mit einem Finger über den Kragen ihrer perfekt geschnittenen Jacke, als wollte sie etwaigen Staub der City entfernen, der so unverschämt gewesen war, sich darauf niederzulassen. »Ich bin gerade eben an einer recht passabel wirkenden Konditorei vorbeigekommen. Anscheinend gibt es dort im ersten Stock Extraräume für Damen. Ich schlage vor, wir begeben uns dorthin?«

Schweigend gingen sie zu ebenjenem Lokal, in das Mr Ryder Mary vor einer Ewigkeit, wie es ihr schien, zum Eisessen eingeladen hatte. Miss Bingley rauschte hinein, verlangte den besten Tisch im ersten Stock und bestellte chinesischen Tee mit Zitronenscheiben und dazu einen Teller Makronen.

»Es ist nicht gerade das Gunter's, aber das ist so weit vom West End entfernt auch kaum zu erwarten. Doch ich denke, für unsere Zwecke wird es genügen«, murmelte Miss Bingley, während sie den Kellner fortwinkte und es selbst übernahm, ihnen Tee einzuschenken.

Mary hatte beschlossen, nichts zu sagen, ehe sie nicht wusste, welche Absicht hinter Miss Bingleys Vorschlag steckte, hier einzukehren. Sie musste nicht lange warten.

»Ich halte es für wenig zielführend, oberflächliche Konversation zu führen, Miss Bennet, daher werde ich gleich zur Sache kommen.« Sie betupfte ihren Mund geziert mit der Serviette. »Soweit ich weiß, hat Mr Ryder Ihnen vor nicht allzu langer Zeit einen Besuch abgestattet. Ich würde gern erfahren, worüber er bei dieser Gelegenheit mit Ihnen gesprochen hat.«

Erstaunt blickte Mary auf. Eine so direkte Ansprache hatte sie nicht erwartet. Zu ihrer Überraschung spürte sie, wie ihre nervöse Anspannung von ihr abfiel und dem Ärger über die Tatsache wich, dass Miss Bingley sich erdreistete, sie auf diese Weise zu verhören.

»Es war ein sehr privates Gespräch. Ich finde es befremdlich, dass Sie sich danach erkundigen.«

Miss Bingley neigte den Kopf, als wollte sie andeuten, dass sie den Unmut in Marys Stimme zwar registriert hatte, aber entschlossen war, ihn zu ignorieren. »Nun, Mr Ryder hat mir gegenüber erwähnt, dass er Sie getroffen hat.«

»Dann sollten Sie auch ihn danach fragen, worüber gesprochen wurde.«

»Aber ich frage Sie.«

»Ich kann mir wirklich nicht vorstellen, was Sie sich davon erhoffen.«

»Kam es in irgendeiner Form zu einer Erklärung?«

In diesem Moment schüttelte Mary endlich die verwünschte Lethargie ab, die sie so lange gefangen gehalten hatte. Wie kam diese Person dazu, sie ins Kreuzverhör zu nehmen? Welches Recht hatte Miss Bingley, Antworten von ihr zu verlangen? All die Demütigungen und Kümmernisse der vergangenen Monate verwandelten sich innerhalb eines Moments in blanke Wut. Mary würde sich diese Behandlung nicht länger bieten lassen. Sie hatte endgültig genug.

»Eine sehr ungewöhnliche Frage. Ich verstehe wirklich nicht, wie Sie auf den Gedanken kommen, Sie wären berechtigt, sie mir zu stellen.«

»Nun, das war der Eindruck, den Mr Ryder mir vermittelte.«

»Ich staune, dass er es für angebracht hielt, unser Gespräch mit jemandem zu diskutieren, den es nicht das Geringste angeht. Hat er diese Information freiwillig preisgegeben, oder haben Sie ihn dazu gedrängt?«

Es freute Mary, als sie sah, dass sie Miss Bingley ein wenig aus der Fassung gebracht hatte.

»Ich sah ihm an, dass er aufgewühlt war, und als ich ihn nach dem Grund fragte, schien es ihm nichts auszumachen, darüber zu reden. Er ist nicht der Typ, der seine Gefühle vor sich selbst oder anderen verheimlicht. Er deutete an, Sie hätten ihm keinen Anlass zur Hoffnung gegeben.«

»Aber wenn Sie das bereits von ihm wissen, verstehe ich nicht, warum Sie von mir noch mehr erfahren wollen.«

»Weil ich von Ihnen persönlich zu hören wünschte, ob es wahr ist. Oder ob es nur eine List von Ihnen ist, um sein Interesse zu verstärken und ihn noch entschlossener zu machen, Sie zu gewinnen. Schließlich hat dieser Trick bei Ihrer Schwester recht gut funktioniert. Darcy wollte sie nie so sehr wie in dem Moment, als sie klug genug war, ihn abzuweisen.«

Jetzt war Mary wirklich böse, aber sie hatte nicht vor, sich etwas von ihren Gefühlen anmerken zu lassen. Miss Bingley sollte nicht die Genugtuung haben zu wissen, wie sehr sie Mary erzürnte.

»Eine solche Behauptung ist ebenso dumm wie beleidigend«, erwiderte sie ruhig. »Elizabeth würde niemals bewusst mit den Gefühlen eines anständigen Mannes spielen. Genauso wenig wie ich.«

Miss Bingley beugte sich über den Tisch. »Ja, ihr Bennets führt stets große Reden«, sagte sie bitter, »aber tatsächlich seid ihr so hartnäckig, wie es eine Frau, die auf der Jagd nach einem Ehemann ist, nur sein kann. Eure bemerkenswerte Bilanz im Umgarnen der Männer, die ihr wollt, ist beachtlich. Und zum Schluss schaut ihr ganz arglos, als wäre das Ganze nur ein glücklicher Zufall gewesen, mit dem ihr natürlich nicht das Geringste zu schaffen habt, denn es war ja nur die Liebe, die ihren Weg von selbst gefunden hat! Ich habe ein solches Vorgehen zweimal direkt miterlebt, also spielen Sie jetzt bitte nicht die Unschuldige.«

»Da ich Mr Ryder nicht liebe, hätte es für mich keinen Sinn, ihn zu heiraten.«

Miss Bingley lachte laut auf. »Ich bitte Sie, Miss Bennet, wir sind keine Kinder mehr! Wenn Sie an die Alternative denken, ist die Ehe mit einem Mann, den man nicht liebt, immer noch die vernünftigste Entscheidung, die eine Frau treffen kann. Machen Sie mir nicht vor, Sie hätten diese Überlegung nicht angestellt, insbesondere in diesem speziellen Fall, da Mr Ryder eines Tages sehr reich sein wird. Ich kann mir nicht vorstellen, dass diese Neuigkeit Sie unbeeindruckt gelassen hat!«

Zum ersten Mal bei diesem Treffen war Mary aufrichtig überrascht von Miss Bingleys Worten. Um sich zu beschäftigen, während sie ihre Gedanken ordnete, nahm sie die Serviette von ihrem Schoß, faltete sie sorgfältig zusammen und legte sie auf ihren Teller.

»Ich habe keine Ahnung, was Sie meinen.«

»Behandeln Sie mich nicht, als wäre ich einfältig!«, gab Miss Bingley hitzig zurück.

»Aber ich weiß wirklich nicht, wovon Sie reden. Und wenn Sie mich nicht ins Bild setzen wollen, hat es wohl keinen Zweck, diese Unterhaltung fortzuführen.«

Mary hielt Miss Bingleys Blick stand. Sie war fest entschlossen, nicht diejenige zu sein, die als Erste wegschaute. Am Ende war es Miss Bingley, die nachgab. Offenbar war ihr klar, dass sie nichts mehr über Marys wahre Absichten zu hören bekommen würde, wenn sie ihr nicht mitteilte, was sie wusste.

Sie selbst hatte die Geschichte von Mr Ryder persönlich. Kurz vor der Reise in den Lake District war er von Lady Catherine de Bourgh nach Rosings zitiert worden. Dort fand er seine Verwandte in einer solchen Aufregung vor, so erzürnt und verbittert, dass es eine Weile dauerte, bis er den Grund für ihren Zustand erfuhr. Ein ganzer Tag verstrich, ehe die furchtbare Wahrheit in all ihrer Schande enthüllt wurde: Miss Anne de Bourgh, die Tochter von Lady Catherine, war verlobt, und zwar mit … ihrem Arzt. »Man sollte meinen, so etwas wäre ein Ding der Unmöglichkeit, Mr Ryder, und das sollte es auch sein, wenn es auf dieser Welt so etwas wie Dankbarkeit und Gehorsam gäbe!«, beklagte sich die Lady. Die Beziehung hatte sich anscheinend schon vor einer ganzen Weile – »Vor Jahren, Mr Ryder, Jahren!« – vor den Augen der ahnungslosen Lady Catherine entwickelt und war von dem Paar geheim gehalten worden, bis Miss de Bourgh ihre Volljährigkeit erreichte. »Die Täuschung, Mr Ryder! Die Missachtung meiner Autorität!« Mit einundzwanzig Jahren stand es Miss de Bourgh jetzt frei zu heiraten, wen sie wollte, sosehr ihre Absichten ihrer Mutter auch missfallen mochten. »Das ist also der Dank für ein Leben voller Fürsorge und Mühe. So trotzt man mir und demütigt mich!«

Lady Catherine erwartete nun von Mr Ryder, das zu erreichen, was ihr mit ihren eigenen Bemühungen nicht gelungen war, und ihre Tochter zur Vernunft zu bringen. Er bezweifelte stark, dass er mehr Erfolg haben würde, und seine Befürchtungen bewahrheiteten sich. Seine Versuche, Miss de Bourgh dazu zu bewegen, wenn schon nicht ihre eigene Stellung, dann wenigstens den Respekt, den sie ihrer Mutter schuldete, zu bedenken, fielen auf unfruchtbaren Boden. Sehr schnell stellte sich heraus, dass die junge Dame wenig Sympathie für einen Elternteil hatte, der sie ihrer Meinung nach ständig schikaniert und schlechtgemacht hatte, und es kaum erwarten konnte, ein neues Leben so weit weg wie möglich von ihrer Mutter zu beginnen. Ein weiterer Schlag für Lady Catherine war es, nach all den Jahren des Zusammenlebens erst jetzt festzustellen, dass ihre Tochter genauso willensstark war wie sie selbst und ihr Entschluss sich weder durch Drohungen noch gutes Zureden ändern ließ.

Als feststand, dass Mr Ryder nichts ausrichten würde, blieb der erschütterten Lady nichts anderes übrig, als sich hilfesuchend an ihren Neffen zu wenden. Nur in einer derart prekären Situation war sie widerwillig dazu imstande, Mr Darcys Position als nominelles Familienoberhaupt anzuerkennen. Aber kaum waren die Darcys in Rosings eingetroffen, bereute Lady Catherine ihre Entscheidung auch schon. Weder ihr Neffe noch seine Frau schienen geneigt, die Angelegenheit mit der Härte zu verfolgen, die sie selbst für angebracht hielt. Sie verdächtigte Mrs Darcy, Sympathien für die Situation ihrer Tochter zu hegen, hatte sie die beiden doch mehrmals in Gespräche vertieft angetroffen, die sie nicht anders als illoyal bezeichnen konnte. Auch bezweifelte Lady Catherine nicht, dass es Mrs Darcys Meinung war, die bei dem weiteren Vorgehen ihres Mannes ins Gewicht fallen würde. Nachdem er mit dem Arzt gesprochen hatte, erklärte Mr Darcy, er habe sich davon überzeugen können, dass der Doktor kein Mitgiftjäger sei, sondern ein respektabler Mann mit einer aufrichtigen Zuneigung zu Miss de Bourgh. Die junge Dame sei ebenso zur Ehe entschlossen wie ihr Verlobter, und daher sei es schwierig und vermutlich sinnlos, sich zu überlegen, wie oder auch nur warum man die beiden daran hindern sollte.

Miss Bingley nahm einen Schluck Tee. Mary wartete schweigend, bis sie bereit war fortzufahren.

Wie es schien, hatte Mr Darcy Lady Catherine geraten, sich mit so viel Anstand, wie sie aufbringen konnte, mit einer Verbindung auszusöhnen, zu der es mit Sicherheit kommen würde, was auch immer sie selbst davon halten mochte, und sich von ihrer Tochter nicht durch ein rachsüchtiges Verhalten völlig zu entfremden. Letzterem Rat schenkte Lady Catherine keinerlei Beachtung, ließ sich aber schließlich dazu herab, der Ehe zuzustimmen, nachdem Miss de Bourgh unmissverständlich klargemacht hatte, sie würde mit ihrem Doktor durchbrennen, sollte sich ihre Mutter einem konventionelleren Arrangement entgegenstellen.

Doch Lady Catherine bestand auf zwei Bedingungen: Die Trauung würde in einem so kleinen Kreis wie nur möglich stattfinden, und alle Anwesenden müssten über die näheren Umstände Stillschweigen bewahren. Zudem sollte sich das Paar anschließend sofort auf Hochzeitsreise begeben, natürlich auf den Kontinent – je länger die Flitterwochen dauerten, desto besser. Nachdem man auf diese Forderungen eingegangen war, waren die beiden mit einer Sondererlaubnis im Salon von Rosings getraut worden.

»Ich glaube«, bemerkte Miss Bingley, »es war Ihr alter Freund Mr Collins, der die Zeremonie abhielt. Nun ja, er war schon immer gern bereit, alles, was in seiner Macht stand, für Lady Catherine zu tun. Und Mr Darcy hat sich darum gekümmert, dass zumindest für den Moment nichts an die Öffentlichkeit durchsickert oder auch nur der Hauch eines Skandals entsteht. Ganz wie bei Ihrer Schwester Lydia, wenn ich mich recht entsinne, nicht wahr?«

Die Unglücksfälle anderer zu schildern schien Miss Bingleys Selbstbewusstsein wiederhergestellt zu haben, und sie schenkte sich mit der größten Gelassenheit eine weitere Tasse Tee ein. Mr Ryder, fuhr sie fort, habe ebenso wie Mr und Mrs Darcy der Trauung beigewohnt, während Lady Catherine sich nicht dazu herabgelassen hätte. Sie sei zwar gezwungen gewesen, die Wahl ihrer Tochter zu akzeptieren, habe aber beschlossen, ihr nie zu verzeihen. Noch während Miss de Bourgh ihr Ehegelübde sprach, sei ihre Mutter schon damit beschäftigt gewesen, Rechtsanwälte zu konsultieren und herauszufinden, welche rechtlichen Möglichkeiten ihr offenstanden, um sich an ihrem missratenen Kind zu rächen. Als das frischgebackene Ehepaar an Bord der Fähre nach Calais gegangen sei, habe Lady Catherine bereits über ihr weiteres Vorgehen entschieden. Der Besitz, der aufgrund der Bestimmungen des Testaments ihres Vaters an Miss de Bourgh fallen würde, konnte ihr nicht vorenthalten werden, es sei denn durch ausgeklügelte Anfechtungen und Gerichtsverfahren, die sich jahrelang hinziehen konnten und deren Ausgang ungewiss war. Aber über ihr eigenes Geld konnte Lady Catherine nach Gutdünken verfügen, und sie sei eisern entschlossen, es nicht einem so durchtriebenen, undankbaren Kind wie dem, als das sich ihre Tochter entpuppt hatte, zu vermachen.

»Also«, schloss Miss Bingley ihre Erzählung, »setzte sie zu jedermanns und auch zu seiner eigenen Überraschung Mr Ryder als Erben ein. Mr Darcy und seine Familie sind vermögend genug, dachte sie wohl, noch dazu war sie anscheinend ganz und gar nicht geneigt, den Reichtum zu vermehren, an dem sich Ihre Schwester jetzt schon erfreut. Und da es keine anderen nahen Verwandten gibt, war es Mr Ryder, der das große Los zog. Damit wird er zwar nicht so reich sein wie Mr Darcy, aber nach Lady Catherines Tod über ein durchaus beachtliches Einkommen verfügen. Wer ihn einmal heiratet, wird in mehr als angenehmen Verhältnissen leben.«

Mary war leicht benommen. Es dauerte einen Moment, ehe sie etwas erwiderte. »Es wundert mich, dass noch kein Wort von dieser Geschichte bis in die Gracechurch Street vorgedrungen ist. Aber mir ist unklar, warum Sie glauben, diese Neuigkeit könnte meine Gefühle für Mr Ryder beeinflussen. Wenn ich seine Annäherungsversuche nicht ermutigt habe, als ich von diesem Glücksfall noch nichts ahnte, werde ich auch nun, da ich darüber informiert bin, meine Meinung kaum ändern.«

Miss Bingley lächelte schmallippig.

»Ich finde, es gereicht Mr Ryder zur Ehre, dass er mir davon nichts erzählt hat«, fuhr Mary fort. »Ein dümmerer – oder auch ein weniger ehrenhafter – Mann wäre vielleicht auf den Gedanken gekommen, ein solcher Umstand könnte einen Unterschied machen. Und bei manchen Frauen wäre das wohl auch der Fall.«

»Ein Seitenhieb gegen mich, nehme ich an«, sagte Miss Bingley. »Aber ich spüre ihn nicht. Ich werde mich von einer Bennet nicht über die Beziehung zwischen Geld und Liebe belehren lassen. Es ist mir unmöglich, Ihre Einwände für bare Münze zu nehmen, wenn ich an das Verhalten Ihrer Schwester oder den Rat denke, den Ihre Mutter Ihnen vermutlich geben würde.«

Mary griff nach ihrer Tasse und trank den Rest ihres Tees. Ohne Hast stand sie auf, nahm ihren Mantel vom Garderobenhaken und schlüpfte hinein. »Sie haben mich und meine Familie in jeder erdenklichen Weise beleidigt«, sagte sie ruhig. »Wir haben einander nichts mehr zu sagen.«

Miss Bingley sprang auf und stieß ihren Stuhl so heftig zurück, dass seine Beine über den Boden scharrten. »Können Sie mir versprechen, Mr Ryder nicht zu heiraten? Mir versichern, dass Ihr Nein nicht nur reine Taktik war?«

»Ich werde Ihnen weder etwas versichern noch versprechen. Ich schulde Ihnen rein gar nichts.«

»Aber ich weiß, dass Sie ihn nicht wollen. Es ist sein Freund, dieser langweilige Anwalt, für den Sie eine Schwäche haben, nicht wahr? Weiß er, was Sie für ihn empfinden? Sollte ihn vielleicht jemand über Ihre Gefühle aufklären?«

Das Gift in Miss Bingleys Stimme war nicht zu überhören,

aber Mary stellte zu ihrer Überraschung fest, dass es sie unberührt ließ. Mit einer Gelassenheit, die sie selbst erstaunte, band sie ihre Hutbänder.

»Wissen Sie, Miss Bingley, lange Zeit habe ich Angst vor Ihnen gehabt, ganz wie von Ihnen beabsichtigt. Aber Sie haben keine Macht mehr über mich. Ich sehe Sie jetzt so, wie Sie sind – ein verbittertes, zorniges Geschöpf, so zerfressen von Unzufriedenheit, dass Sie nichts anderes tun können, als andere genauso unglücklich zu machen. Wäre ich ein besserer Mensch, würde ich Sie bemitleiden. Aber stattdessen bin ich nur dankbar, dass Sie mir nichts mehr anhaben können.«

Mary nahm mit so viel Gleichmut ihre Tasche, als hätte sie Miss Bingley höflich Lebewohl gesagt. »Ich weiß, wenn Sie Unfrieden stiften wollen, werden Sie es tun, ganz gleich, was ich sage. Aber ich werde nicht in Furcht vor Ihren Machenschaften leben und habe deshalb auch kein Problem, Ihnen mitzuteilen, was Sie anscheinend unbedingt wissen wollen. Ja, ich liebe Mr Hayward. Ich glaube, er ist der einzige Mann, der mich je glücklich machen könnte. Und nein, ich habe nicht den Wunsch, Mr Ryder zu heiraten. Das ist die Wahrheit, fangen Sie damit an, was Sie wollen.«

Sie drehte sich um, verließ den Raum und ging mit hoch erhobenem Haupt die Treppe hinunter. Erst als sie auf der Straße stand, begann sie zu zittern. Aber sie fing sich rasch wieder. Sie schämte sich nicht dafür, wie sie sich betragen oder was sie gesagt hatte, und blickte nicht zu dem großen Erkerfenster hinauf, hinter dem, wie sie wusste, Miss Bingley immer noch saß. Stattdessen ging sie mit stetigen, gemäßigten Schritten über den Leadenhall Market in Richtung Gracechurch Street.

Kapitel 93

Wieder bei den Gardiners hatte Mary zunächst das Gefühl, als wäre ihr eine schwere Last von den Schultern genommen worden. Sie hatte den Drachen, der Miss Bingley bisher für sie gewesen war, erschlagen, indem sie auf ungeahnte Reserven von Mut und Selbstvertrauen zurückgegriffen hatte. Sie hatte ihr offen und ehrlich ihre Meinung gesagt, und allein das war befreiend gewesen. Sie gestattete sich nicht, mit ihren Gedanken länger bei Mr Ryders außerordentlichem Glücksfall zu verweilen, denn hätte sie daran gedacht, wäre er in ihrer Achtung nur gestiegen. Dass er darauf verzichtet hatte, ihr gegenüber seine zukünftigen finanziellen Verhältnisse zu erwähnen, zeugte von einem Zartgefühl, das man nur bewundern konnte, und von dem Verlangen, um seiner selbst und nicht um seiner Aussichten willen genommen zu werden. Sie dachte zwar nun besser von ihm, aber es fiel ihr nicht ein, deshalb ihre Entscheidung seinen Antrag betreffend anzuzweifeln. Ihre Gefühle waren auf die Probe gestellt worden, und die Erklärung, die sie Miss Bingley gegeben hatte, fasste ihre Situation in knappen Worten zusammen: Sie liebte Mr Hayward, und nur er konnte sie wahrhaftig glücklich machen.

Dieses Wissen war allerdings nicht geeignet, ihr Seelenfrieden zu schenken. Mittlerweile musste sie davon ausgehen, dass jede Zuneigung, die Mr Hayward einmal für sie empfunden haben mochte, erloschen war – wie sonst ließe sich sein langes Schweigen erklären? Aber nicht einmal diese Überzeugung hinderte sie daran, Tag und Nacht an ihn zu denken. Sie vermisste ihn beim Dinner, wo er sie mit seinen witzigen Bemerkungen zum Lachen gebracht hatte, und im Salon, wo sie ihn zum ersten Mal länger über die Dichtkunst reden gehört hatte. Ihr Herz zog sich schmerzhaft zusammen, wenn die Kinder fragten, wo er sei und wann er, die Taschen voller Naschwerk, wiederkommen werde. Sie trug nicht mehr das Kleid aus dem Stoff, den er ihr bei ihrer ersten Begegnung bei Harding and Howell ans Herz gelegt hatte, sondern faltete es zusammen und packte es weg. Jedes Klopfen an der Tür, jedes Eintreffen der Post, einfach alles bot neuen Anlass für Kummer. Sie hatte keine Ahnung, wie sie ihm gegenübertreten sollte, wenn er nach London zurückkehrte, was nicht mehr allzu lange dauern konnte. Wie sollte sie sich verhalten? Was sollte sie sagen? Sooft sie es sich auch vorstellte, ihr fiel beim besten Willen keine Lösung ein.

Die Tage verstrichen, während Mary versuchte, ihre Gefühle in den Griff zu bekommen und sich von ihrem Kummer abzulenken. In Selbstmitleid zu ertrinken hieße, sich von den Miss Bingleys dieser Welt besiegen zu lassen und zu bestätigen, dass sämtliche Ansichten ihrer Mutter über das Eheglück richtig waren. Mary war klar, dass keine der beiden Damen enttäuscht wäre zu hören, wie elend sie sich fühlte, und dieser Gedanke spornte sie an, sich auf keinen Fall gehen zu lassen. Sie zwang sich, frühmorgens aufzustehen, sich sorgfältig zu frisieren und etwas Hübsches anzuziehen. Es schien nur ein geringer Sieg über das furchtbare Gefühl von Verlust zu sein, unter dem sie litt, doch sie sah darin kleine, aber wichtige Erfolgserlebnisse in einer Schlacht, die sie nicht verlieren durfte. Wenn sie sich jetzt von ihrem Leid überwältigen ließe, würde sie sich vielleicht nie mehr davon erholen. Also staubte sie ihre Bücher ab, holte Schreibzeug und Papier heraus und versuchte, ein neues Wissensgebiet zu finden, mit dem sie sich befassen konnte. Sie spielte mit den kleinen Gardiners; sie übte wieder am Piano. Und wenn sie einen Spaziergang durch die City machte, zwang sie sich, die vertraute Nachbarschaft zu verlassen, um neue Straßen, unbekannte Denkmäler und Viertel zu entdecken. Es war immer besser, stellte sie fest, irgendetwas zu tun als gar nichts.

Während einem dieser Erkundungsgänge fand Mary sich eines Nachmittags in einer Gegend wieder, die ihr völlig fremd war. Sie hatte die St. Paul's Cathedral hinter sich gelassen und orientierte sich gerade, als sie hörte, wie sich hinter ihr auf der Straße lautes Johlen und Singen näherte. Rasch zog sie sich in den Schutz eines Geschäftseingangs zurück, fest entschlossen, den Laden zu betreten, würde sich der Lärm als unheilverkündend entpuppen. Aber schon bald stellte sich heraus, dass es sich um einen durchwegs harmlosen Radau handelte. Als Mary verstohlen aus ihrem Versteck hervorlugte, sah sie eine Schar junger Männer, die fröhlich jubelnd die Straße hinuntermarschierten. Auf dem Bürgersteig stand ein älterer Herr, der die jungen Leute beifällig betrachtete und mit seinem Spazierstock den Rhythmus zu ihrem Gesang schlug. Er sah achtbar genug aus, um von einer Frau angesprochen werden zu können, dachte Mary und beschloss, das Wagnis einzugehen.

»Entschuldigen Sie, Sir, aber dürfte ich fragen, was da los ist? Wer sind diese Burschen, und warum feiern sie?«

Der Gentleman lüpfte seinen Hut und lächelte sie an. Anscheinend freute ihn ihre Frage. »Nun, Ma'am, das sind Medizinstudenten vom St. Barts Hospital. Sie haben ihre Examina abgelegt und marschieren jetzt im Triumph zu einer Gastwirtschaft, um dort bei einem fürstlichen Mahl ihren Erfolg zu feiern.«

Er betrachtete die jungen Männer nachsichtig und wandte

sich dann wieder an Mary. »Es ist länger her, als mir lieb ist, aber auch ich war einmal einer von ihnen, und es freut mich zu sehen, dass die alten Traditionen noch gepflegt werden.«

»Dann werden diese Männer also Ärzte wie Sie, Sir?«

»Wenn sie ihre Zeit auf den Krankenstationen überstehen, ja. Normalerweise ist immer einer dabei, der seine Sache besser gemacht hat als der Rest und deshalb zum König des Tages ernannt wird. Man erkennt ihn daran, dass er wie einst die Cäsaren eine Krone aus Eichenlaub trägt … Ah, da ist er auch schon, in ihrer Mitte!«

Er zeigte auf die Menge, und Mary, die seinem Blick folgte, schaute direkt in das gerötete, strahlende Gesicht von John Sparrow. Er war jetzt eher ein junger Mann als ein groß gewachsener Bursche, doch seine Züge waren unverkennbar und ihr immer noch vertraut. Die Eichenlaubkrone saß ein bisschen schief auf seinem Kopf und verlieh ihm ein leicht beschwipstes Aussehen, doch trotz all der Ausgelassenheit erkannte Mary in seinem Gesicht Intelligenz und Aufgewecktheit. Seine Kollegen klopften ihm auf den Rücken, beglückwünschten ihn und zogen ihn gutmütig auf, und es war offenkundig, wie wohl er sich in ihrer Gesellschaft fühlte. *Er hat seinen Platz gefunden*, dachte Mary bewegt. *Er ist glücklich. Ich habe ihn nicht so sehr verletzt, als dass er sich nicht davon erholt hätte. Er wird all das werden, was er sich gewünscht hat, ein Messingschild wird an seiner Tür prangen und eine eigene Kutsche vor seinem Haus stehen.* Sie wandte sich ab, weil sie nicht seinem Blick begegnen und den Moment zerstören wollte. Sie war ein Teil seiner Vergangenheit und hatte in seiner fröhlichen, lärmenden Gegenwart keinen Platz.

Mit glänzenden Augen sagte sie dem älteren Herrn Lebewohl. »Vielen Dank für Ihre Erklärung, Sir. Ich bin froh, etwas so Bemerkenswertes gesehen zu haben.«

Er zog wieder seinen Hut, als sie ging, erfreut über die Feststellung, dass er noch nicht zu alt war, um das Lächeln einer charmanten jungen Frau zu schätzen zu wissen.

Mary wusste nicht recht, warum, aber die Begegnung mit John Sparrow hatte ihr gequältes Gemüt beruhigt. Ihn so unbeschwert und erfolgreich zu sehen befreite sie von einer Last, die sie nun schon so lange mit sich herumtrug, dass sie ihr Gewicht erst spürte, als sie sie abschüttelte. Sie war jetzt nicht glücklicher als zuvor, aber gefasster, sie fühlte sich eher dazu imstande, sich einer Zukunft zu stellen, in der Mr Hayward keine Rolle spielte. Wenn sie ihren Weg allein gehen musste, sollte es eben so sein. Vielleicht musste das Leben einer alleinstehenden Frau gar nicht so erbärmlich und demütigend sein wie gemeinhin behauptet. Vielleicht hing viel von den Umständen und der Frau selbst ab. Immerhin, dachte Mary, würde sie nie so arm und verzweifelt sein wie die bedauernswerte Miss Allen. Vor diesem Schicksal bewahrten sie die vorteilhaften Partien, die ihre beiden älteren Schwestern gemacht hatten. Sie würde immer ein Dach über dem Kopf haben und nie gezwungen sein, die Auffahrt eines Landsitzes hinaufzuhasten, um jungen Damen von Stand Klavierspielen beizubringen, oder sich ständig sorgen müssen, woher der nächste Shilling kommen mochte. Für sie würde es immer einen kleinen Raum geben, der ihr allein gehörte, und vielleicht war ein eigenes Zimmer alles, was eine denkende Frau wirklich benötigte. Sie könnte lesen und lernen, sogar versuchen, selbst etwas zu schreiben. Mrs Macaulay hatte es vorgemacht, warum sollte sie nicht in ihre Fußstapfen treten? Ein solches Leben war kaum das, was Mrs Bennet als passend für ihre Tochter erachten würde; andererseits hatte sich ihre Mutter von ihr losgesagt, und damit stand es ihr frei, über derartige Dinge eine eigene Meinung zu haben und diese zu äußern.

Während dieser Zeit beobachtete Mrs Gardiner sie, unschlüssig, was sie von dem halten sollte, was sie sah. Sie bewunderte Marys Willenskraft und beglückwünschte sie insgeheim zu ihrer Tapferkeit. Sie war erleichtert, sie nicht mehr so hoffnungslos und verzweifelt zu sehen, aber obwohl Mary jetzt gefasster wirkte, machte sie den Eindruck, als hätte sie etwas von sich aufgegeben.

Kapitel 94

Es war ein ruhiger Nachmittag, und Mary war gerade damit beschäftigt, in ihrem Zimmer ihre Bücher aufzuräumen, als sie hörte, wie es an der Haustür läutete und ein Besucher eingelassen wurde. Sie hatte sich angewöhnt, derlei Kommen und Gehen keine Beachtung mehr zu schenken – was ging es sie schon an? –, und setzte ihre Arbeit fort. So vertieft war sie darin, dass sie nicht hörte, wie Mrs Gardiner die Treppe hinaufgelaufen kam, und sie erst wahrnahm, als sie keuchend die Tür zu ihrem Zimmer öffnete.

»Mary, *er* ist da! Tom ist da … unten … im Salon!«

Mary war wie vom Donner gerührt. Nach diesen Worten hatte sie sich so lange gesehnt. In dunklen, schlaflosen Nächten, an stillen Nachmittagen im stickigen Salon und auf den staubigen Straßen der City, immer und immer wieder hatte sie sich ausgemalt, sie zu hören, und sich gefragt, wie sie klingen würden, was sie dabei empfinden, wie sie reagieren würde. Und nun, da es tatsächlich passiert war, saß sie wie angewurzelt da und brachte kein Wort heraus.

»Komm schon, Kind! Er fragt nach dir. Du *musst* hinunterkommen!«

Mary schaute ihre Tante an, spürte ihre Aufregung und Unruhe und hörte die Sorge in ihrer Stimme. Aber sie fühlte sich seltsam losgelöst, als würde sie neben sich stehen und ihre Tante, ihr Zimmer, ihre Bücher wie aus weiter Ferne sehen. Dann war der Schock auf einmal verflogen; sie begriff, was geschehen war, tat einen tiefen, zittrigen Atemzug und war wieder sie selbst.

»Er ist wirklich hier? Er ist endlich gekommen?«

»Ja, und er will mit dir reden. Komm mit!«

Mrs Gardiner streckte ihre Hand aus, aber Mary nahm sie nicht.

»Ich brauche eine Minute allein, um mich zu sammeln. Sagen Sie ihm bitte, dass ich gleich erscheinen werde. Ich habe so lange auf ihn gewartet, ich denke, nun kann er sich auch ein wenig gedulden.«

Mrs Gardiner sah sie flehend an. »Mary, ich bitte dich, lass dich jetzt nicht von Groll oder Zorn leiten. Gib ihm eine Chance. Hör dir an, was er zu sagen hat!«

»Das werde ich, und ich hoffe, er wird auch mir zuhören. Aber ich kann nicht hinuntergehen, ehe ich nicht genau weiß, was ich ihm sagen will.«

Mrs Gardiner zögerte, doch Mary ließ sich nicht umstimmen. Nachdem ihre Tante ihr Zimmer verlassen hatte, starrte sie mit leerem Blick auf ihren Schreibtisch, bevor sie ihren Kopf behutsam auf die glatte Oberfläche legte. Als sie den leichten Geruch von Möbelpolitur wahrnahm, ging ihr der Gedanke durch den Kopf, dass sie nicht ganz so gut duftete wie die Mischung, auf die Charlotte Collins so stolz gewesen war. Sie schloss die Augen und verharrte einen Moment lang regungslos in dieser Position. Dann richtete sie sich auf, zog eine Schublade auf und nahm eine kleine schwarze Tasche heraus, in der sich das griechische Lexikon befand, das Mr Collins ihr geschenkt hatte. Mary schlug es auf und zog ein einzelnes Blatt zwischen den Seiten hervor, auf das Mr Collins einige griechische Worte geschrieben hatte.

Unser Glück liegt in unserer eigenen Hand.

Mary sah das Papier unverwandt an, faltete es dann zusammen und steckte es in ihren Ausschnitt. Dann strich sie ihr Haar glatt und machte sich auf den Weg nach unten.

Es kostete sie viel Mut, den Salon zu betreten, und vor der Tür zögerte sie einen Augenblick. Aber dann war sie auf einmal drinnen, und da war er, stand vor dem hohen Fenster und starrte auf die Straße. Ein dunkelhaariger Mann in einer dunklen Jacke. Wenn sie an ihn gedacht hatte, hatte sie ihn immer in dem weiten braunen Mantel vor sich gesehen, den er auf den Hügeln im Lake District trug. Jetzt war er hier, gekleidet wie ein Städter. Groß und dünner als bei ihrer letzten Begegnung. Als er sich zu ihr umdrehte, war sie entsetzt. Er sah genauso abgehärmt und unglücklich aus wie sie selbst.

»Miss Bennet. Ich kann Ihnen nicht sagen, wie sehr ich mich freue, Sie wiederzusehen.«

Beim Klang seiner Stimme war es um ihre Selbstbeherrschung beinahe geschehen, aber sie war entschlossen, stark zu bleiben.

»Ja, Sir. Es ist lange her. Zu lange, glaube ich.«

Er schickte sich an, näher zu kommen und etwas zu erwidern, aber Mary kam ihm zuvor.

»Das war keine reine Floskel. Fast zwei Monate sind vergangen, seit wir Sie zum letzten Mal gesehen haben.«

»Ich weiß«, sagte er ernst. »Und ich habe jeden Tag gezählt. Jede Stunde.«

Er hielt inne, stand in dem stillen, sonnenhellen Salon, als würde er keinen Schritt weitergehen, würde Mary ihn nicht in irgendeiner Form ermutigen.

»Ich bin hier, um Ihnen zu sagen, wie sehr ich Sie vermisst habe«, fuhr er schließlich dennoch fort. »Und um herauszufinden, ob Sie mich – wie ich inständig hoffe –vielleicht auch vermisst haben.«

Er hat Farbe bekommen, dachte Mary, *bestimmt von seinen Wanderungen in der freien Natur.* Sein dunkler Teint ließ seine Augen sehr hell erscheinen.

»Ich bin gekommen, Mary, um Ihnen eine Erklärung zu geben, wenn Sie mir das erlauben wollen. Und um Sie um Verzeihung zu bitten, auch wenn ich weiß, dass ich sie nicht verdient habe.«

Als er sie bei ihrem Vornamen nannte, dachte sie, sie müsste kapitulieren, müsste dem Verlangen nachgeben, ihn sprechen und erklären zu lassen, so viel er wollte, aber sie blieb standhaft. Es gab einige Dinge, die sie sich von der Seele reden musste, und davon würde sie sich nicht abhalten lassen, nicht einmal von ihren eigenen rebellischen Gefühlen.

»Ich weiß, es ist für eine Frau nicht üblich, sich auf diese Weise in den Vordergrund zu drängen«, begann sie und staunte selbst, wie fest ihre Stimme klang. »Aber ich hoffe, Sie werden mir erlauben, in dieser Sache als Erste zu sprechen. Ich hatte sehr viel Zeit, mir zu überlegen, was ich Ihnen sagen würde, sollte sich je die Gelegenheit dazu ergeben. Und nun, da es so weit ist, will ich auf gar keinen Fall etwas falsch machen. Wollen wir uns nicht setzen?«

Sie ging zum Sofa und nahm Platz, kerzengerade und mit erhobenem Kopf. Mr Hayward setzte sich ihr gegenüber in den Sessel, in dem er früher so oft gesessen hatte, und sah sie erwartungsvoll an.

»Sie werden hoffentlich entschuldigen, dass ich mit einer persönlichen Beobachtung beginne.« Mary wusste, dass ihre Worte steif klangen, aber sie hatte sie mit Bedacht gewählt. Sie war entschlossen, nicht die Fassung zu verlieren, und die kühle Formalität half ihr dabei.

»Seit ich mich erinnern kann, habe ich versucht, meine Intelligenz zu benutzen, um die Welt zu verstehen. Ich wurde gehänselt und ausgelacht, weil dies bei einer Frau nicht als anziehende Eigenschaft gewertet wird, doch wenn ich wie so oft in meinem Leben einsam und unglücklich war, hat sie mir gute Dienste geleistet.« Nervös rutschte sie auf dem Sofa hin und her. Aber jetzt hatte sie angefangen, also musste sie weitermachen. »Dann habe ich Sie kennengelernt, und alles änderte sich. Sie haben mir die Dichtkunst nahegebracht. Sie haben mir die Augen für die Schönheit der Natur geöffnet. Sie haben mich zum Lachen gebracht. Sie haben mir Wärme und Güte und Zuneigung geschenkt. Kurz und gut, Sie haben mich gelehrt zu fühlen, etwas, das völlig neu für mich war.«

Er saß ganz still da und machte keine Anstalten, sie zu unterbrechen.

»Und ich *habe* gefühlt, Mr Hayward. In Ihrer Gesellschaft habe ich alle möglichen Gefühle erfahren. Es begann als Freundschaft, aber bald dachte ich ... wagte zu hoffen, dass es von Ihrer Seite mehr sein könnte.« Sie senkte den Blick. Sie wollte weitersprechen, aber konnte ihn dabei nicht ansehen. »Das hat mich sehr glücklich gemacht. Tatsächlich glaube ich, dass ich noch nie glücklicher war. Aber dann ging im Lake District alles schief. Die vernünftige Reaktion wäre gewesen, Sie zu fragen, inwiefern ich Sie gekränkt hatte, und nicht lockerzulassen, bis ich den Grund für Ihr verändertes Verhalten erfahren hätte. Aber meine Gefühle gewannen die Oberhand. Ich war zornig, durcheinander, unglücklich – und habe letzten Endes nichts gesagt. Und auch Sie haben geschwiegen.«

In der Halle schlug die vergoldete Uhr, Mr Gardiners ganzer Stolz, laut die halbe Stunde. Mary wartete, bis ihre Schläge wieder verstummten.

»Ich kann nicht sagen, was Sie schweigen ließ. Ich weiß nur, dass ich es sehr bald bereute, so dumm gewesen zu sein, nicht mit Ihnen zu sprechen. Aber dann waren Sie auf einmal weg, und ich konnte nichts tun, um meinen Fehler wiedergutzumachen. Man sagte mir, für mich als Frau sei es nicht angebracht, etwas zu unternehmen, ich könne nur warten. Und genau das habe ich bis zum heutigen Nachmittag getan.«

Mary hob den Kopf, und ihre Blicke begegneten sich. »Aber ich glaube, jetzt habe ich lange genug gewartet.« Als sie sich vorbeugte, sprudelten die Worte nur so aus ihr heraus. »Denn ich muss Ihnen sagen, Sir, dass ich mir vor Wochen gelobt habe, nichts mehr zurückzuhalten, sollten wir einander je wiedersehen, sondern zu sprechen und zu handeln, egal, was die Welt davon hält. Sollte Ihnen der Mut fehlen, sich freimütig zu erklären, mir nicht! Ich schwor, Ihnen meine Gefühle für Sie ungeachtet der Konsequenzen zu gestehen. Lieber wollte ich die Wahrheit sagen und damit eine Demütigung riskieren, als Gefahr zu laufen, meine eine Chance auf Glück zu verpassen, weil ich nicht mutig genug war, offen auszusprechen, was ich fühle.«

Nun, da sie so weit gekommen war, ließen sie ihre Nerven beinahe im Stich. Unfähig, sitzen zu bleiben, stand sie auf, stellte sich hinter das Sofa und klammerte sich mit beiden Händen krampfhaft an der steifen Lehne fest, gewillt, gegen jede Regel von Anstand, Zurückhaltung und gutem Benehmen zu verstoßen und weiterzusprechen.

»Und das ist es, was ich Ihnen sagen will. Ich liebe Sie, Mr Hayward. Ich liebe Sie schon seit sehr langer Zeit, und ich weiß, dass ich nie einen anderen so sehr lieben könnte wie Sie. Sie sind der einzige Mann, der mich je glücklich machen könnte, und ich habe Sie vermisst … so sehr vermisst!«

Dann war es um ihre Fassung geschehen. Ihre Stimme brach, und ein Schluchzen entrang sich ihr. Ehe sie sichs versah, war Mr

Hayward an ihrer Seite, nahm sie in seine Arme und zog sie an sich.

»Mary, meine liebste, allerliebste Mary! Alles, was du sagst, ist genau das, was ich fühle. Ich liebe dich, Mary, liebe dich unsagbar, und es tut mir so schrecklich leid, dass ich dir wehgetan habe. Es wird nie wieder vorkommen. Alles, was ich will, ist, dich so zu lieben, wie du es verdienst, für den Rest meines Lebens, wenn du es erlaubst.« Er lockerte seinen Griff ein wenig und blickte ihr ernst in die Augen. »Und für den Mut, diese Worte auszusprechen, liebe ich dich umso mehr. Es gibt keine zweite Frau wie dich, so ernsthaft, so aufrecht, so wahrhaftig – wie könnte ich dich nicht lieben?«

Er strich ihr über das Haar, sie hob den Kopf, um ihn anzulächeln, und er küsste sie zärtlich. Einen Moment lang rührten sie sich nicht, hielten einander nur umfangen und waren glücklich. Mary legte ihren Kopf an sein Herz und wusste, dass das der Ort war, an den sie gehörte.

»Dann heiraten wir also?«, wisperte er ihr ins Ohr. »So bald wie möglich? Willst du mich zum Mann haben, Mary?«

Sie glaubte vor Seligkeit zu sterben, aber so etwas kommt zum Glück recht selten vor, selbst wenn der größte Herzenswunsch – noch dazu unerwartet – in Erfüllung geht. Daher war Mary trotz des Entzückens, das sie durchrieselte, in der Lage, eine halbwegs vernünftige Antwort zu geben.

»Ja, Mr Hayward. Es würde mich sehr stolz machen, Ihre Frau zu werden. Es gibt nichts auf der Welt, was ich mir mehr wünsche.«

Sie sahen einander an, völlig überwältigt vor Freude. Als wäre es unmöglich, sich etwas so Faszinierendes, so Magisches und so unglaublich Befriedigendes vorzustellen wie sie beide und ihre Liebe zueinander.

»Du musst lernen, mich Tom zu nennen. Das schickt sich so, wenn wir heiraten wollen.«

»Tom«, wiederholte sie leise. Es war aufregend, seinen Namen laut auszusprechen, aber auch sehr intim. Wenn sie daran dachte, was dem folgen, wie es jetzt mit ihnen weitergehen würde, stockte ihr der Atem. »Es fühlt sich noch ein bisschen seltsam an, aber ich bin sicher, ich werde mich daran gewöhnen.«

»Das will ich hoffen. Denn ich weiß nicht, ob ich noch länger von einer Frau, die ich geküsst habe, Mr Hayward genannt werden will.«

»Also wirklich, schäm dich!«

Er beugte sich vor und küsste sie noch einmal sehr sanft auf die Wange und auf die Stirn, bevor er sie zum Sofa führte und sich dort mit ihr hinsetzte. Dann lag sein Arm auf ihren Schultern, und zum ersten Mal bemerkte sie, wie sich sein Haar über seinem Kragen ringelte. Es gefiel ihr, stellte sie fest. Irgendwann würde sie vielleicht den Mut finden, mit den Fingern hindurchzufahren.

»Oh, Tom«, es fiel ihr schon nicht mehr ganz so schwer, ihn mit seinem Vornamen anzureden, »mein Herz ist so voll, ich weiß nicht, was ich sagen soll. Wie ich beschreiben soll, was ich empfinde.«

»Es gibt nichts, was du mir sagen müsstest. Ich bin es, der einiges zu erklären hat.« Er nahm seinen Arm von ihrer Schulter, rückte ein Stück zur Seite und setzte sich auf. »Mary, ich bin so dankbar, so unendlich dankbar, dass du meine Liebe erwiderst. Aber ich bin nicht sicher, ob ich das verdiene. Nichts in meinem Verhalten der letzten Monate gibt Anlass zu der Hoffnung. Ich kann nur ahnen, wie viel Kummer ich dir bereitet habe, und es ist mir selbst unbegreiflich, wie ich so dumm sein konnte.«

Er stand auf und fing an, im Zimmer auf und ab zu gehen. »Ich würde gern versuchen, meine Handlungsweise zu erklären, falls du bereit bist, mir zuzuhören. Mein Benehmen ist weder zu entschuldigen, noch zu rechtfertigen, und ich weiß, dass es mir nicht zur Ehre gereicht, aber ich kann dich nicht im Unklaren darüber lassen, warum ich mich so und nicht anders verhalten habe.«

»Ich muss gestehen«, erwiderte sie, »dass ich sehr gern die Wahrheit erfahren würde.«

Erleichtert kehrte er zum Sofa zurück und nahm wieder an ihrer Seite Platz. Dann begann er zu erzählen, wie seine Zuneigung zu ihr erwacht war, wie sehr er von Anfang an ihre Gesellschaft genossen hatte, wie viel ihm ihre Gespräche über die Dichtkunst bedeutet hatten, wie Marys Nähe für ihn allmählich immer wichtiger und zur Quelle des Entzückens geworden war. Er sah ihren Treffen mit immer größerer Freude entgegen, fand, dass ihre Neigungen perfekt harmonierten, war in ihrer Gesellschaft glücklicher als in jeder anderen, kurz, es war ihm schon sehr bald bewusst, dass er tiefe Zuneigung für sie empfand.

»Tatsächlich wusste ich, dass ich dich liebe«, bekannte er. »Aber nicht, wie es weitergehen sollte. Ich war unsicher. Ich befürchtete, ich hätte dir nicht genug zu bieten, ich wäre … nun, sagen wir, zu gewöhnlich für dich.«

Mary war so erstaunt, dass es einen Moment dauerte, bis sie ihre Stimme wiederfand.

»Aber wie bist du bloß auf eine so absurde Idee gekommen? In unseren Umständen, also, in denen unserer Familien, gibt es doch kaum einen Unterschied.«

»Das vielleicht nicht. Aber die Situation deiner älteren Schwestern ist eine ganz andere. Beide haben sehr vermögende Männer geheiratet, im Fall von Mr Darcy einen Mann, der noch dazu sehr einflussreich ist. Meine Aussichten mögen respektabel sein, können damit aber nicht mithalten. Ich wusste, dass ich dir nie so etwas wie Pemberley bieten könnte, Mary. Und auch nicht das, was Mrs Bingley hat.«

»Und du glaubtest ernsthaft, das könnte mir etwas ausmachen?«, rief Mary. »Ich bin nicht wie meine Schwestern! Mein Leben lang wurde ich mit ihnen verglichen, aber ich bin nicht wie sie und habe auch nicht den Wunsch, so zu sein! Meine Erwartungen sind ganz anderer Natur. Und hättest du mich einfach gefragt, hätte ich dir das gern – sehr gern sogar! – gesagt.«

Ihre Vehemenz brachte Mr Hayward zum Lächeln. »Wenn mir das vorher nicht klar war, so weiß ich es jetzt.« Er streckte seine Hand aus und strich über ihr Haar. »Es stimmt, ich habe geschwiegen, als ich hätte sprechen sollen. Doch dabei hatte ich einen Gedanken im Hinterkopf. Ich sagte mir, ich hätte die Absicht, dich um deine Hand zu bitten, nicht aufgegeben, sondern lediglich aufgeschoben.«

Irgendwo im Haus waren plötzlich die Stimmen der kleinen Gardiners zu vernehmen, laut, fordernd, aufgeregt. Wahrscheinlich hatten sie gerade ihren Vormittagsunterricht beendet, dachte Mary. Mr Hayward wartete, bis sie an der Tür zum Salon vorbeigestürmt waren, bevor er fortfuhr.

»Ich hatte Grund zu der Annahme, dass ich knapp davor war, einen großen beruflichen Erfolg zu erringen. Du erinnerst dich an die zwei Fälle, an denen ich so hart und so lange arbeiten musste, bevor wir zu den Seen fuhren? Ich wusste, dass sie mich einen gewaltigen Schritt voranbringen würden, wenn ich sie gewann. Also ermahnte ich mich selbst zu warten, wie sich alles entwickeln würde. Wenn ich Erfolg hätte, wäre ich dir gegenüber in einer besseren Position. Ich dachte, ich hätte alle Zeit der Welt, aber dann sprengten mein alter Freund Will Ryder und seine Gefolgschaft unseren kleinen Kreis.«

»Danach war nichts mehr wie zuvor.«

»Zuerst glaubte ich, Will wäre sehr angetan von Miss Bingley«, fuhr Mr Hayward fort. »Sie zeigte ihre Vorliebe für ihn schließlich offen genug. Und manchmal hatte ich den Eindruck, als wäre ihre Bewunderung nicht unerwünscht. Ich nehme an, es ist für jeden Mann schwierig, angesichts einer so unverhohlenen Schwärmerei ganz und gar gleichgültig zu bleiben. Aber dann fiel mir auf, wie oft er deine Nähe und das Gespräch mit dir suchte. Er erzählte mir, wie oft er in der Gracechurch Street zu Besuch war. Irgendetwas an dir faszinierte ihn, und ich fragte mich allmählich, ob du nicht vielleicht … nun, ich will nicht sagen, ob du seine Gefühle erwidertest, aber ich weiß, wie einnehmend Will sein kann. Ich wusste nicht, ob er dich genauso bezaubert hatte wie schon so viele andere.«

»Und ich frage dich wiederum, warum du mich nicht direkt darauf angesprochen hast.«

»Heute wünsche ich mir inständig, ich hätte es getan. Aber ich fürchte, ich hatte Angst vor deiner Antwort. Ich glaube, in dieser Hinsicht fehlt es vielen Männern an Selbstvertrauen. Tatsächlich sind nicht alle so kühn oder selbstbewusst, wie man es uns nachsagt. Eine gewisse Scheu ist bei uns weitaus öfter zu beobachten, als man meinen möchte.«

Er sah ein bisschen beschämt aus. »Obwohl ich mir deshalb Sorgen machte, fühlte ich mich nicht imstande, etwas zu unternehmen. Vielmehr stürzte ich mich in meine Arbeit und tat, was ich konnte, um unerfreuliche Gedanken zu verbannen. Doch meine Gefühle für dich erwiesen sich als stärker als meine Zweifel, und als wir unsere Reise in den Norden antraten, war meine Stimmung wesentlich optimistischer. Ich hatte beide Fälle gewonnen und stand infolgedessen beruflich besser da. Ich hatte eine Beförderung erhalten, genug Selbstvertrauen, um dir einen Antrag zu machen, und war fest entschlossen, genau das zu tun.

Es ergaben sich einige Gelegenheiten, bei denen ich drauf und dran war, dir die entscheidende Frage zu stellen, zum Beispiel an dem Tag, als wir zusammen versuchten, den Anblick, der sich uns bot, als Skizze aufs Papier zu bannen. Aber bevor ich mich durchgerungen hatte, tauchten wie aus heiterem Himmel Will Ryder und seine Begleiter auf. Ich muss gestehen, ich wusste nicht, was ich davon halten sollte.«

»Und ich dachte, du würdest mir die Schuld an seinem Kommen geben, dass du meinen könntest, ich hätte ihn in irgendeiner Weise ermuntert.«

»Es stimmt, ich konnte mich des beschämenden Verdachts nicht erwehren, du hättest ihn vielleicht nicht direkt eingeladen, aber ihm die Idee in den Kopf gesetzt, seine Anwesenheit wäre nicht unwillkommen. Ich weiß, das war dir gegenüber nicht fair, aber ich war unglücklich und konnte nicht klar denken. Und dann bat Will mich eines Abends nach dem Dinner um ein Gespräch unter vier Augen, wie du dich vielleicht erinnerst. Das Resultat dessen, was er zu mir sagte, war, dass ich mir einredete, nicht mehr an dich denken zu dürfen.«

Im Folgenden erfuhr Mary, dass an jenem Abend, als sie sich über das Geländer gebeugt und mit einem nicht zu erklärenden Unbehagen die beiden Männer bei ihrer Unterhaltung beobachtet hatte, Mr Ryder seinem Freund anvertraute, was sich auf Rosings ereignet hatte. Er erzählte von Miss Anne de Bourghs unerwünschter Heirat, Lady Catherines Zorn und ihrer Entschlossenheit, ihre Tochter zu enterben und ihr privates Vermögen dem überraschten, aber dankbaren Will zu hinterlassen. An diesem Abend hatte er den Rat von Mr Hayward nicht nur in seiner Eigenschaft als Freund, sondern auch als Anwalt eingeholt und ihn gebeten, ihn bei dieser heiklen Angelegenheit als Rechtsbeistand zu vertreten.

»Ich fand, dass ich eine derartige Bitte nicht ablehnen konnte. Will wollte für diese Aufgabe jemanden, dem er unbedingt vertrauen und auf dessen Diskretion er sich rückhaltlos verlassen konnte. Denn Lady Catherine hatte ihm mitgeteilt, dass sie ihre Entscheidung noch einmal überdenken würde, sollte auch nur die leiseste Andeutung über das Vorgefallene an die Öffentlichkeit dringen; also wurde ich in der Folge zu absoluter Geheimhaltung verpflichtet. Natürlich informierte er mich über die Details der Kontrakte, die ihre Rechtsanwälte aufgesetzt hatten, weshalb ich genau wusste, wie überaus großzügig er bedacht worden war. Es ging um eine Summe, die sogar die optimistischsten Erwartungen für meine eigenen Aussichten bei Weitem übertraf, auch nach meinen Erfolgen bei Gericht. Und mir war klar, dass Ryder sehr viel von dir hielt. Also entschied ich noch in diesem Moment, dass es extrem unredlich von mir wäre, dir wie geplant einen Antrag zu machen. Denn solltest du Ja sagen – was ich natürlich hoffte –, würdest du so der Chance beraubt werden, einen etwaigen Antrag von Ryder anzunehmen und ein wesentlich vorteilhafteres Leben zu führen, als ich dir je bieten könnte.«

»Ach, Tom, du hättest dich nicht ärger täuschen können! Wenn du mir die Wahl gelassen hättest, hätte ich dir sofort gesagt, wie viel du mir bedeutest und dass ich immer dich und keinen anderen wählen würde, egal, welche Aussichten dieser andere auch hätte.«

»Jetzt weiß ich das. Aber damals war ich mir nicht sicher.«

»Wie hätte ich dir nur begreiflich machen können, was ich für dich empfinde? Sei versichert, ich habe mir größte Mühe gegeben, all die winzigen Andeutungen zu machen, die uns armen Frauen gestattet sind. Aber ich hatte den Eindruck, du konntest oder wolltest nicht verstehen, was ich dir zu sagen versuchte, und dachte deshalb, ich hätte deine Gefühle für mich missverstanden.«

»Ich sagte mir, dass ich mein Herz verhärten muss, auch wenn es grausam schien, denn ich wollte doch nur in deinem Interesse handeln. Ich redete mir ein, der Schmerz, den ich dir vielleicht zufügte, würde bald vergehen, wenn Ryder dir erst einmal seinen Antrag gemacht hätte. Aber es war eine Sache, mich selbst ständig zu ermahnen, mich zurückzuhalten, eine ganz andere hingegen, die Ratlosigkeit und Enttäuschung auf deinem Gesicht zu bemerken. Und es war nahezu unerträglich mit anzusehen, wie Ryder mehr als bereitwillig in die Bresche sprang. Oben auf dem Scafell war es kaum mehr auszuhalten. Es schien, als würde er alles geben, um sich dir angenehm zu machen – und als hättest du begonnen, seinen Bemühungen Beachtung zu schenken.«

»Ich gebe zu, ich war böse auf dich, und er war nett und aufmerksam. Bezüglich seiner Gefühle schien er keine Zweifel zu haben, und einen Moment lang empfand ich dies tatsächlich als angenehm.«

»Ich kann es dir nicht verdenken. Aber als Ryder sich weigerte, den Rat des Bergführers anzunehmen und vor dem drohenden Unwetter umzukehren, sich um Unterstützung bemüht an dich wandte und damit erfolgreich war, da war ich zutiefst verletzt.«

»Ich weiß. Ich habe dir deinen Schmerz angesehen, und es tut mir leid.«

»Das muss es nicht. Ich hatte etliche Gelegenheiten, alles wieder in Ordnung zu bringen, aber ich ergriff sie nicht. Ich war ein Opfer meiner Verschlossenheit, eines fehlgeleiteten Gefühls von Stolz und Ehre. Und dann habe ich alles noch schlimmer gemacht. Ich dachte, ich hätte die Kraft, dich aufzugeben, wenn es zu deinem Besten war. Aber nach dem Ausflug auf den Scafell wusste ich, dass ich nicht weiter mit ansehen konnte, wie Ryder bei dir immer mehr an Boden gewann. Deshalb reiste ich ab. Ich schrieb diesen Brief an Mrs Gardiner und floh, so schnell ich konnte. Das war vermutlich die impulsivste Handlung meines Lebens – und die dümmste.«

Er stand auf und fing wieder an, im Salon auf und ab zu gehen. »Sobald ich in Hampshire eingetroffen war, wusste ich, dass ich einen furchtbaren Fehler gemacht hatte. Ich hatte die Frau, die ich mehr als alles auf der Welt liebte, aufgegeben, und wofür? Für eine verdrehte Vorstellung von Ehre? Aber was sollte ich tun? Ich wusste es nicht, und deshalb tat ich gar nichts, was immer die schlechteste Lösung ist. Ich war wie gelähmt. Jeden Tag graute mir davor, einen Brief zu erhalten, in dem mir deine Verlobung mit Ryder mitgeteilt würde. Und als sich diese Furcht zu einer wahren Folter auswuchs, floh ich erneut. Ich wählte einen Ort, wo mich keine Nachricht erreichen würde und ich ein bisschen Frieden zu finden hoffte, um meine Gedanken zu ordnen und zu überlegen, wie es weitergehen sollte. Ich reiste nach Herefordshire und unternahm eine Woche lang Wanderungen durch die Gegend um Tintern Abbey.«

Mary konnte sich ein Lächeln nicht verkneifen. »Du hast auf Mr Wordsworths *steilen, luft'gen Klippen* Trost gesucht?«

»Ziemlich berechenbar, nicht wahr? Aber die täglichen Wanderungen brachten mir die ersehnte Ruhe und stärkten meinen Mut. Mir wurde klar, dass ich in die Welt zurückkehren musste. Ich musste nach London fahren und herausfinden, was passiert war. Und hier bin ich.«

»Und darüber könnte ich nicht glücklicher sein«, sagte Mary leise. Sie klopfte mit ihrer Hand einladend auf das Sofa, damit er sich wieder zu ihr setzte. Diesmal war er es, der seinen Kopf an ihre Schulter lehnte.

»Es tut mir so leid, Mary. Ich habe mich falsch verhalten. Hoffentlich kannst du mir verzeihen.«

»Wir haben uns zeitweise beide recht unvernünftig benommen,

das stimmt. Aber ich denke, jetzt können wir guten Gewissens sagen, dass alles in Ordnung ist.«

»Noch eine letzte Bemerkung von mir. Du hast vorhin gesagt, ich hätte dich gelehrt zu fühlen. Das ist ein großes Kompliment, aber ich bin mir nicht sicher, ob ich es verdiene. Ich glaube, dass tief in deinem Inneren schon immer viele Gefühle existierten. Wenn ich überhaupt etwas getan habe, dann höchstens, dich zu ermutigen, sie nicht zu verleugnen, sondern offen zu zeigen.«

»Selbst wenn du recht hast«, erwiderte Mary, »wäre dies keine geringe Leistung. Insbesondere wenn diese Gefühle, wie bei mir, so lange verschüttet waren.«

»Mag sein, aber ich habe auch von dir viel gelernt. Zum Beispiel, dass es nicht genug ist, Gefühle zu haben. Du hast mir gezeigt, dass man auch den Mut finden muss, nach ihnen zu handeln. Manchmal müssen wir um unser Glück kämpfen.«

Sie nahm seine Hand und hielt sie in ihrer. »Ich denke, ich selbst hätte es nicht besser ausdrücken können.«

»Zu meiner Verteidigung könnte ich noch hinzufügen, dass ich vermutlich mehr gewagt hätte, würde ich dich weniger lieben. Es war schwer, selbstbewusst und kühn aufzutreten, wenn mir nur zu bewusst war, was für mich auf dem Spiel stand.«

Im Salon war es angenehm warm, und beide waren voll der Seligkeit darüber, einander wiedergefunden zu haben und glücklicher zu sein, als sie es sich je zu träumen gewagt hatten. In diesem Moment wünschten sie sich nichts anderes, als in einträchtigem Schweigen zusammenzusitzen. Es mag unromantisch scheinen, aber tatsächlich gibt es für die wahre Beständigkeit einer innigen Zuneigung keinen besseren Beweis als die Fähigkeit, miteinander zu schweigen. Und in diesem Zustand stiller Zufriedenheit verharrten sie noch eine Weile, bis Mr Hayward plötzlich etwas einfiel.

»Mary! Das hätte ich fast vergessen! Ich hatte dir so viel zu sagen, dass mir etwas anderes völlig entfallen ist.«

Er zog einen Brief aus seiner Jackentasche und starrte ihn an, als wäre er über seine Existenz selbst überrascht. »Als ich nach London zurückkehrte, erwartete mich in meinem Büro ein ganzer Berg von Briefen. Ich sah sie mit einer bangen Vorahnung durch, da ich noch immer fürchtete, die Ankündigung deiner Verlobung könnte darunter sein. Stattdessen fand ich das hier.«

Er reichte Mary den Brief. Das Schreiben war kurz und kam gleich zur Sache.

Lieber Mr Hayward,
aufgrund unserer Bekanntschaft, sei sie auch flüchtig, nehme ich mir die Freiheit, Ihnen zu schreiben. Es mag einen Verstoß gegen gutes Benehmen darstellen, aber ich bin mir sicher, wenn Sie den Inhalt dieser Nachricht kennen, werden Sie mein Handeln als gerechtfertigt ansehen.
Ich glaube, es könnte Sie interessieren, dass Miss Bennet und ich gestern gemeinsam Tee getrunken haben. Am Ende eines Gesprächs, das man nur als sehr direkt bezeichnen kann, eröffnete sie mir, dass sie nicht den Wunsch habe, Ihren – wie auch meinen – Freund Mr Ryder zu heiraten, da sie keinerlei zartere Gefühle für ihn hege. Sie versicherte mir im Gegenteil, dass sie eine starke Zuneigung für Sie empfinde, und behauptete, Sie seien der einzige Mann, der sie je glücklich machen könnte.
Da sie hinzufügte, das sei die reine Wahrheit, derer sie sich nicht schäme und mit der ich machen könne, was ich wolle, zögere ich hiermit nicht, Ihnen diese Aussage zu übermitteln.
Caroline Bingley

Mary ließ den Brief staunend sinken. »Also wirklich! Ich wusste, dass sie eine zornige, verbitterte Person ist, aber ich hätte mir nie träumen lassen, dass sie zu einer derart ausgefallenen Maßnahme greifen würde.«

»In der Tat. Aber auf mich hatte ihr Brief eine geradezu elektrisierende Wirkung. Sobald ich ihn gelesen hatte, wusste ich, dass sich meine schlimmsten Befürchtungen nicht bewahrheitet hatten: Du würdest Ryder nicht heiraten. Tatsächlich schien Miss Bingleys Schreiben anzudeuten, dass du einen Heiratsantrag von ihm abgelehnt hast. Und obwohl ich es nicht verdient hatte, sah es so aus, als hätte mein Verhalten deine Gefühle für mich doch nicht zerstört.«

Er nahm den Brief wieder an sich und faltete ihn zusammen. »Ich habe ihn gestern spät in der Nacht gelesen und bin heute Morgen gleich als Erstes hierhergekommen, so stark war seine Wirkung.«

»Aber was glaubte Mrs Bingley damit zu gewinnen?«, fragte Mary. »Ich gestehe, ihre Motive sind mir nicht ganz klar.«

»Offensichtlich hoffte sie, dass ihr Brief mich veranlassen würde, dir sofort meine Liebe zu gestehen. Denn wäre der Bruch zwischen uns gekittet, hätte sie wieder freie Bahn, was eine Verbindung mit Ryder betrifft.«

»Eine gewagte Aktion«, meinte Mary. »Selbst mich überrascht es, dass sie auf eine solche Taktik verfiel.«

»Ich bringe es nicht übers Herz, ihr allzu böse zu sein«, verkündete Mr Hayward fröhlich. »Ich wäre zwar auf jeden Fall hier erschienen, ob sie mir nun geschrieben hätte oder nicht, aber so kam ich schneller und hatte mehr Hoffnung auf Erfolg. Ich denke, wir müssen lernen, mit dem Wissen zu leben, dass wir einen winzig kleinen Anteil an unserem Glück Miss Bingley schulden.«

»Es wäre eine interessante philosophische Frage«, bemerkte

Mary mit einem Lächeln, »ob eine gute Tat wirklich als gut erachtet werden kann, wenn sie mit böser Absicht geschah.«

»Ein netter theologischer Ansatz«, nickte Mr Hayward. »Ich bin mir allerdings nicht sicher, ob die Antwort wichtig ist, da wir beide dadurch doch zu einem sehr beglückenden Ende gefunden haben.«

»Ist es sehr boshaft von mir zu gestehen, dass das Wissen davon, wie sehr Miss Bingley sich darüber ärgern würde, beträchtlich zu meiner Freude beiträgt?«

»Es spricht nicht unbedingt für deine Moral, aber deine Aufrichtigkeit gereicht dir zur Ehre.«

Dann nahm er sie in die Arme, und sie drückten ihr Glück in einer Weise aus, die keiner weiteren Worte bedurfte.

Kapitel 95

Wie sehr sich die Gardiners freuten, als sie von Mary und Tom die frohe Neuigkeit vernahmen, muss nicht näher beschrieben werden. Dass die beiden Menschen, die ihnen neben ihren Kindern am meisten bedeuteten, beschlossen hatten, ihre Geschicke zu vereinen, war für sie so beglückend, wie es sich nur denken lässt. Die Hochzeit sollte so bald wie möglich stattfinden, da niemand einen Grund für einen Aufschub sah. Das glückliche Paar würde in der Gracechurch Street feiern, obwohl Lizzy wie auch Jane ihre Häuser zur Verfügung stellten und beide sich bereit erklärten, mit größtem Vergnügen die Hochzeitsfeier auszurichten. Mary war von diesem großzügigen Angebot gerührt und wusste, dass die Glückwünsche ihrer Schwestern aufrichtig waren, aber sie freute sich, als Mr Hayward gestand, ihm sei es lieber, sich in London trauen zu lassen. Mary hatte den größten Teil ihres Lebens im Schatten ihrer Schwestern gestanden, und nun, da für sie ein neues Kapitel begann, hatte sie nicht den Wunsch, wieder einmal ihr blasser Abklatsch zu sein, der in ihrem Glanz unsichtbar wurde. Dieses eine Mal würde sie die Hauptperson sein, und alle Blicke würden nur auf ihr ruhen.

Ein weiterer Vorteil einer Hochzeit in der City war der Umstand, dass Mrs Bennet aller Wahrscheinlichkeit nach nicht daran teilnehmen würde. Und tatsächlich schrieb sie Mary wie erwartet, dass der Zustand ihrer Nerven die weite Reise nicht erlaubte. Dennoch schwang in ihrem Brief unverkennbare Genugtuung mit. Gegen alle Erwartungen hatte sie das Ziel ihres Lebens erreicht – sämtliche Bennet-Schwestern waren unter die Haube gebracht worden, sogar ihre Tochter, von der sie geglaubt hatte, sie würde nie einen Mann finden, schon gar nicht mit ihrer leidigen Marotte, eine Brille zu tragen. Für den Bräutigam selbst interessierte sie sich weniger, nachdem sie sich über seine Situation informiert hatte. Die reine Tatsache einer Hochzeit war genug, um sie zufriedenzustellen und die leidlich herzlichen Glückwünsche zu schicken, die ihrem Wesen entsprachen. Als Segen waren diese eher dürftig, aber Mary begnügte sich damit.

Zwei weitere Briefe aus Hertfordshire trafen ein. Einer stammte von Charlotte, die ihre Gratulation eher mit Höflichkeit denn aufrichtiger Freude ausdrückte. Ihre beiden Jungen seien wohlauf, schrieb sie, das Baby gesund und munter. Das Haus sehe noch gepflegter und eleganter aus als bei Marys Besuch, und der Rosengarten gedeihe prächtig. Mr Collins lasse Grüße ausrichten. Charlotte schloss ihr Schreiben mit der Aufforderung, sie doch wieder einmal zu besuchen, ging wohl aber genau wie Mary davon aus, dass diese die Einladung nicht annehmen würde. Der zweite Brief bereitete Mary wesentlich mehr Freude, weil sie wusste, dass er von Herzen kam. Mrs Hill schrieb, sie habe gewusst, dass Mary eines Tages das Glück finden würde, das sie verdiente – hatte sie das nicht schon immer gesagt? –, und sei entzückt, dass sie recht behalten hatte. Sie bat um ein Stück von der Hochzeitstorte, ein Gefallen, den Mary ihr um nichts in der Welt abgeschlagen hätte.

Selbst Mr Ryder war großherzig genug, ihr eine kurze, aber heitere Nachricht zukommen zu lassen, deren Kürze er damit entschuldigte, dass sie in größter Hast geschrieben worden war. Er stand im Begriff, die Reise nach Italien anzutreten, von der er schon so lange träumte und die aufgrund der vor Kurzem erfolgten Verbesserung seiner Umstände jetzt möglich war. Eine Begleitung erwähnte er nicht, aber schon bald wurde allgemein bekannt, dass Caroline Bingley mit ihm gefahren war, die beiden sich jetzt in der Nähe von Genua in einer Villa mit Blick aufs Meer niedergelassen hatten und dort wie ein Ehepaar zusammenlebten. Eine Bestätigung, ob sie die offiziellen Schritte unternommen hatten, die sie zu dieser Bezeichnung berechtigten, gab es nicht. Mr Hayward war skeptisch, aber Mary, die an Miss Bingleys Willensstärke dachte und überdies wünschte, alle anderen genauso glücklich zu sehen, wie sie selbst es war, zog es vor, davon auszugehen, dass Miss Bingleys Herzenswunsch, einen Mann von Rang und Vermögen zu ehelichen, in Erfüllung gegangen war, mit welchen Mitteln auch immer ihr das gelungen sein mochte.

An einem Spätnachmittag, wenige Wochen vor ihrer Hochzeit, stand Mary allein in einem leeren Haus an einem Platz im Norden Londons, wo Mr Hayward und sie nach ihrer Eheschließung wohnen würden. Die Brille ungeniert auf ihrer Nase, schlenderte sie mit einem Notizbuch in der Hand durch die Räume, um zu messen, zu überlegen und zu planen. Jetzt stand sie im Salon, dessen hohe, breite Fenster zum Garten hinausgingen, und stellte sich vor, wie es hier einmal aussehen würde, wenn alles fertig eingerichtet war. Es gab genügend Platz für all ihre Bücher; sie könnten hier an dieser Wand stehen, gleich vor den Regalen würde ein Sessel seinen Platz haben, in dem sie in der Sonne sitzen und lesen konnte. Und da drüben würde sie das Klavier platzieren und vor dem Kamin Sofas, die zum gemütlichen Beisammensein und Plaudern einluden. Mary war entschlossen, aus diesem Haus einen Hort der Geselligkeit zu machen, voller Leben und

Lachen wie das Haus der Gardiners in der Gracechurch Street. Einen Ort, wo häufig Freunde zu Besuch waren, gute Speisen serviert wurden und niemand Wert auf Förmlichkeit legte. Die Möbel wären auf Hochglanz poliert, und überall würden Blumen stehen. Sie lächelte, als ihr auffiel, dass ihre Vorstellungen für jemanden, der nie erwartet hatte, einmal ein eigenes Zuhause zu haben, bemerkenswert präzise waren.

Ein eigenes Zuhause. Ihr Herz schlug immer noch ein bisschen schneller, wenn sie daran dachte. Aber das war nichts im Vergleich zu dem Herzklopfen, das sie bekam, wenn sie an den Mann dachte, mit dem sie dieses Zuhause teilen würde. Tom und sie würden heiraten. Sie hatte einen Mann gefunden, den sie liebte und der ihre Liebe erwiderte. Und in diesen Räumen würden sie ihr gemeinsames Leben aufbauen. Es gab Momente, in denen sie sich genau wie einst Lizzy fragte, ob sie so viel Glück überhaupt verdient hatte. Als sie mit einem Finger über die Fensterläden fuhr, spürte sie, wie sich einer dieser Momente anschlich, und ein Schauer überlief sie, als sie daran dachte, dass die Dinge auch ganz anders hätten kommen können. Aber ihre Beklommenheit währte nicht lange. Allmählich war ihr klar geworden, dass die Reaktion auf ein strahlendes, unerwartetes Glück nicht darin bestehen sollte, nach einer Erklärung dafür zu suchen, sondern es einfach freudig anzunehmen. Es war eine neue Lektion, aber sie bezweifelte nicht, dass sie sie schon bald beherrschen würde. Mit einem zufriedenen Blick durch den Salon machte sie sich eine letzte Notiz, bevor sie sich zum Gehen wandte. Sie freute sich darauf, Tom von ihren Ideen für die Tapeten zu erzählen.

Danksagung

Dieses Buch wäre ohne die tatkräftige Unterstützung meiner Agentin Caroline Michel nie geschrieben worden. Sie hielt mich an der Hand, als ich den Sprung von Fakten zu Fiktion wagte, und hat mich auf diesem Weg unerschütterlich begleitet. Sie war mir Mentorin, strikte Projektleiterin und vor allem scharfsichtige Freundin. Ich werde ihr für ihren Enthusiasmus, ihre Freundlichkeit und ihre unendliche Geduld mit einer nervösen Romanautorin in ihren Anfängen immer dankbar sein.

Auch mit meinen Lektoren hatte ich großes Glück. Sowohl Sam Humphreys von Pan Macmillan wie Barbara Jones von Henry Holt waren begnadete Geburtshelfer bei der Entstehung von *Miss Bennet*. Ich habe ungeheuer von ihrer harten Arbeit, ihren präzisen Beurteilungen und vor allem von ihrer Überzeugung vom Wert der Geschichte profitiert. Mit Ruby Rose Lee als zusätzliche Unterstützung von Henry Holt hätte ich nicht in besseren Händen sein können. Außerdem möchte ich Stephen Rubin danken, der genug an meine Idee und an mich geglaubt hat, um *Miss Bennet* in den Vereinigten Staaten zu veröffentlichen.

Zu großem Dank bin ich auch Rosie Wilson und dem PR-Team von Pan Macmillan verpflichtet, die sich in Großbritannien unermüdlich für das Buch eingesetzt haben, und Sarah Fitts und Pat Eiserman von Henry Holt, die sich ebenso rührig und kreativ für die amerikanische Ausgabe engagiert haben.

Mein Dank gilt ebenfalls meinen Korrektoren und Produktionsleitern Marian Reid und Kate Tolley von Pan Macmillan im Vereinigten Königreich sowie Kathleen Cook und Kenn Russell in den Vereinigten Staaten. Ihr scharfer Blick, ihre peinlich genauen Fragen und ihre Meisterschaft, wenn es um Details ging, waren in der Endphase des Buchs von unschätzbarem Wert.

Auch bin ich mir der Großzügigkeit jener Freundinnen bewusst, die so nett waren, das Buch in all seinen unterschiedlichen Stadien zu lesen und zu kommentieren. Es wäre nicht dasselbe ohne die einfühlsamen Beobachtungen und Vorschläge von Claire Powell, Daisy Goodwin, Julie Gardner und Jane Tranter. Sie haben mir sowohl ihre Zeit wie auch ihr Urteilsvermögen zur Verfügung gestellt, und da ich den Wert von beidem zu schätzen weiß, bin ich ebenso gerührt wie dankbar.

Zu guter Letzt möchte ich meinem Mann Martin Davidson danken. Er hat jeden Entwurf gelesen, seine Meinung zu jeder Drehung und Wendung der Handlung abgegeben und nicht einen Moment in seiner Unterstützung nachgelassen. Niemand hätte liebevoller und hilfreicher sein können als er. »Ich bin mir nicht sicher, ob ich ihn verdiene, aber ich werde einfach so tun, als wäre es so«, wie Mary Bennet vielleicht an meiner Stelle gesagt hätte.